LA PIRÁMIDE

Henning Mankell
en Maxi

HENNING MANKELL
LA PIRÁMIDE

Traducción del sueco
de Carmen Montes Cano

Título original: *Pyramiden*

1.ª edición en colección Andanzas: abril de 2005
2.ª edición en colección Andanzas: junio de 2005
1.ª edición en colección Maxi: marzo de 2010

© Henning Mankell, 1998. Published by agreement with Leopard
Förlag AB, Estocolmo y Leonhardt & Høier Literary Agency aps,
Cophenhague

Ilustración de la cubierta: detalle de *La danza*, de William-Adolphe
Bouguereau (1825-1905).

© de la traducción: Carmen Montes Cano, 2005

Diseño de la colección: FERRATERCAMPINSMORALES

Reservados todos los derechos de esta edición para
Tusquets Editores, S.A. - Cesare Cantù, 8 - 08023 Barcelona
www.tusquetseditores.com

ISBN: 978-84-8383-566-1
Depósito legal: B. 4.978-2010
Impresión y encuadernación: Liberdúplex, S.L.
Impreso en España

Índice

Para Rolf Lassgård,*
con cariño, gratitud y gran admiración.
Él ha sabido descubrirme a un Wallander
que yo mismo desconocía.

* Excelente actor sueco que ha encarnado al inspector Wallander en las adaptaciones que de la serie policiaca de Mankell se han hecho tanto para el cine de producción sueca como para la televisión. *(N. de la T.)*

Prefacio

Hasta que no terminé de redactar la octava y última parte de la serie sobre Kurt Wallander, no caí en la cuenta de cuál era el subtítulo que, en vano, había estado buscando para ella sin cesar. Una vez que todo lo relativo a Wallander o, al menos, la mayor parte, pertenecía al pasado, comprendí que ese subtítulo debía ser, lógicamente, «Novelas sobre el desasosiego sueco».

Pero lo cierto es que se me ocurrió, como digo, demasiado tarde. Pese a que los libros no eran sino una variación sobre este único tema: «¿Qué estaba sucediendo con el Estado de derecho sueco durante la década de los noventa? ¿Cómo sobreviviría la democracia si los fundamentos de dicho Estado no se mantenían ya intactos? ¿No tendrá la democracia sueca un precio que pueda llegar a parecernos demasiado alto y deje de merecer la pena pagar?».

Precisamente estas preguntas han sido el motivo de la mayor parte de las cartas que he recibido, de las que deduje que no eran pocos los lectores cuyas observaciones y juicios podían considerarse como muy acertados. Y creo que bien puedo dar por confirmado el hecho de que Wallander ha funcionado como una especie de portavoz de la sensación de inseguridad dominante que muchos ciudadanos experimentaban, de su indignación y de sus justas valoraciones sobre la relación entre el Estado de derecho y la democracia. Se trataba unas veces de largas cartas en sobres abultados o de sencillas tarjetas postales procedentes de lugares extraños de los que nunca había oído hablar; en otras ocasiones, era una llamada telefónica la que me alertaba a deshoras o unas palabras excitadas que me llegaban por correo electrónico.

Sin embargo, no han sido el Estado de derecho y la democracia los únicos temas de consulta. En efecto, algunas de las cuestiones planteadas por los lectores aludían a las incoherencias que muchos de ellos habían detectado, con no poco regocijo, en mis novelas. En la práctica totalidad de los casos en que los lectores habían detectado «fallos», éstos eran, ciertamente, reales (y permítanme que, de una vez por todas, deje aquí bien claro que, también en este volumen, surgirán nuevas incoherencias, pero que así son las cosas, ¡esto es lo que hay! Y no se ha de culpar al redactor editorial, pues no habría podido encontrar a nadie más diligente que Eva Stenberg).

En cualquier caso, en la mayor parte de las cartas, el remitente acababa formulando la misma pregunta: ¿qué había ocurrido con Wallander antes de que comenzase la serie policiaca? Es decir, indagaba acerca de todo lo que sucedió, con una indicación temporal exacta, antes del 8 de enero de 1990, la mañana en que, a hora bien temprana, Wallander fue arrancado de su sueño al comienzo de *Asesinos sin rostro*. Y no crean que no comprendo el hecho de que la gente se pregunte cómo empezó todo: cuando Wallander entra en escena tiene ya cuarenta y dos años, y anda camino de los cuarenta y tres. Pero, para esa fecha, él ya lleva mucho tiempo siendo policía, ha estado casado y aparece como separado, tiene una hija y, en un momento dado, se desliga de la ciudad de Malmö para refugiarse en Ystad.

Y los lectores se plantean preguntas, por supuesto, igual que yo mismo. Durante estos nueve años, me he dedicado, de vez en cuando, a hacer limpieza en los cajones, a rebuscar entre polvorientos montones de papeles y en la maraña de disquetes.

Hace algunos años, justo cuando acababa de terminar el quinto libro, *La falsa pista*, tomé conciencia de que, mentalmente, había empezado a elaborar historias que se remontaban a una época anterior a la del comienzo de la serie, o sea, anterior a la mágica fecha del 8 de enero de 1990.

Y aquí he reunido ahora estos relatos, algunos de los cuales se publicaron con anterioridad en diarios y revistas. He de admitir que los he revisado con bastante ligereza. Algunas inconsistencias cronológicas y palabras ya inoperantes en el sistema de la lengua sueca han sido eliminadas y dos de los relatos son inéditos.

Sin embargo, no quisiera que el lector pensara que he dado a imprimir estas narraciones por el simple hecho de haber estado haciendo limpieza en mis cajones. Lo hice porque constituyen el signo de admiración que precisaba el punto final que puse el año pasado. Hay ocasiones en que, a la manera del cangrejo, resulta útil retroceder... hasta un punto de partida. Hasta el espacio de tiempo que se sitúa con anterioridad al 8 de enero de 1990.

Ninguna imagen reproduce la totalidad. Pero, en mi opinión, estas contribuciones han de salir a la luz.

En cuanto al resto, es silencio; y en él permanecerá.

Henning Mankell, enero de 1999

La cuchillada

1

Al principio, no había más que niebla.

O tal vez un mar denso en el que todo era blanco y mudo.
El paisaje de la muerte. Y eso fue precisamente lo que pensó
Wallander cuando, muy despacio, comenzó a emerger a la
superficie de nuevo: pensó que ya estaba muerto. Había
cumplido veintiún años, ni más ni menos. Un joven agente
de policía, apenas un adulto. De repente, un extraño se abalanzó sobre él con un cuchillo sin darle tiempo a hacerse a
un lado.

Después, no hubo más que aquella blanca neblina. Y el
silencio.

*Comenzó a despertar despacio, con la misma lentitud con
la que había ido retornando a la vida. Las imágenes giraban
imprecisas en su mente. Él intentaba capturarlas como mari-
posas, pero ellas se le escurrían de modo que tan sólo mediante un gran esfuerzo fue capaz de reconstruir lo que en verdad
había sucedido...*

Wallander tenía el día libre. Era el 3 de junio de 1969 y
acababa de acompañar a Mona a uno de los barcos con destino a Dinamarca. Pero no era uno de esos transbordadores
modernos de hoy, sino un ejemplar de aquellos fieles servi-
dores trasnochados en los que uno tenía tiempo de ingerir
un auténtico almuerzo durante la travesía a Copenhague.
Mona iba a visitar a una amiga. Las dos mujeres habían pensado acudir al parque de atracciones Tivoli, pero lo más pro-

bable era que dedicasen la mayor parte del tiempo a ir de tiendas. A Wallander le habría gustado acompañarla, puesto que estaba libre, pero ella se había negado: aquel viaje no era para hombres, sino sólo para ella y su amiga.

Así que allí estaba él, observando cómo el barco se alejaba del puerto y terminaba por desaparecer. Mona volvería aquella misma noche y él le había prometido ir a buscarla. Si el buen tiempo se mantenía, podrían dar un paseo nocturno, antes de marcharse al apartamento del barrio de Rosengård donde vivía.

Wallander notó que la sola idea lo llenaba de excitación. Se colocó bien los pantalones y cruzó en diagonal hasta el edificio de la estación, donde compró un paquete de su marca habitual de cigarrillos, John Silver, y, antes de salir del local, ya había encendido uno.

No tenía más planes para aquel día. Era martes y no debía ir a trabajar. Llevaba acumuladas muchas horas extraordinarias, consecuencia sobre todo de las grandes y repetidas manifestaciones contra la guerra de Vietnam, celebradas tanto en Lund como en Malmö, ciudad en la que, además, se habían producido enfrentamientos violentos. A Wallander le desagradaba enormemente aquella situación. En realidad, él no sabía muy bien qué pensar sobre las exigencias de los manifestantes de que las fuerzas militares de Estados Unidos abandonasen Vietnam. De hecho, había intentado hablar de ello con Mona el día anterior, pero ella no tenía otra opinión que la de que «los manifestantes eran, en el fondo, unos alborotadores». Y cuando Wallander, pese a todo, insistió aduciendo que no podía ser justo que la mayor potencia bélica mundial bombardease a un pobre país agrícola de Asia hasta aniquilarlo, o hasta «hacerlo retroceder a la edad de piedra», en palabras de un alto mando militar americano, según él había leído en algún periódico, ella contraatacó asegurando que, ¡sólo faltaba!, ella no estaba dispuesta a casarse con ningún comunista.

Wallander no supo qué decir y ahí cesó toda discusión sobre el asunto. Pero él sí estaba convencido de que quería casarse con Mona, aquella joven de cabello castaño claro, nariz puntiaguda y barbilla fina que tal vez no fuese la más hermosa de cuantas había conocido, pero que era, sin duda, la mujer a la que él amaba.

Se habían conocido el año anterior. Hasta entonces, Wallander había estado saliendo, durante más de un año, con una joven llamada Helena que trabajaba en una agencia de transportes de la ciudad. De pronto, un buen día, Helena le hizo saber que lo suyo había terminado, que había conocido a otro chico. Wallander se quedó mudo. Después, se encerró a llorar en su apartamento durante todo un fin de semana, loco de celos, para luego, una vez agotada la fuente de sus lágrimas, dirigirse a uno de los pubs de la estación central dispuesto a emborracharse. En el lamentable estado subsiguiente, regresó al apartamento, donde volvió a entregarse al llanto. Ahora se estremecía de dolor cada vez que pasaba ante las puertas del establecimiento: jamás volvería a poner un pie en aquel lugar.

Se sucedieron unos meses muy difíciles en los que el joven Kurt intentó convencer a Helena de que cambiase de opinión; pero ella lo rechazó tajante, y su insistencia llegó a irritarla hasta el punto de que lo amenazó con denunciarlo a la policía. Aquello lo indujo a una retirada que, por extraño que pudiera parecer, tuvo el efecto de ayudarlo a superar lo ocurrido. Helena podía quedarse tranquila con su nuevo novio. Todo aquello había sucedido un viernes.

Pero esa misma noche, Wallander emprendió un viaje al otro lado del estrecho y, durante el regreso de Copenhague, vino a ocupar el asiento contiguo al suyo una chica que se entretenía en hacer punto y que se llamaba Mona.

Wallander atravesó la ciudad dando un paseo, sumido en sus recuerdos y preguntándose qué estarían haciendo Mona y su amiga en aquellos momentos. Y, entonces, empezó a pensar en lo que había sucedido la semana anterior, en cómo las manifestaciones degeneraron en violencia; si no fue la incapacidad de sus propios mandos para valorar correctamente la situación lo que hizo que todo se disparase. Él pertenecía a una unidad de refuerzo improvisada que se mantenía a la expectativa y que no fue requerida hasta que las calles no se hubieron convertido en un puro altercado. Pero su contribución no sirvió más que para extremar el caos.

La única persona con la que Wallander había intentado discutir de política en serio era su propio padre. Tenía el hombre sesenta años de edad y no hacía mucho que había tomado la decisión de trasladarse a Österlen. Era una persona de carácter variable y Wallander nunca estaba seguro de cuál sería la naturaleza de sus reacciones. En especial desde una ocasión en que el padre se había indignado tanto con su hijo que a punto estuvo de retirarle el saludo. Esto sucedió el día en que Wallander, hacía ya algunos años, llegó a casa con la noticia de que pensaba hacerse policía. Su padre se encontraba en el taller, envuelto en el sempiterno olor a pinturas y a café. Al oír sus palabras, le arrojó el pincel que sostenía en la mano y le pidió que se marchase para siempre: él no tenía la menor intención de tolerar a un policía en la familia. Se produjo una acalorada y violenta discusión, pero Wallander no cedió; él sería policía y ningún proyectil en forma de pincel lo haría cambiar de idea. El enfrentamiento cesó de forma repentina, el padre se encerró en un silencio manifiestamente hostil y volvió a ocupar su silla ante el caballete dispuesto a, siguiendo un modelo, dar forma a uno de sus urogallos. En efecto, siempre elegía el mismo motivo para sus cuadros: un paisaje que representaba un bosque cuya única variación consistía en la presencia o la ausencia de un urogallo.

El recuerdo del padre lo hacía fruncir el entrecejo. En el fondo, jamás llegaron a reconciliarse sinceramente, aunque ahora, al menos, podían conversar con normalidad. Wallander solía preguntarse cómo su madre, que había fallecido cuando él estudiaba para policía, había podido soportar a su marido... Su hermana Kristina había sido lo suficientemente sensata como para marcharse de casa en cuanto tuvo oportunidad y se había instalado en Estocolmo.

Habían dado las nueve. Tan sólo una leve brisa discurría por las calles de Malmö. Wallander entró en una cafetería situada junto a los grandes almacenes NK. Pidió un café y un bocadillo, hojeó un ejemplar del diario *Arbetet* y otro del *Sydsvenskan*. En ambos periódicos podían leerse cartas al director remitidas por personas que encomiaban o reprobaban la intervención de la policía en las manifestaciones. El joven agente las pasó con premura, pues intuía que su lectura le resultaría poco llevadera. Por otro lado, confiaba en no tener que prestar sus servicios como oponente en las manifestaciones por mucho más tiempo. Él quería ser policía de la brigada judicial. Aquélla había sido su aspiración desde el principio y nunca lo había ocultado. Tan sólo en el plazo de unos meses, comenzaría a trabajar en uno de los grupos responsables de los delitos de violencia contra las personas y otros crímenes menores.

Y, de repente, alguien apareció ante él. Wallander miró hacia arriba con la taza de café en la mano. Era una joven de unos diecisiete años. Llevaba el cabello muy largo, estaba pálida y lo miraba encolerizada. Entonces, la chica se inclinó de modo que el cabello le cubrió la cara al tiempo que señalaba hacia su propia garganta.

—¡Aquí! —gritó la desconocida—. ¡Aquí fue donde me golpeaste!

Wallander dejó la taza sobre la mesa, sin comprender exactamente de qué le hablaba.

La joven había enderezado el cuello de nuevo.

—Perdona, pero creo que no te entiendo —repuso Wallander.

—Vamos a ver, ¿tú no eres policía?

—Así es.

—¿Y no estabas en la manifestación?

Entonces, Wallander comprendió. Aquella joven lo había reconocido, pese a que no llevaba uniforme.

—Lo siento, pero yo no golpeé a nadie.

—Me importa un bledo quién blandía la porra. Tú estabas allí, así que tú también nos aporreaste.

—Ya, pero vosotros transgredisteis las normas —replicó Wallander, consciente de lo absurdo de su excusa.

—Los policías me dais asco —declaró la joven—. La verdad es que había pensado tomarme un café aquí, pero ahora creo que me iré a otro sitio.

Dicho esto, la muchacha desapareció. La camarera que había tras la barra observaba a Wallander con un reproche en la mirada, como si le hubiese arrebatado una cliente.

Wallander pagó y se marchó, con el bocadillo a medias. El encuentro con la joven lo había trastornado sobremanera. Al salir, tuvo la sensación de que todo el mundo se lo quedaba mirando por la calle; como si, pese a todo, llevase puesto el uniforme en lugar de sus pantalones azul marino, su camisa clara y su cazadora verde.

«Tengo que cambiar de puesto y salir de la calle», resolvió. «Mi sitio está en un despacho, en las reuniones de los grupos de investigación, en el lugar del crimen. Si me mandan a otra manifestación, me doy de baja.»

Apremió el paso mientras sopesaba la posibilidad de tomar el autobús hasta Rosengård, pero al final decidió que no le vendría mal ir a pie. Por otro lado, lo que más deseaba en aquellos momentos era volverse invisible y no encontrarse con ningún conocido.

Pero cerca del parque Folkparken, se topó con su padre. El hombre apareció con uno de sus cuadros envuelto en un papel marrón. Wallander, que iba caminando con la vista fija en el pavimento, descubrió su presencia tan tarde que no tuvo tiempo de evitarlo. El padre llevaba cubierta la cabeza con una curiosa capucha puntiaguda y vestía un grueso abrigo, bajo el que se atisbaba una especie de chándal y unas zapatillas de deporte sin calcetines.

Wallander lanzó un rugido interior. «Joder, parece un mendigo», se dijo. «¿Por qué no podrá vestirse como todo el mundo?»

El hombre dejó el cuadro en el suelo entre resoplidos.

—¿Por qué no vas de uniforme? —le preguntó sin saludarlo—. ¿Has dejado de ser policía?

—No, hoy tengo el día libre.

—¡Vaya! Y yo que pensaba que los policías siempre estabais de servicio, para protegernos de todo mal...

Wallander logró controlar su genio.

—¿Por qué te has puesto abrigo? —inquirió él a su vez—. Estamos a veinte grados.

—Es posible, pero yo me mantengo sano y fuerte gracias a lo mucho que transpiro. Tú también deberías hacerlo —sugirió el padre.

—Pero es que no se puede ir con abrigo en verano.

—Pues enfermarás.

—¡Si yo nunca estoy enfermo!

—Todavía no. Pero ya te tocará.

—Pero ¿tú te has visto bien?

—No suelo perder el tiempo en mirarme al espejo para comprobar mi aspecto.

—¿Cómo se te ocurre ponerte un gorro de lana en junio, hombre?

—Intenta quitármelo y te denunciaré por agresión. Por cierto, supongo que tú también habrás participado golpeando a los manifestantes.

«¡Vaya, hasta él viene con ese mismo cuento!», se dijo Wallander. «Esto no puede ser. ¡Si nunca se ha preocupado por cuestiones de política, por más que yo haya intentado discutir...!»

Pero Wallander se equivocaba.

—Toda persona decente debe oponerse a esa guerra —declaró el padre con vehemencia.

—Y toda persona ha de hacer su trabajo, ¿no? —replicó Wallander con artificiosa calma.

—Bueno, ya te lo dije: nunca deberías haberte hecho policía. Pero, claro, tú no me escuchaste y, ahora, ya ves lo que pasa, vas por ahí golpeando las cabezas de los niños con tu bastón.

—¡¡Yo no le he pegado a nadie en mi vida!! —estalló Wallander presa de un repentino furor—. Además, no llevamos bastones, sino porras. Bueno, ¿adónde vas con ese cuadro?

—Voy a cambiarlo por un humidificador.

—Y ¿para qué necesitas tú un humidificador?

—Para cambiarlo por un colchón nuevo. El que tengo está tan deteriorado que me produce dolor de espalda.

Wallander sabía que su padre solía implicarse en curiosas transacciones susceptibles de múltiples ramificaciones previas a la consecución final del objeto que precisaba.

—¿Quieres que te ayude? —inquirió Wallander.

—No, gracias. No necesito vigilancia policial. Lo que sí podrías hacer es venir alguna tarde para echar una partida de cartas.

—Iré en cuanto pueda —aseguró Wallander.

«Las partidas de cartas», pensó. «Ése es el único lazo existencial que nos une.»

El padre tomó de nuevo el cuadro.

—¿Por qué no me das un nieto? —preguntó ya dispuesto a marcharse y, sin aguardar la respuesta, echó a andar.

Wallander permaneció un instante observándolo mientras pensaba que, después de todo, sería un alivio que su padre se mudase a vivir a Österleden. De ese modo, no correría el riesgo de toparse con él.

El joven Wallander residía en un viejo edificio de Rosengård. La manzana entera vivía bajo la constante amenaza de demolición. Pero a él le gustaba, aunque Mona ya le había advertido que, si se casaban, tendrían que trasladarse a otro barrio. El apartamento de Wallander constaba de una habitación, cocina y un baño minúsculo. Era su primera vivienda propia. Había adquirido los muebles en subastas y en distintos establecimientos de muebles usados. Fotografías con motivos florales o con islas paradisiacas adornaban las paredes y, puesto que su padre iba a verlo de vez en cuando, se había visto obligado a colgar también uno de sus paisajes sobre el sofá: uno sin urogallo.

Pero el elemento más importante de su hogar era el tocadiscos. Los pocos discos que tenía eran, principalmente, de ópera. Cuando recibía la visita de sus colegas, éstos solían preguntarle cómo podía escuchar aquello... De ahí que hubiese adquirido algunos discos con otro tipo de música, para ponerlos cuando tuviese invitados. Por alguna razón que a él se le ocultaba, los policías parecían ser entusiastas de Roy Orbison.

Poco después de la una, tras el almuerzo, se tomó un café y adecentó el apartamento lo mejor que pudo mientras escuchaba a Jussi Björling. Era su primer disco y estaba tan rayado que era difícil poder escucharlo bien. Y, sin embargo, solía pensar que, si se declarase un incendio en el edificio, sería lo primero que se apresurase a salvar.

Acababa de poner el disco por segunda vez cuando se oyeron unos violentos golpes en el techo que lo movieron a bajar el volumen. En aquella casa se oía todo. En el piso de arriba vivía una mujer jubilada, Linnea Almqvist, que había regentado una floristería. Cuando la mujer consideraba que su música sonaba demasiado alto, daba golpes en el suelo para que él, obediente, bajase el volumen. La ventana estaba abierta, la cortina que Mona había colgado se mecía al suave vaivén de la brisa y él se tumbó en la cama, relajado. Se sentía cansado e indolente. Tenía derecho a tomarse un descanso. Empezó a hojear un número de la revista *Lektyr,* que solía ocultar cuando Mona iba a visitarlo, pero no tardó en dejarla caer en el suelo, vencido por el agotamiento.

Lo arrancó del sueño un alarmante estrépito cuyo origen no fue capaz de precisar. Se levantó y fue a la cocina para ver si alguno de los enseres que allí tenía había caído al suelo, pero todo estaba en orden. Volvió entonces al dormitorio y miró por la ventana. El jardín que quedaba flanqueado por los edificios colindantes aparecía desierto. Un chándal de color azul pendía solitario de un tendedero y se agitaba, despacioso, al soplo de la brisa. Wallander volvió a tumbarse en la cama. Cuando despertó, fue para emerger de una ensoñación en la que aparecía la joven de la cafetería. Pero todo había sido impenetrable y caótico en aquel sueño.

Se incorporó de nuevo y comprobó en el reloj que eran las cuatro menos cuarto. Había estado durmiendo durante más de dos horas. Se sentó ante la mesa de la cocina y escribió la lista de la compra. Mona le había prometido comprar algo de bebida en Copenhague. Se guardó el papel en el bolsillo, se puso la cazadora, salió y cerró la puerta tras de sí.

Pero, entonces, se detuvo un momento en la semipenumbra, pues se percató de que la puerta de su vecino estaba entreabierta. Aquello era bastante extraño, dado que el hombre que vivía en el apartamento contiguo era muy reservado y había hecho instalar una cerradura adicional hacía apenas un mes. Wallander consideró la posibilidad de marcharse pero, finalmente, decidió llamar a la puerta. El inquilino vivía solo en aquel apartamento; se llamaba Artur Hålén y era marino jubilado. Cuando Wallander se mudó, él ya habitaba allí. Solían saludarse y, de vez en cuando, si se encontraban por la escalera, intercambiaban unas frases banales, pero eso era todo. El joven Wallander había observado que Hålén jamás recibía una visita. Por las mañanas, el hombre escuchaba la radio; por las tardes, veía la televisión; pero, a las diez de la noche, no se oía ya el menor ruido en su apartamento. A Wallander se le había ocurrido pensar en alguna ocasión qué pensaría aquel hombre de las visitas femeninas que él recibía; y, en especial, cómo percibiría los sugerentes ruidos nocturnos. Sin embargo, y como era lógico, jamás se le había ocurrido preguntarle.

El joven agente llamó, pues, a la puerta una vez más, pero tampoco en esta ocasión recibió respuesta. Entonces la abrió y lo llamó en voz alta, sin obtener más respuesta que un profundo silencio. Accedió, vacilante, al vestíbulo, que despedía un denso olor a hombre mayor, a lugar cerrado. Una vez dentro, volvió a llamar.

«Ha debido de olvidarse de cerrar con llave al salir», concluyó Wallander. «Después de todo, el hombre tiene más de setenta años y es normal que ande despistado.»

Echó una ojeada a la cocina. Junto a una taza de café que había sobre el hule de la mesa, halló una quiniela arrugada. Después, apartó la cortina que separaba aquella dependencia de la habitación contigua y... un grito se escapó de su garganta. En efecto, Hålén yacía en el suelo, la blanca camisa empapada en sangre. Junto a la mano había un revólver.

«¡El estrépito!», se dijo. «¡Lo que oí fue un disparo!»

El joven Wallander empezó a sentirse mareado. Había visto ya muchos cadáveres: de personas que se habían ahogado, incluso de ahorcados, carbonizados o aplastados hasta lo irreconocible en algún accidente de tráfico. Pero él seguía sin acostumbrarse.

Echó un vistazo a su alrededor. El apartamento de Hålén era igual que el suyo, pero con la disposición invertida. El mobiliario era de lo más austero: no había allí flores ni motivos decorativos de ninguna clase. Y la cama estaba sin hacer.

Wallander observó una vez más el cadáver. Parecía que se había disparado en el pecho. Y, sin lugar a dudas, estaba muerto, de modo que no fue necesario tomarle el pulso para comprobarlo.

Regresó a su apartamento y llamó a la policía. Se presentó como un colega y refirió lo sucedido. Después, salió a la calle para esperar al coche patrulla.

La policía y la ambulancia llegaron casi al mismo tiempo. Cuando los compañeros salieron del coche, Wallander los saludó con un gesto, pues los conocía a todos.

—¡Vaya!, ¿qué es lo que te has encontrado? —inquirió uno de los policías, que se llamaba Sven Svensson, de Landskrona, aunque nadie lo llamaba por su nombre. En efecto, en una ocasión, durante la persecución de un ladrón, cayó en una zarza cuyas espinas se le clavaron en los genitales, de modo que nadie aludía jamás a él con otro nombre que el de Taggen.*

—Es mi vecino —explicó Wallander—. Se ha pegado un tiro.

—Hemberg está en camino —aclaró Taggen—. Esto es cosa del grupo de homicidios.

Wallander asintió. Él ya lo sabía: la policía debía investigar siempre los casos de muerte en el domicilio, por naturales que pareciesen sus causas.

Hemberg era hombre de cierta fama, no siempre positiva. De hecho, era proclive a estallar en crueles arrebatos de mal humor que volcaba en sus colaboradores. Pero era, además, un virtuoso de su profesión hasta el punto de que nadie osaba contradecirlo. Wallander notó que empezaba a ponerse nervioso. ¿No habría cometido algún fallo? Hemberg lo detectaría al instante. Precisamente Hemberg, el inspector de la brigada judicial bajo cuyas órdenes él comenzaría a trabajar tan pronto como consiguiese el ascenso.

El joven agente permaneció aguardando en la calle, hasta que un Volvo de color oscuro aparcó junto a la acera y Hemberg hizo su aparición. Venía solo y le llevó unos segundos reconocer a Wallander.

* En sueco, «la espina». *(N. de la T.)*

—¿Qué coño haces tú aquí? —quiso saber Hemberg.

—Vivo aquí —respondió Wallander—. Es mi vecino quien se ha pegado un tiro y fui yo quien dio el aviso.

Hemberg alzó las cejas con curiosidad.

—¿Lo has visto?

—¿Cómo que si lo he visto?

—Que si lo has visto pegarse el tiro.

—Claro que no.

—Y, entonces, ¿cómo estás tan seguro de que fue un suicidio?

—Pues porque el arma está junto al cuerpo.

—Ya, ¿y qué?

Wallander sabía lo que iba a decirle el inspector.

—Tienes que aprender a formular las preguntas adecuadas si quieres empezar en homicidios —le advirtió Hemberg—. Tengo ya bastantes colaboradores que no piensan como debieran. Y no quiero más de lo mismo.

Dicho esto, cambió el tono por otro más amable.

—Pero, en fin, si tú dices que se trata de un suicidio, seguro que tienes razón. ¿Dónde está?

Wallander señaló el portal del edificio y los dos hombres entraron.

Wallander seguía con atención los movimientos de Hemberg, su manera de trabajar. Observó cómo, acuclillado junto al cadáver, discutía con el forense sobre el orificio de entrada del proyectil y cómo estudiaba la posición del arma y de la mano. Después, el inspector examinó el apartamento, los cajones del escritorio, los armarios y la ropa.

Tras poco menos de una hora, cuando ya había terminado, le indicó a Wallander que lo acompañase a la cocina.

—Bueno, pues sí que parece un suicidio —declaró Hemberg mientras alisaba distraído la quiniela que había sobre la mesa.

—Oí un estrépito que supongo fue el disparo —aclaró Wallander.

—¿Y no oíste nada más?

Wallander decidió que sería mejor decir la verdad.

—Bueno, yo estaba durmiendo la siesta y el ruido me despertó.

—Y, ¿después? ¿No oíste pasos acelerados por la escalera?

—No.

—¿Lo conocías?

Wallander le reveló lo poco que sabía.

—¿No tenía familiares?

—Nadie, que yo sepa.

—Bien, eso tendremos que investigarlo.

Hemberg permaneció en silencio unos minutos.

—Aquí no hay ninguna fotografía familiar —prosiguió—. Ni en el escritorio ni en las paredes. Tampoco hay nada en los cajones, salvo dos viejos libros de registro de una compañía naviera. Lo único interesante que he encontrado ha sido un escarabajo multicolor conservado en una cajita. Es más grande que un ciervo volante. ¿Tú sabes lo que es un ciervo volante?

Wallander no tenía la menor idea.

—El mayor escarabajo europeo —aclaró Hemberg—. Pero está en vías de extinción.

El inspector dejó la quiniela sobre la mesa.

—Bien. El caso es que este hombre tampoco dejó ninguna carta de despedida —retomó Hemberg—. Un anciano que, harto de todo, se despide del mundo con un pistoletazo. Según el forense, apuntó bien: directo al corazón.

Un agente entró en la cocina con una cartera que entregó a Hemberg. El inspector la abrió y sacó un documento de identidad, expedido por la oficina de Correos.

—Artur Hålén —leyó Hemberg—. Nacido en 1898. Tenía muchos tatuajes, como corresponde a un lobo de mar de la vieja escuela. ¿Sabes qué hacía en alta mar?

—Creo que era maquinista.

—En uno de los libros figura como maquinista. Pero en el anterior aparece como marino. O sea, que desempeñó varios oficios a bordo. Por lo visto, estuvo enamorado de una joven llamada Lucia, porque tenía el nombre tatuado en el hombro derecho y en el pecho. Si quisiéramos elucubrar, podríamos incluso pensar que pretendía atravesar ese bello nombre con su disparo.

Hemberg guardó el carnet de identidad y la cartera en una bolsa.

—Ni que decir tiene que el forense tendrá la última palabra. Y nosotros someteremos el arma y la bala al examen habitual. Pero lo más probable es que se trate de un suicidio.

Hemberg echó una nueva ojeada a la quiniela.

—Artur Hålén no estaba muy enterado de la liga inglesa —comentó—. Si hubiese ganado con esta quiniela, habría sido el único premiado.

El inspector se puso en pie cuando los ayudantes del forense ya habían empezado a retirar el cuerpo y se alejaban conduciendo la camilla con extremo cuidado por el angosto pasillo.

—Cada vez hay más gente mayor que se quita de en medio ella sola. Lo que no es tan frecuente es que lo hagan pegándose un tiro. Y, desde luego, menos aún con un revólver —afirmó Hemberg pensativo—. Pero supongo que eso es algo en lo que tú ya habías reparado, ¿no?

Wallander quedó sorprendido ante la pregunta.

—¿Cómo?

—Digo que tú ya habrás pensado en que es muy extraño que tuviera un revólver. Hemos registrado el escritorio, pero no había ninguna licencia de armas.

—Pues lo compraría durante alguno de sus viajes por alta mar.

Hemberg se encogió de hombros.

—Sí, eso será.

Wallander lo acompañó hasta la calle.

—Puesto que eres su vecino, se me ha ocurrido que podrías quedarte con la llave. Así que cuando los demás hayan terminado, te la entregarán a ti. Y procura que nadie entre hasta que no estemos seguros de que ha sido un suicidio.

Wallander volvió a entrar. En la escalera, se encontró con Linnea Almqvist, que iba camino de la calle con una bolsa de basura en la mano.

—¿Qué es todo este alboroto y tanto subir y bajar escaleras? —le preguntó disgustada.

—Por desgracia, Hålén ha fallecido —aclaró Wallander solícito.

La mujer quedó manifiestamente conmocionada ante la noticia.

—Sí, estaba demasiado solo, creo yo —opinó la señora Almqvist—. El caso es que yo intenté invitarlo a café varias veces, pero siempre se excusaba diciendo que no tenía tiempo. Aunque, a mi entender, era tiempo, precisamente, lo que tenía.

—Yo apenas si lo conocía —admitió Wallander.

—¿Ha sido el corazón?

Wallander asintió.

—Sí, eso parece.

—Bueno, esperemos que no sean unos jóvenes alborotadores quienes vengan a ocupar su apartamento —observó la mujer antes de despedirse.

Wallander regresó al apartamento de Hålén. Le resultaba menos desagradable estar allí ahora que el cadáver había desaparecido. Uno de los técnicos criminalistas estaba guardando el instrumental en el maletín. La mancha de sangre había adquirido un tono más oscuro sobre el suelo de linóleo. Taggen aguardaba órdenes mientras se limpiaba las uñas.

—Hemberg ordenó que me hiciese cargo de las llaves —informó Wallander.

Taggen señaló un llavero que había sobre el escritorio.

—Me pregunto quién será el propietario del edificio. Mi novia está buscando apartamento.

—Pues aquí se oye todo. Te lo digo para que lo sepas —le advirtió Wallander.

—¡Bah!, ¿es que no has oído hablar de las nuevas y exóticas camas de agua? Ésas no hacen ruido —bromeó Taggen.

Hasta las seis y cuarto de la tarde, Wallander no pudo cerrar la puerta del apartamento de Hålén. Faltaban aún varias horas para su cita con Mona, de modo que entró en su casa y se preparó un café. Había empezado a soplar el viento. Cerró la ventana y se sentó en la cocina. Por supuesto que no le había dado tiempo de ir a comprar nada de comer; las tiendas habían cerrado ya y no había por allí cerca ninguna que abriese por la noche. Así que pensó que no tendría más remedio que invitar a Mona a comer en un restaurante. Tenía la cartera sobre la mesa y la abrió para ver si llevaba dinero suficiente. A Mona le gustaba mucho comer fuera, pero él opinaba que aquello era malgastar el dinero.

La cafetera empezó a silbar, de modo que apagó la placa eléctrica, se sirvió un café con tres terrones de azúcar y, mientras aguardaba a que se enfriase, notó que la preocupación se apoderaba de él.

Ignoraba de dónde procedía aquella sensación.

Pero, de repente, la sintió con enorme intensidad.

Desconocía el porqué de su zozobra, aunque tenía la certeza de que estaba relacionada con Hålén. Revisó mentalmente lo sucedido: el estrépito que lo despertó; la puerta entreabierta; el cuerpo sin vida sobre el suelo de la habitación. Un hombre se había suicidado. Y daba la casualidad de que era vecino suyo.

Pero en todo aquello había algo que no encajaba. Wallander entró en la habitación y se tumbó en la cama, intentando rememorar el sonido del estallido. ¿No habría oído algo más? Quizás antes, o después. ¿No habría penetrado sus sueños algún sonido anómalo? Por más que rebuscó en su memoria, no halló nada. Y, aun así, estaba convencido de que había pasado por alto algún detalle. Continuó buscando entre un mar de sugerencias, pero sólo obtuvo silencio. Se levantó de la cama y regresó a la cocina. El café ya estaba frío.

«Esto no son más que figuraciones mías», se dijo. «Yo mismo lo vi. Y Hemberg, y todos los demás. Un hombre viejo y solo que no podía más.»

Pese a todo, era como si hubiese visto algo sin lograr comprender qué era exactamente.

Al mismo tiempo, se dio cuenta de que, naturalmente, aquella idea resultaba muy atractiva, el que él hubiese observado algo que le hubiese pasado inadvertido al propio Hemberg, pues con ello aumentarían sus posibilidades de ascender a agente de la brigada judicial.

Miró el reloj y comprobó que aún tenía tiempo antes de ir a recoger a Mona al puerto. Dejó la taza en el fregadero, tomó las llaves y entró en el apartamento de Hålén. Una vez en la habitación, constató que todo estaba tal y como él lo había encontrado cuando descubrió el cadáver, con la única excepción de que el cuerpo ya no se encontraba allí. Pero la habitación era la misma, claro. Wallander miró despacio a su alrededor. «¿Cómo se hará esto?», se preguntó. «¿Cómo descubre uno qué es lo que ve, aunque no lo vea realmente?»

Algo había, de eso estaba convencido.

Pero no lograba identificar qué era.

Fue a la cocina y se sentó en la silla que un rato antes había ocupado Hemberg. Allí seguía la quiniela. Wallander no sabía mucho de la liga inglesa de fútbol. En realidad, no sabía casi nada de fútbol en general. Si alguna vez compraba un boleto, era de lotería.

La quiniela correspondía a los resultados del sábado siguiente, según vio. Y Hålén había escrito incluso su nombre y su dirección.

El joven Wallander volvió a la habitación y se colocó junto a la ventana para obtener otra perspectiva. Su mirada se detuvo en la cama. Hålén estaba vestido cuando se quitó la vida, pero la cama estaba sin hacer pese a que en el resto de la vivienda reinaba un orden exquisito. «¿Por qué no habría hecho la cama?», se preguntó. «No creo que se acostase a dormir vestido para luego despertarse y pegarse un tiro sin hacer la cama. Y, ¿por qué dejaría una quiniela rellena sobre la mesa de la cocina?»

Decididamente, aquello era muy extraño. Pero no había motivo para pensar que ese hecho tuviese mayor importancia. Hålén podía haber tomado la decisión de acabar con todo de forma repentina. Y tal vez hubiese comprendido lo absurdo que sería hacer la cama por última vez.

Wallander se sentó en el único sillón de la sala, que tenía el asiento hundido y estaba muy gastado. «Esto no son más que invenciones mías», insistió para sí. «El forense certificará que fue un suicidio, la investigación técnica confirmará que el proyectil pertenece al arma y que el disparo se produjo por mano del propio Hålén.»

El joven inspector decidió salir del apartamento. Ya era hora de lavarse un poco y de cambiarse de ropa para ir a buscar a Mona. Pero algo lo retenía. Finalmente, se dirigió al escritorio y empezó a abrir los cajones. Encontró enseguida los dos libros de registro de una compañía naviera: Artur Hålén había sido, en su juventud, un hombre apuesto. El cabello claro y una sonrisa amplia y franca. A Wallander le costaba hacerse a la idea de que aquella foto retratase al mismo hombre que, en la más absoluta y silenciosa quietud, había vivido sus últimos días en el apartamento de Rosengård. Y mucho menos verosímil le pareció que fuese la foto de una persona que, un buen día, pudiese quitarse la vida. Sin embargo, él sabía que su razonamiento era erróneo y que los suicidas jamás podían caracterizarse según patrones preestablecidos.

Junto a los libros, halló el escarabajo multicolor, que tomó para ver mejor a la luz de la ventana. En la base de la caja leyó, con algo de dificultad, la palabra «Brasil», de lo que dedujo que se trataba de un recuerdo que Hålén habría adquirido durante alguno de sus viajes. El agente continuó inspeccionando los cajones, en los que halló llaves, monedas de diversos países..., nada que le llamase la atención. Pero, medio oculto bajo un papel rasgado y deteriorado que cubría la base del último cajón, encontró un sobre marrón. Al abrirlo, el agente vio que contenía una vieja fotografía de una pareja de novios. En el reverso podía leerse el nombre del estudio fotográfico y una fecha, el 15 de mayo de 1894. El estudio se encontraba en Härnösand. Además, rezaba allí otra leyenda: «Manda y yo el día de nuestra boda». «Deben de ser los padres», concluyó Wallander. «Y cuatro años más tarde, nació su hijo.»

Cuando hubo concluido con el escritorio, pasó a revisar la estantería. Ante su sorpresa, halló en ella varios libros en alemán, manoseados y, según parecía, leídos a conciencia. Asimismo, había varias obras de Vilhelm Moberg,* un libro de cocina española y algunas revistas sobre la construcción de modelos de aeroplanos. Wallander movió la cabeza pensativo, al comprender que la figura de Hålén era bastante más compleja de lo que él había imaginado. Dejó la estantería y miró debajo de la cama, sin hallar nada en absoluto. Continuó, pues, con el armario. La ropa aparecía allí en perfecto orden y los tres pares de zapatos que vio estaban relucientes. «Eso de la cama sin hacer... Es lo único que rompe la armonía en este escenario», reiteró para sí.

A punto estaba ya de cerrar la puerta del armario, cuando llamaron al timbre. Wallander se sobresaltó. Aguardó has-

---

* Vilhelm Moberg (Småland, 1898-1973), periodista y prosista sueco célebre por sus relatos de épica social en que narra y caracteriza las condiciones de la vida rural sueca de principios del siglo XX. (N. de la T.)

ta que el timbre volvió a sonar y el agente experimentó la sensación de encontrarse en zona prohibida. Esperó un minuto más pero, cuando llamaron por tercera vez, fue a abrir.

Y allí, al otro lado de la puerta, había un hombre enfundado en una gabardina gris que miraba a Wallander con gesto inquisitivo.

—Tal vez me haya equivocado... Venía a ver al señor Hålén.

Wallander procuró adoptar un tono de apropiada formalidad.

—¿Puede decirme quién es usted? —preguntó con brusquedad innecesaria.

El hombre frunció el entrecejo.

—Y usted, ¿quién es? —inquirió el hombre a su vez.

—Yo soy policía —declaró Wallander—. El ayudante de homicidios Kurt Wallander. ¿Quiere hacerme el favor de contestar a mi pregunta y explicarme quién es usted y qué desea?

—Soy vendedor de enciclopedias —reveló el hombre en tono sumiso—. La semana pasada estuve mostrando los libros en este edificio. Artur Hålén me pidió que volviese hoy. Ya envió el contrato firmado y el comprobante de pago correspondiente al primer plazo, así que vengo a traerle el primer volumen, junto con el libro que regalamos a cada nuevo comprador, como obsequio de suscripción.

Dicho esto, el hombre sacó los libros de un maletín, deseoso de demostrar a Wallander que decía la verdad.

Wallander, por su parte, lo había estado escuchando con creciente estupefacción. La sensación de que algo no encajaba en la muerte de Hålén empezaba a convertirse en una convicción. Se apartó a un lado y le hizo al hombre de los libros una seña para que entrase.

—¿Ha sucedido algo? —preguntó el vendedor.

Wallander lo condujo hasta la cocina, sin responder a su pregunta, y le indicó que se sentase a la mesa.

Entonces se dio cuenta de que era la primera vez que iba a comunicar un fallecimiento, algo que siempre le había provocado no poca angustia. Por otro lado, se alentaba, quien aguardaba la noticia no era un pariente del difunto, sino simplemente un vendedor de libros.

—Artur Hålén está muerto —anunció.

El hombre pareció contrariado.

—Pero ¡si estuve hablando con él hace unas horas!

—A ver, a mí me ha parecido oír que se vieron la semana pasada, ¿no es así?

—Sí, pero lo llamé esta mañana para asegurarme de que no lo importunaría si venía esta tarde.

—¿Y qué le dijo él?

—Que le venía muy bien. ¿Por qué cree que estoy aquí, si no? Yo no soy un entrometido que se presenta sin avisar. La gente tiene un concepto bastante curioso de los vendedores de libros a domicilio.

Wallander no creía que el hombre estuviese mintiendo.

—Veamos, ¿qué le parece si empezamos por el principio? —propuso Wallander.

—¿Qué es lo que ha ocurrido? —interrumpió el hombre.

—Artur Hålén está muerto —repitió Wallander—. Y eso es cuanto puedo decirle, por ahora.

—Pero, si la policía está implicada, será porque ha sucedido algo, ¿no? No lo habrá atropellado un coche, ¿verdad?

—Ya le he dicho que no puedo ofrecer más información, por el momento —insistió Wallander al tiempo que se preguntaba por qué le estaría dando un toque tan dramático a aquella situación.

El agente instó de nuevo al vendedor a que le refiriese toda la historia desde el principio.

—De acuerdo. Mi nombre es Emil Holmberg —comenzó el hombre—. En realidad, soy profesor de biología de secundaria, pero me puse a vender enciclopedias para conseguir el dinero necesario para hacer un viaje a Borneo.

—¿A Borneo?

—Sí, las plantas tropicales son mi pasión.

Wallander lo invitó a continuar con un gesto.

—El caso es que estuve haciendo una ronda por este barrio la semana pasada. Artur Hålén se mostró interesado y me invitó a entrar a su casa. Nos sentamos aquí mismo, en la cocina. Le hablé de la enciclopedia, lo informé del precio y le ofrecí un ejemplar de muestra para que le echase un vistazo. Media hora más tarde, firmó el contrato. Así que lo llamé esta mañana, como habíamos acordado, para preguntarle si le venía bien que pasase esta tarde a traerle los libros.

—¿Qué día de la semana pasada estuvo usted aquí?

—El martes, entre las cuatro y media y las seis, más o menos.

Wallander recordó que él estaba entonces de guardia, pero no halló motivo para contarle al hombre que él también vivía allí. En especial, después de haber asegurado que era ayudante de homicidios.

—El único interesado era Hålén —prosiguió Holmberg—. La señora del piso de arriba empezó a protestar porque, según decía, lo único que yo hacía aquí era molestar. Son gajes del oficio, aunque no sucede muy a menudo. ¡Ah, sí! Y recuerdo que en el apartamento de al lado no había nadie.

—Dice usted que Hålén efectuó el pago del primer plazo, ¿no es cierto?

El hombre abrió el maletín en el que guardaba los libros y le mostró a Wallander un recibo con fecha del viernes de la semana anterior.

Wallander se esforzaba por llegar a alguna conclusión.

—¿Durante cuánto tiempo se supone que tenía que estar pagando la enciclopedia?

—Dos años, hasta haber satisfecho los plazos de los veinte volúmenes.

«Bueno, pues esto no tiene sentido», concluyó Wallander. «No. Decididamente, nada encaja. Un hombre que tiene la intención de suicidarse no firma un contrato de compra que tendrá una vigencia de dos años.»

—¿Cuál fue la impresión que le causó Hålén? —inquirió Wallander.

—Creo que no entiendo su pregunta.

—Sí, que cómo estaba, ¿tranquilo, contento o parecía preocupado?

—Bueno, la verdad es que no estuvo muy hablador. Pero estaba visiblemente interesado en la enciclopedia. De eso estoy seguro.

Wallander no tenía más preguntas que hacer, por el momento. Sobre el alféizar de la ventana de la cocina había un lápiz, de modo que rebuscó en el bolsillo para ver si tenía algún papel, pero lo único que halló fue la lista de la compra. Le dio la vuelta y le pidió a Holmberg que anotase su número de teléfono.

—No es probable que volvamos a ponernos en contacto con usted, pero, de todos modos, quiero que me facilite su número de teléfono.

—Hålén parecía sanísimo —aseguró Holmberg—. ¿Qué es lo que ha ocurrido, en realidad? ¿Y qué pasará ahora con el contrato?

—Pues, como no tenga algún familiar que se haga cargo, no creo que lo pague nadie. Le aseguro que Artur Hålén está muerto.

—¿Y no puede decirme qué ha pasado?

—No, lo siento.

—Pues suena muy desagradable.

Wallander se puso en pie, en señal de que daba por finalizada la conversación.

Holmberg permaneció un instante en pie, maletín en mano.

—¿Tal vez podría mostrarle la enciclopedia a usted, señor agente?

—Ayudante —lo corrigió Wallander—. Y le aseguro que no necesito ninguna enciclopedia. Al menos, no ahora.

Wallander lo acompañó hasta la calle y no regresó al apartamento de Hålén hasta que el vendedor dobló la esquina subido en su bicicleta. Sentado ante la mesa de la cocina, repasó mentalmente cuanto Holmberg le había contado. La única explicación lógica que se le ocurría era que su vecino hubiese decidido quitarse la vida de forma completamente repentina. Si es que no estaba tan loco que hubiese querido gastarle una broma pesada a un inocente vendedor de libros.

En la distancia, oyó el timbre de un teléfono y comprendió, aunque algo tarde, que era el suyo. Echó a correr hacia su apartamento. Era Mona.

—Creí que ibas a venir a buscarme —le reprochó ella enojada.

Wallander miró el reloj y lanzó una maldición en su fuero interno: tendría que haber estado en el puerto hacía más de un cuarto de hora.

—Estaba ocupado con la investigación de un crimen —adujo a modo de excusa.

—¡Pero si hoy tenías el día libre!

—Ya, pero, por desgracia, me necesitaban.

—Me cuesta creer que no haya más policías que tú. Esto no va a ser siempre así, ¿verdad?

—No, claro, seguro que se trata de un caso excepcional.

—¿Has hecho la compra?

—Pues no he tenido tiempo.

Wallander notó la decepción de Mona.

—Voy a buscarte ahora mismo —le aseguró—. Intentaré encontrar un taxi y nos iremos a comer fuera, ¿de acuerdo?

—¿Y cómo quieres que me lo crea? Quién sabe si no tendrás que intervenir de nuevo...

—Estaré ahí lo antes posible, te lo aseguro.

—Bien. Me sentaré en un banco aquí fuera. Pero no esperaré más de veinte minutos. Si no has venido, me voy a casa.

Wallander colgó el auricular y llamó al servicio de taxis, pero comunicaba. Tardó casi diez minutos en pedir el coche y, entre un intento y el siguiente, cerró con llave el apartamento de Hålén y se cambió de camisa.

Llegó a la terminal de los barcos con destino a Dinamarca treinta y tres minutos más tarde, y para entonces, Mona ya se había marchado. La joven vivía en la calle de Södra Förstadsgatan. Wallander fue a pie hasta la plaza de Gustav Adolf y llamó desde una cabina, pero no obtuvo respuesta. Cuando lo intentó de nuevo, cinco minutos más tarde, Mona ya estaba en casa.

—Cuando digo que espero veinte minutos son veinte minutos.

—Es que no encontraba ningún taxi... La jodida centralita no dejaba de comunicar.

—Bueno, de todos modos, estoy cansada. Lo dejamos para otro día.

Wallander intentó convencerla, pero Mona estaba decidida. La conversación desembocó en una discusión, que ella concluyó colgando el auricular. Wallander estrelló el suyo contra el aparato. Desde un coche de policía que patrullaba por allí, los compañeros le dedicaron una mirada llena de reprobación, pero no parecieron reconocerlo.

Wallander se dirigió a continuación a un puesto de perritos calientes que había en la plaza. Después, se sentó en un banco y se puso a comer mientras contemplaba ausente a unas gaviotas que se disputaban un trozo de pan.

Mona y él no solían enfadarse, pero, cada vez que ocurría, él se preocupaba. En el fondo, sabía que todo quedaría olvidado al día siguiente y que entonces ella se comportaría como de costumbre. Pero el sentido común no aplacaba su desazón, que solía persistir hasta la reconciliación.

Cuando llegó a casa, se acomodó ante la mesa de la cocina y comenzó a confeccionar un esquema de lo sucedido en el apartamento del vecino, aunque con la sensación de que su esfuerzo no lo conducía a ninguna parte. Por otro lado, se sentía inseguro: en realidad, ¿cómo había que conducirse en la investigación y análisis del lugar del crimen? Comprendió que, pese a los años invertidos en la Escuela Superior de Policía, carecía de la mayor parte de los conocimientos básicos precisos. Media hora más tarde y con no poco enojo, arrojó el lápiz sobre la mesa. Todo eran imaginaciones suyas. Hålén se había pegado un tiro y ni la quiniela ni el vendedor de libros podían modificar aquel hecho. Lo que debería estar haciendo, se recriminaba, era más bien lamentar no haber mantenido un contacto más estrecho con su vecino, pues tal vez hubiese sido la soledad lo que, finalmente, lo había movido a acabar con su vida.

El joven Wallander iba y venía por el apartamento lleno de zozobra y tremendamente agitado. Mona había quedado decepcionada. Y él era el único responsable.

Desde la calle se oyó el ruido de un coche al pasar. A través de la ventanilla abierta, surgían las notas de una canción, *The House of the Rising Sun,* que había sido muy popular hacía unos años, pero... ¿cómo se llamaba el grupo? ¿Kinks? Wallander no lo recordaba. Después cayó en la cuenta de que, a aquellas horas, lo que solía oír era el débil ronroneo del televisor de Hålén al otro lado de la pared. Ahora, en cambio, reinaba el silencio.

Wallander se sentó en el sofá y puso los pies sobre la mesa. Recordó la imagen de su padre con la capucha de lana y los pies sin calcetines. De no haber sido tan tarde, podría haber ido a jugar una partida con él. De todos modos, se sentía cansado, pese a que aún no habían dado las once de la noche. Encendió el televisor, donde, como de costumbre, daban un programa de debate. Le llevó algo de tiempo comprender que los participantes discutían sobre las ventajas y los inconvenientes del nuevo orden cuya implantación era ya inminente: el orden del mundo de los ordenadores. Apagó el aparato y se quedó allí sentado un instante aún hasta que, con un bostezo, decidió desnudarse e irse a dormir.

Ya en la cama, no tardó en caer vencido por el sueño.

Jamás llegó a saber qué lo había despertado. De improviso se halló a sí mismo totalmente despabilado y atento a los sonidos de la penumbrosa noche estival. Era evidente que algo lo había arrancado del sueño; tal vez el paso de un coche con el tubo de escape estropeado... La cortina se mecía despacio ante la ventana entreabierta. Wallander cerró los ojos.

Y entonces lo oyó perfectamente.

Alguien había entrado en el apartamento de Hålén. Contuvo la respiración, sin dejar de prestar atención al ruido. Oyó un tintineo, como si hubiesen cambiado de lugar algún objeto metálico o de cristal. Después, el rumor sordo de un mueble al ser arrastrado. Wallander miró el reloj que tenía sobre la mesilla de noche. Eran las tres menos cuarto. Aplicó el oído a la pared, y ya había empezado a pensar que todo eran figuraciones suyas cuando lo oyó de nuevo. No le cupo entonces la menor duda de que había alguien allí dentro.

Sentado en la cama, se preguntaba qué hacer. ¿No debería llamar a la policía? Si Hålén no tenía parientes, nadie tenía por qué estar en su apartamento, pero, en realidad, aún ignoraban cuál era la situación familiar del fallecido. Por otro lado, su vecino bien podía haberle dejado un juego de llaves a alguien sin que ellos lo supiesen.

Wallander se incorporó y se puso los pantalones y la camisa, antes de salir descalzo al descansillo. La puerta del apartamento de Hålén estaba cerrada, pero él llevaba las llaves en la mano. De pronto, no supo muy bien cómo proceder. Lo más lógico era llamar a la puerta. No en vano, Hemberg le había confiado, junto con las llaves, cierta responsabilidad. Así, dio unos toquecitos sin pensarlo más y aguardó. El ruido cesó por completo. Volvió a llamar, pero nada sucedió. En ese preciso momento comprendió que si, como él sospechaba, había alguien en el apartamento, aquella persona podría huir por una de las ventanas. De hecho, no había ni dos metros de altura hasta el suelo. Con una silenciosa maldición, echó a correr hacia la calle y después hasta la esquina a la que daba el apartamento de su vecino. La calle estaba desierta, pero una de las ventanas de Hålén se veía abierta de par en par.

Volvió a entrar y abrió la puerta de Hålén. Preguntó en voz alta si había alguien allí, pero no oyó nada. Cuando, tras haber encendido la lámpara del vestíbulo, entró en la habitación, comprobó que los cajones del escritorio estaban abiertos. Wallander echó una ojeada a su alrededor. La persona que había estado en el apartamento buscaba algo. Se acercó hasta la ventana con la intención de comprobar si la habían forzado, pero no halló marcas de ningún tipo. Lo que lo llevó a extraer dos conclusiones: la persona que había entrado en el apartamento de su vecino tenía las llaves, y esa persona no tenía el menor interés en permitir que la descubriesen.

Wallander encendió la luz de la habitación y se entregó a la tarea de investigar si faltaba algo, pero no estaba seguro de recordar todos los objetos que había visto unas horas antes. Lo que más les había llamado la atención seguía allí: el escarabajo, los dos libros de registro y la vieja fotografía que, no obstante, estaba fuera del sobre y yacía en el suelo. Wallander se acuclilló para mirar el sobre. Aquella persona había sacado la foto de allí, lo que lo llevó a pensar que tal vez estuviese buscando algo que, al igual que la fotografía, pudiese guardarse en un sobre.

Se puso en pie y continuó su inspección. Las sábanas estaban revueltas en el suelo y las puertas del armario abiertas. Uno de los dos trajes de Hålén había caído al suelo.

«De modo que alguien ha estado rebuscando aquí», se dijo. «La cuestión es qué buscaban. Y si ya lo habían encontrado cuando yo llamé a la puerta.»

Se dirigió entonces a la cocina. Las puertas de los muebles estaban abiertas y un cazo había ido a parar al suelo, lo que lo movió a preguntarse si no habría sido ése el ruido que lo había despertado. «En realidad, la respuesta es obvia», reflexionó. «Si la persona que irrumpió en el apartamento hubiese encontrado lo que buscaba antes de que yo llamase, se habría marchado por la vía habitual en lugar de salir por la ventana. De modo que lo que buscaba sigue aquí, si es que alguna vez ha estado aquí.»

Wallander volvió a la habitación y contempló la mancha de sangre reseca en el suelo.

«¿Qué sucedió?», se preguntó inquieto. «¿Habrá sido realmente un suicidio?»

Continuó examinando el apartamento pero, a las cuatro y diez se dio por vencido y volvió al suyo dispuesto a meterse en la cama de nuevo, no sin antes poner el despertador a las siete de la mañana. Lo primero que haría sería llamar a Hemberg.

Al día siguiente, una lluvia torrencial inundaba las calles de Malmö mientras Wallander se apresuraba hacia la parada del autobús. Había dormido mal aquella noche y se había despertado mucho antes de que sonase la alarma del reloj. La sola idea de poder impresionar a Hemberg con su prudente seguimiento de todo aquel asunto lo hizo entregarse a la recreación de imprecisas fantasías acerca de cómo él, un día, llegaría a ser un investigador criminalista fuera de lo común. Aquella idea lo movió, además, a decidirse a discrepar de Mona sin tanta reserva: no cabía esperar que un agente de policía fuese siempre puntual.

Faltaban cuatro minutos para las siete de la mañana cuando entró en la comisaría. Había oído decir que Hemberg solía llegar al trabajo muy temprano y, tras consultar en recepción, el rumor le quedó confirmado, pues, según supo, el inspector estaba allí desde las seis. Wallander se dirigió a las dependencias de la brigada judicial. Casi todos los despachos estaban aún vacíos. Él fue directamente al de Hemberg y dio unos golpecitos en la puerta. Cuando oyó la voz de Hemberg, la abrió y entró para comprobar que el inspector, sentado en la silla de las visitas, se concentraba en la tarea de cortarse las uñas. Al ver a Wallander, frunció el entrecejo.

—¿Habíamos acordado vernos esta mañana? En tal caso, lo había olvidado.

—No, pero tengo cierta información que creo debo transmitirle.

Hemberg dejó el cortaúñas en el lapicero y se sentó al otro lado del escritorio.

—Si crees que puede llevarte más de cinco minutos, tienes permiso para sentarte —propuso el inspector.

Wallander le refirió, de pie, los sucesos acontecidos, comenzando por el vendedor de libros para proseguir con la intempestiva visita nocturna al apartamento del fallecido. Mientras hablaba, le fue imposible determinar si Hemberg estaba o no interesado en su relato, pues el rostro del inspector era impenetrable.

—Y eso es todo —concluyó Wallander—. Pensé que debía informar de todo ello lo antes posible.

Hemberg le indicó que tomase asiento, antes de abrir un bloc escolar y escoger un lápiz para anotar el nombre y el número de teléfono del vendedor de enciclopedias. Wallander grabó en su memoria la imagen del bloc escolar: al parecer, Hemberg no se servía ni de papeles sueltos ni de los modelos de informe impresos.

—La visita nocturna resulta extraña —admitió—. Pero yo creo que, en el fondo, no modifica nuestra interpretación de los hechos. Estoy convencido de que Hålén se suicidó. Los resultados de la autopsia y del examen del arma confirmarán esta tesis cuando estén listos.

—Ya, pero yo me pregunto quién sería la persona que entró allí ayer noche.

Hemberg se encogió de hombros.

—Bueno, tú mismo has sugerido una respuesta plausible: alguien que tenía llaves y que buscaba algo que no quiere perder. Los rumores se difunden con una rapidez sorpren-

dente y la gente vio tanto los coches patrulla como la ambulancia, de modo que muchos sabían que Hålén estaba muerto tan sólo un par de horas después del suceso.

—Sí, claro, pero es muy extraño que esa persona huyese
por la ventana, ¿no?

Hemberg exhibió una amplia sonrisa.

—Es posible que pensase que eras un ladrón —sugirió.

—¿Un ladrón que llama a la puerta?

—Bueno, es un medio muy usual de comprobar si hay
gente en casa.

—De acuerdo, pero ¿a las tres de la mañana?

Hemberg dejó el lápiz y se retrepó en la silla.

—No pareces muy convencido —declaró el inspector sin
ocultar la irritación que la pertinacia de Wallander empezaba a provocar en él.

Por su parte, el joven agente comprendió que se había
extralimitado y emprendió la retirada.

—Por supuesto que sí. Fue un suicidio y nada más.

—¡Estupendo! —exclamó Hemberg—. Entonces, no se
hable más. Has hecho bien en venir a informarme. Enviaré
a algunos chicos para que pongan un poco de orden y esperaremos a ver qué dicen los médicos y los técnicos. Después, podremos archivar a Hålén en una carpeta y olvidarnos de él.

Hemberg echó mano del auricular, en señal de que daba
por finalizada la conversación, y Wallander salió del despacho. Se sentía como un perfecto idiota. Un idiota que se había precipitado. Pero ¿qué se había creído? ¿Que había descubierto un caso de asesinato? Se marchó, pues, a su ala del
edificio y resolvió que Hemberg tenía, sin duda, toda la razón; que debía olvidar de una vez por todas el asunto de Hålén y conducirse como un diligente policía por un poco más
de tiempo.

Aquella misma noche, Mona fue a visitarlo a Rosengård. Cenaron juntos, pero Wallander no dijo nada de lo que tenía previsto. En cambio, le pidió perdón a su novia, que aceptó las disculpas y se quedó a pasar allí la noche. Estuvieron despiertos, tumbados en la cama, durante un buen rato, planificando el mes de julio, en que pasarían juntos dos semanas de vacaciones. Aún no tenían decidido qué hacer. Mona trabajaba en una peluquería de señoras y no ganaba demasiado. Su sueño era poder abrir su propia peluquería en un futuro. Tampoco el salario de Wallander era muy alto: mil ochocientas noventa y seis coronas al mes, para ser exactos. Como no tenían coche, se verían obligados a planificar todo al detalle para sacarle el mayor partido a su dinero.

Wallander había propuesto que fuesen al norte para hacer senderismo, pues jamás había estado más al norte de Estocolmo. Pero Mona quería ir a algún sitio donde pudiesen bañarse, de modo que estuvieron estudiando si sus ahorros conjuntos bastarían para un viaje a Mallorca. Sin embargo, los cálculos los llevaron a comprender que aquello resultaría demasiado caro. Entonces Mona sugirió un viaje a Skagen, a las costas de Dinamarca. Ella había estado allí varias veces de niña, con sus padres, y tenía un grato recuerdo del lugar. Además, había tomado la precaución de informarse y sabía que había varias pensiones a precios razonables que aún disponían de habitaciones libres. Antes de dormirse, lograron ponerse de acuerdo: irían a Skagen. Al día siguiente, Mona se encargaría de reservar habitación mientras Wallander averiguaba los horarios de los trenes desde Copenhague.

Aquella tarde, la del 5 de junio, Mona fue a visitar a sus padres, que vivían a las afueras de Staffanstorp. Wallander estuvo jugando al póquer con su padre durante un par de horas. Cosa curiosa, el hombre se encontraba de buen humor aquella tarde y no hizo ningún comentario crítico acerca de la elección profesional de Wallander. Cuando, además, logró ganarle a su hijo casi cincuenta coronas a las cartas, su estado de ánimo mejoró hasta el punto de que sacó una botella de coñac.

—Algún día iré a Italia —afirmó después del brindis—. Y, además, también me he propuesto ver las pirámides de Egipto.

—Y eso, ¿por qué?

El padre lo observó largo rato.

—¡Ésa sí que es una pregunta de lo más estúpido! —exclamó—. Está claro que, antes de morir, uno tiene que ver Roma. Y las pirámides también. Eso lo sabe todo el mundo.

—Pero ¿tú crees que hay muchos suecos que puedan permitirse ir a Egipto?

El padre fingió no haber oído su objeción.

—Pero yo no pienso morirme —añadió, cambiando de tema—. Lo que sí pienso hacer es mudarme a Löderup.

—¿Qué tal va la compra de la casa?

—El trato ya está cerrado.

Wallander lo miró atónito.

—¿Qué significa que ya está cerrado?

—Pues eso, que ya he comprado la casa y que está pagada. Svindala doce veinticuatro es la dirección.

—¡Pero si yo aún no la he visto!

—Bueno, pero no eres tú quien va a vivir en ella, sino yo.

—¿Y tú sí has estado allí?

—No. Vi una fotografía. Eso basta. Yo no emprendo viajes innecesarios. Entorpecería mi trabajo.

Wallander rugía por dentro. Estaba convencido de que habrían vuelto a engañarlo, como solía ocurrir cuando vendía sus cuadros a aquellos personajes de moralidad dudosa que llegaban en sus grandes coches americanos y que, durante años, habían sido sus compradores casi exclusivos.

—¡Vaya! Eso sí que es una noticia —comentó Wallander—. Y ¿puede saberse cuándo piensas mudarte?

—El camión llegará el viernes.

—¿Quieres decir que te trasladarás esta misma semana?

—Ya lo has oído. La próxima vez que juguemos a las cartas, será rodeados del fango de Escania.

Wallander alzó los brazos en señal de impotencia.

—¿Cuándo piensas embalarlo todo? Esto es un puro lío de trastos.

—Supuse que no tendrías tiempo para ayudarme, así que le he pedido a tu hermana que venga.

—Es decir, que si no hubiese venido esta tarde, la próxima vez me habría encontrado con la casa vacía, ¿no es así?

—Exacto.

Wallander le tendió su copa para que le pusiese más coñac, pero el padre la llenó sólo hasta la mitad.

—¡Si ni siquiera sé dónde está Löderup! ¿Es antes de llegar o pasado Ystad?

—Está antes de llegar a Simrishamn.

—¿No podrías responder a mi pregunta?

—Acabo de hacerlo.

El padre se levantó y guardó la botella, antes de señalar la baraja.

—¿Echamos otra ronda?

—No, ya no me queda dinero. Intentaré venir a echarte una mano con el embalaje por las tardes. Por cierto, ¿qué te ha costado la casa?

—Ya no me acuerdo.

—Eso no es posible. ¿Tanto dinero tienes?

—No. Pero el dinero no me interesa.

Wallander comprendió que no obtendría ninguna respuesta más concreta con respecto al precio de la casa. Eran ya las once de la noche y debía volver a casa y descansar. Sin embargo, le costaba marcharse, pues él había pasado en aquella casa toda su vida. En realidad, vivían en Klagshamn cuando él nació. Pero de aquel primer hogar no conservaba ningún recuerdo.

—Y ¿quién vendrá a vivir aquí?

—He oído decir que la van a derribar.

—Pues no pareces muy afectado. ¿Durante cuánto tiempo has vivido aquí?

—Diecinueve años. Más que suficiente.

—En fin, la verdad es que nadie puede acusarte de ser un sentimental. ¿Tienes conciencia de que éste fue el hogar de mi niñez?

—Una casa es una casa —sentenció el padre—. Me he cansado de vivir en la ciudad. Quiero instalarme en el campo. Seguro que allí podré vivir en paz, pintar y planificar mis viajes a Egipto y a Italia.

Wallander fue caminando hasta Rosengård. Bajo un cielo nublado, sintió que la idea de que el padre se mudase y de que derribasen el hogar de su niñez lo llenaba de desasosiego.

«Yo sí soy un sentimental», se dijo. «¿No será ésa la razón por la que me gusta tanto la ópera? La cuestión es si uno puede ser un buen policía con semejante inclinación.»

Al día siguiente, Wallander llamó para informarse de los horarios de los trenes, como parte de los preparativos para sus vacaciones. Mona reservó habitación en una pensión que parecía agradable. El joven agente dedicó el resto del día a patrullar por las calles del centro de Malmö. Por todas partes le parecía ver a la joven que se había encarado con él hacía unos días en aquel café. Soñaba con el día en que pudiese ir a trabajar sin uniforme. Desde cualquier lugar, le parecía percibir las miradas de la gente, llenas de aversión y desprecio, en especial las personas de su edad. Hacía las rondas en compañía de un policía obeso y algo lerdo llamado Svanlund que no cesaba de parlotear acerca de la jubilación que lo aguardaba en tan sólo un año y de sus planes de trasladarse a la finca familiar, situada a las afueras de Hudiksvall. Wallander lo escuchaba distraído interrumpiendo su silencio de vez en cuando con algún que otro comentario insulso. Salvo el incidente protagonizado por un grupo de alcohólicos a los que se vieron obligados a expulsar de un parque infantil, lo único que sucedió fue que a Wallander terminaron doliéndole los pies. Era la primera vez que le ocurría, pese a que, hasta la fecha, habían sido muchos los días que se había pasado haciendo la ronda. Se preguntó si no sería por su deseo cada vez más intenso de convertirse en agente del grupo de homicidios de la brigada judicial. Ya en casa, llenó una palangana de agua caliente y, cuando hundió en ella los pies, una sensación de bienestar absoluto inundó todo su cuerpo.

Cerró los ojos y empezó a pensar en la halagüeña perspectiva de las vacaciones. Mona y él tendrían tiempo de planificar su futuro sin interrupciones ni sobresaltos. Además, confiaba en que, muy pronto, podría dejar el uniforme para las ceremonias de gala y pasar a ocupar un despacho en la misma planta que Hemberg.

Se quedó un rato dormitando en la silla. La ventana estaba entreabierta y le pareció que alguien estaba quemando basura, pues la brisa le traía un débil olor a humo. O tal vez fuesen ramas secas. Se oía un ligero crepitar...

De repente, se despabiló sobresaltado, los ojos de par en par. ¿A quién se le habría ocurrido quemar basura en el jardín trasero del edificio? Si, además, no había en aquel barrio casas con jardín donde prender fuego a los desechos.

Entonces vio la humareda.

La delgada nube avanzaba filtrándose desde el vestíbulo. Al echar a correr hacia la puerta, vertió el agua de la palangana. El descansillo de la escalera estaba lleno de humo. Pero él sabía perfectamente qué era lo que estaba quemándose.

El apartamento de Hålén ardía en llamas.

2

Wallander llegaría a pensar después que, por una vez en su vida, se las había arreglado para actuar de acuerdo con el reglamento. En efecto, entró corriendo en su apartamento y llamó a los bomberos antes de, con idéntica premura, subir hasta el piso de Linnea Almqvist para que saliese a la calle. La mujer comenzó lanzando alguna protesta, pero Wallander la tomó resuelto del brazo y la alejó del peligro. Una vez hubieron atravesado el portal, el joven agente descubrió que tenía una herida considerable en la rodilla. De hecho, había tropezado con la palangana cuando volvió al apartamento para llamar a los bomberos y se dio un golpe contra el borde de la mesa, aunque no se había percatado de que sangraba hasta aquel momento.

La extinción del incendio había sido rápida, puesto que Wallander percibió el olor y dio la alarma antes de que estuviese muy extendido. Cuando se acercó al jefe del equipo de bomberos para saber si ya podían establecer la causa del fuego, el hombre se negó a ofrecerle ningún tipo de explicación. Encolerizado, el joven subió a su apartamento para hacerse con su placa de policía. El jefe del equipo, que se llamaba Faråker, era un hombre de unos sesenta años, de rostro bermejo y voz poderosa.

—¡Ya podrías haber dicho antes que eras policía! —exclamó.

—Sí, además vivo en el mismo edificio. Fui yo quien dio la alarma.

Wallander le refirió lo que le había ocurrido a Hålén.

—Se muere demasiada gente —sostuvo Faråker decidido.

Wallander no supo cómo interpretar aquel sorprendente comentario.

—Ya, pero eso significa que el apartamento estaba vacío —dijo.

—En fin. El incendio parece haber comenzado en el vestíbulo y que me aspen si no ha sido provocado —aventuró Faråker.

Wallander lo miró inquisitivo.

—¿Y cómo puedes saberlo tan pronto?

—Bueno, uno va aprendiendo alguna que otra cosa con el paso de los años —ironizó Faråker al tiempo que se volvía para dar instrucciones a sus compañeros—. A ti te ocurrirá lo mismo —prosiguió mientras rellenaba su vieja pipa.

—Pero si el incendio ha sido provocado, habrá que recurrir a la brigada judicial, ¿no? —apuntó Wallander.

—Ya están en camino.

Wallander acudió a ayudar a unos colegas que se esforzaban por apartar a los curiosos.

—Éste es el segundo incendio del día —comentó uno de los policías, llamado Wennström—. Esta mañana ya tuvimos que levantar una empalizada cerca de Linhamn.

Wallander se preguntó fugazmente, sin detenerse demasiado a meditarlo, si no habría sido su padre que, una vez tomada la decisión de mudarse, hubiese resuelto asimismo reducir su antigua casa a cenizas.

En aquel momento, un coche se detuvo junto a la acera. Wallander descubrió con sorpresa que era Hemberg, que le hacía señas para que se acercase.

—Oí la llamada. En realidad, Lundin ya estaba en camino, pero se me ocurrió que sería mejor que acudiese yo, puesto que ya conocía la dirección —aclaró el inspector.

—El jefe del equipo de bomberos sospecha que el incendio fue provocado.

Hemberg hizo una mueca de desdén.

—Sí, la gente no para de opinar esto y aquello... Conozco a Faråker desde hace casi quince años. Y tanto da si el incendio se declara en una chimenea o en el motor de un coche. Para él, todos los incendios son provocados. Ven conmigo y a lo mejor aprendes algo.

Wallander lo acompañó hasta donde se hallaba el jefe de bomberos.

—¿Qué te parece? —inquirió Hemberg.

—Provocado.

Faråker parecía muy seguro. Wallander intuyó que, entre los dos hombres, fluía una corriente de mutuo y bien cimentado rechazo.

—El hombre que vivía en este apartamento está muerto. ¿A quién crees que se le ocurriría provocar un incendio ahí dentro?

—Eso es asunto tuyo. Yo sólo sé que ha sido provocado.

—¿Podemos entrar?

Faråker llamó a uno de los bomberos, que les aseguró que no había peligro. El incendio estaba extinguido y los humos más tóxicos se habían disipado ya. Entraron en el vestíbulo, que aparecía negro de hollín hasta la puerta. Sin embargo, según comprobaron, el fuego no había llegado más allá de la cortina que separaba la entrada de la sala de estar. Faråker señaló la ranura del correo.

—Ahí empezó a arder sin llama, hasta que prendió el fuego. No hay ni cables eléctricos ni ningún contacto o dispositivo que haya podido arder por sí mismo.

Hemberg se acuclilló junto a la puerta y se puso a olfatear.

—¡Vaya! Puede que tengas razón, por una vez en la vida —declaró al tiempo que se incorporaba—. Aquí huele a algo raro. Petróleo, tal vez.

—Sí, de haber utilizado gasolina, el incendio habría tenido otro aspecto.

—En otras palabras: alguien ha introducido algo por la ranura del correo.

—Es lo más probable.

Faråker removió los restos carbonizados de la alfombra con la punta del pie.

—Pero no ha sido papel —aseguró—. Más bien un trozo de tela o una madeja de cuerda.

Hemberg meneó la cabeza resignado.

—Pues sí que es jodido que la gente se dedique a prender fuego en la casa de alguien que acaba de morir.

—Como te digo, eso es asunto tuyo, no mío —puntualizó Faråker.

—En fin. Les diremos a los técnicos que vengan a echar un vistazo.

Por un instante, Hemberg pareció preocupado. Finalmente, se dirigió a Wallander:

—¿Me invitas a un café?

Ya en el apartamento de Wallander, Hemberg observó con curiosidad la palangana volcada y el charco de agua que se había formado en el suelo.

—No habrás intentado apagar el fuego tú solo, ¿verdad?

—No, había metido los pies en agua...

Hemberg lo miró con sincero interés.

—¿Los pies en agua?

—Así es. A veces, me duelen los pies.

—Eso es porque no llevas el calzado adecuado —sostuvo Hemberg—. Yo estuve patrullando las calles durante más de diez años y jamás me dolieron los pies.

Hemberg se sentó a la mesa de la cocina mientras Wallander preparaba el café.

—¿Oíste algo? —quiso saber el inspector—. ¿Alguien que subiese o bajase la escalera?

—No.

A Wallander se le antojó vergonzoso admitir que también en aquella ocasión estaba durmiendo.

—Pero, si alguien hubiese estado rondado por aquí, ¿lo habrías oído?

—Bueno, suele oírse el portazo de abajo... —comentó Wallander esquivo—. Supongo que lo habría oído, sí; a no ser que, quien hubiese entrado, sujetara la puerta para no hacer ruido.

Wallander sacó un paquete de galletas María, que era lo único que tenía para acompañar el café.

—Lo que está claro es que hay algo raro en todo esto —sentenció Hemberg—. En primer lugar, Hålén se suicida. Luego, alguien hace una incursión nocturna en su apartamento y, finalmente, otro alguien le prende fuego.

—Tal vez no haya sido suicidio, después de todo.

—El caso es que estuve hablando con el forense esta mañana y, en su opinión, todo indica que se trata de un suicidio perfecto —aclaró Hemberg—. Hålén debía de tener buen pulso, pues apuntó con todo el acierto, justo en medio del corazón, sin la menor vacilación. El forense aún no ha terminado su trabajo, pero no parece que haya otra causa posible del fallecimiento salvo el suicidio. La cuestión es más bien qué buscaría la persona que irrumpió de noche en su apartamento y por qué querría alguien quemarlo. La hipótesis más verosímil es, sin duda, que se trate de la misma persona.

Hemberg le indicó a Wallander que le sirviese un poco más de café.

—A ver, ¿cuál es tu opinión? Demuéstrame que sabes pensar —lo retó el inspector.

Ni que decir tiene que Wallander no esperaba en absoluto que Hemberg le pidiese su opinión.

—La persona que entró en el apartamento de Hålén la otra noche buscaba algo, aunque lo más probable es que no lo hallase —comenzó Wallander.

—¿Tal vez porque fuiste tú a interrumpirlo? De haberlo encontrado, se habría marchado antes de que llegases, ¿no es así?

—Exacto.

—¿Y qué crees que buscaba?

—No lo sé.

—Bien. El caso es que esta noche alguien ha intentado prenderle fuego al apartamento, pero supongamos que se trata de la misma persona: ¿cómo lo interpretarías tú?

Wallander meditó un instante.

—Tómate el tiempo que necesites —lo animó Hemberg—. Para ser un buen investigador, debes aprender a pensar de forma metódica, lo que no significa otra cosa que pensar despacio.

—Tal vez porque no quiere que ninguna otra persona encuentre lo que él buscó sin éxito.

—¿Tal vez? ¿Por qué «tal vez»? —inquirió Hemberg.

—Pues porque existen otras explicaciones posibles.

—¿Ah, sí? ¿Como cuáles?

Wallander rebuscaba febrilmente en su mente, sin hallar ninguna respuesta.

—No lo sé —admitió al fin—. No se me ocurre ninguna otra explicación. Al menos por ahora.

Hemberg tomó una galleta.

—No. A mí tampoco —confesó—. Lo que muy bien puede significar que la explicación se encuentra en el interior del apartamento, por más que nosotros no hayamos dado con ella aún. De haber quedado todo en la irrupción nocturna, habríamos archivado la investigación tan pronto como los técnicos hubiesen terminado con el examen del arma y el forense hubiese emitido su informe. Sin embargo, este incendio nos obliga a echar otra ojeada al apartamento.

—¿Seguro que Hålén no tenía familia? —quiso saber Wallander.

Hemberg apartó la taza antes de ponerse en pie.

—Ven mañana a mi despacho y podrás ver el informe.

Wallander se mostró vacilante.

—No sé si tendré tiempo. Mañana tenemos una serie de redadas en los parques de Malmö. Estupefacientes, ya sabes.

—Hablaré con tu superior —aseguró Hemberg—. No te preocupes, yo me encargo de arreglarlo.

Así, poco después de las ocho de la mañana siguiente, 7 de junio, Wallander empezaba a leer todo el material recopilado por Hemberg en torno a la persona de Hålén. La información era, sin duda, más que escasa. El hombre no poseía ninguna fortuna, aunque tampoco había dejado deudas pendientes. Simplemente, vivía de su pensión. El único familiar mencionado en los documentos era una hermana, fallecida en 1967 en Katrineholm. Los padres habían muerto mucho antes.

Wallander leyó el informe en el despacho de Hemberg mientras éste acudía a una reunión matinal. Poco después de las ocho y media, el inspector ya estaba de vuelta.

—¿Has encontrado algo interesante? —inquirió.

—¿Cómo es posible que alguien pueda llegar a estar tan solo en el mundo?

—Sí, es una buena pregunta —convino Hemberg—. Pero su contestación no nos proporciona ninguna clave reveladora. Será mejor que vayamos al apartamento.

A lo largo de la mañana, los técnicos criminalistas llevaron a cabo una exhaustiva inspección del domicilio de Hålén. El hombre que dirigía la operación era de baja estatura, además de parco en palabras. Se llamaba Sjunnesson y era una leyenda entre los técnicos criminalistas suecos.

—Si hay algo, él lo encontrará —aseguró Hemberg—. Quédate aquí y aprende.

De repente, Hemberg recibió un mensaje y desapareció.

—Un individuo que se ha ahorcado en un garaje cerca de Jägersro —explicó el inspector ya de vuelta.

Dicho esto, volvió a marcharse y cuando apareció de nuevo, llevaba el pelo recién cortado.

A las tres de la tarde, Sjunnesson dio por finalizadas las tareas de inspección.

—Aquí no hay nada —declaró—. Ni dinero oculto, ni droga. Esto está limpio.

—En ese caso, alguien creía que había algo aquí escondido —precisó Hemberg—. Pero ese alguien estaba equivocado. Bien, creo que podemos dar por archivado este caso.

Wallander lo acompañó hasta la calle.

—Lo más importante de todo es, probablemente, saber cuándo ha llegado el momento de terminar —señaló el inspector.

Wallander volvió a su apartamento y llamó a Mona. Acordaron que se verían por la tarde para dar un paseo en un coche que le había prestado una amiga. La joven lo recogería en Rosengård a las siete.

—Podemos ir a Helsingborg —propuso ella.

—¿Por qué a Helsingborg?

—Porque nunca he estado allí.

—Pues yo tampoco —admitió Wallander—. Estaré listo a las siete. Y nos iremos a Helsingborg.

Pero Wallander no salió para Helsingborg aquella tarde. En efecto, el teléfono sonó poco antes de las seis y le trajo la voz de Hemberg.

—Ven ahora mismo —ordenó—. Estoy en mi despacho.

—Lo cierto es que tengo otros planes —objetó Wallander tímidamente.

Hemberg lo interrumpió.

—Creí que te interesaba lo que le había sucedido a tu vecino. Ven y verás algo curioso. No te llevará mucho tiempo.

No fue preciso nada más para despertar la curiosidad de Wallander. El joven agente llamó enseguida a Mona, que no estaba en casa.

«Me dará tiempo», se dijo. «En realidad, no puedo permitirme tomar un taxi, pero no me queda otro remedio». Rasgó un trozo de una bolsa de papel y garabateó una nota en la que aseguraba que estaría de vuelta a las siete. Hecho esto, llamó a la central de taxis, desde donde, en esta ocasión, respondieron de inmediato. Dejó la nota fijada a la puerta con cinta adhesiva y se marchó a la comisaría. Hemberg estaba, en efecto, en su despacho, con los pies apoyados sobre la mesa.

Al ver a Wallander, le indicó que tomase asiento.

—Nos hemos equivocado —comenzó—. Hay una alternativa en la que no habíamos reparado. Sjunnesson no cometió ningún error. Él describió la situación tal y como era: él dijo que no había nada en el apartamento de Hålén. Y estaba en lo cierto. Pero también lo es que hubo algo.

Wallander no sabía exactamente a qué se refería Hemberg.

—He de admitir que yo también me despisté —prosiguió Hemberg—. Lo que ocurre es que Hålén se lo llevó consigo.

—¡Pero si él estaba muerto! —opuso Wallander.

Hemberg asintió.

—Recibimos una llamada del forense —aclaró el inspector—. Ya habían terminado con la autopsia. Y, en el estómago de Hålén, encontraron algo muy interesante.

Hemberg bajó los pies de la mesa antes de inclinarse sobre uno de los cajones, del que sacó un pequeño retazo de tela enrollado. El inspector lo desplegó con sumo cuidado ante Wallander.

Lo que ocultaba el trozo de paño eran unas piedras. Piedras preciosas que Wallander no fue capaz de identificar.

—Recibí la visita de un joyero justo antes de que llegaras —explicó Hemberg—. Hizo una valoración rápida. Son diamantes. Probablemente de minas surafricanas. Dijo que valen una pequeña fortuna. Y Hålén se los había tragado.

—¿Los tenía en el estómago?

Hemberg asintió.

—No es de extrañar que no los encontrásemos.

—Pero ¿por qué se los tragó? ¿Y cuándo lo hizo?

—La última pregunta quizá sea la más importante. Según el forense se los había tragado tan sólo un par de horas antes de pegarse el tiro. Antes de que los intestinos y el estómago dejasen de funcionar. ¿Qué crees tú que puede significar eso?

—Pues que tenía miedo.

—Muy bien.

Hemberg apartó el paño con los diamantes y volvió a colocar los pies sobre la mesa. Wallander notó que le olían mal.

—Bien, hazme una síntesis —solicitó el inspector.

—No sé si seré capaz.

—Bueno, inténtalo.

—Hålén se tragó los diamantes porque temía que alguien se los robase. Y después se pegó un tiro. Quien estuvo allí durante la noche buscaba esos diamantes. Lo que no acabo de explicarme es el incendio.

—¿Y no se te ocurre otro modo de interpretarlo? —propuso Hemberg—. Si modificas ligeramente los motivos de Hålén..., ¿qué ves entonces?

De repente, Wallander comprendió hacia dónde apuntaba Hemberg.

—Tal vez no tuviese miedo —sugirió Wallander—. Es posible que no pretendiese otra cosa que evitar separarse de sus diamantes.

Hemberg asintió de nuevo.

—Cierto, pero aún podemos extraer otra conclusión: que alguien sabía que Hålén estaba en posesión de estos diamantes.

—Y que Hålén sabía que ese alguien lo sabía.

Hemberg afirmó con gesto complacido.

—¡Vaya! Vas progresando —lo animó—. Aunque despacio.

—Ya, bueno. Pero eso no explica el incendio.

—Uno debe preguntarse siempre qué es lo más importante —le advirtió Hemberg—. ¿Cuál es el centro, el verdadero núcleo? El incendio puede ser una maniobra para despistar. O la reacción de una persona encolerizada.

—Pero ¿de quién?

Hemberg se encogió de hombros.

—No creo que lleguemos a saberlo. Hålén está muerto. No sabemos cómo consiguió los diamantes. Si acudo al fiscal con lo que tenemos hasta ahora con la intención de abrir una investigación, se reirá en mi cara.

—¿Qué será de los diamantes?

—Pasarán al fondo nacional de herederos. Y a nosotros no nos queda más que sellar los documentos y archivar el informe de la muerte de Hålén en lo más profundo del sótano.

—¿Quieres decir que no se investigará el incendio?

—Me temo que no de forma exhaustiva —apuntó Hemberg—. Pero tampoco parece que haya motivos.

Hemberg se puso en pie y se acercó a un armario que había ante una de las paredes. Abrió la cerradura con una llave que tenía en el bolsillo y le indicó a Wallander que se acercase, pues quería mostrarle los archivadores que allí había esparcidos, como precintados.

—Éstos son mis infatigables seguidores —reveló Hemberg—. Tres casos de asesinato que no están ni aclarados ni archivados. No soy yo el encargado de resolverlos. Revisamos los informes una vez al año y siempre que surgen nuevos datos. Éstos no son los originales, sino copias. A veces los pintarrajeo. Incluso sueño con ellos. La mayor parte de los policías no se lo toman así. Ellos hacen su trabajo y, cuando se van a casa, olvidan todo lo que tienen entre manos. Luego están los otros policías, los que son como yo. Los que no son capaces de abandonar del todo aquello que no está resuelto. Incluso hay ocasiones en que me los llevo cuando me voy de vacaciones. Tres casos de asesinato. Una chica de diecinueve años, en 1963. Ann-Louise Franzén. La hallaron ahorcada detrás de unos arbustos cerca de la salida norte. Leonard Johansson, también en 1963. Tan sólo tenía diecisiete años. Alguien le había aplastado la cabeza con una piedra. Lo encontramos en la playa, al sur de la ciudad.

—Sí, a él sí lo recuerdo —comentó Wallander—. Se sospechaba que había muerto en una pelea por una chica que degeneró en algo más serio, ¿no?

—Sí, el origen de todo fue una trifulca por una chica —confirmó Hemberg—. Estuvimos interrogando al rival durante años. Pero jamás pudimos pillarlo. Y, la verdad, yo no creo que fuera él.

Hemberg señaló la última carpeta.

—Ésta es otra chica. Lena Moscho, veinte años, 1959. El mismo año en que yo llegué a Malmö. Le habían amputado las manos y la habían enterrado en el camino hacia Svedala. Un perro localizó su rastro. La habían violado. Vivía en Jägersro, con sus padres. Una buena chica, estudiante de medicina, ¡figúrate! Eso sucedió en abril. Salió a comprar el periódico y nunca más volvió. Nos llevó cinco meses dar con ella.

Hemberg movió la cabeza con disgusto.

—En fin, ya veremos a qué tipo de policía acabas perteneciendo tú: si a los que olvidan o a los que recuerdan siempre —comentó Hemberg al tiempo que cerraba la carpeta.

—Ni siquiera sé si valgo para esto —confesó Wallander.

—Al menos, tienes voluntad —advirtió Hemberg—. Ése es, sin duda, un buen principio.

Cuando Hemberg empezó a ponerse la chaqueta, Wallander miró el reloj y comprobó que eran las siete menos cinco.

—Tengo que irme.

—Si esperas un poco, puedo llevarte a casa —se ofreció Hemberg.

—Es que tengo algo de prisa.

Hemberg se encogió de hombros.

—Bueno, pues ahora ya sabes qué tenía Hålén en el estómago.

Wallander tuvo suerte y logró parar un taxi al salir de la comisaría. Cuando llegó a Rosengård, eran las siete y nueve minutos. Confiaba en que Mona se hubiese retrasado, pero, cuando leyó la nota que le había dejado en la puerta, supo que no había sido así.

«¿Es ésta la vida que nos espera?», rezaba el mensaje.

Wallander retiró el papel, y la chincheta rodó escaleras abajo. Pero no se molestó en ir a buscarla. Con un poco de suerte, se le clavaría a Linnea Almqvist en la suela del zapato.

«¿Es ésta la vida que nos espera?» Wallander comprendía a la perfección la impaciencia de Mona. Ella no abrigaba las mismas aspiraciones que él de su vida profesional, pues el sueño de emprender su propia peluquería tardaría aún años en cumplirse.

Una vez en el apartamento, se dejó caer en el sofá, presa de un profundo sentimiento de culpa. Sabía que debía dedicar más tiempo a Mona, en lugar de contentarse con esperar que ella tuviese más paciencia cuando él llegaba tarde. Asimismo, estaba convencido de que llamarla por teléfono carecía de sentido, pues Mona estaría ya en el coche de su amiga, camino de Helsingborg.

De repente, lo invadió un punto de desasosiego al preguntarse si todo aquello no sería un error. ¿Acaso se había planteado en serio lo que significaría vivir con Mona y tener hijos con ella?

No obstante, pronto disipó sus dudas: «En Skagen, tendremos tiempo de hablar de ello», se tranquilizó. «En una playa no es posible llegar tarde.»

Miró el reloj y comprobó que eran las siete y media. Encendió el televisor y supo por las noticias que, como de costumbre, un avión se había estrellado en alguna parte. ¿O sería quizás un tren que había descarrilado? Fue a la cocina y, mientras escuchaba distraído las noticias, se puso a buscar una cerveza en el frigorífico. Pero lo único que encontró fue una gaseosa medio vacía. De repente, sintió un deseo irrefrenable de beber algo más fuerte. Le atraía la idea de ir al centro y, una vez más, sentarse a beber en algún bar. Sin embargo, la rechazó de inmediato, puesto que ya andaba corto de dinero pese a estar todavía a primeros de mes.

De modo que, en lugar de salir, se calentó el café que había en la cafetera y empezó a pensar en Hemberg y en los casos sin resolver que el hombre guardaba en un armario. ¿Llegaría él a parecerse al inspector o lograría acostumbrarse a dejar el trabajo en la comisaría cuando se marchase a casa? «Así tendrá que ser, por Mona», concluyó. «De lo contrario, se pondrá fuera de sí.»

El llavero rozaba la silla, lo soltó del pantalón y lo dejó, con gesto ausente, sobre la mesa. Entonces, una idea acudió a su cabeza, algo relacionado con Hålén.

La cerradura de seguridad. Aquella que su vecino había hecho instalar no hacía mucho. ¿Cómo habría que interpretar ese hecho? Parecía probable que hubiese tomado dicha medida a causa del miedo que sentía a estar solo. Pero ¿por qué habría estado la puerta entreabierta cuando Wallander lo encontró?

Había en aquel suceso demasiados detalles que no encajaban y, pese a que Hemberg sostenía que era un caso de suicidio, la duda había hecho presa en Wallander.

El joven agente se reafirmaba en su convicción de que, tras el suicidio de Hålén, se agazapaba un aspecto oscuro que ni por asomo habían vislumbrado. Se tratase o no de un suicidio, había, sin duda, algo más.

Wallander buscó un bloc en uno de los cajones de la cocina y se sentó a escribir los puntos en los que él aún se atascaba: la cerradura de seguridad, el boleto de la quiniela, el que la puerta estuviera entreabierta, quién habría entrado de noche en el apartamento para buscar las piedras preciosas, por qué provocar un incendio.

Hecho esto, intentó rememorar lo que había leído en los registros de las compañías navieras. Recordaba haber leído el nombre de Río de Janeiro, pero ignoraba si se trataba de un barco o si aludía a la ciudad. También Gotemburgo y

Bergen figuraban entre los topónimos. Así como Saint-Louis. ¿Dónde estaría Saint-Louis, en Estados Unidos o en Brasil? Al consultar el índice del atlas, se topó de repente con la denominación São Luís y supo de inmediato que se trataba de aquella ciudad.

Volvió a revisar la lista. «¿No estaré ante algo que no logro ver con claridad?», se preguntaba. «¿Alguna conexión, una explicación o, como sugirió Hemberg, un núcleo?»

Pero, por más que reflexionaba, nada halló.

El café ya se le había enfriado en la taza cuando, impaciente, regresó al sofá. La televisión emitía otro programa de debate aunque, en esta ocasión, lo protagonizaba un grupo de personas de largas melenas que discutían acerca del nuevo pop inglés. Apagó el aparato y puso el tocadiscos. Al punto, Linnea Almqvist comenzó a aporrear el suelo. Ganas le dieron de subir el volumen hasta el máximo, pero lo que hizo fue apagar también el tocadiscos.

En ese momento, sonó el teléfono. Era Mona.

—Estoy en Helsingborg. Te llamo desde una de las cabinas del atracadero —aclaró ella.

—Siento haber llegado tarde a casa —se disculpó Wallander.

—Supongo que te llamaron del trabajo, ¿verdad?

—Pues sí, me llamaron de la brigada judicial; aunque aún no trabajo allí.

Wallander esperaba impresionarla, pero ella no pareció creerlo siquiera. El silencio reinaba entre ellos.

—¿No puedes venir? —preguntó el agente.

—La verdad, creo que será mejor que nos tomemos un descanso —respondió Mona—. Al menos, una semana.

Wallander se quedó helado: ¿no estaría Mona pensando en dejarlo?

—Estoy segura de que será lo mejor —insistió la joven.

—Pero ¿no íbamos a pasar las vacaciones juntos?

—Sí, claro. A menos que hayas cambiado de opinión.

—¡Cómo iba a cambiar de opinión!

—No tienes por qué alzar la voz. Llámame dentro de una semana. No antes.

Intentó retenerla aún unos minutos, pero ella ya había colgado.

Wallander pasó el resto de la tarde sentado, inundado por una sensación de pánico creciente. Nada lo aterraba más que el verse abandonado. Tan sólo mediante un esfuerzo extremo pudo sustraerse a la tentación de llamar a Mona después de medianoche. Se tumbó para, al minuto, volver a levantarse y prepararse unos huevos fritos que, sin embargo, no llegó a tocar. El claro cielo estival se le antojó, de pronto, amenazante.

Y así, no logró dar una cabezada hasta cerca de las cinco de la mañana, pero, apenas unos minutos más tarde, algo lo hizo saltar nervioso de la cama.

Una idea había acudido a su mente.

La quiniela.

Hålén tenía que haber dejado el resguardo en algún lugar. Seguramente, donde solía dejarlo todas las semanas. Y, puesto que no era habitual que el hombre frecuentase otro barrio que el propio, debía de haberla entregado en alguno de los expendedores de tabaco de los alrededores.

En realidad, no tenía muy claro adónde lo conduciría el hecho de dar con el comercio en cuestión. Lo más probable es que dicho hallazgo no aportase novedad alguna.

Aun así, resolvió seguir su instinto, que, por poco positivo que llegase a mostrarse, sí tenía la ventaja de mantener el miedo pánico que le producían los problemas con Mona a una distancia prudencial.

Cayó en un inquieto duermevela durante unas horas.

El domingo siguiente lo pasó sin hacer nada en absoluto.

El lunes 9 de junio hizo algo insólito en él: llamó al trabajo y dijo que estaba enfermo, aduciendo que había amanecido aquejado de gastroenteritis, dolencia que Mona había sufrido la semana anterior. Ante su sorpresa, no sintió el menor remordimiento por su mentira.

El cielo se presentaba nublado pero sin amenaza de lluvia cuando salió del apartamento poco después de las nueve de la mañana. El viento soplaba algo más recio que en días pasados y había refrescado. El verano se hacía esperar.

En las proximidades del bloque en que vivía había dos expendedurías de tabaco que administraban apuestas. Una de ellas se encontraba en una perpendicular próxima a su domicilio. Cuando Wallander cruzó la puerta, cayó en la cuenta de que debería haberse llevado una fotografía de Hålén. El hombre que lo atendió al otro lado del mostrador era húngaro y, pese a que vivía en Suecia desde 1956, su sueco era pésimo. Pero conocía a Wallander, pues el agente solía comprarle tabaco. Tras haberle pedido dos paquetes de cigarrillos, le preguntó:

—Tú aceptas quinielas, ¿verdad?

—¡Vaya! Y yo que creía que tú sólo jugabas a la lotería.

—¿Recuerdas si Artur Hålén sellaba aquí sus boletos?

—¿Quién?

—El hombre de la casa que se incendió hace un par de días.

—Ah, pero ¿ha habido un incendio?

Wallander lo puso al corriente de lo ocurrido, pero el dependiente negó con la cabeza al oír la descripción de Hålén que le hizo el agente.

—No, aquí no venía. Debía de dejarlos en otro comercio.

Wallander le pagó los cigarrillos y le dio las gracias. Cuando salió, comprobó que había empezado a lloviznar, de modo que apresuró el paso, sin dejar de pensar en Mona. Tampoco en la otra expendeduría de tabaco conocían a Hålén. Wallander se resguardó bajo un balcón preguntándose qué estaba haciendo en realidad. «Hemberg pensaría que no estoy en mis cabales», afirmó para sí.

Al final, prosiguió su camino hacia el siguiente comercio de tabaco, que estaba a cerca de un kilómetro de allí. Wallander lamentó no haberse llevado el chubasquero. Cuando entró en el establecimiento, que se hallaba junto a una pequeña tienda de comestibles, tuvo que esperar su turno. La dependienta era una joven de la edad de Wallander. Era muy hermosa y Wallander no le quitó el ojo de encima mientras ella buscaba un número atrasado de una revista de motocicletas que el cliente al que atendía le había pedido. Lo cierto era que a Wallander le resultaba en extremo difícil no quedar perdidamente enamorado de toda mujer hermosa que se cruzase en su camino. Tan sólo en aquellas situaciones, el desasosiego que le producía Mona podía quedar reducido y dominado. Pese a que acababa de comprar dos paquetes de cigarrillos, pidió uno más en tanto que intentaba dilucidar si la dependienta pertenecería a esa clase de mujeres que se muestran displicentes al saber que tienen a un policía delante. O si, por el contrario, se contaba entre la mayoría de la población, que, pese a todo, seguía considerando que la mayor parte de los policías eran tan necesarios como decentes. Apostó por la segunda alternativa, antes de añadir, no sin antes haber pagado el paquete de tabaco:

—Gracias, pero, además, tengo un par de preguntas que hacerte. Soy ayudante de la brigada judicial. Me llamo Kurt Wallander.

—¡Vaya! —exclamó la dependienta en un dialecto diferente al de la zona.

—¿No eres de aquí?

—¿Era eso lo que querías preguntar?

—No.

—Soy de Lenhovda.

Wallander ignoraba dónde quedaba aquel lugar, y supuso que quedaría cerca de Blekinge. Sin embargo, no hizo ningún comentario al respecto, sino que pasó a la cuestión de Hålén y al asunto de las quinielas. La joven estaba enterada del incendio. Wallander le ofreció una descripción de su vecino. La muchacha se esforzaba por hacer memoria.

—Tal vez —declaró al fin—. ¿No hablaba muy despacio y como en voz baja?

Wallander recordó el talante del fallecido y asintió en silencio, persuadido de que era una buena forma de describir el modo de expresarse de Hålén.

—Creo que no apostaba muchas columnas —añadió Wallander—. Un par de ellas, más o menos.

La joven volvió a reflexionar y terminó por asentir.

—¡Claro! —exclamó—. Ya sé por quién preguntas. Sí, solía venir aquí una vez a la semana. Una vez apostaba dos columnas y la siguiente cuatro.

—¿Recuerdas cómo vestía?

—Una cazadora azul —respondió ella sin titubear.

Wallander recordaba la cazadora con cremallera con la que siempre había visto a Hålén.

Así que la joven dependienta no presentaba carencias de memoria, ni tampoco de curiosidad...

—¿Qué hizo?

—Que sepamos, nada en absoluto.

—Algo oí acerca de un suicidio.

—Así es. Pero el incendio fue provocado.

«¡Vaya! Eso debería habérmelo callado», se recriminó enseguida Wallander. «Aún no estamos seguros de ello.»

—Siempre traía cambio —prosiguió la joven—. Pero ¿por qué quieres saber si era aquí donde sellaba las quinielas?

—Pura rutina —replicó Wallander esquivo—. ¿Recuerdas algún otro detalle sobre él?

La respuesta de la muchacha lo sorprendió.

—Solía preguntar si podía usar el teléfono.

El aparato estaba sobre una pequeña balda fijada junto a la mesa sobre la que se exponían los diversos boletos de apuestas.

—¿Lo hacía a menudo?

—Siempre que venía. En primer lugar, entregaba la quiniela y pagaba el importe. Después hacía su llamada y se acercaba al mostrador para abonarla.

La muchacha se mordió el labio.

—Había algo extraño en aquellas conversaciones telefónicas. Recuerdo que me llamaban la atención.

—¡Ajá! ¿Y qué era lo extraño?

—Pues que siempre esperaba a que hubiese algún otro cliente antes de llamar. Nunca llamaba cuando sólo estábamos él y yo en la tienda.

—Es decir, que no quería que prestases atención a lo que decía, ¿no es eso?

La joven se encogió de hombros.

—Bueno, supongo que lo único que quería era que no lo molestasen. Es normal cuando uno va a hablar por teléfono, ¿no?

—¿Y nunca oíste lo que decía?

—A ver, una puede oír aunque esté atendiendo a otro cliente.

«Pues sí que nos va a ser útil su curiosidad», se dijo Wallander.

—Ya, ¿y de qué hablaba?

—La verdad es que no decía mucho. Eran conversaciones muy cortas. Algunas indicaciones horarias y poco más.

—¿Indicaciones horarias?

—A mí me daba la sensación de que estaba concertando una cita con alguien. Además, no paraba de mirar el reloj mientras hablaba.

Wallander reflexionó un instante.

—¿Solía venir siempre el mismo día de la semana?

—Así es. Los miércoles a media tarde, de dos a tres, más o menos. O quizás algo más tarde.

—¿Compraba algo?

—No.

—¿Y cómo es que recuerdas todos esos detalles con tanta seguridad? Debes de tener muchísimos clientes, ¿no es así?

—No lo sé. A mí me parece que una recuerda siempre más de lo que cree, de modo que basta con que te pregunten para que te venga a la memoria.

Wallander observó sus manos y comprobó que no llevaba ningún anillo. Fugazmente, sopesó la posibilidad de invitarla a salir, pero enseguida rechazó la idea, aterrado.

Se sintió como si Mona le hubiese leído el pensamiento.

—¿Recuerdas algún otro dato? —quiso saber el agente.

—No —repuso ella con determinación—. Pero estoy convencida de que hablaba con una mujer.

Wallander quedó perplejo.

—Y ¿cómo puedes estar tan segura de ello?

—Esas cosas se notan —aseguró ella.

—¿Quieres decir que Hålén llamaba para concertar una cita con una mujer?

—¿Y qué hay de extraordinario en eso? Es cierto que era bastante mayor, pero eso no quiere decir nada.

Wallander asintió, consciente de que la dependienta tenía razón. Por otro lado, si ella estaba en lo cierto, acababa de averiguar algo importante: por raro que pudiera parecer, había existido una mujer en la vida de Hålén.

—Muy bien. ¿Algo más?

Antes de que la joven pudiese contestar, entraron en el establecimiento dos niñas que, con sumo miramiento, eligieron el contenido de sendas bolsas de golosinas que, finalmente, pagaron con una cantidad infinita de monedas de cinco céntimos.

—Por cierto, es posible que el nombre de la mujer comenzase por la letra a —añadió la muchacha—. Él siempre hablaba en tono muy bajo, ya te lo he dicho, pero tal vez se llamase Anna; o un nombre compuesto, pero con la letra a.

—¿De eso también estás segura?

—No, pero creo que es así.

A Wallander no le quedaba más que una pregunta por hacer.

—¿Venía siempre solo?

—Siempre.

—Has sido de gran ayuda —concluyó agradecido.

—¿Puede saberse a qué vienen tantas preguntas?

—Lo siento, pero no. Nosotros solemos hacer preguntas, pero no siempre explicamos los motivos.

—Oye, pues tal vez sea una solución hacerse policía —comentó la joven—. De todos modos, yo no tengo planes de estar de dependienta toda la vida.

Wallander se inclinó sobre el mostrador y anotó su número de teléfono en un pequeño bloc de notas que había junto a la caja registradora.

—Llámame cuando quieras, quedamos y te cuento cómo es el trabajo de policía. Vivo por aquí cerca.

—Te llamas Wallander, ¿no?

—Así es, Kurt Wallander.

—Yo me llamo Maria. Pero no te hagas ilusiones, que tengo novio.

—Yo no suelo hacerme ilusiones —advirtió Wallander con una sonrisa antes de marcharse.

«Un novio no es un obstáculo insalvable», se dijo una vez en la calle. Pero entonces, se detuvo en seco. ¿Qué ocurriría si ella lo llamase de verdad cuando Mona estuviese en casa? Se preguntó angustiado si no acababa de cometer una tontería, aunque, al mismo tiempo, no pudo evitar sentir cierto grado de satisfacción.

Mona debía aceptar aquello, que él le diese su número de teléfono a una joven que se llamaba Maria y que era, a todas luces, muy hermosa.

Como si le hubiese sobrevenido el castigo correspondiente a su apenas meditado pecado, una lluvia torrencial empezó a caer del cielo en aquel preciso momento. Llegó a casa completamente empapado. Dejó los paquetes de tabaco mojados sobre la mesa de la cocina y se desnudó. «No estaría nada mal que Maria estuviese aquí ahora para secarme», pensó. «Mientras Mona se dedica a lavar cabezas en la peluquería.»

Se puso el albornoz y se aplicó a anotar en el bloc cuanto Maria le había revelado. Una mujer cuyo nombre empezaba por la letra a. Lo más probable era que se tratase del nombre, y no del apellido. La cuestión era qué podía significar aquello, salvo que el mito del anciano solitario había quedado destruido.

Wallander se sentó junto a la mesa de la cocina y leyó lo que había escrito el día anterior. De repente, una idea acudió a su mente. Debía de existir, sin duda, un registro de marinos, algún archivo en el que hallar información sobre todos aquellos años que Hålén pasó en el mar y sobre los barcos en los que había trabajado.

«¡Ya sé quién puede ayudarme!», exclamó para sí. «Helena, que trabaja en una agencia de transportes. Como mínimo, podrá decirme dónde buscar, a menos que decida colgar tan pronto como oiga mi voz.»

Aún no habían dado las once de la mañana. Wallander comprobó, a través de la ventana de la cocina, que la lluvia había cesado. Helena no solía ir a almorzar antes de las doce y media, con lo que tendría tiempo sobrado de verla en el trabajo antes de que saliese a comer.

El agente se vistió y tomó el autobús hasta la estación central. La agencia de transportes donde trabajaba Helena se encontraba cerca del puerto. Cuando cruzó la puerta de entrada, la recepcionista lo saludó al reconocerlo.

—¿Está Helena? —quiso saber Wallander.

—Está al teléfono, pero puedes subir. Ya sabes dónde está su despacho.

Angustiado, Wallander subió hasta la segunda planta. Cabía la posibilidad de que Helena se enfadase, pero trató de consolarse ante la posibilidad, más probable, de que quedase sorprendida, pues ello le otorgaría los minutos que necesitaba para explicarle que el motivo de su visita era profesional; que no era el ex novio Kurt Wallander quien la visitaba, sino el policía del mismo nombre, el futuro investigador de la brigada judicial.

«Helena Aronsson, ayudante», rezaba una placa fijada a la puerta. Wallander respiró hondo antes de dar unos golpecitos discretos. Cuando oyó su voz, entró. La joven había concluido su conversación telefónica y estaba sentada ante la máquina de escribir. Él estaba en lo cierto: la muchacha parecía muy sorprendida, pero en modo alguno enojada.

—¿Tú por aquí? —preguntó perpleja.

—Vengo por motivos de trabajo —aclaró Wallander—. Creo que tu colaboración puede sernos de utilidad.

Entretanto, la joven se había incorporado y daba muestras de manifiesta reticencia.

—Te aseguro que es cierto —insistió Wallander—. No es un asunto privado lo que me ha traído hasta aquí.

Ella seguía a la expectativa.

—Y ¿en qué se supone que podría ayudarte?

—¿Puedo sentarme?

—Sólo si no te quedas mucho rato.

«Los mismos términos de superioridad que Hemberg», constató Wallander. «Uno debe quedarse de pie y sentirse inferior mientras que los superiores permanecen sentados.» Pero él tomó asiento al tiempo que se preguntaba cómo había podido estar enamorado de la mujer que ocupaba el sillón situado al otro lado del escritorio. De hecho, ya no era capaz de recordarla más que como una persona fría y, por lo general, reticente.

—Me va bien, de modo que puedes ahorrarte las preguntas al respecto.

—Sí, a mí también.

—¿Qué quieres saber?

Wallander suspiró en su fuero interno abatido por la aspereza de su tono, pero le refirió lo sucedido, para concluir con la pregunta:

—Tú trabajas con asuntos de buques, así que pensé que sabrías adónde debo dirigirme para averiguar a qué se dedicó Hålén mientras estuvo en alta mar, para qué navieras trabajó y en qué barcos navegó.

—Yo me dedico al transporte marítimo —puntualizó ella—. Lo que nosotros hacemos es alquilar embarcaciones o plazas de carga y descarga para Kockums y Volvo. Y eso es todo.

—Ya, bueno, pero alguien de tu empresa debe de saberlo, ¿no?

—Y ¿cómo es que la policía no dispone de otros medios para averiguarlo?

Wallander ya se había preparado para aquella pregunta, pues la esperaba.

—Bueno, lo cierto es que esta investigación está llevándose de un modo algo extraoficial, por razones que no puedo revelarte —explicó el joven agente.

Wallander notó que ella no terminaba de creerlo, pero, al mismo tiempo, parecía divertida.

—Bueno, puedo preguntarle a alguno de mis colegas —propuso—. Aquí tenemos a un viejo capitán de navío. Pero ¿qué me darás a cambio, si te ayudo?

—¿Qué quieres? —contestó él en el tono más solícito de que fue capaz.

Ella negó con la cabeza.

—Nada.

Wallander se puso en pie.

—Bueno, yo tengo el mismo número de teléfono —advirtió.

—Pues yo lo cambié. Y no pienso darte el nuevo —repuso ella.

Cuando Wallander salió a la calle, notó que transpiraba copiosamente. El encuentro con Helena había sido una tarea más ardua de lo que a él le habría gustado reconocer. Permaneció de pie, preguntándose qué hacer. De haber contado con más dinero, habría podido ir a Copenhague. Pero, por otro lado, no podía olvidar que había dicho en la comisaría que estaba enfermo. Cabía la posibilidad de que lo llamasen y no podía faltar de casa demasiado tiempo. Por si fuera poco, tampoco sabía cómo explicar que estuviese dedicando tanto tiempo a su vecino fallecido. Entró en un café que había frente a las embarcaciones de Dinamarca y pidió el menú del día, pero, antes, contó el dinero que llevaba encima. Al día siguiente no le quedaría otro remedio que ir al banco, donde aún le quedaban mil coronas, que debían bastarle hasta fin de mes. El almuerzo consistió en un plato de guiso de ternera que acompañó de un vaso de agua.

A la una de la tarde ya estaba en la calle. Nuevas precipitaciones amenazaban desde el sudoeste. Wallander había resuelto regresar a casa, pero, al ver pasar uno de los autobuses que llegaban hasta el barrio de su padre, cambió de opinión y decidió hacerle una visita. En el peor de los casos, podría ayudarle a embalar durante unas horas.

En la casa de su padre reinaba un caos inefable. Lo halló sentado, leyendo el periódico con un ajado sombrero de paja. Al ver a Wallander, adoptó una expresión de sorpresa.

—¿Lo has dejado? —preguntó.

—¿Si he dejado qué?

—Me refiero a si has hecho acopio de tu sentido común y has abandonado la policía.

—No. Tengo el día libre —explicó Wallander—. Y de nada te servirá sacar a colación ese tema una vez más. Nunca nos pondremos de acuerdo.

—¡Fíjate! He encontrado un periódico de 1949 —comentó el padre cambiando de asunto—. Trae muchas noticias interesantes.

—No creo que tengas tiempo de leer periódicos de hace veinte años.

—El caso es que no tuve tiempo de leerlo en su momento, dado que tenía un niño de dos años que se pasaba los días enteros lloriqueando —observó el padre—. Por eso lo leo ahora.

—Pues yo venía a ayudarte a embalar.

El padre señaló una mesa sobre la que se alzaba una montaña de enseres de porcelana.

—Todo eso ha de ir en cajas de cartón —aclaró—. Pero hay que hacerlo con mucho cuidado, para que nada se rompa. Si me encuentro un plato roto, tendrás que reponerlo tú.

Dicho esto, el hombre volvió a su lectura. Wallander se quitó la cazadora y comenzó a envolver la porcelana, platos que lo retrotraían a la infancia y, en especial, una taza resquebrajada por la que sentía especial afecto. Tras él, el padre pasaba las hojas del viejo diario.

—¿Cómo te sientes?

—Que cómo me siento, ¿por qué?

—Por la mudanza.

—Estupendamente. Me resulta agradable la idea de un cambio.

—Y aún no has visto la casa a la que vas a mudarte, ¿no es así?

—Pues no. Pero seguro que está bien.

«O está loco o está volviéndose senil», resolvió Wallander. «Y lo peor es que yo no puedo hacer nada.»

—¿No dijiste que Kristina vendría a ayudarte?

—Así es. Ha ido a hacer la compra.

—Me encantará verla. ¿Cómo está?

—Muy bien. Además, ha conocido a un tipo excelente.

—Ya. ¿Y ha venido con ella?

—No. Pero parece perfecto en todos los sentidos. Seguro que se las arreglará para darme nietos dentro de poco.

—A ver, ¿cómo se llama? ¿A qué se dedica? ¿Acaso hay que sacártelo todo con cuentagotas?

—Se llama Jens y es investigador de métodos de diálisis.

—¿Cómo?

—Riñones. Habrás oído hablar de ello, supongo. Es nefrólogo y se dedica a la investigación. Además, lo vuelve loco la caza menor. A mí me da la impresión de que es un tipo estupendo.

En ese momento, un plato se escurrió de entre las manos de Wallander y se partió en dos. El padre no retiró la vista del periódico.

—Esto te saldrá caro —sentenció sin más.

Aquello colmó la paciencia de Wallander, que tomó su cazadora y salió sin mediar palabra. «Jamás iré a visitarlo a Österleden», se prometió. «Nunca más pondré un pie en su casa. No me explico cómo he podido aguantarlo durante tantos años. Pero ahora, ¡hasta aquí hemos llegado!»

Sin darse cuenta, había empezado a hablar en voz alta por la calle. Un ciclista que pedaleaba encogido para protegerse del viento que soplaba en contra lo miró atónito.

Wallander se fue a casa. Al llegar al rellano, vio que la puerta de Hålén estaba abierta, de modo que entró. Un técnico criminalista recogía en solitario restos de cenizas.

—¡Vaya! Pensé que ya habíais terminado —confesó sorprendido.

—Ya sabes lo meticuloso que es Sjunnesson —repuso el técnico.

La conversación no dio más de sí, con lo que Wallander salió de nuevo al descansillo y empezó a abrir la puerta de su apartamento cuando apareció Linnea Almqvist.

—¡Es terrible! —se lamentó la mujer—. ¡Pobre hombre, qué solo estaba!

—Bueno, al parecer había una mujer en su vida —reveló Wallander.

—Eso es imposible. Yo me habría dado cuenta —aseguró Linnea Almqvist.

—No lo dudo —convino Wallander—. Pero no tenía por qué verse con ella aquí.

—No está bien hablar mal de los difuntos —recriminó la mujer antes de empezar a subir los peldaños.

Wallander se preguntaba en qué medida podía interpretarse como una crítica a un fallecido la simple mención de la posibilidad de que, pese a todo, tal vez hubiese existido una mujer en una vida que, por lo demás, había sido bien solitaria.

Una vez en su apartamento, el recuerdo de Mona no admitió ya más postergación. Pensó que debería llamarla. O que tal vez ella misma lo llamase a lo largo de la noche. A fin de paliar su inquietud, comenzó a amontonar periódicos viejos para tirar. Concluida esta tarea, la emprendió con el baño, donde no tardó en advertir que había mucha más suciedad incrustada de la que él imaginaba. De hecho, invirtió más de tres horas antes de darse por satisfecho. Para entonces, habían dado ya las cinco de la tarde. Puso patatas a cocer y comenzó a picar cebolla.

En ese momento, sonó el teléfono. El joven Wallander pensó enseguida que bien podía ser Mona la que llamaba y el corazón empezó a latirle con violencia.

Sin embargo, cuando descolgó el auricular, éste le trajo otra voz, también femenina. La mujer se presentó como Maria, pero a Wallander le llevó varios segundos caer en la cuenta de que se trataba de la joven dependienta de la expendeduría de tabaco.

—Espero no molestar —se excusó la muchacha—. Perdí el papel en el que habías anotado el número de teléfono y tu nombre no aparece en la guía. La verdad es que podría haber llamado a información, pero me puse en contacto con la comisaría directamente.

Wallander se sobresaltó.

—¿Y qué dijiste?

—Pues que quería hablar con un agente llamado Kurt Wallander. Y que tenía una información importante que transmitirle. Al principio no quisieron darme tu número particular. Pero como insistí tanto...

—Es decir, que preguntaste por el ayudante de la brigada judicial Wallander.

—No, pregunté por Kurt Wallander. Pero ¿qué importa
eso?

—No, no, nada —repuso Wallander más tranquilo. Las
habladurías se propagaban por la comisaría como una epi-
demia. Y aquélla podía haberle reportado no pocos inconvenientes, amén de la, por divertida no menos innecesaria,
historia que habría circulado sobre el hecho de que Wallander anduviese por ahí haciéndose pasar por ayudante de la
brigada judicial. Y él no tenía el menor deseo de iniciar así
su carrera como investigador.

—En fin, ¿llamo en mal momento?

—No, en absoluto.

—Verás, he estado pensando en lo de Hålén y sus quinielas. Por cierto, nunca acertó ninguna.

—¿Y tú cómo lo sabes?

—Porque solía entretenerme viendo sus apuestas. Bueno, no sólo las suyas. La verdad es que no tenía ni idea de la
liga inglesa.

«Vaya, lo mismo que dijo Hemberg», recordó Wallander.
«Bien, pues ya no debería haber la menor duda sobre ese
punto.»

—Pero después me dio por pensar en las conversaciones
telefónicas —prosiguió la muchacha—. Y entonces recordé
que, algunas veces, llamaba a otro número, aparte de a la
mujer.

Wallander la escuchaba con sumo interés.

—¿Ah, sí? ¿Adónde?

—A la central de taxis.

—¿Y cómo lo sabes?

—Porque lo oía pedir un coche y dar la dirección de la
expendeduría.

Wallander reflexionó un instante.

—¿Cuántas veces pidió un taxi?

—Tres o cuatro. Y siempre después de haber llamado al otro número.

—¿No oirías también, por casualidad, adónde quería ir?

—Eso no lo dijo nunca.

—Tienes una memoria excelente —admitió Wallander—. Pero no recordarás también cuándo hacía aquellas llamadas, ¿verdad?

—Pues tenía que ser los miércoles.

—¿Cuándo fue la última vez?

—La semana pasada.

—¿Estás segura?

—¡Claro que sí! Llamó a un taxi el miércoles pasado, el 28 de mayo, para ser exactos.

—¡Bien! —exclamó Wallander—. Estupendo.

—¿Crees que te será de ayuda?

—Con total seguridad.

—¿Y sigues sin querer decirme qué es lo que ha sucedido?

—Aunque quisiera, no podría.

—Bueno, tal vez puedas contármelo más adelante.

Wallander prometió que así lo haría antes de concluir la conversación y ponerse a meditar sobre lo que la joven acababa de revelarle. ¿Qué implicaba aquella información adicional? Hålén tenía una mujer con la que se veía en algún lugar. Después de llamarla, pedía un taxi.

El joven agente fue a comprobar si las patatas estaban listas, pero aún era pronto. Entonces se acordó de un buen amigo suyo que era taxista en Malmö. Habían sido compañeros en el colegio desde el primer curso y habían mantenido el contacto desde entonces. Se llamaba Lars Andersson y Wallander tenía su número anotado en la cara interior de la portada de la guía telefónica.

Buscó, pues, el número antes de marcarlo. Fue Elin, la mujer de Andersson, quien atendió la llamada. Wallander la había visto en varias ocasiones.

—Hola, quería hablar con Lars.

—Está trabajando —respondió Elin—. Pero hoy tenía el turno de día, así que estará de vuelta dentro de un par de horas, más o menos.

Wallander le pidió que le dijese que lo había llamado y que le devolviese la llamada.

—¿Cómo están los niños? —inquirió la joven solícita.

—Yo no tengo hijos —aclaró Wallander algo sorprendido.

—¡Vaya! Entonces te he confundido con otra persona. Creía que Lars me había comentado que tenías dos hijos varones.

—Por desgracia, no es así. De hecho, ni siquiera estoy casado.

—Bueno, pero uno puede tener niños de todos modos —advirtió ella.

Concluida la conversación, Wallander volvió a ocuparse de las patatas y la cebolla. Después, reunió todos los restos que había acumulados en el frigorífico y, con ello, confeccionó un plato bastante completo. Mona seguía sin llamar y la lluvia empezaba a caer otra vez. Desde algún lugar difícil de precisar, se oían las notas de un acordeón. De nuevo se preguntó qué estaba haciendo. Su vecino Hålén se había suicidado, no sin antes tragarse unas piedras preciosas que poseía. Alguien había intentado llevárselas y, al no conseguirlo, le había prendido fuego al apartamento. No faltaban los locos en aquellos tiempos. Como tampoco escaseaban los avaros. Pero ni el suicidio ni la avaricia estaban tipificados como delitos.

Dieron las seis y media sin que Lars Andersson lo llamara. Pero Wallander decidió que esperaría hasta las siete, antes de intentarlo de nuevo.

A las siete menos cinco, Lars Andersson le devolvió la llamada.

—Hola. Siempre hay más carreras cuando empieza a llover. Me han dicho que me has llamado. ¿Qué quieres?

—Verás, estoy investigando un caso —comenzó Wallander—. Y creo que puedes ayudarme a localizar a un chófer que se hizo cargo de una carrera el miércoles pasado. Fue a eso de las tres, desde una dirección de Rosengård a nombre de un individuo llamado Hålén.

—¿Qué ha pasado?

—Nada que pueda revelarte por ahora —se excusó Wallander sin dejar de percibir el desagrado que le producía responder con declaraciones esquivas.

—Claro que puedo averiguarlo —aseguró Andersson—. La centralita de Malmö lleva un orden ejemplar. Sólo necesito que me des los detalles. Por cierto, ¿adónde he de llamar cuando tenga la información, a la comisaría?

—No. Será mejor que me llames a casa. De todos modos, soy yo quien lleva el caso.

—¿Desde casa?

—Bueno, sí, ahora estoy en casa.

—Bien, veré qué puedo conseguir.

—¿Cuánto tiempo crees que te llevará?

—Con un poco de suerte, irá rápido.

—De acuerdo. Estaré en casa.

Tras haber proporcionado a Andersson todos los datos de la carrera en cuestión, concluyó la conversación y se sentó a tomar un café. Mona no llamaba y él empezó a pensar en su hermana y en la explicación que su padre le daría de por qué había abandonado la casa de forma tan precipitada. Eso, claro está, si el hombre se molestaba en mencionar el hecho de que su hijo había estado allí. Kristina solía ponerse de parte de su padre y Wallander sospechaba que ello se debía, en el fondo, a su falta de valor y al miedo que le infundía el humor variable del padre.

Se acomodó para ver las noticias: la industria automovilística marchaba de maravilla. Suecia se encontraba en una situación de auge económico. A esta información siguió una serie de imágenes de una exposición canina. El agente bajó el volumen y oyó que la lluvia persistía. A lo lejos le pareció incluso percibir un rumor de tormenta. ¿O sería un avión

Metropolitan que se disponía a aterrizar en el aeropuerto de Bulltofta?

A las nueve y diez, Andersson volvió a llamar.

—Tal y como yo pensaba —celebró el taxista—. En la centralita de Malmö hay orden y concierto.

Wallander estaba ya preparado con el bloc de notas y el bolígrafo.

—La carrera fue hasta Arlöv —explicó el amigo—. No aparece anotado el nombre del cliente, pero sí el del taxista, que se llama Norberg. Ni que decir tiene que se lo puede localizar para preguntarle si recuerda el aspecto del cliente.

—¿No cabe la posibilidad de que se trate de otra carrera?

—No, no hubo ninguna otra a esa dirección a lo largo del miércoles.

—¿Y estás seguro de que fue a Arlöv?

—Así es. A la calle de Smedsgatan nueve, para ser exactos. Está junto a la azucarera, en un antiguo barrio de casas adosadas.

—O sea, que no es probable que se trate de edificios de alquiler —sugirió Wallander—. Y en tal caso vivirá allí una familia o una persona sola.

—Sí, es lo más probable.

Wallander no dejaba de tomar notas.

—Bueno, has hecho un buen trabajo —elogió el agente.

—Pues tengo un dato más —lo sorprendió el taxista—. Aunque tú no me lo pediste, me informé de que hubo un viaje de regreso desde la calle de Smedsgatan al centro, exactamente a las cuatro de la madrugada del jueves. El taxista se llama Orre. Pero con él no hay nada que hacer: está de vacaciones en Mallorca.

«Así que un taxista puede permitirse tal lujo. Vaya, vaya. Seguro que se trata de dinero negro», resolvió Wallander, que, no obstante, no comentó sus sospechas con Andersson.

—Ése puede ser un dato importante.

—¿Sigues sin coche?

—Sí.

—Ya, bueno. Supongo que puedes utilizar los coches de la policía, ¿no?

—¡Claro!

—De lo contrario, yo podría llevarte. No tengo nada que hacer ahora, y hace tanto tiempo que no charlamos...

Wallander no lo dudó ni un instante y aceptó el ofrecimiento de Lars Andersson, que prometió recogerlo media hora más tarde. Entretanto, Wallander llamó al servicio de información telefónica para preguntar si había algún abonado en la calle de Smedsgatan 9, en la localidad de Arlöv. Supo entonces que, en efecto, había un abonado, pero que el número era secreto.

La lluvia había arreciado, por lo que el agente se calzó unas botas de goma y se enfundó el chubasquero dispuesto a aguardar, junto a la ventana de la cocina, hasta que vio cómo el coche de Andersson frenaba ante el edificio. El coche no tenía ningún cartel luminoso en la parte superior, pues el taxista había acudido a buscarlo en su vehículo privado.

«Una empresa tan insensata como este tiempo», se dijo el agente mientras cerraba con llave la puerta de su apartamento. «Pero, aun así, es preferible a quedarse aquí dando vueltas a la espera de que llame Mona. Y, si llama mientras estoy fuera, se lo tiene bien merecido.»

Tan pronto como vio a Wallander, Lars Andersson empezó a evocar antiguos episodios escolares, la mayor parte de los cuales no habían dejado la menor huella en la memoria del agente. A él le resultaba más que cansina la pasión del antiguo compañero por hablar únicamente de sus años de colegial, como si éstos representasen el mejor tiempo de su vida. Wallander, por su parte, recordaba el colegio como un gris día a día en el que tan sólo la historia y la geografía conseguían infundirle algo de entusiasmo. Pese a todo, le agradaba el hombre que ahora iba al volante. Wallander recordaba que sus padres tenían un horno en Limhamn. Había perio-

88

dos en los que Lars y él apenas se separaban y Wallander tuvo en aquel chico a un amigo infalible en el que siempre podía confiar. Lars era, en definitiva, una persona que se tomaba en serio la amistad.

Una vez que hubieron salido de Malmö, no tardaron en alcanzar Arlöv.

—¿Sueles tener carreras hasta esta localidad?

—A veces, sobre todo los fines de semana. Por lo general, de gente que vive aquí y que vuelve borracha de Malmö o de Copenhague.

—¿Has tenido problemas en alguna ocasión?

Lars Andersson le lanzó una mirada inquisitiva.

—¿A qué te refieres?

—Robo, amenazas, yo qué sé.

—Jamás. Una vez llevé a uno que pretendía largarse sin pagar. Pero lo pillé.

Ya habían llegado al centro de Arlöv y Lars Andersson fue directamente a la calle que buscaban.

—Ahí lo tienes —declaró al tiempo que señalaba a través de la ventanilla salpicada de gotas de lluvia—. Smedsgatan nueve.

Wallander bajó la ventanilla y miró con los ojos entrecerrados a través de la intensa lluvia. El número nueve correspondía a la última casa de una hilera de seis. Se veía luz en una de las ventanas, de lo que dedujo que habría alguien en casa.

—¿No vas a entrar? —inquirió Lars Andersson con extrañeza.

—No, es cuestión de vigilancia —repuso Wallander evasivo—. Si te acercas un poco, saldré a echarle un vistazo.

—¿Quieres que vaya contigo?

—No, no es necesario.

Wallander salió del coche y se puso la capucha del chubasquero. «¿Qué hago ahora?», inquirió para sí. «¿Llamo y pregunto si fue aquí donde el señor Hålén estuvo de visita el miércoles pasado, entre las tres de la tarde y las cuatro de la madrugada? Además, podría ser una historia de infidelidad; ¿qué digo entonces, en caso de que sea el marido quien abra la puerta?»

Wallander se sentía ridículo. «Esto es una pérdida de tiempo absurda y pueril», resolvió. «Lo único que he logrado demostrar con mi escapada es que, en efecto, existe en Arlöv una dirección denominada Smedsgatan nueve.»

Pese a todo, no pudo resistir la tentación de cruzar la calle. Junto a la verja de acceso al jardín había un buzón. Wallander intentó descifrar el nombre que aparecía allí escrito, pero no resultaba fácil. Con no poco esfuerzo, consiguió encender una cerilla de la caja que llevaba en el bolsillo de la cazadora y pudo identificar el nombre antes de que la lluvia extinguiese la llama.

«Alexandra Batista», leyó, concluyendo así que Maria, la chica de la expendeduría de tabaco, no andaba muy descaminada y que el nombre de la persona a la que llamaba su vecino empezaba por la letra a. Por tanto, Hålén solía llamar a una mujer llamada Alexandra. La cuestión era si aquella mujer vivía en la casa sola o con su familia. Miró por encima de la cerca para ver si había bicicletas o cualquier otro objeto que indicase que la casa estaba habitada por una familia, pero no encontró nada digno de interés.

Rodeó entonces el edificio hasta llegar al lateral, junto al que se extendía una porción de terreno en el que aún no habían construido ninguna vivienda. Tras una valla semiderruida se distinguían alineados varios bidones envejecidos por el óxido. Por lo demás, el terreno aparecía desierto. La parte posterior de la casa estaba a oscuras. La única luz que resplandecía sobre la calle era la procedente de la cocina. Presa de la creciente sensación de haberse entregado a una actividad por completo despreciable y absurda, tomó la determinación de llevar hasta el final su inspección. Saltó la valla, de escasa altura, y echó a correr a través del césped hasta ganar la casa. «Si alguien me ha visto, llamará a la policía», se dijo. «Me detendrán y mi futura carrera policial se esfumará sin dejar rastro.»

Cambió entonces de parecer y decidió abandonar. Ya averiguaría el número de teléfono de la familia Batista al día siguiente. Si contestaba una mujer, podría hacerle algunas preguntas. Pero si, por el contrario, era un hombre el que atendía la llamada, colgaría el auricular sin más.

La lluvia había empezado a menguar. Wallander se secó la cara y, cuando estaba a punto de desandar los pasos que lo habían llevado hasta donde se encontraba, descubrió que la puerta del porche estaba entreabierta. «Tal vez tengan un gato al que desean dejar vía libre durante la noche», conjeturó.

Pero, al mismo tiempo, experimentó la sensación de que allí había algo que no encajaba. Cierto que no era capaz de determinar qué podía ser, pero la sospecha no lo abandonaba. Con suma cautela, avanzó hasta la puerta y aplicó el oído. La lluvia había cesado ya casi por completo. Desde la distancia se oyó el ruido de un camión que fue atenuándose hasta extinguirse del todo. Pero del interior de la vivienda no se oía más que silencio. Wallander se alejó de la puerta de la terraza y se encaminó de nuevo hacia la fachada de la casa.

Seguía habiendo luz en la ventana, que estaba entreabierta. Se agazapó junto al muro para comprobar si se oía algo. El silencio era absoluto. Avanzó entonces cauteloso, de puntillas, y miró por la ventana.

El sobresalto fue mayúsculo. En efecto, allí dentro había una mujer que, sentada en una silla, lo miraba fijamente. Wallander echó a correr hacia la calle convencido de que, en cualquier momento, alguien saldría a la puerta pidiendo socorro a voz en cuello. O tal vez los coches patrulla estuviesen ya a punto de llegar. Se apresuró hasta el coche donde lo aguardaba Andersson y se sentó de un salto.

—¿Ha ocurrido algo?

—Tú arranca y sal de aquí —ordenó Wallander.

—¿Hacia dónde?

—Lejos de aquí. Volvemos a Malmö.

—¿Había alguien en la casa?

—No hagas preguntas. Simplemente pon el motor en marcha. Hay que largarse de aquí.

Lars Andersson siguió las instrucciones de Wallander. Ya en la carretera principal de regreso a Malmö, el agente seguía sin poder apartar de su mente la mirada fija de la mujer a la que acababa de ver por la ventana.

Y allí estaba de nuevo: la persistente sensación de que algo no cuadraba.

—Métete en el próximo aparcamiento —ordenó al amigo.

Lars Andersson obedeció de nuevo. Finalmente se detuvieron, pero Wallander permanecía en silencio.

—¿No crees que deberías contarme qué está pasando? —inquirió con timidez Andersson.

Pero Wallander seguía sin pronunciar palabra. Había algo en el rostro de aquella mujer..., algo que no acababa de identificar.

—Da la vuelta —resolvió al fin.

—¿Hacia Arlöv?

Wallander notó que su amigo empezaba a impacientarse.

—Luego te lo explico —prosiguió—. Vuelve a la misma dirección. Y no te preocupes, te pagaré todos estos viajes.

—¡Qué cojones! ¡Yo no le cobro a un amigo! —estalló Andersson ofendido.

Recorrieron el camino de vuelta a Arlöv en silencio. La lluvia había cesado por completo. Wallander salió del coche. Ni coches patrulla, ninguna reacción, nada de nada. Tan sólo la luz solitaria en la ventana de la cocina.

El agente abrió la verja con cuidado. Se encaminó de nuevo hacia la ventana y, en esta ocasión, respiró hondo un par de veces antes de ponerse de puntillas.

Si su suposición era correcta, aquello sería muy desagradable.

Se empinó sobre las puntas de los pies y se agarró al marco de la ventana. La mujer seguía sentada en la silla y lo miraba insistentemente con expresión inmutable.

Wallander rodeó la casa y abrió la puerta. A la luz de la farola vislumbró una lámpara de mesa. La encendió, se quitó las botas y se dirigió a la cocina.

Allí estaba la mujer, en su silla. Pero no era en Wallander en quien fijaba la vista, sino en la ventana.

En torno a su cuello alguien, sirviéndose del mango de un martillo, había ceñido la cadena de una bicicleta.

Wallander sintió que el corazón se le salía del pecho.

Transcurridos unos segundos, buscó hasta dar con el teléfono, que estaba en el vestíbulo, y llamó a la comisaría de Malmö.

Eran las once menos cuarto.

Wallander pidió que lo pasaran con Hemberg, quien, según supo, había abandonado la comisaría hacia las seis de aquella tarde.

Entonces solicitó el teléfono de su domicilio y lo llamó de inmediato.

Fue Hemberg quien contestó a su llamada, aunque se notaba que el teléfono lo había despertado.

Wallander le expuso los hechos sin contemplaciones.

En una casa adosada de Arlöv había una mujer sentada en una silla. Y estaba muerta.

3

Hemberg llegó a Arlöv poco después de medianoche, cuando la investigación técnica ya había comenzado. Wallander envió a Andersson a casa sin la menor aclaración acerca de lo ocurrido y, una vez solo, esperó junto a la verja hasta que llegó el primer coche de policía. Estuvo hablando con un ayudante de homicidios llamado Stefansson, que tendría su misma edad.

—¿La conocías? —quiso saber el joven ayudante.

—No —repuso Wallander.

—Y entonces, ¿qué haces tú aquí?

—Ya se lo explicaré a Hemberg.

Stefansson lo miró con desconfianza pero no insistió con más preguntas.

Lo primero que hizo Hemberg fue entrar en la cocina y observar largamente a la mujer fallecida. Wallander lo veía pasear la mirada por la habitación. Tras un largo rato, se volvió hacia Stenfansson, al que el inspector parecía inspirar un profundo respeto.

—¿Sabemos quién es? —inquirió Hemberg.

Fueron a la sala de estar, donde Stefansson tenía extendidos sobre la mesa una serie de documentos de identidad que había hallado en el bolso de la difunta.

—Alexandra Batista-Lundström —aclaró—. Ciudadana sueca nacida en Brasil en 1922. Al parecer, llegó a Suecia justo después de la guerra. Si no me equivoco y a juzgar por la documentación, estuvo casada con un sueco de nombre Lundström, pero tenemos los documentos del divorcio, que datan de 1957. Para esa fecha, ella ya había obtenido la ciudadanía sueca. En cualquier caso, conservó el apellido de su ex marido. No obstante, tiene una cuenta de ahorro en una caja postal bajo el nombre de Batista, sin Lundström.

—¿Tenía hijos?

Stefansson negó con un gesto.

—Al menos, no hay indicios de que haya vivido aquí ninguna otra persona. Hemos estado hablando con uno de los vecinos y, al parecer, ella ha habitado la casa desde que se construyó.

Hemberg asintió y se dirigió a Wallander.

—Bien, subamos al piso de arriba para que los técnicos puedan trabajar en paz.

Stefansson iba a unírseles cuando Hemberg le indicó que se quedase. En la planta alta había tres habitaciones: el dormitorio de la mujer, una habitación en la que no había otro mueble que un armario ropero y una tercera para los invitados. Hemberg se sentó en el borde de la cama de invitados y le hizo una seña a Wallander para que tomase asiento en la silla que había en un rincón.

—En realidad, no tengo más que una pregunta que hacerte —comenzó Hemberg—. ¿Quién crees tú que es esa mujer?

—Supongo que lo que quieres saber es qué hago yo aquí.

—Bueno, yo formularía la pregunta con algo más de concreción: ¿cómo coño has venido a parar a este lugar?

—Verás, es una larga historia —aclaró Wallander.

—Pues resúmela —conminó Hemberg—. Pero sin omitir ningún detalle.

Wallander obedeció y comenzó a referirle cuanto había sabido sobre las quinielas, las llamadas telefónicas y los viajes en taxi. Hemberg lo escuchaba con la mirada clavada en el suelo. Una vez que Wallander hubo concluido, el inspector permaneció en silencio durante unos minutos.

—Veamos. No puedo por menos de reconocerte el mérito de haber descubierto un asesinato. He de admitir que eres muy constante y pertinaz; y tampoco creo que andes muy equivocado en tus sospechas. Sin embargo y con independencia de todo ello, conviene puntualizar que tu actitud ha sido por completo reprobable. En efecto, no existe en el reglamento policial ningún epígrafe que contemple nada que se parezca a la investigación individual o secreta: a un policía no le está permitido asignarse a sí mismo un caso particular. Ésta es la primera y la última vez que te lo digo.

Wallander asintió, consciente de su error.

—Aparte de los motivos que te han conducido hasta Arlöv, ¿qué otros asuntos te traes entre manos?

Wallander lo puso al corriente de su visita a Helena, en las oficinas de la agencia de transporte marítimo.

—¿Algo más?

—No, eso es todo.

Wallander se había preparado para recibir una reprimenda, pero Hemberg se puso en pie y le indicó que lo siguiese.

Ya en el rellano de la escalera, se detuvo y le advirtió:

—Esta mañana pregunté por ti para informarte de que la inspección del arma estaba lista y que no arrojó otro resultado que el esperado. Pero resulta que me dijeron que estabas de baja por enfermedad.

—Sí, me dolía el estómago. Gastroenteritis.

Hemberg lo observó con un destello de ironía en los ojos.

—Pues te has recuperado enseguida —comentó incrédulo—. Y, puesto que pareces encontrarte bastante bien, te quedarás aquí esta noche. Es posible que aprendas algo. No toques ni digas nada. Pero grábalo todo en tu memoria.

A las cuatro de la madrugada, levantaron el cadáver de la mujer. Poco después de la una, Sjunnesson llegó a Arlöv. A Wallander le extrañó que no diese muestras de mayor cansancio, pese a la hora. Hemberg y Stefansson, con la ayuda de un tercer agente, inspeccionaron el apartamento de forma exhaustiva y metódica, abriendo cajones y armarios y recopilando una buena cantidad de documentos que fueron depositando sobre la mesa. Wallander tuvo la oportunidad de escuchar la conversación mantenida entre Hemberg y un forense llamado Jörne. No cabía la menor duda de que la mujer había muerto por estrangulamiento. Además, ya en un primer examen, Jörne halló indicios suficientes como para asegurar que la habían golpeado en la cabeza por detrás. Hemberg le hizo saber que lo que más urgía averiguar era cuánto tiempo llevaba muerta.

—Yo creo que lleva varios días muerta ahí sentada —aventuró Jörne.

—¿Cuántos días?

—No me gustan las adivinanzas, así que ten paciencia y aguarda el resultado de la autopsia.

Una vez concluida la conversación entre Jörne y el inspector, éste se dirigió a Wallander.

—Como es lógico, tú ya sabes por qué tengo tanto interés en conocer la fecha de su muerte.

—Supongo que deseas poder establecer si murió antes o después de Hålén.

Hemberg asintió.

—Así es. En tal caso, tendríamos una explicación plausible de por qué el hombre se quitó la vida. No es raro que los asesinos se suiciden.

Hemberg se sentó en el sofá de la sala de estar mientras Stefansson hablaba con el fotógrafo en el vestíbulo.

—Bueno, al menos hay un dato indiscutible —afirmó Hemberg tras unos minutos de silencio—. La mujer fue asesinada mientras estaba sentada en la silla. Alguien la golpeó en la cabeza por detrás. Hay restos de sangre en el suelo y en el hule de la mesa. Después la estrangularon, lo que nos da algunas premisas.

Hemberg observó a Wallander.

«Está poniéndome a prueba», adivinó el joven agente. «Quiere averiguar si doy la talla.»

—Yo creo que eso significa que la mujer conocía a la persona que la mató.

—Exacto. ¿Alguna otra conclusión?

Wallander meditó un instante. ¿No se le estaría escapando algo? Finalmente, negó con la cabeza.

—Tienes que utilizar los ojos —recomendó Hemberg—. ¿Había algún objeto sobre la mesa? ¿Una taza, quizá varias? ¿Cómo iba vestida? Supongamos que conocía a la persona que la mató y, para simplificar las cosas, podemos partir de la base de que era un hombre, pero ¿de qué se te ocurre que podía conocerlo?

Wallander comprendió entonces el razonamiento de Hemberg y lo enojó el hecho de no haber caído él mismo mucho antes.

—Estaba en camisón y bata —observó—. Uno no suele ir vestido así cuando va a recibir una visita.

—¿Qué aspecto tenía su dormitorio?

—La cama estaba sin hacer.

—¿Cuál es la conclusión?

—Podría ser que Alexandra Batista mantuviese una relación con el hombre que la asesinó.

—Ajá. ¿Y además?

—No había tazas sobre la mesa, pero sí unos vasos sin fregar junto a los fogones.

—Los examinaremos —aseguró Hemberg—. ¿Qué habían bebido? ¿Hay huellas dactilares? Un vaso vacío puede revelar muchos datos interesantes.

El inspector se incorporó del sofá con gran esfuerzo y Wallander comprendió que el hombre estaba cansado.

—En otras palabras, conocemos una importante cantidad de detalles —prosiguió—. Puesto que nada indica que el motivo haya sido el robo, trabajaremos en función de la teoría de que el móvil del asesinato es de naturaleza más bien personal.

—Ya, pero eso no explica el incendio en la casa de Hålén —señaló Wallander.

Hemberg lo observó con atención.

—Estás desviándote —le advirtió—. Y lo que debemos hacer es avanzar despacio, con tranquilidad y método. Debemos partir de los datos más fiables. Lo que ignoramos o aquello de lo que no tenemos certeza puede esperar. No puedes componer el rompecabezas mientras la mitad de las piezas estén aún en la caja.

Ya en el vestíbulo, comprobaron que Stefansson había terminado su charla con el fotógrafo y hablaba ahora por teléfono.

—¿Cómo viniste hasta aquí?

—En taxi.

—En ese caso, puedes volver conmigo.

Hemberg guardó silencio durante todo el trayecto de regreso a Malmö. Avanzaban atravesando la niebla y la llovizna hasta que llegaron al edificio en el que vivía Wallander, en Rosengård.

—Ponte en contacto conmigo mañana —ordenó Hemberg—. Si no sigues enfermo de gastroenteritis.

Cuando Wallander entró en su apartamento ya había amanecido y la niebla había empezado a disiparse. Ni siquiera se molestó en quitarse la ropa, sino que se tumbó sobre la cama directamente y no tardó en conciliar el sueño.

El timbre de la puerta lo despertó. Aún adormecido y a trompicones llegó al vestíbulo y abrió la puerta. Allí estaba, para su sorpresa, su hermana Kristina.

—¿Vengo en mal momento?

Wallander negó con un gesto y la invitó a entrar.

—He estado trabajando toda la noche —explicó—. ¿Qué hora es?

—Las siete. Papá y yo nos vamos a Löderup hoy. Y quería verte antes.

Wallander le pidió que preparase una cafetera mientras él se lavaba un poco y se cambiaba de ropa. Se lavó la cara con abundante agua fría y, cuando volvió a la cocina, los estragos de la larga noche pasada habían desaparecido. Kristina lo miró con una sonrisa en el rostro.

—¿Sabes? Eres uno de los pocos hombres que conozco que no lleva el pelo largo —aseguró la muchacha.

—Es que no me sienta bien —aclaró Wallander—. Pero vaya si lo he intentado. Tampoco la barba me sienta bien. Tengo un aspecto horrendo. Mona amenazó con abandonarme nada más verme.

—¿Cómo está?

—Bien.

Wallander sopesó por un instante la posibilidad de contarle lo ocurrido y de revelarle la tregua de silencio que se habían impuesto.

En otro tiempo, cuando ambos vivían en la casa paterna, Kristina y él habían mantenido una relación de proximidad y confianza mutua. Aun así, Wallander decidió no mencionar el asunto pues, desde que ella se mudó a Estocolmo, el contacto entre ambos hermanos se había vuelto más relajado e irregular.

Wallander se sentó a la mesa y le preguntó cómo le iban las cosas.

—No me va mal.

—Papá dice que estás con alguien que trabaja con riñones.

—Sí, es ingeniero y se ocupa de en la producción de un nuevo aparato de diálisis.

—Bueno, la verdad es que no sé qué es eso exactamente —confesó Wallander—. Pero suena complicado.

Entonces el agente se dio cuenta de que su hermana había ido a visitarlo por un motivo muy particular. De hecho, se le notaba en la cara.

—No sé por qué será pero, cuando tienes algo especial que decirme, siempre lo adivino.

—Verás, es que no comprendo cómo puedes tratar a papá como lo haces.

Wallander se quedó perplejo.

—¿A qué te refieres?

—¿Tú qué crees? No lo ayudas a embalar y ni siquiera te interesa ver su nueva casa de Löderup. Además, cuando te lo encuentras por la calle, finges que no lo has visto.

Wallander negó con un gesto.

—¿Eso es lo que te ha dicho?

—Sí. Y está indignado.

—Pues es falso.

—Ya, pero yo no te he visto desde que llegué. Y se muda hoy.

—Entonces, ¿no te ha contado que estuve allí y que fue él quien casi me echó de su casa?

—Pues no, de eso no me ha dicho nada.

—No deberías creerte todo lo que te dice. Al menos, no en lo que tenga que ver conmigo.

—¿Quieres decir que es mentira?

—Todo. Ni siquiera me dijo que había comprado la casa. Ni ha querido enseñármela ni decirme cuánto le costó. Cuando estuve allí para ayudarle a embalar, se me cayó un plato al suelo y se puso de un humor de perros. Y te aseguro que, cuando me lo encuentro por la calle, me paro a saludarlo y a hablar con él. Aunque a veces no parece que esté cuerdo, por las pintas que lleva.

Wallander advirtió que ella no quedaba muy convencida, pero más aún lo enojó el hecho de que intentase decirle cómo tenía que comportarse. Le recordaba a su madre. O a Mona. Y también a Helena, por cierto. Porque, en realidad, él no soportaba a las mujeres quisquillosas que pretendían dictarle el modo en que debía conducirse.

—Ya veo que no me crees, pero deberías hacerlo —le recomendó Wallander—. No olvides que tú vives en Estocolmo mientras que yo lo tengo encima a todas horas. Y eso marca cierta diferencia.

En ese momento, sonó el teléfono. Eran las siete y veinte minutos. Cuando contestó, comprobó que era Helena.

—Te llamé ayer noche.

—Estuve trabajando toda la noche —aclaró Wallander.

—Ya, bueno, como no me contestaba nadie, pensé que el número estaría mal, así que llamé a Mona para preguntarle.

A Wallander casi se le cayó el auricular de las manos.

—¡¿Cómo?!

—Que llamé a Mona para preguntarle tu número.

Wallander comprendió enseguida cuáles serían las consecuencias. Si Helena había llamado a Mona, ésta estallaría en un ataque de celos, lo que no mejoraría la situación.

—¿Sigues ahí? —preguntó la joven.

—Sí, sí —reaccionó Wallander—. Pero es que tengo aquí a mi hermana, que ha venido a visitarme.

—De acuerdo. Yo estoy en el trabajo, así que puedes llamarme cuando quieras.

Wallander colgó el auricular y volvió a la cocina. Kristina lo miró inquisitiva.

—¿Te pasa algo?

—No, pero tengo que ir a trabajar.

Se despidieron en el vestíbulo.

—Deberías confiar en mí —insistió Wallander—. No puedes creerte todo lo que te diga papá. Y dile que iré a verlo en cuanto pueda. Si soy bien recibido en su casa y si alguien puede explicarme dónde está.

—Está a las afueras de Löderup —explicó Kristina—. Primero has de pasar una tienda de comestibles. Después, un sendero flanqueado de sauces y, al final, verás la casa a la izquierda. Uno de los muros da a la calle. Tiene el tejado negro y es muy bonita.

—¡Ah! Pero ¿tú ya has estado allí?

—El camión con la primera carga salió ayer.

—¿Sabes cuánto le ha costado?

—No, no quiere decirlo.

Kristina se marchó y Wallander le dijo adiós con la mano desde la ventana de la cocina. Se obligó a calmar la ira que le provocaban las mentiras de su padre pues, a su juicio, lo que acababa de decirle Helena era aún más grave. La llamó al trabajo, pero, cuando supo que estaba ocupada en otra línea, colgó el auricular con un golpe. Él no solía perder el control sobre sí mismo. Pero, en aquella ocasión, le faltó poco. Llamó de nuevo, transcurridos unos minutos, pero la muchacha seguía ocupada. «Mona querrá poner fin a nuestra relación», concluyó. «Creerá que he vuelto a rondar a Helena. De nada servirán mis explicaciones. No me creerá.» Cuando llamó por tercera vez, la joven contestó.

—¿Qué querías?

Ella respondió con voz severa.

—¿Tienes que ser tan antipático? Recuerda que estoy intentando ayudarte.

—¿Tuviste que llamar a Mona?

—Ella sabe que ya no me interesas.

—¿Ah, sí? Tú no conoces a Mona.

—Pues no creas que pienso disculparme por que me haya molestado en averiguar tu número de teléfono.

—En fin, ¿qué querías?

—Estuve hablando con el capitán Verke. No sé si recuerdas que te dije que teníamos a un viejo capitán de marina entre nosotros. Pues bien, tengo sobre el escritorio un montón de fotocopias de las listas de marineros y maquinistas que han trabajado para navieras suecas durante los últimos diez años. Como comprenderás, no son pocos. Por cierto, ¿estás seguro de que sólo sirvió en embarcaciones de bandera sueca?

—La verdad, no estoy seguro de nada —confesó Wallander.

—Bueno, aquí tienes las listas. Puedes recogerlas cuando tengas tiempo. Pero esta tarde estaré en una reunión —advirtió ella.

Wallander le prometió que iría por la mañana y concluyó la conversación. Mientras colgaba el auricular, pensó que debería llamar a Mona y darle una explicación. Sin embargo, al final no se atrevió a hacerlo.

Habían dado ya las ocho menos diez, de modo que comenzó a ponerse la cazadora.

La sola idea de pasar todo un día de patrulla acentuaba su abatimiento.

Estaba a punto de salir del apartamento, cuando el teléfono volvió a sonar.

«Ahí está Mona», concluyó. «Seguro que me llama para mandarme al infierno.» Respiró hondo antes de responder.

Pero no era Mona, sino Hemberg.

—¿Qué tal llevas la gastroenteritis?

—Ahora mismo salía para la comisaría.

—Estupendo. Pero ven a mi despacho. Ya he hablado con Lohman. Le he explicado que eres un testigo con el que tenemos que contar, así que hoy no saldrás a hacer la ronda. Además, te ahorrarás la redada en el barrio de los camellos.

—Salgo ahora mismo —respondió Wallander sin más.

—A las diez tenemos una reunión sobre el asesinato en Arlöv. He pensado que podrías asistir.

Concluida la conversación, Wallander miró el reloj y pensó que le daría tiempo de recoger los documentos que lo aguardaban en la oficina de la agencia de transportes. En una de las paredes de la cocina había fijado un horario de autobuses de Rosengård. Si se apresuraba, podría tomar el próximo en un minuto.

Pero, cuando atravesó el portal, se topó con Mona. En realidad, su presencia allí a aquellas horas de la mañana le resultó tan inesperada como lo que sucedió después. En efecto, la joven se le acercó, le propinó una bofetada en la mejilla izquierda, se dio media vuelta y se marchó.

Wallander quedó tan perplejo que no fue capaz de reaccionar. Le ardía la mejilla. Un hombre que estaba abriendo la puerta de su coche lo miró con curiosidad.

Mona había desaparecido, de modo que él empezó a caminar hacia la parada del autobús. La reacción de Mona, tan violenta como imprevisible, le había producido un nudo en el estómago.

Por fin llegó el autobús, que lo conduciría hasta el centro de la ciudad. La niebla se había disipado, pero el cielo aparecía cubierto de nubes y persistía la llovizna matutina. Wallander iba sentado con la mente en blanco. Era como si los sucesos de la noche anterior hubiesen dejado de existir: la mujer muerta en una silla de la cocina formaba parte de un sueño. Lo único real era la bofetada que Mona le había atizado antes de desaparecer sin decir una palabra, sin el menor titubeo.

«Tengo que hablar con ella», resolvió. «Ahora no, claro, pues sigue muy enojada. Pero esta noche, a más tardar.»

Se bajó del autobús con la mejilla todavía dolorida. Había sido un buen golpe. Buscó su rostro en la luna de un escaparate y comprobó que la tenía visiblemente enrojecida.

Permaneció de pie unos minutos, sin saber qué hacer. Se le ocurrió que debería hablar con Lars Andersson cuanto antes, para agradecerle su ayuda y explicarle lo sucedido.

Después se le vino a la mente la casa de Löderup, que aún no había tenido ocasión de ver, y la de su niñez, que había dejado de pertenecer a la familia.

Echó a andar, pues en nada mejoraría la situación quedarse así, estático y pensativo, sobre una acera del centro de Malmö.

Wallander recogió el abultado sobre que Helena le había dejado en la recepción de la agencia.

—Tendría que hablar con ella —advirtió Wallander a la recepcionista.

—Pues está ocupada. Me pidió que te diera esto.

A Wallander no le costó comprender que la joven se había molestado por la conversación telefónica de aquella mañana.

Cuando llegó a la comisaría, eran las nueve y cinco. Se dirigió a su despacho y comprobó con alivio que nadie estaba esperándolo. Una vez más, revisó mentalmente lo que había sucedido aquella mañana y resolvió que, si llamaba a la peluquería, Mona se excusaría diciendo que no tenía tiempo de hablar con él. De modo que no le quedaba otro remedio que aguardar hasta la noche.

Abrió el sobre y quedó atónito ante lo interminable de aquellas listas de nombres y navieras que Helena le había conseguido. Buscó el nombre de Artur Hålén, aunque sin éxito. El más parecido era el de un tal Håle, marinero raso, que había trabajado sobre todo para la naviera Grängesrederiet, y un jefe maquinista de las líneas Johnsonlinjen, llamado Hallén. Wallander apartó el montón de papeles al tiempo que concluía que, de ser completa la lista, era evidente que Hålén había navegado en embarcaciones que no estaban registradas como pertenecientes a la flota mercante sueca. Y, en tal caso, resultaría prácticamente imposible localizar su nombre. De repente, Wallander ya no estaba seguro ni de qué esperaba encontrar o comprobar en aquella lista. Una explicación, pero ¿de qué?

Le había llevado casi tres cuartos de hora repasar todas las listas y, una vez que hubo terminado con ellas, se puso en pie dispuesto a subir a la planta superior. Ya en el pasillo, se topó con su jefe, el inspector Lohman.

—¡Vaya! ¿No estaba esperándote Hemberg?

—Sí, voy para allá.

—¿Puede saberse qué hacías tú en Arlöv?

—Es una larga historia que trataremos en la reunión con Hemberg.

Lohman meneó la cabeza y se apresuró a continuar su camino mientras Wallander se sentía aliviado al no tener que visitar los deprimentes barrios de drogadictos en los que sus colegas tendrían que adentrarse aquel día.

Hemberg hojeaba unos documentos sentado en su despacho. Como de costumbre, tenía los pies sobre el escritorio. Al ver a Wallander en el umbral de la puerta, preguntó al tiempo que le señalaba la mejilla:

—¿Qué te ha pasado?

—Me di un golpe con una puerta —mintió Wallander.

—Eso es precisamente lo que las mujeres maltratadas suelen decir cuando no quieren denunciar a sus maridos —exclamó Hemberg en tono jocoso mientras adoptaba una postura más conveniente.

Wallander se sintió descubierto. Le resultaba cada vez más complicado saber qué pensaba Hemberg. El inspector parecía expresarse en una lengua ambigua cuyo sentido el interlocutor se veía obligado a interpretar.

—Aún seguimos a la espera del resultado definitivo de Jörne —aclaró Hemberg—. Esas cosas llevan su tiempo. Mientras no sepamos la hora exacta en que murió la mujer, no podemos profundizar en la hipótesis de que fue Hålén quien la asesinó antes de marcharse a casa y suicidarse, por miedo o por remordimientos.

Hemberg se puso en pie, con sus papeles bajo el brazo, y Wallander lo siguió hasta la sala de reuniones que había al fondo del pasillo, donde ya aguardaban varios investigadores. Uno de ellos era Stefansson, que observó disgustado a Wallander. Sjunnesson, por su parte, estaba limpiándose las uñas sin molestarse en mirar a nadie. Pero, además, había allí otros dos rostros familiares para Wallander, los de los agentes Hörner y Mattsson. El inspector Hemberg se sentó en uno de los extremos de la mesa y le indicó a Wallander que ocupase una de las sillas vacías.

—¿Acaso van a ayudarnos ahora los de seguridad ciudadana? —preguntó Stefansson irónico—. Parece que no tienen bastante con los malditos manifestantes, ¿no?

—No, no es que los de seguridad ciudadana vayan a prestarnos su ayuda —corrigió Hemberg—. Pero Wallander encontró el cadáver de la mujer de Arlöv. Eso es todo.

Al parecer, el único que desaprobaba la presencia de

Wallander en la reunión era Stefansson. El resto de los allí presentes se limitaron a asentir con una sonrisa amable. Wallander supuso que se alegraban de recibir refuerzos. Sjunnesson dejó sobre la mesa el mondadientes con el que había estado limpiándose las uñas, lo que se interpretó, a todas luces, como señal de que Hemberg podía empezar. Wallander tomó nota del metódico y exhaustivo proceder del grupo de investigación. Partieron de los hechos de que disponían, pero se permitían tanteos aventurados en diversas direcciones. ¿Por qué habrían asesinado a Alexandra Batista? ¿Cuál sería la naturaleza de la relación entre ella y Artur Hålén? ¿Habrían pasado por alto alguna otra vía de investigación?

—A propósito de las piedras preciosas halladas en el estómago de Hålén, tengo una valoración de un joyero que las tasó en ciento cincuenta mil coronas —informó Hemberg—. Es decir, un montón de dinero. Hay gente en este país que ha asesinado por mucho menos.

—Sí —convino Sjunnesson—. Hace algunos años, alguien mató a un taxista con una barra de hierro por veintidós coronas.

Hemberg miró a su alrededor.

—¿Y los vecinos? —quiso saber el inspector—. ¿Vieron u oyeron algo?

Mattsson hojeó sus notas antes de informar:

—Nadie vio nada. Batista llevaba una existencia bastante solitaria, salía poco y sólo para hacer la compra, y no recibía visitas.

—Ya, pero, alguien habrá visto llegar a Hålén, ¿no? —objetó Hemberg.

—Pues parece que no. Y los vecinos más próximos dan la impresión de ser ciudadanos suecos normales y corrientes. Es decir, extremadamente curiosos.

—¿Cuándo vieron a Batista por última vez?

—Bueno, la verdad es que la información sobre ese punto es algo contradictoria, pero podemos deducir que fue hace unos días, aunque es imposible saber si son dos o tres.

—¿Sabemos de qué vivía?

En este punto, le llegó el turno a Hörner.

—Al parecer, tenía una renta modesta de origen algo oscuro que le transfería un banco portugués con filiales en Brasil. ¡Mira que me ha costado obtener esta información! En fin, el caso es que no trabajaba. Y, a juzgar por lo que tenía en el armario y en la despensa, tampoco necesitaba mucho para vivir.

—Ya, pero ¿y la casa?

—No tenía préstamos. Su ex marido la había pagado al contado.

—Y ¿dónde está su ex marido?

—En su tumba —intervino Stefansson—. Murió hace unos años y fue inhumado en Karlskoga. Estuve hablando con su viuda, pues había vuelto a casarse. Por desgracia, resultó un tanto embarazoso pues, algo tarde, comprendí que la viuda ignoraba que hubiese habido una tal Alexandra Batista en la vida de su difunto esposo. Lo que sí parece claro es que Batista no tuvo hijos.

—Sí, así son las cosas —atajó Hemberg al tiempo que volvía la mirada a Sjunnesson—. ¿Y vosotros?

—Estamos en ello —aseguró éste—. Hemos detectado varias huellas dactilares en las copas, que habían contenido vino tinto. Vino español, creo yo. Ahora estamos comprobando si tenemos las huellas en los registros y luego veremos también si coinciden con las de Hålén, claro está.

—Bueno, recuerda que podría estar en los registros de la Interpol —señaló Hemberg—. Y ellos suelen tardar en contestar.

—En fin. Yo creo que podemos dar por supuesto que ella dejó entrar al asesino —prosiguió Sjunnesson—. Ni la puerta ni las ventanas presentaban indicios de haber sido forzadas. Es más, parece que el presunto autor del crimen entró con su propia llave. Hemos buscado en el llavero de Hålén, pero ninguna de las suyas era la correcta. La puerta del porche estaba entreabierta, según nuestro amigo Wallander. Puesto que Batista no tenía animales de compañía, podemos suponer que la tenía abierta para que entrase el fresco de la noche. Lo que a su vez implica que Batista ni temía ni esperaba que sucediese nada; o que el autor del crimen escapó por allí y la dejó abierta, pues la parte posterior de la casa está más apartada y es más fácil escabullirse sin ser visto.

—¿Alguna otra pista? —continuó Hemberg.

—Ninguna digna de atención.

Hemberg apartó a un lado los documentos que había esparcidos sobre la mesa.

—Bien, en ese caso, seguiremos adelante —propuso—. Hemos de apremiar a los forenses. Lo mejor que podría pasarnos es que Hålén quedase ligado al crimen, que es lo que yo creo. Pero, en fin, seguiremos hablando con los vecinos e investigando la vida de los implicados.

Entonces, Hemberg se dirigió a Wallander.

—¿Tienes algo que añadir? Después de todo, tú encontraste el cadáver.

Wallander negó con un gesto. Tenía la boca seca y estaba muy nervioso.

—¿Nada de nada?

—No vi nada que no hayáis mencionado ya.

Hemberg tamborileó impaciente con los dedos sobre la mesa antes de resolver:

—Bien, en ese caso, no tenemos por qué seguir aquí. ¿Alguien sabe cuál es el menú de hoy?

—Arenques —dijo Hörner—. Suelen estar bien.

Hemberg le pidió a Wallander que lo acompañase a almorzar, pero éste rechazó el ofrecimiento: había perdido el apetito por completo y sentía que necesitaba estar solo para reflexionar. Fue al despacho por su cazadora y, a través de la ventana, comprobó que la fina lluvia había cesado. A punto estaba de abandonar la sala cuando apareció uno de sus colegas de seguridad ciudadana. El compañero arrojó sobre la mesa la gorra del uniforme.

—¡Joder! —exclamó al tiempo que se dejaba caer sobre una silla.

El agente se llamaba Jörgen Berglund y había crecido en una finca a las afueras de Landskrona. A Wallander le costaba a veces comprender su dialecto.

—Hemos estado haciendo limpieza en dos de los barrios de la droga —aclaró—. En uno de ellos encontramos a dos niñas adolescentes que llevaban semanas desaparecidas de sus hogares. Una olía tan mal, que tuvimos que taparnos la nariz para sacarla de allí. La otra le dio a Persson un mordisco en la pierna cuando se disponía a llevárselas de aquel lugar inmundo. ¿Qué coño está pasando en este país? Y ¿por qué no has venido con nosotros?

—Hemberg me llamó a su despacho —explicó Wallander—. En cuanto a la cuestión de qué está ocurriendo en Suecia, no sé qué responder.

Dicho esto, tomó su cazadora y abandonó la sala. Al llegar a la recepción, lo llamó una de las chicas de la centralita.

—Te han dejado un mensaje —advirtió la joven a la vez que, a través de la ventanilla, le tendía un trozo de papel con un número de teléfono.

—¿Y esto? —inquirió Wallander.

—Llamó alguien que dijo ser pariente lejano tuyo. También dijo que era posible que no te acordases de él.

—¿No te dio su nombre?

—No, pero parecía mayor.

Wallander observó el número de teléfono, cuyo prefijo era cero cuatro once. «No es posible», se dijo. «Mi padre no puede haber llamado aquí presentándose como un pariente lejano al que tal vez yo no recuerde...»

—¿Dónde está Löderup? —le preguntó a la recepcionista.

—Yo creo que pertenece al distrito policial de Ystad.

—No es eso lo que quiero saber, sino el prefijo de la zona.

—El de Ystad.

Wallander se guardó la nota en el bolsillo y se marchó. Si hubiese tenido coche, habría ido a Löderup sin pensárselo dos veces, tan sólo para preguntarle a su padre qué pretendía con su llamada y su mensaje. Y, una vez obtenida la respuesta, él le diría lo que pensaba y le advertiría que, a partir de aquel momento, podía dar por terminado todo contacto entre ellos, que se habían acabado las visitas, las partidas de póquer y las llamadas telefónicas. Asimismo, le prometería asistir al entierro, que confiaba no se hiciera esperar demasiado. Eso era todo.

El agente fue caminando por la calle de Fiskehamnsgatan. Después, giró hacia la de Slottsgatan y continuó hasta el parque de Kungsparken. «En realidad, son dos los problemas que tengo», se dijo. «El mayor y más importante es Mona. El otro es mi padre. Y ambos requieren una solución inmediata.»

Sentado en un banco del parque, se puso a contemplar unos gorriones que se refrescaban en un charco. Un hombre borracho dormía detrás de unos arbustos. «En realidad, debería despertarlo y sentarlo en el banco o hacer que lo ingresaran hasta que haya dormido la mona. Pero, en estos momentos, no me importa lo más mínimo que se quede donde está.»

Se levantó del banco y prosiguió su paseo, que, tras atravesar el parque, lo llevó a la calle de Regementsgatan. Seguía sin tener apetito, pero se detuvo ante un quiosco de perritos calientes que había en la plaza de Gustav Adolf y se compró uno antes de regresar a la comisaría.

Era ya la una y media. Hemberg estaba ocupado y él no sabía qué tenía que hacer. En realidad, debería hablar con Lohman para averiguar qué se esperaba que hiciese el resto del día, pero, en lugar de acudir a su superior, se puso a revisar de nuevo las listas que Helena le había proporcionado. Ojeó los nombres una vez más intentando recrear mentalmente sus rostros y sus vidas. Marinos, maquinistas... En uno de los márgenes aparecían anotadas las fechas de nacimiento de cada uno. De nuevo dejó los papeles a un lado. Desde el pasillo se oyó algo parecido a una carcajada.

Wallander empezó a pensar en Hålén, aquel vecino suyo que hacía quinielas, que hizo instalar una nueva cerradura de seguridad en su puerta y que se quitó la vida de un disparo. Todo parecía indicar que la teoría de Hemberg podría probarse como cierta: por alguna razón, Hålén había asesinado a Alexandra Batista antes de suicidarse.

Wallander no ahondó más en ello. La teoría de Hemberg era tan lógica como obvia. Y sin embargo, a Wallander se le antojaba que carecía de sustancia. El envoltorio tenía sentido, pero ¿y el contenido? Éste era, en su opinión, bastante impreciso, por no hablar de lo poco que se correspondía con la imagen que él tenía de su vecino, en el que Wallander jamás había detectado rasgo alguno de apasionamiento o de violencia. Cierto que hasta las personas más reservadas podían estallar en arrebatos de furia y violencia cuando se veían expuestas a circunstancias extremas. Pero ¿era lógico pensar que Hålén hubiese asesinado a la mujer con la que, al parecer, mantenía una relación?

«Aquí falta algo», resolvió Wallander. «El interior del envoltorio está vacío.»

Se esforzó por profundizar en el asunto sin avanzar lo más mínimo. Abstraído, comenzó a ojear de nuevo las listas que tenía sobre la mesa y, sin saber exactamente por qué, se centró en las fechas de nacimiento que aparecían en el margen derecho. ¿Qué edad tenía Hålén? Recordaba que había nacido en 1898, pero no conocía los detalles. Wallander llamó a la centralita y pidió que lo pusiesen con Stefansson. El agente contestó enseguida.

—Soy Wallander. Me preguntaba si tienes a mano la fecha de nacimiento de Hålén.

—¿Qué quieres? ¿Felicitarlo por su cumpleaños?

«No le caigo bien», concluyó Wallander. «Pero ya le demostraré, en su momento, que yo soy mucho mejor investigador que él.»

—Hemberg me pidió que comprobase unos datos —mintió Wallander.

Stefansson dejó el auricular sobre la mesa y Wallander oyó que hojeaba unos papeles.

—El 17 de septiembre de 1898. ¿Algo más? —inquirió Stefansson.

—No, eso es todo —repuso Wallander antes de colgar.

Ya en poder del detalle que necesitaba, tomó de nuevo las listas.

En el tercer folio halló lo que había estado buscando aun sin ser consciente de ello. Un maquinista nacido el 17 de septiembre de 1898, llamado Anders Hansson. «Las mismas iniciales que Artur Hålén», se dijo.

Revisó el resto de los folios, para asegurarse de que no había nadie más nacido en la misma fecha. El más próximo era un marinero nacido el 19 de septiembre de 1901. Tomó la guía telefónica y marcó el número del censo parroquial. Puesto que Hålén vivía en el mismo edificio que él, debía de estar empadronado en la misma zona. Aguardó, mientras pensaba que bien podía seguir diciendo que era ayudante de homicidios, hasta que oyó la voz de una mujer.

—Mi nombre es Kurt Wallander, del grupo de homicidios —comenzó—. Llamo por un fallecimiento que tuvo lugar hace unos días.

Tras haberle proporcionado el nombre, la dirección y la fecha de nacimiento de Hålén, la mujer le preguntó:

—Bien, ¿y qué es lo que deseas saber?

—Si hay algún indicio de que Hålén haya tenido otro nombre con anterioridad.

—Es decir, si se cambió el apellido.

«¡Joder! Es cierto, la gente cambia de apellido, no de nombre», se lamentó.

—A ver, voy a mirar —aseguró la empleada.

«Me he precipitado», se recriminó. «Debería pensármelo mejor antes de actuar.»

Sopesó la posibilidad de colgar, simplemente. Pero la mujer quizá pensase que se había cortado la comunicación y tal vez decidiese llamar a la comisaría y preguntar por él, de modo que aguardó un buen rato, hasta que ella volvió a ponerse al teléfono.

—Ya está. Precisamente, estamos registrando el fallecimiento. Por eso me ha llevado tanto tiempo. Pero tenías* razón.

Wallander dio un respingo en la silla.

—Antes se llamaba Hansson. El cambio de nombre se produjo en 1962.

«¡Correcto! Pero erróneo al mismo tiempo, claro», se dijo.

—Y el nombre de pila, ¿cuál es?

—Anders.

—Pero ¿no era Artur?

La respuesta lo sorprendió.

—Sí, también. Sus padres debían de tener debilidad por los nombres compuestos; o quizá les costó ponerse de acuerdo, porque se llamaba Erik Anders Artur Hansson.

Wallander contuvo la respiración.

—Bien, pues muchas gracias por tu ayuda —dijo a modo de despedida.

Una vez hubo concluido, sintió un deseo irrefrenable de ponerse en contacto con Hemberg. Pero permaneció sentado en la silla sin poder calibrar con exactitud el valor de su descubrimiento. «Seguiré esta pista yo solo. Si no conduce a ninguna parte, nadie tiene por qué enterarse», decidió.

---

* En Suecia, el tuteo entre personas desconocidas es habitual. Así pues, mantenemos este rasgo en la traducción, pese a que puede resultar llamativo para el lector de habla hispana. *(N. del E.)*

Wallander tomó un bloc escolar y comenzó a componer una síntesis de la situación. ¿Qué era lo que sabía? Artur Hålén se había cambiado el nombre hacía siete años. Linnea Almqvist, la señora del piso de arriba, le había comentado en alguna ocasión que Hålén se había mudado a principios de los sesenta, lo cual encajaba.

Wallander quedó así reflexivo, con el lápiz en la mano. Entonces, llamó de nuevo a la oficina del censo, donde respondió la misma mujer.

—Disculpa, olvidé hacerte otra pregunta. También necesitaba saber la fecha en que Hålén se mudó a Rosengård.

—Ah, sí, te refieres a Hansson, ¿no? Voy a mirarlo.

En esta ocasión, la cosa fue mucho más rápida.

—Está registrado desde el 1 de enero de 1962.

—¿Dónde vivía antes?

—Eso no lo sé.

—Pues yo pensaba que esa información figuraría en su ficha.

—Sí, pero él estuvo inscrito en el extranjero, aunque no dice dónde.

—Bien, en ese caso, creo que no hay nada más. Te prometo que no volveré a molestar.

Regresó a su bloc, donde anotó: «Hansson se trasladó a Malmö, desde un país extranjero por ahora desconocido, en 1962, fecha en la que también cambió de nombre. Unos años después, inició una relación con una mujer vecina de Arlöv. Ignoro si se conocían de hacía tiempo. Transcurridos unos años, ella resulta asesinada y Hålén se suicida, aunque aún no está claro el orden cronológico de estos sucesos. Pero Hålén se pega un tiro después de haber rellenado una quiniela, de haber instalado una cerradura extra en su puerta y de haberse tragado una serie de piedras preciosas de gran valor».

Wallander hizo una mueca, insatisfecho como estaba ante la circunstancia de no hallar ningún punto de partida indiscutible. «¿Por qué se cambian las personas el nombre?», se preguntó. «¿Para desaparecer en cierto sentido? O para que no las localice nadie; para que nadie sepa quiénes son o quiénes han sido.»

«Quiénes son o quiénes han sido.»

Wallander reflexionó unos instantes. Nadie conocía a Hålén, que había sido un lobo solitario, pero tal vez alguien hubiese conocido a un tal Anders Hansson. La cuestión era cómo encontrar a esas personas.

En ese instante, recordó un incidente sucedido el año anterior y que bien podía conducirlo a atisbar una respuesta. En efecto, un día se produjo una pelea en la terminal de hidroaviones entre varias personas ebrias. Wallander había intervenido y colaborado en poner fin a la escaramuza. Uno de los implicados era un marino danés llamado Holger Jespersen. El danés, según Wallander comprendió, se había visto envuelto en el enfrentamiento de forma involuntaria, circunstancia que adujo como atenuante ante su superior. Wallander insistió reiteradamente en el hecho de que Jespersen no había hecho nada, de modo que, finalmente, cuando se llevaron a los demás, él quedó libre. Wallander no tardó en olvidar el suceso.

Sin embargo, pocas semanas más tarde, Jespersen se presentó de improviso ante su puerta en Rosengård para regalarle una botella de aguardiente danés como muestra de agradecimiento por su intervención. Wallander nunca supo cómo lo había localizado el marino danés, al que invitó a pasar. Jespersen le confesó que, de vez en cuando, tenía problemas con el alcohol. En los periodos de sobriedad, solía trabajar en distintas embarcaciones como maquinista. El danés resultó ser un buen narrador que, además, parecía conocer a todos y cada uno de los marinos nórdicos que habían vivido durante los últimos cincuenta años. Asimismo, le contó que solía pasar las noches en un bar llamado Nyhavn. Cuando estaba sobrio, bebía café. Cuando no, cerveza. Pero siempre en el mismo lugar, a menos que se encontrase en alta mar.

A Wallander se le ocurrió pensar en Jespersen, convencido de que él sabría orientarlo o, al menos, aconsejarlo acerca de cómo hallar la información que buscaba.

El agente tomó una determinación. Con un poco de suerte, Jespersen se encontraría en Copenhague y confiaba en que no estuviese inmerso en uno de sus periodos de borrachera. Aún no habían dado las tres, de modo que dedicaría el resto del día a emprender su viaje de ida y vuelta a la capital danesa. Al fin y al cabo, nadie parecía echarlo de menos en la comisaría. Sin embargo, antes de cruzar el estrecho, debía superar la prueba de una llamada telefónica que tenía pendiente. Se sentía como si la decisión de viajar a Copenhague le hubiese conferido la confianza necesaria. Así, marcó el número de la peluquería en la que trabajaba Mona.

La mujer que atendió la llamada respondía al nombre de Karin y era la propietaria de la peluquería de señoras. Wallander la había visto en varias ocasiones y le parecía una mujer entrometida y curiosa, aunque Mona consideraba que era una buena jefa. El agente se presentó y le pidió que le transmitiese a Mona un mensaje.

—Puedes hablar con ella tú mismo —aseguró Karin—. Ahora mismo todas las señoras están en los secadores.

—Bueno, es que estoy en una reunión de investigación —se excusó Wallander fingiendo estar ocupado—. Sólo dile que la llamaré esta noche a las diez, a más tardar.

Karin le prometió que así lo haría.

Una vez hubo colgado el auricular, Wallander notó que la corta conversación lo había hecho transpirar copiosamente, aunque se sentía satisfecho de haberse atrevido a llamar.

Abandonó entonces la comisaría y llegó justo a tiempo de tomar el transbordador de las tres. Él solía ir a Copenhague antes, casi siempre solo, últimamente con Mona en alguna que otra ocasión. Le gustaba mucho aquella ciudad, mucho mayor que Malmö, donde acostumbraba acudir al teatro Det Kongelige, para ver alguna representación operística.

En realidad, no le gustaban los hidroaviones, pues el viaje solía ser demasiado rápido. Los antiguos transbordadores le brindaban una sensación más clara de que, en efecto, existía la distancia entre Suecia y Dinamarca y de que, cuando atravesaba el estrecho, viajaba, de hecho, al extranjero. Mientras se tomaba un café, miraba por la ventana desde su asiento. «Llegará el día en que construyan un puente que una ambos extremos», auguró para sí. «Con un poco de suerte, yo me libraré de verlo.»

Cuando arribó a Copenhague, la fina lluvia había empezado a caer de nuevo. La embarcación atracó en el puerto de Nyhavn. Jespersen le había explicado dónde se encontraba su garito, y por lo tanto no le costó encontrarlo. Cuando, a las cuatro menos cuarto, accedió al penumbroso interior del local, lo hizo presa de una gran excitación. Miró a su alrededor en la tenue luz del establecimiento cuyas mesas ocupaban algunos clientes dispersos que bebían cerveza.

Se oía la música procedente de un aparato de radio o tal vez de un tocadiscos. Una voz de mujer les hacía llegar una melodía danesa bastante sensiblera. Pero Wallander no vio a Jespersen en ninguna de las mesas. Detrás de la barra, un camarero hacía el crucigrama de un periódico que tenía extendido sobre el mostrador. Cuando Wallander se le acercó, alzó la vista.

—Una cerveza —pidió Wallander.

El hombre le sirvió una Tuborg.

—Estoy buscando a Jespersen —aclaró entonces Wallander.

—¿A Holger? Pues no vendrá hasta dentro de una hora más o menos.

—O sea, que no está trabajando, ¿no?

El camarero sonrió.

—En ese caso, no te habría dicho que llegará dentro de una hora. No suele aparecer por aquí hasta las cinco.

Wallander se sentó junto a una de las mesas dispuesto a esperar. La melodramática voz femenina había sido sustituida por otra masculina, aunque de la misma naturaleza. Si Jespersen se presentaba sobre las cinco, Wallander no tendría el menor problema en estar de vuelta en Malmö a tiempo para llamar a Mona. Trató de pensar en lo que le diría. Pero a la bofetada no haría la menor referencia. Le explicaría por qué se había puesto en contacto con Helena y no se rendiría hasta conseguir que ella lo creyese.

Un hombre se había dormido sobre una de las mesas y el camarero seguía entregado a su crucigrama. El tiempo transcurría despacio. De vez en cuando, la puerta se abría permitiendo a los parroquianos atisbar la luz del día. La gente salía y entraba. Wallander comprobó en su reloj que eran las cinco menos diez. Y Jespersen seguía sin aparecer. Empezaba a sentirse hambriento, de modo que pidió una salchicha y otra Tuborg. Le dio la sensación de que el camarero seguía buscando la misma palabra que cuando él entró en el bar, hacía ya una hora.

Dieron las cinco, pero Jespersen no llegaba. «No vendrá», resolvió el agente. «Seguro que hoy precisamente ha vuelto a las andadas y está bebiendo otra vez.»

En ese momento, entraron dos mujeres, una de las cuales se sentó a una mesa tras haber pedido un vasito de licor. La otra se dirigió hacia la barra y se colocó tras el mostrador. Entonces, el camarero dejó el crucigrama y se puso a comprobar las botellas que había en las estanterías. Wallander dedujo que la mujer trabajaba allí. A las cinco y veinte, Jespersen entró en el local, con una cazadora vaquera y una visera. El hombre se fue derecho hacia la barra al tiempo que saludaba. El camarero le puso enseguida una taza de café y señaló hacia la mesa que ocupaba Wallander. Con la taza de café en la mano, Jespersen sonrió al reconocerlo.

—¡Vaya visita inesperada! —dijo en un sueco con marcado acento extranjero—. ¡Un empleado de la policía sueca en Copenhague!

—Un empleado no, un agente —corrigió Wallander—. O mejor, un investigador del grupo de homicidios.

—¿Y no es todo la misma mierda?

Jespersen lanzó una risotada y puso cuatro terrones de azúcar en el café.

—Bueno, sea lo que sea, no está mal recibir visitas —comentó Jespersen—. Yo conozco a todos los que vienen por aquí. Sé lo que van a pedir de beber y lo que van a decir. Y ellos también lo saben todo de mí. A veces me pregunto por qué no iré a otro bar. Pero creo que no me atrevo.

—¿Y por qué no?

—Pues..., a lo mejor alguien dice algo que no quiero oír.

Wallander no estaba seguro de haber comprendido la razón de Jespersen. Su mezcla de sueco y danés era bastante confusa y, además, aquel hombre podía resultar muy vago en sus apreciaciones.

—He venido a verte porque creo que podrías ayudarme —explicó Wallander sin más preámbulo.

—Bueno, a cualquier otro empleado de la policía lo habría mandado al infierno —aseguró Jespersen en tono jocoso—. Pero contigo es distinto. ¿Qué es lo que quieres saber?

Wallander le refirió brevemente lo sucedido.

—Un marino que se llama tanto Anders Hansson como Artur Hålén, que trabajó de simple marinero y de maquinista —concluyó el agente.

—¿En qué compañía?

—Salen.

Jespersen negó despacio con la cabeza.

—Habría oído hablar de ello. El que la gente se cambie de nombre no pasa todos los días.

Wallander se esforzó por ofrecerle una descripción de Hålén mientras rememoraba las fotografías que había visto en los registros de las compañías navieras. Pensó que las personas cambiaban y que tal vez Hålén hubiese modificado su aspecto cuando se cambió el nombre.

—¿No puedes decirme nada más? —inquirió Jespersen—. Dices que era marino y maquinista. Ésa es una combinación poco frecuente, claro. Pero ¿por qué puertos andaba y en qué tipo de embarcación?

—Creo que estuvo en Brasil muchas veces —repuso Wallander vacilante—. En Río de Janeiro, claro, pero también en un lugar llamado São Luis.

—Es decir, en el norte de Brasil —precisó Jespersen—. Yo estuve allí una vez. Estaba en régimen abierto, podía salir y entrar cuando quería y vivía de primera en un hotel que se llamaba Casa Grande.

—Ya, bueno. El caso es que no tengo mucho más que contarte sobre él —se lamentó Wallander.

Jespersen lo observó al tiempo que añadía otro terrón de azúcar a su café.

—¿Y lo que quieres saber es si alguien conocía a Anders Hansson o a Artur Hålén?

Wallander asintió.

—Bien, entonces no podemos hacer nada, por el momento —observó Jespersen—. Pero preguntaré por ahí, aquí y en Malmö. Ahora creo que lo mejor será que vayamos a comer.

Wallander miró el reloj y comprobó que eran las cinco y media. No tenía por qué apresurarse. Si tomaba el hidroavión de las nueve de vuelta a Malmö, tendría tiempo de llegar a casa y llamar a Mona a buena hora. Por otro lado, seguía hambriento, pues la salchicha no había saciado del todo su apetito.

—¡Mejillones! —exclamó Jespersen—. Vamos a comer mejillones a la taberna de Anne-Birte.

Wallander pagó su consumición y, puesto que Jespersen ya había salido, tuvo que pagar también su café.

La taberna de Anne-Birte se encontraba en la parte baja del puerto de Nyhavn. Puesto que aún era temprano, no les costó conseguir una mesa. En realidad, un plato de mejillones no era precisamente lo que Wallander deseaba, pero Jespersen había decidido que eso sería lo que comerían. El agente siguió con la cerveza, mientras que su acompañante pidió agua de color amarillo chillón, con sabor a cítricos.

—Ahora no bebo —aseguró—. Aunque empezaré dentro de unas semanas.

Jespersen aderezó la comida con muchas y bien narradas historias de sus años en alta mar hasta que, poco después de las ocho y media, dieron por finalizada la cena.

Wallander se sintió preocupado ante la eventualidad de no tener el dinero suficiente para pagar la cuenta, puesto que Jespersen dio por sentado que él lo invitaría. Pero comprobó con alivio que sí le alcanzaba.

Ya a la salida de la taberna, se despidieron.

—Veré qué consigo y te llamaré en cuanto sepa algo —prometió Jespersen.

Wallander bajó hasta los transbordadores y se puso en la cola. A las nueve en punto, soltaron las amarras. Wallander cerró los ojos y no tardó en caer vencido por el sueño.

El profundo silencio que lo rodeaba lo despertó. En efecto, los motores de la embarcación se habían detenido. Intrigado, miró a su alrededor. Dedujo que se encontraban más o menos a medio camino entre Dinamarca y Suecia. De pronto, se oyó por megafonía la voz del capitán que comunicaba que se había detectado un fallo en la sala de máquinas de la embarcación, y que ésta debería ser transportada de nuevo hasta Copenhague. Wallander salió volando de su asiento y se dirigió a una de las azafatas para preguntarle si había teléfono a bordo. La respuesta fue negativa.

—¿Y cuándo llegaremos a Copenhague? —inquirió nervioso.

—Me temo que tardaremos varias horas. Pero les ofreceremos unos bocadillos y bebida durante el trayecto.

—Ya, pero yo no quiero un bocadillo —replicó Wallander—. Lo que yo quiero es un teléfono.

En cualquier caso, nadie pudo proporcionarle uno. Se dirigió entonces a un segundo de a bordo que con seca parquedad le explicó que la comunicación por radio no podía utilizarse para conversaciones privadas cuando la embarcación se encontraba en situación de emergencia.

Wallander volvió, pues, a ocupar su asiento.

«Mona jamás me creerá», resolvió. «Un transbordador que se avería a mitad de trayecto... Será demasiado. Y nuestra relación también terminará por estropearse.»

Wallander llegó a Malmö hacia las dos y media de la madrugada. No habían arribado al puerto de Copenhague hasta pasada la medianoche y, para aquella hora, él había abandonado ya la idea de llamar a Mona. Cuando puso el pie en tierra sueca, empezó a llover de forma torrencial. Pero no tenía dinero suficiente para tomar un taxi, de modo que se vio obligado a ir a pie hasta Rosengård. Y acababa de atravesar la puerta de su apartamento cuando sintió unas náuseas repentinas. Después de vomitar, le subió la fiebre.

«Han sido los mejillones», concluyó. «¡No, si al final habré pillado una gastroenteritis de verdad!»

El resto de la noche transcurrió en un incesante ir y venir de la cama al baño. Por extraño que pudiera parecer, recordó que no había llegado a llamar para dar explicaciones sobre su estado de salud, de modo que, a todos los efectos, seguía faltando por enfermedad. Logró conciliar el sueño hacia el amanecer y pudo descansar durante varias horas pero, a eso de las nueve, tuvo que retomar las carreras hasta el baño. La idea de llamar a Mona entre diarreas y vomitonas se le hacía insoportable. Aunque, en el mejor de los casos, ella comprobaría que había una justificación, pues estaba enfermo. Pero el teléfono no sonaba y nadie se acordó de llamarlo en todo el día.

A la caída de la noche, empezó a sentirse algo mejor, pero estaba tan agotado que no reunió fuerzas para prepararse otra cosa que una taza de té. Antes de conseguir dormirse de nuevo, acertó a pensar en cómo se encontraría Jespersen. En su fuero interno, deseaba que estuviese tan enfermo como él, puesto que había sido el danés quien tanto había insistido en que cenasen mejillones.

Al día siguiente, intentó comerse un huevo pasado por agua para desayunar; pero aquello no resultó más que en una nueva carrera precipitada hacia el cuarto de baño. Así pues, pasó el resto del día tumbado en la cama y, poco a poco, su estómago empezó a mejorar.

Poco antes de las cinco de la tarde, sonó el teléfono. Era Hemberg.

—He estado buscándote —le advirtió.

—Estoy en cama, enfermo —se excusó Wallander.

—¿Gastroenteritis?

—Mejillones, más bien.

—¡Claro, es que hay que estar loco para comer mejillones!

—Pues yo me los comí. Y me salió caro.

Hemberg cambió de tema de inmediato.

—Llamaba para informarte de que Jörne ya está listo —aclaró—. Y estábamos equivocados. Hålén se quitó la vida *antes* de que Alexandra Batista fuese estrangulada. Lo que significa que hemos de darle un giro a la investigación y que el asesino nos es desconocido.

—Tal vez sea una coincidencia, ¿no crees? —sugirió Wallander.

—¿Que Batista fuese hallada muerta y que Hålén se pegase un tiro con el estómago lleno de piedras preciosas? Eso puedes contárselo a otro. Lo que aquí nos falta es un eslabón de la cadena. En un intento de simplificar un poco, podemos decir que el drama surgido entre dos personas se ha transformado, de improviso, en un triángulo.

Wallander sintió deseos de revelarle a Hemberg lo que había averiguado acerca del cambio de nombre de Hålén, pero otra vez le sobrevinieron las ganas de vomitar. De modo que pidió disculpas y permiso para concluir la conversación.

—Bien, pero si te encuentras mejor mañana, ven a mi despacho —ordenó el inspector—. No olvides beber líquido abundante. Es lo único que ayuda.

Tras haber concluido la conversación de forma abrupta y haber hecho otra visita al baño, volvió a tumbarse en la cama. Pasó la tarde y la noche entre las fronteras del sueño, la vigilia y el duermevela. El estómago parecía haberse calmado, pero aún estaba muy débil. Soñó con Mona y recordó las palabras de Hemberg. Pero no tenía fuerzas ni para actuar ni para pensar en profundidad.

A la mañana siguiente, se sentía mucho más recuperado. Se preparó algo de pan tostado y se tomó un café bastante flojo; pero el estómago no reaccionó. Aireó el apartamento, que había empezado a oler mal. Las nubes se habían esfumado del cielo con su amenaza de lluvia y la temperatura había subido. Hacia la hora del almuerzo, llamó a la peluquería de señoras y, también en esta ocasión, fue Karin quien respondió al teléfono.

—¿Podrías decirle a Mona que he estado enfermo y que la llamaré esta tarde? —preguntó.

—Sí, claro, se lo diré.

Wallander no supo determinar si en el tono de voz de la jefa había o no un eco de sarcasmo. En realidad, no creía que Mona se pasase los días hablando de su vida privada o, al menos, así lo esperaba.

A eso de la una, se preparó para acudir a la comisaría, pero, para mayor seguridad, llamó antes con la intención de comprobar que Hemberg estaba allí. Tras varios intentos fallidos de localizarlo o, al menos, de saber dónde se encontraba, lo dejó por imposible y decidió ir a hacer la compra y dedicar el resto de la tarde a prepararse para la delicada conversación que debía mantener con Mona.

Se preparó una sopa para la cena y, después, se tumbó en el sofá a ver la televisión. Poco después de las siete, llamaron a la puerta. «Seguro que es Mona», se dijo. «Habrá comprendido que, verdaderamente, me pasa algo y por eso ha venido a verme.»

Pero, cuando abrió la puerta, no fue a la muchacha, sino a Jespersen a quien vio.

—¡Jodidos mejillones! —exclamó Wallander enojado—. Llevo enfermo cuarenta y ocho horas.

Jespersen lo miró inquisitivo.

—Pues yo no noté nada. Seguro que aquellos mejillones estaban estupendamente.

Wallander resolvió que era absurdo seguir hablando de la cena e invitó a Jespersen a pasar dentro, hasta la cocina, donde tomaron asiento.

—Oye, aquí huele raro, ¿no?

—Es lo normal cuando la persona que vive aquí se ha pasado casi cuarenta y ocho horas en el baño.

Jespersen meneó la cabeza.

—Tiene que haber sido otra cosa —insistió el danés—. Me niego a creer que sea culpa de los mejillones de Anne-Birte.

—Ya, bueno. Puesto que has venido hasta aquí, debo suponer que tienes algo que contarme —atajó Wallander.

—Me apetecería un poco de café —sugirió Jespersen.

—Lo siento, se me ha terminado. Además, no sabía que ibas a venir.

Jespersen asintió. No parecía ofendido.

—En fin, seguro que a uno puede dolerle la tripa con los mejillones, pero ¿me equivoco si te digo que hay alguna otra cosa que te trae de cabeza en estos momentos? —aventuró Jespersen.

Wallander quedó atónito. El marino había vislumbrado su más honda preocupación, aquello que constituía el doloroso núcleo ocupado por Mona.

—Puede que tengas razón —admitió Wallander—. Pero, de todos modos, es algo de lo que no quiero hablar ahora.

Jespersen hizo un gesto con la mano en señal de que no deseaba instarlo a que le revelase sus secretos.

—Bien, se supone, pues, que tienes algo que contarme; de lo contrario no habrías venido hasta aquí —insistió Wallander.

—¿Te he comentado alguna vez hasta qué punto respeto yo a vuestro presidente, el señor Palme?

—No es presidente. Ni siquiera es primer ministro todavía. Además, me figuro que no has venido hasta aquí para decirme esto solamente.

—Ya, bueno, pero es algo que creo que debo decir —reiteró Jespersen—. De todos modos, tienes razón. Son otros los motivos que me han traído aquí. Si uno vive en Copenhague, no viaja a Malmö a menos que tenga algún asunto que resolver aquí. No sé si me explico.

Wallander asintió impaciente. Jespersen podía resultar un hombre muy enrevesado. Salvo cuando narraba historias acerca de su vida en alta mar: entonces era un maestro.

—Bueno, verás. Estuve hablando con algunos amigos de Copenhague —comenzó Jespersen—. Pero no obtuve ningún resultado. De modo que vine a Malmö. Y entonces la cosa fue bastante mejor. Quedé para charlar con un viejo electricista que ha estado recorriendo los mares del mundo durante mil años con sus cables. Se llama Ljungström y ahora vive en una residencia de ancianos. Aunque ya no recuerdo el nombre del lugar donde vivía antes. El caso es que apenas si puede mantenerse en pie, pero su memoria es impecable.

—¿Y qué te dijo?

—Nada. Pero me sugirió que mantuviese una charla con un tipo de Frihamnen. Y, cuando lo encontré y le pregunté por Hansson y por Hålén, me dijo que «vaya coñazo de tráfico que había tras aquellos dos nombres».

—¿Qué quiso decir con eso?

—¿Y tú qué crees? Tú eres policía y se supone que debes comprender lo que la gente normal y corriente no entiende.

—A ver, ¿qué dijo exactamente?

—Pues eso, que «vaya coñazo de tráfico que había tras aquellos dos nombres».

Entonces Wallander comprendió.

—En otras palabras, alguien más había estado preguntando por ellos; o por él, más bien, ¿no es cierto?

—*Yes!*

—Ya, pero ¿quién?

—No sabía el nombre, pero aseguró que el tipo no tenía muy buena pinta. A ver, para que me entiendas, iba sin afeitar, mal vestido y no estaba sobrio.

—¿Cuándo sucedió eso?

—Hace un mes, más o menos.

«Sí, por la fecha en que Hålén hizo que le instalaran la cerradura de seguridad», recordó Wallander.

—¿Y dices que no sabía cómo se llamaba el hombre? Claro que podré hablar con el tipo de Frihamnen, ¿no? Ése sí que tendrá un nombre...

—Verás, es que no quiere hablar con la policía.

—¿Y eso por qué?

Jespersen se encogió de hombros.

—Ya sabes lo que suele suceder en los puertos: una caja de alcohol que se cae y se rompe, algún que otro saco de café que nadie sabe adónde ha ido a parar...

Wallander había oído hablar de aquello.

—En fin. El caso es que yo seguí hablando con unos y otros —continuó Jespersen—. O mucho me equivoco, o hay una buena pandilla de maleantes que suelen verse y compartir unas botellas en ese parque que hay en el centro. No me acuerdo del nombre, pero empezaba por pe, ¿no?

—Sí, Pildammsparken.

—Eso es. Y el que preguntó por Hålén, o por Hansson, no sé, parece que tenía un párpado cerrado.

—¡Ajá! ¿De qué ojo?

—Si lo encuentras, ya lo verás.

—Entonces, había preguntado por Hålén o por Hansson

hace poco más de un mes, ¿no es así? Y suele andar por el parque de Pildammsparken.

—Pues sí. Pero yo pensaba que podríamos ir juntos a buscarlo, antes de volver a Copenhague —propuso Jespersen—. Además, podemos tomarnos un café por el camino, ¿te parece?

Wallander miró el reloj. Eran ya las siete y media.

—Esta noche no puedo. Tengo una cita.

—Bueno, entonces creo que me voy para Copenhague. Hablaré con Anne-Birte de sus mejillones.

—Déjalo. También pudo ser otra cosa.

—Eso es precisamente lo que pensaba decirle.

Salieron al vestíbulo para despedirse.

—Gracias por venir y por ayudarme con este asunto.

—No, soy yo quien te está agradecido —objetó el danés—. De no haber sido por ti, el día en que aquellos tipos se enzarzaron en semejante bronca, a mí me habrían multado y habría tenido un montón de problemas.

—Hasta pronto —se despidió Wallander—. Pero nada de mejillones la próxima vez.

—Nada de mejillones —repitió Jespersen antes de marcharse.

Wallander regresó a la cocina y anotó cuanto acababa de contarle su confidente. «Alguien ha estado preguntando por Hålén o por Hansson. Hace poco más de un mes. Justo cuando Hålén puso la cerradura extra. El hombre que andaba buscándolo tenía un párpado cerrado. Al parecer, no tiene paradero fijo y lo más probable es que pueda encontrarlo en el parque de Pildammsparken.»

Wallander dejó el lápiz. «Hablaré con Hemberg sobre esto también», se dijo. «Tal y como están las cosas, es una buena pista.»

Después Wallander pensó que tendría que haberle pedido a Jespersen que preguntase si había alguien entre sus conocidos que hubiese oído hablar de una mujer llamada Alexandra Batista.

Lo irritó haber pasado por alto ese detalle. «No pienso más que a medias», se reprochó. «Y mis errores son absurdos.»

Habían dado ya las ocho menos cuarto y Wallander no cesaba de ir y venir por el apartamento. Estaba inquieto, aunque totalmente recuperado del estómago. Pensó en llamar a su padre al nuevo número de teléfono de Löderup, pero corría el riesgo de que acabaran discutiendo. Y con lo de Mona tenía más que suficiente. Con el fin de pasar el tiempo, decidió dar un paseo por el barrio. El verano había llegado, por fin, y hacía una noche cálida. Se preguntaba qué sería del viaje que habían planeado emprender a Skagen.

A las ocho y media, ya estaba de vuelta en el apartamento. Se sentó ante la mesa de la cocina, sobre la que colocó el reloj de pulsera. «Estoy comportándome como un niño», sentenció para sí. «Pero, en estos momentos, no se me ocurre actuar de otro modo.»

A las nueve en punto, marcó el número. Mona respondió casi en el acto.

—Antes de que cuelgues el auricular, me gustaría tener la oportunidad de explicártelo todo —comenzó.

—¿Y quién ha dicho que vaya a colgar?

Wallander se quedó desconcertado. Se había preparado a conciencia y sabía perfectamente lo que iba a decir. Sin embargo, fue Mona quien tomó la palabra.

—Creo que puedes explicarlo todo, de verdad —aseguró—. Pero es que ahora no me interesa lo más mínimo. En mi opinión, deberíamos vernos y hablar cara a cara.

—¿Ahora?

—No, esta noche no. Pero quizá mañana, si puedes.

—Claro que puedo.

—Bien, en ese caso, nos vemos en tu casa. Pero no podré ir antes de las nueve. Es el cumpleaños de mi madre y le prometí que iría a felicitarla.

—De acuerdo. Puedo preparar la cena.

—No, no hace falta.

Wallander reanudó sus intentos de exponer su bien argumentada defensa, pero ella lo interrumpió.

—Déjalo. Ya hablaremos mañana. No quiero aclararlo por teléfono.

Así, en menos de un minuto, se terminó la conversación. Y nada había resultado como Wallander había previsto. Antes al contrario, la breve charla adoptó un tono inesperado para Wallander, aunque provisto de cierto eco que bien podría interpretarse como un mal presagio.

La sola idea de permanecer encerrado en casa el resto de la noche lo llenó de desasosiego. No eran más que las nueve y cuarto. «Nada me impide dar un paseo hasta el parque de Pildammsparken», se animó. «Puede que incluso tenga la suerte de toparme con un individuo cuyo párpado superior esté cerrado...»

Entre las páginas de uno de los libros que tenía en la estantería, Wallander guardaba cien coronas en billetes pequeños. Las sacó y las metió en el bolsillo, tomó la cazadora y salió del apartamento. No corría el menor soplo de viento y la temperatura seguía siendo agradable. Mientras se encaminaba hacia la parada del autobús, fue tarareando la melodía de una ópera, *Rigoletto*. Cuando vio que el autobús se acercaba, echó a correr.

Ya en Pildammsparken, empezó a dudar de que aquélla hubiese sido una idea afortunada. El parque tenía una gran extensión y lo más probable era que el hombre al que buscaba fuese un asesino. La norma que, de forma terminante, prohibía a los policías actuar en solitario resonó en su mente. «Bueno, pero un paseo sí que puedo darme», se tranquilizó. «No llevo uniforme y nadie sabe que soy policía. No soy más que un hombre solitario que ha salido a pasear a su perro invisible.»

Wallander comenzó a recorrer uno de los senderos del parque, a lo largo del cual halló a un grupo de jóvenes sentados bajo un árbol. Uno de ellos tocaba la guitarra y Wallander vio que tenían unas botellas de vino. Abatido, se preguntó en cuántos puntos estarían contraviniendo la ley aquellos jóvenes en aquel preciso momento. Estaba seguro de que Lohman habría intervenido con una redada ocasional, de dispersión. Pero él pasó de largo sin más. Hacía tan sólo unos años, él mismo podría haber sido uno de los muchachos que vagueaban sentados bajo el árbol. Sin embargo, ahora era policía y su deber consistía, entre otros, en detener a quienes consumían alcohol en lugares públicos. Movió la cabeza ante su propio razonamiento. No veía el momento de empezar a trabajar en el grupo de homicidios. En efecto, él no se había convertido en policía para abalanzarse sobre pandillas de jóvenes que tocaban la guitarra y bebían vino en las primeras noches cálidas del verano. Antes al contrario, lo que él deseaba era detener a los grandes criminales, a los que asesinaban, cometían robos y traficaban con droga.

Prosiguió hacia el interior del parque. En la distancia, se oía el rumor del tráfico. Dos jóvenes pasaron abrazados ante él. Wallander pensó en Mona. Estaba seguro de que se reconciliarían. De hecho, no tardarían en estar en Skagen y él ya no llegaría tarde a ninguna cita con ella.

Wallander se detuvo. Sentadas en un banco que había ante él, unas personas bebían alcohol. Una de ellas tironeaba de la correa de un pastor alemán que se resistía a permanecer tumbado. Wallander se acercó despacio, pero el hombre no mostró el menor interés por su presencia. El agente vio que ninguno de ellos tenía un párpado cerrado, pero, de repente, uno de los individuos se incorporó y, tambaleándose, fue a colocarse ante Wallander. Era un hombre fornido cuyos músculos hinchaban las mangas de la camisa que llevaba desabotonada a la altura del estómago.

—Necesito uno de diez —irrumpió el hombre.

El primer pensamiento de Wallander fue decirle que no. Diez coronas era mucho dinero. Pero, enseguida, cambió de opinión.

—Estoy buscando a un colega —replicó el agente—. Un hombre que tiene un párpado cerrado.

Wallander no esperaba sacar nada en claro, pero, contra todo pronóstico, la respuesta fue tan inmediata como inesperada.

—Rune no está aquí hoy. ¡A saber dónde se ha metido ese cabrón!

—Eso es. Rune —convino Wallander.

—¿Y quién coño eres tú? —preguntó el hombre sin dejar de tambalearse.

—Me llamo Kurt. Kurt Wallander. Soy un viejo colega suyo.

—Pues es la primera vez que te veo por aquí.

Entonces Wallander le dio el billete de diez coronas.

—Cuando lo veas, dile que Kurt anda buscándolo. Por cierto, ¿sabes cuál es su apellido? —inquirió el agente.

—Ni siquiera sé si tiene apellido... Rune es Rune.

—¿Y dónde vive?

El hombre dejó de vacilar por un segundo.

—Creía que erais viejos amigos. ¿Cómo es que no sabes dónde vive?

—Ya, bueno, pero como no para de mudarse...

El hombre se dirigió al resto del grupo, que seguía sentado en el banco.

—¿Alguno de vosotros sabe dónde para Rune ahora?

La conversación que desencadenó aquella cuestión resultó de lo más desconcertante. Para empezar, les llevó un buen rato determinar de qué Rune se trataba. Después, la respuesta no fue, ni con mucho, unánime, pues ni siquiera estaban de acuerdo en el hecho de que tuviese un domicilio concreto. Wallander aguardaba mientras el pastor alemán ladraba sin cesar.

El hombre de marcada musculatura volvió a su lado.

—Ninguno de nosotros sabe dónde vive Rune —concluyó el sujeto—. Pero podemos decirle que Kurt lo anda buscando.

Wallander asintió y se apresuró a alejarse de aquel lugar. Por supuesto que podía estar equivocado y que podía haber más de una persona con un párpado cerrado. Pero, aun así, él estaba convencido de hallarse sobre una pista segura. Se le ocurrió que debería ponerse en contacto con Hemberg de inmediato y proponerle que pusiera el parque bajo vigilancia. Incluso era posible que la policía tuviese en sus registros a algún individuo con un párpado cerrado.

Pero, de repente, se sintió inseguro. Lo atemorizaba el hecho de estar precipitándose de nuevo. En primer lugar, mantendría una buena conversación con Hemberg en el transcurso de la cual lo pondría al corriente del cambio de nombre y de lo que Jespersen le había revelado. Después, el propio Hemberg tendría que determinar si aquello era o no una buena pista.

Por otro lado, decidió que pospondría la conversación con el inspector hasta el día siguiente.

Wallander dejó atrás el parque y tomó el autobús de regreso a casa.

Aún se sentía afectado por el agotamiento provocado por la gastroenteritis, así que se durmió antes de medianoche.

A las siete de la mañana del día siguiente, el agente despertó descansado y, tras haber constatado que su estómago se hallaba por completo recuperado, se tomó un café. Hecho esto, marcó el número de teléfono que le había proporcionado la joven de la recepción de la comisaría.

Su padre tardó un buen rato en atender la llamada.

—Ah, ¿eres tú? —inquirió éste con acritud—. Es que no encontraba el teléfono entre tanto trasto.

—¿Puede saberse por qué llamas a la comisaría y te presentas como un pariente lejano? ¡Joder!, podrías haber dicho que eras mi padre, ¿no?

—Yo no quiero tener nada que ver con la policía —repuso el padre—. ¿Cómo es que no vienes a hacerme una visita?

—Si ni siquiera sé dónde vives. Kristina sólo pudo darme una descripción aproximada del camino.

—Y eres incapaz de averiguarlo por ti mismo, ¿verdad? Ése es tu mayor defecto.

Wallander comprendió que la conversación ya había empezado a degenerar en enfrentamiento y que lo mejor que podía hacer era darle fin lo antes posible.

—Iré a verte dentro de unos días —aseguró—. Pero te llamaré antes para que me expliques el camino. ¿Estás a gusto?

—Sí.

—¿Eso es todo? ¿Simplemente «sí»?

—Bueno, está algo desorganizado, pero en cuanto lo ordene un poco quedará estupendo. Además, pienso hacer un taller de lo más agradable en un pequeño y viejo cobertizo que hay en el jardín.

—Está bien, iré a verte —prometió Wallander.

—Ya, pero yo no me lo creeré hasta que no lo vea —advirtió el padre—. Rara vez puede uno fiarse de un policía.

Wallander se apresuró a despedirse. «Pueden quedarle hasta veinte años de vida», se dijo resignado. «Y todo ese tiempo lo tendré encima sin remedio. Jamás me libraré de él. Y haré bien en admitirlo y tomar conciencia de ello de una vez por todas. Y si ahora está difícil, seguro que empeorará con los años.»

Wallander se comió unos bocadillos con renovado apetito antes de tomar el autobús para la comisaría. Poco después de las ocho, llamó a la puerta entreabierta de Hemberg, que emitió un apagado rugido por respuesta. El agente entró en el despacho y, ante su sorpresa, halló que el inspector no tenía, en esta ocasión, los pies sobre la mesa. Antes al contrario, estaba de pie junto a la ventana hojeando el periódico. Al ver entrar a Wallander, Hemberg lo miró divertido.

—Así que mejillones, ¿eh? —comentó irónico—. Hay que ir con cuidado con esos bichos. Absorben toda la porquería que hay en el mar, ¿lo sabías?

136

—Bueno, puede haber sido cualquier otra cosa —repuso Wallander evasivo.

Hemberg dejó el periódico y tomó asiento.

—Tengo que hablar contigo —comenzó Wallander—. Pero lo que he de decirte nos llevará más de cinco minutos.

Hemberg le indicó que se sentase.

Wallander le refirió entonces todo lo relativo a su descubrimiento, a cómo Hålén se había cambiado de nombre hacía unos años. Según pudo observar, Hemberg se mostró enseguida interesado, de modo que él continuó revelándole la información obtenida de su conversación con Jespersen y su visita y posterior paseo por el parque de Pildammsparken la noche anterior.

—Un hombre llamado Rune, que carece de apellido y uno de cuyos párpados está cerrado —concluyó.

Hemberg sopesó en silencio el valor de cuanto Wallander acababa de relatarle.

—Todo el mundo tiene apellido —objetó transcurridos unos minutos—. Y no es fácil que haya muchos hombres con esa característica tan peculiar en una ciudad tan pequeña como Malmö.

Pero entonces frunció el entrecejo.

—Creo haberte dicho ya que no podías actuar en solitario. Además, deberías haberte puesto en contacto conmigo o con cualquiera de homicidios ayer mismo. Habríamos traído a comisaría a los que dices que viste en el parque. Con algo de sobriedad en el cuerpo y un pequeño interrogatorio bien llevado la gente suele recordar alguna que otra cosa. Y, a ver, por ejemplo, ¿se te ocurrió tomar nota del nombre de aquellos individuos?

—La verdad es que no les dije que era policía. Me hice pasar por un colega de Rune.

Hemberg movió la cabeza en gesto de desaprobación.

—Pues así no puedes ir por ahí —sentenció—. Es nuestro lema actuar abiertamente, a menos que haya motivos justificados para hacer lo contrario.

—El tipo quería dinero —comentó Wallander—. De lo contrario, yo habría pasado de largo.

Hemberg lo miró lleno de curiosidad.

—¿Y qué fuiste tú a hacer al parque?

—Pues, fui a dar un paseo.

—Es decir, que no te dedicaste a investigar por tu cuenta, ¿no es eso?

—No, necesitaba algo de aire fresco después de mi gastroenteritis.

El rostro de Hemberg dejó traslucir una incredulidad manifiesta.

—En otras palabras, el que eligieses el parque de Pildammsparken fue una pura casualidad, ¿me equivoco?

Wallander se abstuvo de responder y Hemberg se puso en pie.

—Pondré a trabajar a varios agentes en este caso. Lo que necesitamos en estos momentos es avanzar con la mayor amplitud de miras posible. Yo casi daba por sentado que había sido Hålén quien mató a Batista. Pero está claro que uno puede equivocarse. Y lo más sensato en esos casos es hacer borrón y cuenta nueva.

Wallander salió del despacho de Hemberg y bajó a la primera planta. Esperaba no tener que toparse con Lohman, pero, curiosamente, fue como si su jefe hubiese estado acechándolo, ya que apareció de repente por la puerta de una de las salas de reuniones con una taza de café en la mano.

—¡Vaya! Ya estaba empezando a preguntarme...

—Estaba de baja —se justificó Wallander.

—Ya, pero, aun así, dicen que te han visto por aquí.

—Sí, bueno, ya me he recuperado —explicó el agente—. Tenía gastroenteritis. Lo más probable es que fuese a causa de unos mejillones.

—Se te ha asignado una patrulla —le advirtió Lohman—. Así que ve y habla con Håkansson.

138

Wallander acudió a la sala donde los agentes de seguridad ciudadana consultaban los detalles de sus servicios. Håkansson, un hombre grande y robusto que transpiraba sin cesar, estaba sentado ante un escritorio hojeando una revista. Al ver entrar a Wallander, levantó la vista de su lectura.

—Zona centro —anunció—. Wittberg sale a las nueve. El servicio termina a las tres. Irás con él.

Wallander asintió y fue a cambiarse a los vestuarios. Sacó el uniforme del armario, y no había terminado de ponérselo cuando entró Wittberg. Su compañero tenía treinta años y su único tema de conversación era el sueño que alentaba de poder conducir, algún día, un coche de carreras.

Salieron de la comisaría a las nueve y cuarto.

—Cuando empieza a hacer calor, todo está más calmado —observó Wittberg—. Nunca hay intervenciones innecesarias ni nada parecido, así que quizá tengamos un día tranquilo.

El día resultó, en efecto, muy tranquilo. Cuando, poco después de las tres, Wallander se desprendió del uniforme, no habían efectuado otra intervención que la de llamar la atención a un ciclista que circulaba por el carril contrario de la calzada.

A las cuatro de la tarde, Wallander ya estaba en casa. De camino a su apartamento, desde la parada del autobús, se detuvo a comprar algo de comida, pues se le ocurrió pensar que cabía la posibilidad de que Mona cambiase de opinión y, pese a todo, se sintiese hambrienta.

A las cuatro y media ya se había duchado y cambiado de ropa. Faltaban aún cuatro horas y media hasta que ella llegase. «Bueno, nada me impide dar otro paseo por Pildammsparken», se dijo. «Sobre todo si voy acompañado de mi perro invisible...»

Al mismo tiempo, sin embargo, lo atormentaba la duda. Hemberg le había dado orden expresa de no actuar a título personal y en solitario.

Pero, finalmente, Wallander se encaminó al parque. Hacia las cinco y media, comenzó a recorrer el mismo sendero que el día anterior. Los jóvenes que había visto entonces entonando baladas a la guitarra y bebiendo vino no estaban y también el banco en que había hallado al grupo de hombres borrachos aparecía ahora vacío. El agente se decidió por prolongar su paseo unos quince minutos más antes de volver a casa. Bajó una pendiente y se detuvo un instante a contemplar los patos que nadaban en el gran estanque. Desde algún lugar difícil de precisar se oía el canto de un pájaro. El intenso perfume de los árboles hacía pensar en los primeros días del verano. Una pareja de edad pasó a su lado y Wallander no pudo evitar oír que hablaban de la «pobre hermana» de alguien, aunque nunca llegó a averiguar de quién, ni tampoco por qué era digna de compasión.

A punto estaba ya de emprender el camino de regreso volviendo sobre sus propios pasos cuando descubrió a un grupo de personas sentadas en el suelo a la sombra de un árbol. Sin embargo, desde aquella distancia, no le fue posible determinar si estaban o no borrachos. Uno de los hombres se puso en pie y comenzó a caminar con paso vacilante a una señal del compañero, que permaneció sentado bajo el árbol, con la cabeza gacha. Wallander se le acercó unos pasos, pero no lo reconoció de la noche anterior, aunque vio que iba mal vestido y que tenía entre los pies una botella vacía de vodka.

El agente se acuclilló para ver mejor su rostro cuando, de pronto, oyó el ruido de pasos sobre el camino de gravilla que quedaba a su espalda. Se dio entonces la vuelta y vio a dos muchachas. Reconoció enseguida a una de ellas, si bien no sabía dónde la había visto con anterioridad.

—¡Mira! Éste es uno de los jodidos policías que me golpearon durante la manifestación —acusó la joven.

Entonces la recordó: era la joven que, hacía una semana, lo había recriminado públicamente en la cafetería.

Wallander se incorporó en el preciso instante en que, a

juzgar por la expresión del rostro de la otra chica, comprendió que algo sucedía a su espalda. Se dio la vuelta rápidamente y vio que el hombre que estaba sentado bajo el árbol no estaba durmiendo, como él había creído. El individuo se había levantado y se le acercaba con una navaja en la mano.

Todo sucedió muy deprisa. Lo único que Wallander sería capaz de recordar más tarde fue el grito y la huida precipitada y despavorida de las chicas. El joven agente alzó los brazos para protegerse, pero era demasiado tarde. No logró parar la cuchillada. La hoja de la navaja lo alcanzó en medio del pecho. Una cálida oscuridad lo envolvió enseguida.

Sus sentidos habían dejado de registrar cuanto sucedía a su alrededor mucho antes de que se desplomase sobre el sendero de gravilla.

Después, todo quedó reducido a una confusa neblina, como un denso mar blanco y silencioso.

Durante cuatro días, Wallander estuvo inconsciente en el hospital. Sufrió dos intervenciones quirúrgicas bastante complicadas, pues la navaja le había pasado cerca del corazón. Logró, no obstante, sobrevivir y regresar, poco a poco, de la persuasiva niebla. La mañana del quinto día, cuando por fin pudo abrir los ojos, no sabía dónde se encontraba ni tampoco qué había sucedido.

Pero junto a la cama había un rostro que sí reconoció.

Un rostro que lo significaba todo para él. El rostro de Mona, que le sonreía.

Epílogo

Un día de primeros de septiembre, cuando el médico que había atendido a Wallander le comunicó que podía reincorporarse al trabajo a la semana siguiente, el joven llamó a Hemberg, que lo visitó después del mediodía en su apartamento de Rosengård. Wallander salió a tirar la basura y se lo encontró en el rellano de la escalera.

—Aquí fue donde todo comenzó —le recordó el inspector al tiempo que señalaba la puerta de Hålén.

—Todavía no ha venido ningún nuevo inquilino —observó Wallander—. Los muebles siguen ahí y tampoco se han reparado los daños provocados por el incendio. Cada vez que salgo o entro y paso por la puerta, noto el olor a quemado.

Se sentaron en la cocina a tomarse un café. Hacía un día sorprendentemente frío para el mes de septiembre y Hemberg llevaba un grueso jersey bajo el chaquetón.

—El otoño se presentará pronto este año.

—Yo fui ayer a visitar a mi padre, que se ha mudado a Löderup —comentó Wallander—. Son hermosas aquellas llanuras.

—El que alguien, por voluntad propia, se instale a vivir en medio del fango escaniano es algo que escapa a mi entendimiento —objetó Hemberg—. Después llega el terrible invierno y todos se encierran para protegerse de la nieve.

—Bueno, él parece encontrarse a gusto —observó Wallander—. Además, no creo que le quite el sueño el tiempo que haga: se pasa los días pintando cuadros.

—¡Vaya! —exclamó Hemberg—. No sabía que tu padre fuese artista.

—Sí, verás, lo cierto es que siempre pinta el mismo motivo —explicó Wallander—. Un paisaje, con o sin urogallo.

Dicho esto, se puso en pie y le indicó a Hemberg que lo siguiese, pues quería mostrarle el cuadro que colgaba de una de las paredes de la habitación contigua.

—¡Anda! Uno de mis vecinos tiene uno igual —se sorprendió Hemberg—. Parece que tienen mucho éxito.

De nuevo en la cocina, Hemberg cambió de tema.

—Cometiste todos los errores imaginables —le recriminó—. Aunque eso ya te lo había dicho antes, claro. No puedes dedicarte a investigar por tu cuenta, no puedes intervenir en solitario. Te has quedado a unos centímetros de la muerte, ¿lo sabes? Y espero que hayas aprendido algo acerca de cómo *no* debes conducirte.

Wallander no respondió, consciente de que Hemberg tenía razón.

—Pero fuiste perseverante —prosiguió el inspector—. Descubriste que Hålén se había cambiado el nombre. Ni que decir tiene que también nosotros lo habríamos descubierto, tarde o temprano; al igual que habríamos dado con la pista de Rune Blom. Pero tú razonaste de forma acertada y lógica.

—Gracias. Te llamé porque sentía curiosidad —intervino Wallander—. ¡Hay tantas cosas que todavía no sé!

Hemberg lo puso al corriente de todo. Rune Blom había confesado y, según pudieron demostrar técnicamente, también era responsable del asesinato de Alexandra Batista.

—Todo comenzó en 1954 —explicó Hemberg—. Blom se prodigó en los detalles. Él y Hålén, o más bien Hansson, pues ése era su nombre entonces, pertenecían a la misma tripulación de un barco que navegaba a Brasil. En São Luis tuvieron la oportunidad de hacerse con las piedras preciosas que, según él, no le costaron más que una pequeña suma que pagó a un brasileño borracho e ignorante del valor real de las gemas. Lo más probable es que tampoco ellos lo supiesen con exactitud. No creo que lleguemos a saber nunca si las compraron realmente o si las robaron. En cualquier caso, decidieron repartirse el botín. Sin embargo, Rune fue a parar a la cárcel en Brasil, por una acusación de homicidio, circunstancia que Hålén, que era quien guardaba las piedras, aprovechó en su beneficio. Se cambió de nombre y abandonó el servicio como marino antes de venir a ocultarse aquí en Malmö, donde conoció a Batista y terminó por convencerse de que Blom pasaría el resto de sus días en la prisión brasileña. Sin embargo, Blom quedó en libertad años más tarde y comenzó a buscar a Hålén. Sin que sepamos cómo, éste se enteró de que Blom había llegado a Malmö, de modo que se asustó e hizo instalar una cerradura de seguridad en la puerta de su apartamento. Blom lo tenía vigilado y, según él, Hålén se pegó un tiro el mismo día en que descubrió su domicilio. Al parecer, fue motivo suficiente como para que, muerto de miedo, se quitase la vida. Pero a mí me parece bastante cuestionable. ¿Por qué no le daría las gemas a Blom? ¿Por qué se las tragó y se suicidó de un disparo? ¿Cómo puede uno ser tan avaricioso, que prefiera morir a deshacerse de algo que no vale tanto dinero?

Hemberg bebió un trago de café mientras miraba pensativo por la ventana. Había empezado a llover.

—Ya conoces el resto de la historia —prosiguió—. Blom no halló las piedras preciosas y empezó a sospechar que tal vez las tuviese Batista. Se presentó como amigo de Hålén, ella lo dejó entrar sin abrigar la menor sospecha y Blom la asesinó. Es un hombre muy violento, como ya ha demostrado en varias ocasiones. Y cuando está bajo los efectos del alcohol, su brutalidad carece de límite. Tiene una serie de antecedentes por agresiones graves en su historial, además del homicidio de Brasil. En esta ocasión, se ensañó con Batista.

—¿Por qué se molestó en volver a prenderle fuego al apartamento? ¿No vio el riesgo que corría?

—La única explicación que nos ofreció fue la indignación irrefrenable que le produjo el hecho de no haber hallado las gemas. Y yo lo creo. Blom es un sujeto muy desagradable. Aunque cabe la posibilidad de que temiese que su nombre figurase en algún documento que Hålén guardase en el apartamento. Y no le dio tiempo de comprobarlo bien antes de que tú lo sorprendieses. En cualquier caso, desde luego que se arriesgó a que lo descubriesen.

Wallander asintió, pues ya tenía una idea clara de lo sucedido.

—En resumidas cuentas, un simple asesinato repugnante y asqueroso y un tipo avaricioso que se pega un tiro —sintetizó Hemberg—. Cuando formes parte del grupo de homicidios, te verás envuelto en casos similares con frecuencia. Nunca se repetirán los detalles, pero los móviles serán muy parecidos.

—Sí, bueno, el caso es que sobre eso quería preguntarte —apuntó Wallander—. Ya sé que cometí muchos errores.

—Bueno, no te preocupes demasiado —se limitó a responder Hemberg—. Empezarás con nosotros el primero de octubre, no antes.

Wallander no daba crédito a sus palabras. El corazón le saltaba de alegría, pero no mostró sus sentimientos, sino que hizo un simple gesto de aprobación.

Hemberg se quedó con él aún unos minutos, antes de salir hacia el coche bajo la lluvia. Wallander lo vio partir mientras se palpaba distraído la cicatriz del pecho.

De repente, recordó algo que había leído en una ocasión, aunque no sabía dónde.

«*Hay un tiempo para vivir y otro para morir.*»

«Me he librado de milagro. Tuve suerte.»

Decidió entonces que aquellas palabras siempre estarían presentes en su memoria.

«Hay un tiempo para vivir y otro para morir.»
A partir de aquel momento, se convertirían en una máxima.

La lluvia tamborileaba contra el cristal de la ventana.
Mona llegó poco después de las ocho.
Aquella noche estuvieron hablando largo rato, haciendo planes sobre el próximo verano y sobre el viaje a Skagen que se habían visto obligados a posponer.

La grieta

Wallander miró el reloj. Eran las cinco menos cuarto. Estaba sentado en su oficina de la comisaría de Malmö. Era la Nochebuena de 1975. Los dos colegas con los que compartía la oficina, Stefansson y Hörner, libraban aquel día. Y él mismo pensaba marcharse en apenas una hora. Se puso en pie y se colocó junto a la ventana. Llovía, así que las navidades tampoco serían blancas aquel año. Contempló ausente a través del cristal, que había empezado a empañarse de nuevo, y lanzó un bostezo que hizo rechinar sus mandíbulas. Cerró la boca con sumo cuidado, pues no era infrecuente que se le desencajase algún músculo de la mandíbula inferior cuando bostezaba ampliamente y con todas sus fuerzas.

Volvió a sentarse ante el escritorio, sobre el que había esparcidos varios documentos que no reclamaban su intervención inmediata. Se retrepó en la silla y pensó con satisfacción en las vacaciones de casi una semana entera que lo aguardaban, pues no debía volver a entrar de servicio hasta el día de fin de año. Puso los pies sobre la mesa y sacó un cigarrillo. Al encenderlo, empezó a toser de forma convulsiva. En realidad, había decidido dejar de fumar, aunque no como una promesa de Nochevieja, pues se conocía lo suficiente como para saber que no tenía muchas posibilidades de conseguirlo. Necesitaba un largo periodo de mentalización, pero, un buen día, se despertaría con la certeza de que aquél sería el último de su vida como fumador.

De nuevo echó una ojeada al reloj. En realidad, nada le impedía marcharse sin aguardar más. Había sido un día de diciembre de lo más tranquilo. En el grupo de homicidios de Malmö no había ninguna investigación grave en curso y los altercados familiares que solían estallar durante aquellas fiestas recaerían sobre otros agentes.

Wallander bajó los pies del escritorio y llamó a Mona, que respondió enseguida.

—Soy yo.

—No me digas que vendrás más tarde...

La indignación lo invadió de pronto; no sabía de dónde había surgido ni cómo ocultársela a Mona.

—Pues la verdad es que llamaba simplemente para decirte que me marcho a casa ahora mismo, pero tal vez no te viene bien, ¿no?

—Pareces enojado.

—¿Que parezco enojado?

—Ya me has oído, ¿no?

—Sí, yo sí te he oído, pero, y tú, ¿me has oído a mí? Digo que llamaba sólo para avisarte de que salgo ahora mismo, si no te importa.

—Sí, vale. Conduce con cuidado.

Ahí concluyeron la conversación y Wallander se quedó sentado un instante con el auricular en la mano, antes de estrellarlo contra el aparato.

«Ya ni siquiera somos capaces de hablar por teléfono», lamentó indignado. «Mona emprende la discusión a la menor oportunidad. Y lo peor es que seguro que ella piensa lo mismo de mí.»

Permaneció sentado en la silla siguiendo con la mirada el ascenso de las volutas de humo, consciente de que procuraba no pensar en la situación de su relación con Mona ni en las cada vez más frecuentes discusiones. Pero le costaba ahuyentar una idea que se le imponía con creciente firmeza, por más que quisiese evitarla: la de que era su hija Linda, de cinco años, quien mantenía unido el matrimonio. Pese a todo, procuraba reprimirse, pues la idea de arrastrar su existencia sin Mona y sin Linda se le hacía insoportable.

Por otro lado, pensaba que aún no había cumplido los treinta y sabía que reunía las condiciones necesarias para llegar a ser un buen policía y que, si se lo proponía, nada le impediría hacer carrera en el Cuerpo, tal y como demostraban los seis años que llevaba en la profesión. Su rápido ascenso a agente de homicidios lo había convencido de ello, pese a que no eran pocas las ocasiones en que se sentía incompetente. Sin embargo, se preguntaba si aquello era lo que él deseaba en realidad. De vez en cuando, Mona intentaba convencerlo para que abandonase el Cuerpo y buscase trabajo en una de las compañías de seguridad privada que habían empezado a proliferar en Suecia. De hecho, su mujer solía recortarle los anuncios del periódico animándolo con la perspectiva de mejor sueldo y horarios más cómodos y regulares. Pero él sabía que, en el fondo, lo que la movía a rogarle que cambiase de profesión era el miedo a que volviese a sucederle algo.

Dio unos pasos y se apostó de nuevo junto a la ventana para contemplar la ciudad de Malmö a través del cristal empañado.

Aquél sería su último año en la gran ciudad pues, a comienzos del verano, pasaría a ocupar otro puesto en Ystad. En realidad, ya se habían trasladado a su nuevo destino y se habían mudado a un apartamento situado en el centro de la ciudad, en la calle de Mariagatan, ya en el mes de septiembre. Lo cierto era que no albergaron el menor atisbo de duda, pese a que el traslado a una ciudad tan pequeña no favorecería su carrera profesional. Pero Mona deseaba que Linda creciese en una ciudad más pequeña que Malmö. Y Wallander sentía la necesidad de un cambio. Por si fuera poco, el hecho de que su padre se hubiese marchado a vivir a Österlen hacía algunos años constituía otra razón para que ellos se instalasen en Ystad. Sin embargo, que Mona hubiese hallado un salón de peluquería a buen precio había resultado ser el motivo decisivo.

Él había estado con anterioridad en la comisaría de policía de Ystad, donde había tenido la oportunidad de conocer a quienes pronto serían sus colegas y, en especial, a un policía de mediana edad llamado Rydberg que no tardó en merecer su aprecio.

A oídos de Wallander habían llegado con antelación los persistentes rumores acerca del carácter agrio y atravesado del agente, mas su impresión había sido, desde el principio, muy distinta. Nadie podía poner en duda el hecho de que Rydberg fuese hombre de ideas propias, pero lo que más había impresionado a Wallander había sido su capacidad para, de forma escueta y precisa, describir y analizar cualquier crimen cuya investigación estuviese en curso.

De nuevo junto al escritorio, apagó el cigarrillo. Habían dado ya las cinco y cuarto, de modo que podía marcharse. Tomó la cazadora que tenía colgada en el perchero de la pared, dispuesto a conducir despacio y con cautela hasta llegar a casa.

¿No habría utilizado un tono agrio y enojado al teléfono sin advertirlo él mismo? Estaba cansado y necesitaba aquellas vacaciones. Mona lo comprendería, en cuanto él tuviese tiempo y ocasión de explicárselo.

Se puso, pues, la cazadora, y se tanteó el bolsillo para comprobar que llevaba las llaves de su Peugeot.

Sobre la pared donde se hallaba la puerta había un pequeño espejo de baño. Wallander se miró en él, satisfecho con la imagen que el cristal le devolvía. No tardaría en cumplir treinta años, pero el espejo le mostraba el rostro de un hombre que bien podía tener veintidós.

Y, en aquel preciso momento, la puerta se abrió y dejó paso a Hemberg, su jefe directo desde que llegó al grupo de homicidios. A Wallander le resultaba muy fácil, por lo general, colaborar con él, y las ocasiones en que surgían problemas, éstos se debían, casi invariablemente, al terrible humor de que Hemberg sabía hacer gala de vez en cuando.

Wallander sabía que a él le tocaría estar de servicio tanto en Nochebuena como en Nochevieja. Puesto que estaba soltero, el jefe de homicidios renunció a sus días de fiesta en favor de otro agente que tenía una familia numerosa.

—¡Vaya! Me preguntaba si ya te habrías ido...

—Sí, estaba a punto de marcharme —aclaró Wallander—. Pensaba escabullirme media hora antes...

—Bueno, por mí no te preocupes —lo tranquilizó Hemberg.

Sin embargo, Wallander supo enseguida que Hemberg había acudido a su despacho por algún motivo concreto.

—Querías algo, ¿no es así?

Hemberg se encogió de hombros.

—Bueno, tú ya te has mudado a Ystad —comenzó—. Se me ha ocurrido que podrías hacer un alto en el camino a casa. ¿Sabes?, en estos momentos ando falto de personal y no creo que esto sea nada grave.

Wallander aguardaba impaciente la continuación.

—Verás, se trata de una mujer que ha llamado ya varias veces esta tarde. Tiene una pequeña tienda de comestibles junto al comercio de muebles que hay justo en la rotonda de Jägersro, al lado de la estación de servicio OK.

Wallander identificó mentalmente el lugar de que le hablaba Hemberg mientras éste ojeaba el papel que sostenía en la mano.

—Se llama Elma Hagman y creo que es bastante mayor. Según dice, una persona muy extraña ha estado rondando ante su establecimiento toda la tarde.

Wallander seguía esperando más información, pero fue en vano.

—Ya, ¿y eso es todo?

Hemberg describió con los brazos un amplio gesto de resignación.

—Eso parece. Acaba de llamar de nuevo y entonces se me ocurrió que tú podrías acercarte hasta allí.

—O sea, que quieres que pare allí y hable con ella, ¿no es eso?

Hemberg echó una ojeada al reloj.

—Dijo que cerraba a las seis, así que tienes el tiempo justo. De todos modos, supongo que son figuraciones de la señora. En el mejor de los casos, podrás tranquilizarla y desearle feliz Navidad.

Wallander reflexionó un instante. En el fondo, no le llevaría más de diez minutos detenerse ante la tienda de comestibles y comprobar que todo estaba en orden.

—Está bien, hablaré con ella —concedió al fin—. Después de todo, aún estoy de servicio.

Hemberg asintió satisfecho, antes de añadir:

—Feliz Navidad. Nos veremos en fin de año.

—Espero que sea una noche sin incidentes —deseó Wallander.

—Bueno, ya sabes, suele haber jaleo hacia la medianoche —le recordó Hemberg en tono sombrío—. Sólo nos cabe esperar que las broncas no sean demasiado violentas y que no sean muchos los niños que queden decepcionados.

Los dos hombres se despidieron en el pasillo y Wallander se apresuró en dirección a su coche, que, aquel día, había dejado aparcado ante la fachada de la comisaría. Había empezado a llover copiosamente. Una vez acomodado en el asiento, introdujo una cinta de casete en el reproductor del coche y subió el volumen. La ciudad centelleaba a su alrededor con los destellos de los escaparates y los adornos navideños que decoraban las calles. La voz de Jussi Björling inundó el interior del vehículo y pensó cuánto deseaba empezar a disfrutar de los días de ocio que tenía por delante.

Ya cerca de la última rotonda anterior a la salida hacia Ystad, recordó de repente el encargo de Hemberg, con lo que se vio obligado a frenar bruscamente y cambiar de carril. Tomó después el desvío hacia la tienda de muebles y la estación de servicio, ambas cerradas a aquellas horas; en cambio, sí que se veía luz en las ventanas de la tienda de comestibles, algo más allá de la ferretería. Wallander frenó y salió del coche, aunque dejó las llaves puestas. Cerró la puerta tan a la ligera que la lamparita del interior quedó encendida cuando se alejó. Pero no se molestó en volver a cerrarla debidamente, seguro como estaba de que su visita no se prolongaría más que unos minutos.

Seguía lloviendo con gran intensidad. Echó una ojeada a su alrededor, pero no se veía a nadie. El vago rumor de los coches apenas lo alcanzaba y se preguntó abstraído cómo era posible que una tienda de comestibles de las de antaño sobreviviese en una zona que se componía de forma casi exclusiva de grandes superficies comerciales y de pequeñas fábricas. Sin dar con una respuesta satisfactoria, apremió el paso bajo la lluvia hasta que llegó a la puerta y la abrió.

Pero, apenas hubo entrado en el establecimiento, supo que había allí algo extraño.

Algo grave, muy grave había sucedido.

Ignoraba qué lo hizo reaccionar, pero quedó así, de pie, dentro del establecimiento. El local estaba vacío. No había allí ni un alma. Y todo permanecía en silencio.

«*Demasiado* silencio», se dijo fugazmente.

En efecto, demasiado silencio y quietud. Y ni rastro de Elma Hagman.

Con gran cautela, se acercó al mostrador y se inclinó sobre él para comprobar si estaba en el suelo, al otro lado. Pero nada. La caja registradora estaba cerrada. Y el silencio que lo envolvía era ensordecedor. Pensó que, en realidad, debería salir del comercio. Puesto que no tenía radio en el coche, necesitaba encontrar una cabina telefónica desde la que llamar para pedir refuerzos. Sabía que debían ser, como mínimo, una pareja. No podía producirse ninguna intervención en la que sólo participase un agente.

Sin embargo, rechazó la idea de que allí hubiese ocurrido nada grave mientras se decía que algún límite debía imponer a aquella tendencia suya de dejarse llevar por sus impresiones.

—¿Hay alguien aquí? ¿Señora Hagman? —gritó.

Pero no obtuvo más que silencio por respuesta.

Rodeó el mostrador, detrás del cual había una puerta que estaba cerrada. Dio unos toquecitos y aguardó. Pero seguían sin responder. Así, empezó a empujar despacio el picaporte, que no estaba cerrado con llave. Abrió entonces la puerta y...

Todo sucedió de forma simultánea y a una velocidad de vértigo. Sobre el suelo de la habitación a que daba paso la puerta, yacía tendida boca abajo una mujer. Según pudo ver, había una silla volcada y el rostro oculto de la mujer aparecía hundido en un charco de sangre. Ante tal espectáculo, lanzó un grito, aun cuando había entrado allí preparado para lo peor, dada la robustez del silencio. Y, al mismo tiempo que se volvía, notó que allí mismo, detrás de él, había otra persona. Completó el giro, que describió en descenso hasta quedar agachado, y percibió una sombra que, rauda, se precipitaba contra su rostro. Después, todo quedó sumido en la oscuridad.

Cuando volvió a abrir los ojos, supo enseguida dónde se encontraba. Le dolía la cabeza y sentía náuseas. Se sentó en el suelo, protegido por el mostrador, mientras calculaba que no podía haber estado inconsciente mucho tiempo. Un bulto negro se había estrellado contra él, una sombra dura que lo alcanzó en medio de la frente. Aquello era lo último que recordaba con claridad. Cuando intentó levantarse, comprobó que estaba atado. En efecto, una cuerda le rodeaba manos y pies manteniéndolo inmóvil sujeto a algo que había a su espalda y que él no podía ver.

Por otro lado, la cuerda le resultaba familiar. Al cabo de un instante, cayó en la cuenta de que era su propia cuerda, la que él llevaba siempre en el maletero del coche.

De pronto, los recuerdos se le agolparon en la mente, uno tras otro. Había descubierto el cuerpo de una mujer que yacía muerta en la pequeña oficina del establecimiento. Una mujer que sería, sin duda, Elma Hagman. Después, alguien lo golpeó en la frente y ahora se encontraba amarrado con su propia cuerda. Paseó la mirada a su alrededor mientras aguzaba el oído. No le cabía la menor duda de que por allí había alguien cuya presencia tenía motivos para temer. La sensación de mareo iba y venía. Se esforzó por aflojar la cuerda, en un intento de liberarse de ella, y no dejaba de prestar atención por si oía algo. Todavía reinaba el silencio allí dentro, pero era un silencio diferente al que lo había recibido cuando entró en el comercio. Tironeó de la cuerda, que no estaba demasiado tensa, pero tenía los pies y las manos torcidos de un modo que le impedía emplear todas sus fuerzas.

Entonces notó que tenía miedo. Alguien había asesinado a Elma Hagman antes de golpearlo y atarlo a él. ¿Qué le había dicho Hemberg exactamente? *«Elma Hagman había llamado para denunciar que una persona muy extraña se dedicaba a merodear a las puertas de su tienda.»* Y ahora resultaba que la mujer tenía razón. Wallander intentó pensar con calma. Mona sabía que él iba camino a casa, con lo que, si tardaba más de lo previsto, ella acabaría por preocuparse y llamar a la comisaría de Malmö, donde Hemberg pensaría enseguida que él había acudido a visitar la tienda de Elma Hagman. Y, a partir de ahí, aquello no tardaría mucho en llenarse de coches patrulla.

Wallander aplicaba el oído, pero todo seguía en silencio. Se estiró para ver si la caja estaba ya abierta, pues no se le ocurría otro móvil que el robo, y, de ser así, el ladrón se habría dado ya a la fuga. Se estiró cuanto pudo, pero no pudo divisar si la caja estaba o no cerrada. Aun así, empezó a convencerse de que, a aquellas alturas, se encontraba solo en la tienda, junto con el cadáver de la dueña.

El hombre que la había asesinado y que lo había golpeado a él debía de haber desaparecido hacía ya un buen rato. La posibilidad de que su coche tampoco estuviese donde lo aparcó no era desdeñable, puesto que había dejado las llaves puestas.

Wallander continuó intentando aflojar la cuerda y, tras haber estado tironeando y estirando brazos y piernas todo lo que pudo, comprendió que debía concentrarse en la pierna izquierda. Si seguía estirándola, podría aflojar la cuerda lo suficiente como para liberarla. Lo que le permitiría, a su vez, girar el cuerpo para ver cómo y a qué estaba amarrado a la pared.

Notó que transpiraba, aunque no sabía si por el esfuerzo o a causa del miedo creciente que se había ido filtrando por sus sentidos. Hacía seis años, cuando aún no era más que un jovencísimo y diligente policía, lo habían acuchillado. Entonces, todo sucedió con tal rapidez que no tuvo tiempo de reaccionar ni de defenderse. La hoja de la navaja penetró en su pecho, muy cerca del corazón. En aquella ocasión, el miedo lo había invadido con posterioridad. En ésta, sin embargo, el temor se había presentado desde el principio. Intentaba convencerse de que nada más sucedería. Tarde o temprano, él lograría zafarse de sus ataduras. Tarde o temprano, alguien empezaría a buscarlo.

Por un instante, abandonó todo esfuerzo por liberar la pierna izquierda. De repente, la magnitud de la situación le sobrevino con toda su fuerza. Una mujer anciana resulta asesinada en su comercio en Nochebuena, poco antes de su hora de cierre. Había en la brutalidad de los hechos algo aterrador. Simplemente, aquellas cosas no sucedían en Suecia. Y, desde luego, no en Nochebuena.

Volvió a tirar de la cuerda. Iba despacio, pero, aun así, le parecía que ya le rozaba menos la piel. Con no poco esfuerzo, logró girar el brazo de modo que pudo ver el reloj. Eran las seis y nueve minutos. Mona no tardaría en empezar a preguntarse qué había sido de él. Dentro de otra media hora, comenzaría a sentirse muy preocupada y hacia las siete y media, a más tardar, llamaría a Malmö.

Un ruido cercano vino a interrumpir su reflexión. Atento, contuvo la respiración hasta que lo oyó de nuevo. Era un ruido sordo que le resultó familiar, pues procedía de la puerta. El mismo que había percibido cuando entró en el local. De modo que alguien estaba entrando en el comercio. Aunque lo hacía muy despacio y en silencio.

Entonces, divisó al hombre.

Estaba junto al mostrador, mirándolo.

Llevaba la cabeza cubierta con una capucha negra, una cazadora muy gruesa y las manos protegidas por un par de guantes. Era de estatura media y parecía delgado. El sujeto no se movía lo más mínimo. Wallander intentó atisbar sus ojos, pero la luz de los tubos fluorescentes del techo no le facilitó la tarea; de hecho, nada pudo entrever de su rostro, descubierto tan sólo en los dos pequeños orificios que se abrían en torno a los ojos.

El individuo sostenía en sus manos un hierro. O tal vez fuese el extremo de una llave inglesa.

Seguía sin moverse.

Wallander estaba allí, presa de un gran temor y de una profunda sensación de desamparo. Lo único que podía hacer era gritar, pero habría sido totalmente inútil, dado que no había nadie por los alrededores y nadie habría oído su llamada de auxilio.

El hombre de la capucha seguía observándolo.

De pronto, se dio la vuelta a toda prisa y desapareció de su campo de visión.

Wallander sintió que el corazón se le salía del pecho. Prestó atención, por si oía algún otro ruido, tal vez la puerta, pero sin resultado. De modo que el hombre seguía en el interior del comercio.

El agente pensaba con celeridad, intentando comprender por qué no se marchaba, por qué seguía en el establecimiento, qué esperaba...

«Salió a la calle», recapituló Wallander. «Después regresó al interior y se acercó hasta mí para comprobar que sigo donde me dejó amarrado.

»De modo que sólo existe una explicación plausible: está esperando a alguien; y ese alguien ya debería haber llegado.»

Intentó concluir el razonamiento sin dejar de prestar atención a los ruidos.

«Un encapuchado provisto de guantes sale para cometer un robo sin ser reconocido. Elige el apartado y solitario establecimiento de Elma Hagman. Resulta inexplicable por qué le da muerte. No es probable que ella haya opuesto la menor resistencia. Por otro lado, el sujeto no parece haber ingerido alcohol ni ningún tipo de drogas.

»Consumado el asalto, el individuo permanece en el lugar del crimen. No huye. Pese a que lo más probable es que no contase con la eventualidad de matar a nadie. Ni tampoco de que nadie entrase en la tienda justo antes de que cerrase en Nochebuena. Aun así, él se queda aquí. Esperando.»

Wallander comprendió que en toda aquella historia había algo que no encajaba; que aquél no era un robo corriente. ¿Por qué permanecía el hombre allí? ¿Acaso había quedado paralizado ante las consecuencias de su acción? El agente sabía que la respuesta a aquella pregunta era de capital importancia. Pero no lograba componer el rompecabezas.

Por otro lado, existía otra circunstancia que sabía de gran interés.

El encapuchado ignoraba que él fuese policía.

De hecho, no tenía motivo alguno para creer otra cosa que él era un cliente tardío que se presentaba en la tienda a aquellas horas. De todos modos, Wallander no supo determinar si aquello constituiría una ventaja o un inconveniente para él.

Siguió estirando la pierna izquierda, vigilando sin cesar y en la medida de lo posible los extremos del mostrador. El hombre de la capucha se encontraba allí, en alguna parte. Y se movía sin hacer el menor ruido. La cuerda había empezado a ceder mientras el sudor corría por el pecho de Wallander empapando su camisa. Con un esfuerzo atroz, logró por fin liberar la pierna izquierda. Permaneció sentado e in-móvil un instante, antes de darse la vuelta con extrema cau-tela. La cuerda estaba sujeta a una de las argollas que fijaban una estantería, de lo que dedujo que no lograría liberarse del todo sin, al mismo tiempo, derribar el mueble. En cambio, sí que podía ayudarse con la pierna libre para desatar la otra. Echó una ojeada rápida al reloj. No habían pasado más de siete minutos desde la última vez. Supuso que Mona aún no habría llamado a Malmö. La cuestión era si habría empeza-do a preocuparse siquiera. Wallander no cejaba en su empe-ño de liberarse. Ya no había vuelta atrás. Si el encapuchado lo descubría, vería enseguida que estaba soltando la cuerda y él no tendría la menor posibilidad de defenderse.

Trabajaba con tanta rapidez y de forma tan silenciosa como podía. Tenía ya libres las dos piernas y no tardó en sol-tar también el brazo izquierdo. Sólo le quedaba el derecho para poder ponerse en pie. Si bien ignoraba qué haría enton-ces, en primer lugar, se vería obligado a defenderse con sus propias manos, pues no llevaba ningún arma. Pero le había dado la impresión de que el encapuchado no era demasia-do fuerte o robusto. Por otro lado, tampoco estaría prepa-rado para ningún ataque por su parte. El factor sorpresa era el arma de Wallander. La única con que contaba. Además, tenía pensado abandonar la tienda lo antes posible, sin pro-longar el enfrentamiento de forma innecesaria, consciente de que no podría hacer gran cosa él solo. Debía llamar a la comisaría y ponerse en contacto con Hemberg urgente-mente.

Con el brazo derecho ya suelto y la cuerda enrollada a su lado, Wallander notó que tenía las articulaciones entumeci-das. Se apoyó sobre las doloridas rodillas para atisbar el pa-norama desde uno de los extremos del mostrador.

El hombre de la capucha estaba de espaldas a él.

Por primera vez, el agente tuvo ocasión de contemplar su figura completa y comprobó que su primera impresión coincidía con la realidad: el hombre era, en verdad, muy delgado. Vestía vaqueros negros y calzaba deportivas blancas.

El individuo no se movía. La distancia entre ellos no superaba los tres metros, de modo que Wallander podría lanzarse contra él y propinarle un golpe en la nuca que, suponía, le proporcionaría el margen de tiempo suficiente para salir corriendo del establecimiento.

Pero, aun así, no se decidía.

En ese preciso instante, divisó el tubo de hierro que el hombre había dejado sobre la estantería que se alzaba a su lado.

Entonces, Wallander tomó una determinación: sin su arma, el encapuchado no podría defenderse.

Muy despacio, empezó a levantarse. El hombre no reaccionó. Wallander ya estaba en pie.

Y en aquel preciso momento, el hombre se dio la vuelta. El agente se abalanzó sobre él, pero el encapuchado se apartó raudo a un lado y Wallander fue a golpear una estantería llena, principalmente, de pan ácimo y galletas saladas, aunque logró mantener el equilibrio y no caer al suelo. Se volvió para agarrar al hombre por el brazo, pero se detuvo en mitad de su giro y retrocedió ofuscado.

El encapuchado empuñaba una pistola.

Una pistola que apuntaba certera contra el pecho de Wallander.

Después, la fue alzando despacio, hasta dejarla a la altura de la frente del agente.

Durante un instante de vértigo, pensó que iba a morir. Que había sobrevivido a un navajazo, pero que nada lo salvaría de la pistola que apuntaba a su frente. Y moriría en Nochebuena, en una tienda de comestibles a las afueras de Malmö. Una muerte absurda, con la que Mona y Linda tendrían que aprender a convivir el resto de sus vidas.

Cerró los ojos, en gesto involuntario, no sabía si para evitar ver o que lo vieran. Cuando, al momento, volvió a abrir los ojos, el cañón del arma seguía orientado hacia su frente.

Oía su propia respiración, que se le antojó sonaba como un gemido, mientras que el hombre que lo amenazaba con el arma no profería el más leve sonido, como si la situación no fuese de su incumbencia. Wallander seguía sin poder ver a través de los dos orificios de la capucha tras los que se adivinaban los ojos.

Las ideas se agolpaban en su mente en atropellado torbellino. ¿Por qué se había quedado el hombre en la tienda? ¿Qué esperaba? ¿Por qué no decía nada?

Wallander tenía la mirada clavada en la pistola, en la capucha de huecos sombríos.

—¡No dispares! —suplicó en trémulo titubeo.

Pero el hombre no reaccionó.

Wallander le mostró las manos para que viese que no llevaba ningún arma y que no tenía intención alguna de oponer resistencia.

—Yo sólo quería comprar —mintió al tiempo que señalaba una de las estanterías procurando no describir movimientos demasiado bruscos—. Iba a casa. Están esperándome. Tengo una hija de cinco años.

El hombre no replicaba y Wallander no detectó reacción alguna por su parte.

Entretanto, se esforzaba por pensar en una solución. Tal vez, y contra todo pronóstico, su decisión de hacerse pasar por un cliente tardío había sido errónea. Tal vez tendría que haber dicho la verdad, darse a conocer como policía y decir que había acudido a la tienda tras la llamada de Elma Hagman y su denuncia de que un desconocido estaba merodeando por los alrededores del comercio.

No estaba seguro de nada y los pensamientos rondaban su cerebro sin orden ni concierto, si bien siempre retornaban al mismo punto de partida.

«¿Por qué no se marchará? ¿Qué es lo que está esperando?»

De improviso, el encapuchado dio un paso atrás, con la pistola orientada ahora hacia la cabeza de Wallander, y, con el pie, desplazó un pequeño taburete que señaló con un movimiento breve del arma, antes de volver a apuntar a Wallander.

Éste comprendió que el hombre quería que se sentase. «¡Con tal de que no me ate otra vez!», se dijo. «Si hay un tiroteo cuando llegue Hemberg, no quisiera estar maniatado.»

Comenzó, pues, a avanzar despacio hacia el taburete y se sentó en él. El hombre había retrocedido unos pasos y, una vez que Wallander se hubo sentado, se encajó la pistola en el cinturón.

«Sabe que he visto a la mujer muerta», pensó Wallander. «Él estaba por aquí, aunque yo no advertí su presencia. Y por eso me retiene. No se atreve a soltarme. Por ese motivo me amarró a la estantería.»

Wallander sopesó la posibilidad de arrojarse contra el ladrón y emprender la fuga hacia la calle, pero el arma lo disuadió de ello. Por otro lado, pensó que el hombre habría cerrado con llave la puerta de la tienda.

Desestimó, por tanto, la idea. Por si fuera poco, aquel hombre parecía dominar por completo la situación.

«Hasta ahora no ha pronunciado una palabra», retomó Wallander. «Siempre resulta más fácil hacerse con una persona cuando uno ha tenido la oportunidad de oír su voz. Pero este hombre está mudo.»

Wallander hizo un movimiento de cabeza muy lento, como si quisiera estirar el cuello, aunque lo que deseaba era echarle una ojeada al reloj.

Ya eran las siete menos veinticinco. «Mona debería estar ya preguntándose qué ha pasado. Tal vez incluso haya empezado a preocuparse. Pero no puedo contar con que haya llamado ya a la comisaría. Es demasiado pronto. Y, además, está más que acostumbrada a mis retrasos.»

—La verdad, no sé por qué me retienes aquí —aseguró Wallander de pronto—. No acabo de explicarme por qué no me dejas ir.

Ninguna respuesta. El hombre dio un respingo, pero no dijo nada.

El miedo, que se había atenuado durante unos minutos, volvió a hacer presa en él con renovada intensidad.

«Este hombre debe de estar loco», resolvió. «Para robar una tienda en Nochebuena y matar a una mujer indefensa, además de atarme a mí y, ahora, quedarse ahí apuntándome con una pistola.

»Por otro lado, no parece tener intención de marcharse. Sí, eso es lo más extraño.»

En aquel momento, empezó a sonar el teléfono que había junto a la caja registradora. Wallander lanzó un grito, pero el encapuchado se mantuvo impasible, como si no lo oyese.

El timbre siguió sonando. El hombre no se inmutó. Wallander intentaba imaginarse quién podría estar llamando. Tal vez alguien estuviese preguntándose por qué Elma Hagman no había regresado a casa aún. Sí, aquélla era la explicación más probable. La mujer debería haber cerrado la tienda y haberse marchado a casa. Era Nochebuena y su familia estaría esperándola.

Wallander sintió cómo la indignación crecía en su interior. Tan aguda e intensa que amortiguaba el miedo. ¿Cómo era alguien capaz de matar a una anciana de un modo tan brutal? ¿Qué estaba pasando en Suecia?

Aquél era un tema de conversación habitual en la comisaría, durante las pausas para el almuerzo o el café. O cuando comentaban el caso que estaban investigando en aquellos momentos.

¿Qué estaba sucediendo en realidad? Una grieta subterránea, abisal, se abría en la sociedad sueca; una grieta que detectaban sismógrafos radicales. Pero ¿qué la había producido? Que la criminalidad aumentase no era nada sorprendente. Uno de los colegas de Wallander solía expresarlo así: «Antes los ladrones robaban gramófonos en lugar de los equipos del coche, por la sencilla razón de que éstos no existían».

Pero la grieta en la que él pensaba era de otra naturaleza y se caracterizaba por la violencia creciente, por una brutalidad inexplicable.

Y Wallander sentía que, en aquellos momentos, él se encontraba en el centro de la inquietante grieta, aquella tarde del día de Nochebuena, con un encapuchado armado de una pistola y una mujer muerta en la trastienda, a escasos metros de donde él se encontraba.

Aquello carecía de toda lógica. Si uno sondeaba con la dedicación y la persistencia suficientes, solía suceder que daba con un momento del proceso que resultaba comprensible. En aquel caso, no era así. Nadie asesinaba con un hierro a una anciana, en una tienda de un barrio apartado, a menos que fuese absolutamente necesario; a menos que la mujer hubiese opuesto una resistencia digna de tal reacción violenta.

Y, sobre todo, nadie, tras haber cometido semejante delito, se quedaba a esperar en el lugar del crimen con la capucha puesta.

De nuevo sonó el teléfono, lo que terminó por convencer a Wallander de que se trataba de alguien que esperaba la llegada de Elma Hagman. Y ese alguien empezaba a preocuparse por su tardanza.

Sin saber qué hacer, intentó figurarse qué estaría pensando el encapuchado.

Pero éste permanecía mudo e inmóvil, con los brazos colgando.

El teléfono dejó de sonar. La luz de uno de los tubos fluorescentes empezó a vacilar.

De repente, Wallander se sorprendió pensando en Linda. Se vio a sí mismo en el umbral de la puerta de su casa en la calle de Mariagatan y experimentó el gozo de verla correr hacia él.

«Esto es un despropósito», concluyó para sí. «Yo no tendría por qué estar aquí, sentado en un taburete, con un moratón en la frente, mareado y muerto de miedo.

»Las únicas capuchas que la gente debería llevar en esta época del año son las de Papá Noel. Sólo ésas.»

De nuevo giró la cabeza para mirar el reloj a hurtadillas. Eran las siete menos diecinueve minutos. Mona estaría ya llamando a la comisaría para preguntar por él. Y sabía que ella no se conformaría con cualquier respuesta. Era tozuda como nadie. Finalmente, la pasarían con Hemberg, que daría la alarma de inmediato. Lo más probable era que él mismo saliese en su busca. Siempre hay recursos para acudir en auxilio de un policía cuando se teme que esté en peligro. En esos casos, ni siquiera los superiores dudaban en lanzarse ellos mismos a la tarea de búsqueda o rescate.

La sensación de mareo volvió a apoderarse de él. Además, no tardaría en necesitar con urgencia ir al baño.

Al mismo tiempo, sentía que no podía seguir inactivo mucho más tiempo. No había más que un camino que seguir. Y él lo sabía. Debía empezar a hablar con el hombre que ocultaba su rostro tras la negra capucha.

—Aunque voy de paisano, soy policía —comenzó—. Lo mejor que podrías hacer es rendirte. Deja el arma. Dentro de muy poco, esto se llenará de coches patrulla. De modo que sigue mi consejo y abandona, será lo mejor. Así no empeorarán las cosas.

Wallander se expresó con lentitud y claridad, esforzándose por que el tono de su voz sonase decidido.

Pero el hombre seguía sin reaccionar.

—Deja la pistola —insistió Wallander—. Quédate o márchate, pero deja la pistola.

El ladrón no se inmutaba.

Wallander empezó a preguntarse si no sería mudo de verdad; o si no estaría tan aturdido que no había comprendido sus palabras.

—Tengo la placa en el bolsillo interior —explicó Wallander—. Si quieres, puedes comprobar que soy policía. Como ya habrás supuesto, no voy armado.

Entonces, el hombre reaccionó. De repente, dejó escapar un sonido semejante a un chasquido de labios, o al ruido que hace la lengua contra el paladar.

Y eso fue todo. El hombre seguía allí, impasible.

Transcurrió un minuto, tal vez dos.

Después, de pronto, el individuo alzó la mano, tomó la capucha y se la quitó.

Wallander clavó la mirada en el rostro del hombre, en sus ojos oscuros y cansados.

Cuando todo pasó, Wallander se preguntó en numerosas ocasiones qué esperaba encontrar tras la capucha, en realidad, cómo se había figurado que sería el rostro que ocultaba. En cualquier caso, tenía la más absoluta convicción de que lo que no esperaba era ver lo que ahora se exponía a su vista.

El hombre que tenía frente a sí era negro. No era moreno, ni cobrizo ni mestizo. Sino negro.

Y era un hombre joven, de poco más de veinte años.

Por su cabeza cruzaron diversas teorías. Por fin vio claro que lo más probable era que el ladrón no hubiese comprendido una palabra de lo que él le había dicho en sueco. De modo que lo repitió todo en su inglés deficiente. Y el hombre pareció entender. Wallander le explicó muy despacio que era policía, que los coches patrulla no tardarían en aparecer por decenas en torno a la tienda y que lo mejor que podía hacer era arrojar su arma y entregarse.

El hombre negó con un gesto apenas perceptible. A Wallander le dio la impresión de que era víctima de un profundo cansancio, claramente perceptible sin la capucha.

«No debo olvidar que ha asesinado brutalmente a una anciana», se dijo. «Ni que me ha golpeado y amarrado y ha estado apuntándome a la cabeza con una pistola.»

¿Y qué era lo que había aprendido sobre cómo conducirse en una situación como aquélla? Debía mantener la calma, no efectuar movimientos bruscos ni expresarse de forma provocativa. Intentar iniciar una conversación. No perder el control sobre sí mismo, sobre todo. Perder el control sobre uno mismo era perder el control sobre la situación.

Wallander pensó que hablar de sí mismo podía constituir un buen comienzo, de modo que le reveló cómo se llamaba, que iba a casa, donde lo aguardaban su mujer y su hija para celebrar la Nochebuena... Mientras tanto, el hombre escuchaba.

Wallander le preguntó si lo entendía.

El hombre asintió, pero seguía sin decir nada.

Wallander miró el reloj. Con toda certeza, Mona habría llamado ya a la comisaría. Y era posible que Hemberg estuviese ya en camino.

Y decidió contárselo al ladrón.

Éste lo escuchaba con atención. Al agente le dio la sensación de que, en el fondo, esperaba oír el grito de las sirenas aproximándose, cada vez más intenso.

Wallander guardó silencio e intentó dibujar una sonrisa.

—¿Cómo te llamas?

—Oliver.

La voz surgió quebrada, resignada, se le antojó a Wallander. «Está esperando que venga alguien que le explique lo que ha hecho.»

—¿Vives en Suecia?

Oliver asintió.

—¿Eres ciudadano sueco?

Wallander comprendió de inmediato lo absurdo de su pregunta.

—No.

—¿De dónde eres?

El hombre no respondió. Wallander aguardaba, seguro de que terminaría haciéndolo. No eran pocas las preguntas a las que deseaba obtener una respuesta antes de que Hemberg acudiese con los coches patrulla. Pero no le era posible apremiar al extraño. La distancia entre la aparente calma y el momento en que aquel hombre negro alzase de nuevo su arma y le disparase no debía de ser muy grande.

Wallander notó que el dolor de la frente se intensificaba, pero intentó abstraerse y pensar en otra cosa.

—Todo el mundo es de algún país —continuó—. Y África es un continente enorme. En el colegio estudiábamos África. La geografía era mi asignatura favorita. Me gustaba estudiar los desiertos y los ríos. Y leer sobre los tambores y sobre cómo retumbaban en la noche.

Oliver lo escuchaba interesado y a Wallander le dio la impresión de que estaba menos alerta.

—Ya sé, eres de Gambia —conjeturó—. Los suecos suelen ir allí de vacaciones. Incluso algunos de mis colegas. Eres de allí, ¿verdad?

—Soy de Sudáfrica.

La respuesta fue concisa y rápida, casi áspera.

Wallander no estaba muy bien informado acerca de lo que estaba sucediendo en aquel país. Lo único que sabía era que el sistema del *apartheid* y sus leyes racistas estaban aplicándose con más dureza que nunca. Aunque la resistencia también había aumentado. De hecho, los periódicos hablaban de bombas que explotaban por doquier en Johanesburgo y Ciudad del Cabo.

Además, sabía que un buen número de sudafricanos había encontrado asilo en Suecia. En especial, aquellos que habían participado abiertamente en la resistencia negra y que corrían el riesgo de ser condenados a morir ahorcados si permanecían en su país.

El agente improvisó una rápida valoración mental. Un joven sudafricano llamado Oliver había asesinado a Elma Hagman. Eso era cuanto sabía, ni más ni menos.

«Nadie me creería», resolvió. «Estas cosas no pasan. Al menos, no en Suecia y, además, en Nochebuena.»

—Es que empezó a gritar —explicó Oliver.

—Claro, se asustaría. Un hombre que entra encapuchado en una tienda y a última hora infunde temor —observó Wallander—. En especial, si lleva una pistola o una barra de hierro en la mano.

—No tendría que haber gritado —replicó Oliver.

—Tú no tendrías que haberla golpeado hasta matarla —objetó Wallander—. Seguro que te habría dado el dinero de todos modos.

Entonces, Oliver sacó la pistola del cinturón. Lo hizo con tal rapidez, que Wallander no tuvo tiempo de reaccionar. De nuevo tenía la pistola apuntándole a la cabeza.

—No tendría que haber gritado —repitió Oliver con voz quebrada por la indignación y el miedo—. Puedo matarte —continuó.

—Así es, puedes matarme —convino Wallander—. Pero ¿por qué habrías de hacerlo?

—No tendría que haber gritado.

En ese momento, Wallander comprendió lo equivocado que estaba. El sudafricano se hallaba lejos de estar controlado y tranquilo. Estaba al límite. El agente ignoraba qué era lo que estaba descomponiéndose, pero empezaba a albergar serios temores ante lo que ocurriría cuando Hemberg llegase por fin: aquello se convertiría en una auténtica masacre.

«Tengo que arreglármelas para quitarle el arma», decidió. «Eso es lo más importante. Primero, lograr que vuelva a guardarla en el cinturón. Creo que es perfectamente capaz de ponerse a pegar tiros a diestro y siniestro. Hemberg estará ya en camino. Y él no tiene ni idea de lo que va a encontrarse aquí. Por más que se tema que ha sucedido algo, no se esperará esto; como tampoco yo me lo esperaba. Y será un puro caos.»

—¿Cuánto tiempo llevas en Suecia? —inquirió Wallander.

—Tres meses.

—¿Tan poco?

—Sí. Vine de Alemania Occidental, de Frankfurt —aclaró Oliver—. Y allí no podía quedarme.

—¿Por qué?

Oliver no contestó. Wallander supuso que tal vez no fuese aquélla la primera vez que Oliver se ponía una capucha sobre el rostro y asaltaba un comercio solitario. Y era posible que estuviese huyendo de la policía alemana.

Lo que a su vez significaba que estaba en Suecia de forma ilegal.

—¿Qué sucedió? —quiso saber Wallander—. No me refiero a Frankfurt, sino a Sudáfrica. ¿Por qué tuviste que marcharte?

Oliver se acercó a Wallander, antes de preguntar:

—¿Qué sabes tú de Sudáfrica?

—Pues, no mucho. En realidad, lo único que sé es que a los negros se los trata muy mal.

Wallander estuvo a punto de morderse la lengua, pues no estaba seguro de que decir «los negros» no fuese discriminatorio.

—A mi padre lo mató la policía. Lo liquidaron a golpes de martillo y luego le cortaron una mano. Después, metieron la mano en un frasco con alcohol y ahora la tienen de *souvenir* en algún lugar de Sanderton, tal vez; o de alguno de los barrios blancos de Johanesburgo. Pero lo único que mi padre había hecho era pertenecer al CNA y hablar con sus compañeros sobre resistencia y libertad.

Wallander no dudaba de que Oliver estuviese diciendo la verdad. Su voz surgía sosegada y tranquila de entre la indignación. No había lugar para falsedades.

—La policía empezó a buscarme a mí también —prosiguió Oliver—. De modo que me escondí. Dormía cada noche en una cama distinta, hasta que llegué a Namibia y, de allí, a Frankfurt. Después, aquí... Pero sigo huyendo. Y, en realidad, no existo.

Dicho esto, Oliver guardó silencio, lo que Wallander aprovechó para comprobar si se oían los coches que debían de estar aproximándose.

—Así que necesitabas dinero y encontraste esta tienda —adivinó Wallander—. Cuando ella empezó a gritar, la mataste.

—Sí, pero ellos mataron a mi padre con un martillo y su mano está ahora en un frasco de cristal con alcohol.

«Está perturbado», resolvió Wallander. «Indefenso y aturdido. Y no es consciente de lo que hace.»

—Yo soy policía. Pero jamás he golpeado a nadie en la cabeza con una barra de hierro, tal y como tú hiciste conmigo.

—No sabía que eras policía.

—Pues en estos momentos creo que es una suerte para ti. Ya han empezado a buscarme. Y saben que estoy aquí. De modo que resolveremos todo esto juntos.

Oliver agitó el arma presa de un evidente nerviosismo.

—Si alguien intenta atraparme, disparo.

—No mejorarán las cosas si lo haces.

—No pueden empeorar.

De pronto, Wallander supo cómo continuar aquella desesperada conversación.

—¿Qué opinión crees que le habría merecido a tu padre lo que has hecho?

Al oír la pregunta, el cuerpo de Oliver sufrió una especie de sacudida y el agente comprendió que a él no se le había ocurrido pensar en ello. O que tal vez no había dejado de planteárselo.

—Te prometo que nadie te golpeará —aseguró Wallander—. Tienes mi palabra. Pero has cometido el mayor de los crímenes posibles: has matado a una persona. Y lo único que puedes hacer es entregarte.

Pero Oliver no tuvo tiempo de responder. De repente, se oyó claramente el ruido de los coches que se acercaban y frenaban en seco; las puertas se abrían para cerrarse de golpe otra vez.

«¡Joder!», exclamó Wallander para sí. «Me habría venido bien algo más de tiempo.» El agente extendió la mano muy despacio, antes de proponer:

—Dame la pistola.

Se oyó entonces la voz de Hemberg, que, a gritos, preguntaba si Wallander estaba dentro.

—¡Esperad! —respondió Wallander, primero en sueco y luego en inglés.

—¿Todo en orden? —preguntó Hemberg preocupado.

«Pues no, nada está en orden», se dijo Wallander. «De hecho, esto es lo más parecido a una pesadilla.»

—¡Sí! Esperad, no hagáis nada —gritó, de nuevo en los dos idiomas—. Entrégame el arma. Ahora mismo.

De repente, Oliver apuntó al techo y lanzó un disparo. El estallido fue ensordecedor.

Después, dirigió la pistola hacia la puerta. Wallander le gritó a Hemberg que se apartase al tiempo que se lanzaba sobre Oliver. Los dos hombres fueron a dar en el suelo derribando en su caída un expositor de periódicos. Wallander no pensaba en otra cosa que en hacerse con el arma. Oliver le arañó la cara al tiempo que profería palabras en una lengua que el agente no conocía. Cuando notó que Oliver estaba a punto de arrancarle una oreja, se puso fuera de sí. Con la mano que tenía libre, intentó darle un puñetazo en la cara. La pistola había caído al suelo y yacía semienterrada entre los periódicos. Wallander estaba a punto de hacerse con ella cuando Oliver alcanzó a darle una patada en el estómago que lo dejó sin aliento. Entonces, Oliver se lanzó por el arma. No había nada que Wallander pudiese hacer. La patada lo había paralizado. Sentado en el suelo sobre los periódicos, Oliver le apuntaba con la pistola.

Por segunda vez aquella noche, Wallander cerró los ojos. Iba a morir. Ya no le quedaban más recursos. Al otro lado de la puerta de la tienda se oían más sirenas cuyo concierto estridente se aproximaba a toda prisa y voces nerviosas que gritaban preguntándose qué estaba sucediendo.

«Pues que voy a morir, simplemente», sentenció Wallander. «Sólo eso.»

La detonación produjo un efecto ensordecedor. Y Wallander salió despedido hacia atrás, sin cejar en su empeño de recuperar el aliento.

Pero, al fin, comprendió que el disparo no lo había alcanzado a él. Abrió los ojos y...

Ante su vista, tendido en el suelo, estaba Oliver.

Se había pegado un tiro en la frente. El arma yacía a su lado.

«¡Joder!», maldijo Wallander para sí. «¿Por qué cojones ha tenido que hacerlo?»

En ese preciso instante, la puerta se abrió con estrépito. Wallander entrevió a Hemberg. Después se miró las manos, que temblaban con violencia, al igual que todo su cuerpo.

Más tarde, con una taza de café en la mano y una vez curadas las heridas, Wallander le ofreció a Hemberg un breve relato de los acontecimientos.

—No tenía ni idea de lo que pasaría —se excusó Hemberg—. De lo contrario, no te habría pedido que te detuvieses aquí tú solo antes de llegar a casa.

—¿Y cómo ibas a saberlo? —lo tranquilizó Wallander—. Nadie podría habérselo imaginado.

Hemberg pareció reflexionar sobre lo que acababa de decir.

—De lo que no cabe la menor duda es de que aquí está pasando algo —afirmó tras un instante—. Los problemas atraviesan en torrente nuestras fronteras.

—Puede ser, pero yo creo que también nosotros los generamos —precisó Wallander—. Aunque el pobre Oliver fuese un joven desgraciado y proscrito procedente de Sudáfrica.

Hemberg reaccionó con un gesto de sorpresa, como si Wallander hubiese dicho algo inapropiado.

—Bueno, tanto como proscrito... A mí no me gusta lo más mínimo que los criminales extranjeros entren a centenares en nuestro país.

—Tampoco es cierto que eso ocurra —opuso Wallander.

Se hizo entonces un silencio que ni Hemberg ni Wallander se vieron con fuerzas para romper, pues ambos sabían bien que no lograrían ponerse de acuerdo.

«Vaya, también aquí se abre una grieta», concluyó Wallander. «Hace un momento era de una índole. Ahora se presenta bajo otro aspecto, pero también ésta crece y se ensancha aumentando la distancia que nos separa a Hemberg y a mí.»

—Pero ¿por qué se quedó aquí dentro? —quiso saber Hemberg.

—¿Adónde podría haber ido?

Ninguno de los dos añadió comentario alguno.

—Por cierto, fue tu mujer quien llamó y nos puso sobre aviso —explicó Hemberg—. Le extrañó que no hubieses llegado aún, pues, según dijo, tú le habías avisado de que saldrías pronto.

Wallander rememoró la conversación telefónica mantenida con Mona, la breve discusión... Pero los únicos sentimientos que abrigaba en su interior eran de cansancio y vacío: no deseaba seguir pensando en ello.

—Creo que deberías llamar a casa —le advirtió Hemberg discreto.

Wallander lo miró.

—¿Y qué debo decir?

—Pues que te has retrasado por cuestiones de trabajo; aunque yo en tu lugar no contaría los pormenores de lo sucedido por teléfono, sino que aguardaría a hacerlo una vez en casa.

—Pero ¿tú no estabas soltero?

Hemberg sonrió.

—Pues sí. Aunque eso no me impide imaginar cómo es la situación cuando alguien te espera en casa.

Wallander asintió antes de levantarse pesadamente de la silla. Le dolía todo el cuerpo y las náuseas iban y venían como una marea agria.

Se abrió camino entre Sjunnesson y los demás técnicos criminalistas, que ya habían empezado su trabajo.

Ya en la calle, se detuvo a inspirar profundamente el frío aire invernal, que le llenó los pulmones, antes de dirigirse a uno de los coches patrulla. Se sentó en el asiento delantero mirando alternativamente el transmisor de radio y su reloj. Eran las ocho y diez minutos de la Nochebuena de 1975.

A través de la luna mojada del coche divisó una cabina telefónica que había junto a la estación de servicio. Salió del coche y se encaminó hacia ella. Lo más probable era que el teléfono estuviese estropeado, pero decidió intentarlo de todos modos.

Un hombre que había salido a pasear a su perro bajo la lluvia observaba curioso los coches policiales y la tienda iluminada.

—¿Qué ha sucedido? —preguntó el ciudadano mientras contemplaba, con el entrecejo fruncido, el ajado rostro de Wallander.

—Nada —mintió el agente—. Un accidente.

El hombre del perro adivinó que Wallander no le había dicho la verdad, pero se abstuvo de hacer más preguntas.

—Feliz Navidad —le deseó.

—Gracias, igualmente —repuso Wallander.

Después llamó a Mona.

La lluvia había arreciado.

Y el viento había empezado a soplar.

Un viento racheado procedente del norte.

El hombre de la playa

La tarde del 26 de abril de 1987, el inspector de homicidios Kurt Wallander se hallaba sentado en su despacho de la comisaría de Ystad cortándose, abstraído, los pelos de la nariz. Eran poco más de las cinco y acababa de dejar a un lado la carpeta que contenía un material desesperante relativo a las pesquisas en torno a una banda que se dedicaba a la exportación ilegal a Polonia de vehículos de lujo robados. La investigación, que había sufrido varias interrupciones, había celebrado ya su triste décimo aniversario. En efecto, había comenzado poco después de que Wallander hubiese comenzado a trabajar en Ystad y el inspector se preguntaba a menudo si no seguiría vigente incluso después del lejano día en que él se jubilase.

Para variar, su escritorio, en el que había reinado el caos durante bastante tiempo, aparecía ahora totalmente limpio de papeles, pues había aprovechado el mal tiempo y su condición transitoria de hombre solo para dar cuenta de los asuntos pendientes.

Ciertamente, hacía algunos días que Mona y Linda habían emprendido un viaje de dos semanas a las islas Canarias. Aquello fue una auténtica sorpresa para Wallander, que ignoraba que Mona hubiese estado ahorrando dinero. Linda, por su parte, tampoco había revelado ningún detalle del proyectado viaje. Pese a la oposición de sus padres, la joven había abandonado sus estudios de bachillerato en el instituto y parecía enojada, cansada y desorientada a un tiempo. Así, Wallander las había llevado, a hora bien temprana, al aeropuerto de Sturup. De vuelta a la ciudad, pensó que, en el fondo, no le desagradaba la idea de disponer de un par de semanas de soledad. El matrimonio con Mona hacía aguas. Ninguno de los dos sabía bien por qué. Lo que sí tenían claro era que la relación había subsistido durante los últimos años gracias a Linda. La cuestión era qué sucedería ahora que su hija había decidido dejar los estudios y organizarse una vida propia.

Se puso en pie y se dirigió a la ventana. El viento maltrataba los árboles que se erguían al otro lado de la calle y caía una fina lluvia. El termómetro indicaba que estaban a cuatro grados y que, sin duda, aún faltaba para que llegase la primavera.

Se puso la cazadora y salió del despacho. En la recepción, le hizo una seña, a modo de despedida, a la recepcionista que haría la guardia aquel fin de semana y que estaba hablando por teléfono. Tomó el coche y se dirigió al centro mientras escuchaba una cinta de Maria Callas y pensaba en qué compraría para la cena.

¿Necesitaba, en realidad, comprar algo? ¿Acaso tenía hambre siquiera? Su falta de decisión le resultaba irritante, pero, por otro lado, no tenía el menor interés en volver a caer en aquella mala costumbre suya de antaño y parar a comer en cualquier hamburguesería. Mona no cesaba de advertirle que estaba subiendo de peso. Y tenía razón. Una mañana, hacía tan sólo unos meses, observó su rostro en el espejo del cuarto de baño y comprendió que su juventud era, sin remedio, agua pasada. No tardaría en cumplir los cuarenta, aunque parecía mayor. En cambio, antes siempre había aparentado menos edad de la que realmente tenía.

Giró enojado hacia Malmövägen y se detuvo en uno de los mercados de la ciudad. No había acabado de cerrar la puerta del coche cuando, en su interior, empezó a sonar el teléfono. Su primer pensamiento fue dejarlo sonar y no contestar, pues ya tenía bastantes problemas con los personales. Sin embargo, cambió de opinión enseguida, abrió la puerta de nuevo y echó mano del auricular.

—¿Wallander? —oyó que preguntaba la voz de su colega Hanson.

—Sí.

—¿Dónde estás?

—Pues iba a hacer algo de compra.

—Déjalo para más tarde y ven al hospital. Estaré esperándote en la entrada.

—Pero ¿qué ha pasado?

—Verás, es algo complicado de explicar por teléfono. Será mejor que vengas y lo veas.

Concluida la conversación, volvió al volante, pues sabía que Hanson no lo habría llamado de no ser por un motivo grave. No tardó ni dos minutos en llegar al hospital, donde Hanson lo aguardaba a la puerta de la entrada principal. Se notaba que estaba muerto de frío y Wallander intentó deducir de la expresión de su rostro lo que había sucedido.

—¿De qué se trata? —inquirió el inspector.

—Tenemos ahí dentro, tomándose un café, a un taxista llamado Stenberg —explicó Hanson—. Está terriblemente alterado.

Intrigado, Wallander acompañó a Hanson al interior del edificio.

La cafetería del hospital estaba a la derecha. Dejaron atrás a un anciano que, sentado en silla de ruedas, mordía una manzana muy despacio. Wallander reconoció a Stenberg, que, solo, tomaba café sentado a una mesa. El inspector lo había visto con anterioridad, pero no era capaz de recordar dónde. Era un hombre de unos cincuenta años, corpulento y casi calvo, con la nariz torcida, como si hubiese sido boxeador en su juventud.

—Creo que ya conoces al inspector Wallander —conjeturó Hanson.

Stenberg asintió y se puso en pie para saludarlo.

—No, por favor, no te levantes. Pero, dime, ¿qué es lo que ha ocurrido?

Stenberg los miraba con expresión vacilante, sin que Wallander pudiera decir si el hombre estaba preocupado o asustado.

—Me llamaron desde Svarte para una carrera —comenzó Stenberg—. Según me dijeron, el cliente estaría esperando abajo, en la carretera principal. Se llamaba Alexandersson. Y, en efecto, cuando llegué, allí estaba. Se sentó en el asiento trasero y me pidió que lo llevase al centro y me detuviese una vez en la plaza. Yo vi por el espejo retrovisor que tenía los ojos cerrados y creí que estaba durmiendo. Una vez en el destino solicitado, paré el taxi y le dije que habíamos llegado. Pero él no reaccionó. Salí del coche, abrí la puerta y lo moví ligeramente, pero él no se movía, de modo que creí que estaría enfermo y lo traje a urgencias. Pero aquí me dijeron que estaba muerto.

Wallander frunció el entrecejo.

—¿Muerto?

—Hicieron un intento de reanimación —intervino Hanson—. Pero fue inútil. Estaba muerto cuando llegó.

Wallander meditó un instante.

—Desde Svarte hasta la ciudad tardas quince minutos —afirmó dirigiéndose a Stenberg—. ¿Te pareció que estaba indispuesto cuando entró en el coche?

—No, lo habría notado —aseguró Stenberg—. Además, me habría pedido que lo llevase al hospital, ¿no?

—Tampoco parecía estar herido, supongo.

—No. Vestía traje y llevaba un abrigo azul.

—¿Viste si tenía algo en las manos? ¿Una bolsa u otro objeto?

—Nada. Pensé que lo mejor sería llamar a la policía, aunque supongo que otro tanto deben hacer desde el hospital.

Las respuestas de Stenberg eran directas y decididas. Wallander se dirigió entonces a Hanson.

—¿Sabemos quién era?

Hanson sacó su bloc de notas antes de responder:

—Göran Alexandersson, cuarenta y nueve años. Autónomo del ramo de la electrónica, residente en Estocolmo. Llevaba una suma respetable de dinero en la cartera y muchas tarjetas de crédito.

—¡Qué extraño! —exclamó Wallander—. Aunque supongo que sufrió un ataque al corazón. ¿Qué dicen los médicos?

—Que lo único que puede dar una respuesta definitiva sobre la causa de la muerte es la autopsia.

Wallander asintió y se puso en pie.

—Tendrás que reclamar el importe de la carrera a los testamentarios —le advirtió a Stenberg—. Si necesitamos hacerte más preguntas, ya te llamaremos.

—Ha sido bastante desagradable, pero ¡qué coño voy yo a reclamarle a nadie el transporte de un cadáver! —afirmó Stenberg resuelto, antes de marcharse.

—Me gustaría echarle un vistazo —declaró Wallander—. Pero tú no tienes por qué acompañarme si no quieres.

—Mejor no —rechazó Hanson—. Mientras tanto, intentaré localizar a sus familiares.

—¿Sabes qué había venido a hacer a Ystad? —inquirió Wallander pensativo—. Eso es algo que también deberíamos averiguar.

El inspector no se detuvo más que un instante junto a la camilla con el cadáver, que se encontraba en una de las consultas de urgencias. El rostro del fallecido no le reveló ninguna información. Examinó su ropa, que, al igual que los zapatos, era de gran calidad. Si, al final, se demostraba que se había cometido algún crimen, los técnicos tendrían que estudiarlos con más detenimiento. En cuanto a la cartera, no encontró en su interior nada, salvo lo ya mencionado por Hanson. Después fue a hablar con uno de los médicos de urgencias.

—Bueno, sin lugar a dudas, parece una muerte natural: no hay indicios de violencia ni heridas de ningún tipo —apuntó el médico.

—Claro y, además, ¿quién habría podido matarlo en el asiento trasero de un taxi? —observó Wallander—. Pero, de todos modos, me gustaría tener los resultados de la autopsia lo antes posible.

—Se lo enviaremos a los forenses de Lund ahora mismo, a menos que la policía dé instrucciones en otro sentido —afirmó el médico.

—No, claro —repuso Wallander—. En absoluto.

Concluida la conversación, el inspector regresó a la comisaría y se dirigió al despacho de Hanson, que estaba al teléfono. Mientras aguardaba a que terminase, se aplastó con abatimiento el estómago, que empezaba a abrirse paso y a sobresalir por encima del cinturón.

—Acabo de hablar con el despacho de Alexandersson en Estocolmo —explicó Hanson una vez finalizada la conversación telefónica—. Tanto su secretaria como su hombre de confianza quedaron muy impresionados. Y me dijeron que estaba divorciado desde hacía diez años.

—¿Tenía hijos?

—Sí, tuvo un hijo.

—Pues tenemos que dar con él.

—No puede ser —opuso Hanson.

—Y eso, ¿por qué?

—Pues porque también está muerto.

Había ocasiones en que a Wallander lo irritaba la forma tan intrincada en que Hanson gustaba de ir al meollo de la cuestión. Como en aquel caso.

—¿Muerto? ¿Cómo que muerto? ¿Es que tengo que sacártelo todo con sacacorchos?

Hanson leyó en voz alta sus anotaciones:

—Su único hijo murió hace casi siete años. Al parecer, en una especie de accidente. En realidad, no me enteré bien.

—¿Tenía nombre aquel hijo suyo?

—Bengt.

—¿Se te ocurrió preguntar qué había venido a hacer Göran Alexandersson en Ystad o en Svarte?

—Según dejó dicho, se tomó una semana de vacaciones, durante la que se alojaría en el hotel Kung Karl. Llegó hace cuatro días.

—Bien, en ese caso, iremos allí.

Una vez en el hotel, inspeccionaron la habitación de Alexandersson durante más de una hora, sin hallar nada de interés. De hecho, lo único que encontraron fue una maleta vacía, algunos trajes pulcramente colgados en el ropero y un par de zapatos.

—Ni un solo documento, ni un libro..., nada de nada —concluyó Wallander pensativo.

Después, alzó el auricular y preguntó a la recepcionista si Göran Alexandersson había realizado o recibido alguna llamada o la visita de alguna persona. Pero la respuesta fue clara y decidida: nadie había llamado a la habitación 211 ni había visitado a su huésped.

—Veamos, se alojaba en Ystad, pero pidió un taxi desde Svarte, así que habrá que averiguar cómo llegó hasta allí.

—Investigaré lo del taxi —propuso Hanson.

De nuevo en la comisaría y ya en su despacho, Wallander se colocó junto a la ventana a contemplar abstraído el depósito de agua que se alzaba al otro lado de la calle. Y, de pronto, se encontró pensando en Mona y en Linda. Lo más probable era que estuviesen sentadas cenando en alguna terraza, pero ¿de qué estarían hablando? Seguramente, de a qué se dedicaría Linda a partir de entonces. Intentó recrear mentalmente la conversación entre madre e hija, pero lo único que oía era el rumor del radiador. Se sentó dispuesto a redactar un informe preliminar mientras Hanson hablaba con la compañía de taxis de Ystad. No obstante, antes de comenzar, se levantó de nuevo para ir al comedor en busca de algo de comer, aunque no halló más que unas tristes galletas olvidadas en una bandeja. Cuando Hanson llamó a su puerta y entró en su despacho, eran ya cerca de las ocho.

—Durante los cuatro días que ha estado en Ystad, ha viajado en taxi a Svarte tres veces —informó Hanson—. Siempre pidió que lo dejasen en las afueras. Siempre salía por la mañana temprano y volvía a pedir un taxi por la tarde.

Wallander asintió con gesto ausente.

—Bueno, en eso no hay nada ilegal —observó—. Tal vez tuviese una amante en Svarte, ¿no te parece?

El inspector se puso en pie y se acercó a la ventana. El viento había arreciado.

—Bien, comprobaremos su nombre en los registros —decidió tras unos minutos de reflexión—. Tengo la sensación de que no sacaremos nada en claro, pero aun así... Luego no nos queda más que esperar los resultados de la autopsia.

—Lo más probable es que fuese víctima de un ataque al corazón —aventuró Hanson al tiempo que se ponía en pie.

—Sí, es lo más probable —corroboró Wallander.

El inspector se marchó a casa, donde se abrió una lata de *pyttipanna.** La figura de Göran Alexandersson no tardó en esfumarse de su memoria y, una vez que hubo consumido su frugal alimento, cayó vencido por el sueño ante el televisor.

Al día siguiente, Martinson, un colega de Wallander, comprobó el nombre de Göran Alexandersson en todos los registros criminales de que disponían, pero en ninguno de ellos obtuvo el más mínimo resultado. Martinson era, en

* Plato elaborado a base de patatas, carne, cebolla y embutidos, todo ello cortado en dados y sofrito. Tiene su origen en épocas de rigor económico en que, por lo general los lunes, se añadían patatas a los restos de la semana. En la actualidad es un plato típico sueco muy apreciado. *(N. de la T.)*

efecto, el más joven de los agentes del grupo de investigación y el más abierto, por ello, a la aplicación de las nuevas técnicas.

Wallander invirtió el día en el seguimiento del caso de los coches de lujo robados procedentes de Polonia. Hacia el atardecer, fue a visitar a su padre, que vivía en Löderup, y estuvo jugando a las cartas con él durante varias horas. La velada terminó con una disputa acerca de quién de los dos le debía cuánto al otro. Cuando, tras haberse despedido, iba camino a casa, Wallander se preguntó si él llegaría a parecerse a su padre cuando alcanzase su edad. O si no habría empezado ya a dar muestras de tan nefasta semejanza. Irritable, protestón, siempre malhumorado... Pensó que debería preguntarle a alguien, aunque tal vez no a Mona.

La mañana del 28 de abril sonó, bien temprano, el teléfono de Wallander. La llamada procedía de la unidad forense del hospital de Lund.

—Se trata de una persona llamada Göran Alexandersson —comenzó el doctor, de nombre Jörne, al que Wallander conocía del tiempo en que había trabajado en Malmö.

—Bien, cuál fue la causa, ¿una embolia o un ataque de apoplejía?

—Ni lo uno ni lo otro —negó el doctor—. O bien se suicidó o bien fue asesinado.

Wallander quedó atónito.

—¿Asesinado? ¿Qué quieres decir?

—Lo que acabas de oír —confirmó Jörne.

—Pero..., eso es impensable. No es posible que haya sido asesinado en el asiento trasero de un taxi. Stenberg, el taxista, no suele acabar con la vida de sus pasajeros. Y tampoco me parece verosímil que se haya suicidado.

—En fin, yo no puedo responder a la pregunta de cómo sucedió —afirmó Jörne imperturbable—. Lo que sí puedo afirmar con toda certeza es que la muerte se produjo a causa de la ingestión, con una bebida o con la comida, de un potente veneno. Y eso apunta, a mi entender, a que se trata de un asesinato. Aunque eso es asunto vuestro, claro está.

Wallander no pronunció palabra.

—Os envío los resultados por fax —finalizó Jörne—. Oye, ¿estás ahí?

—Sí, sí, aquí estoy —reaccionó Wallander.

Tras darle las gracias a Jörne, colgó el auricular sin dejar de pensar en lo que acababa de oír. Al final, pulsó el botón de marcación rápida y le pidió a Hanson que acudiese a su despacho. Wallander tomó uno de sus blocs escolares y plasmó en él dos palabras: «Göran Alexandersson».

En la calle, el viento había arreciado y soplaba ya con la crudeza que presagia la tormenta.

El viento racheado soplaba incesante sobre Escania. Entretanto, encerrado en su despacho, Wallander llegaba a la conclusión de que seguía ignorando qué habría sucedido con aquel hombre que había fallecido en el asiento trasero de un taxi. A las nueve y media de la mañana se dirigió a una de las salas de reuniones de la comisaría, entró y cerró la puerta tras de sí. Sentados en torno a la mesa aguardaban ya Hanson y Rydberg, cuya presencia sorprendió a Wallander. En efecto, el colega había estado de baja a causa de unos terribles dolores de espalda y no había anunciado su incorporación al trabajo.

—¡Vaya! ¿Cómo estás? —quiso saber Wallander.

—Bueno, aquí estoy... —repuso Rydberg esquivo—. ¿Qué lío es ése acerca de un individuo que apareció asesinado en el asiento trasero de un taxi?

—A ver, espera, empezaremos desde el principio —propuso Wallander.

Pero, entonces, miró a su alrededor y detectó la ausencia de uno de sus compañeros.

—¿Dónde está Martinson?

—Llamó para avisar de que tenía la garganta inflamada...
—informó Rydberg—. Pero Svedberg podría incorporarse
al grupo de investigación, ¿no crees?

—Ya veremos si es necesario —advirtió Wallander al
tiempo que recogía el fax que los forenses de Lund ya le habían hecho llegar.

Miró entonces a sus colegas, antes de comenzar:

—Lo que en un principio parecía un asunto muy sencillo
puede resultar un caso mucho más complicado de lo que yo
creía. Un hombre muere en el asiento trasero de un taxi. El
forense de Lund ha comprobado que la muerte se produjo a
causa de un veneno. Lo que aún ignoramos es cuánto tiempo transcurrió entre el momento en que ingirió el veneno y
la hora de la muerte. Aunque nos han prometido que tendremos el resultado para dentro de un par de días.

—¿Asesinato o suicidio? —inquirió Rydberg.

—Asesinato —sostuvo Wallander sin vacilación—. Me
cuesta imaginarme a un suicida tomándose un veneno antes
de llamar a un taxi...

—¿Y no cabe la posibilidad de que se lo haya tragado
por error? —preguntó Hanson.

—Eso apenas es verosímil —aseguró Wallander—. Según los médicos, se trata de una mezcla tóxica que, en realidad, no existe.

—A ver, a ver, ¿qué significa eso exactamente? —insistió
Hanson.

—Que la única persona que podría obtenerla sería un es-
pecialista: un médico, un químico o un biólogo, por ejemplo.

Se hizo un profundo silencio, que vino a interrumpir Wallander:

—En otras palabras, debemos interpretar que se trata de
un asesinato y preguntarnos qué sabemos acerca de Göran
Alexandersson en realidad.

Hanson hojeó su bloc de notas, antes de exponer los datos que allí figuraban.

—Era hombre de negocios —comenzó—. Tenía dos comercios de electrónica en Estocolmo, uno en Västberga y otro en Norrtull. Vivía solo en un apartamento situado en la calle de Åsögatan. Al parecer, no tenía familia. Su ex mujer vive en Francia, a juzgar por la información de que disponemos. Su único hijo murió hace siete años. Los empleados con los que he estado hablando lo caracterizan todos del mismo modo.

—¿Es decir? —interrumpió Wallander.

—Lo consideraban un hombre amable.

—¿Amable?

—Exacto; así lo describieron todos ellos, como una persona amable.

Wallander asintió.

—¿Algo más?

—Al parecer, llevaba una existencia muy organizada. Su secretaria sugirió que tal vez coleccionase sellos, pues solía recibir en el despacho, con cierta periodicidad, varios catálogos de filatelia. No parece haber tenido amigos o, al menos, ninguno al que conociesen sus empleados.

Se produjo entonces un nuevo silencio cuya presión aligeró, de nuevo, la intervención de Wallander:

—Tendremos que pedir a Estocolmo que nos ayude con la inspección de su apartamento. Además, debemos localizar a su ex esposa. Yo me ocuparé de averiguar qué vino a hacer aquí en Ystad y en Svarte. Y con quién estuvo en contacto. Podemos vernos de nuevo después del mediodía y contrastar lo que hayamos sacado en claro.

—Yo tengo una duda —advirtió Rydberg—. ¿Es posible que una persona resulte asesinada sin saberlo?

Wallander asintió.

—Sí, es una pregunta interesante —admitió—. Si alguien pudo administrarle a Göran Alexandersson un veneno que empezase a actuar una hora más tarde, por ejemplo. Le preguntaré a Jörne.

—Si es que él lo sabe —masculló Rydberg—. Yo no estaría tan seguro.

Concluida la reunión y una vez distribuidas las diversas tareas, se separaron. Ante la ventana de su despacho y con una taza de café en la mano, Wallander intentaba tomar una determinación acerca de por dónde empezar.

Media hora más tarde, iba en su coche camino de Svarte. El viento había empezado a amainar poco a poco y los rayos del sol atravesaban las grietas de las nubes. Por primera vez, el inspector experimentó la sensación de que la primavera estaba en camino. Al llegar a las afueras de Svarte, se detuvo y salió del coche.

«De modo que hasta aquí llegaba Göran Alexandersson», se dijo. «Acudía por la mañana y regresaba a Ystad por la tarde. La cuarta vez, lo envenenaron y acabó muriendo en el taxi.»

El inspector comenzó a caminar en dirección al centro del pueblo. Muchas de las casas próximas a la playa eran chalets que sólo estaban habitados en verano y que ahora aparecían cerrados a cal y canto.

Durante su paseo a través del pueblecito, Wallander se topó tan sólo con dos personas. De repente, lo desierto del lugar lo hizo sentirse incómodo y se apresuró a regresar al coche.

Acababa de ponerlo en marcha cuando descubrió a una anciana que arreglaba un seto del jardín junto al que él había estacionado su vehículo. El inspector paró de nuevo el motor y salió. Al cerrar la puerta, la mujer alzó la vista. Wallander se acercó a la valla y la saludó con un gesto de la mano.

—Hola, espero no molestar —se excusó.

—Aquí no molesta nadie —aseguró la mujer al tiempo que le dedicaba una mirada curiosa.

—Me llamo Kurt Wallander, inspector de la policía de Ystad —se presentó.

—Sí, lo conozco —aseguró la anciana—. Lo he visto en la televisión, en algún programa de debate, ¿no es así?

—No lo creo —opuso Wallander—. Aunque, por desgracia, sí que ha aparecido alguna fotografía mía en los periódicos en alguna ocasión.

—Mi nombre es Agnes Ehn —se presentó a su vez la mujer mientras le tendía la mano.

—¿Usted vive aquí todo el año? —inquirió Wallander.

—Sólo la temporada de primavera y verano. Suelo venir a principios de abril y me quedo hasta octubre. El resto del año lo paso en Halmstad. Soy maestra jubilada. Mi marido murió hace unos años.

—Esto es muy hermoso —comentó Wallander—. Muy hermoso y muy tranquilo. Todo el mundo se conoce, ¿verdad?

—Bueno, no sé... También es posible que uno no conozca ni a su vecino más próximo.

—No habrá visto a un hombre solo que vino a Svarte en taxi varias veces la semana pasada, ¿verdad? Luego se iba también en taxi, por la tarde.

La respuesta de la anciana lo llenó de sorpresa.

—Sí, yo le presté el teléfono para llamar el taxi. Cuatro días seguidos, por cierto. Si es que se trata del mismo hombre.

—¿No le dijo cómo se llamaba?

—Era un hombre muy educado.

—Pero ¿no se presentó?

—Uno puede ser educado sin tener que decir cómo se llama.

—Ya. Y le pidió el teléfono, ¿no es así?

—Exacto.

—¿No le dijo nada más?

—¿Acaso ha pasado algo?

Wallander pensó que no había motivo para ocultar lo ocurrido.

—Está muerto.

—¡Vaya! ¡Eso es terrible! Pero ¿cómo fue?

—Aún no lo sabemos. Lo único que sabemos, por ahora, es que está muerto. ¿Sabe qué hacía aquí, en Svarte? O quizá le dijo a quién venía a visitar. ¿Hacia dónde se dirigía cuando llegaba? ¿Iba acompañado? Cualquier cosa que pueda recordar será de utilidad.

La anciana volvió a sorprenderlo con su decidida respuesta.

—Solía bajar hasta la playa —afirmó la mujer—. Al otro lado de la casa comienza un sendero que conduce hasta la orilla. Y él solía recorrerlo hasta que desaparecía hacia el oeste. Por lo general, regresaba hacia la tarde.

—De modo que paseaba por la playa, pero ¿iba solo?

—Eso es algo que no puedo saber. La playa describe una curva muy pronunciada y es posible que se hubiese visto con alguien más allá, fuera del alcance de mi vista.

—¿Llevaba algún maletín o algún paquete?

Ella negó con un gesto.

—¿Parecía preocupado o inquieto?

—A mí no me lo pareció.

—¿Así que le pidió el teléfono el último día que lo vio?

—Así es.

—¿Y no advirtió nada especial?

—Parecía un hombre amable y educado. Además, insistió en pagarme por las llamadas.

Wallander asintió.

—Bien, me ha sido de gran ayuda —agradeció el inspector al tiempo que le tendía una tarjeta con su nombre y su número de teléfono—. Si recuerda algún otro detalle, puede llamarme a este número.

—Es horrible —lamentó de nuevo la anciana—. ¡Un hombre tan agradable!

Wallander asintió y se dirigió al otro lado de la casa de donde partía, en efecto, un sendero que conducía hasta la playa. Llegó hasta la orilla, pero la playa aparecía desierta. Cuando se dio la vuelta, vio que Agnes Ehn lo había seguido con la mirada.

«Tuvo que verse con alguien», resolvió Wallander. «Sería absurdo pensar lo contrario. La cuestión es con quién.»

Regresó a la comisaría. Rydberg lo detuvo en el pasillo y le hizo saber que había logrado localizar a la ex mujer de Alexandersson, que residía en la Costa Azul.

—Estupendo —celebró Wallander—. Ponme al corriente de todo cuando hayas hablado con ella.

—Martinson estuvo aquí —prosiguió Rydberg—. Pero apenas se le entendía, así que le dije que se fuese a casa.

—Sí, has hecho bien —opinó Wallander.

Ya en su despacho, el inspector cerró la puerta y tomó el bloc escolar en el que había anotado el nombre de Göran Alexandersson. «¿A quién veía en la playa?», se preguntó de nuevo. «Tengo que hallar cuanto antes una respuesta a esa pregunta.»

A la una de la tarde, Wallander se sentía hambriento. Ya se había puesto la cazadora y se disponía a salir cuando Hanson llamó a la puerta.

Enseguida notó que el colega tenía algo importante que comunicarle.

—Tengo una información que puede ser significativa —anunció Hanson.

—A ver, ¿de qué se trata?

—Como ya sabes, Göran Alexandersson tuvo un hijo que falleció hace siete años. Pues mucho me temo que murió de una paliza. Y, por más que miro, no encuentro ningún documento que revele que nadie resultase detenido ni condenado por ello.

Wallander permaneció largo rato con la mirada fija en su compañero.

—¡Vaya! Estupendo. Ahora tenemos algo a lo que aferrarnos, por más que no sé bien en qué consiste exactamente.

El hambre que había sentido hacía unos minutos desapareció por completo.

Poco después de las dos de la tarde del 28 de abril, Rydberg dio unos toquecitos en la puerta entreabierta de Wallander.

—He logrado ponerme en contacto con la ex mujer de Alexandersson —declaró al tiempo que entraba en el despacho. Cuando tomó asiento, el colega hizo un gesto de dolor.

—¿Qué tal llevas lo de tu espalda? —inquirió Wallander solícito.

—¡Yo qué sé! Tengo un dolor raro —confesó Rydberg.

—Tal vez hayas vuelto al trabajo demasiado pronto, ¿no crees? —sugirió Wallander.

—Nada mejorará por el simple hecho de que me quede en casa mirando el techo —repuso Rydberg.

Y ahí concluyó la conversación sobre la espalda de Rydberg. Wallander sabía que no merecía la pena esforzarse por convencer a su colega de que retomase su baja y se quedase en casa descansando.

—Bien, ¿qué te dijo la mujer?

—Pues, como comprenderás, quedó impresionada. Tardó por lo menos un minuto en reaccionar.

—Un alto coste para las arcas del Estado sueco... —ironizó Wallander—. Pero después, transcurrido ese minuto, ¿cuál fue su reacción?

—Bueno, me preguntó, naturalmente, qué había sucedido y yo se lo expliqué. Pero a ella le costó comprenderlo.

—Ya, pero eso es normal —opinó Wallander.

—En cualquier caso, quedó claro que no mantenían ya ningún tipo de contacto. Según ella, se separaron porque se aburrían demasiado juntos.

—¡Cómo! ¿Qué crees tú que quería decir exactamente?

—Verás, a mi entender, es un motivo de separación mucho más frecuente de lo que nos imaginamos —apuntó Rydberg—. Para mí sería tremendo vivir con una persona aburrida.

Wallander asintió pensativo, preguntándose si Mona no sería de la misma opinión. Y él, ¿cuál era su parecer al respecto?

199

—Luego le pregunté quién podría querer acabar con la vida de su ex marido. Pero nada. Después, le pregunté si tenía idea de qué podía estar haciendo aquí en Escania, pero tampoco supo responder a esta cuestión. Y eso fue todo.

—¿Y no indagaste acerca del hijo que se les murió? Según Hanson, fue asesinado.

—¡Claro que lo hice! Pero ella no parecía tener el menor interés en tocar ese tema.

—¿No te parece extraño?

Rydberg asintió.

—Exacto. Eso mismo pensé yo.

—Creo que deberías hablar con ella de nuevo —propuso Wallander.

Rydberg se mostró de acuerdo y salió del despacho. Wallander se quedó allí pensando que, en su momento, hablaría con Mona y le preguntaría si ella pensaba que el aburrimiento constituía el mayor problema de su matrimonio. El timbre del teléfono vino a interrumpir su meditación. Ebba, la recepcionista, lo llamaba para comunicarle que la policía de Estocolmo deseaba hablar con él. Extrajo por tanto su bloc escolar dispuesto a escuchar. Quien lo buscaba era un agente llamado Rendal, cuyo nombre Wallander no había oído con anterioridad.

—Hemos estado echándole un vistazo al apartamento de Åsögatan —lo informó Rendal.

—¡Bien! Y ¿habéis encontrado algo?

—¿Cómo íbamos a encontrar nada, si no sabemos qué teníamos que buscar?

Wallander percibió el estrés en el tono de voz de Rendal.

—¿Qué aspecto tenía la vivienda? —inquirió con la mayor amabilidad de que fue capaz.

—Sencillo y elegante —explicó Rendal—. Limpio. Casi exageradamente limpio. Me dio la sensación de que se trataba de un apartamento de soltero.

—Pues sí, es lo que era —corroboró Wallander.

—Estuvimos ojeando su correo —prosiguió Rendal—. Parece haber estado fuera una semana, como máximo.

—Exacto —confirmó Wallander.

—Tenía un contestador, pero no había ningún mensaje grabado, de modo que, al parecer, no recibió ninguna llamada durante ese tiempo.

—¿Qué tipo de mensaje tiene en el contestador? —quiso saber Wallander.

—El habitual.

—Bien, pues ya sabemos algo. Gracias por tu ayuda. Volveremos a ponernos en contacto con vosotros si es necesario.

Wallander colgó el auricular y comprobó en el reloj que era la hora del encuentro vespertino del grupo de investigación. Cuando entró en la sala de reuniones, Hanson y Rydberg ya estaban allí.

—Acabo de hablar con Estocolmo —anunció Wallander al tiempo que se sentaba—. El apartamento de Åsögatan no proporcionó ninguna información de valor.

—Bueno, yo volví a llamar a la ex mujer —advirtió Rydberg—. Seguía sin querer hablar del asunto del hijo. Pero cuando le hice saber que podíamos exigirle que viajase a Suecia para colaborar con nosotros en la investigación, se suavizó. Parece que el chico fue víctima de una agresión en medio de la calle, en el centro de Estocolmo. Debió de tratarse de un ataque totalmente inopinado, pues ni siquiera le robaron.

—Yo he conseguido recopilar una serie de documentos acerca de aquella agresión —informó Hanson—. Aún no ha prescrito, pero nadie se ha ocupado del caso en más de cinco años.

—¿No hay sospechosos? —quiso saber Wallander.

Hanson negó con un gesto.

—Ni uno solo. De hecho, no hay nada, ni siquiera testigos, nada.

Wallander apartó su bloc escolar.

—Sí, y otro tanto nos ocurre con su padre —observó.

El silencio imperaba en la sala y Wallander comprendió que debía dar algunas instrucciones.

—Tendréis que hablar con los empleados de sus comercios —ordenó—. Para ello podéis llamar a Rendal, el colega de Estocolmo, y pedirle ayuda. Nos veremos de nuevo mañana.

Tras distribuirse las diversas tareas, Wallander regresó a su despacho. Pensó que debería llamar a su padre y pedirle disculpas por la discusión de la noche anterior, pero no lo hizo. Lo sucedido a Göran Alexandersson no le daba tregua a su mente. La situación era tan absurda que, tan sólo por ese motivo, debería ser susceptible de una explicación. En efecto, sabía por experiencia que todos los asesinatos e incluso la mayor parte de los demás delitos tenían siempre un núcleo lógico. Lo único que debía hacer era mirar en los rincones adecuados en el orden correcto en busca de las posibles conexiones existentes entre los diversos indicios que apareciesen.

Wallander abandonó la comisaría poco antes de las cinco y se dirigió a Svarte por la carretera de la costa. En esta ocasión, aparcó el coche más cerca del centro del pueblo. Sacó un par de botas de goma del maletero y se dirigió a la playa. En la distancia, un buque de carga navegaba rumbo al oeste.

Fue bordeando la playa mientras observaba los chalets que quedaban a su derecha. Una de cada tres casas, aproximadamente, parecía habitada. Siguió la playa hasta haber dejado atrás el pueblo y, entonces, emprendió el regreso. De repente lo asaltó una sensación extraña, como si tuviese la esperanza de que Mona apareciese caminando a su encuentro. Rememoró el tiempo que pasaron en Skagen, que se le antojaba el mejor de su vida en común. ¡Tenían entonces tanto de que hablar y tan poco tiempo para ello...!

Desechó, con un gesto, aquellos pensamientos tan desagradables y se obligó a concentrarse en la persona de Göran Alexandersson. Así, mientras caminaba por la playa, se esforzó por elaborar mentalmente una síntesis.

¿Qué era, en realidad, lo que sabían? Que Alexandersson vivía solo, que poseía dos comercios de material electrónico, que tenía cuarenta y nueve años y que había viajado a Ystad, donde se alojó en el hotel Kung Karl. A sus empleados les había dejado dicho que se marchaba de vacaciones, pero, en el hotel, no había recibido ni visitas ni llamadas y él tampoco había llamado a nadie.

Todas las mañanas tomaba un taxi que lo llevaba a Svarte, donde pasaba el día paseando por la playa. A última hora de la tarde y tras haber pedido prestado el teléfono a Agnes Ehn, solicitaba un taxi para el regreso. El día de su cuarta visita a Svarte, falleció en el taxi.

Wallander se detuvo y miró a su alrededor recreando el posible escenario: la playa estaba tan desierta como ahora; la figura de Göran Alexandersson aparece visible prácticamente en todo momento hasta que, en algún punto del recorrido, desaparece de la vista de la señora Ehn. Por fin, reaparece y, minutos después, muere en el taxi.

«Tuvo que verse con alguien», persistía Wallander para sí. «O, más exactamente, tuvo que haber concertado una cita con alguien. Uno no se encuentra con un envenenador así, por casualidad.»

Wallander retomó el paseo. De nuevo contempló las casas que salpicaban la playa y decidió que, al día siguiente, tendrían que ir preguntando una por una. «Alguien tiene que haberlo visto», resolvió. «Incluso puede que lo hayan visto hablando con otra persona.»

De pronto, Wallander descubrió que ya no era el único paseante de la playa. En efecto, un hombre de edad se dirigía caminando hacia él en compañía de un perro labrador negro que corría obediente a su lado. Wallander se detuvo y observó al animal. Durante los últimos años y en varias ocasiones, había considerado la posibilidad de sugerirle a Mona tener un perro. Sin embargo, había desistido de tal propuesta, dada la irregularidad de sus horarios de trabajo, convencido de que un animal le reportaría, con toda probabilidad, más cargo de conciencia que compañía.

El hombre rozó levemente la visera de su gorra cuando alcanzó a Wallander.

—No parece que vaya a llegar la primavera, ¿verdad? —comentó en un dialecto distinto al escaniano.

—Bueno, seguro que, al final, también este año disfrutaremos de ella —respondió Wallander.

El hombre asintió y, a punto estaba de reemprender su marcha, cuando Wallander lo retuvo.

—Supongo que pasea usted por aquí todos los días, ¿no es así?

El hombre señaló una de las casas.

—Sí, bueno, yo vivo aquí desde que me jubilé.

—Mi nombre es Wallander y soy agente de la policía de Ystad. No habrá advertido la presencia de un hombre de unos cincuenta años que ha estado paseando por la playa hace unos días, ¿verdad?

Los ojos del anciano eran de un azul limpio y claro y su cabello blanco apuntaba por debajo de la visera.

—Pues no —rechazó con una sonrisa—. ¿A quién iba a ocurrírsele tal cosa? El único que pasea por estas playas soy yo. Pero en mayo, cuando empiece a mejorar el tiempo, cambiarán las cosas.

—¿Está usted totalmente seguro? —insistió Wallander.

—Verá, yo saco a pasear al perro tres veces al día y, hasta hoy, que lo he visto a usted, no había visto a ningún hombre paseando solo por aquí.

Wallander asintió.

—Bien, en ese caso, no lo molestaré más —se disculpó.

Wallander prosiguió su camino. Cuando, poco después, se detuvo y miró hacia atrás, el señor del perro había desaparecido.

Wallander nunca supo de dónde le vino la idea, o más bien la sensación; sin embargo, desde aquel momento estuvo totalmente seguro de haber visto un destello débil, apenas perceptible, en su rostro y en sus ojos, cuando le preguntó si había visto a algún hombre paseando solo por la playa.

«El anciano sabe algo», se dijo. «La cuestión es qué.»

El inspector echó aún otro vistazo a su alrededor.

La playa volvía a estar desierta.

Permaneció inmóvil durante unos minutos.

Después, volvió al coche y se marchó a casa.

El miércoles 29 de abril fue, aquel año, el primer día de primavera en Escania. Wallander se despertó temprano, como era habitual. Estaba sudoroso y supo que había tenido una pesadilla, si bien no logró recordar nada de su contenido. ¿No habría vuelto a soñar con los toros que lo perseguían? ¿O tal vez con que Mona lo abandonaba? Se dio una ducha antes de tomarse un café y ponerse a hojear algo distraído el ejemplar del diario *Ystads Allehanda*.

A las seis y media en punto, ya se encontraba en su despacho de la comisaría. En el claro y despejado cielo primaveral, lucía el sol. Wallander esperaba que Martinson estuviese ya totalmente recuperado, de modo que pudiese relevar a Hanson de las tareas de comprobación de los registros. Además, él solía obtener resultados más rápidos y mejores que éste. De ser así y poder contar con Martinson, se llevaría consigo a Hanson para que le ayudase a visitar los chalets de la playa de Svarte. Sin embargo, lo más importante en aquellos momentos era, sin duda, forjarse una imagen tan clara como fuese posible de la persona de Göran Alexandersson. Martinson era bastante más exhaustivo que Hanson a la hora de ponerse en contacto con aquellas personas que pudiesen proporcionarles información. Por otro lado, Wallander resolvió asimismo que debían tomarse en serio el esclarecimiento de lo sucedido a Bengt, el hijo de Alexandersson, cuando lo atacaron y lo asesinaron.

A las siete de la mañana, Wallander intentó localizar a Jörne, el forense que había practicado la autopsia a Göran Alexandersson, pero sin éxito. Se sentía impaciente y no podía por menos de admitir que el caso del hombre al que habían hallado muerto en el asiento trasero de un taxi lo llenaba de preocupación.

A las ocho menos dos minutos, se encontraron en la sala de reuniones. Martinson seguía padeciendo un fuerte dolor de garganta y la fiebre persistía, según informó Rydberg. Wallander pensó que era lógico que Martinson se viese tan afectado por aquel enfriamiento, dada su enfermiza fobia por los virus.

—En ese caso, tú y yo iremos a visitar a los habitantes de las villas costeras de Svarte hoy mismo —decidió el inspector—. Tú, Hanson, deberás seguir operando desde aquí. Quisiera que averiguases algo más acerca de la muerte de Bengt Alexandersson. Habla con Rendal, él te ayudará.

—¿Alguien sabe algo más sobre el veneno? —inquirió Rydberg.

—He estado intentando localizar al forense esta mañana, pero no pude hablar con él —aclaró Wallander.

La reunión no se prolongó demasiado. Wallander solicitó una ampliación de la fotografía que había en el permiso de conducir de Alexandersson, así como algunas copias. Después, se dirigió al despacho de Björk, el comisario jefe. En opinión de Wallander, Björk era un buen jefe, pues no se dedicaba a interferir en el trabajo de sus subordinados. Sin embargo, había ocasiones en que al comisario le entraban las prisas y reclamaba una descripción rápida del estado de las investigaciones en curso.

—¿Qué tal va el asunto de la banda que se dedica a la exportación de coches robados? —preguntó a bocajarro al tiempo que dejaba caer las manos sobre la mesa en sonoro palmetazo, como señal inequívoca de que deseaba una respuesta breve y concisa.

—Mal —repuso Wallander con sinceridad.

—¿Hay alguna detención prevista?

—Ninguna —declaró Wallander—. Si, con lo que ahora tenemos, fuese a pedirle la orden de arresto al fiscal, me echarían del Cuerpo.

—Ya, en fin, lo que en modo alguno podemos hacer es rendirnos —sostuvo Björk.

—¡Por supuesto que no! —convino Wallander—. Yo pienso perseverar. En cuanto hayamos resuelto el caso del hombre que murió en el asiento trasero de un taxi.

—Sí, Hanson me ha puesto al corriente —observó Björk—. Parece un asunto muy extraño.

—*Es* un asunto muy extraño —corroboró Wallander.

—¿Es realmente posible que haya sido asesinado?

—Eso es lo que aseguran los médicos —explicó Wallander—. Hoy tenemos pensado ir a interrogar a los residentes en la costa de Svarte. Alguien tuvo que verlo.

—Bien, mantenme informado —ordenó el comisario antes de incorporarse y dar así por finalizada la conversación.

Fueron a Svarte en el coche de Wallander.

—Es hermosa Escania —comentó de pronto Rydberg.

—Sí, al menos en un día como el de hoy —opinó Wallander—. Pero estarás de acuerdo conmigo en que también puede ser un auténtico asco, en otoño, por ejemplo, cuando el barro se cuela por la rendija de la puerta o se te mete por la piel.

—¿A quién se le ocurre pensar en el otoño en estos momentos? ¿Por qué amargarse de antemano con los malos momentos si, quieras o no, siempre acaban presentándose al final?

Wallander no replicó, concentrado como estaba en adelantar a un tractor.

—Empezaremos por las casas que bordean la costa al oeste del pueblo —propuso—. Comenzaremos cada uno por un extremo y nos veremos en el centro. Procura enterarte también de quiénes viven en las casas que ahora están deshabitadas.

—¿Qué es lo que esperas encontrar, si puede saberse? —inquirió Rydberg.

—La solución —fue la simple respuesta de Wallander—. Alguien tiene que haberlo visto por la playa. Y alguien tiene que haberlo visto en compañía de alguna otra persona.

Wallander aparcó el coche y le pidió a Rydberg que comenzase por la casa de Agnes Ehn. El colega echó a andar mientras Wallander intentaba, una vez más, localizar a Jörne. Sin embargo, tampoco en esta ocasión hubo suerte. Tomó de nuevo el coche y se alejó un tramo hacia el oeste, volvió a dejar el vehículo estacionado y emprendió el camino en dirección este. La primera vivienda con la que se topó era una antigua casa típica de Escania, de aspecto muy cuidado. Cruzó la verja y llamó al timbre. Nadie respondía, de modo que lo intentó por segunda vez y, a punto estaba ya de marcharse, cuando se abrió la puerta, que dio paso a una mujer de unos treinta años ataviada con un chándal salpicado de manchas.

—No me gusta que me molesten —aseguró mientras observaba a Wallander irritada.

—A veces no hay más remedio —repuso éste al tiempo que le mostraba su placa.

—¿Qué quieres? —inquirió ella.

—Verás, tengo una pregunta que puede resultar extraña, pero necesito saber si, últimamente, has visto a un hombre de unos cincuenta años con un abrigo azul paseando por la playa.

Ella alzó las cejas y observó a Wallander con expresión burlona.

—Siempre pinto con las cortinas corridas —declaró—. No he visto nada.

—Así que eres artista, ¿eh? Yo pensaba que lo que necesitabais era mucha luz.

—Yo no. Pero no creo que eso sea delito, ¿verdad?

—¿Y dices que no has visto nada?

—No, nada. Ya te lo he dicho.

—¿Hay alguien más contigo en la casa? Quiero decir alguien que haya podido ver algo.

—Pues, verás, tengo un gato que suele pasar los días sentado en el alféizar de la ventana. Si lo deseas, puedes hablar con él.

Wallander notó que empezaba a encolerizarse.

—¿Sabes?, hay ocasiones en que los policías tenemos que hacer preguntas; no creas que lo hago por entretenerme. Pero ya no te molesto más.

La mujer cerró la puerta y corrió varias cerraduras. Él continuó su camino hacia la siguiente vivienda, un edificio de dos plantas y de construcción relativamente reciente. En el jardín se alzaba una pequeña fuente. Cuando llamó a la puerta, se oyeron los ladridos de un perro desde el interior, de modo que se dispuso a esperar.

El perro dejó de ladrar y la puerta se abrió y le permitió ver al anciano con el que se había encontrado en la playa el día anterior. A Wallander le dio la impresión de que el hombre no se sorprendía lo más mínimo al verlo. Como si hubiese estado esperándolo y estuviese en guardia.

—Usted otra vez —comentó el anciano.

—Así es —confirmó Wallander—. Estoy preguntándoles a los vecinos que viven cerca de la playa.

—Ya le dije ayer que no vi nada.

Wallander asintió, antes de añadir:

—Ya, bueno, pero a veces uno cae en algún nuevo detalle cuando ya es tarde...

El hombre se hizo a un lado e invitó a Wallander a que entrase. El labrador empezó a olisquearlo muy interesado.

—De modo que usted vive aquí todo el año, ¿no es así? —comenzó Wallander.

—Eso es —confirmó el otro—. Fui médico de distrito durante veinte años en Nynäshamn. Cuando me jubilé, mi mujer y yo nos mudamos aquí.

—Tal vez ella haya visto algo, ¿no? —inquirió Wallander—. Si está aquí...

—Sí, pero está enferma —atajó el hombre—. Ella no ha visto nada.

Wallander sacó un bloc de notas del bolsillo.

—¿Podría decirme su nombre?

—Me llamo Martin Stenholm. Mi mujer se llama Kajsa.

Wallander se guardó el bloc en el bolsillo una vez que hubo anotado ambos nombres.

—Bien, no lo molesto más —se disculpó.

—No, no se preocupe, no es nada —aseguró Martin Stenholm.

—¿Qué le parece si vuelvo dentro de unos días para hablar con su mujer? A veces es mejor que la gente diga por sí misma lo que ha visto y lo que no, ¿no cree?

—Me temo que eso no le será de gran ayuda —observó Martin Stenholm—. Mi mujer está muy enferma. Padece un cáncer y, de hecho, está moribunda.

—¡Vaya! Entiendo... En ese caso, no volveré a molestarlos —garantizó Wallander.

Martin Stenholm le abrió la puerta.

—Y, su mujer, ¿es médico también? —quiso saber Wallander.

—No, ella era abogada.

Wallander salió de nuevo a la calle y visitó otras tres casas, sin obtener el menor resultado, hasta que se encontró con Rydberg, Wallander fue a buscar el coche y se detuvo a esperar a Rydberg ante la casa de Agnes Ehn. Pero Rydberg no tenía ninguna buena noticia que darle: nadie había visto a Göran Alexandersson por la playa.

—¡Y yo que creía que la gente es muy curiosa! Sobre todo en los pueblos y, en especial, con los extraños...

Regresaron a Ystad en silencio. Cuando llegaron a la comisaría, le pidió a Rydberg que buscase a Hanson y que fuesen juntos a su despacho. Entretanto, él llamó de nuevo a los forenses y, en esta ocasión, sí logró hablar con Jörne. Cuando concluyó la conversación con él, Hanson y Rydberg ya habían llegado. Wallander miró a Hanson inquisitivo.

—¿Alguna novedad? —preguntó.

—Nada que modifique la imagen que hasta ahora hemos podido forjarnos de Alexandersson —repuso Hanson.

—Yo acabo de hablar con Jörne —explicó Wallander—. La víctima pudo muy bien haber ingerido el veneno sin darse cuenta de ello. No es posible precisar la rapidez con que actúa, aunque Jörne supone que, como mínimo, media hora. Pero, transcurrido ese tiempo, la muerte es fulminante.

—Es decir que, por ahora, sus hallazgos no contradicen nuestra hipótesis —observó Hanson—. ¿Cómo se llama el tóxico?

Wallander leyó en voz alta la compleja denominación de la fórmula química que tenía anotada en su bloc. Hecho esto, pasó a relatarles la conversación mantenida con Martin Stenholm en Svarte.

—Os aseguro que no sé por qué, pero tengo la sensación de que hallaremos la solución a este caso en la vivienda de ese médico jubilado.

—Bueno, un médico debe de saber de venenos —apuntó Rydberg—. Eso ya es algo.

—Sí, claro, eso es indiscutible —admitió Wallander—. Pero es que hay algo más..., aunque no caigo en qué puede ser.

—¿Quieres que compruebe su nombre en los registros? —se ofreció Hanson—. ¡Lástima que Martinson esté enfermo! A él se le da mucho mejor que a mí.

Wallander aceptó la propuesta y, mientras asentía, se le ocurrió una idea.

—Introduce también el nombre de su mujer, Kajsa Stenholm.

Durante el puente de la festividad de Walpurgis,* la investigación quedó en suspenso. Wallander pasó gran parte del tiempo libre en casa de su padre. Invirtió una tarde en pintar la cocina de su apartamento y, además, estuvo hablando por teléfono con Rydberg, pero el motivo no fue otro que el que ambos compartían, de hecho, el mismo grado de soledad. Sin embargo, cuando lo llamó, Rydberg resultó estar muy ebrio, con lo que la conversación no llegó a prolongarse demasiado.

El lunes 4 de mayo acudió temprano a la comisaría. Mientras aguardaba las noticias de lo que Hanson hubiese podido descubrir tras sus sondeos en los registros policiales, retomó el trabajo con la banda de importación ilegal de vehículos robados. Hasta el día siguiente, poco después de las once, Hanson no apareció por el despacho del inspector.

—No encontré nada sobre Martin Stenholm —aseguró—. Lo más probable es que ese hombre no haya cometido ningún acto ilícito en toda su vida.

A Wallander no le sorprendió la noticia, pues no se le ocultaba que lo más probable era que estuviese entrando en un callejón sin salida.

—¿Qué me dices de su esposa? —preguntó.

Hanson negó con un gesto.

—Menos aún —puntualizó—. Fue fiscal de Nynäshamn durante muchos años.

Hanson dejó una carpeta llena de documentos sobre el escritorio de Wallander.

—Hablaré de nuevo con los taxistas, tal vez ellos hayan visto algo, después de todo —sugirió.

* Se trata del 30 de abril, día en que se celebra la llegada de la primavera, y que constituye una fiesta de gran raigambre en el norte de Europa. (N. de la T.)

De nuevo solo en su despacho, Wallander tomó la carpeta que le había dejado Hanson. Una hora le llevó revisar todo su contenido. Por excepcional que pudiese parecer, Hanson no había obviado ningún detalle en aquella ocasión. Y, pese a todo, Wallander tenía la certeza de que la muerte de Göran Alexandersson estaba relacionada con el viejo doctor. Lo sabía, sin saberlo en realidad, tal y como solía ocurrirle. Ciertamente, no tenía plena confianza en su intuición pero era innegable que ésta lo había conducido por el buen camino en numerosas ocasiones. Llamó a Rydberg, que acudió enseguida a su despacho y le entregó la carpeta.

—Quiero que leas este material —solicitó el inspector—. Ni Hanson ni yo hemos hallado nada digno de interés, pero estoy seguro de que se nos ha escapado algo.

—Bueno, de Hanson, no me extraña lo más mínimo —declaró Rydberg sin ocultar el escaso respeto que en él despertaba el modo de trabajar del colega.

Aquella misma tarde, ya a última hora, Rydberg le devolvió a Wallander la carpeta con un gesto muy elocuente: tampoco él había hallado nada que hubiese merecido su atención.

—Bien, pues tendremos que volver a empezar por el principio —resolvió Wallander—. Nos veremos aquí mañana a primera hora para decidir cómo seguir adelante con la investigación.

Poco después, Wallander salió de la comisaría rumbo a Svarte. Volvió a dar un largo paseo por la playa, sin toparse con nadie durante su recorrido. Hecho esto, se sentó en el coche y volvió a leer el material contenido en la carpeta que le había dejado Hanson. «¿Qué es lo que no veo?», se preguntaba angustiado. «Alguna conexión hay entre este médico y Göran Alexandersson. Lo que sucede es que yo no soy capaz de detectarla.»

Regresó, pues, a Ystad y se llevó la carpeta a su apartamento de la calle de Mariagatan, un piso de tres habitaciones en el que habían vivido desde su traslado a la ciudad hacía ya catorce años.

Intentó relajarse y olvidar el tema, pero la carpeta parecía reclamar su concentración y no le daba tregua. Ya tarde, cerca de la medianoche, se sentó ante la mesa de la cocina y revisó los documentos una vez más.

Y, pese a estar tan cansado, fue entonces cuando reparó en un detalle que le había pasado inadvertido hasta el momento pero que, ahora, llamó su atención. No se le ocultaba que aquello bien podía carecer de importancia y, aun así, resolvió que lo investigaría tan pronto como llegase a la comisaría la mañana siguiente.

Aquella noche durmió bastante mal.

Llegó a la comisaría poco antes de las siete de la mañana. Una fina llovizna caía pertinaz sobre la ciudad de Ystad. Wallander sabía que el hombre con el que deseaba hablar era tan madrugador como él mismo, de modo que se dirigió al ala del edificio que albergaba las oficinas de la fiscalía y dio unos toquecitos en la puerta del despacho de Per Åkeson, en cuyo interior imperaba el habitual desorden. Åkeson y Wallander habían colaborado durante muchos años en un clima de mutuo respeto por el buen criterio de cada uno. Åkeson se encajó las gafas en la frente y observó a Wallander.

—¡Vaya! ¡¿Tú por aquí?! —exclamó el fiscal—. Y tan temprano... Eso no puede significar más que lo que te trae por esta parte de la casa es, sin duda, algo importante.

—Verás, el caso es que no sé si será importante, pero necesito que me ayudes —explicó Wallander.

El inspector colocó en el suelo unos cuantos montones de papeles con el fin de poder tomar asiento, antes de referirle brevemente el asunto de la muerte de Göran Alexandersson.

—¡Vaya! Suena bastante curioso —opinó Per Åkeson una vez que Wallander hubo concluido.

—Sí, a veces ocurren cosas muy extrañas, como ya sabemos.

—Ya, bueno, pero me cuesta creer que te hayas presentado aquí a las siete de la mañana para contarme esta historia. Supongo que no pensarás proponerme que dicte una orden de detención contra ese médico, ¿verdad?

—No, no. Lo que necesito es que me ayudes con el tema de su mujer, Kajsa Stenholm —aclaró Wallander—. Ella fue colega tuya, pues trabajó durante muchos años como fiscal en Nynäshamn. Sin embargo, pidió la excedencia en un par de ocasiones y no aceptó, durante ese tiempo, más que algunas sustituciones de corta duración. Hace siete años, concretamente, ejerció de fiscal sustituta en Estocolmo. Y da la casualidad de que la fecha coincide con el momento en que el hijo de Göran Alexandersson fue atacado y asesinado. Y me gustaría que me ayudases a averiguar si existe alguna relación entre estos dos hechos.

Wallander hojeó sus papeles antes de proseguir.

—El hijo se llamaba Bengt Alexandersson y tenía dieciocho años cuando murió —explicó el inspector.

Per Åkeson se balanceaba en la silla sin dejar de observar a Wallander con el entrecejo fruncido.

—Pero ¿puede saberse qué se te ha pasado por la cabeza? —inquirió el fiscal.

—No lo sé —admitió Wallander—. Pero quiero investigar la posibilidad de que exista alguna relación entre ambas circunstancias; si Kajsa Stenholm estuvo o no relacionada con la investigación de la muerte de Bengt Alexandersson.

—Ya. Y supongo que deseas una respuesta lo antes posible, ¿me equivoco?

Wallander asintió antes de añadir:

—Así es. A estas alturas, deberías saber que mi paciencia es, por lo general, inexistente —dijo al tiempo que se ponía en pie.

—De acuerdo, veré qué puedo hacer —prometió Åkeson—. Pero no albergues demasiadas esperanzas.

Cuando, poco después, volvió a pasar ante la recepción, le dijo a Ebba que deseaba ver a Rydberg y a Hanson en su despacho tan pronto como apareciesen por allí.

—Claro, pero... ¿estás bien? ¿Seguro que duermes lo suficiente por las noches?

—Bueno, ¿sabes?, a veces me da por pensar que duermo demasiado —repuso evasivo.

Ebba era la reina de la recepción, y la que velaba por el bienestar general. Hasta el punto de que, en ocasiones, Wallander debía realizar serios esfuerzos por no desatar su enojo contra el celo de la recepcionista.

A las ocho y cuarto se presentó en su despacho Hanson y, poco después, también lo hizo Rydberg. Wallander les ofreció una escueta exposición del descubrimiento realizado en lo que, a aquellas alturas, habían dado en llamar «los papeles de Hanson».

—Esperaremos hasta ver qué nos deparan las indagaciones de Per Åkeson —resolvió Wallander a modo de conclusión—. Tal vez no sea más que una suposición aventurada y absurda por mi parte. Por otro lado, si resultase que Kajsa Stenholm aceptó la sustitución en Estocolmo cuando Bengt Alexandersson fue asesinado y si, además, estuvo implicada en la investigación, habremos de admitir que hemos localizado una conexión.

—¿No decías que estaba en fase terminal de una grave enfermedad? —inquirió Rydberg.

—Bueno, eso fue lo que dijo su marido —advirtió Wallander—. Pero yo no llegué a verla.

—Con todos mis respetos por tu capacidad para abrirte paso entre las marañas que ofrecen las más complejas investigaciones criminales, a mí me parece que la relación entre una y otro sería de lo más vago —objetó Hanson—. A ver, supongamos que tienes razón y que Kajsa Stenholm se vio involucrada en las investigaciones previas a la resolución del caso de agresión contra el joven Alexandersson. ¿Qué implicaciones tendría eso para el caso que nos ocupa? ¿Acaso una mujer que está enferma de cáncer podría ser sospechosa de haber asesinado a un hombre que surge de su pasado?

—Tienes razón, la conexión es realmente muy imprecisa —admitió Wallander—. Pero veamos cuáles son las conclusiones de Per Åkeson, si es que las hay.

Una vez solo en su despacho, permaneció largo rato sin saber qué hacer. Se preguntaba qué estarían haciendo Mona y Linda en aquel preciso momento y de qué estarían hablando. Poco antes de las ocho y media, fue a buscar una taza de café y otra a las diez y media. Acababa de volver a su despacho cuando el teléfono le trajo la voz de Per Åkeson.

—Hola, fue más rápido de lo que pensaba. ¿Tienes un bolígrafo a mano?

—Sí, sí. Tomo nota —lo animó Wallander.

—A Kajsa Stenholm le asignaron una sustitución como fiscal de Estocolmo, cargo que debería desempeñar entre el 10 de marzo y el 9 de octubre de 1980 —comenzó Per Åkeson—. Gracias a la ayuda de un administrativo del tribunal de primera instancia, hombre habilidoso donde los haya, pude averiguar la respuesta a tu segunda pregunta, es decir, si Kajsa Stenholm estuvo involucrada en la investigación de la muerte de Bengt Alexandersson...

El fiscal guardó silencio mientras Wallander esperaba impaciente.

—Y resultó que tenías razón: fue ella quien dirigió la investigación preliminar, al igual que fue una orden suya la que sobreseyó el caso. Jamás pudieron detener a los supuestos autores de los hechos.

—Bien, gracias. Tengo que reflexionar sobre cuanto acabas de revelarme; ya te llamaré más tarde.

Tras haber colgado el auricular, se puso en pie y se colocó junto a la ventana dispuesto a pensar. El cristal estaba empañado por la humedad y comprobó que llovía con más intensidad que a primeras horas de la mañana. «Sólo hay un camino que seguir», resolvió. «Tenemos que entrar en esa casa y averiguar lo que en verdad ocurrió.» Decidió que no llevaría más compañía que la de Rydberg. Así, llamó por la línea interna tanto a Rydberg como a Hanson y les expuso lo que Åkeson le había revelado.

—¡Joder, ésa sí que es buena! —exclamó Hanson.

—Se me ha ocurrido que podríamos ir allí tú y yo —propuso Wallander mirando a Rydberg—. Si vamos los tres, será demasiado.

Hanson lo comprendió y se mostró de acuerdo.

Sin mediar palabra, emprendieron la marcha hasta llegar a Svarte. Wallander aparcó el coche a unos cien metros de la casa de Stenholm.

—¿Qué esperas de mí, exactamente? —quiso saber Rydberg mientras se dirigían hacia la casa bajo la lluvia.

—Que estés conmigo. Sólo eso.

De repente, Wallander cayó en la cuenta de que era la primera vez que Rydberg iba con él en calidad de ayudante, y no al contrario. Rydberg jamás lo había tratado como a un subordinado, pues la condición de jefe no encajaba con su temperamento; antes al contrario, siempre habían trabajado codo con codo. Sin embargo, durante los años que Wallander había pasado en Ystad, Rydberg había sido su gran maestro. De hecho, a él le debía la mayor parte de los conocimientos de que había hecho acopio hasta entonces acerca del oficio de policía.

Atravesaron la verja y ganaron el edificio. Wallander llamó al timbre y, como si los hubiese estado esperando, el viejo doctor les abrió casi de inmediato. Wallander pensó fugazmente en lo extraño que le resultaba que el labrador no hubiese aparecido ladrando por allí.

—Esperamos no molestar —comenzó a modo de excusa—. Pero lo cierto es que tenemos algunas preguntas más que hacer y que, por desgracia, no pueden esperar.

—De acuerdo. ¿Y acerca de qué?

A Wallander no le pasó inadvertido el que toda la amabilidad que aquel hombre le prodigase en sus primeros encuentros había desaparecido ahora por completo. En cambio, el anciano daba muestras de reserva y enojo.

—Acerca del hombre que se paseaba por la playa —aclaró Wallander.

—Ya le dije que no lo vi.

—Ya, bueno, el caso es que también queríamos hablar con su esposa.

—Sí, pero, como también le dije, está muy enferma. ¿Qué cree que pudo ver ella, que no deja la cama? La verdad, no comprendo por qué no nos dejan en paz.

Wallander asintió.

—Bien, entonces no lo molestaré más —cedió—. Al menos, por ahora. Pero estoy seguro de que volveremos. Y, cuando lo hagamos, no le quedará otro remedio que dejarnos entrar.

Dicho esto, tomó a Rydberg del brazo y lo condujo hasta la verja. A sus espaldas, la puerta se cerró con un sordo golpetazo.

—¿Por qué te diste por vencido con tanta facilidad? —inquirió Rydberg.

—Fuiste tú quien me enseñó —le recordó Wallander—. A veces es positivo darle a la gente la oportunidad de reflexionar un poco. Además, necesito una orden de registro de Per Åkeson.

—¿De verdad crees que fue él quien asesinó a Alexandersson? —preguntó Rydberg.

—Sí, estoy seguro —sostuvo Wallander—. Él es el asesino. Aunque aún desconozco los entresijos del suceso.

Aquella misma tarde, Wallander obtuvo la orden de registro. Pero decidió que aguardaría hasta la mañana siguiente y, con el fin de no correr ningún riesgo innecesario, logró convencer a Björk para que la casa quedase bajo vigilancia hasta entonces.

Cuando, al amanecer del día siguiente, el 7 de mayo, Wallander despertó y subió la persiana, comprobó que una densa niebla había inundado la ciudad. Antes de ducharse, hizo algo que había olvidado la noche anterior. Buscó el apellido de Stenholm en la guía telefónica, pero no halló ninguna entrada que respondiese a los nombres de Martin o de Kajsa Stenholm. Llamó entonces al servicio de información telefónica, donde le hicieron saber que dicho número era secreto. El inspector asintió para sus adentros, pues ésa era, en efecto, la respuesta que esperaba.

Mientras se tomaba el café, negoció consigo mismo si le pediría a Rydberg que lo acompañase de nuevo a Svarte o si, por el contrario, iría solo en esta ocasión. Pero, hasta que no se encontró al volante, no se decantó por la segunda alternativa y se puso en marcha sin compañía. A lo largo de la costa la bruma pendía como una densa capa blancuzca.

Wallander conducía muy despacio y, poco antes de las ocho, aparcó el coche a la puerta de la casa de Stenholm. Cruzó la verja y, una vez ante la puerta, llamó al timbre. Tuvo que llamar tres veces antes de que la puerta se abriera por fin. Al ver a Wallander, Martin Stenholm intentó cerrar de inmediato. Sin embargo, Wallander reaccionó a tiempo e interpuso un pie de modo que pudo empujar de nuevo la puerta hacia dentro.

—¿Con qué derecho irrumpe usted en mi casa? —gritó el anciano con voz chillona.

—Yo no estoy irrumpiendo en su casa —corrigió Wallander—. De hecho, aquí traigo la orden de registro de su domicilio. Cuanto antes lo admita, tanto mejor. ¿Hay algún lugar donde podamos sentarnos?

De repente, Martin Stenholm adoptó una actitud resignada. Wallander lo siguió hasta una habitación cuyas paredes aparecían recubiertas de libros. El inspector tomó asiento en un sillón de piel y el anciano lo hizo frente a él.

—¿De verdad que no tiene nada que decirme? —lo animó Wallander.

—No he visto a nadie paseando por la playa. Ni mi mujer tampoco. Ya sabe que está muy enferma y está en la cama, en el piso de arriba.

Wallander resolvió que más valía ir derecho al grano, pues no había ya motivo alguno para dudar.

—Su esposa era fiscal —comenzó—. Durante la mayor parte del año 1980 ejerció de fiscal sustituta en Estocolmo y, entre otros muchos casos, fue responsable de la investigación previa de las circunstancias que rodearon la muerte del joven Bengt Alexandersson, que tenía entonces dieciocho años. Y fue ella quien sobreseyó el caso, tras unos meses. ¿Recuerda usted aquel suceso?

—Por supuesto que no —negó Stenholm—. Siempre hemos tenido por costumbre evitar hablar del trabajo en nuestro hogar. Así, ni ella hablaba de sus acusados ni yo de mis pacientes.

—Ya, bueno. El caso es que el hombre que anduvo paseando por estas playas era el padre del fallecido Bengt Alexandersson —prosiguió Wallander—. Por cierto, el hombre fue envenenado y murió en el asiento trasero de un taxi. ¿Le parece a usted que eso pueda responder a una coincidencia?

Stenholm se limitó a no responder; pero, de repente, a Wallander se le antojó que el curso de los acontecimientos no era ya un misterio para él.

—Tras la jubilación, ustedes se trasladaron de Nynäshamn a Escania —propuso despacio—. A un pequeño pueblo tan insignificante como Svarte. Ni siquiera aparecen en la guía telefónica, pues su número es secreto. Claro que eso puede deberse a su deseo de que no los importune nadie, de disfrutar del anonimato de la vejez. Sin embargo, a mí se me ocurre que también puede deberse a otros motivos. Es posible que ustedes se trasladasen aquí, en el mayor de los secretos, para evitar algo o a alguien. Quién sabe si no fue para evitar a un hombre que no comprende por qué una fiscal no se emplea un poco más a fondo en la tarea de resolver el absurdo asesinato de su único hijo. Y así se mudaron aquí. Pero él los encontró. Aunque no creo que lleguemos a saber cómo, él dio con su paradero. Y, de repente, un buen día, usted sale a pasear al perro y se lo encuentra por la playa. Como es natural, usted queda conmocionado. Él insiste en sus acusaciones, quizás incluso en tono amenazador. Su esposa está gravemente enferma en el piso de arriba, créame que no lo dudo. Pero el hombre de la playa vuelve un día y otro... Hasta que usted no ve otra solución y lo invita a pasar a su casa. Seguramente, le prometió que le permitiría hablar con su mujer. Pero antes... le administró un veneno, tal vez en una taza de café. Después le pidió sin duda que volviese al día siguiente, aduciendo como pretexto que su mujer sufría de fuertes dolores, o que estaba durmiendo. Pero usted sabía que él jamás volvería. Problema resuelto. Göran Alexandersson moriría de algo parecido a un infarto. Nadie los vio a ustedes juntos, nadie conoce el lazo que, en realidad, los une. ¿No fue así, señor Stenholm, como sucedió todo?

Stenholm permanecía inmóvil en su asiento.

Wallander aguardaba. Según pudo observar a través de la ventana, la niebla seguía cerniéndose espesa sobre el paisaje. Al cabo, el anciano alzó la cabeza.

—Mi mujer no hizo nada malo —comenzó su apología—. Los tiempos estaban cambiando a toda velocidad, los delitos eran cada vez más numerosos, cada vez más graves. Los policías, los fiscales y los tribunales se esforzaban en vano, al límite de sus fuerzas. Usted, que es policía, debería saberlo. Y por eso resultaba tan injusto que Alexandersson culpase a mi mujer de que el asesinato de su hijo hubiese quedado sin resolver. Estuvo persiguiéndonos y amenazándonos y aterrorizándonos durante siete años. Pero siempre lo hacía de modo que no pudiéramos acusarlo de ello.

En este punto, Stenholm guardó silencio. Entonces, se puso en pie y propuso:

—Vayamos a ver a mi mujer. Ella se lo confirmará todo.

—Ya no es necesario —aseguró Wallander.

—Para mí sí lo es.

Subieron a la planta superior. Kajsa Stenholm yacía enferma en una habitación amplia y luminosa y, junto al lecho, dormitaba el labrador.

—No está dormida —lo animó el hombre—. Acérquese y pregunte lo que desee.

Wallander se aproximó a la enferma. Su rostro estaba tan demacrado que el cráneo se adivinaba bajo la piel.

En aquel preciso momento, Wallander comprendió que estaba muerta. El inspector se dio la vuelta rápidamente. El anciano seguía en el umbral, apuntando a Wallander con una pistola.

—Sabía que volvería usted a presentarse aquí, de manera que pensé que lo mejor sería que ella muriese.

—Baje el arma —lo exhortó Wallander.

Stenholm negó con la cabeza. Wallander sintió que el miedo lo paralizaba.

Y entonces, todo sucedió muy deprisa. De pronto Stenholm dirigió el arma contra su propia sien y apretó el gatillo. La detonación retumbó en el dormitorio. A causa del impacto, el cuerpo del hombre salió despedido hacia fuera y quedó a medio camino entre el umbral y el pasillo. La sangre había salpicado las paredes. Wallander temió caer desmayado, pero, dando traspiés, logró salir de la habitación y echar a correr escaleras abajo. Alcanzó el teléfono y llamó a la comisaría. Ebba atendió la llamada.

—¡Ponme con Hanson o con Rydberg! ¡Y enseguida! —gritó.

Al cabo de un instante, Rydberg contestó al teléfono.

—Ya pasó todo —aseguró—. Intervención de emergencia en la casa de Svarte. Tengo a dos muertos aquí dentro.

—¿Los has matado tú? ¿Qué es lo que ha pasado? —preguntó Rydberg excitado—. ¿Estás bien? ¿Por qué coño te fuiste tú solo?

—No lo sé —confesó Wallander—. Daos prisa. Yo no estoy herido.

Wallander salió a esperar. La playa seguía envuelta en un manto de niebla. El inspector no dejaba de pensar en lo que el viejo doctor le había dicho acerca de cómo el número y la gravedad de los delitos aumentaban por días. Él compartía aquella opinión. Y empezaba a pensar que era un policía que, en realidad, pertenecía a otro tiempo. Pese a no tener más de cuarenta años cumplidos, se preguntaba si los tiempos que vivían no precisarían de otro tipo de policía.

Aguardó en la blanca espesura hasta que llegaron las patrullas de Ystad. Sentía un profundo malestar: una vez más y en contra de su voluntad, se había visto obligado a tomar parte en una tragedia. Y se planteaba la cuestión de hasta cuándo lo soportaría.

Cuando llegaron los efectivos policiales, Rydberg salió del coche y divisó a Wallander como una sombra negruzca en medio de la blanca bruma.

—¿Qué ha pasado? —quiso saber el colega.

—Pues que hemos resuelto el caso del hombre que falleció en el taxi de Stenberg —respondió sin más.

Comprendió que Rydberg esperaba una continuación, pero él no tenía la menor intención de ofrecérsela.

—Eso es todo —sintetizó—. Eso es, de hecho, lo único que hemos logrado.

Dicho esto, Wallander se dio la vuelta, emprendió el descenso hasta la orilla y no tardó en quedar engullido por la niebla.

La muerte del fotógrafo

Al principio de cada primavera, le sobrevenía un sueño recurrente. Soñaba que podía volar. Aquella ensoñación se repetía siempre con la misma forma. Él iba subiendo una escalera mal iluminada y, de repente, el tejado se abría y él descubría que la escalera lo había conducido a la copa de un árbol. El paisaje se extendía a sus pies. Alzaba los brazos y se dejaba caer. Entonces era el dueño del mundo.

En ese momento solía despertar. El sueño siempre lo dejaba allí. Pese a que había soñado lo mismo durante años, jamás había logrado experimentar la sensación de alejarse de la copa de aquel árbol deslizándose por el aire.

El sueño se repetía. Y él siempre quedaba burlado.

Iba pensando en ello mientras atravesaba el centro de Ystad. La semana anterior, el sueño había acudido a él una noche. Y, como de costumbre, lo había abandonado justo cuando estaba a punto de lanzarse al vuelo. Ahora tardaría en volver.

Hacía una fría noche de mediados de abril. El calor de la primavera aún no se había dejado notar de verdad. Mientras cruzaba la ciudad, lamentó no haberse puesto un jersey más grueso. Además, todavía arrastraba las secuelas de un enfriamiento pertinaz. Eran poco más de las ocho. En las calles no había ni un alma. En algún lugar, en la lejanía, oyó un coche que arrancaba a la carrera. El ruido del motor no tardó en desaparecer. Siempre cubría el mismo recorrido: de la calle de Lavendelvägen, donde vivía, seguía hasta la de Tennisgatan; a la altura del parque de Margareta, giraba a la izquierda y continuaba hacia el centro por la calle de Skottegatan. Entonces volvía a girar a la izquierda, cruzaba la calle de Kristianstadsvägen y después no tardaba en llegar a la plaza de Sankta Gertrud, donde tenía su estudio de fotografía. La localización de su establecimiento no habría sido, desde luego, la mejor para un joven fotógrafo que desease establecerse en Ystad. Pero él llevaba ya más de veinticinco años con su estudio y tenía una clientela fija que sabía dónde encontrarlo. Y a él era a quien acudían para retratarse cuando se casaban. Después, volvían con su primer hijo. O con motivo de los diversos momentos importantes de sus vidas que deseaban mantener vivos en el recuerdo. En alguna que otra ocasión, incluso, había tomado las fotografías de boda de dos generaciones de la misma familia. La primera vez que aquello ocurrió, empezó a tomar conciencia de que estaba haciéndose viejo. Nunca había pensado demasiado en ello con anterioridad cuando, de repente, se vio con los cincuenta ya cumplidos. Y de eso hacía ya seis años.

Se detuvo ante un escaparate y contempló su rostro reflejado en la cristalera. Así era la vida. En realidad, no tenía de qué quejarse. Con tal de que lograse conservar la salud durante diez o quince años más...

Abandonó su digresión sobre el curso de la vida y prosiguió su camino. Soplaba un viento racheado, por lo que se cruzó el chaquetón sobre el pecho. No caminaba ni con premura ni con lentitud. Tampoco tenía por qué apresurarse, en realidad. Dos noches a la semana, solía bajar al estudio después de cenar. Dos noches que le brindaban los momentos más maravillosos de su existencia. Dos noches en las que podía estar completamente a solas con sus propias fotografías en la trastienda del estudio.

Cuando por fin llegó y antes de abrir la persiana del local, observó su propio escaparate con una mezcla de abatimiento y de enojo. Hacía ya tiempo que debería haber cambiado la decoración. En efecto, pese a que apenas si atraía ya nuevos clientes, debería haber sido fiel al lema que él mismo creó hacía más de veinte años: cambiaría las fotografías expuestas todos los meses. Y ahora habían transcurrido ya casi dos, desde la última vez. Antes, cuando tenía contratado a un ayudante, le quedaba más tiempo para dedicarse al escaparate. Pero hacía ya cuatro años que había despedido al último empleado, pues le resultaba demasiado costoso, y además no tenía tanto trabajo, así que podía arreglárselas él solo.

Abrió la puerta y entró en el local, que estaba a oscuras. Tenía contratada a una mujer que le hacía la limpieza tres veces por semana. Pero ella disponía de una copia de la llave y solía ir a limpiar a las cinco de la mañana. El suelo estaba sucio, puesto que había llovido aquella tarde. A él no le gustaba la suciedad. Por eso no encendió la luz, sino que fue directamente al estudio y después a la trastienda, donde solía revelar sus tomas. Una vez allí, cerró la puerta y encendió la luz. Se quitó el chaquetón y puso la radio que tenía sobre una pequeña estantería fijada a la pared. Siempre tenía sintonizada una emisora de la que sabía que no cabía esperar más que música clásica. Después, conectó la cafetera y fregó una taza. Enseguida empezó a experimentar cómo la sensación de bienestar inundaba todo su cuerpo. Aquella trastienda situada detrás del estudio era su catedral, su estancia sagrada. Allí no le estaba permitida la entrada más que a la mujer de la limpieza. Allí se sentía como en el centro de la Tierra. Allí estaba solo. Como un autócrata.

Mientras aguardaba a que el café estuviese listo, pensó en lo que no tardaría en hacer. Siempre tenía decidido de antemano el trabajo al que deseaba dedicar la noche. Él era un hombre metódico que jamás dejaba ningún detalle a expensas de la casualidad.

Precisamente aquella noche le había tocado el turno al primer ministro sueco. En realidad, él mismo se sorprendía ante el hecho de no haberle dedicado ya alguna noche a aquel personaje. Comoquiera que fuese, allí estaba, bien preparado. En efecto, durante más de una semana, había estado buscando en los periódicos hasta dar con la fotografía idónea. En uno de los diarios vespertinos encontró, por fin, la que enseguida identificó como la más adecuada. La que cumplía todos sus requisitos. Tras haberla fotografiado días atrás, la guardó bajo llave en uno de los cajones de su escritorio. Se sirvió una taza de café mientras tarareaba la música de la radio que, en aquel momento, reproducía una de las sonatas para piano de Beethoven. Él prefería a Bach o a Mozart. Sí, sobre todo a Mozart. Pero aquella sonata para piano era muy hermosa. Eso era innegable.

Se sentó ante el escritorio, enfocó bien la lámpara y abrió la cajonera de la izquierda, donde guardaba la fotografía del primer ministro. La había ampliado, como solía, a un tamaño algo superior a un folio en A-4. La colocó sobre la mesa y saboreó el café mientras observaba el rostro. ¿Por dónde empezaría? ¿Por dónde daría comienzo a la reducción? El hombre de la instantánea sonreía y miraba hacia la izquierda. En sus ojos había un destello de inquietud, quizá de inseguridad. Decidió que comenzaría por los ojos. Podría ponérselos bizcos. Y más pequeños. Si ajustaba convenientemente la ampliadora, podría, además, alargar el rostro. Incluso podría probar a disponer el papel como un arco sobre el aparato para comprobar qué efecto producía aquello. Después, se aplicaría a cortar y pegar con el fin de eliminar la boca. O tal vez dejársela cerrada. De hecho, los políticos hablaban demasiado.

Apuró su café. El reloj de la pared indicaba las nueve menos cuarto. El fluir de las notas musicales se vio empañado un instante por el alboroto de unos jóvenes que pasaban cerca de allí.

Apartó la taza. Y, entonces, dio comienzo al laborioso y satisfactorio trabajo de retocar la imagen. El rostro empezó a cambiar paulatinamente.

Le llevó más de dos horas. Aún se reconocía en la foto al primer ministro, pero ¿qué le había ocurrido? Se puso en pie y fijó la imagen a la pared, antes de enfocarle la luz de una lámpara. La música procedente de la radio era ya otra, *La consagración de la primavera,* de Stravinsky. El carácter dramático de la composición musical se adaptaba a la perfección a la contemplación de su obra. También el rostro había dejado de ser el mismo.

Faltaba, no obstante, lo principal. La parte más divertida de su trabajo: la reducción de la imagen. Ahora la reduciría hasta dejarla pequeña e insignificante. La colocó sobre la hoja de cristal y le enfocó la luz. Y la redujo más y más. Los detalles encogían sin perder por ello nitidez y no cesó hasta que el rostro empezó a desdibujarse.

Ya había alcanzado su objetivo.

Hasta las once y media de la noche no vio el resultado definitivo sobre su escritorio. El rostro distorsionado del primer ministro no era mayor que el que cabía en una fotografía de pasaporte. Una vez más, había encogido a otra de tantas personas locas por el poder hasta obtener unas proporciones más adecuadas. En efecto, él solía convertir a los grandes hombres en seres pequeños, pues, en su mundo, nadie era más grande que él mismo. Él modificaba sus rostros, los empequeñecía y los ridiculizaba hasta convertirlos en insectos, diminutos e insignificantes.

Tomó el álbum que guardaba en el escritorio, pasó las hojas hasta que encontró una vacía y pegó en ella la fotografía que acababa de manipular antes de, al pie de la página, plasmar la fecha con su estilográfica.

Se echó hacia atrás en la silla. Había creado y añadido a su repertorio una imagen más. Aquélla había sido una tarde muy lograda. El resultado había sido excelente. Y nada había entorpecido su trabajo, ninguna preocupación le rondaba la cabeza, nada. La paz y la tranquilidad habían reinado aquella noche en su templo.

Dejó el álbum en su lugar y cerró con llave la cajonera. *La consagración de la primavera* había dado paso a Haendel. A veces lo irritaba la incapacidad de que hacían gala los responsables de los programas musicales para propiciar tránsitos suaves.

Se levantó y apagó la radio. Ya era hora de marcharse a casa.

Pero, entonces, lo invadió la sensación de que había algo extraño. Durante unos instantes, permaneció inmóvil, atento. Todo estaba en silencio. Y pensó que habrían sido figuraciones suyas. Desconectó la cafetera y empezó a apagar las lámparas encendidas. Y de nuevo se detuvo. Sin lugar a dudas, allí pasaba algo raro. En efecto, había oído un ruido procedente del estudio. De repente, sintió miedo. ¿Habría entrado alguien en la tienda? Con sumo cuidado, se acercó hasta la puerta y aplicó el oído. Pero allí reinaba la calma. «Son invenciones mías», se recriminó irritado. «¿Quién iba a entrar en un estudio fotográfico en el que ni siquiera hay cámaras fotográficas que robar?»

De nuevo prestó atención. Nada. Descolgó el chaquetón del perchero y se lo puso. El reloj de la pared anunciaba que eran las doce menos diecinueve minutos. Como de costumbre, pues solía cerrar su templo y marcharse a casa en torno a aquella hora.

Antes de apagar la última lámpara, miró a su alrededor una vez más. Después abrió la puerta. El estudio estaba a oscuras, de modo que encendió la luz y comprobó que, tal y como había imaginado, allí no había nadie. Apagó también aquella luz y continuó hacia la tienda.

Y, a partir de aquel momento, todo se precipitó.

De improviso, alguien surgió ante él de entre las sombras. Alguien que se había agazapado oculto tras uno de los fondos que utilizaba para las fotografías que tomaba en su estudio.

Él no pudo verlo. Puesto que la sombra cubría la salida, no le quedaba más que una posibilidad: huir en dirección a la trastienda y cerrar la puerta con llave. Por otro lado, también allí tenía un teléfono desde el que podría pedir ayuda.

Se dio la vuelta. Pero jamás alcanzó la puerta. La sombra resultó ser más rápida. Algo le golpeó la nuca y el impacto hizo que el mundo estallase en un torrente de luz blanca que, enseguida, se disipó en una oscuridad total.

Murió antes de tocar el suelo.

Eran las doce menos diecisiete minutos.

La mujer de la limpieza se llamaba Hilda Waldén. Pasaban unos minutos de las cinco cuando llegó al estudio de fotografía de Simon Lamberg, donde solía comenzar su jornada laboral. La mujer había dejado la bicicleta bien encadenada junto a la puerta del establecimiento. Aquella mañana había empezado a lloviznar, volvía a hacer frío y la mujer tiritaba mientras buscaba la llave en el manojo. La primavera se hacía esperar. Abrió, finalmente, la puerta y accedió al local. Comprobó que el suelo estaba lleno de pisadas y sucio de barro a causa de la lluvia que había estado cayendo los últimos días. Dejó el bolso en el mostrador, junto a la caja registradora, y el abrigo en una silla que había junto a una mesita.

En el estudio había un armario donde guardaba los productos y los utensilios de limpieza, así como la bata que solía utilizar para no mancharse la ropa. Se dijo que Lamberg tendría que invertir en breve en una nueva aspiradora, pues la que tenía funcionaba ya bastante mal.

Hilda Waldén lo descubrió tan pronto como entró en el estudio. Y enseguida comprendió que estaba muerto. En efecto, un charco de sangre rodeaba su cuerpo.

Echó a correr hacia la calle. Un director de banco jubilado que, siguiendo las recomendaciones de su médico, solía dar un paseo todas las mañanas, le preguntó alarmado qué había sucedido, una vez que logró que dejase de gritar y se tranquilizase un poco.

La mujer se quedó allí, temblando agitadísima, mientras el jubilado se apresuraba hacia la cabina telefónica más próxima para llamar al número de emergencias.

Eran las cinco y veinte minutos de la mañana.

Lluvia y viento racheado del suroeste.

Fue Martinson quien despertó a Wallander con su llamada. Pasaban tres minutos de las seis de la mañana y Wallander sabía por experiencia que, cuando el teléfono sonaba a hora tan temprana, se debía siempre a que había sucedido algo grave. En condiciones normales, él se despertaba antes de las seis. Pero precisamente aquella mañana no fue así, por lo que el timbre del teléfono lo arrancó del sueño con un sobresalto. El principal motivo por el que no estaba ya levantado era que, la noche anterior, se le había partido una muela que había estado doliéndole todo el día y que no lo había dejado conciliar el sueño hasta las cuatro de la madrugada, tras haberse tomado varios analgésicos. Mientras alzaba el auricular, advirtió que el dolor de muelas persistía.

—¿Te he despertado? —inquirió Martinson.

—Pues sí, me has despertado —repuso Wallander sorprendido de haber respondido por una vez con la verdad a esa pregunta—. ¿Cuál es el problema?

—El agente de guardia me llamó a mi casa. Hacia las cinco y media de esta mañana, recibieron una llamada de emergencia bastante confusa acerca de un supuesto asesinato cerca de la plaza de Sankta Gertrud. Según me explicó el agente, enviaron una patrulla al lugar de los hechos.

—¿Y...?

—Pues que, por desgracia, resultó ser cierto.

Wallander se incorporó en la cama mientras calculaba

que, según su colega, la llamada de emergencia se había producido hacía media hora.

—¿Tú has estado ya allí?

—¿Y cómo, si estaba vistiéndome cuando sonó el teléfono? Además, pensé que lo mejor sería ponerme en contacto contigo directamente.

—¿Sabéis ya quién es? —inquirió el inspector.

—Pues parece que se trata del fotógrafo que tiene el estudio en la plaza. Pero no recuerdo su nombre.

—¿Lamberg? —preguntó Wallander con extrañeza.

—Sí, eso es. Simon Lamberg. Si no lo entendí mal, fue la mujer de la limpieza quien lo halló muerto.

—¿Dónde?

—¿Cómo que dónde?

—Sí, ¿dentro o fuera del establecimiento?

—No, no, dentro.

Wallander reflexionó un instante mientras miraba el despertador que tenía junto a la cama. Eran las seis y siete minutos.

—¿Nos vemos en un cuarto de hora? —propuso.

—De acuerdo —convino Martinson—. Según los agentes de la patrulla que acudió a la llamada, el espectáculo era bastante desagradable.

—Sí, el escenario de un crimen suele serlo —observó Wallander—. Creo que jamás en mi vida he visto un escenario de un crimen que pudiera describirse como agradable.

Tras despedirse, concluyeron la conversación.

Wallander se quedó sentado en la cama. La noticia que Martinson acababa de darle lo dejó trastornado. De ser cierto, él sabía muy bien quién era la víctima. Simon Lamberg había fotografiado a Wallander en numerosas ocasiones y por su cabeza desfilaron los recuerdos de diversos momentos en que él había visitado el estudio de fotografía. Cuando Mona y él se casaron a finales de mayo de 1970, Lamberg les hizo el reportaje, aunque no en el estudio sino en la playa, según los deseos de Mona, junto al hotel de Saltsjöbaden. Wallander recordaba que aquello era, en su opinión, un engorro innecesario. En realidad, celebraron su boda en Ystad por la sencilla razón de que el sacerdote que le administró el sacramento de la confirmación era, a la sazón, pastor en la ciudad. A Wallander le habría gustado que se hubiesen casado en Malmö y, preferentemente, sólo por lo civil. Pero Mona se negó. Además, tuvieron que posar en la playa azotados por un viento helado, lo que no hizo sino contrariarlo más todavía. En su opinión, los preparativos resultaron demasiado aparatosos; y todo por una fotografía romántica que, en el fondo, tampoco resultó muy buena. Pero Lamberg también había fotografiado a Linda de pequeña en más de una ocasión.

El inspector se incorporó, decidió que obviaría el momento de la ducha matinal y se vistió sin más. Después, fue al cuarto de baño y, como tantas otras veces aquella noche, abrió la boca de par en par ante el espejo, con la esperanza, cada vez, de encontrarse con la sorpresa de hallar nuevamente la muela completa.

La pieza que se le había partido pertenecía a la mandíbula inferior izquierda. Pero, cuando retiró la comisura del labio con un dedo, comprobó que seguía faltándole la mitad. Se cepilló los dientes con sumo cuidado y, al rozar el diente dañado, sintió un intenso dolor.

Salió del cuarto de baño y fue a la cocina, donde los platos sucios surgían del fregadero formando una maloliente montaña. Echó una ojeada a través del cristal de la cocina. Una fina lluvia caía desviada por el viento. La farola se erguía en imperceptible balanceo y el termómetro indicaba que estaban a cuatro grados. Enojado, pensó que la primavera estaba tardando mucho en llegar. Justo cuando se disponía a salir del apartamento, cambió de idea y fue a la sala de estar: allí, sobre la estantería, estaba su retrato de boda.

«Pero Lamberg no tomó ninguna fotografía cuando nos separamos», se dijo. «De ese acontecimiento no conservamos ningún recuerdo. Tanto mejor.» Y su mente le trajo a la memoria lo sucedido. Un buen día, hacía poco más de un mes, Mona le propuso que se separasen por un tiempo; según ella, necesitaba tiempo para pensar y decidir qué quería en realidad. Wallander se sintió impotente, aunque no sorprendido. De hecho, habían ido alejándose el uno del otro, cada vez eran menos los temas de conversación comunes, cada vez menor el interés erótico y, finalmente, no quedaba más que Linda como único lazo de unión entre ellos.

Wallander se resistía. Le rogó y la amenazó, pero Mona estaba resuelta. Ella volvería a Malmö y Linda deseaba ir con ella, atraída por las oportunidades de una ciudad más grande. Y así sucedió. Wallander seguía esperanzado en la idea de que, algún día, reanudasen su relación; pero ignoraba si aquella esperanza tenía algún fundamento.

Desechó aquellas reflexiones, volvió a dejar la fotografía en la estantería y salió del apartamento centrando ya su pensamiento en lo que habría sucedido. ¿Quién era Lamberg, en realidad? Pese a que el hombre lo habría fotografiado, con seguridad, cuatro o cinco veces, como mínimo, no guardaba ningún recuerdo de él. Y aquello lo llenaba de asombro. En efecto, Lamberg se le antojaba, de repente, un hombre extrañamente desconocido y, de hecho, le costaba incluso rememorar su rostro.

No le llevó más que unos minutos cubrir con el coche la distancia que lo separaba de la plaza de Sankta Gertrud. A la puerta del estudio de fotografía, había estacionados dos coches de la policía. Un grupo de curiosos se había agolpado en el lugar mientras los guardias intentaban acordonar la calle ante la entrada. Martinson apareció al mismo tiempo y a Wallander no le pasó inadvertido que, en contra de lo habitual, se presentaba sin afeitar.

Ambos agentes se acercaron a los cordones policiales e hicieron un gesto al policía que había estado de guardia la noche anterior, a modo de saludo.

237

—Esto tiene muy mala pinta —comentó el colega—. El cadáver está en el suelo, boca abajo, encharcado en sangre.

Wallander lo cortó con un gesto.

—¿Seguro que es Lamberg, el fotógrafo?

—Eso dice la mujer de la limpieza.

—Sí, seguro que está muy afectada —observó Wallander—. Llévala a la comisaría y ofrécele un café. Acudiremos tan pronto como podamos.

Dicho esto, se dirigieron a la puerta, que estaba abierta.

—Ya he llamado a Nyberg —advirtió Martinson—. Los peritos ya están en camino.

Entraron en el local, donde reinaba el silencio. Wallander precedía a Martinson, que lo seguía muy de cerca. Pasaron el mostrador y entraron en el estudio. El espectáculo era, en efecto, terrible. El hombre yacía boca abajo, sobre una pieza de papel desenrollado que, supusieron, le había servido de fondo para sus fotografías. El papel era blanco y la sangre derramada describía un perfil bien definido en torno a la cabeza del muerto.

Wallander se le acercó con cuidado. Iba en calcetines, pues se había quitado los zapatos. Se arrodilló para observarlo más de cerca.

La mujer de la limpieza estaba en lo cierto. Aquél era, sin duda, Simon Lamberg, según reconoció Wallander. El rostro estaba vuelto de modo que yacía de perfil, y tenía los ojos abiertos.

Wallander intentó interpretar la expresión de aquel semblante sin vida. ¿No habría allí indicios de algo más que el dolor y la sorpresa? Pero nada halló susceptible de identificación inmediata.

—Bien, no cabe la menor duda sobre la causa de la muerte —concluyó al tiempo que señalaba a la víctima.

En la base del cráneo había una gran herida.

Martinson se puso en cuclillas a su lado.

—Sí, tiene toda la nuca deprimida —subrayó con indudable malestar.

Wallander lo miró de reojo, pues ya en varias ocasiones anteriores, Martinson había sufrido repentinos y graves mareos en el escenario de un crimen. Sin embargo, aquella vez parecía poder controlarse.

Se pusieron en pie. Wallander echó un vistazo a su alrededor, pero la habitación aparecía en orden y no halló indicios de que la muerte hubiese ido precedida de lucha o enfrentamiento alguno. Tampoco halló nada que hubiese podido usarse como arma. Pasó por delante del cadáver y abrió la puerta. Encendió la luz y dedujo que allí habría tenido Lamberg su oficina, además de revelar las fotografías. Pero tampoco aquella dependencia estaba desordenada. Los cajones estaban cerrados y las cerraduras de las cajoneras no habían sido forzadas.

—No parece un robo —aventuró Martinson.

—Bueno, aún no lo sabemos —objetó Wallander—. ¿Sabes si estaba casado?

—Según la mujer de la limpieza, sí. Vivía en la calle de Lavendelvägen.

Wallander sabía dónde estaba.

—¿Se ha informado ya a su esposa?

—Lo dudo.

—Pues tendremos que empezar por ahí. Svedberg se encargará de ello.

Al oírlo, Martinson lo miró atónito.

—¿No sería mejor que lo hicieras tú?

—Svedberg lo hará tan bien como yo. Llámalo y dile que no olvide ir acompañado de un cura.

Habían dado las siete menos cuarto de la mañana. Martinson salió del local para llamar por teléfono. Pero Wallander se quedó en el estudio echándole un vistazo a la habitación e intentando hacerse una idea de lo sucedido. No le resultaba demasiado fácil, dado que desconocía las indicaciones horarias que la mujer de la limpieza podría facilitarle; de modo que, se dijo, lo primero que tendría que hacer sería hablar con la persona que había hallado el cadáver de Lamberg. Hasta entonces, no podría sacar ninguna conclusión.

—Svedberg va ya camino de la comisaría —anunció Martinson, de nuevo en el interior del estudio.

—Sí, y nosotros también —afirmó Wallander—. Quiero hablar con la mujer de la limpieza. ¿Tenemos alguna información sobre la hora a la que encontró el cadáver?

—Bueno, verás, no ha resultado muy fácil hacerla hablar. Ahora parece que está empezando a tranquilizarse.

Entonces, a la espalda de Martinson, apareció Nyberg. Se saludaron en silencio. Nyberg era un técnico criminalista experimentado y muy bueno en su trabajo, si bien tenía un carácter bastante colérico. Wallander había constatado en más de una ocasión que habían sido las contribuciones del perito las que habían posibilitado la resolución de investigaciones complejas.

Nyberg hizo una mueca cuando vio el cadáver.

—¡Vaya! Es el fotógrafo.

—Así es, Simon Lamberg —precisó Wallander.

—Yo me hice unas fotos para el pasaporte aquí hace un par de años. ¿Quién iba a pensar que acabaría muriendo asesinado?

—Hacía muchos años que tenía el estudio —comentó Wallander—. No siempre vivió en Ystad, pero casi.

Nyberg se había quitado la cazadora.

—Vamos a ver, ¿qué sabemos hasta ahora? —inquirió el técnico.

—La mujer de la limpieza lo descubrió poco después de las cinco de la mañana. Y, la verdad, eso es todo.

—En otras palabras, no sabemos nada —sintetizó Nyberg.

Martinson y Wallander salieron del estudio para que el perito y sus técnicos pudiesen trabajar con tranquilidad. Wallander tenía plena confianza en la minuciosidad con que llevarían a cabo el trabajo.

De modo que se marcharon a la comisaría. El inspector se detuvo en la recepción y le pidió a Ebba, que acababa de llegar, que llamase y le pidiese cita en el dentista, cuyo nombre y número le dejó anotados.

—¿Dolor de muelas? —preguntó ella solícita.

—Exacto —confirmó Wallander—. Voy a interrogar a la persona que encontró el cadáver del fotógrafo Lamberg. Me llevará una hora, más o menos. Pero después me gustaría que me viera el dentista, lo antes posible.

—¿Qué? ¿Lamberg? ¿Cómo ha sido? —inquirió Ebba perpleja.

—Lo han asesinado.

Ebba se hundió en la silla, dando claras muestras de abatimiento.

—¡Vaya! Yo había estado en su estudio muchas veces, ¿sabes? —le reveló apenada—. Y él fue quien fotografió a todos mis nietos, uno tras otro.

Wallander asintió, pero no hizo ningún comentario.

Después cruzó el pasillo camino de su despacho.

«Sí, ese hombre nos fotografió a todos», se dijo. «Todos nos hemos visto alguna vez ante su cámara. Me pregunto si los demás tendrán la misma imagen desdibujada de su persona.»

Eran ya las siete y cinco minutos.

Poco después Hilda Waldén atravesaba la puerta del despacho. La mujer no tenía gran cosa que aportar y Wallander comprendió enseguida que ello no se debía sólo al hecho de que estuviese conmocionada tras el hallazgo. La razón era, ciertamente, que apenas si conocía a Simon Lamberg, pese a llevar más de diez años trabajando para él.

Cuando entró en el despacho de Wallander, seguida de Hanson, el inspector le tomó la mano y le rogó con toda la amabilidad de que fue capaz que tomase asiento. La mujer rondaría los sesenta y tenía el rostro escuálido. Wallander supuso que habría llevado una vida bastante dura. Hanson salió del despacho y Wallander se puso a buscar uno de los blocs escolares que abundaban en sus cajones. El agente comenzó lamentando lo ocurrido, pues comprendía que ella estuviese muy afectada. No obstante, añadió, se veía obligado a formularle algunas preguntas que no podían esperar. Se había cometido un asesinato y tenían que identificar tanto al autor como el móvil con la mayor brevedad posible.

—A ver, comencemos por el principio —propuso Wallander—. Tú te encargabas de la limpieza en el estudio de Simon Lamberg, ¿es eso correcto?

Ella respondió con un hilo de voz, de modo que Wallander se vio obligado a inclinarse sobre la mesa a fin de oír sus respuestas.

—Llevo doce años y siete meses encargándome de la limpieza de su estudio. Tres días por semana: lunes, miércoles y viernes.

—¿A qué hora llegaste esta mañana?

—Poco después de las cinco, como siempre. Tengo cuatro comercios por las mañanas. Y suelo empezar por el de Lamberg.

—Supongo que tienes llave, ¿no?

Ella lo miró con sorpresa.

—¿Y cómo, si no, iba a poder entrar? Lamberg no abría hasta las diez.

Wallander asintió antes de proseguir:

—¿Entraste por la puerta principal?

—Así es. No hay puerta trasera.

Wallander no dejaba de anotar los detalles.

—¿Y la puerta estaba cerrada con llave?

—Sí.

—¿No presentaba ningún daño la cerradura?

—No. O, al menos, yo no me di cuenta.

—¿Qué sucedió después?

—Pues que entré. Dejé el bolso y me quité el abrigo.

—¿Y tampoco entonces notaste nada extraño o distinto a como solía estar?

El inspector veía que la mujer se esforzaba de verdad por recordar.

—No, todo estaba como siempre. Bueno, como había llovido ayer por la mañana, el suelo estaba más sucio de lo habitual. Luego entré a buscar mis cubos y mis bayetas.

En este punto, la mujer se interrumpió bruscamente.

—¿Fue entonces cuando lo viste?

Ella asintió en silencio. Por un instante, Wallander temió que la mujer se echase a llorar, pero respiró hondo y recobró el ánimo, de modo que él pudo proseguir.

—¿Qué hora era cuando descubriste el cadáver?

—Las cinco y nueve minutos.

Él la observó atónito.

—¿Cómo puedes estar tan segura?

—En una de las paredes del estudio hay un reloj. Y lo miré enseguida, tal vez para evitar verlo allí tendido y muerto. O quién sabe si para poder recordar el momento exacto de la peor experiencia de mi vida...

Wallander asintió, pues creía comprenderla.

—¿Qué hiciste entonces?

—Eché a correr en dirección a la calle. No sé si grité, no lo recuerdo. Pero vino un hombre; él fue quien llamó a la policía desde una cabina de por allí.

Wallander dejó el bolígrafo un momento. Ya tenía los horarios de Hilda Waldén. Y no albergaba la menor duda de que fuesen correctos.

—¿Se te ocurre alguna explicación de por qué Lamberg se encontraba en su estudio a hora tan temprana?

Su respuesta fue rápida y segura, de modo que Wallander supuso que ya habría pensado en aquel detalle de antemano.

—Bueno, él iba al estudio por las tardes, a veces. Y se

quedaba hasta medianoche. Así que tuvo que ocurrir antes de esa hora.

—¿Y cómo sabes que iba al estudio por las tardes, si tú siempre limpiabas por la mañana?

—Pues..., una mañana, hace ya algunos años, me olvidé el monedero en la bata. De modo que volví por la tarde para recuperarlo. Y allí estaba él. Entonces me contó que solía bajar dos tardes por semana.

—¿Para adelantar trabajo?

—No, creo que solía pasar el tiempo en la trastienda, con la radio puesta.

Wallander asintió reflexivo. «Lo más probable es que ella tenga razón y que el asesinato no se haya cometido por la mañana, sino ayer noche.»

El inspector observó a la mujer.

—¿Tienes idea de quién puede haberle hecho esto?

—No.

—¿Tenía algún enemigo?

—En realidad, yo no lo conocía. Ignoro si tenía amigos o enemigos. Yo no era más que la mujer de la limpieza.

Wallander aprovechó la ocasión para seguir indagando.

—Ya, pero trabajaste para él durante más de doce años. Algo sí que lo conocerías, ¿no? Sus costumbres, sus vicios, quizá.

La mujer seguía respondiendo sin titubeos.

—Pues no. No lo conocía en absoluto. Era un hombre muy reservado.

—Sí, bueno, pero podrás describirlo de alguna manera, ¿verdad?

La respuesta que siguió lo dejó perplejo.

—¿Cómo se describe a una persona que pasa tan inadvertida que parece confundirse con su entorno?

—No, claro. En eso puede que tengas razón —admitió Wallander.

El inspector apartó el bloc escolar.

—¿Notaste algún cambio en su comportamiento en las últimas semanas?

—Yo sólo lo veía una vez al mes, cuando iba a cobrar mi salario. Pero nada parecía haber cambiado.

—¿Cuándo lo viste por última vez?

—Hace dos semanas.

—¿Y no hubo nada en su comportamiento que te llamase la atención?

—No.

—¿No parecía preocupado o nervioso?

—No.

—¿Tampoco en la tienda notaste cambios? ¿Algo distinto?

—Nada.

«Vaya, esta mujer fue un testigo excelente. Sus respuestas son decididas y es muy observadora. No tengo motivos para dudar de que lo recuerde todo tal y como fue.»

Ya no tenía más preguntas que hacer y la conversación no le había llevado más de veinte minutos. Llamó a Hanson, que prometió encargarse de que llevasen a Hilda Waldén a su casa.

De nuevo solo en su despacho, se colocó junto a la ventana a ver caer la lluvia. Se preguntó abstraído cuándo llegaría la primavera. Y cómo la viviría sin Mona. Entonces notó que la muela empezaba a dolerle de nuevo. Miró el reloj, pero aún era demasiado temprano y ni siquiera creía que el dentista hubiese llegado a su consulta. Pensó asimismo en cómo le iría a Svedberg. Comunicar un fallecimiento era, con certeza, una de las misiones más temidas por cualquier agente. En especial cuando se trataba de transmitir un asesinato tan inesperado como brutal. Sin embargo, no le cabía la menor duda de que Svedberg cumpliría con aquel cometido de la mejor manera posible. Era un buen policía. Tal vez no destacase por su talento, pero era tremendamente cumplidor y mantenía un orden modélico en su escritorio. En este sentido era, sin duda, el mejor de los colegas con los que Wallander había colaborado jamás. Por si fuera poco, siempre le mostraba su lealtad a Wallander.

Se apartó de la ventana y salió camino del comedor en busca de una taza de café. Mientras recorría el pasillo de regreso a su despacho, se puso a pensar en lo que podría haber sucedido.

«Simon Lamberg es fotógrafo y va camino de los sesenta. Es decir, se trata de un hombre de costumbres regulares que lleva su estudio de forma impecable, se dedica a fotografiar a confirmandos, parejas de novios y niños de diversas edades. Según la mujer de la limpieza, solía volver al estudio por la tarde dos veces por semana para, al parecer, sentarse en la trastienda y arreglar papeles mientras escuchaba música. Y, si la información ofrecida por esta persona es correcta, volvía a casa poco antes de medianoche.»

De nuevo en su despacho y con la taza de café en la mano, volvió a su anterior posición para seguir contemplando la lluvia, que no cesaba.

¿Qué haría Lamberg en el estudio a aquellas horas? Había algo en aquella situación que lo intrigaba.

Miró el reloj en el preciso instante en que Ebba lo llamó. Ya había localizado al dentista y podía acudir inmediatamente, a primera hora.

Wallander decidió no esperar. No podía andar con dolor de muelas si quería dirigir una investigación de asesinato, de modo que se asomó al despacho de Martinson y le explicó.

—Se me partió una muela ayer, así que me voy al dentista. No creo que tarde más de una hora. Podríamos celebrar una reunión entonces. ¿Ha vuelto ya Svedberg?

—Que yo sepa, no.

—Bien, averigua si Nyberg también puede estar presente un momento, para que nos cuente cuál ha sido su primera impresión.

Martinson bostezó y se estiró en la silla.

—¿Y a quién crees tú que le puede interesar matar a un viejo fotógrafo? —inquirió el colega—. No parece que se haya producido ningún robo.

—Bueno, tan viejo no era, ¿no? —objetó Wallander—. Cincuenta y seis años. Pero, por lo demás, es una pregunta interesante.

—O sea, que lo atacaron en el interior del local, pero ¿cómo se supone que entró el agresor?

—Si no lo dejó entrar él mismo, tendría la llave.

—Pero a Lamberg lo mataron por detrás.

—Circunstancia que puede deberse a un sinnúmero de motivos que desconocemos —puntualizó Wallander.

El inspector salió de la comisaría camino del dentista, cuya consulta se encontraba cerca de la plaza de Stortorget, justo al lado de la tienda de equipos de música. De niño, solía temer aquellas visitas al dentista a las que se veía arrastrado periódicamente. Pero aquel temor había desaparecido de forma repentina, con la edad. Ahora lo único que le interesaba era librarse de aquel dolor lo antes posible. Aunque, muy a su pesar, sospechaba que aquella rotura era un síntoma de envejecimiento. Sólo tenía cuarenta años, pero la decadencia empezaba a dejarse notar.

Entró enseguida y se sentó en la silla. El dentista era un hombre joven que trabajaba con rapidez y eficacia. Así, media hora más tarde, Wallander ya estaba listo. El dolor había remitido y ahora sólo sentía un sordo malestar.

—La molestia no tardará en desaparecer —aseguró el dentista—. Pero deberías volver y hacerte una limpieza. Creo que no te cepillas los dientes a conciencia.

—Sí, es lo más probable —corroboró Wallander.

Pidió una cita para dos semanas más tarde y regresó a la comisaría. A las diez en punto ya tenía convocados a todos sus colaboradores en la sala de reuniones. Svedberg había vuelto y también Nyberg había podido asistir. Wallander se sentó en su lugar habitual, ante uno de los extremos. Después miró a su alrededor y se preguntó fugazmente cuántas veces habría estado allí sentado, tomando impulso para dar comienzo a una investigación de asesinato. Por otro lado, había notado cómo el dinamismo iba decreciendo con los años. Pero sabía que la única manera de cumplir con su deber era lanzarse. Tenían que resolver un asesinato brutal. Aquello era urgente.

—¿Alguien sabe dónde está Rydberg? —preguntó.

—Le duele la espalda —aclaró Martinson.

—Lástima, nos habría venido bien tenerlo aquí hoy —se lamentó Wallander, antes de dirigir a Nyberg un gesto para que tomase la palabra.

—Bien, ni que decir tiene que aún es demasiado pronto —comenzó el técnico—. Pero no hay indicios de que se haya producido ningún robo. No hay marcas en las puertas ni parece faltar nada; al menos, tras un examen preliminar. Todo es de lo más extraño.

Wallander no esperaba que Nyberg tuviese observaciones decisivas que comunicarles en aquel estadio inicial, pero, de todos modos, él deseaba contar con su participación.

Se volvió entonces a Svedberg.

—Comprenderéis que Elisabeth Lamberg ha quedado terriblemente conmocionada ante la noticia. Al parecer, resulta que duermen en habitaciones distintas, de modo que ella no sabe cuándo regresa su marido si sale por la noche. Habían cenado hacia las seis y media y, poco antes de las ocho, él se marchó al estudio; ella se fue a la cama a las once y se durmió enseguida. La mujer era incapaz de imaginar quién podría haber asesinado a su marido y negaba de plano que tuviese ningún enemigo.

Wallander asintió.

—Bien, pues ya sabemos algo —concretó—. Tenemos a un fotógrafo muerto, pero eso es, por otro lado, cuanto tenemos.

Todos sabían lo que aquello significaba: la puesta en marcha de una penosa serie de pesquisas.

Sin embargo, ninguno de ellos sabía adónde los conducirían tales pesquisas.

La reunión del grupo de investigación celebrada aquella mañana, la primera que convocaban con motivo de la búsqueda del autor o los autores que, por causas que ignoraban, se hallaban tras el asesinato del fotógrafo Simon Lamberg, resultó muy breve. Existía una infinidad de procedimientos rutinarios que siempre seguían. Por otro lado, debían esperar los informes de la unidad forense de Lund y la inspección que del lugar de los hechos estaban llevando a cabo Nyberg y sus técnicos. Ellos, por su parte, comenzarían por averiguar algo más acerca de la personalidad y la existencia que la víctima había llevado hasta su muerte. Además, tendrían que interrogar a los vecinos y buscar a otras personas que pudiesen proporcionarles algún tipo de información. Por supuesto que no perdían la esperanza de que, pese a lo prematuro del estado de la investigación, llegase a su conocimiento algún dato que les permitiese resolver el asesinato en el transcurso de escasos días. Sin embargo, Wallander había desarrollado ya una habilidad especial para intuir que, en realidad, se enfrentaban a una investigación que iba a ser compleja: tenían poco, o más bien nada, en lo que apoyarse.

Sentado en la sala de reuniones, notó que estaba preocupado. El dolor de muelas y las molestias habían desaparecido por completo. Pero allí estaba, a cambio, la desazón en el estómago...

Björk entró en la sala y se sentó dispuesto a prestar atención a los intentos de Wallander de realizar un análisis preliminar del curso de los acontecimientos a la luz de los datos del esquema temporal. Tras esta exposición, nadie formuló ninguna pregunta, de modo que se distribuyeron las tareas más importantes y se marcharon cada uno a su objetivo. Wallander iría a hablar con la viuda de Lamberg a última hora de la tarde, pero, antes, deseaba inspeccionar de nuevo y con más detenimiento el lugar de los hechos. Según Nyberg, podría entrar tanto en el estudio como en la trastienda en unas horas.

Björk y Wallander quedaron rezagados en la sala de reuniones cuando los otros se hubieron marchado.

—Vamos, que tú no crees que se trate de un ladrón que perdió el control al verse sorprendido —inquirió Björk.

—Pues no —ratificó Wallander—. Pero es muy posible que me equivoque. No podemos excluir ninguna posibilidad. Aunque me pregunto qué pensaba el supuesto ladrón que encontraría en el estudio de Lamberg.

—No sé, cámaras, quizá.

—Lamberg no se dedicaba a la venta de material fotográfico. Él simplemente tomaba fotografías y lo único que tenía a la venta eran los portarretratos y los álbumes de fotos. No creo que ningún ladrón se tome la menor molestia por semejante botín.

—En ese caso, ¿qué nos queda? ¿Algún móvil relacionado con su vida privada?

—No lo sé. Pero según Svedberg, Elisabeth Lamberg, su viuda, estaba convencida de que no tenía ningún enemigo.

—¿Y entonces? Tampoco hay indicios que nos hagan pensar en la actuación de un demente, ¿no?

Wallander negó con la cabeza.

—Eso puede decirnos mucho o nada. Sin embargo, hay tres cuestiones sobre las que sí cabe reflexionar desde ahora: ¿cómo entró el autor de los hechos en el taller?; no hay daños ni en la puerta ni en las ventanas; es muy improbable que Lamberg no hubiese echado la llave de la persiana, pues, según Elisabeth Lamberg, era muy cuidadoso con eso.

—Lo que nos deja dos opciones: o tenía llave, o Simon Lamberg le abrió la puerta y lo dejó entrar.

Wallander asintió, convencido de que Björk había comprendido, y prosiguió.

—El segundo motivo de reflexión lo tenemos en el hecho de que el golpe que mató a Lamberg le fue asestado en la nuca con una fuerza desmedida. Lo que, a su vez, puede apuntar, bien al hecho de que el agresor sabía lo que hacía, bien a que estaba fuera de sí. Esto es susceptible, igualmente, de dos interpretaciones, como mínimo. Por un lado, que el agredido no se esperaba semejante ataque, y por otro, que intentó escapar.

—Si fue él mismo quien le abrió la puerta a su agresor, tendríamos ahí la explicación de por qué le dio la espalda.

—En fin, podemos dar un paso más —explicó Wallander—. ¿Acaso cabe la posibilidad de que, a aquellas horas de la noche, dejase entrar a alguien con quien no mantuviese una buena relación?

—¿Alguna otra idea?

—Bueno, según la mujer de la limpieza, Lamberg solía bajar al estudio dos tardes a la semana, aunque podían variar los días; sin embargo, podríamos suponer que el agresor conocía este detalle. Asimismo, podríamos suponer que vamos tras la pista de un asesino que, al menos parcialmente, conocía las costumbres de Lamberg.

El comisario y el inspector abandonaron la sala de reuniones, pero permanecieron aún un instante en el pasillo.

—Bien, todo esto implica, en cualquier caso, que existen varios puntos de partida —apuntó Björk—. O sea, que no estamos totalmente a cero.

Wallander hizo una mueca.

—No, pero poco falta —objetó Wallander—. Estamos tan a cero como se pueda estar. La verdad, nos vendría bien contar con Rydberg.

—Sí, me preocupan sus problemas de espalda —confesó Björk—. A veces tengo la sensación de que no es sólo eso...

Wallander lo miró sorprendido.

—¿Y qué iba a ser si no?

—No sé. Tal vez padezca otra enfermedad. El dolor de espalda puede tener otro origen, no sólo los músculos o las vértebras.

Wallander sabía que Björk tenía un cuñado médico; y puesto que Björk, de vez en cuando, se consideraba a sí mismo víctima de alguna que otra enfermedad grave, a Wallander se le ocurrió que tal vez ahora estuviese extrapolando aquella preocupación al caso de Rydberg.

—Ya, pero Rydberg suele reponerse en cuestión de una semana —apuntó Wallander.

Dicho esto, se despidieron en el pasillo y Wallander regresó a su despacho. Puesto que el rumor de la noticia del asesinato se había extendido, Ebba les advirtió que varios periodistas habían llamado interesándose por el momento en que se los convocaría para ofrecerles cualquier tipo de información. Sin comentarlo con nadie, Wallander le dio instrucciones de que él estaría disponible para responder a sus preguntas a las tres.

Tras la conversación con Ebba, invirtió una hora en elaborar una síntesis para su uso personal. Y acababa de terminar, cuando Nyberg le avisó por teléfono de que ya había concluido con su peritaje y que él podía examinar por lo menos la trastienda. El técnico le confesó que aún no tenía ninguna observación relevante que transmitir; como tampoco el forense había llegado a otra conclusión que la ya conocida de que Lamberg había muerto a causa de un violento golpe en la nuca. Wallander le preguntó si podían pronunciarse acerca del tipo de arma homicida empleada, pero el técnico le hizo saber que aún era demasiado pronto. Wallander concluyó la conversación y quedó sentado pensando en Rydberg. Su maestro y su guía, el policía más brillante que jamás había conocido. En efecto, él le había enseñado a Wallander que era vital jugar con los argumentos y aproximarse a un problema desde un frente inesperado.

«Precisamente en estos momentos necesito su ayuda», pensó Wallander. «Tal vez debería llamarlo esta noche a su casa.»

Fue al comedor y se tomó otra taza de café. Lo acompañó de una tostada que fue mordisqueando con mucho cuidado, hasta que comprobó que el dolor de muelas no reaparecía.

Puesto que se sentía cansado tras el escaso descanso de la noche anterior, fue paseando hasta la plaza de Sankta Gertrud. La lluvia persistía y él no cesaba de preguntarse cuándo llegaría, por fin, la primavera. El grado de impaciencia de la sociedad sueca en el mes de abril era muy elevado, se decía. La primavera nunca parecía llegar a su hora. El invierno se presentaba siempre demasiado pronto; la primavera, demasiado tarde.

Ya ante el estudio, comprobó que no eran pocas las personas que allí se habían reunido. Wallander conocía a algunas de ellas o, al menos, sus rostros le resultaban familiares. Así, avanzaba asintiendo a modo de saludo aunque, eso sí, sin contestar a sus preguntas. Pasó por encima de los cordones policiales y entró en el local. Allí estaba Nyberg, con la taza del termo en la mano, reprendiendo enojado a sus técnicos sin detenerse cuando Wallander cruzó la puerta. Una vez que dio por terminada la reprimenda y que hubo dicho lo que deseaba, le hizo a Wallander una seña para que entrase en el estudio. Ya habían retirado el cadáver y lo único que quedaba era la inmensa mancha de sangre sobre el papel blanco, además de unos trazos que indicaban el tramo por el que estaba permitido pisar.

—No te salgas del trazo —ordenó Nyberg—. Hemos encontrado bastantes huellas de pisadas en el estudio.

Wallander se puso unas fundas de plástico en los zapatos, se guardó un par de guantes de plástico en el bolsillo y comenzó a caminar con cuidado hacia lo que era una combinación de oficina y sala de revelado.

El inspector recordaba cómo, cuando era un adolescente de catorce, tal vez quince años, había alimentado con pasión el sueño de convertirse en fotógrafo. Pero su intención no era tener un estudio de fotografía, sino llegar a ser reportero gráfico. Quería estar presente, en primera fila, en todos y cada uno de los grandes acontecimientos de su época: él tomaría sus instantáneas mientras otros lo fotografiaban a él.

Y, al tiempo que entraba en la trastienda, iba preguntándose qué habría sido de aquel sueño. Se había esfumado así, sin más. En la actualidad, no poseía más que una simple Instamatic que apenas si usaba. Dos años después de aquello, cambió de parecer y decidió que lo que le gustaría ser era cantante de ópera. Pero aquello también quedó en nada.

Se quitó la cazadora y echó un vistazo a su alrededor. Desde el estudio le llegaban las renovadas protestas de Nyberg. Wallander creyó entender que el motivo era la falta de profesionalidad a la hora de medir la distancia entre dos huellas de pisadas. Se acercó al aparato de radio, lo encendió. La música clásica inundó la habitación. «A veces iba al estudio por las tardes», recordó que le había dicho Hilda Waldén. Para trabajar y para escuchar música clásica. Y parecía que así era. Se sentó ante el escritorio, donde todo aparecía en perfecto orden. Levantó el cartapacio verde, pero debajo no había nada. Entonces fue en busca de Nyberg y le preguntó si habían encontrado algún llavero. El técnico se lo entregó y Wallander se enfundó los guantes mientras volvía a la trastienda. Buscó hasta encontrar la llave adecuada para abrir la cajonera. En el cajón superior, halló varios documentos de la agencia tributaria y la correspondencia con el contable del estudio. Wallander hojeó los papeles con detenimiento: puesto que no buscaba nada en concreto, cualquier cosa podía ser importante.

De forma metódica revisó un cajón tras otro. Pero nada de lo que vio lo hizo detenerse. La vida de Simon Lamberg parecía, por el momento, bien organizada, sin secretos, sin sorpresas. Sin embargo, era consciente de que lo único que hacía era rascar la superficie. Se agachó para sacar el último cajón, donde no había más que un álbum de fotos de elegante cubierta en piel. Wallander lo apoyó sobre la mesa y lo abrió. Con no poca extrañeza, observó la única fotografía que aparecía pegada en el centro de la página. No era mayor que una fotografía de pasaporte. Wallander recordaba haber visto una lupa en uno de los cajones que ya había revisado, de modo que la buscó, encendió una de las dos lámparas que había sobre la mesa y se dedicó a estudiar la imagen.

Era el retrato del presidente de Estados Unidos, Ronald Reagan. Pero la imagen estaba deformada. El rostro aparecía distorsionado. Seguía siendo Ronald Reagan, aunque no lo fuese... Del envejecido personaje no había quedado más que un monstruo repugnante. Junto al retrato, se leía una fecha escrita con tinta: 10 de agosto de 1984.

Wallander pasó la hoja lleno de admiración, para encontrar lo mismo en la siguiente. Una única foto en el centro de la página, aunque, en esta ocasión, el retratado era un ex primer ministro sueco. El mismo rostro deformado, distorsionado. Y una fecha plasmada con tinta.

Sin estudiar cada una de las imágenes con detalle, siguió hojeando despacio. Siempre lo mismo: una fotografía sola con un rostro contrahecho, desfigurado. Hombres, únicamente hombres, transformados en monstruos repugnantes. Tanto suecos como extranjeros. En especial políticos, pero también algún que otro hombre de negocios, un escritor y también unos cuantos a los que Wallander no conocía.

El inspector se esforzaba por comprender qué significaban aquellas imágenes. ¿Por qué tendría Simon Lamberg aquel álbum de fotos tan extraño? ¿Por qué habría deformado las caras de los retratados? ¿Era aquello a lo que dedicaba las tardes solitarias que pasaba en el estudio? De forma paulatina, la atención del inspector había ido extremándose, pues, tras la rutinaria y bien organizada fachada de Simon Lamberg existía, a todas luces, algo más. En efecto, tras la apariencia de normalidad, se ocultaba, por ahora, un hombre que destrozaba voluntariamente los rostros de personajes conocidos.

Volvió a pasar la hoja y, atónito, lanzó un grito. Una violenta sensación de malestar lo invadió al instante.

No daba crédito a lo que veía.

En aquel preciso momento, Svedberg entró en la habitación.

—Ven a ver esto —pidió Wallander.

Svedberg se inclinó sobre su hombro mientras él señalaba la fotografía.

—Pero... ¡si eres tú! —exclamó el colega lleno de asombro.

—Sí, soy yo. O, al menos, eso parece.

Observó de nuevo la instantánea, que parecía proceder de algún periódico. Era él y, al mismo tiempo, no lo era. Presentaba un aspecto anormal y abominable.

Wallander no recordaba haberse sentido tan impresionado jamás. La imagen deforme y grotesca de su propio rostro lo hizo sentir repugnancia. Cierto que estaba más que acostumbrado a los accesos repentinos y espontáneos de criminales a cuya detención había contribuido, pero la idea de que alguien hubiese estado sentado durante horas elaborando una imagen odiosa de su persona lo aterraba.

Svedberg se percató de su reacción y fue a buscar a Nyberg. Ambos revisaron el álbum hasta llegar a la última fotografía, que llevaba fecha del día anterior, en que el rostro del primer ministro sueco sufrió la horrenda transformación. La fecha aparecía, como en los otros casos, escrita con tinta.

—Esto es obra de una mente enferma —sentenció Nyberg.

—Pues no cabe duda de que fue Simon Lamberg, que dedicaba un par de tardes por semana a manipular las fotos —observó Wallander—. Lo que, como es natural, me inquieta es saber por qué yo figuro en esta colección macabra. Además, soy la única persona de Ystad, entre un montón de hombres de estado y presidentes. No negaré que me resulta de lo más desagradable.

—Y, además, ¿por qué lo hacía? —inquirió Svedberg.

Pero nadie supo darle una respuesta sensata.

Wallander sentía la necesidad de salir de allí. Le pidió a Svedberg que continuase con la inspección de la trastienda, pues, por otro lado, él no podría ya tardar mucho en presentarse ante la prensa para ofrecer la información prometida. Ya en la calle, se sintió algo más aliviado. Pasó por encima de los cordones policiales y se encaminó a la comisaría. La lluvia persistía y, si bien el profundo malestar provocado por la visión de las imágenes había remitido, seguía afectado por la repugnancia experimentada.

«De modo que Simon Lamberg se dedica, por las tardes, a escuchar música clásica en su estudio mientras se aplica a deformar los rostros de prominentes hombres de Estado, así como de un inspector de policía de Ystad.» Pese a sus denodados esfuerzos por hallar una explicación a semejante conducta, Wallander no logró comprender cómo alguien podía llevar aquella doble vida. Bien sabía él que no era extraordinario que la gente ocultase la locura tras una apariencia normal y, de hecho, no eran pocos los ejemplos que de tal comportamiento ofrecían los anales del crimen. Pero ¿por qué motivo formaría él parte de aquel álbum? ¿Qué tendría él en común con las demás personas retratadas? ¿Por qué constituía él la única excepción?

Fue derecho a su despacho y cerró la puerta. Se sentó y tomó conciencia de que estaba preocupado. Simon Lamberg estaba muerto. Con enorme violencia, alguien le había machacado la parte posterior del cráneo. Y ellos ignoraban el porqué. Pero, en un cajón de su escritorio, habían hallado un álbum de fotos tan elegante como macabro era su contenido.

Unos golpecitos en la puerta interrumpieron su reflexión y Hanson apareció en el umbral.

—Lamberg está muerto —declaró como si acabase de comunicar una novedad—. Él fue quien me retrató cuando me confirmé, hace ya muchos años.

—¡Ah! Pero ¿tú hiciste la confirmación? —preguntó Wallander con no poco asombro—. Yo pensaba que a ti te traían sin cuidado los poderes de esferas superiores...

—Y así es —confirmó Hanson en tono risueño mientras se rascaba la oreja—. Pero tenía unas ganas locas de que me regalasen un reloj y de llevar mi primer traje de verdad.

Entonces, señaló por encima de su hombro en dirección al pasillo antes de añadir:

—Periodistas. Estaba pensando en quedarme a la rueda de prensa, a ver si me entero de lo que ha pasado.

—Eso puedo decírtelo yo ahora mismo —aseguró Wallander—. Alguien le hundió la base del cráneo ayer noche, entre las ocho de la tarde y las doce. Es poco probable que se trate de un ladrón. Y eso es, en principio, cuanto sabemos.

—¡Vaya!, no es mucho —observó Hanson.

—Pues no —convino Wallander al tiempo que se ponía en pie—. Lo mínimo indispensable para que pueda decirse que hay caso.

El encuentro con los periodistas resultó improvisado y breve. Wallander los informó de lo que había sucedido y sus respuestas a las preguntas de los periodistas fueron bien escuetas. En menos de media hora, ya habían terminado. Eran ya las tres y media y Wallander notó que tenía hambre. Pero el retrato que había visto en el álbum de Simon Lamberg no se le iba de la cabeza. La pregunta no cesaba de atormentarlo: ¿por qué, de todo Ystad, lo habría elegido a él para desfigurarle y distorsionarle el rostro? Sospechaba que aquello era la obra de una persona que había perdido el juicio, pero ¿por qué lo habría elegido a él?

A las cuatro menos cuarto decidió que había llegado el momento de ir a la calle de Lavendelvägen, donde vivían los Lamberg. Cuando salió de la comisaría, comprobó que la lluvia había cesado, aunque el viento soplaba ahora con más fuerza. Sopesó la posibilidad de localizar a Svedberg y pedir-le que lo acompañase, pero no lo hizo. En realidad, prefería entrevistarse con Elisabeth Lamberg él solo. No eran pocas las preguntas que deseaba hacerle a la mujer; sin embargo, había una cuya urgencia superaba con creces la del resto.

Buscó la calle de Lavendelvägen y, una vez allí, aparcó y salió del coche. La casa se alzaba en medio de un jardín bien cuidado, aunque los setos aparecían aún vacíos. Llamó a la puerta, que le abrió enseguida una mujer de unos cincuenta años. Wallander le tendió la mano al tiempo que se presenta-ba, pero la mujer parecía reacia.

—Yo no soy Elisabeth Lamberg, sino una amiga suya —aclaró la mujer—. Mi nombre es Karin Fahlman.

Tras invitarlo a pasar al recibidor, añadió:

—Elisabeth está descansando en su dormitorio. ¿Estás seguro de que esta entrevista no puede esperar?

—Por desgracia, es imposible —aseguró Wallander—. El tiempo es un factor fundamental en la tarea de atrapar al asesino.

Karin Fahlamn asintió y lo condujo a la sala de estar, an-tes de desaparecer sin hacer el menor ruido.

Wallander echó un vistazo a la habitación. Lo primero que le llamó la atención fue la ausencia de ruidos. No había relojes, ni timbres ni sonido alguno procedente de la calle. Desde una de las ventanas pudo ver a unos niños que juga-ban en la calle. Sin embargo, y pese a que se veía que gritaban y reían, no se los oía. Entonces se acercó más a la ventana y observó los cristales, que eran dobles y, según dedujo, de al-gún tipo especial que insonorizaba por completo la habita-ción. La recorrió despacio. Estaba amueblada con un gusto exquisito, sin ostentación ni exceso. Una mezcla de antiguo y moderno, con copias de tallas antiguas. Una de las paredes aparecía totalmente cubierta de libros.

El inspector no la oyó entrar pero, de repente, allí estaba, justo detrás de él. Wallander no pudo contener un respingo al verla. La mujer estaba muy pálida, como si llevase una fina capa de maquillaje blanco, y lucía una melena corta y lisa de cabellos oscuros. Wallander pensó que debía de haber sido muy hermosa en su juventud.

—Lamento verme obligado a venir a molestar en estas circunstancias —se disculpó al tiempo que le tendía la mano.

—Sé quién eres y comprendo que hayas venido —contestó la mujer.

—Ante todo, me gustaría expresar mis condolencias.

—Gracias.

Wallander se percató de que la mujer hacía cuanto estaba en su mano por mantener la calma y se preguntó cuánto tiempo podría soportar la entrevista antes de venirse abajo.

Tomaron asiento. El inspector entrevió a Karin Fahlamn en la habitación contigua y supuso que la mujer se habría instalado allí para escuchar su conversación. Por un instante, se sintió inseguro sobre cómo empezar, pero el hilo de sus pensamientos se vio interrumpido cuando la propia Elisabeth Lamberg formuló la primera pregunta.

—¿Tienes tú alguna idea de quién ha podido asesinar a mi marido?

—No, no tenemos ninguna pista por la que guiarnos. Pero no hay demasiados indicios de que fuese un robo. Lo que significa que, o bien tu marido le abrió la puerta a alguien, o bien el desconocido tenía llaves del estudio.

Ella movió con vehemencia la cabeza, en señal de que se oponía rotundamente a lo que Wallander acababa de decir.

—Simon era sumamente cuidadoso y jamás le habría abierto a un desconocido. Y mucho menos por la noche.

—Ya, pero tal vez se tratase de alguien a quien conocía, ¿no crees?

—Y ¿quién podría haber sido?

—No sé, todo el mundo tiene amigos, ¿no?

—Simon iba a Lund una vez al mes, porque era miembro del consejo de una asociación de aficionados a la astronomía que tiene su sede allí. Ésos son los únicos amigos que yo le conocí.

Wallander cayó en la cuenta de que tanto él como Svedberg habían pasado por alto una pregunta muy importante.

—¿Tenían hijos?

—Sí, una hija, Matilda.

El tono de la mujer al responder lo hizo ponerse en guardia. No fue más que un débil cambio en la inflexión de su voz, pero a él no le pasó inadvertido. Como si la pregunta la hubiese puesto nerviosa. El inspector decidió seguir adelante con mucha cautela.

—¿Cuántos años tiene?

—Veinticuatro.

—¡Ah!, entonces, tal vez ya no vive en casa, ¿no es así?

Elisabeth Lamberg le lanzó una mirada acerada al responder.

—Matilda nació con una grave minusvalía. La tuvimos en casa hasta que cumplió los cuatro años. Después, vimos que era imposible y, desde entonces, vive en una institución. Necesita ayuda para todo.

Wallander quedó desconcertado, sin saber qué decir. No sabía qué esperaba oír, pero, desde luego, cualquier cosa menos aquello.

—Debió de ser una decisión muy dura —repuso intentando adoptar un aire comprensivo—. Una decisión muy difícil, la de dejarla en una institución para minusválidos.

Ella seguía mirándolo a los ojos.

—No fue mía esa decisión. Simon quería que así fuese. Yo no. Pero se hizo lo que él decidió.

Por un instante, Wallander tuvo la impresión de estar mirando el fondo de un abismo. Tan intenso era el dolor de aquella mujer al rememorar y referir aquella circunstancia del pasado.

Wallander permaneció sentado en silencio durante largo rato antes de proseguir.

—¿Se te ocurre quién podría tener motivos para matar a tu marido?

Su respuesta lo sorprendió.

—Desde el día en que tomó aquella decisión, comprendí que había dejado de saber quién era mi marido.

—¿Pese a que han pasado ya veinte años?

—Hay cosas que nunca cambian.

—Pero seguíais casados, ¿no es así?

—Bueno, vivíamos bajo el mismo techo. Eso es todo.

Wallander reflexionó unos segundos, antes de continuar.

—En otras palabras, que no puedes ni imaginarte quién es el asesino.

—No.

—Ni tampoco el móvil, supongo.

Wallander había dejado de dar rodeos e iba derecho al grano, formulando las preguntas clave.

—Cuando llegué dijiste que me habías visto antes. ¿Recuerdas si tu marido habló de mí en alguna ocasión?

La mujer alzó las cejas, asombrada.

—¿Por qué habría de hacer tal cosa?

—No lo sé, pero la pregunta es importante.

—La verdad es que no hablábamos mucho, pero no recuerdo que hablase de ti nunca.

Wallander prosiguió.

—Encontramos en el estudio un álbum lleno de fotografías de hombres de Estado y otras personalidades. Por alguna razón que desconozco, también mi rostro aparecía entre ellos. ¿Sabías de la existencia de ese álbum?

—No.

—¿Estás segura?

—Sí.

—Las imágenes estaban deformadas. Todas aquellas personas, al igual que yo mismo, presentaban un aspecto monstruoso. Es decir, que tu marido debió de invertir muchas horas en manipularlas. ¿Debo suponer que tampoco conocías esta afición suya?

—No. Es muy extraño. La verdad, no lo entiendo.

Wallander comprendió que la mujer no mentía y que, en realidad, no sabía mucho acerca de su marido. De hecho, parecía que, en veinte años, no había querido saber nada de él.

El inspector se puso en pie, consciente de que volvería con un buen número de nuevas preguntas. Pero, por el momento, no tenía ninguna más que hacer.

Ella lo acompañó hasta la puerta.

—Yo creo que mi marido tenía muchos secretos —declaró la mujer de repente—. Pero yo no los conocía.

—Pero, si tú los ignorabas, ¿quién los conocía entonces?

—No lo sé —repuso en tono casi suplicante—. Pero a alguien debió de confiarse...

—Y ¿qué clase de secretos tenía?

—Ya te he dicho que no lo sé. Pero Simon estaba lleno de cámaras secretas a las que yo ni quería ni podía acceder.

Wallander asintió.

Ya en el coche, permaneció sentado meditando. La lluvia había empezado a caer de nuevo.

¿Qué habría querido decir con aquello de «las cámaras secretas»? ¿Tal vez la trastienda del estudio no fuese más que una de ellas? ¿No habría más escondrijos con los que aún no habían dado?

Volvió a la comisaría conduciendo despacio. El desasosiego que venía sintiendo empezaba a acentuarse.

El resto del mediodía y la tarde continuaron intentando trabajar con el escaso material de que disponían. Hacia las diez de la noche Wallander se marchó a casa. El grupo de investigación se reuniría de nuevo a las ocho de la mañana siguiente.

Cuando llegó al apartamento, se calentó una lata de judías, lo único comestible que halló. Poco después de las once, ya se había dormido.

A las doce de la noche menos cuatro minutos, sonó el teléfono. Wallander descolgó adormilado para escuchar la voz de un hombre que aseguraba estar dando un paseo nocturno. Se presentó como la persona que había ayudado a Hilda Waldén aquella misma mañana.

—Resulta que acabo de ver a un hombre entrar en el estudio de Simon Lamberg —afirmó el hombre en un susurro.

Wallander se incorporó de inmediato en la cama.

—¿Estás seguro de ello? ¿Y de que no era un policía?

—No, una sombra se escurrió por la puerta hacia el interior —insistió el hombre—. Yo padezco del corazón, pero mi vista es excelente.

Un corte en la línea vino a interrumpir la conversación. Wallander quedó sentado sobre el borde de la cama, con el auricular en la mano. Era poco habitual que nadie, salvo la policía, lo llamase a medianoche. Ni que decir tiene que su número no figuraba en la guía de teléfonos, pero alguien debió de darle su teléfono a aquel individuo durante el escándalo de aquella mañana.

Entonces se levantó raudo y empezó a vestirse.

Ya pasaba la medianoche.

Wallander llegó a la plaza donde estaba situado el estudio fotográfico escasos minutos más tarde. Había acudido allí a pie, a buen paso, puesto que la distancia desde la calle de Mariagatan, donde vivía, no era demasiado grande. Se apresuró a acercarse al hombre que lo había llamado, lo saludó y se lo llevó hasta un lugar cercano desde el que podían mantener vigilada la entrada al estudio sin ser vistos. El hombre tenía unos setenta años de edad y se presentó como Lars Backman. Se había jubilado como director de una sucursal del banco Handelsbanken.

—Yo vivo en la calle de Ågatan, muy cerca de aquí. Suelo salir a pasear por las mañanas, muy temprano, y por las noches, ya tarde. Son órdenes de mi médico.

—Cuéntame lo que has visto.

—Pues que vi entrar a un hombre en el estudio.

—¿Cómo, un hombre? Por teléfono me dijiste «una sombra».

—Bueno, uno piensa automáticamente que se trata de un hombre, pero, claro está, también pudo ser una mujer.

—¿Y nadie ha salido del estudio desde entonces?

—He estado vigilando, pero no he visto salir a nadie.

Wallander asintió. Con paso presuroso, fue a la cabina telefónica y llamó a Nyberg, que respondió a la tercera señal. A Wallander le dio la impresión de que lo había sacado de la cama. Nada preguntó, sin embargo, sino que le explicó brevemente lo sucedido. Supo entonces lo que más le interesaba: que Nyberg tenía las llaves del estudio. Aún más, no las había dejado en la comisaría, sino que se las había llevado a casa, habida cuenta de que tenía pensado volver al estudio para finalizar su examen del lugar a la mañana siguiente, bien temprano. Wallander le pidió, no obstante, que acudiese al estudio aquella misma noche, tan pronto como pudiese, antes de concluir la conversación. Una vez que hubo colgado, sopesó la necesidad de llamar a Hanson o a alguno de los demás compañeros. De hecho, él solía contravenir la norma que prohibía la actuación en solitario de los policías en situaciones que no pueden controlar por completo. Pero no lo hizo. Después de todo, Nyberg también era policía. Cuando él llegase, ya decidirían cómo proceder. Lars Backman seguía allí y Wallander le pidió con tanta cortesía como pudo que abandonase la plaza, pues uno de sus colegas estaba ya en camino y necesitaban estar solos. Backman no pareció tomarse a mal la invitación a marcharse, sino que asintió y se marchó sin más.

Wallander sentía frío, pues no llevaba más que una camisa bajo la cazadora y el viento había arreciado. El banco de nubes se había resquebrajado y calculó que estarían a pocos grados. Observó la entrada al estudio. ¿No se habría confundido Backman? No, no era probable. Intentó entrever si había alguna luz encendida en el interior, pero no era posible. Pasó un coche, poco después uno más. Por último, descubrió a Nyberg al otro lado de la plaza y comenzó a caminar para ir a su encuentro. Los dos colegas se detuvieron junto al muro de un edificio para resguardarse del viento. Wallander no dejaba de observar la puerta del estudio mientras le refería brevemente a Nyberg lo sucedido. Éste lo miró inquisitivo.

—No habrás pensado que entremos ahí tú y yo solos, ¿verdad?

—Bueno, lo más urgente era que vinieses tú, puesto que tienes las llaves. Y, según dijiste, no hay ninguna otra puerta de acceso en la parte posterior, ¿no es así?

—Pues no.

—Eso quiere decir que la única manera de entrar y de salir de ahí es a través de la puerta que da a la calle.

—Exacto.

—Bien, en ese caso, llamaremos a una de las patrullas de guardia —resolvió Wallander—. Después, abriremos la puerta y le ordenaremos que salga.

Sin perder de vista la puerta, Wallander fue a llamar a la comisaría. Una de las patrullas acudiría al lugar indicado en escasos minutos. Entonces se encaminaron hacia la puerta del local. Eran las doce y veinticinco de la noche y las calles estaban desiertas.

Pero, en aquel momento, la puerta del estudio se abrió y un hombre salió a la calle. El rostro del individuo quedaba oculto entre las sombras. Los tres se descubrieron mutuamente al mismo tiempo y se detuvieron en seco. Wallander estaba a punto de gritarle que se quedase donde estaba cuando el hombre se dio la vuelta y, a una velocidad asombrosa, echó a correr por la calle de Norra Änggatan. Wallander le gritó a Nyberg que permaneciese allí a la espera de la patrulla mientras él emprendía la carrera en persecución del hombre, que se movía con rapidez inusitada. Pese a que Wallander corría tanto como le permitían sus piernas, no lograba reducir la distancia que los separaba. A la altura de la calle de Vassgatan, el hombre giró a la derecha y continuó hacia el parque de Folkparken. Wallander se preguntaba por qué no llegaba la patrulla, pues existía el riesgo de que perdiese de vista al fugitivo, que volvió a tomar un desvío a la derecha, hacia la calle de Aulingatan. Wallander tropezó con unas losas sueltas de la acera y cayó de bruces. Se dio un buen golpe en la rodilla y se hizo un agujero en los pantalones. El dolor le atravesó la pierna como un cuchillo cuando intentó continuar. La distancia entre él y el fugitivo era cada vez mayor. ¿Dónde estarían Nyberg y la patrulla? El corazón le retumbaba en el pecho. El hombre desapareció por la calle de Giöddesgränd y Wallander lo perdió de vista. Cuando alcanzó la esquina de la calle, pensó que debería detenerse y esperar a los compañeros. Sin embargo, no lo hizo, sino que siguió adelante.

El hombre lo acechaba en la esquina contraria. Un fuerte golpe inesperado alcanzó al inspector en la cara. La oscuridad lo envolvió de repente.

Cuando Wallander despertó, no sabía dónde se encontraba. Con los ojos abiertos, veía el cielo estrellado. Sintió frío y, cuando tanteó con las manos bajo su cuerpo tendido, sintió el asfalto. Entonces recordó lo ocurrido. Se incorporó y quedó sentado. Le dolía la mejilla izquierda, donde había recibido el golpe. Se tocó la dentadura con la lengua y notó que le faltaba una muela, justo la que le había empastado el dentista el día anterior. Se puso en pie con no poco esfuerzo. Le dolía la rodilla y la cabeza estaba a punto de estallarle. Miró a su alrededor pero, como era de esperar, el hombre había desaparecido. Renqueando, recorrió la calle de Aulingatan de regreso hacia la de Surbrunnsvägen. Todo había sucedido con tal rapidez que no tuvo ocasión de divisar el rostro de su agresor. Cuando doblaba la esquina, recibió el tremendo golpe en la cara.

El coche de la policía vino por la calle de Ågatan. Wallander empezó a caminar por el centro de la calzada, para que lo viesen. Conocía al conductor del vehículo, un colega llamado Peters que llevaba en Ystad tanto tiempo como él. Nyberg salió del coche de un salto.

—¿Qué ha pasado?

—Desapareció en la calle de Giöddesgränd, se apostó en la esquina y me golpeó. No creo que demos con él. Pero podemos intentarlo.

—Ya, bueno, pero lo primero es que vayas al hospital —sostuvo Nyberg.

Cuando se tocó la mejilla y la mano se le llenó de sangre, sintió un repentino mareo. Nyberg lo sujetó para evitar que cayese y le ayudó a acomodarse en el coche.

Wallander no pudo abandonar el hospital hasta las cuatro de la madrugada. Para entonces, Svedberg y Hanson ya habían llegado. Diversas patrullas del servicio nocturno habían estado recorriendo la ciudad de un lado a otro a la caza del hombre que había agredido a Wallander. Pero puesto que no contaban más que con una descripción bastante vaga, no fue de extrañar que todos los esfuerzos fuesen en vano. Wallander, por su parte, salió de la sala de curas lleno de apósitos. La muela rota tendría que esperar hasta el día siguiente. Tenía la mejilla visiblemente inflamada y supo que la sangre procedía de la herida que presentaba en el cuero cabelludo.

Cuando salieron del hospital, Wallander insistió en no posponer la visita al estudio de fotografía. Tanto Hanson como Svedberg protestaron aduciendo que lo que más necesitaba en aquellos momentos era descansar. Pero Wallander rechazó toda objeción. Cuando llegaron al lugar de los hechos, Nyberg ya estaba allí. Encendieron todas las luces y se reunieron en el estudio.

—No he detectado ninguna alteración —aseguró el técnico—. Nada ha desaparecido ni cambiado de lugar.

Wallander sabía que Nyberg tenía una memoria extraordinaria para los detalles; sin embargo, era consciente de que el sujeto podía haber ido a buscar algo que no fuese evidente o estuviese a la vista. En el fondo, era imposible que ellos intuyesen siquiera a qué había ido al estudio durante la noche.

—¿Y las huellas dactilares? O las pisadas. ¿Hay alguna? —inquirió Wallander.

Nyberg señaló el lugar del suelo que él había marcado para evitar que nadie pisase sobre él.

—He examinado los picaportes, pero mucho me temo que el individuo llevaba guantes.

—¿Y la puerta de la calle?

—No presenta marcas de ningún tipo. Ese tipo disponía de una llave, de eso podemos estar seguros. Yo mismo cerré ayer tarde.

Wallander observó a sus colegas.

—¿No tendríamos que haber dejado el lugar vigilado?

—Fui yo quien tomó la decisión —declaró Hanson—. No pensé que estuviese justificado. Sobre todo, teniendo en cuenta la situación de escasez de personal que sufrimos actualmente.

Wallander comprendió que Hanson tenía razón. De haber sido él el responsable de la decisión, tampoco habría ordenado ningún tipo de vigilancia.

—Cuanto digamos acerca de la identidad de ese hombre no serán más que especulaciones —prosiguió el inspector—. Al igual que nuestras hipótesis sobre lo que buscaba aquí. Aunque no hubiese ninguna vigilancia policial apostada a la puerta, debió de suponer que era muy posible que mantuviésemos el lugar bajo cierto control. En cualquier caso, quiero que alguien se encargue de hablar con Lars Backman, el hombre que no sólo me llamó a medianoche para advertirme de las anomalías, sino que además fue quien atendió a Hilda Waldén cuando ésta descubrió el cadáver ayer por la mañana. A mí me da la impresión de que es una persona juiciosa y puede que haya visto algo en lo que no reparó al principio.

—Pero, son las cuatro de la madrugada, ¿de verdad quieres que lo despierte a estas horas? —inquirió Svedberg sorprendido.

—Seguro que está despierto —adivinó Wallander—. Ayer estaba en la calle a las cinco de la mañana. Así que no sólo es trasnochador, sino que también madruga.

Svedberg asintió antes de abandonar el estudio. En cuanto a los demás, no había motivo alguno para retenerlos.

—Revisaremos lo sucedido mañana a primera hora —indicó una vez que Svedberg se hubo marchado—. Lo mejor que podéis hacer es ir a descansar un par de horas. Yo me quedaré aquí un rato más.

—¿Tú crees que eso es lo más adecuado? Piensa en lo que te acaba de ocurrir... —objetó Hanson.

—Pues no sé si será lo más adecuado, pero lo haré de todos modos.

Nyberg le entregó las llaves y, cuando él y Hanson se hubieron marchado, Wallander cerró la puerta. Pese a que se sentía muy cansado y le dolía la mejilla, estaba muy concentrado y atento. Aplicó el oído al silencio. Nada parecía alterado. Entró en la trastienda e hizo lo propio: miró con extrema atención a su alrededor. «Nada llamativo», resolvió. Sin embargo, aquel hombre había acudido al estudio por un motivo especial. Además, parecía tener prisa, no había podido esperar. Sólo se le ocurría una explicación: allí había algo que él necesitaba recoger. Wallander se sentó ante el escritorio. Tampoco las cerraduras de los cajones parecían forzadas. Los abrió uno a uno. El álbum estaba allí exactamente como él lo había dejado. No parecía que faltase nada. Wallander se esforzaba en calcular mentalmente cuánto tiempo había estado el hombre en el estudio. Backman lo llamó por teléfono a las doce menos cuatro minutos. Y Wallander llegó a las doce y diez. Su conversación con Backman y la mantenida con Nyberg no le había llevado más de unos minutos. «Entonces eran las doce y cuarto. Y Nyberg llegó a las doce y media. Es decir, el desconocido estuvo en el estudio durante cuarenta minutos. Cuando salió, se llevó una sorpresa. Lo que significa que no salió huyendo. Dejó el estudio porque estaba listo.»

»Pero, listo, ¿con qué?»

Wallander echó un vistazo a su alrededor, de forma aún más sistemática que la primera vez. Algo debía de haber cambiado. Simplemente, a él le había pasado por alto. Allí debía de faltar algo. O habría dejado algo, tal vez restituido algún objeto... Salió del despacho y repitió su examen, por último incluso en la propia tienda.

Nada. Regresó a la trastienda, con el presentimiento de que era allí donde debía buscar; en la habitación secreta de Simon Lamberg. Se sentó en la silla y paseó la mirada por las paredes, el escritorio y las estanterías. Después, se levantó y entró en el estudio de revelado. Encendió la luz roja, pero todo estaba tal y como él lo recordaba. Aquel vago olor a productos químicos, los recipientes de plástico vacíos, la ampliadora...

Se dirigió meditabundo al escritorio. En pie, sin tener certeza de dónde procedía aquel impulso, se acercó a la estantería sobre la que se encontraba el aparato de radio y lo encendió.

La música era ensordecedora.

Miró la radio. El volumen era el mismo.

Pero la música ya no era clásica. Sino estruendosa música rock.

Wallander estaba convencido de que ni Nyberg ni ninguno de los demás colegas habían cambiado la emisora. Ellos jamás tocaban nada que no fuese absolutamente preciso, porque el trabajo así lo exigiese. Jamás se les ocurriría poner música mientras trabajaban.

Wallander sacó un pañuelo del bolsillo y apagó la radio. No había más que una posibilidad.

Aquel desconocido había cambiado de canal.

Él había cambiado la emisora de radio.

La cuestión era por qué.

A las diez de la mañana la reunión del grupo de investigación pudo, por fin, dar comienzo. El retraso se debió al hecho de que Wallander no pudo salir del dentista antes de aquella hora. Así, aparecía ahora medio a la carrera para presentarse en la reunión con un empaste provisional, la mejilla muy inflamada y un gran apósito junto al nacimiento del cabello. La falta de sueño ya empezaba a hacer estragos en él, pero aún más pernicioso resultaba el desasosiego que lo corroía por dentro.

Habían transcurrido ya más de veinticuatro horas desde que Hilda Waldén hallase muerto al fotógrafo. Wallander comenzó el encuentro exponiendo un esbozo de síntesis del estado de la investigación, antes de referirles de forma detallada lo sucedido durante la noche.

—Como comprenderéis, es de suma importancia clarificar quién era el desconocido y qué buscaba en el estudio del fotógrafo. Sin embargo, en mi opinión, podemos descartar la posibilidad de que se trate de un simple robo en el que el ladrón haya perdido el control.

—Lo de la emisora es muy curioso —intervino Svedberg—. ¿No habría algo dentro del aparato de radio?

—Sí, ya lo hemos comprobado —aclaró Nyberg—. Pero para abrir la carcasa, hay que soltar ocho tornillos. Y éstos conservan aún el esmalte de fábrica, así que nadie los ha aflojado desde que se montó el aparato.

—En fin, hay bastantes detalles curiosos en este caso —advirtió Wallander—. No podemos olvidar el álbum de las imágenes distorsionadas. Según la viuda, Simon Lamberg tenía un sinfín de secretos. Y yo creo que debemos concentrar nuestros esfuerzos en forjarnos una idea de quién era en realidad. Está claro que lo que se aprecia en la superficie no coincide con lo que parece existir en el fondo. El educado, taciturno y pulcro fotógrafo debió de tener una personalidad bien distinta a la aparente.

—Ya, pero la cuestión es quién puede saber algo más sobre él, puesto que no parecía tener amigos —terció Martinson—. Da la impresión de que nadie lo conocía.

—Bueno, tenemos a los astrónomos aficionados —les recordó Wallander—. Está claro que hemos de ponernos en contacto con ellos; y con los antiguos empleados del estudio también. Uno no puede vivir en una ciudad como Ystad sin que nadie llegue a conocerlo. Además, no hemos hecho más que empezar a hablar con Elisabeth Lamberg. Es decir, que nos queda mucho por hacer. Y todo debemos hacerlo al mismo tiempo.

—Yo estuve hablando con Backman —apuntó Svedberg—. Tenías razón: estaba despierto. De hecho, cuando llegué a su casa, también su mujer estaba levantada y vestida. Me dio la sensación de que era mediodía en lugar de las cuatro de la madrugada. Por desgracia, no pudo ofrecer ninguna descripción del hombre que te atacó. Lo único que creía poder asegurar era que llevaba un tres cuartos, probablemente azul oscuro.

—¿Ni siquiera pudo decirte su estatura, si era alto o bajo o de qué color tenía el pelo?

—No, todo fue muy deprisa. Backman no quería decir nada de lo que no estuviese seguro.

—Bueno, algo sí que sabemos sobre mi agresor —observó Wallander—. Está claro que corría mucho más rápido que yo. Por lo que yo pude ver, era de estatura media y bastante robusto. Además, está más entrenado que yo. Me dio la impresión, aunque sólo sea por eso, de que era aproximadamente de mi edad, pero debemos ser muy cautelosos con estos datos.

Seguían aún a la espera del informe preliminar del departamento forense de Lund. Nyberg estaría en contacto con el laboratorio criminalista de Linköping, pues eran muchas las huellas dactilares que debían comprobar en los registros.

Todos tenían mucho que hacer, de ahí que Wallander desease concluir la reunión lo antes posible. Cuando se pusieron en pie, habían dado ya las once de la mañana. El inspector acababa de entrar en su despacho cuando sonó el teléfono. Era Ebba, que lo llamaba desde la recepción.

—Tienes visita —anunció la recepcionista—. Un hombre llamado Gunnar Larsson quiere hablar contigo acerca de Lamberg.

—¿No hay nadie más que pueda hacerse cargo de él?

—Es que quiere hablar contigo.

—¿Quién es?

—Dice que ha trabajado para Lamberg con anterioridad.

Wallander cambió enseguida de idea. Ya tendría tiempo de llamar a la viuda más tarde.

—Salgo ahora mismo a buscarlo —declaró entonces al tiempo que se ponía en pie.

Gunnar Larsson tenía unos treinta años. Se sentaron en el despacho de Wallander. Éste le ofreció un café, pero el hombre lo rechazó.

—Es estupendo que hayas tomado la iniciativa de venir tú mismo —agradeció Wallander—. Ni que decir tiene que, tarde o temprano, tu nombre habría aparecido en el curso de la investigación, pero de este modo ahorramos tiempo.

Wallander echó mano de uno de sus blocs escolares.

—Yo estuve trabajando para Lamberg durante seis años —comenzó el visitante—. Pero hace cuatro, más o menos, me despidió. Y no creo que tuviese ningún otro ayudante después.

—¿Por qué te despidió?

—Decía que no podía permitirse tener empleados. Y, la verdad, creo que así era. En realidad, yo ya me lo esperaba cuando me lo anunció. La actividad de Lamberg no era tan intensa como para no poder arreglárselas solo. Puesto que no vendía cámaras ni otro material fotográfico, tampoco los beneficios eran dignos de mención. Además, cuando las cosas van mal, la gente no va a hacerse retratos al fotógrafo.

—Ya, pero tú estuviste con él durante seis años, lo que significa que llegaste a conocerlo bastante bien, ¿no es así?

—Pues..., sí y no.

—Bien, empecemos por el sí.

—Siempre era educado y amable. Con todo el mundo, tanto conmigo como con los clientes. Por ejemplo, tenía una paciencia infinita con los niños. Y, además, era muy ordenado.

De pronto, a Wallander se le ocurrió una idea.

—¿Podrías decirme si, en tu opinión, era un buen fotógrafo?

—Bueno, no puede afirmarse que fuese original. Sus retratos eran convencionales. Pero eso es lo que suele querer la gente: retratos que se parecen a otros retratos. Y en eso era bastante bueno. Además, jamás trabajaba a la ligera. No era original porque no tenía por qué serlo. Dudo mucho que tuviese ambiciones artísticas en su trabajo. O, al menos, yo no lo noté.

Wallander asintió.

—Veamos, a mí me da la impresión de que estás hablando de una persona amable pero bastante gris. ¿Me equivoco?

—No, es correcto.

—Bien, pasemos entonces a tratar por qué tú consideras que no lo conocías.

—Pues yo creo que jamás he conocido a una persona más reservada que él.

—¿En qué sentido?

—Bueno, nunca hablaba de sí mismo, por ejemplo. O de sus sentimientos. No recuerdo que jamás expresase su opinión personal sobre nada en este mundo. Aunque, al principio, yo intentaba mantener conversaciones normales con él.

—Conversaciones, ¿sobre qué?

—Sobre cualquier cosa. Pero pronto abandoné.

—¿Tampoco hacía ningún comentario sobre lo que sucedía en el mundo?

—Verás..., yo creo que era bastante conservador.

—¡Bien! Y ¿qué te hace pensar eso?

Gunnar Larsson se encogió de hombros.

—No, nada. Pero ésa era la impresión que me causaba. Aunque, por otro lado, dudo mucho que leyese el periódico.

«Pues ahí te equivocas», objetó Wallander para sí. «¡Vaya si leía periódicos! Y seguro que conocía bastante bien a una gran cantidad de dirigentes políticos de todo el mundo. Lo que ocurre es que se reservaba su parecer en un álbum de fotos tan especial que no creo que nadie haya visto jamás nada similar.»

—Había otra circunstancia muy llamativa —prosiguió Gunnar Larsson—. Durante los seis años que estuve trabajando para él, jamás conocí a su mujer. Claro que yo nunca estuve en su casa. De hecho, para hacerme una idea de dónde vivía, me di un paseo por su calle un domingo.

—Me figuro entonces que tampoco conociste a su hija.

Gunnar Larsson lo miró inquisitivo.

—¡Ah!, pero ¿tenían una hija?

—Sí, ¿no lo sabías?

—No.

—Pues es cierto. Tienen una hija, Matilda.

Wallander decidió no contarle que la muchacha sufría una grave minusvalía. En cualquier caso, estaba claro que Gunnar Larsson no tenía la menor idea de su existencia.

Wallander dejó el bolígrafo sobre la mesa.

—¿Qué pensaste cuando te enteraste de lo ocurrido?

—Me resultó inexplicable.

—¿Sospechabas que pudiera ocurrirle algo?

—No, de hecho, aún me cuesta creerlo. ¿Quién podía querer asesinarlo?

—Sí, eso es lo que intentamos averiguar.

De repente, Wallander se percató de que Gunnar Larsson parecía contrariado, como si le costase decidir qué decir a continuación.

—Estás pensando en algo —adivinó Wallander cauteloso—. ¿Me equivoco?

—Bueno, verás, corrían ciertos rumores... —comenzó Gunnar Larsson vacilante—. Decían que Simon Lamberg jugaba.

—Que jugaba, ¿a qué?

—Que apostaba, que jugaba por dinero. Al parecer, lo habían visto en Jägersro.

—¿Y por qué iba nadie a comentar nada semejante? Ir a Jägersro no tiene nada de especial.

—Ya, bueno, también decían que solía visitar garitos ilegales, tanto en Malmö como en Copenhague.

Wallander frunció el entrecejo.

—Y tú ¿cómo te has enterado?

—En una ciudad tan pequeña como Ystad, la gente habla...

Wallander sabía perfectamente hasta qué punto Gunnar Larsson tenía razón.

—Decían que tenía deudas muy cuantiosas.

—Y ¿las tenía?

—Pues no durante los años en que trabajé para él, según yo mismo pude ver en los libros contables.

—Pero es posible que tuviese grandes créditos privados, ¿no? Tal vez hubiese caído víctima de prácticas de usura por parte de algún acreedor.

—Bueno, pero de eso yo no sé nada.

Wallander reflexionó un instante.

—Veamos, los rumores suelen tener un origen —afirmó.

—¡Pero hace tanto tiempo...! La verdad es que no recuerdo dónde ni cuándo los oí.

—¿Sabías algo del álbum de fotos que tenía guardado en su escritorio?

—Jamás vi lo que tenía en el escritorio.

Wallander estaba convencido de que aquel hombre decía la verdad.

—¿Tenías tu propio juego de llaves mientras estuviste trabajando para él?

—Sí.

—¿Qué fue de ellas cuando te despidió?

—Pues, como es lógico, se las devolví.

Wallander asintió. Aquella entrevista no lo llevaría más lejos. A medida que hablaba con diversas personas relacionadas con Simon Lamberg, éste se le antojaba tanto más misterioso como insulsa parecía su personalidad. Tomó nota de la dirección y el número de teléfono de Gunnar Larsson y, dando por concluida la conversación, lo acompañó hasta la recepción. Después fue al comedor por una taza de café y regresó a su despacho y desconectó el teléfono. No recordaba la última vez que se había sentido tan desorientado ante un caso. ¿Cómo debía proceder para hallar una solución?, ¿en qué dirección avanzar? Todo parecía componerse de un montón de cabos sueltos. Por más que intentaba evitarlo, la imagen de su propio rostro desfigurado y fijado a la página del álbum acudía a su mente una y otra vez.

No había manera de atar aquellos cabos sueltos.

Miró el reloj, que no tardaría en dar las doce. Se sentía hambriento. El viento parecía haber arreciado aún más. Volvió a conectar el teléfono, que sonó enseguida. Nyberg llamaba para hacerle saber que la inspección técnica estaba lista y que no habían encontrado nada de particular, de modo que Wallander podía ponerse manos a la obra con el resto de las habitaciones.

El inspector se sentó ante el escritorio e intentó pergeñar una síntesis preliminar. Para sus adentros razonaba con Rydberg, mientras maldecía el hecho de que éste estuviese ausente. «¿Qué debo hacer? ¿Cómo sigo adelante? Nos movemos a trompicones, como si caminásemos por la cuerda floja.»

Leyó lo que había escrito e intentó extraer de la conclusión algún secreto oculto. Pero nada halló. Irritado, arrojó a un lado el bloc escolar.

Era ya la una menos cuarto y se dijo que lo más sensato sería ir a comer, pues por la tarde tendría que entrevistarse de nuevo con Elisabeth Lamberg.

Comprendió que estaba impacientándose más de lo necesario pues, pese a todo, no habían pasado más de veinticuatro horas desde que asesinaron a Simon Lamberg.

En su mente, recibió la aprobación de Rydberg. Wallander sabía que la paciencia no era su punto fuerte.

Así pues, se puso la cazadora y se preparó para salir.

Pero, en ese momento, Martinson abrió la puerta.

La expresión de su rostro denotaba que algo había sucedido.

Martinson se había detenido en el umbral de la puerta y Wallander lo observaba excitado.

—Nosotros no encontramos al hombre que te atacó anoche, pero hay alguien que lo vio.

Martinson empezó a señalar el recorrido sobre un plano de Ystad que Wallander tenía en la pared.

—El individuo te abatió en la esquina de la calle de Aulingatan con la de Giöddesgränd. Lo más probable es que, después, huyese por la de Herrestadsgatan para tomar acto seguido dirección norte. Poco después de que te atacase, alguien lo vio en un jardín de la calle de Timmermansgatan, que está muy cerca.

—¿Cómo que alguien lo vio?

Martinson sacó del bolsillo su pequeño bloc y empezó a ojear sus anotaciones.

—Se trata de la familia Simovic, una pareja joven. La mujer estaba despierta porque había estado dando el pecho a su bebé de tres meses. En algún momento, miró hacia el jardín y, entonces, descubrió la presencia de una persona que se movía entre las sombras. Fue enseguida a despertar a su marido, pero, cuando éste llegó a la ventana, la sombra había desaparecido. Él le dijo que habrían sido figuraciones suyas. Al parecer, ella se convenció y fue a acostarse cuando el bebé se hubo dormido. Pero hoy, cuando salió al jardín, recordó lo sucedido. De modo que fue al lugar donde le pareció haber visto a alguien la noche anterior. Hay que tener en cuenta que, para entonces, ella había oído hablar ya del asesinato de Lamberg. Y stad es tan pequeña, que también la familia Simovic había acudido a su estudio para hacerse un retrato.

—Ya, bueno, pero es imposible que esa mujer sepa nada de la persecución nocturna —objetó Wallander—. De eso no hemos informado aún.

—Cierto —convino Martinson—. Razón de más para estar más que satisfechos de que se pusiera en contacto con nosotros.

—¿Puede describir a la persona a la que vio en su jardín?

—No, pues apenas si distinguió una sombra.

Wallander observaba a Martinson sin comprender.

—En ese caso, no creo que sus observaciones nos ayuden lo más mínimo.

—También cierto —consintió Martinson—. Si no fuese por que, cuando salió esta mañana, encontró algo en el suelo. Algo que nos trajo a la comisaría hace tan sólo unos minutos. Algo que en estos momentos tengo sobre mi mesa...

Wallander siguió a Martinson pasillo arriba hasta que ambos llegaron al despacho del colega.

Y allí, sobre su escritorio, había un libro de salmos.

Wallander lo miró incrédulo.

—¿Eso? ¿Quieres decir que fue eso lo que encontró?

—Exacto. Un libro de salmos. De la Iglesia sueca, concretamente.

Wallander se esforzaba por reflexionar.

—¿Y por qué se le ocurrió a la señora Simovic traerlo aquí?

—Se ha producido un asesinato. Ella había descubierto durante la noche a alguien que se movía de forma sospechosa en su jardín. Al principio se dejó persuadir por su marido de que eran imaginaciones suyas..., hasta que encontró este libro de salmos.

Wallander negó despacio con un gesto.

—Ya, pero no tiene por qué haber sido el mismo hombre —rechazó.

—Aun así, yo creo que es más que probable. ¿Cuánta gente se dedica a fisgonear de noche por los jardines ajenos en la ciudad de Ystad? Además, las patrullas de guardia nocturna estuvieron recorriendo la zona en su busca. Estuve hablando con uno de los agentes y me aseguró que rondaron la calle de Timmermansgatan en varias ocasiones, de modo que un jardín era un buen escondite.

Wallander comprendió que Martinson tenía razón.

—Así que un libro de salmos —cedió al fin—. ¿Quién coño va por ahí con un libro de salmos a medianoche?

—Y, además, lo pierde en un jardín después de haber golpeado a un policía —remató Martinson.

—Bien, dile a Nyberg que lo examine. Y dale las gracias a la familia Simovic.

Cuando estaba a punto de salir del despacho de Martinson, se detuvo a preguntar:

—¿Quién era el encargado de sellar la quiniela?

—Hanson. Pero parece que aún no hemos empezado en serio.

—Si es que llegamos a hacerlo —apostilló Wallander.

El inspector fue a la pastelería que había junto a la plaza donde paraban los autobuses y almorzó unos bocadillos. El libro de salmos era un hallazgo misterioso que encajaba tan poco como todos los demás en la investigación de la muerte del fotógrafo. Wallander era consciente de su total desorientación. Buscaban, dando palos de ciego, algo a lo que aferrarse.

Tras su visita a la pastelería, se dirigió a la calle de Lavendervägen, donde, una vez más, fue Karin Fahlman quien le abrió la puerta. Sin embargo, en esta ocasión, Elisabeth Lamberg no estaba acostada, sino sentada en la sala de estar, aguardando al inspector. La palidez de la mujer volvió a sorprenderlo, pues le dio la sensación de que procedía del interior, además de parecerle una palidez inveterada, como si no fuese producto de una reacción coyuntural al hecho de que su marido acabase de ser asesinado.

Se sentó frente a ella, que lo miraba inquisitiva.

—Aún estamos lejos de hallar una solución —comenzó Wallander.

—Comprendo que haces lo que puedes —repuso la señora Lamberg comprensiva.

El inspector se preguntó por un momento qué habría querido decir exactamente. ¿Ocultaría su respuesta una crítica velada al trabajo policial o había sido sincera en su comentario?

—Bien, ésta es la segunda visita que te hago, pero creo que podemos contar con que no será la última: irán surgiendo nuevas preguntas a lo largo de la investigación.

—Responderé a todas ellas lo mejor que pueda.

—Verás, en esta ocasión no sólo tengo preguntas que hacerte sino que, además, tendría que revisar las pertenencias de tu marido —añadió Wallander.

Ella asintió sin pronunciar palabra.

Wallander, por su parte, estaba decidido a ir al grano.

—¿Tenía tu marido alguna deuda importante?

—No, que yo sepa. La casa estaba pagada y él nunca invertía en el estudio sin antes estar seguro de que podría amortizar los créditos en poco tiempo.

—¿Es posible que hubiese solicitado algún préstamo sin que tú tuvieses noticia de ello?

—Por supuesto que sí. Ya te dije que vivíamos bajo el mismo techo, pero nuestras vidas discurrían por senderos diferentes. Y, además, él era un hombre muy misterioso.

Wallander se aferró a su última afirmación.

—¿En qué sentido era misterioso? Lo cierto es que no acabo de comprenderlo.

Ella le lanzó una mirada penetrante.

—¿Qué es una persona misteriosa? Tal vez sea más acertado decir que era bastante cerrado, no sé. Era difícil saber si decía lo que pensaba o si hablaba por hablar. Yo podía estar a su lado y tener la sensación de que él se encontraba en otro lugar, muy lejos. Jamás supe si sonreía de corazón ni tampoco estuve nunca segura de quién era en realidad.

—Vaya, ésa era sin duda una situación difícil... —comentó Wallander—. Sin embargo, me cuesta creer que siempre fuera así.

—Bueno, no, él cambió mucho. Y todo empezó cuando nació Matilda.

—¡¿Hace veinticuatro años?!

—Bueno, quizá no tanto pero sí hace veinte años, aproximadamente. Al principio, yo pensaba que su cambio de actitud se debía al dolor que le provocaba la suerte de Matilda. Pero, después, empecé a dudar..., hasta que la cosa empeoró.

—¿Cómo que empeoró?

—Así es, hace unos siete años.

—¿Qué ocurrió entonces?

—Pues, sinceramente, no lo sé.

Wallander hizo una pausa, antes de retomar su interrogatorio.

—Si no te he entendido mal, algo sucedió hace siete años, ¿no es así? Y ese algo cambió su comportamiento de forma notable.

—Exacto.

—¿Y no tienes ni idea de qué pudo ser?

—Bueno, tal vez. En primavera, él solía dejar solo al dependiente durante catorce días, que invertía en emprender un viaje en autocar por Europa.

—¿Y tú no lo acompañabas?

—Verás, él quería ir solo, pero yo tampoco tenía muchas ganas de acompañarlo. Cuando quiero viajar, lo hago con mis amigas y a destinos muy distintos a los suyos.

—Ya, bueno, pero ¿qué fue lo que pasó?

—En aquella ocasión, el destino del viaje era Austria. Y, cuando regresó, era otro hombre. Parecía aliviado y triste al mismo tiempo. Cuando le preguntaba, estallaba en uno de aquellos ataques de cólera que tuve ocasión de padecer más de una vez.

Wallander había empezado a tomar notas.

—¿Cuándo sucedió esto, exactamente?

—En febrero o marzo de 1981. El viaje en autocar se había organizado desde Estocolmo, pero Simon se incorporó en Malmö.

—No recordarás, por casualidad, el nombre de la agencia de viajes, ¿verdad?

—Creo que se llamaba Markresor. Siempre viajaba con ellos.

Tras haber anotado el nombre, Wallander se guardó el bloc en el bolsillo.

—Bien, ahora me gustaría echar un vistazo. En especial, a su habitación, claro.

—Tenía dos, el dormitorio y el despacho.

Ambas dependencias se encontraban en el sótano. Wallander echó un vistazo rápido al dormitorio, donde abrió la puerta del armario. La mujer se mantenía unos pasos detrás de él sin dejar de observar sus movimientos. Después entraron en el despacho, que resultó ser una habitación amplia cuyas paredes aparecían cubiertas de librerías que contenían una buena colección de libros, un sillón de lectura bastante usado y una gran mesa de escritorio.

De repente al inspector se le ocurrió una idea.

—¿Sabes si tu marido era creyente? —inquirió.

—Pues no, la verdad, no creo que lo fuese.

Wallander dejó correr la mirada por los lomos de los volúmenes y comprobó que había entre ellos literatura en varios idiomas, pero también ensayos y libros sobre distintas materias. Varias de las estanterías no contenían más que libros sobre astronomía. Wallander tomó asiento ante el escritorio. Nyberg le había dejado el llavero, de modo que abrió el primer cajón. La mujer de Lamberg se había sentado en el sillón.

—Si prefieres estar solo, me voy —comentó.

—No, no es necesario —replicó Wallander.

La revisión del despacho le llevó dos horas, durante las cuales ella permaneció sentada, siguiéndolo con la vista. El inspector no halló nada que le permitiese avanzar en la investigación.

«De modo que algo ocurrió, hace siete años, durante un viaje a Austria», se dijo. «Pero ¿qué pudo ser?»

Cuando se dio por vencido, eran ya casi las cinco y media. La vida de Simon Lamberg parecía haber discurrido en el más absoluto hermetismo. Por más que se esforzaba en buscar, no hallaba ningún acceso. Subieron de nuevo a la planta baja donde, algo apartada, aguardaba Karin Fahlman. Todo seguía en silencio.

—¿Has encontrado lo que buscabas?

—Yo sólo sé que busco una pista que nos indique el posible móvil del asesino de tu marido. Y aún no la he encontrado, no.

Wallander se despidió y regresó a la comisaría. El viento soplaba aún racheado. El inspector sintió frío y, por enésima vez, se preguntó cuándo se decidiría a llegar la primavera.

A la puerta de la comisaría se topó con el fiscal, Per Åkeson. Entraron juntos hasta la recepción, mientras Wallander le ofrecía una síntesis del estado de la investigación.

—En otras palabras, no tenéis ninguna pista clara que seguir, por el momento —adivinó el fiscal.

—Pues no —admitió Wallander—. Nada parece apuntar en ningún sentido concreto. La brújula gira desaforada y sin rumbo.

Åkeson se marchó y, ya en el pasillo, Wallander se encontró con Svedberg, al que, precisamente, estaba buscando. Los dos colegas entraron en el despacho de Wallander, donde Svedberg fue a sentarse en la silla para las visitas, tan desvencijada que uno de los brazos amenazaba con soltarse en cualquier momento.

—Deberías pedir una silla nueva —sugirió Svedberg.

—¿Y tú crees que habrá dinero para ese tipo de gastos?

Wallander tenía el bloc de notas sobre el escritorio, y lo abrió antes de proseguir:

—Tengo que pedirte dos cosas. Una es que intentes comprobar si existe en Estocolmo una agencia de viajes llamada Markresor. Simon Lamberg hizo con ellos un viaje de dos semanas a Austria, en febrero o marzo de 1981. Averigua cuanto puedas sobre aquel viaje en autocar. Ni que decir tiene que lo mejor sería que lograses que, después de tantos años, te desenterraran de algún lugar la lista de pasajeros.

—¿Por qué es tan importante?

—Al parecer y según la viuda, que fue muy clara al respecto, durante aquel viaje ocurrió algo que provocó un cambio en Simon Lamberg. A decir de la mujer, cuando regresó ya no era el mismo.

Svedberg tomó nota.

—Pero hay algo más. Creo que deberíamos enterarnos de dónde está recluida su hija, Matilda. Al parecer vive en una clínica para personas con minusvalías graves, pero ignoramos dónde.

—¿Y no se lo preguntaste tú?

—Pues no. La verdad es que se me pasó. Tal vez el golpe que recibí anoche haya tenido mayores consecuencias de lo que yo creía...

—Está bien, lo averiguaré —afirmó Svedberg al tiempo que se ponía en pie.

Cuando salía, estuvo a punto de chocar con Hanson, que entraba en aquel momento.

—Creo que se me ha venido a la memoria algo importante —aseguró Hanson—. He estado rebuscando entre mis recuerdos y..., bueno, resulta que Simon Lamberg nunca tuvo problemas con la justicia, claro. Pero a mí me sonaba haber oído algo...

Wallander y Svedberg aguardaban impacientes, pues ambos sabían que, de vez en cuando, Hanson daba muestras sorprendentes de buena memoria.

—Y acabo de recordar de qué se trataba —continuó el agente—. Hace unos años, Lamberg escribió unas cartas en las que presentaba una serie de quejas contra la policía. Iban dirigidas a Björk, aunque casi ninguno de los asuntos que mencionaba guardaba relación con la policía de Ystad. Entre otras cosas, ponía de manifiesto su absoluta insatisfacción con nuestro modo de investigar diversos casos de crímenes violentos. Uno de ellos fue llevado por Kajsa Stenholm, que fracasó en Estocolmo con la resolución de un caso que, finalmente, acabó teniendo ramificaciones aquí la primavera pasada, cuando asesinaron a Göran Alexandersson. Ese asunto lo llevaste tú, ¿no? Y se me ha ocurrido que esa circunstancia tal vez podría explicar el hecho de que tu rostro apareciese en aquel álbum tan extraño.

Wallander asintió; Hanson podía muy bien tener razón, pero aquel descubrimiento no les permitiría avanzar.

La sensación de desconcierto se fortalecía en su interior.

Simplemente, no tenían nada real a lo que atenerse.

El asesino seguía siendo una escurridiza sombra.

Al tercer día de la investigación el tiempo cambió. Cuando, a eso de las seis de la mañana, Wallander despertó de un sueño reparador, los rayos del sol inundaban su habitación. El termómetro que tenía fijado al marco exterior de la ventana de la cocina indicaba que estaban a siete grados, de modo que pensó que tal vez la primavera estuviese, por fin, a punto de llegar.

El inspector contempló su rostro en el espejo del cuarto de baño. La mejilla izquierda aparecía inflamada y presentaba un ligero tono azulado. Cuando, con sumo cuidado, se puso a retirar el apósito que cubría la herida próxima al nacimiento del cabello, la sangre empezó a brotar enseguida, de modo que buscó uno nuevo y volvió a taparla. Después, examinó con la lengua el diente que le habían reparado de forma provisional y al que aún no se había habituado. Se dio una ducha y se vistió, pero, al ver la montaña de ropa sucia, se irritó tanto que bajó para anotarse en el horario de la lavandería mientras salía el café. No alcanzaba a comprender cómo podía acumularse tanta ropa sucia en tan poco tiempo. En condiciones normales, era Mona quien se encargaba de la colada. Al pensar en ella, sintió como un pinchazo. Después, se sentó a leer el periódico ante la mesa de la cocina. El asesinato de Lamberg ocupaba varias páginas. Björk había hecho algunas declaraciones que Wallander aprobó mientras leía. El comisario jefe se expresaba con acierto y sin andarse por las ramas.

A las seis y cuarto salió del apartamento, tomó el coche y puso rumbo a la comisaría. Puesto que todos los miembros del grupo de investigación estaban muy ocupados con el caso, habían decidido que no se reunirían hasta el final de la jornada.

La determinación sistemática de la naturaleza de Simon Lamberg, de sus costumbres, su economía, su entorno y su pasado exigía tiempo. Wallander, por su parte, había decidido averiguar si serían ciertos los rumores que Gunnar Larsson le había comentado y si, en efecto, Simon Lamberg se había movido en los círculos del juego ilegal. Y había decidido hacerlo a través de un viejo contacto suyo. Así, viajaría a Malmö para mantener una charla con un hombre al que no veía desde hacía ya cuatro años. Pese a todo, no le costaba imaginar dónde lo encontraría casi con total seguridad. Se dirigió a la recepción, ojeó los avisos telefónicos y resolvió que ninguno era demasiado importante. Continuó, después, hacia el despacho de Martinson, siempre tan madrugador. El colega trabajaba en una búsqueda en el ordenador.

—¿Qué tal va eso? —inquirió Wallander.

Martinson hizo un gesto de descontento.

—Simon Lamberg debió de ser lo más parecido a un ciudadano intachable —sentenció—. Ni una sola mancha, ni siquiera una multa. Nada.

—Pues corre el rumor de que se dedicaba al juego —advirtió Wallander—. Pero al juego ilegal. Y que también tenía deudas pendientes. Yo pensaba dedicar la mañana a investigar por esa vía. Así que iré a Malmö.

—¡Qué buen tiempo tenemos!, ¿verdad? —comentó Martinson sin apartar la vista de la pantalla.

—Y que lo digas. Casi se atreve uno a albergar cierta esperanza...

Wallander emprendió su viaje a Malmö. La temperatura había subido algo más y el inspector se deleitó con la idea de la transformación que el paisaje experimentaría en breve. Pero su mente no tardó en volver a concentrarse en la investigación de que era responsable. Aún carecían de directrices que seguir. No tenían ningún móvil obvio. La muerte de Simon Lamberg se le antojaba inexplicable. Un fotógrafo que llevaba una vida de lo más apacible..., que había vivido la tragedia de tener una hija minusválida y que, además, vivía, de hecho, separado de su mujer. Sin embargo, nada de aquello apuntaba a que nadie tuviese el menor motivo para aplastarle la cabeza con una violencia desaforada.

Por otro lado, le había sucedido algo, durante un viaje a Austria realizado hacía siete años. Y ese algo había transformado su vida de un modo radical.

Wallander contemplaba de vez en cuando el paisaje mientras conducía. Se preguntaba qué era lo que se le ocultaba en la figura de Simon Lamberg. Había algo inasible en su personalidad; su vida, su forma de ser se les escurrían de las manos.

Wallander llegó a Malmö poco antes de las ocho y fue directamente al aparcamiento situado detrás del hotel Savoy, desde donde accedió al hotel para encaminarse luego al comedor.

El hombre al que buscaba estaba solo, sentado ante una de las mesas que había al fondo de la sala. Estaba enfrascado en la lectura de un periódico matutino. El inspector se acercó hasta la mesa y el hombre alzó la vista sobresaltado.

—¡Kurt Wallander! —exclamó—. ¿Tanta hambre tienes que has de venir hasta Malmö para desayunar?

—Tú siempre con esa lógica tuya tan curiosa —repuso Wallander mientras tomaba asiento.

Se sirvió una taza de café mientras rememoraba el día que conoció a Peter Linder, el hombre al que tenía sentado al otro lado de la mesa. En efecto, lo vio por primera vez hacía más de nueve años, hacia mediados de los setenta. Wallander acababa de empezar a trabajar en Ystad. Habían intervenido contra un club de juego ilegal organizado en una finca apartada y solitaria situada a las afueras de Hedeskoga. A nadie le cabía la menor duda de que Peter Linder estaba detrás de aquello, puesto que los pingües beneficios de aquella dudosa actividad habían ido a parar a sus arcas. Sin embargo, tras el subsiguiente juicio, Linder quedó absuelto.

Una jauría de abogados logró sortear la elaborada acusación del fiscal y Linder salió del juzgado como un hombre libre. Jamás se supo del dinero que había ganado, como tampoco se averiguó dónde estaba. Pero, pocos días después de la celebración de la vista, Linder se presentó en la comisaría, donde manifestó su deseo de hablar con Wallander, ante quien presentó sus quejas por el trato, según él, vejatorio que había recibido de la justicia sueca. Wallander se encolerizó.

—¡Todo el mundo sabe que tú estabas detrás de todo! —había rugido el inspector en aquella ocasión.

—¡Pues claro que sí! —respondió entonces Peter Linder—. Sin embargo, el fiscal no logró demostrarlo lo suficiente como para que me condenasen. Lo que, por otro lado, no implica que yo haya perdido mi derecho a sentir que me dispensaban un trato improcedente.

La desfachatez de Peter Linder dejó mudo a Wallander. Después, el hombre estuvo desaparecido de su vida hasta que, un día, le llegó al inspector una carta anónima con un soplo acerca de otro club de juego clandestino de Ystad. En aquella ocasión, los responsables del delito fueron condenados. Wallander supo en todo momento que el anónimo remitente de la misiva no podía ser sino Peter Linder. Y puesto que ya en su primera entrevista el hombre le había confesado a Wallander que él «siempre desayunaba en el Savoy», el inspector se presentó allí una mañana. Y, pese a que Linder negó con una amplia sonrisa ser el autor del mensaje, ambos sabían que no era cierto.

—Veo por los periódicos que la vida de los fotógrafos corre grave peligro en Ystad —comentó Peter Linder.

—Bueno, no más que en otros lugares.

—¿Y qué hay de los clubes de juego?

—Pues yo creo que, por ahora, no tenemos ese problema.

Peter Linder exhibió una de sus sonrisas subrayada por el azul intenso de sus ojos.

—En ese caso, tal vez debiera considerar la posibilidad de establecerme de nuevo en los alrededores de Ystad. ¿Qué te parece a ti la idea?

—Tú ya sabes qué opino al respecto —atajó Wallander—. Y has de saber que si algún día se te ocurriera volver, te atraparíamos.

Peter Linder meneó la cabeza y sonrió una vez más. A Wallander lo irritaba su sonrisa, pero no dijo nada.

—En fin, he venido para hablar contigo sobre el fotógrafo asesinado.

—Yo sólo acudo al fotógrafo de la corte, uno que vive aquí en Malmö. Fue el que fotografió Sofiero* durante el reinado anterior. Un fotógrafo excelente.

—Lo único que tienes que hacer es responder a mis preguntas —lo interrumpió Wallander.

—¿Es esto un interrogatorio?

—No, pero soy lo suficientemente ingenuo como para creer que puedes ayudarme y, más aún, que estás dispuesto a hacerlo.

Peter Linder lo invitó a preguntar con un amplio gesto de los brazos.

—Simon Lamberg —comenzó Wallander—. El fotógrafo..., verás, corría el rumor de que jugaba y apostaba grandes sumas. Por si fuera poco, parece que estaba implicado en asuntos ilegales, tanto aquí como en Copenhague. Además, tenía deudas pendientes y, al parecer, había caído en el abismo de la trampa de los acreedores. ¿Has oído hablar de él?

Peter Linder reflexionó unos segundos.

---

* Bello palacio situado en Helsingborg (Malmö), una de las residencias de verano de la casa real sueca desde su construcción, iniciada en 1864 por el rey Oskar II, que, en 1905, lo donó como regalo de bodas a su nieto Gustav VI Adolf (1882-1973) y a su esposa Margareta, que convirtió sus jardines en una de las, hasta hoy, más completas y famosas colecciones de rododendros de Europa. (*N. de la T.*)

—No —declaró a continuación—. Y te aseguro que, de haber sido verdad la mitad de lo que dices, sabría quién era.

—¿Y no cabe la posibilidad de que te haya pasado por alto, por una u otra razón?

—No, no —insistió Peter Linder—. Eso es impensable.

—Vamos, no puede ser que lo sepas todo, ¿no?

—Tratándose del mundo del juego ilegal en el sur de Suecia, sí, no se me oculta nada. Además, también sé algo de filosofía clásica y de arquitectura árabe. Pero, aparte de eso, prácticamente nada.

Wallander no opuso objeción, pues recordaba que Peter Linder había hecho una carrera sorprendente en el mundo universitario. Después, un buen día, sin previo aviso, dejó los corredores académicos y no tardó en establecerse como propietario de un club de juego.

Wallander apuró su café.

—Te agradecería que me enviases una de tus cartas anónimas si oyeses algo —ironizó.

—Indagaré en Copenhague —prometió Peter Linder—. Pero dudo mucho que saque nada interesante que ofrecerte.

Wallander asintió y se levantó en el acto dispuesto a marcharse: no se veía estrechándole la mano a Peter Linder.

Hacia las diez de la mañana Wallander ya estaba de vuelta en la comisaría. Unos policías disfrutaban de una taza de café sentados al calor primaveral en el patio de la entrada. Wallander fue al despacho de Svedberg, pero tanto éste como Hanson estaban fuera. Sólo Martinson trabajaba incansable ante la pantalla de su ordenador.

—¿Qué tal te fue en Malmö? —quiso saber el colega.

—Por desgracia, parece que los rumores no son ciertos —repuso Wallander.

—¿Cómo que por desgracia?

—Bueno, eso al menos nos habría proporcionado un móvil, no sé, deudas de juego, acreedores... Justo lo que necesitamos.

—Svedberg estuvo consultando el registro mercantil y resulta que la agencia de viajes Markresor ha dejado de existir. Se unieron hace ya cinco años a otra agencia que quebró el año pasado. Según él, sería imposible encontrar la lista de pasajeros, aunque sí habría posibilidad de dar con el chófer del autocar, si aún vive.

—¿Dónde está ese hombre ahora?

—No lo sé.

—¿Y dónde están Hanson y Svedberg?

—Svedberg está indagando en la economía de Lamberg. Hanson está hablando con los vecinos. Y Nyberg está reprobando la actuación de uno de los técnicos, que ha echado a perder una de las pisadas.

—Pero ¿tú crees que es posible echar a perder una huella de un zapato?

—Bueno, si la gente puede perder un libro de salmos en un jardín ajeno...

«Martinson está en lo cierto», se dijo Wallander. «Uno puede perder cualquier cosa.»

—¿Algún soplo? —inquirió.

—Salvo el libro de salmos de la familia Simovic, nada. Bueno, también ha habido otras llamadas, pero ninguna merecía la pena. Claro que puede que llamen más. La gente suele tomárselo con calma, ya sabes.

—¿Y el director de banco, Backman?

—Es de fiar, pero no había visto más que lo que ya sabíamos.

—¿Qué me dices de Hilda Waldén, la mujer de la limpieza?

—Tampoco de ahí sacaremos nada en claro.

Wallander se apoyó contra el quicio de la puerta.

—¿Y quién coño ha podido matarlo? ¿Cuál habrá sido el móvil?

—¿Y quién cambia la emisora de radio y corretea por la ciudad con un libro de salmos en el bolsillo? —añadió Martinson.

Las preguntas quedaron, por el momento, sin respuesta. Wallander se dirigió a su despacho dominado por una molesta sensación de inquietud y desasosiego. El encuentro con Peter Linder lo había convencido de que no podían confiar en hallar la solución en algún intersticio del mundo del juego ilegal. ¿Qué les quedaba, pues? Se sentó ante el escritorio con la intención de realizar una nueva síntesis. Tras algo más de una hora, leyó lo que había escrito. Empezaba a inclinarse, cada vez más, por la hipótesis de que el hombre que asesinó a Lamberg entró en el establecimiento con el permiso de su víctima. No cabía duda de que debía de tratarse de una persona a la que Lamberg conocía y en la que confiaba. Alguien cuya identidad desconocería incluso la mujer del fotógrafo. Svedberg llamó a la puerta con unos golpecitos que vinieron a interrumpir su reflexión.

—¡Adivina dónde he estado! —exclamó el colega.

Wallander negó con la cabeza, pues no estaba para adivinanzas.

—Matilda Lamberg vive en una residencia situada a las afueras de Rydsgård y, como estaba tan cerca, pensé que no me costaría nada ir a visitarla.

—O sea, que la has visto, ¿no es así?

Svedberg adoptó enseguida una expresión grave.

—Sí, y créeme que fue tremendo. Está totalmente incapacitada.

—Bueno, bueno, ahórrame los detalles —atajó Wallander—. Creo que puedo hacerme una idea de todos modos.

—¿Sabes?, ocurrió algo extraño —prosiguió Svedberg—. Estuve hablando con la directora, una mujer amable, de esas heroínas ignoradas de nuestro tiempo. Le pregunté con qué frecuencia iba Simon Lamberg a visitar a su hija.

—¡Muy bien! Y ¿qué te dijo?

—Que jamás había estado allí. Ni una sola vez durante todos estos años.

Wallander no dijo palabra, pero sintió un profundo malestar.

—Elisabeth Lamberg solía ir una vez por semana, en general los sábados. Pero lo curioso no fue eso.

—¿Ah, no?, ¿y entonces?

—Pues según la directora de la residencia, la joven recibía las visitas de otra mujer. De forma irregular, aparecía a veces: nadie sabía quién era ni cómo se llamaba.

Wallander frunció el entrecejo.

«Una desconocida...»

De repente, la sensación de haber dado con una pista fructífera se fortaleció. Ignoraba de dónde procedía, pero allí estaba: por fin habían dado con una vía que los condujese a la resolución de aquel caso.

—¡Bien! —exclamó—. Excelente. Intenta localizar a todo el mundo: tenemos reunión.

A las doce del mediodía el grupo de investigación estaba reunido con Wallander al frente. Todos parecían llenos de la energía que les infundía el buen tiempo. Poco antes de que comenzase la reunión, Wallander había recibido un informe preliminar del forense. Al parecer, Simon Lamberg había muerto minutos antes de la medianoche. El golpe que había recibido en la nuca había sido muy violento y fue la causa inmediata de su muerte. En la herida provocada por el impacto habían hallado restos de metal que fácilmente identificaron como cobre, por lo que ya podían empezar a figurarse que el arma utilizada habría sido una estatuilla o un objeto similar. Wallander llamó enseguida a Hilda Waldén para preguntarle si en el estudio había alguna figura de cobre, pero la mujer negó de forma rotunda. Y aquélla era, en efecto, la respuesta que esperaba el inspector y de la que dedujo que el asesino de Simon Lamberg llevaba consigo el arma del crimen. Eso implicaba, a su vez, que el crimen había sido premeditado y no el desenlace de una discusión acalorada ni el resultado de un impulso.

Para el grupo de investigación, esta constatación resultó de suma importancia. En efecto, ahora sabían que buscaban a un sospechoso que había actuado con premeditación. Sin embargo, ignoraban por qué había regresado al lugar del crimen. Lo más probable era que hubiese olvidado algo, pero a Wallander no lo abandonaba la sospecha de que tal vez fuese otra la razón, por más que ellos no la hubiesen descubierto aún.

—¿Y qué podría ser? —inquirió Hanson—. Si no fue un olvido, tal vez volvió para dejar algo, ¿no es eso?

—Lo que también puede ser consecuencia de un olvido... —sugirió Martinson.

Siguieron avanzando lentos pero seguros y revisando todo lo que habían logrado poner en claro hasta el momento. Con todo, la mayoría de los aspectos de la investigación estaban aún bastante confusos. No eran pocas las respuestas que les quedaban por conocer o que no habían logrado extraer de la información que poseían, pero Wallander quería tener todas las cartas sobre la mesa en el acto. Sabía por experiencia que todos los agentes de un grupo de investigación debían estar en posesión de la misma información al mismo tiempo. Y una de sus peores costumbres como profesional era precisamente que solía reservarse la información. No obstante, había conseguido mejorar algo con los años.

—Hemos encontrado bastantes huellas dactilares y de pisadas —intervino Nyberg cuando Wallander le dio la palabra—. Además, tenemos un buen pulgar en el libro de salmos. Pero aún no sabemos si coincide con alguno de los que encontramos en el estudio de fotografía.

—¿Tenemos algo seguro sobre el libro? —quiso saber Wallander.

—Bueno, parece muy usado, pero no lleva escrito el nombre del propietario; ni ningún sello que indique si pertenece a alguna iglesia o parroquia.

Wallander asintió y miró a Hanson.

—Todavía no estamos del todo listos con los vecinos —explicó éste—. Pero ninguno de los que hemos interrogado hasta ahora ha visto ni oído nada extraño. Ningún ruido nocturno en el estudio, nada en la calle. Y tampoco ninguno de ellos recuerda haber visto a nadie merodeando a la puerta del estudio ni aquella noche ni con anterioridad. Por otro lado, todos juran y perjuran que Simon Lamberg era un hombre muy apreciado, aunque reservado.

—¿Hemos recibido alguna otra llamada de interés?

—Bueno, la gente no para de llamar, pero nada parece interesante, por ahora.

Wallander preguntó por las cartas que Lamberg había redactado y en las que se quejaba del modo en que la policía llevaba a cabo su trabajo.

—Parece que están en la central de prensa, en Estocolmo; pero las están reuniendo. De todos modos, sólo hay una en la que, de forma tangencial, se mencionaba nuestro distrito.

—La verdad, a mí me cuesta evaluar el álbum —confesó Wallander—. Tal vez porque yo mismo figuro en él, claro. Al principio me pareció de lo más desagradable, pero ahora ya no sé qué pensar...

—Bueno, hay quien, en la cocina de su casa, se dedica a redactar libelos contra los poderosos —apuntó Martinson—. Pero Simon Lamberg era fotógrafo. Él no escribía, pero podemos decir que el estudio era su cocina.

—Sí, puede que tengas razón. Ya retomaremos ese asunto cuando sepamos algo más.

—Lamberg era un tipo complejo —terció Svedberg—. Amable y retraído, pero también algo más. Lo que ocurre es que no sabemos cifrar en palabras en qué consistía ese algo más.

—No, aún no —convino Wallander—. Pero la imagen irá perfilándose poco a poco, como siempre.

Wallander les refirió entonces lo que él mismo había sacado en claro de su visita a Malmö y su conversación con Peter Linder.

—Así que creo que podemos olvidarnos de los rumores sobre Lamberg y el juego —concluyó—. Al parecer, no fueron más que eso, puras habladurías.

—La verdad, no me explico cómo puedes confiar lo más mínimo en lo que te diga ese sujeto —objetó Martinson.

—Bueno, es lo suficientemente sensato como para saber cuándo tiene que decir la verdad —señaló Wallander—. Y como para no mentir sin necesidad.

Le tocó entonces el turno a Svedberg, que les refirió el resultado de sus pesquisas sobre la agencia de viajes de Estocolmo que había dejado de existir. Aunque insistió en que, pese a todo, cabía la posibilidad de localizar al conductor del autocar en el que Lamberg viajó a Austria en 1981.

—La agencia Markresor recurría a los servicios de una compañía de autocares de Alvesta —explicó el colega—. Y, según pude averiguar, la compañía sigue existiendo.

—¿De verdad crees que puede resultar de utilidad ponerse en contacto con ellos? —inquirió Hanson.

—Es posible —intervino Wallander—. O tal vez no. Pero Elisabeth Lamberg estaba convencida de que su marido regresó muy cambiado de aquel viaje.

—Quién sabe si no se había enamorado... —sugirió Hanson—. Eso es lo que suele ocurrir en los viajes organizados, ¿no?

—Por ejemplo —admitió Wallander al tiempo que, fugazmente, se preguntaba si no le habría ocurrido algo semejante a Mona el año anterior, durante su viaje a las islas Canarias.

Pero desechó la idea y se dirigió de nuevo a Svedberg.

—Encuentra a ese conductor. Es posible que dé algún resultado.

Svedberg les relató entonces sus impresiones durante la visita a Matilda Lamberg. Una oleada de abatimiento inundó la sala cuando el colega les reveló que Simon Lamberg jamás había ido a la residencia para ver a su hija inválida. Sin embargo, no se mostraron tan interesados ante el detalle de que una desconocida la hubiese visitado de vez en cuando. Por su parte, Wallander seguía persuadido de que aquello podía llevarlos a alguna pista. No tenía la menor idea de cómo encajar a aquella mujer en lo sucedido, pero no tenía intención de rendirse hasta haber comprobado quién era.

Finalmente revisaron la imagen que, hasta el momento, habían podido forjarse de Simon Lamberg. Según avanzaban en el estudio de su persona, se reafirmaban en la idea de que había vivido una existencia ordenada; una existencia inmaculada tanto en su economía como en los demás aspectos de su vida como ciudadano. Wallander les recordó que alguno de ellos debería hacer una visita a la asociación de astrónomos de Lund de la que Lamberg era miembro y Hanson se ofreció para ello.

Martinson les confirmó, tras sus pesquisas informáticas, que Simon Lamberg no había tenido ningún percance con la policía.

Era ya más de la una cuando Wallander dio por concluida la reunión.

—Bien, veamos cuál es la situación: seguimos sin tener el móvil; pero lo más importante es sin duda que ahora podemos estar seguros de que el crimen fue premeditado. El asesino llevaba el arma consigo, de modo que podemos desechar las hipótesis sobre un atraco que degeneró en algo más.

Dicho esto regresó cada uno a su cometido. Wallander tenía pensado ir a la residencia en la que vivía Matilda Lamberg. La sola idea de lo que podría encontrar al llegar lo llenaba de angustia: enfermedad, sufrimiento e invalidez eran azotes a los que él nunca había sabido cómo enfrentarse. Pero deseaba averiguar algo más acerca de aquella descono-

300

cida, de modo que salió de Ystad y puso rumbo a la carretera de Svartevägen, en dirección a Rydsgård. El mar tentaba su espíritu desde su izquierda: bajó la ventanilla y fue conduciendo muy despacio.

De repente, empezó a pensar en Linda, su hija de dieciocho años que, en aquellos momentos, se encontraba en Estocolmo. La joven deambulaba entre distintas inclinaciones por las que orientar su futuro. Tapicera de muebles o fisioterapeuta; incluso actriz de teatro. Vivía con una amiga en un apartamento de alquiler situado en el barrio de Kungsholmen. En el fondo, Wallander no tenía muy claro de qué vivía su hija, pero sabía que, de vez en cuando, trabajaba como camarera en algún que otro restaurante. Cuando no estaba en Estocolmo, se iba a Malmö, con su madre. Y entonces solía ir a Ystad, aunque de forma poco regular, a visitar a Wallander.

El recuerdo de su hija lo llenó de inquietud. En realidad, no eran pocos los rasgos del carácter de la joven de los que él mismo pensaba que carecía. En su fuero interno, no dudaba de que ella lograría abrirse camino en la vida. Pero no por ello dejaba de preocuparse. Era algo que no podía evitar.

Wallander se detuvo en Rydsgård y almorzó unas chuletas, algo tarde, en el parque de Gästgivargården. En torno a la mesa que tenía a sus espaldas, se desarrollaba una acalorada discusión entre agricultores partidarios y detractores de cierto nuevo tipo de dispersor de abono. Entretanto, Wallander comía intentando concentrarse sólo en el plato. En efecto, era aquél un aprendizaje adquirido de su maestro Rydberg, que aseguraba que, cuando uno comía, no debía ocupar su mente con otra cosa que lo que había en el plato. Según el colega, uno se sentía, después, como si la mente se hubiese despejado de modo similar al de una casa cuyas ventanas se abrían después de haber estado cerrada y vacía durante mucho tiempo.

La residencia estaba cerca de Rynge. Wallander se guió por las indicaciones de Svedberg, por lo que no tuvo la menor dificultad en dar con el lugar. Giró para entrar en el patio y salió del coche. El conjunto se componía de una mezcla de edificios antiguos y modernos. Buscó la entrada principal y, una vez en el interior, lo sorprendió una risotada estridente cuyo origen no pudo precisar. Wallander se acercó a una mujer que regaba las plantas y le dijo que quería hablar con la directora.

—Soy yo —replicó la mujer con una sonrisa—. Me llamo Margareta Johansson. En cuanto a ti, tu fotografía ha aparecido tantas veces en los periódicos, que no necesitas presentación.

La mujer siguió regando las plantas mientras Wallander se esforzaba por olvidar su comentario.

—Me imagino que, a veces, debe de ser terrible ser policía —continuó ella.

—Bueno, puede que sí —admitió Wallander—. Pero, por otro lado, a mí no me gustaría vivir en este país si no existiese la policía.

—Sí, supongo que tienes razón —se rindió la mujer dejando a un lado la regadera—. ¿Me equivoco al sospechar que has venido por Matilda Lamberg?

—En realidad, no es por ella, sino por la mujer que suele visitarla y que no es su madre.

Margareta Johansson clavó en él su mirada, que dejó traslucir un fugaz atisbo de inquietud en la expresión de su rostro.

—¿Acaso tiene ella algo que ver en el asesinato del padre?

—No, no lo creo. Pero, de todos modos, me gustaría saber quién es.

Margareta Johansson señaló una puerta entreabierta que conducía a uno de los despachos.

—Ven, estaremos mejor ahí dentro —propuso al tiempo que le ofrecía un café, que Wallander rechazó.

—Matilda no recibe muchas visitas —continuó la directora—. Cuando yo llegué a la residencia, hace ya catorce años, ella llevaba seis aquí. Y, por aquel entonces, tan sólo su madre venía a verla. Y algún que otro pariente, en ocasiones más que contadas. Matilda apenas si se da cuenta de que recibe visitas. Está ciega y también su capacidad auditiva es deficiente; además, no reacciona a la mayor parte de lo que sucede a su alrededor. Pero nosotros insistimos en la conveniencia de que las personas que pasan aquí muchos años o incluso toda su vida, reciban visitas. Aunque sólo sea por la sensación de que, pese a todo, forman parte de la gran familia, ¿no crees?

—¿Cuándo empezaron las visitas de la mujer?

Margareta Johansson hizo memoria antes de responder.

—Hace siete u ocho años.

—¿Con qué frecuencia viene a verla?

—Nunca ha sido muy regular, la verdad. En ocasiones ha transcurrido más de medio año entre una visita y la siguiente.

—¿Y nunca dijo su nombre?

—Jamás. Sólo dice que viene a ver a Matilda.

—Supongo que lo pusiste en conocimiento de Elisabeth Lamberg.

—Por supuesto.

—¿Cómo reaccionó ella al saberlo?

—Se quedó perpleja. También ella ha indagado sobre la identidad de la mujer y nos ha pedido que la llamemos en cuanto venga. El problema es que las visitas de la desconocida siempre son muy breves. Elisabeth Lamberg nunca ha llegado a tiempo de verla.

—¿Cómo suele venir?

—En coche.

—¿Lo conduce ella misma?

—Pues..., nunca he reparado en ese detalle. Es posible que hubiera otra persona en el coche, pero, en ese caso, nadie se ha dado cuenta.

—Ya, bueno, me imagino que nadie se fijó tampoco en el coche o quizás incluso en el número de matrícula, ¿verdad?

Margareta Johansson negó con un gesto de la cabeza.

—¿Podrías describir a la mujer?

—Tiene entre cuarenta y cincuenta años. Es delgada, no muy alta y viste de forma sencilla y elegante. Tiene el cabello rubio y corto y no usa maquillaje.

Wallander no cesaba de tomar notas.

—¿Alguna otra característica suya que te haya llamado la atención?

—No.

Wallander se puso en pie.

—¿No quieres ver a Matilda? —inquirió la mujer.

—Por desgracia, no tengo tiempo —repuso Wallander esquivo—. Pero lo más probable es que vuelva por aquí. Por cierto, quiero que llames a la policía de Ystad tan pronto como esa mujer aparezca de nuevo. ¿Cuándo fue la última vez que estuvo aquí?

—Hace un par de meses.

La directora lo acompañó hasta el patio. Una enfermera pasó ante ellos empujando una silla de ruedas en la que Wallander entrevió el cuerpo atrofiado de un niño cubierto por una manta.

—Todos nos encontramos mejor cuando llega la primavera —declaró Margareta Johansson—. Incluso nuestros pacientes, que suelen pasarse la vida encerrados en su propio mundo.

Wallander se despidió y se encaminó al coche. Acababa de poner en marcha el motor cuando sonó el teléfono de Margareta Johansson. La mujer salió y le informó en voz alta de que Svedberg le estaba llamando, de modo que Wallander volvió a entrar y tomó el auricular.

—Encontré al conductor —aseguró el colega—. Lo cierto es que fue mucho más fácil de lo que imaginaba... En fin, el hombre se llama Anton Eklund.

—Estupendo.

—Pues hay algo mejor aún. Adivina lo que me contó: re-sulta que el hombre solía guardar las listas de pasajeros y de aquel viaje tiene incluso fotografías.

—¿Tomadas por Simon Lamberg?

—¿Cómo lo sabes?

—Sólo hice lo que me pedías: adivinar.

—Bueno, el caso es que vive en Trelleborg y ya está jubi-lado, pero me aseguró que estaría encantado de recibirnos en su domicilio.

—Muy bien, porque eso es precisamente lo que vamos a hacer muy pronto.

Sin embargo, Wallander tenía otras visitas en las que pen-sar que urgían más que la del conductor retirado. Una de ellas, en concreto, no admitía aplazamiento alguno.

De hecho, había pensado ir directamente desde Rynge a ver a Elisabeth Lamberg.

En efecto, tenía una pregunta que hacerle. Y necesitaba una respuesta inmediata.

Cuando el inspector llegó a casa de la viuda, ésta se en-contraba en el jardín arreglando, acuclillada, uno de los se-tos y, cuando Wallander aplicó el oído inclinado sobre la valla, le pareció oírla tararear una canción. De modo que, se-gún concluyó, el luto por la muerte de su marido no parecía ni profundo ni duradero. El inspector abrió la verja y, al oír el ruido, la mujer se incorporó con una pequeña pala en la mano y los ojos entrecerrados ante la intensa luz del sol.

—Siento presentarme a molestar otra vez, tan pronto —se excusó Wallander—. Pero lo cierto es que tengo una pregunta cuya respuesta necesito cuanto antes.

La mujer dejó la pala en una cesta que había en el suelo.

—¿Vamos adentro?

—No, no es necesario.

Entonces la mujer señaló unas sillas plegables en las que se sentaron.

—He ido a la residencia de Matilda y he estado hablando con la directora —comenzó Wallander.

—¿Sí? ¿Y viste a Matilda?

—No, por desgracia no tenía tiempo.

Wallander no quería admitir la verdad: que enfrentarse a personas con minusvalías graves era para él un obstáculo casi infranqueable.

—Pero hablamos de la desconocida que suele visitarla.

Elisabeth Lamberg se había puesto un par de gafas de sol de cristales ahumados, de modo que su mirada resultaba inaccesible para Wallander.

—La última vez que tú y yo hablamos de Matilda, no mencionaste a esa mujer. Y este hecho me sorprende tanto como despierta mi curiosidad. Además, me parece de lo más extraño.

—No pensé que fuera importante.

Wallander no estaba muy seguro de hasta qué punto podía ser duro o directo a partir de aquel momento. Pese a todo, el marido de la mujer que tenía delante había sido brutalmente asesinado hacía tan sólo unos días.

—¿Y no será que tú sabes quién es esa mujer pero que, por alguna razón, deseas mantener en secreto su identidad?

La señora Lamberg se quitó las gafas y fijó la mirada en él.

—Ignoro quién es. He intentado averiguarlo, pero sin éxito.

—¿Y qué has hecho para averiguarlo?

—Lo único que estaba en mi mano: le pedí al personal de la residencia que me llamasen tan pronto como ella apareciese. Y lo han hecho. Pero nunca he llegado a tiempo.

—Ya, bueno, supongo que también podrías haberle pedido al personal de la residencia que no la dejasen entrar, ¿no? O que le dijesen claramente que no le estaba permitido visitar a Matilda sin antes dejar su nombre.

Elisabeth Lamberg lo miró inquisitiva.

—Pero... ¡si dijo su nombre! Lo hizo la primera vez que estuvo allí. ¿Acaso no te lo contó la directora?

—Pues no.

—Se presentó como Siv Stigberg y dijo que vivía en Lund. Lo único que ocurre es que no hay en Lund nadie con ese nombre. Ya lo he comprobado. Y he buscado en las guías de teléfonos de todo el país. Existe una Siv Stigberg en Kramfors y otra en Motala. Incluso he hablado con ellas. Pero ninguna tenía la menor idea de qué les estaba hablando.

—Es decir, que dio un nombre falso, ¿no es eso? Y ésa es la razón por la que Margareta Johansson no me dijo nada.

—Sí y, la verdad, no lo entiendo.

Wallander reflexionó un instante, pero no veía motivo para dudar de sus palabras.

—Bueno, bueno. Eso es muy extraño. Sigo sin comprender por qué no mencionaste esas visitas desde el principio.

—Sí, ahora comprendo que debí hacerlo.

—Supongo que habrás meditado mucho sobre quién será y por qué visitará a tu hija.

—¡Claro que sí! Y por eso le dije a la directora que le permitiese continuar visitando a Matilda, porque un día llegaré a tiempo.

—¿Y qué hace mientras está allí?

—Pues no suele quedarse mucho tiempo, contempla a Matilda pero sin decir nada. Y eso que Matilda comprende lo que se le dice.

—¿No se te ocurrió preguntarle a tu marido por ella?

El tono de voz de la mujer dejó traslucir la más intensa amargura al responder:

—¿Y por qué habría de preguntarle? A él no le interesaba Matilda. Ella simplemente no existía.

Wallander se puso en pie.

—Está bien. En cualquier caso, mi pregunta ya tiene respuesta.

El inspector se marchó directamente a la comisaría. La sensación de que el tiempo apremiaba se tornó de pronto muy intensa. Estaba ya entrada la tarde pero halló a Svedberg en su despacho.

—A ver, nos vamos a Trelleborg —anunció en el umbral de la puerta—. ¿Tienes la dirección del conductor?

—Anton Eklund vive en un apartamento, en el centro de la ciudad.

—Tal vez sea conveniente que lo llames para comprobar si está en casa.

Svedberg buscó hasta hallar el número de teléfono. Eklund respondió en el acto.

—Podemos ir —comunicó Svedberg una vez concluida la breve conversación.

Partieron en el coche del colega, que era mejor que el de Wallander. Svedberg conducía rápido pero seguro. Y, por segunda vez aquel día, recorría Wallander la carretera de Strandvägen en dirección oeste. Durante el trayecto, el inspector le refirió a Svedberg su visita a la residencia y a la casa de Elisabeth Lamberg.

—No puedo evitar la sensación de que esa mujer es importante —concluyó—. Y, desde luego, está relacionada con Simon Lamberg.

Continuaron el viaje en silencio. Wallander disfrutaba abstraído de la belleza del paisaje. Incluso llegó a dar una cabezada. Ya no le dolía la mejilla, aunque aún conservaba algo del color violáceo. La punta de la lengua también había empezado a habituarse a la muela provisional.

Svedberg no tuvo que preguntar más que una vez para dar con la casa de Anton Eklund en Trellebog. Era un edificio construido en ladrillo rojo, de varias plantas, situado en el centro de la ciudad. Eklund vivía en el primer piso y, como los había visto llegar, los aguardaba con la puerta abierta. El conductor jubilado era un hombre de elevada estatura que lucía una melena de color gris. El apretón que le dio a Wallander cuando se estrecharon las manos fue tan fuerte que casi le hizo daño. El hombre los invitó a pasar al interior del apartamento, que no era muy grande. La mesa estaba puesta y el café caliente. Wallander no tardó en concluir que lo más probable era que viviese solo. El apartamento estaba limpio, pero a él le dio la sensación de que era el hogar de un hombre solo. Tan pronto como hubieron tomado asiento, sus sospechas se vieron confirmadas.

—Me quedé solo hace tres años, cuando murió mi mujer —confesó el hombre—. Entonces me mudé a este apartamento. Sólo pudimos disfrutar de un año de jubilación. Una mañana, amaneció muerta en la cama.

Ninguno de los dos agentes pronunció palabra, pues no había nada que decir. Eklund les ofreció una bandeja con dulces y Wallander tomó un trozo de bizcocho.

—Veamos, en marzo de 1981 llevaste un autocar de viaje a Austria —comenzó el inspector—. Markresor era la agencia organizadora. Teníais la salida desde la plaza de Norra Bantorget, en Estocolmo, y el destino era Austria.

—Así es. Íbamos a Salzburgo y a Viena. Treinta y dos pasajeros, un guía y yo. El vehículo era un autobús Scania, totalmente nuevo.

—Pues yo creía que los viajes en autocar al continente dejaron de estar de moda en los años sesenta —intervino Svedberg.

—Y así fue —convino Eklund—. Pero luego volvieron a ponerse de moda. Y puede que Markresor parezca un nombre ridículo para una agencia de viajes,* pero la idea era buena. Había una serie de personas que no estaban dispuestas a meterse en un avión para que, al cabo de unas horas, las soltasen en algún destino lejano. Había gente que

* Significa «viajes por tierra». *(N. de la T.)*

deseaba viajar de verdad. Y la única forma era mantenerse en tierra.

—Si no me equivoco, guardabas las listas de pasajeros, ¿no es así? —quiso saber Wallander.

—Bueno, verás, acabó convirtiéndose en una manía —confesó Eklund—. A veces me pongo a hojearlas. A la mayoría de los pasajeros no los recuerdo en absoluto. Pero algunos nombres despiertan recuerdos, buenos en su mayoría. Otros quizás estarían mejor olvidados.

Dicho esto, se levantó para ir en busca de una funda de plástico que tenía en una estantería y se la tendió a Wallander. Había en la funda una lista de treinta y dos nombres. Enseguida localizó el de Lamberg. Revisó despacio el resto de los nombres, pero, hasta el momento, ninguno había aparecido en el material de la investigación. De aquellas treinta y dos personas, más de la mitad procedían del centro de Suecia. Además, había un par de pasajeros de Härnösand, una mujer de Luleå y otras siete personas de Halmstad, Eslöv y Lund, el sur del país. Wallander le entregó la lista a Svedberg.

—Dijiste además que tenías fotografías del viaje; al parecer, tomadas por Lamberg, ¿no es cierto?

—Sí, bueno, como era su profesión, lo nombraron fotógrafo oficial. Él fue quien tomó casi todas las fotografías. Aquellos que querían alguna copia, se apuntaban en una lista. Y todos recibieron su pedido, así que el hombre cumplió su promesa de enviarlas.

Eklund levantó un periódico bajo el cual había un sobre de fotos.

—Todas éstas me las dio Lamberg, gratis. Él mismo las seleccionó, de modo que no las elegí yo.

Wallander hojeó despacio las diecinueve fotografías que había en total. Se imaginaba que Lamberg no aparecería en ninguna, puesto que él estaba tras la cámara. Sin embargo, en la penúltima, aparecía el propio fotógrafo, en una imagen de todo el grupo. En el reverso podía leerse que la habían tomado en un área de descanso entre Salzburgo y Viena. También Eklund estaba entre el grupo. Wallander supuso que Lamberg habría programado el disparador automático. Revisó las fotos una vez más, estudiando ya los detalles y los rostros. De repente, descubrió que había un rostro de mujer que aparecía una y otra vez. Siempre miraba directamente a la cámara. Y sonreía. Mientras observaba su rostro, Wallander experimentó la sensación de que había en él algo familiar, pero no pudo determinar qué exactamente.

Entonces le pidió a Svedberg que les echase un vistazo.

—¿Qué recuerdo tienes de Lamberg durante el viaje?

—Pues, al principio, no me fijé mucho en él. Pero, después, la cosa se puso interesante.

Svedberg alzó la vista con rapidez.

—¿En qué sentido? —inquirió Wallander.

—Verás, quizá no debiera hablar de ello ahora que él está muerto... —vaciló Eklund—. Pero el caso es que se lió con una de las señoras que nos acompañaban. Y no creas que fue una historia sencilla.

—¿Y por qué no?

—Pues porque estaba casada y su marido también venía en el viaje.

Wallander dejó que su cerebro asimilara la información.

—Y había algo más que no mejoraba la situación —añadió Eklund.

—¡Bien! ¿Y qué era?

—Veréis..., era la mujer de un pastor. El marido era pastor, ¿comprendes?

Eklund lo señaló en una de las fotografías. De improviso, la imagen del libro de salmos emergió a la conciencia de Wallander, que empezó a transpirar. Lanzó una rápida mirada a Svedberg que, se le antojó, había reparado en el mismo detalle.

Wallander tomó el montón de fotografías y extrajo una de aquellas en las que la desconocida sonreía a la cámara.

—¿Es ella? —preguntó.

Eklund miró la fotografía y asintió.

—Sí, es ella. Figúrate, la mujer de un pastor de las afueras de Lund.

Wallander volvió a mirar a Svedberg.

—Y ¿cómo terminó la historia?

—Eso no lo sé. Ni siquiera estoy seguro de que el pastor llegase a descubrir lo que ocurría a sus espaldas. A mí me dio la impresión de que no estaba muy al corriente de las cosas de este mundo... Pero el ambiente durante todo el viaje fue bastante desagradable.

Wallander contempló de nuevo la fotografía de la mujer. De repente, supo quién era.

—¿Cómo se llamaba el matrimonio?

—Wislander; Anders y Louise.

Svedberg leyó la lista de pasajeros y anotó la dirección.

—Me temo que tenemos que llevarnos las fotos —advirtió Wallander—. Pero puedes estar seguro de que te las devolveremos.

Eklund asintió antes de añadir:

—Espero no haber hablado más de lo debido.

—No, no. Todo lo contrario. Nos has sido de gran ayuda.

Los dos policías se despidieron, le dieron las gracias por el café y salieron a la calle.

—Pues esta mujer coincide con la descripción de aquella otra que visita a Matilda Lamberg de vez en cuando —afirmó Wallander—. Y quiero una confirmación inmediata de que es así. No tengo la menor idea de por qué visitará a Matilda, pero eso ya lo averiguaremos más tarde.

Se acercaron al coche con paso presuroso y salieron de Trelleborg. Sin embargo, antes de partir, Wallander llamó a Ystad desde una cabina telefónica y, tras no poca espera, pudo hablar con Martinson. Después de referirle brevemente lo sucedido, le pidió que averiguase si Anders Wislander seguía siendo pastor de alguna diócesis a las afueras de Lund.

Volverían a la comisaría tan pronto como saliesen de Rynge.

—¿Crees que pudo ser ella? —inquirió Svedberg.

Wallander guardó un largo silencio antes de responder.

—No —declaró por fin—. Pero podría haber sido él.

Svedberg le lanzó una mirada incrédula.

—¿Un pastor?

Wallander asintió.

—¿Por qué no? Los pastores son pastores, pero convendrás conmigo en que no son más que personas. Claro que puede haber sido un pastor. Además, en una iglesia hay muchos objetos de cobre, ¿no?

No tuvieron que detenerse mucho en Rynge, pues la directora pudo identificar enseguida a la visitante desconocida en una de las fotografías que le mostró Wallander. Después pusieron rumbo a la comisaría de Ystad y fueron directamente al despacho de Martinson, donde también hallaron a Hanson.

—Anders Wislander sigue siendo pastor en Lund —informó Martinson—. Pero ahora está de baja por enfermedad.

—¿Por qué? —quiso saber Wallander.

—A causa de una tragedia personal.

Wallander lo miró sin comprender.

—¿Qué ha sucedido?

—Su mujer murió hace poco más de un mes.

Un profundo silencio inundó el despacho.

Wallander contuvo la respiración. En realidad, no tenía certeza de nada pero, aun así, estaba seguro: hallarían la solución al caso o, al menos, una parte de ella en la persona del pastor Anders Wislander, en Lund. El inspector empezaba a entrever cómo encajaban las piezas.

Wallander convocó a sus colegas en una de las salas de reuniones, en la que también apareció, nadie sabía de dónde, Nyberg. Wallander se mostró inamovible en su decisión: debían concentrarse por completo en la persona de Anders

Wislander y su esposa fallecida; todo lo demás debería esperar hasta nueva orden. Así, a lo largo de la tarde, intentaron averiguar cuanto les fue posible acerca del matrimonio. Wallander les recomendó que se anduviesen con cuidado, que se comportasen con la mayor discreción. Cuando Hanson propuso que se pusieran en contacto con Wislander aquella misma noche, Wallander se mostró decididamente reacio pues, según él, aquello podía esperar al día siguiente. Lo que más urgía era hacerse con una base de información sólida sobre la que apoyarse.

Cierto que no fue mucho lo que consiguieron aclarar. Sus esfuerzos los condujeron más bien a revisar cuanto ya sabían, contando ahora con dos piezas más, Anders y Louise Wislander, que dispusieron como una retícula sobre las circunstancias conocidas en torno a la muerte de Simon Lamberg.

Pese a todo, pudieron constatar una serie nada despreciable de datos. Svedberg logró, con la ayuda de un periodista al que conocía, encontrar la necrológica que sobre Louise Wislander había aparecido en el diario *Sydsvenska Dagbladet,* y en la que podía leerse que la mujer había muerto a los cuarenta y siete años de edad, «tras prolongados padecimientos que soportó con paciencia», según rezaba la nota. Estuvieron discutiendo acerca de qué podría significar aquello. Desde luego, quedaba descartado el suicidio. Tal vez padeciese cáncer. Además, se desprendía también de la necrológica que había dejado dos hijos, que ahora la lloraban. Otro de los puntos que trataron fue el de la conveniencia de ponerse en contacto con los colegas de Lund. Wallander vaciló al principio pero, según avanzaban en la discusión, su opinión fue cimentándose sin atisbo de duda: era demasiado pronto.

Poco después de las ocho de la tarde le pidió a Nyberg que hiciese algo que, en realidad, no le correspondía hacer según su condición de técnico. Sin embargo, Wallander acudió a él, pues necesitaba a los demás, de modo que le pidió que averiguase si la dirección de Wislander correspondía a una casa o a un apartamento. Nyberg desapareció, dispuesto a obedecer. Los demás tomaron asiento para proceder a una nueva revisión de los hechos. Alguien había encargado unas pizzas y, mientras comían, Wallander intentaba dar forma a una hipótesis en la que Anders Wislander fuese el autor del crimen.

Pero le plantearon muchas objeciones. La supuesta historia de amor entre Simon Lamberg y Louise Wislander tenía muchos años de antigüedad. Además, ella estaba muerta. ¿Por qué habría de hacerse esperar tanto tiempo la reacción de Anders Wislander? ¿Acaso tenían conocimiento de que fuese un hombre violento? Wallander sabía que aquellas objeciones tenían fundamento y él mismo dudaba en su interior, por más que no lograba renunciar a su convencimiento de que, de un modo u otro, se hallaban próximos a una solución.

—Veamos, lo único que vamos a hacer, por ahora, es hablar con Wislander —los tranquilizó—. Después, ya veremos.

Nyberg regresó con la información requerida: Wislander habitaba una casa que pertenecía a la Iglesia sueca. Puesto que estaba de baja, Wallander supuso que lo hallarían en su domicilio y, antes de poner punto final a la reunión, decidió que Martinson lo acompañaría al día siguiente, pues no creía que fuesen necesarios más de dos agentes para aquella visita.

Hacia las doce tomó el coche rumbo a casa, a través de la noche primaveral. Al pasar por la plaza de Sankta Gertrud, dominada por la más absoluta quietud, una sensación de tristeza y de cansancio lo invadió. Por un instante, el mundo le pareció estar compuesto de enfermedad y de muerte. Y el vacío que había dejado Mona... No obstante, enseguida reparó en la primavera, que por fin se presentaba radiante, y se sacudió el abatimiento: al día siguiente visitarían a Wislander. Y entonces podrían comprobar si estaban o no próximos a la resolución del caso.

Se quedó despierto hasta tarde, pensando que tenía unas ganas locas de hablar tanto con Linda como con Mona. En torno a la una de la mañana, puso a cocer unos huevos que se comió de pie junto al fregadero. Antes de irse a la cama, observó su rostro en el espejo del cuarto de baño. La mejilla seguía amarillenta y constató que ya estaba necesitando un buen corte de pelo.

La noche le reportó un sueño inquieto, del que despertó a las cinco de la madrugada. Mientras aguardaba la llegada de Martinson, se dedicó a clasificar la montaña de ropa sucia acumulada y pasó la aspiradora. Se tomó varias tazas de café y, de vez en cuando, se acercaba a mirar por la ventana de la cocina mientras repasaba mentalmente todas las circunstancias que rodeaban la muerte de Simon Lamberg.

A las ocho bajó a la calle para esperar al colega. Aquél sería, sin duda, otro hermoso día primaveral. Martinson llegó puntual, como de costumbre. Wallander se sentó en el coche y partieron hacia Lund.

—Por extraño que parezca, he dormido fatal esta noche —comentó Martinson—. A mí no suele ocurrirme, pero tenía una especie de presentimiento...

—¿Un presentimiento? ¿De qué?

—Yo qué sé.

—Eso será la primavera.

Martinson le lanzó una mirada fugaz.

—¿Cómo que la primavera?

Wallander no contestó más que un murmullo ininteligible.

Llegaron a Lund poco antes de las nueve y media. Como de costumbre, Martinson había conducido a trompicones y con escasa concentración, pero, al parecer, había memorizado la descripción del camino hasta llegar a la calle de la zona residencial en que vivía Wislander. Pasaron ante la casa número 19, donde habitaba el pastor, y dejaron el coche aparcado unos metros más lejos.

—Bien, vamos allá —lo exhortó Wallander—. Pero deja que hable yo.

Era una casa grande. Wallander supuso que sería de principios del siglo XX. Una vez dentro, tanto él como Martinson comprobaron que el jardín estaba poco cuidado. Wallander hizo sonar el timbre de la puerta preguntándose quién les abriría. Volvió a llamar, pero no obtuvo respuesta. Tras un nuevo intento con idéntico resultado, Wallander se decidió sin dudarlo.

—Espérame ahí, no junto a la casa, sino en la calle. Su iglesia no está lejos. Me llevo tu coche.

Wallander llevaba escrito en un papel el nombre de la iglesia, cuya localización le había mostrado Svedberg en un mapa la noche anterior. No le llevó más de cinco minutos llegar hasta allí. El templo aparecía desierto y pensó que se había equivocado. Anders Wislander no parecía estar allí. Pero, cuando tanteó el picaporte de la puerta, comprobó que no estaba cerrada, de modo que entró en el oscuro recinto del pórtico y cerró la puerta tras de sí. Todo estaba en silencio, pues el ruido de la calle no era capaz de atravesar los gruesos muros. Wallander se dirigió a la gran nave central, donde la claridad era mayor, gracias a los rayos de sol que penetraban por las vidrieras.

El inspector vio que había alguien sentado en el primer banco, muy cerca del altar. Avanzó muy despacio por el pasillo central hasta que comprobó que era un hombre el que, inclinado en profundo recogimiento, parecía entregado a la plegaria. Cuando Wallander llegó a su lado, el hombre alzó la vista. Y, en aquel preciso momento, Wallander lo reconoció. Aquél era, en efecto, Anders Wislander, el mismo que aparecía en la única fotografía que de él conservaba el conductor Eklund. Pero iba sin afeitar y en sus ojos lucía un brillo intenso. Wallander empezó a sentirse incómodo y a lamentar no haber llevado a Martinson consigo.

—¿Anders Wislander? —preguntó.

El hombre lo miró con gravedad.

—¿Y quién eres tú?

—Me llamo Kurt Wallander y soy policía. Me gustaría hablar contigo.

La voz de Wislander sonó, de repente, chillona e impaciente:

—¿Estoy de luto y vienes a molestarme? ¡Déjame en paz!

La situación se tornaba cada vez más desagradable. El hombre que tenía ante sí parecía estar al límite de sus fuerzas.

—Ya sé que tu esposa ha muerto —prosiguió el inspector—. Y de eso quería hablarte.

Wislander se puso en pie de forma tan repentina que Wallander retrocedió, ya convencido de que su interlocutor era víctima de un claro desequilibrio.

—¿De modo que vienes a molestarme e insistes, pese a que te he pedido que te marches? Bien, en ese caso, no tendré otro remedio que escucharte —cedió al fin—. Vayamos a la sacristía.

Wislander echó a andar y giró a la izquierda junto al altar mientras Wallander constataba que, a juzgar por su espalda, era un hombre de constitución física sorprendentemente recia. Aun así, pensó que bien podía tratarse del mismo sujeto al que él había intentado dar alcance antes de que lo abatiese de un puñetazo.

En la sacristía había una mesita rodeada de sillas. Wislander fue a sentarse en una de ellas al tiempo que le indicaba a Wallander que hiciese otro tanto. Wallander la retiró de la mesa preguntándose por dónde empezar. Wislander lo observaba con sus ojos relucientes. El inspector echó una ojeada a la sala. Había, sobre otra mesa contigua, dos candelabros enormes. Los miró fijamente sin tener conciencia clara de por qué le habrían llamado tanto la atención, hasta que advirtió que uno de ellos no estaba completo: le faltaba uno de los brazos. Los candelabros eran de cobre. Miró entonces a Wislander y comprendió que éste se había percatado de la reflexión de Wallander. Pese a todo, el ataque le resultó por completo inesperado. Wislander se abalanzó sobre él al tiempo que lanzaba algo similar a un rugido y aferró las manos a su garganta. La fuerza, tal vez la locura, de aquel hombre era inmensa. Wallander intentaba combatir el ataque que Wislander acompañaba de frases inconexas que profería a gritos. Sin embargo, Wallander alcanzó a oír que se refería a Simon Lamberg, el fotógrafo que debía morir. Entonces, en medio de su delirio, Wislander comenzó a vociferar algo acerca de los jinetes del Apocalipsis. Wallander no cejaba en su empeño de liberarse y, con un esfuerzo sobrehumano, lo consiguió al fin. Pero Wislander volvió a la carga, como una fiera que luchase por su supervivencia. Durante el enfrentamiento, habían ido aproximándose a la mesa sobre la que se alzaban los candelabros. Wallander consiguió hacerse con uno de ellos y golpear con él el rostro del pastor, que cayó enseguida abatido por el impacto. Por un instante, el inspector temió haberlo matado al igual que Lamberg resultó muerto. Pero después comprobó que Wislander aún respiraba.

Wallander se dejó caer sobre una de las sillas e intentó recobrar el aliento. Notó que tenía el rostro lleno de heridas, y que la muela reparada se había partido, por tercera vez.

El pastor, que yacía en el suelo, empezó a recuperarse poco a poco. En ese momento, Wallander oyó que abrían la puerta de la iglesia.

Salió de la sacristía y se encontró con Martinson, que había empezado a sospechar y que acudió allí en un taxi al que había llamado desde la casa del vecino de Wislander.

El resto sucedió muy deprisa. Pero Wallander sabía que todo había terminado. Por otro lado, reconoció en el pastor al hombre que lo había atacado en Ystad, pese a que jamás llegó a ver su rostro. Sin duda, era él.

Pocos días después Wallander convocó a sus colegas en una de las salas de reuniones de la comisaría, pasado el mediodía. Una de las ventanas estaba abierta: el calor de la primavera parecía haber venido para quedarse. Wallander ya había terminado de interrogar a Anders Wislander. El pastor se encontraba a aquellas alturas en un estado psíquico tan delicado que el inspector se había visto obligado a interrumpir las entrevistas por prescripción facultativa. Sin embargo, él ya se había forjado una idea muy clara de lo sucedido. Y ése era el motivo por el que había reunido a sus colegas: para ofrecerles una síntesis del desarrollo de los acontecimientos.

—Todo este asunto es oscuro y lúgubre y trágico —comenzó—. Pero resulta que Simon Lamberg y Louise Wislander siguieron viéndose después de aquel viaje en autocar. Y su marido no supo nada, hasta hace muy poco, antes de que Louise muriese como consecuencia de un tumor en el hígado. Ella le confesó a Wislander su infidelidad en el lecho de muerte y a él le sobrevino una afección que no puede calificarse sino de locura. Por un lado, a causa de la muerte de su mujer; por otro, como reacción colérica y desesperada ante su traición. Comenzó, pues, a vigilar a Lamberg, al que fue cargando también con la culpa de la muerte de su esposa. Al final pidió la baja por enfermedad y, a partir de entonces, pasaba la mayor parte del tiempo en Ystad, manteniendo el estudio bajo vigilancia. Se alojaba en uno de los hostales de la ciudad. Se dedicó incluso a seguir a la mujer de la limpieza, Hilda Waldén, y un sábado se las arregló para entrar en su apartamento, tomar las llaves y hacer una copia. Antes de que la mujer regresase, él ya las había devuelto a su lugar. De este modo, pudo entrar en el estudio y asesinar a Simon Lamberg con el candelabro. En su perturbación, llegó a creer que Lamberg seguía vivo, de modo que regresó para matarlo una vez más. Perdió el libro de salmos en el jardín el día que, en su huida, intentó ocultarse entre los arbustos. El hecho de que cambiase la emisora de radio programada es un detalle extraño. Al parecer, tenía el convencimiento de que podría oír la voz de Dios a través del aparato; y de que el mismo Dios le otorgaría el perdón por el pecado cometido. Pero lo único que consiguió fue sintonizar un canal de música rock. Las fotografías eran obra de Lamberg, pero no tienen nada que ver con el asesinato. De ellas se desprende que alimentaba un desprecio acerado por los políticos y demás poderosos. Además, no estaba muy satisfecho con el trabajo de la policía. En definitiva, era un hombre resentido e insignificante que dominaba el mundo deformando los rostros de aquellos a quienes detestaba. Pero esto desvela el último misterio, y eso es todo. La verdad, no puedo evitar sentir compasión por Wislander. Su mundo se derrumbó y él no supo resistirlo.

El silencio invadió la sala, hasta que Hanson lo interrumpió con una pregunta:

—¿Por qué visitaba Louise a la hija minusválida de Lamberg?

—Sí, yo también me lo he preguntado —aseguró Wallander—. Es posible que, durante aquel viaje en el autocar, Simon Lamberg y ella hubiesen caído en una pasión casi religiosa; o que se dedicasen a rogar por Matilda y que ella acudiese a la residencia para comprobar si las plegarias habían surtido algún efecto; o que ella pensase que Matilda era víctima de la vida pecaminosa de su padre... Eso es algo que jamás sabremos. Al igual que jamás descubriremos qué podía mantener unidas a aquellas dos personas tan raras. Lo cierto es que, en todos los casos, hay alguna cámara secreta a la que nunca tenemos acceso. Y puede que sea mejor así.

—Bueno, quizá podamos afinar aún más —intervino Rydberg—. Si pensamos en Wislander y en su reacción..., tal vez su cólera nació en el fondo de la sospecha de que Lamberg hubiese seducido a su mujer con alguna artimaña religiosa, más que erótica. Quizá podríamos preguntarnos si es posible explicar su comportamiento con el habitual ataque de celos.

De nuevo reinó el silencio que, una vez más, rompió Hanson:

—Bueno, la verdad es que, a su manera, también Lamberg debía de estar loco. Eso de dedicar el tiempo libre a deformar los rostros de personas conocidas...

—O quién sabe si la explicación no es bien distinta —propuso Rydberg—. Es posible que existan personas en nuestra sociedad que se sienten tan impotentes que han dejado de participar en lo que solemos llamar el diálogo democrático, y lo sustituyen por una serie de ritos extraños. De ser así, se avecinan tiempos oscuros para la democracia de nuestro país.

—¡Vaya! Yo no había pensado en ello —observó Wallander—. Pero, claro, puede que tengas razón. Y, en tal caso, estoy de acuerdo contigo. Si es como dices, las cosas empiezan a ir mal para Suecia.

La reunión tocó a su fin. Wallander se sentía cansado y abatido, pese al buen tiempo. Sobre todo, echaba de menos a Mona.

Después, miró el reloj. Eran las cuatro y cuarto.

Y tenía una nueva cita con el dentista.

Ya había perdido la cuenta de cuántas llevaba.

La pirámide

Prólogo

El avión entró en Suecia planeando a poca altura justo al oeste de Mossby Strand. La niebla pendía espesa sobre la costa pero se aclaraba al llegar a tierra firme. La silueta de la orilla y las primeras casas se precipitaban hacia el piloto. Pero él ya había realizado aquel viaje muchas veces y pilotaba a base de reloj y brújula. Tan pronto como hubo sobrevolado la frontera sueca, identificó la playa de Mossby y las luces que bordeaban la carretera hacia Trelleborg, describió un giro brusco hacia el noreste y, poco después, otro más hacia el este. El avión, un Piper Cherokee, obedecía con suavidad. Se colocó sobre una calle bien preparada de antemano. Una vía que discurría como una linde de una zona de Escania donde las casas eran contadas. Faltaban pocos minutos para las cinco de la mañana del 11 de diciembre de 1989. A su alrededor, la oscuridad era compacta. Cada vez que volaba de noche, pensaba en su primer año de piloto, cuando trabajó como capitán para una compañía griega que, de forma nocturna y clandestina, transportaba tabaco desde la entonces Rodesia del Sur, gravada a la sazón por un sinnúmero de sanciones internacionales. Aquello sucedió entre 1966 y 1967, hacía ya más de veinte años. Pero aquel recuerdo no abandonaba su memoria. Fue entonces cuando aprendió que un buen piloto podía volar incluso de noche con un mínimo de recursos y sin contacto alguno por radio.

El avión volaba ya tan bajo que el piloto no se atrevió a hacerlo descender más. Ya empezaba a preguntarse si no se vería obligado a regresar sin haber llevado a término su cometido. En ocasiones, sucedía. La seguridad era, en efecto, lo más importante, y la visibilidad seguía siendo escasa. Pero, de improviso, justo antes de que el piloto tuviera que tomar una determinación, la niebla se aclaró. Miró el reloj y comprobó que, en un par de minutos, vería la luz que señalaba el lugar en el que debía dejar caer el paquete.

Volvió la cabeza y le gritó al hombre que ocupaba la única silla que quedaba en la cabina.

—¡Dos minutos!

El hombre, que estaba envuelto en la oscuridad, enfocó una linterna hacia su rostro y asintió.

El piloto sondeó la negrura. «Queda un minuto», se dijo. Y, en aquel preciso momento, divisó los focos que dibujaban un cuadrilátero de doscientos metros de lado. Le gritó entonces al hombre que se preparase. Después, describió un giro a la izquierda y se aproximó al cuadrilátero desde el oeste. Sintió la corriente de aire frío y el ligero temblor del cuerpo de la aeronave cuando el acompañante abrió la portezuela. Después, puso la mano en el interruptor del foco de señalización que hacía que se encendiese una luz roja en la parte trasera de la cabina. Redujo la velocidad tanto como le fue posible. Entonces pulsó el botón de la luz verde y supo que, en aquel instante, el hombre que iba detrás empujaría hacia el exterior la cisterna envuelta en una funda de goma. La fría corriente de aire cesó cuando se cerró la portezuela. Para entonces, el piloto había cambiado el rumbo y dirigía el avión hacia el sureste. Sonrió en silencio. La cisterna ya habría aterrizado en algún punto del cuadrilátero descrito por los focos. Y alguien aguardaba allí para recogerla. Apagarían los focos y los guardarían en un coche y la oscuridad volvería a ser tan sólida e impenetrable como hacía unos minutos. «Una operación perfecta», se felicitó. «La décimo novena hasta ahora.»

De nuevo miró el reloj. Nueve minutos más tarde, sobrevolarían la costa y estarían de nuevo fuera de Suecia. Y, tras otros diez minutos, ascendería unos cientos de metros. Junto al asiento, llevaba un termo de café, que pensaba beber mientras volaban sobre el mar. A las ocho ya habría aterrizado con el aeroplano en su pista de aterrizaje privada, a las afueras de Kiel; después, tomaría su coche y pondría rumbo a Hamburgo, donde estaba su hogar.

El avión sufrió una brusca sacudida. Después, otra más. El piloto miró los mandos. Todo parecía en orden. El viento contrario no soplaba con demasiada fuerza y no había turbulencias. Entonces, la nave volvió a bambolearse, con más violencia esta vez. El piloto intentaba gobernar el timón, pero el avión volaba sobre el costado izquierdo. Se esforzó por corregir la posición, sin lograrlo. Los mandos seguían indicando los valores normales. Pero, dada su profunda experiencia, él sabía que algo fallaba. No lograba controlar el aparato. Pese a que aumentaba la velocidad, habían empezado a perder altura. Procuraba pensar con claridad. ¿Qué podría haber ocurrido? Él siempre revisaba el avión antes de despegar. Cuando llegó al hangar hacia la una de la noche, dedicó más de media hora a inspeccionarlo y a revisar todas las listas que el mecánico le había proporcionado antes de, tras haber seguido cada una de las recomendaciones de la lista de control, disponerse a levantar el vuelo.

Pero no lograba enderezar el avión. Las sacudidas nerviosas del aparato no cesaban. Sabía que la situación era grave. Aumentó la velocidad un poco más sin dejar de manipular el timón. El hombre que llevaba detrás le preguntaba a gritos qué ocurría. Pero el piloto no contestó, pues no sabía qué responder. Si no conseguía equilibrar el avión, se estrellarían en pocos minutos. Justo antes de que alcanzasen el mar. Se afanaba sin cesar, con el corazón saliéndosele del pecho. Pero todo fue en vano. Después, se produjo un instante de desesperación y de resignación. De nuevo empezó a tironear de las palancas sin dejar de pisar los pedales, hasta que todo acabó.

La nave colisionó contra la tierra con violencia desmesurada a las cinco y diecinueve minutos, la mañana del 11 de diciembre de 1989. Pero los dos ocupantes del avión no se percataron de que sus cuerpos empezaban a arder. Cuando el aparato chocó contra el suelo, ellos, con los cuerpos reventados, ya habían muerto.

La bruma regresaba rodando desde el mar. La temperatura era de cuatro grados y apenas si soplaba el viento.

1

El 11 de diciembre Wallander despertó poco después de las seis de la mañana. Tan pronto como abrió los ojos, el despertador empezó a sonar en la mesilla de noche. Lo paró y se quedó tumbado un rato, con la mirada fija en la oscuridad. Estiró brazos y piernas; los dedos de las manos y los de los pies. Había adquirido la costumbre de comprobar por las mañanas si despertaba con algún achaque o dolencia incubados durante la noche. Y tragó saliva para asegurarse de que ninguna infección se le había inoculado a hurtadillas en las vías respiratorias. A menudo se le ocurría pensar que, con los años, estaba volviéndose un hipocondriaco. Comoquiera que fuese, aquella mañana también lo halló todo en orden. Además, por si fuera poco y como algo extraordinario, parecía haber descansado bien. La noche anterior se había ido a la cama a las diez y se había dormido de inmediato. Cuando lograba caer vencido por el sueño, dormía bien. De lo contrario, si, nada más acostarse, permanecía despierto tumbado en la cama, solía llevarle muchas horas alcanzar la paz que le permitiese conciliar el sueño.

Se levantó y se fue a la cocina. El termómetro que tenía fijado en el exterior del marco de la ventana indicaba que estaban a seis grados pero, puesto que él sabía que no funcionaba correctamente, calculó que aquella mañana se enfrentaría al mundo a una temperatura no superior a los cuatro. Contempló entonces el cielo. Unos jirones de niebla desfilaban despaciosos sobre los tejados de las casas. Aún no había nevado en Escania aquel invierno. «Pero nevará», se dijo. «Tarde o temprano, la nieve se dejará caer.»

Se preparó un café y unos bocadillos aunque, como de costumbre, su frigorífico estaba prácticamente desierto. Antes de irse a dormir la noche anterior, había confeccionado una lista que ahora tenía ante sí sobre la mesa de la cocina. Mientras aguardaba a que el café estuviese listo, fue al baño y, cuando regresó, añadió papel higiénico al final de la lista, además de otra escobilla para el retrete. Mientras desayunaba, hojeó el ejemplar del diario *Ystads Allehanda* que había recogido en el vestíbulo. Pero no se detuvo hasta haber alcanzado las últimas páginas de anuncios. En algún lugar de su subconsciente, añoraba una casa en el campo, una casa de la que pudiese salir por las mañanas y orinar en el césped; donde pudiese tener un perro y, quizás, aunque ésta era la parte más dudosa del sueño, un palomar. Había varias casas en venta, pero ninguna que pudiese interesarle. Entonces descubrió que en Rydsgård vendían cachorros de labrador. «Pero eso sería empezar la casa por el tejado», se recriminó. «Primero la casa, después el perro. No al revés. Lo otro no me acarrearía más que problemas, con el horario tan desordenado que tengo y sin nadie que pueda ayudarme a cuidar del animal y que pueda sacarlo a pasear.» Hacía ya dos meses que Mona se había marchado definitivamente. En el fondo, él se negaba aún a aceptar lo sucedido, pero ignoraba qué hacer para convencerla de que volviese.

A las siete de la mañana estaba listo para salir. Había elegido el jersey que solía ponerse cuando la temperatura era de entre cero y ocho grados. Tenía jerséis para las distintas ocasiones y solía ser cuidadoso al elegir. Detestaba pasar frío durante el húmedo invierno escaniano tanto como lo irritaba sudar bajo un jersey demasiado grueso. Opinaba, además, que tanto lo uno como lo otro menguaban su capacidad de pensar con claridad. Al final, decidió que iría a pie a la comisaría. Necesitaba hacer ejercicio. Al salir, percibió el tenue y fresco viento procedente del mar. El paseo desde el apartamento de la calle de Mariagatan no le llevó más de diez minutos.

Mientras caminaba, iba pensando en el día que lo aguardaba. Si nada especial había acontecido durante la noche, tendría que entrevistar a un traficante de drogas al que habían detenido el día anterior. Además, su mesa aparecía siempre invadida de montañas de informes sobre investigaciones en curso a las que debería dedicarse. El tráfico a Polonia de coches de lujo robados era uno de sus casos sempiternos más deprimentes.

Cruzó las puertas de la comisaría y saludó a Ebba, que ya estaba en la recepción. Wallander advirtió que la mujer se había hecho la permanente.

—Muy guapa, como siempre —comentó.

—Bueno, una hace lo que puede —repuso ella—. Y tú deberías procurar no subir de peso, que es lo que suele ocurriros a los separados.

Wallander asintió. La mujer tenía razón. Desde la separación de Mona, había empezado a comer mal y de forma desordenada. Todos los días se proponía romper con sus malas costumbres, sin haberlo logrado hasta el momento. Se dirigió a su despacho, se quitó la cazadora y se sentó ante el escritorio.

En ese preciso momento, sonó el teléfono. Descolgó el auricular, que le trajo la voz de Martinson. Pero a Wallander no le sorprendió: ellos eran, en efecto, los dos agentes más despiertos del grupo de homicidios de la comisaría de Ystad.

—Creo que tenemos que ir a Mossby —anunció Martinson.

—¡Vaya! ¿Qué ha pasado?

—Un avión, que se ha estrellado.

Wallander sintió que se le encogía el corazón. Su primer pensamiento fue que se trataba de algún avión que esperaba aterrizar o que acababa de despegar del aeropuerto de Sturup. En tal caso, estarían ante una catástrofe con muchos muertos y heridos.

—Una avioneta, para ser exactos —prosiguió Martinson.

Entonces respiró aliviado al tiempo que maldecía en silencio al colega, por no haberle dado la noticia completa desde el principio.

—La alarma llegó hace un momento. Los bomberos ya están allí. Al parecer, el aparato ardió en llamas.

Wallander asintió sin replicar ante el auricular.

—Voy para allá —declaró Wallander—. ¿Quién más ha llegado?

—Nadie, que yo sepa. Pero el agente de guardia ya está en el lugar, claro.

—Bien, en ese caso, acudiremos tú y yo en primer lugar.

Se encontraron en la recepción. Cuando estaban a punto de partir, apareció Rydberg. El compañero tenía reuma y estaba muy pálido. Wallander le refirió brevemente lo sucedido.

—Bien, adelantaos vosotros —respondió Rydberg—. Yo no podré hacer nada si antes no voy a los servicios.

Martinson y Wallander salieron de la comisaría y se dirigieron al coche del primero.

—Tiene mal aspecto —comentó Martinson.

—Es que está mal —precisó Wallander—. Por el reumatismo y alguna otra cosa de las vías urinarias o algo así.

Tomaron la carretera de la costa hacia el oeste.

—A ver, ponme al corriente de los detalles —pidió Wallander mientras contemplaba el mar, sobre el que aún pendían retazos de nubes.

—No hay detalles —declaró Martinson—. El avión se estrelló a eso de las cinco y media. Fue un agricultor quien llamó. Al parecer, el siniestro se produjo justo al norte de Mossby, en medio de una finca.

—¿Sabemos cuántas personas viajaban en la avioneta?

—No.

—En Sturup tienen que haber dado la alarma; habrán echado de menos el aparato. Si se estrellaron en Mossby, el piloto debió de estar en contacto con los controladores aéreos del aeropuerto.

—Sí, eso mismo pensé yo —convino Martinson—. Por eso llamé a la torre de control de Sturup antes de llamarte a ti.

—¿Y qué dicen?

—Pues que no les falta ningún aparato.

Wallander lo miró lleno de asombro.

—¿Qué significa eso?

—Pues no lo sé —admitió Martinson—. En realidad, debería ser imposible volar en Suecia sin un plan de vuelo y contacto constante con los controladores aéreos.

—¿Y no había llegado la alarma a Sturup? El piloto debió de llamar a la torre de control en cuanto surgieron los problemas, ¿no? Después de todo, un avión suele tardar varios segundos antes de empezar a perder altura.

—No tengo ni idea —insistió Martinson—. Te he contado lo que sé.

Wallander movió la cabeza al tiempo que se preguntaba qué sería lo que los aguardaba en Mossby. Él ya se había visto envuelto en un caso de accidente aéreo con anterioridad, y también entonces se trataba de una avioneta. En aquella ocasión, el piloto estaba solo y su aparato se había estrellado al norte de Ystad. Lo hallaron literalmente destrozado. Pero la avioneta no llegó a arder.

Wallander sintió un profundo malestar ante la perspectiva. La plegaria de aquella mañana no había sido atendida.

Cuando alcanzaron Mossby Strand, Martinson giró a la derecha. El colega señaló a través de la luna delantera, pero Wallander ya se había percatado de la columna de humo que se elevaba hacia el cielo.

Minutos después habían llegado. El aparato había ido a estrellarse en un campo embarrado, aproximadamente a cien metros de una finca. Wallander supuso que quien había dado la señal de alarma sería alguien de la casa. Los bomberos seguían rociando el esqueleto de la avioneta con espuma. Wallander observó con desánimo sus zapatos, un par de botas prácticamente nuevas. Después se adentraron en el fango.

El hombre que dirigía las operaciones de extinción se llamaba Peter Edler. Wallander y él habían coincidido ya en un sinnúmero de ocasiones, siempre con motivo de algún incendio. Al inspector le caía bien y la colaboración entre ambos era fluida. Aparte de los dos coches de bomberos y de la ambulancia, había un coche de policía. Wallander saludó con un gesto a Peters, uno de los policías de seguridad ciudadana, antes de dirigirse a Peter Edler:

—¿Qué puedes decirme de todo esto? —preguntó.

—Dos muertos —repuso Edler con parquedad—. Te advierto que no es un espectáculo agradable. Es lo que suele ocurrir cuando la gente se quema con gasolina.

—No es necesario que me adviertas —observó Wallander—. Ya sé cómo quedan.

Martinson estaba junto a Wallander.

—Ve a enterarte de quién dio la alarma —ordenó Wallander—. Lo más probable es que fuese alguien de aquella finca. A ver si averiguas la hora. Además, alguien tendrá que hablar de nuevo con la torre de Sturup.

Martinson asintió y echó a andar hacia la finca. Wallander se acercó al avión siniestrado, que yacía sobre el lateral izquierdo, profundamente hundido en el barro. El ala izquierda se había desprendido de raíz y sus restos aparecían esparcidos por la plantación. El ala derecha seguía en su sitio, pero el extremo estaba quebrado. Wallander tomó nota de que se trataba de una avioneta de un solo motor. La hélice estaba torcida y encajada en la tierra cenagosa. Muy despacio, rodeó el avión, cuyos restos carbonizados quedaban parcialmente ocultos bajo la espuma. El inspector llamó a Edler.

—¿Podemos retirar la espuma? —inquirió—. ¿Los aviones no suelen llevar las señas de identidad en el cuerpo central de la nave y bajo las alas?

—Verás, creo que será mejor dejar la espuma un poco más —propuso Edler—. Con la gasolina, nunca se sabe. Puede que haya algún residuo en el depósito.

Wallander sabía que no quedaba más que obedecer a Edler. Se acercó un poco más al avión y echó un vistazo al interior. Edler tenía razón: los dos cuerpos estaban carbonizados. Resultaba imposible discernir los rasgos del rostro. Dio un nuevo rodeo al avión, antes de seguir chapoteando en el fango hasta llegar al lugar donde había ido a aterrizar el trozo más grande del ala truncada. Se puso en cuclillas para ver mejor, pero no distinguió cifra ni combinación alfanumérica alguna que identificase la avioneta. Aún estaba muy ennegrecido. Llamó a Peters y le pidió una linterna, con la que se dispuso a examinar el ala a fondo, rascando la parte inferior con la yema de los dedos. Le pareció entonces que la habían pintado sobre el color original. ¿No significaría aquello que alguien deseaba ocultar la identidad del aparato?

Se puso en pie y echó a andar, más aprisa ahora. Aquello era competencia de Nyberg y de sus técnicos. Con gesto ausente, observó a Martinson, que, con paso decidido, se encaminaba a la finca que había junto a la plantación. Unos coches llenos de curiosos se habían detenido en una vía de servicio. Peters y su colega intentaban convencerlos de que continuasen su camino. Entonces llegaron Hanson, Rydberg y Nyberg en otro coche de policía. Wallander se acercó a saludarlos, les explicó lo sucedido y le pidió a Hanson que acordonase la zona.

—Tienes dos cadáveres dentro del avión —le explicó Wallander a Nyberg, que debía hacerse cargo de la inspección técnica preliminar.

Después, tendrían que nombrar una comisión que investigase qué había podido ocasionar el accidente. Pero aquello no sería ya asunto de Wallander.

—A mí me da la impresión de que el ala desprendida tiene una segunda capa de pintura; como si alguien hubiese querido eliminar cualquier posibilidad de que se identificase la avioneta —apuntó.

Nyberg asintió en silencio, según su costumbre de no hablar sin necesidad.

Rydberg apareció detrás de Wallander.

—Uno no debería verse chapoteando en el barro a mi edad —protestó—. Y, por si fuera poco, este jodido reuma...

Wallander se volvió para ver a Rydberg.

—No tenías por qué venir —aseguró—. Con esto podemos nosotros. De todos modos, la comisión de siniestros se hará cargo enseguida.

—Bueno, bueno, aún no estoy muerto —se opuso Rydberg—. Claro que, quién coño sabe...

El colega no terminó la frase, sino que se encaminó hacia la avioneta y se agachó para ver el interior.

—Los dientes. Eso es lo único que nos servirá —auguró—. No creo que podamos identificarlos por otro medio.

Wallander le expuso a Rydberg lo que sabían de forma sucinta. Trabajaban bien juntos y no tenían que andar con explicaciones alambicadas o exhaustivas. Además, había sido Rydberg quien le había enseñado cuanto sabía de la profesión de investigador criminal desde que llegara de Malmö. Durante sus años en aquella ciudad, había adquirido una buena base guiado por Hemberg. Pero éste había fallecido el año anterior en un accidente de tráfico. En aquella ocasión, Wallander quebrantó su costumbre de no acudir jamás a un entierro y se presentó en el sepelio, que se celebró en Malmö. Sin embargo, después de Hemberg, Rydberg se había convertido en su modelo. Llevaban ya muchos años trabajando juntos y Wallander pensaba que Rydberg era, sin duda, uno de los mejores investigadores criminales de Suecia. Nada le pasaba inadvertido, ninguna hipótesis era demasiado insólita como para que él se resistiese a comprobarla. Su capacidad de interpretar el lugar del crimen no dejaba de sorprender a Wallander, siempre ávido de beber de sus enseñanzas.

Rydberg estaba soltero. No tenía un gran círculo de amistades y tampoco parecía desearlo. Después de todos aquellos años, Wallander se preguntaba si su colega tendría algún tipo de afición, aparte de su trabajo.

A veces, durante las cálidas noches de principios de verano, se tomaban un whisky sentados en el balcón de Rydberg, por lo general en un agradable silencio que no interrumpían más que con algún que otro comentario acerca del trabajo en la comisaría.

—Martinson está intentando aclarar la cuestión de la hora —comentó Wallander—. Y yo creo que deberíamos averiguar por qué la torre de Sturup no dio la alarma.

—Querrás decir por qué el piloto de la avioneta no dio la alarma, ¿no? —corrigió Rydberg.

—Tal vez no le dio tiempo, ¿no crees?

—Bueno, lanzar una llamada de socorro no lleva muchos segundos —observó Rydberg—. Pero, claro, es posible que tengas razón. La avioneta debía de circular por alguna vía reconocida. A menos que estuviese volando sin permiso.

—¿Sin permiso de vuelo?

Rydberg se encogió de hombros.

—Sí, ya sabes los rumores que circulan —le recordó el colega—. La gente oye ruido de motores de avión por las noches. Y dicen que vuelan a baja altura, con las luces apagadas intentando que nadie repare en ellos por estas zonas fronterizas. Al menos, así era durante la guerra fría. Y puede que aún sigan. A veces nos llegan informes que apuntan a actividades de espionaje. Por otro lado, cabe preguntarse si es verosímil que toda la droga entre en el sur de Suecia por el estrecho, exclusivamente. De todos modos, nunca hemos podido averiguar de qué tipo de aviones se trata. O si no son más que figuraciones de la gente. Desde luego, es indudable que, si vuelan lo suficientemente bajo, pueden evitar los radares. Y también las torres de control.

—Bueno, yo pienso ir a hablar con Sturup —insistió Wallander.

—Te equivocas —opuso Rydberg—. Iré yo. Con el derecho que me confiere la edad, declino el capítulo más fangoso en tu favor.

Dicho esto, Rydberg desapareció. Ya había empezado a clarear. Uno de los técnicos se dedicaba a hacer distintas tomas del aparato con su cámara. Peter Edler había dejado la responsabilidad de los trabajos de extinción y había regresado a Ystad con uno de los coches de bomberos.

Wallander vio que Hanson estaba en la vía de servicio hablando con unos periodistas y se alegró de no estar en su pellejo. De repente divisó a Martinson, que avanzaba por el fango, y se encaminó hacia él.

—Tenías razón —anunció Martinson—. En esa finca vive un vejete solo. Robert Haverberg, y tendrá unos setenta años. Bueno, vive solo..., con nueve perros. Te aseguro que huele a mierda pura allí dentro.

—¿Y qué te dijo?

—Dice que oyó el ruido de un avión, que dejó de oírlo y que, al cabo de un rato, el ruido volvió, aunque como un silbido que precedió al choque.

Wallander pensó que, de vez en cuando, Martinson tenía serias dificultades para explicarse con claridad.

—A ver, a ver, explícamelo otra vez —pidió Wallander—. Dices que Robert Haverberg oyó ruido, ¿no es así?

—Eso es.

—¿A qué hora?

—Pues dijo que acababa de levantarse, a eso de las cinco de la mañana.

Wallander frunció el entrecejo.

—Pero, ¡si el avión no se estrelló hasta media hora más tarde!

—Sí, eso mismo le dije yo. Pero él estaba seguro. Primero oyó el ruido de un avión que pasaba de largo. A baja altura. Después, todo quedó en silencio. Se preparó un café y, al cabo de un rato, volvió a oír el ruido y la colisión.

Wallander reflexionó un instante. Estaba claro que lo que Martinson acababa de decir era importante.

—¿Cuánto tiempo pasó desde que oyó el ruido por primera vez hasta que sonó el estallido del choque?

—Llegamos a la conclusión de que habían transcurrido unos veinte minutos.

Wallander observó a Martinson.

—¿Y cómo lo explicarías tú?

—Pues no lo sé.

—Y el viejo, ¿te dio la impresión de estar en sus cabales?

—Sí. Además, tiene buen oído.

—No tendrás un mapa en el coche, ¿verdad? —inquirió Wallander.

Martinson asintió y ambos se dirigieron a la vía de servicio, donde Hanson seguía debatiéndose con los periodistas. Uno de ellos descubrió a Wallander y se le acercó. Pero el inspector lo despachó con un gesto de rechazo.

—¡No tengo nada que decir! —gritó sin detenerse.

Se sentaron en el coche de Martinson y desplegaron el mapa. Wallander lo estudió en silencio mientras resonaban en su mente las palabras de Rydberg acerca de aviones que circulaban de forma ilegal, fuera de las vías aéreas y del alcance de los controladores de vuelo.

—Vamos a ver —comenzó Wallander resuelto—. Podríamos imaginar lo siguiente: un avión sobrevuela la costa a baja altura, pasa por aquí y desaparece, para luego volver a aparecer antes de estrellarse.

—¿Quieres decir que dejó caer algo en alguna parte y después volvió por donde había venido? —quiso saber Martinson.

—Más o menos.

Wallander dobló el mapa.

—Carecemos de información suficiente. Rydberg va camino del aeropuerto de Sturup. Además, hemos de identificar a los pasajeros de la avioneta y la avioneta misma. Eso es cuanto podemos hacer, por ahora.

—A mí siempre me ha dado miedo volar —comentó Martinson—. Y te aseguro que ver estas cosas no me infunde muchos ánimos. Pero, desde luego, lo peor de todo es que Terese dice que quiere ser piloto.

Terese era la hija de Martinson. El colega tenía también un hijo. Martinson era muy amante de su familia y siempre andaba preocupado por lo que podía ocurrirles. Solía llamar a casa varias veces al día y almorzaba allí siempre que podía. El matrimonio sin problemas del que, al parecer, disfrutaba Martinson despertaba a veces la envidia de Wallander.

—Dile a Nyberg que nos vamos —ordenó Wallander.

El inspector se sentó en el coche dispuesto a esperar. El paisaje que lo rodeaba aparecía gris y desierto. De repente, se estremeció. «El tiempo pasa», se dijo. «Acabo de cumplir cuarenta y dos años. ¿No acabaré yo también como Rydberg, solo y reumático?»

Rechazó la idea con horror en el preciso momento en que Martinson volvía.

Ambos partieron de regreso a Ystad.

A las once Wallander se levantó para ir a la sala de interrogatorios, donde ya lo aguardaba un sospechoso de tráfico de drogas llamado Yngve Leonard Holm. Se disponía a salir cuando la puerta se abrió y dejó paso a Rydberg, que nunca se molestaba en llamar antes de entrar. El colega tomó asiento en la silla de las visitas y, como de costumbre, fue derecho al grano.

—Estuve hablando con un controlador aéreo llamado Lycke —comenzó—. Dijo que te conocía.

—Bueno, he hablado con él un par de veces, pero no recuerdo a propósito de qué.

—Ya, en fin, de todos modos, estaba completamente seguro de que ningún aparato de un solo motor había solicitado ni recibido licencia para sobrevolar Mossby a las cinco de esta mañana. Y tampoco recibieron en la torre ninguna llamada de socorro de ningún piloto. Las pantallas de los radares estaban limpias y sin señales que indicasen la presencia de ningún avión fuera de programa. Según Lycke, el avión que se estrelló no existe. Y dice que ya han presentado el informe al Ministerio de Defensa y a no sé qué otras instituciones. Puede que a la aduana.

—En otras palabras, que tenías razón: se trata de algún asunto ilícito.

—Bueno, eso es algo que aún no sabemos —objetó Rydberg—. Es seguro que circulaba sin licencia de vuelo, pero ignoramos si, además, el motivo de su salida era ilegal.

—Pero ¿quién sale a volar de noche sin un motivo muy especial?

—Hay mucho loco por ahí suelto —le recordó Rydberg—. Tú deberías saberlo mejor que nadie.

Wallander lo miró inquisitivo.

—Ya, pero eso no te lo crees ni tú, ¿verdad?

—Pues claro que no —admitió Rydberg—. Pero, hasta que no sepamos quiénes eran o conozcamos la identidad del aparato, no podemos hacer nada. Este asunto irá a parar a manos de la Interpol. Apuesto lo que quieras a que el avión venía de fuera.

Rydberg salió del despacho.

Y Wallander quedó meditando sobre sus afirmaciones.

Al final, se levantó de nuevo, recogió los documentos que precisaba y se dirigió a la sala en que esperaba Yngve Leonard Holm, acompañado de su abogado.

Cuando Wallander puso en marcha la grabadora y comenzó el interrogatorio, eran exactamente las once y cuarto.

2

Una hora y diez minutos más tarde Wallander apagó la grabadora. Yngve Leonard Holm había colmado su paciencia, tanto por su actitud como por la evidencia de que se verían obligados a soltarlo. Wallander estaba convencido de que el hombre que ocupaba la silla que había al otro lado de la mesa era culpable de reiterados y graves delitos relacionados con la droga. Pero no había en el mundo entero un fiscal que considerase que sus investigaciones previas gozaban de la consistencia suficiente como para llevarlo a juicio. Y menos aún las daría por buenas Per Åkeson, el fiscal a quien se disponía a entregar su resumen.

Yngve Leonard Holm tenía treinta y siete años. Había nacido en Ronneby, pero estaba censado en Ystad desde mediados de los años ochenta. Dijo ser vendedor ambulante de libros de bolsillo en los distintos mercados que solían organizarse en verano. Durante los últimos años, había indicado cantidades irrisorias en su declaración de renta, al tiempo que se hizo construir un gran chalet en una zona residencial próxima a la comisaría de policía. El chalet fue tasado en varios millones de coronas. Holm sostenía que había financiado la construcción de la casa con diversos premios de cantidades sustanciosas obtenidas en el juego, tanto en Jägersro como en Solvalla, así como en distintos hipódromos de Alemania y Francia. Como era de esperar, no conservaba los justificantes de dichos premios pues, por desgracia, los había perdido en el incendio que, muy oportunamente, se había declarado en la caravana en la que conservaba su contabilidad privada. El único justificante que pudo mostrar fue el de un premio menor por valor de cuatro mil novecientas noventa y nueve coronas, que había obtenido hacía un par de semanas. Cabía la posibilidad, se decía Wallander, de que aquello fuese indicio de los conocimientos que Holm poseía sobre los caballos de carreras. Pero poco más. «En realidad», se dijo, «Hanson debería haber ocupado mi lugar. A él también le interesan las apuestas en las carreras de caballos. Así podrían haber intercambiado sus opiniones sobre los equinos.»

Sin embargo, persistía inalterable el convencimiento de Wallander de que Holm era el último eslabón en una cadena que introducía y vendía grandes cantidades de narcóticos en el sur de Escania. Los indicios eran abrumadores, pero la detención de Holm no se había organizado debidamente. Deberían haber intervenido no con una, sino con dos redadas al mismo tiempo: una en casa de Holm y la otra en el almacén de libros de bolsillo que tenía en un polígono industrial situado a las afueras de Malmö. Aquello habría sido una acción organizada entre la policía de Ystad y los colegas de Malmö.

No obstante, algo había fallado desde el principio. El almacén estaba prácticamente vacío, excepción hecha de una caja de viejos ejemplares de una célebre colección de bolsillo. Y Holm estaba en su casa viendo la televisión cuando la policía llamó a su puerta. Una joven que yacía enroscada en sus piernas le daba masajes en los dedos de los pies mientras los policías registraban la vivienda. Pero, claro está, no hallaron nada. Uno de los perros de narcóticos que habían ido a recoger a la aduana estuvo largo rato olisqueando un pañuelo que habían encontrado en una papelera. El análisis químico pudo probar, como mucho, que había estado en contacto con algún preparado de estupefacientes. Todo lo cual apuntaba a la circunstancia de que, de algún modo, alguien había prevenido a Holm de la acción. Por otro lado, Wallander no albergaba la menor duda de que el sujeto era tan inteligente como habilidoso para ocultar lo que se traía entre manos.

—Te soltaremos —concluyó Wallander—. Pero las sospechas contra ti siguen en pie o, más bien, digamos que yo estoy convencido de que te dedicas al tráfico de drogas a gran escala en Escania. Te pillaremos, tarde o temprano.

El abogado, que parecía una comadreja, se estiró en su asiento.

—Éste es un trato al que mi cliente no tiene por qué verse expuesto —protestó—. Además, es un ataque personal sin cobertura legal.

—Por supuesto que lo es —concedió Wallander—. Si lo deseas, puedes cursar una denuncia contra mí.

Holm, que iba sin afeitar y parecía hastiado de todo aquello, impidió que su abogado insistiese.

—La policía sólo hace su trabajo —intervino—. Aunque, por desgracia, han cometido un error al sospechar de mí. Yo no soy más que un simple ciudadano experto en caballos de carreras y en libros de bolsillo. Y nada más. Además, presto mi apoyo regular y mis subvenciones a fundaciones benéficas.

Wallander salió de la sala. Holm se marcharía a casa, a que le masajeasen los pies. Las drogas seguirían entrando a mares en Escania. «Jamás saldremos vencedores de esta lucha», se desanimó el inspector. «La única posibilidad es que las nuevas generaciones se distancien por sí mismas de todo esto.»

Habían dado las doce y media y se sentía hambriento. Pero ahora lamentaba no haber tomado el coche por la mañana pues, según vio a través de los cristales de la ventana, había empezado a caer aguanieve y la idea de recorrer a pie y dos veces la distancia que lo separaba del centro, sólo para comer, no le resultaba muy atractiva. De modo que abrió uno de los cajones del escritorio para buscar el menú de una pizzería que servía a domicilio. Ojeó el repertorio, incapaz de decidirse, hasta que, con los ojos cerrados, puso el dedo sobre una de las pizzas, al azar. Después, llamó y pidió la pizza que el destino le había asignado y se colocó junto a la ventana a contemplar el depósito del agua que se alzaba al otro lado de la calle.

Al cabo de un rato sonó el teléfono. Se sentó ante el escritorio y, al responder, comprobó que era su padre, que lo llamaba desde Löderup.

—Creía que habíamos quedado en que vendrías ayer noche —recriminó el padre.

Wallander suspiró en silencio.

—Pues no, no habíamos quedado en nada.

—Pues sí, que yo me acuerdo muy bien —insistió el padre—. Eres tú el que empieza a olvidar las cosas. Yo pensaba que los policías teníais blocs de notas. Quizá podrías apuntar que tienes que arrestarme. Y así a lo mejor te acuerdas.

Wallander no se sentía con fuerzas para enfadarse.

—Iré esta tarde —prometió—. Pero que sepas que *no* habíamos quedado en vernos ayer.

—Bueno, sí, es posible que me haya confundido —claudicó el padre en tono sorprendentemente suave.

—Estaré allí sobre las siete —aseguró Wallander—. Pero ahora tengo mucho que hacer.

Tras despedirse, colgó el auricular. «Mi padre ejerce un constante y premeditado chantaje sentimental», resolvió. «Y lo peor de todo es que siempre se sale con la suya.»

El chico llegó con la pizza, que Wallander pagó y se llevó al comedor. Sentado ante una de las mesas, Per Åkeson comía un plato de gachas, y Wallander fue a ocupar la silla que había frente al fiscal.

—Creía que vendrías a mi despacho, por lo de Holm —le reprochó Åkeson.

—Sí, sí, iré. Pero, por ahora, lo hemos dejado ir.

—Claro, no me extraña. La redada estuvo tan mal organizada...

345

—Pues eso díselo a Björk —se defendió Wallander—. Yo no tuve nada que ver.

Ante la sorpresa de Wallander, Åkeson le ponía sal a las gachas.

—Dentro de tres semanas comienza mi excedencia —le recordó Per Åkeson.

—Ya, no creas que lo he olvidado —aseguró Wallander.

—Me sustituirá una joven llamada Anette Brolin, de Estocolmo.

—Te echaré de menos —confesó Wallander—. Además, me pregunto cómo nos irá con una mujer de fiscal.

—Y ¿por qué habría de entrañar ningún problema el que sea mujer?

Wallander se encogió de hombros.

—Prejuicios, supongo.

—Medio año pasa volando. Además, debo reconocer que será estupendo apartarme de todo por un tiempo. Necesito pensar.

—Pues yo creía que ibas a estudiar.

—Y lo haré. Pero eso no significa que no me dedique a pensar en el futuro al mismo tiempo. No sé si quiero seguir siendo fiscal toda mi vida. Tal vez debiera dedicarme a otra actividad, ¿no crees?

—Sí, claro, podrías aprender a navegar a vela y hacerte vagabundo marino.

Åkeson negó con un gesto vehemente.

—No, no, nada de eso. Pero sí que se me ha ocurrido irme al extranjero. Tal vez a algún lugar en el que me sienta útil. Quién sabe si no podría contribuir a construir un Estado de derecho sano en algún país donde no exista todavía. No sé, en Checoslovaquia, por ejemplo.

—Bueno, espero que me escribas de vez en cuando para contármelo —comentó Wallander—. Lo cierto es que yo también pienso en el futuro a veces; en si seguiré siendo policía hasta la jubilación o si me dedicaré a otra cosa.

La pizza no sabía a nada. Åkeson, por su parte, parecía estar disfrutando de sus gachas.

—¿Qué ha sido del avión siniestrado? —quiso saber Åkeson.

Wallander le reveló cuanto sabía.

—¡Vaya! ¡Qué extraño! —exclamó una vez que hubo concluido—. ¿Crees que puede ser un asunto de drogas?

—Seguro que sí —observó Wallander al tiempo que lamentaba no haberle preguntado a Holm si tenía una avioneta. Si podía permitirse un chalet, también cabía la posibilidad de que hubiese comprado un avión privado. Los ingresos procedentes del comercio de narcóticos podían alcanzar sumas desorbitadas.

Ambos se pusieron a fregar sus platos en el fregadero. Wallander dejó la mitad de la pizza: la separación continuaba influyendo en su apetito.

—Holm es una basura —afirmó Wallander—. Lo atraparemos, tarde o temprano.

—Pues yo no estaría tan seguro —opuso Åkeson—. Aunque espero que tengas razón, claro.

Poco después de la una, Wallander estaba de vuelta en su despacho. Sopesó la posibilidad de llamar a Malmö, a casa de Mona. Linda vivía con ella y Wallander quería hablar con su hija, pues hacía ya casi una semana desde la última vez que mantuvieron una conversación. La joven tenía diecinueve años y estaba bastante perdida en general. La noticia más reciente era que, de nuevo, se planteaba dedicarse al tapizado de muebles. Pero Wallander sospechaba que la muchacha tendría tiempo de cambiar de parecer muchas veces aún, hasta tomar la decisión definitiva.

Sin embargo, el inspector marcó el número del despacho de Martinson y le pidió que acudiese al suyo. Juntos, revisaron los sucesos de aquella mañana. Martinson debería escribir el informe.

—Han llamado, tanto del aeropuerto de Sturup como

del Ministerio de Defensa —lo informó—. Y resulta que hay algo raro con esa avioneta. Además, parece que tenías razón: habían pintado las alas y el cuerpo principal del aparato.

—Sí, ya veremos qué conclusiones saca Nyberg —comentó Wallander.

—Los cuerpos están en Lund —prosiguió Martinson—. La única manera de identificarlos es por medio de las dentaduras. Estaban tan carbonizados que se deshicieron cuando intentaron colocarlos sobre las camillas.

—En otras palabras, tendremos que esperar —concluyó Wallander—. Oye, había pensado proponerte ante Björk como nuestro representante en la comisión de investigación del siniestro. ¿Tienes algo que objetar?

—Bueno, siempre aprenderé algo nuevo —aceptó Martinson.

De nuevo a solas, Wallander se quedó meditando en torno a las diferencias que lo separaban de Martinson. La mayor ambición de Wallander había sido siempre llegar a ser un buen investigador criminal. Y lo había conseguido. Martinson, por su parte, tenía otras ambiciones. A él le atraía más el papel de comisario en un futuro no muy lejano, y hacer un buen trabajo de campo constituía tan sólo un paso más en su carrera hacia ese objetivo.

Wallander desechó las elucubraciones sobre Martinson, lanzó un bostezo y, desganado, atrajo hacia sí el archivador que coronaba el montón de papeles que se erguía sobre su mesa. Seguía irritado ante el hecho de no haberle preguntado a Holm por el avión. Al menos, para observar su reacción. Pero, a aquellas alturas, Holm estaría ya inmerso en su *jacuzzi*, si no degustando un exquisito almuerzo en el hotel Continental, en compañía de su abogado.

El archivador permanecía ante él, aún cerrado, cuando decidió que podía ir a hablar con Björk sobre Martinson y su papel en la comisión encargada de investigar el siniestro. Y así acabaría con aquel asunto. Atravesó, pues, el pasillo, hasta el extremo en que Björk tenía su despacho. La puerta estaba abierta y el comisario jefe estaba a punto de marcharse.

—¿Tienes un minuto? —inquirió Wallander.

—Unos cuantos. Tengo que ir a dar una conferencia en una iglesia.

Wallander sabía que Björk se dedicaba a dar conferencias en los escenarios más inesperados. Al parecer, le encantaba aparecer en público, cosa que Wallander detestaba. De hecho, las conferencias de prensa le resultaban una auténtica tortura. Wallander le expuso los sucesos de aquella mañana, de los que el comisario ya había sido informado, y, según dijo, no tenía nada en contra de que Martinson participase como representante de la policía en la investigación del siniestro.

—Supongo que el avión no recibiría el impacto de ningún proyectil, ¿no? —inquirió Björk.

—Bueno, por el momento, todo apunta a que fue un accidente —aseguró Wallander—. Pero, desde luego, hay varios puntos que aclarar con respecto a ese vuelo.

—Haremos lo que tenemos que hacer —atajó Björk, dando así por zanjada la conversación—. Pero no invertiremos en ello más esfuerzo del necesario. Ya tenemos bastante trabajo.

Björk desapareció envuelto en una nube de loción para después del afeitado y Wallander se marchó cariacontecido a su despacho. Por el camino pasillo arriba, miró en los de Rydberg y Hanson, pero ambos estaban ausentes. Fue a buscar un café antes de aplicarse a dedicar un par de horas a una historia de malos tratos acontecida en Skurup la semana anterior. Habían recibido nueva información que debería abocar al enjuiciamiento por agresión del sujeto que había golpeado a su cuñada. Wallander ordenó el material y decidió que se lo entregaría a Per Åkeson al día siguiente.

Habían dado las cinco y cuarto y, por extraño que pudiese parecer, la comisaría parecía abandonada aquella tarde. Wallander resolvió que iría a buscar el coche para hacer la compra, pensando que le daría tiempo de llegar a casa de su padre a las siete. Bien sabía él que, de no presentarse puntual, el anciano estallaría en largas retahílas de acusaciones sobre lo mal que lo trataba su hijo.

El inspector tomó la cazadora y se encaminó a casa. El aguanieve había arreciado y se puso la capucha. Una vez en el coche, comprobó que llevaba la lista de la compra en el bolsillo. Le costó arrancar el coche y pensó que pronto tendría que comprarse otro. Pero ¿de dónde sacaría el dinero? Finalmente, logró poner en marcha el vehículo y, a punto estaba ya de meter la marcha, cuando se le ocurrió una idea. Era consciente de lo absurdo de su pretensión, pero la curiosidad pudo con él. Resolvió que dejaría la compra para más tarde y salió a la carretera de Österleden en dirección a Löderup.

La ocurrencia que lo había asaltado era muy sencilla. En una casa situada más allá de Strandskogen, vivía un controlador aéreo jubilado al que Wallander conocía desde hacía ya algunos años. Linda y la más joven de sus hijas habían sido buenas amigas. Wallander pensó que el hombre podría resolverle una duda que había estado importunándolo desde que escuchase el resumen que Martinson le ofreció de su conversación con Haverberg.

Wallander entró en el jardín de la casa en la que vivía Herbert Blomell. Una vez fuera del coche, descubrió que, encaramado a una escalera extensible, el hombre se afanaba en reparar un canalón. Al ver al inspector, lo saludó con gesto afable y se dispuso a descender los peldaños con suma cautela.

—Una fractura de fémur a mi edad puede resultar nefasta —explicó—. ¿Qué tal está Linda?

—Bien, gracias —respondió Wallander—. Está en Malmö, con Mona.

Los dos hombres entraron y fueron a sentarse en la cocina.

—Esta mañana se estrelló una avioneta cerca de Mossby —comenzó Wallander sin más preámbulo.

Blomell asintió al tiempo que señalaba el aparato de radio que tenía junto a la ventana.

—Era una Piper Cherokee de un motor —prosiguió Wallander—. Sé que no sólo fuiste controlador aéreo, sino que tenías licencia para volar.

—¡Sí, señor! Incluso he llevado una Cherokee en varias ocasiones —reveló Blomell—. Es un buen aparato.

—Si yo pusiera el dedo sobre un mapa y te diese una indicación geográfica y diez minutos, ¿hasta dónde podrías llevar la avioneta?

—Es muy simple —aseguró Blomell—. ¿Tienes un mapa?

Wallander negó con un gesto y Blomell se levantó y desapareció, para volver minutos después con un mapa enrollado. Lo extendieron sobre la mesa y Wallander localizó la finca en la que se produjo el siniestro.

—Imaginemos que el avión procedía de la costa; se oyó ruido de motores aquí exactamente a una hora determinada y, veinte minutos más tarde, como máximo, volvió a oírse. Claro que no podemos saber si el piloto mantuvo el mismo rumbo en todo momento, pero supongamos que fue así. ¿Hasta dónde crees que pudo llegar hacia la mitad de esos veinte minutos, antes de dar la vuelta?

—Las Cherokee pueden volar a unos doscientos cincuenta kilómetros por hora —explicó Blomell—. Si no llevan sobrepeso.

—Desconocemos ese detalle.

—Bien, entonces partiremos de la hipótesis de que llevaba la carga máxima y el viento a favor.

Blomell realizó un cálculo mental antes de señalar un punto al norte de Mossby. Wallander comprobó que correspondía a las proximidades de Sjöbo.

—Hasta aquí, más o menos —declaró Blomell—. Aunque hay muchas variables que no hemos contemplado en esta estimación, claro está.

—Ya, bueno, pero ahora sé bastante más de lo que sabía hace un instante.

Wallander tamborileó pensativo con los dedos sobre la mesa de la cocina.

—¿Por qué se estrella un avión? —preguntó al cabo.

Blomell lo miró inquisitivo.

—No hay dos accidentes idénticos. Yo suelo leer una revista americana en la que escriben sobre las investigaciones de diversos accidentes aéreos. Puede darse el caso de fallos recurrentes, como los detectados en el sistema eléctrico del aparato, o cualquier otro. Pero, al final, la causa es siempre una muy especial para cada caso. Y, casi siempre, es un error de cálculo del piloto el que provoca el resultado.

—¿Por qué se estrella una Cherokee? —insistió Wallander.

Blomell negó con la cabeza.

—Pudo tratarse de un fallo del motor, consecuencia de un mantenimiento deficiente. Tendrás que esperar a ver qué concluye la comisión que investiga el siniestro.

—La matrícula del avión estaba borrada con pintura, tanto en el fuselaje como en la parte inferior de las alas —reveló Wallander—. ¿Qué puede significar eso?

—Que la persona que lo llevaba no quería dejar rastro —concluyó Blomell—. Como comprenderás, también hay un mercado negro de aviones.

—Yo creía que el espacio aéreo sueco estaba bien protegido. Pero, a juzgar por lo ocurrido, un avión no autorizado puede invadirlo, ¿no es así?

—No existe ni existirá nada en este mundo que sea seguro al ciento por ciento —sentenció Blomell—. Quienes tienen el dinero y los motivos suficientes, pueden transgredir los límites sin dejar huella.

Blomell quería invitarlo a café, pero Wallander rechazó agradecido.

—Mi padre me espera en Löderup —se excusó—. Si llego tarde, se armará un buen lío.

—Sí, la soledad es una maldición para los mayores —comentó Blomell—. Yo no soporto la añoranza de mi torre de control. Por las noches, sueño que sigo guiando a los pilotos a través de las vías aéreas. Y cuando me despierto, veo que está nevando y que lo único que puedo hacer es intentar reparar un canalón.

Los dos hombres se despidieron en el jardín. Wallander se detuvo a comprar en un comercio de Herrestad. Cuando partió de nuevo con el coche, lanzó una maldición: pese a que figuraba en la lista, había olvidado el papel higiénico.

Llegó a la casa de su padre a las siete menos tres minutos. Para entonces, había dejado de nevar, pero las nubes pendían amenazantes sobre el paisaje. Wallander vio que había luz en la caseta que el padre tenía habilitada como taller. Mientras atravesaba el jardín, inhaló el aire fresco. La puerta estaba entreabierta, pues su padre había oído el coche. El anciano estaba sentado ante el caballete, la cabeza cubierta con un viejo sombrero y los ojos miopes a escasos centímetros del lienzo que acababa de comenzar. El perfume que emanaba del frasco de disolvente evocaba en Wallander recuerdos de su niñez. «Esto es lo que queda de mi infancia», solía pensar. «El olor a disolvente.»

—¡Vaya! ¡Qué puntual! —exclamó el padre sin apartar la mirada del cuadro.

—Yo siempre soy puntual —replicó Wallander al tiempo que apartaba unos periódicos que había en una silla, con el fin de poder sentarse.

El padre había emprendido uno de sus ejemplares con urogallo. Justo cuando Wallander entró en el taller, el anciano había colocado la plantilla sobre el lienzo y comenzaba a plasmar un cielo de apagado atardecer. Wallander lo observó conmovido. «Él es el último de nuestra generación», se dijo. «Cuando él muera, yo seré el siguiente de la lista.»

El padre dejó los pinceles y la plantilla y se puso en pie.

Entraron en la casa y el anciano puso una cafetera y preparó unos vasitos de licor. Wallander vaciló un instante pero, finalmente, aceptó pensando que bien podía tomarse una copa.

—Toca póquer. Me debes catorce coronas de la última vez —le recordó Wallander.

El padre lo observó con atención.

—Yo creo que haces trampas —lo acusó—. Aunque aún no sé cómo.

Wallander se quedó atónito.

—¿Estás acusándome de hacerle trampas a mi propio padre?

Por una vez, el padre se retractó de sus palabras.

—Bueno, no, tal vez no lo crea, en realidad. Pero me dio la impresión de que ganabas demasiado la última vez.

Ahí murió la conversación. Se tomaron el café y el padre empezó a sorber ruidosamente. Wallander detestaba aquella manía suya.

—Me voy de viaje —anunció el padre de repente—. Muy lejos.

Wallander aguardó una continuación que no se produjo.

—Y ¿adónde piensas ir? —preguntó al final.

—A Egipto.

—¿A Egipto? ¿Y qué se te ha perdido a ti en Egipto? Yo pensaba que era a Italia adonde querías ir.

—Egipto *y también* Italia —puntualizó el padre—. Como nunca me escuchas...

—A ver, ¿qué vas a hacer en Egipto?

—Veré la Esfinge. Y las pirámides. Empiezo a estar falto de tiempo. No sé cuánto tiempo viviré aún. Pero yo quiero ver Roma y las pirámides antes de morir.

Wallander movió la cabeza.

—¿Y con quién piensas ir?

—Volaré con Egypt Air dentro de unos días. Directamente a El Cairo. Y me alojaré en un hotel estupendo que se llama Mena House.

—Pero ¿vas a viajar tú solo? ¿Qué has hecho? ¿Has comprado un vuelo chárter? No puedes estar hablando en serio —resolvió Wallander incrédulo.

El padre estiró el brazo y alcanzó los billetes que tenía sobre el alféizar de la ventana. Wallander los ojeó y comprobó que era cierto: el anciano partiría desde Copenhague hasta El Cairo el 14 de diciembre, en vuelo regular.

El inspector dejó los billetes sobre la mesa.

Se había quedado tan perplejo que no supo qué decir.

3

A las diez y cuarto Wallander partió de Löderup camino de casa. La capa de nubes había empezado a resquebrajarse y, cuando se dirigía hacia el coche, notó que el frío arreciaba. Lo que, a su vez, lo llevó a pensar que su Peugeot resultaría cada vez más difícil de arrancar por las mañanas. Sin embargo, no era el coche lo que, en realidad, ocupaba su mente, sino el hecho de no haber logrado convencer a su padre de que desistiese de su viaje a Egipto. O, al menos, que aguardase un momento más adecuado, en que él mismo o su hermana pudiesen acompañarlo.

—Tienes casi ochenta años —insistía Wallander—. A esa edad no se dedica uno a viajar así, tan de repente.

Pero de nada valieron sus argumentos, que resultaron inconsistentes, dada la excelente salud del padre. Cierto que vestía de un modo algo estrafalario, pero tenía, a veces, una capacidad insólita para adaptarse a diversas situaciones y al encuentro con nuevas personas. Cuando Wallander se dio cuenta de que le facilitaban el traslado desde el aeropuerto hasta el hotel, que estaba situado justo en las inmediaciones de las pirámides, se calmó su inquietud y se atenuaron sus objeciones. Ignoraba qué podía impulsar a su padre a visitar Egipto, la Esfinge y las pirámides. Aunque sí recordaba que, cuando él era niño, su padre le había referido varias veces lo extraordinario de las creaciones artísticas que se alzaban en Gizeh, a las afueras de El Cairo.

Aquella tarde jugaron al póquer. Puesto que el padre había terminado ganando, se mostró bastante satisfecho cuando Wallander dio por finalizada la sesión.

Wallander se detuvo un instante, con la mano en la manija de la puerta del coche, y respiró hondo el perfume que emanaba de la noche.

«Tengo un padre muy curioso», resolvió. «Eso es, desde luego, innegable.»

Wallander le había prometido que lo llevaría a Malmö la mañana del día 14. Anotó el número de teléfono del hotel Mena House en el que se alojaría. Puesto que el padre, como era de esperar, no había malgastado el dinero en contratar un seguro de viaje, decidió que, al día siguiente, le pediría a Ebba que lo arreglase.

El coche arrancó con dificultad y se puso en marcha hacia Ystad. Lo último que vio fue la luz en la ventana de la cocina. El padre solía permanecer sentado allí hasta altas horas de la noche antes de irse a dormir, cuando no volvía a su taller para añadir unas cuantas pinceladas a alguno de sus cuadros. Wallander pensó en lo que Blomell le había dicho aquella tarde, que la soledad era una maldición para la gente mayor. Sin embargo, su padre no vivía su vida de un modo diferente por haber envejecido. Continuó pintando sus cuadros como si nada hubiese cambiado, ni a su alrededor ni en su propia persona.

Poco después de las once, Wallander ya estaba en la calle de Mariagatan. Cuando abrió la puerta, descubrió que alguien le había echado una carta. Abrió el sobre y supo enseguida de quién se trataba: Emma Lundin, enfermera del hospital de Ystad. Wallander cayó en la cuenta de que le había prometido que la llamaría el día anterior. La mujer solía pasar por delante de su casa camino de la suya, situada en la calle de Dragongatan. De modo que le dejó la carta preguntándole si le había ocurrido algo y por qué no la había llamado. Wallander sintió un profundo cargo de conciencia. La había conocido hacía un mes cuando, mientras aguardaban su turno en la oficina de Correos de Hamngatan, comenzaron a hablar casualmente. Pocos días después, se encontraron en una tienda de comestibles y, tan sólo un par de días más tarde, se vieron envueltos en una relación desprovista de cualquier indicio de pasión por ambas partes. Emma era un año más joven que Wallander, estaba separada y tenía tres hijos. Al inspector no se le escapó que su relación era más importante para ella que para él mismo, de modo que intentó desligarse de cualquier compromiso, aunque sin atreverse del todo. Y ahora, en el vestíbulo y con la carta en la mano, pensó que, en realidad, sabía muy bien por qué no había cumplido su promesa de llamarla. Simplemente, no tenía ganas de verla. Dejó la carta sobre la mesa de la cocina y pensó que tenía que poner punto final a aquella historia, que no tenía ningún futuro ni expectativas de éxito. Los temas comunes de conversación eran mínimos, al igual que el tiempo que tenían para dedicarse el uno al otro. Y él sabía, además, que lo que buscaba era algo muy distinto, a alguien muy distinto. Alguien capaz de sustituir a Mona de verdad, si es que existía. Y sabía que, en el fondo, él soñaba con el regreso de Mona.

Se desvistió y se puso el viejo y raído albornoz al tiempo que caía en la cuenta de que de nuevo había olvidado comprar papel higiénico, de modo que fue a buscar una vieja guía telefónica que dejó en el cuarto de baño. Después, colocó en el frigorífico la compra que había hecho en Herrestad y, cuando estaba a punto de terminar, sonó el teléfono. Eran las once y cuarto y deseó mentalmente que no hubiese sucedido nada grave que lo obligase a vestirse otra vez. Pero era Linda. Y a él siempre lo llenaba de alegría oír la voz de su hija.

—¿Dónde has estado? —preguntó la joven—. Llevo llamándote toda la tarde.

—Podrías habértelo figurado... —repuso él—. Y podrías haber llamado al abuelo. Estaba con él.

—¡Vaya, no se me ocurrió! Como tú no sueles ir a visitarlo...

—¿Cómo que no suelo ir?

—Bueno, al menos, eso es lo que dice él.

—Sí, él dice muchas cosas. Por cierto, se va a Egipto dentro de unos días para ver las pirámides.

—¡Qué bien! ¡Cómo me gustaría ir con él!

Wallander no dijo ni una palabra, sino que se limitó a escuchar su abundante relato acerca de lo que la había tenido ocupada los últimos días. El inspector se alegró al oír que, al parecer, la muchacha había decidido apostar por hacer carrera en el ramo del tapizado de muebles. Supuso que Mona no estaría en casa, pues solía molestarse cuando Linda pasaba demasiado rato al teléfono. Al mismo tiempo sintió una punzada de celos pues, pese a que estaban separados, él no terminaba de asumir la idea de que ella se viese con otros hombres.

Para terminar la conversación, Linda le prometió que acudiría a su encuentro en el aeropuerto de Malmö para desearle también buen viaje a su abuelo.

Era ya más de medianoche y, puesto que se sentía hambriento, regresó a la cocina. Pero lo único que tuvo fuerzas para prepararse fue un plato de gachas de avena. Hacia las doce y media se acurrucó en la cama y, en pocos minutos, lo venció el sueño.

La mañana del 12 de diciembre la temperatura había descendido hasta los cuatro grados bajo cero. Wallander estaba sentado en la cocina poco antes de las siete, cuando sonó el teléfono. Era Blomell.

—Espero no haberte despertado —se disculpó.

—No, no, ya me había levantado —lo tranquilizó Wallander con la taza de café en la mano.

—Verás, una idea me vino a la mente cuando ya te habías marchado —prosiguió Blomell—. Claro que yo no soy policía, pero me pareció que no estaría mal que llamase, de todos modos.

—A ver, dime qué se te ocurrió.

—Pues pensé que si alguien oyó el ruido del avión a las afueras de Mossby, tuvo que ser porque el aparato volaba a muy baja altura. Lo que a su vez implica que otras personas también debieron de oírlo. Y así podrías hacerte una idea de qué dirección llevaba. Incluso cabe la posibilidad de que des con alguien que oyese cómo el avión daba la vuelta en el aire y volvía a marcharse por donde había venido. Si, por ejemplo, alguien lo oyó con tan sólo unos minutos de intervalo, tal vez resulte posible calcular el radio en el que el aparato giró.

Wallander comprendió que Blomell tenía razón. Y que él mismo debería haber pensado en ello. Pero no dijo nada.

—Sí, ya, estamos en ello —mintió.

—Bien, sólo era eso —aseguró Blomell—. Por cierto, ¿cómo estaba tu padre?

—Pues me contó que piensa hacer un viaje a Egipto.

—¡Vaya! Me parece una idea estupenda.

Wallander no replicó.

—Ya empieza a hacer más frío —comentó Blomell para concluir—. Se acerca el invierno.

—Sí, las tormentas de nieve no tardarán en llegar —convino Wallander antes de despedirse y colgar el auricular.

De nuevo en la cocina, reflexionó sobre las palabras de Blomell. Martinson o alguno de los compañeros podría ponerse en contacto con los colegas de Tomelilla y Sjöbo. Quizás incluso con los de Simrishamn, para estar más seguros. Cabía la posibilidad de que pudiesen hacerse una idea del rumbo del avión y del destino del mismo, localizando a personas madrugadoras que hubiesen oído el ronroneo, incluso dos veces seguidas, en el mejor de los casos. Seguro que quedaban algunos granjeros que estuviesen levantados a aquellas horas para ordeñar sus vacas. Sin embargo, seguía en pie la pregunta de qué se traerían entre manos aquellos dos hombres durante el vuelo y de por qué el aparato carecía de número de identificación.

Wallander hojeó el periódico sin prestarle mayor atención. Los cachorros de labrador seguían a la venta, pero ninguna de las casas despertó su interés.

Poco antes de las ocho cruzaba las puertas de la comisaría. Aquella mañana, había tomado la precaución de ponerse el jersey que solía utilizar para temperaturas de hasta cinco grados bajo cero. Se detuvo en la recepción y le pidió a Ebba que solicitase un seguro de viaje para su padre.

—Ése ha sido mi sueño durante años: ir a Egipto a ver las pirámides.

«Vaya, todo el mundo parece envidiar a mi padre», se dijo mientras se servía un café y se dirigía a su despacho. «Y, por si fuera poco, nadie parece especialmente sorprendido. El único preocupado por que algo le ocurra soy yo; ¿y si se pierde en el desierto o algo así...?»

La tarde anterior Martinson le había dejado sobre el escritorio un informe del siniestro. Wallander lo ojeó pensando que su colega seguía siendo tan locuaz como solía: la mitad habría sido suficiente. Rydberg le había dicho en alguna ocasión que aquello que no podía expresarse de forma tan comprimida como un telegrama, o no estaba bien meditado o era erróneo por completo. Wallander se esforzaba por redactar sus informes de la forma más clara y concisa posible. El inspector llamó al despacho de Martinson y le refirió la conversación mantenida con Björk el día anterior. Martinson se mostró muy satisfecho y le advirtió a Wallander que sería conveniente que celebrasen una reunión con todos los miembros del grupo, pues, en su opinión, merecía la pena poner en práctica la sugerencia de Blomell. A las ocho y media Martinson había logrado dar con Hanson y Svedberg, pero Rydberg no había llegado aún. Se congregaron en una de las salas de reuniones.

—¿Alguien ha visto a Nyberg? —quiso saber Wallander.

Pero en aquel preciso momento el técnico entró en la sala. Como de costumbre, parecía que lo hubiesen arrancado del sueño, con el cabello revuelto. Se sentó en su lugar habitual, algo apartado de los demás.

—Parece que Rydberg está mal —anunció Svedberg mientras se rascaba la calva con un lápiz.

—No es que lo parezca, es que está mal de verdad —subrayó Hanson—. Tiene ciática.

—Reuma —corrigió Wallander—. Es muy distinto.

Se volvió entonces a Nyberg y le cedió la palabra.

—Hemos examinado las alas —comenzó el técnico—. Y también limpiamos la espuma de los bomberos e intentamos componer el rompecabezas con las piezas del fuselaje del avión. No sólo habían pintado sobre la matrícula: para evitar riesgos, antes la habían raspado. Pero no lo consiguieron del todo, así que supongo que por eso decidieron taparla con pintura. Quienes viajaban en aquel avión estaban decididos a no dejarse descubrir.

—Supongo que el motor tendrá un número —indagó Wallander—. Y que el número de aviones fabricados no puede equipararse al número de coches.

—Sí, nos hemos puesto en contacto con la fábrica de Piper en Estados Unidos —aclaró Martinson.

—Bien, pero existen aún varias cuestiones que necesitamos aclarar —prosiguió Wallander—. ¿Cuánto tiempo puede volar uno de esos aviones con un solo depósito? ¿Suelen llevar un depósito extra y, en tal caso, cuál sería el límite de capacidad total?

Martinson tomaba notas y, finalmente, añadió:

—Yo me encargo de ello.

En ese momento, se abrió la puerta, y entró Rydberg.

—He estado en el hospital —anunció esquemático—. Y allí siempre lo retienen a uno una eternidad.

Wallander advirtió que el colega sufría fuertes dolores, pero no hizo el menor comentario.

Sí expuso, en cambio, la sugerencia de intentar localizar a otras personas que hubiesen oído el ruido, no sin sentirse algo avergonzado por no reconocerle a Blomell el mérito de la feliz idea.

—Será como durante la guerra —apuntó Rydberg—. Cuando todos los habitantes de Escania aguzaban el oído tras el ruido de los aviones que pasaban.

—Bueno, es posible que no saquemos nada en claro —admitió Wallander—. Pero tampoco perdemos nada con preguntarles a los colegas de los demás distritos. Por lo que a mí respecta, me cuesta creer que no se tratase de un transporte de drogas, un paquete que dejaron caer en un lugar determinado.

—Deberíamos hablar con Malmö —advirtió Rydberg—. Por si notasen que la droga en circulación empieza a aumentar en estos días; en tal caso, puede que encaje. Yo podría llamarlos.

Nadie tenía objeciones que oponer y Wallander dio por concluida la reunión minutos después de las nueve.

Invirtió el resto de la mañana en llevar a término el trabajo relacionado con el asunto de la agresión de Skurup para poder presentar el material a Per Åkeson. A la hora del almuerzo, bajó al centro, se tomó una salchicha especial y recordó, por fin, que debía comprar papel higiénico. Además, aprovechó para hacer una visita al Systembolaget* y comprar una botella de whisky y otras dos de vino. A punto estaba de marcharse, cuando se encontró con Sten Widén, que se disponía a entrar. Wallander notó enseguida que olía a alcohol y que tenía muy mal aspecto.

Sten Widén era uno de sus amigos más antiguos. Se habían conocido hacía muchos años, y los había unido su afición común a la ópera. Sten Widén trabajaba con su padre en Stjärnsund, donde tenían un picadero de caballos de carreras. Durante los últimos años, la frecuencia de sus encuen-

---

* Únicos establecimientos comerciales suecos con licencia para la venta de bebidas alcohólicas. (N. de la T.)

tros se había visto reducida al mínimo. A Wallander lo fue retrayendo el hecho de que Sten Widén bebiese de forma cada vez más incontrolada.

—¡Vaya, cuánto tiempo! —exclamó Widén.

Wallander se apartó al percibir el olor de su aliento a alcohol revenido.

—Bueno, ya sabes lo que pasa —se excusó Wallander—. La cosa va por rachas...

Intercambiaron algunas frases convencionales, ambos llevados por el deseo de despedirse lo antes posible. Para verse, quizá, bajo circunstancias diferentes y previa cita. Wallander le prometió que lo llamaría.

—Estoy entrenando a un nuevo caballo —anunció Widén—. Tenía un nombre tan malo que me las arreglé para que se lo cambiaran.

—¿Y cómo se llama ahora?

—*Traviata*.

Sten Widén sonrió y Wallander asintió con un gesto de complicidad. Después, se despidieron y se marcharon cada uno en una dirección.

Se dirigió a su apartamento de la calle de Mariagatan con las bolsas, y a las dos y cuarto ya estaba de vuelta en la comisaría, que parecía tan desierta como por la mañana. Continuó trabajando con los montones de papeles: tras la agresión de Skurup esperaba un robo cometido en el centro de Ystad, en la calle de Pilgrimsgatan. Alguien había roto el cristal de una de las ventanas y había dejado la casa limpia de objetos de valor. Wallander movía la cabeza de un lado a otro mientras leía el informe de Svedberg. No se explicaba que ninguno de los vecinos no hubiese visto nada.

«¿No estará extendiéndose el miedo por Suecia también?», se preguntó. «El miedo a ayudar a la policía aportando la menor información... De ser así, la situación es sin duda mucho peor de lo que yo he querido creer hasta ahora.»

Wallander siguió luchando con sus papeles y anotando

los interrogatorios que debían ordenarse, las búsquedas que debían hacerse en los registros. Pero no se hacía ilusiones de que pudiesen resolver el robo a menos que tuviesen un golpe de suerte o que contasen con la información fidedigna de algún testigo.

Poco antes de las cinco Martinson se presentó en el despacho. Wallander se dio cuenta, de pronto, de que su colega estaba dejándose el bigote, pero no hizo ningún comentario.

—Pues resulta que hemos tenido noticias de Sjöbo —comenzó—. Un ganadero pasó fuera toda la noche buscando una ternera que se le había escapado. Sólo Dios sabe cómo se le ocurrió pensar que la encontraría en medio de la oscuridad. Pero el caso es que llamó a la policía de Sjöbo por la mañana para comunicarles que había visto unas luces extrañas y que había oído ruido de motores poco después de las cinco de la mañana.

—¿Luces extrañas? ¿A qué se refería exactamente?

—Les he pedido a los compañeros de Sjöbo que hablen de nuevo con el granjero, que, por cierto, se llama Fridell.

Wallander asintió.

—Así que luces y ruido de motores. Eso podría confirmar la tesis de que dejaron caer algo.

Martinson desplegó un mapa sobre el escritorio de Wallander y señaló un punto. Wallander observó que quedaba enmarcado en la zona rodeada por Blomell en el suyo.

—Buen trabajo —lo felicitó al fin—. Ya veremos si nos da algún resultado.

Martinson volvió a doblar el mapa antes de añadir:

—Si resulta ser verdad, es terrible que estemos tan desprotegidos que cualquier avión pueda sobrevolar nuestras fronteras y dejar caer un paquete de narcóticos sin ser descubierto.

—Sí, pero me temo que tendremos que acostumbrarnos —advirtió Wallander—. Aunque estoy de acuerdo contigo, claro.

Martinson se marchó y, poco después, Wallander abandonó la comisaría. Cuando llegó a casa, se preparó, para variar, una cena en regla. Hacia las siete y media, se sentó ante el televisor con una taza de café en la mano, dispuesto a ver el informativo. Justo cuando empezaban a desarrollar los titulares, sonó el teléfono. Era Emma, que estaba a punto de salir del hospital. Wallander pensó que, en realidad, no sabía muy bien lo que quería: pasar otra noche solo o pasarla en compañía de Emma. Pese a no estar muy convencido de querer verla, le preguntó si tenía ganas de acercarse a su casa. Ella contestó que sí, que pasaría. Wallander sabía lo que aquello significaba; la mujer se quedaría hasta pasada la medianoche y después se vestiría y se marcharía a casa. Con el fin de cobrar ánimo ante el encuentro, se tomó dos vasos de whisky. Se había duchado antes, mientras se cocían las patatas. A toda prisa, cambió las sábanas y arrojó las sucias en el interior de un armario que ya estaba repleto de ropa para lavar.

Emma llegó poco después de las ocho. Tan pronto como oyó sus pasos en la escalera, se arrepintió al tiempo que se preguntaba por qué no sería capaz de poner fin a aquella relación que, como bien sabía él, no tenía ningún futuro.

Ella llegó y sonrió y Wallander la invitó a pasar. Emma tenía el pelo castaño y unos ojos hermosos y era de baja estatura. Él había puesto la música que sabía que le gustaba; bebieron vino y, poco antes de las once, se fueron a la cama. Wallander pensaba en Mona.

Después, ambos cayeron vencidos por el sueño. Ninguno de los dos pronunció palabra. Wallander notó, justo antes de dormirse, que le entraba dolor de cabeza. Cuando ella empezó a vestirse, se despertó. Pero fingió seguir dormido. Cuando la puerta de la calle se cerró, se levantó a beber un vaso de agua. Después, de nuevo en la cama, volvió a pensar en Mona un instante, hasta que se durmió por segunda vez.

En lo más profundo de sus sueños, empezó a sonar el teléfono. Se despertó enseguida, atento. Pero el aparato seguía sonando. Echó una ojeada al reloj que tenía sobre la mesilla de noche y comprobó que eran las dos y cuarto. Lo que sin duda significaba que algo había sucedido. Descolgó el auricular al tiempo que se sentaba en la cama.

Quien llamaba era Näslund, uno de los agentes de guardia.

—Se ha declarado un incendio en la calle de Möllegatan —anunció el colega—. En la esquina con la de Lilla Strandgatan.

Wallander intentó recrear en su mente la imagen de la zona.

—¿Qué es lo que está ardiendo?

—La mercería de las hermanas Eberhardsson.

—Ya, bueno, en ese caso, a quien hay que llamar es a los bomberos y a los de seguridad ciudadana, ¿no?

—Sí, y ya están allí. Pero parece que la casa ha explotado. Y las hermanas viven en el piso de arriba.

—¿Han conseguido sacarlas de allí?

—Me temo que no.

Wallander no tuvo que pensárselo dos veces. Sabía que sólo tenía una opción.

—Salgo ahora mismo —afirmó—. ¿A quién más has llamado?

—A Rydberg.

—Pues a él bien podrías haberlo dejado dormir. Levanta a Svedberg y a Hanson.

Wallander colgó el auricular y volvió a mirar el reloj. Eran las dos y diecisiete minutos. Mientras se vestía, reflexionó sobre lo que le había revelado Näslund. Una mercería que estallaba por los aires..., no parecía muy verosímil. Y, si las dos propietarias no habían logrado salvarse, la situación era grave.

Una vez en la calle, se dio cuenta de que había olvidado las llaves del coche. Lanzó una maldición y subió las escaleras a la carrera. Ya arriba, notó que había llegado sin resuello. «Debería retomar mis partidas de bádminton con Svedberg», se recomendó. «No logro subir cuatro pisos sin perder el aliento.»

A las dos y media se detuvo en la calle de Hamngatan. Toda la zona estaba acordonada. Aun antes de haber abierto la puerta del coche, percibió el olor a quemado. El fuego y el humo se elevaban hacia el cielo. El Cuerpo de bomberos tenía allí todos los coches disponibles. Por segunda vez en dos días, se encontró con Peter Edler.

—Esto tiene mal aspecto —gritó Edler para que pudiese oírlo entre el alboroto.

La casa entera ardía en llamas. Los bomberos se afanaban en la tarea de descargar agua sobre las casas circundantes, con el fin de que el fuego no se extendiese.

—¿Y las dos hermanas? —gritó a su vez Wallander.

Edler negó con un gesto elocuente.

—Ninguna de las dos ha salido —aclaró—. Si estaban en casa, aún siguen dentro. Tenemos un testigo ocular según el cual la casa, simplemente, salió volando por los aires. Al parecer, empezó a arder por todas partes al mismo tiempo.

Edler se marchó para continuar dirigiendo los trabajos de extinción. De pronto, Hanson apareció junto a Wallander.

—¿A quién se le ocurre prender fuego a una mercería? —inquirió el colega.

Pero Wallander no sabía qué contestar.

Pensaba en las dos hermanas, que habían dirigido su mercería durante todos los años que él llevaba en Ystad. Mona y él habían comprado allí una cremallera en una ocasión, para unos pantalones suyos.

Y ahora habían desaparecido.

Más aún, si Peter Edler no andaba muy equivocado, se trataba de un incendio provocado para acabar con la vida de las dos hermanas.

4

Aquella vigilia de Santa Lucía* de 1989, Wallander estuvo despierto, al destello de otras luces muy distintas a las de la fiesta. En efecto, permaneció en el lugar del incendio hasta el amanecer. Para entonces, él ya había enviado a casa a Svedberg, en primer lugar; después a Hanson. Cuando Rydberg apareció, Wallander le dijo que tampoco él tenía por qué estar allí. El frío de la noche y el calor del fuego no serían beneficiosos para su reuma. A Rydberg le habían explicado brevemente, antes de que se marchase a casa, que lo más probable era que las dos hermanas propietarias del inmueble hubiesen muerto carbonizadas en el interior. Peter Edler invitó a Wallander a un café, que el inspector se tomó sentado en la cabina de uno de los coches de bomberos, mientras se preguntaba por qué no se habría marchado a casa él también en lugar de quedarse a esperar hasta que el fuego se hubiese extinguido, algo que ni él mismo lograba explicarse. Con una sensación de amargo malestar, volvió a su memoria el encuentro de la noche anterior. El erotismo que reinaba entre Emma Lundin y él carecía por completo de pasión. De hecho, se le antojaba poco más que una prolongación de la conversación vacía que habían mantenido horas antes.

*   Se trata del 13 de diciembre, festividad de Santa Lucía, muy celebrada en Suecia. Significa el comienzo de la Navidad y la fusión de la celebración pagana de la llegada de la claridad que trae la nieve con la fiesta de la santa ciega, portadora de la luz. Durante todo el día y, en especial, la noche, se celebran procesiones presididas por una joven que representa a santa Lucía, tocada con una corona de velas, bien de cera, bien eléctricas. *(N. de la T.)*

«No puedo seguir así», resolvió de repente. «Mi vida tiene que experimentar algún cambio pronto, muy pronto.» Los dos meses transcurridos desde que Mona lo abandonase definitivamente le parecían más bien dos años.

Al amanecer, el fuego quedó por fin extinguido. La casa había quedado carbonizada hasta los cimientos. Nyberg ya estaba allí, a la espera de que Peter Edler le diese la señal de que podían empezar a inspeccionar los restos del incendio junto con los técnicos del Cuerpo de bomberos.

De pronto, también apareció Björk vestido, como de costumbre, de forma impecable y envuelto en un olor a loción tan intenso que logró superar al del humo.

—Los incendios son lamentables —opinó el comisario—. Acabo de enterarme de que las propietarias han muerto.

—Bueno, todavía no tenemos la certeza, pero, por desgracia, tampoco disponemos de ningún indicio que contradiga esa hipótesis.

Björk miró el reloj.

—Bien, lo siento, pero no puedo quedarme —se excusó—. Hoy desayuno con los rotarios.

Dicho esto, desapareció.

—Tanta conferencia acabará matándolo —sentenció Wallander.

Nyberg lo miró inquisitivo.

—Me pregunto qué dirá de la policía y de nuestro trabajo —comentó el técnico—. ¿Tú lo has oído hablar alguna vez?

—Jamás. Pero sospecho que no se prodigará en comentarios sobre sus hazañas detrás del escritorio.

Así quedaron los dos, en silencio y a la espera. Wallander sentía frío y estaba cansado. Toda aquella manzana seguía acordonada, pero un periodista de *Arbetet* había logrado salvar las barreras. Wallander lo reconoció de otras ocasiones y sabía que era uno de aquellos profesionales que reproducía en sus artículos las palabras del inspector, de modo que le dijeron lo poco que sabían: que aún no se encontraban en condiciones de confirmar la muerte de nadie en el incendio. El periodista no insistió más y se marchó.

Casi una hora más tarde, Peter Edler dio por fin la señal de que podían intervenir. Al salir de casa, Wallander había tenido la sensatez suficiente como para calzarse un par de botas de goma, con las que ahora se adentró en la ciénaga de agua sobre la que flotaban restos de paredes destruidas y vigas quemadas. Nyberg y algunos de los bomberos comenzaron a examinar las ruinas del siniestro. No habían transcurrido ni cinco minutos, cuando se detuvieron y Nyberg le indicó a Wallander que se acercase.

Los cuerpos de dos personas yacían a pocos metros de distancia el uno del otro. Estaban carbonizados e irreconocibles, y Wallander pensó que era la segunda vez en cuarenta y ocho horas que se enfrentaba al mismo espectáculo. Desechó aquel recuerdo con una mueca.

—Las hermanas Eberhardsson —declaró—. ¿Alguien sabe cómo se llamaban?

—Anna y Emilia —respondió Nyberg—. Pero aún no podemos asegurar que sean ellas.

—¿Y quiénes iban a ser si no? —objetó Wallander—. Sólo ellas vivían en esta casa.

—Bueno, lo averiguaremos; aunque nos llevará algunos días —advirtió Nyberg.

Wallander se dio media vuelta y regresó a la acera, donde halló a Peter Edler fumando un cigarrillo.

—¡Ah, pero ¿tú fumas?! —inquirió Wallander sorprendido—. No lo sabía.

—Bueno, no habitualmente —aclaró Edler—. Sólo cuando estoy muy cansado.

—Debemos investigar este incendio de la forma más exhaustiva posible —comentó Wallander.

—Sí, claro... Verás, yo no quiero adelantar acontecimientos, pero este incendio ha sido provocado —afirmó—. Claro que cabe preguntarse quién habría querido asesinar a dos abuelas solteronas.

Wallander asintió, pues sabía que Peter Edler era un oficial de bomberos muy competente.

—Sí, dos abuelas que vendían botones y cremalleras... —completó Wallander.

Ya no había motivo alguno para que permaneciese allí por más tiempo, de modo que abandonó el lugar del siniestro, tomó el coche y se marchó a casa, donde, después del desayuno, consultó el termómetro para decidir qué jersey se pondría aquella mañana. Al final, se decantó por el mismo del día anterior. A las nueve y veinte, aparcó el coche ante la comisaría. Martinson llegaba al mismo tiempo. «Mucho más tarde de lo que es habitual en él», se dijo Wallander. Pero el colega le explicó el motivo sin que él tuviese que preguntar:

—Mi sobrina de quince años llegó anoche a casa borracha —reveló abatido—. Es la primera vez que ocurre algo así.

—Alguna vez ha de ser la primera —sostuvo Wallander.

Él no añoraba su época como policía de seguridad ciudadana en que, según recordaba, la noche de la festividad de Santa Lucía resultaba siempre una pesadilla; como también recordaba que Mona lo había llamado por teléfono, hacía unos años y justo después de una de esas noches, para, muy alterada, contarle que Linda había llegado a casa vomitando. Mona estaba indignada y preocupada, en tanto que él, ante su propio asombro, había adoptado una postura más relajada respecto a aquel suceso. Wallander intentó hacer a Martinson partícipe de sus pensamientos, pero el colega no parecía receptivo. Por último, se rindió y terminó por guardar silencio.

Ya en la recepción, se detuvieron un instante. Ebba se les acercó veloz para preguntarles:

—No será verdad lo que dicen, que las pobres Anna y Emilia han muerto carbonizadas en su casa, ¿no?

—Siento no poder negarlo —se lamentó Wallander.

Ebba meneó la cabeza, compungida.

—¿Sabes? Yo he estado comprándoles hilos y botones desde el año 1951. Siempre tan amables. Si necesitaba algo que no tuviesen, ellas lo encargaban sin cobrar ningún recargo. Pero ¿quién habrá querido matar a dos abuelas propietarias de una mercería?

«Ebba es la segunda persona que formula la misma pregunta», se dijo Wallander. «Primero Peter Edler. Ahora Ebba.»

—Si se trata de un pirómano, no ha podido elegir una noche más adecuada para ponerse a funcionar —ironizó Martinson.

—Ya veremos —repuso Wallander—. ¿No hemos recibido más información sobre el avión que se estrelló?

—No, que yo sepa. Pero en Sjöbo iban a hablar con aquel hombre que salió por la noche a buscar su ternera, ¿lo recuerdas?

—Bien, pero llama a los demás distritos, por si acaso —le recordó Wallander—. Es posible que hayan recibido más llamadas de gente que oyese ruidos de motor aquella noche. No puede haber muchos aviones en tránsito a medianoche.

Martinson se marchó y Ebba le entregó a Wallander un documento.

—El seguro de viaje de tu padre —explicó—. Afortunado él, que no sólo se libra de este tiempo espantoso, sino que, además, puede ir a ver las pirámides.

Wallander tomó el papel y se encaminó a su despacho. En cuanto se hubo quitado la cazadora, llamó a Löderup. Pese a que estuvo esperando un buen rato, no obtuvo respuesta, por lo que dedujo que el padre estaría en el taller y colgó sin insistir más. «Me pregunto si no se le habrá olvidado que mañana sale de viaje», se dijo. «Y que yo voy a recogerlo a las seis y media de la mañana.»

Entonces, se alegró ante la idea de pasar algunas horas con Linda. En efecto, la compañía de la joven solía llenarlo de buen humor.

Arrastró hacia sí, sobre el tablero del escritorio, el montón de papeles que había dejado el día anterior, con los documentos relacionados con el robo de la calle de Pilgrimsgatan. Sin embargo, su mente se concentraba en otros asuntos: ¿y si se les había presentado un pirómano? Durante los últimos años no habían sufrido ningún caso de esa naturaleza.

Se obligó, al final, a seguir trabajando con el asunto del robo hasta que, a las diez y media de la mañana, recibió una llamada de Nyberg.

—Creo que deberías venir al lugar del incendio —recomendó el técnico.

Wallander sabía que Nyberg jamás lo habría llamado de no existir una razón de peso, de modo que habría sido una pérdida de tiempo empezar a hacer preguntas por teléfono.

—Salgo ahora mismo —prometió antes de colgar.

Tomó la cazadora y abandonó la comisaría. Tan sólo unos minutos más tarde, ya había llegado al centro con el coche. La zona acordonada había quedado algo más reducida, pero aún seguían desviando gran parte del tráfico para evitar su tránsito por la calle de Hamngatan.

Nyberg estaba aguardándolo cerca del lugar del siniestro, donde las ruinas de la casa todavía despedían gran cantidad de humo. El técnico fue derecho al grano.

—Bueno, no fue sólo un incendio provocado; fue un asesinato.

—¿Asesinato?

Nyberg le indicó que lo siguiese. Los dos cuerpos aparecían ya aislados de entre los escombros. Ambos colegas se acuclillaron junto a uno de ellos y Nyberg señaló una zona del cráneo con un lápiz.

—Un agujero de bala —describió el técnico—. Le pegaron un tiro, si es que es una de las hermanas; aunque imagino que eso podemos darlo por supuesto.

Se pusieron en pie con la intención de acercarse al otro cuerpo.

—Y aquí tenemos otro tanto —anunció al tiempo que señalaba—. Un tiro en la nuca.

Wallander movió la cabeza sin poder dar crédito a lo que veía.

—¿Quieres decir que les han disparado?

—Pues eso me temo. Además, se trata más bien de una auténtica ejecución: dos disparos en la nuca...

A Wallander le costaba asimilar las conclusiones de Nyberg. Le resultaba demasiado irreal, demasiado brutal. Sin embargo, era consciente de que el técnico jamás se pronunciaba en ningún sentido a menos que estuviese seguro de sus afirmaciones.

Se apartaron de la casa y volvieron a la calzada. Nyberg le tendió a Wallander una pequeña bolsa de plástico.

—Hemos encontrado una de las balas —continuó—. Estaba alojada en el cráneo. La otra atravesó la cabeza y salió por la frente, de modo que se ha derretido en el incendio. Pero los forenses tendrán que confirmarlo, claro está.

Wallander observaba a Nyberg mientras se esforzaba en reflexionar sobre lo sucedido.

—En conclusión, nos hallamos ante un doble asesinato que alguien ha intentado ocultar tras un incendio —aventuró Wallander.

—En absoluto —negó Nyberg categórico—. Lo más probable es que una persona capaz de ejecutar a otra de un tiro en la nuca sepa que el esqueleto siempre subsiste al fuego. Piensa que esto no es un crematorio.

Wallander comprendió que a Nyberg se le había ocurrido algo importante.

—¿Cuál es, en ese caso, la alternativa?

—Que la intención del asesino fuese ocultar otra cosa.

—¿Qué podían querer ocultar en una mercería?

—En eso consiste tu cometido, en averiguarlo —replicó el técnico.

—Bien. Reuniré al grupo de investigación —determinó Wallander—. A la una nos ponemos en marcha.

Miró el reloj. Ya habían dado las once.

—¿Crees que podrás asistir?

—Pues, como comprenderás, aquí no he terminado, pero asistiré —prometió Nyberg.

Wallander regresó al coche invadido por la sensación de hallarse en una situación irreal. ¿Quién podía tener motivos para ejecutar a dos abuelas que no habían hecho nada en su vida, salvo vender agujas e hilo, y alguna que otra cremallera? Aquello superaba todo lo que había visto hasta entonces en su vida.

De vuelta en la comisaría, encaminó sus pasos al despacho de Rydberg, que, no obstante, halló vacío. Wallander encontró al colega en el comedor, ante una taza de té que acompañaba de un panecillo tostado. Wallander se sentó a la mesa y le refirió los hallazgos de Nyberg.

—Vaya, vaya. Eso no suena nada bien —sostuvo Rydberg una vez que Wallander hubo concluido—. Nada, pero que nada bien.

Wallander se puso en pie.

—Nos vemos a la una —le advirtió—. Por el momento, dejaremos que Martinson se concentre en el asunto del avión. Pero Hanson y Svedberg deben asistir. Intenta que también acuda Åkeson. ¿Tú recuerdas algún caso similar?

Rydberg hizo memoria un instante.

—No, no lo recuerdo. En una ocasión tuvimos a un loco que le clavó un hacha en la cabeza a un camarero, hace veinte años, creo. El móvil fue una deuda impagada que ascendía a la cantidad de treinta coronas. Pero por lo demás, esto es inaudito.

Wallander se demoró un instante junto a la mesa.

—Oye, lo de los tiros en la nuca... Eso no parece muy sueco que digamos.

—Ya, pero ¿qué es sueco y qué no lo es? —objetó Rydberg—. No creo que los límites estén ya tan claros. Ni para los aviones ni para los criminales. Hubo un tiempo en que

Ystad se encontraba en una especie de periferia y lo que sucedía en Estocolmo era impensable aquí. Ni siquiera lo que sucedía en Malmö era habitual en una ciudad pequeña como ésta. Pero esa época no tardará en pertenecer al pasado.

—Y ¿qué sucederá entonces?

—Verás, en mi opinión, los nuevos tiempos necesitarán un nuevo tipo de agentes de policía. En especial, un nuevo tipo de investigadores —auguró Rydberg—. Pero la clase a la que pertenecemos tú y yo, los policías capaces de pensar, ésos serán siempre necesarios.

Salieron juntos hacia el pasillo. Rydberg caminaba despacio y los dos colegas se despidieron ante la puerta de su despacho.

—A la una —confirmó Rydberg—. Doble asesinato de dos abuelas. ¿Te parece que lo llamemos así, el caso de las abuelas?

—A mí esto no me gusta nada —atajó Wallander—. No alcanzo a comprender por qué alguien querría asesinar a tiros a dos respetables señoras de edad tan avanzada.

—Pues tal vez debamos empezar por ahí —observó Rydberg meditabundo—. Averiguando si eran tan respetables como todo el mundo parece creer.

Wallander se quedó atónito.

—¿Qué estás sugiriendo?

—Nada —aseguró Rydberg con una sonrisa—. Sólo que, a veces, eres demasiado rápido a la hora de sacar conclusiones.

Wallander se colocó junto a la ventana de su despacho y contempló ausente el aleteo de unas palomas sobre el depósito de agua. «Claro que Rydberg tiene razón», resolvió. «Como de costumbre. Si no hay testigos, si no obtenemos ninguna otra información de personas ajenas a las hermanas, deberíamos comenzar por ahí precisamente: por investigar quiénes eran realmente Anna y Emilia.»

A la una en punto ya estaban todos en la sala. Hanson había intentado localizar a Björk, pero sin éxito. En cambio, Per Åkeson sí se había presentado.

Wallander los informó del descubrimiento del hecho de que las dos ancianas hubiesen sido asesinadas. Una sombra de desaliento invadió al punto la sala. Al parecer, todos habían sido clientes de la mercería en alguna ocasión. Finalmente, Wallander le cedió la palabra a Nyberg.

—Nosotros seguimos rebuscando entre la porquería pero, hasta el momento, no hemos encontrado nada digno de mención —sintetizó el técnico.

—¿Y el origen del incendio? —inquirió Wallander.

—Aún es demasiado pronto para establecerlo —aclaró Nyberg—. Pero, según los vecinos, se produjo un fuerte estallido. Alguno de ellos lo definió como una explosión apagada. Después, la casa fue pasto de las llamas en tan sólo unos minutos.

Wallander observó a sus colegas.

—Puesto que no disponemos de ningún móvil evidente, conviene que comencemos por concretar qué sabemos de las dos hermanas. ¿Es cierto que, según creo, no tenían ningún pariente próximo? Las dos estaban solteras, pero ¿ninguna estuvo casada nunca? ¿Qué edad tenían exactamente? Yo las recuerdo como ancianas desde que me mudé a Ystad.

Svedberg intervino para transmitirles su convencimiento de que ni Anna ni Emilia habían contraído matrimonio jamás; y que tampoco tenían hijos. Pero se ofreció a indagar a fondo en el asunto.

—¿Y las cuentas bancarias? —terció Rydberg, que no se había pronunciado hasta el momento—. ¿Sabemos si tenían dinero, ya fuese en el colchón o en el banco? Hay rumores de que así era. Y tal vez fuese ése el móvil del asesinato.

—Quizá, pero eso no explica el modo en que las asesinaron —precisó Wallander—. En cualquier caso, es algo que también debemos averiguar. Cuanto más sepamos sobre ellas, mejor.

Se distribuyeron los diversos cometidos como de costumbre, siempre las mismas tareas metódicas que tanto tiempo exigían al comienzo de cada investigación. A las dos y cuarto, a Wallander no le quedaba más que un punto por tratar.

—Hemos de hablar con la prensa —observó—. Este caso atraerá el interés de los medios de comunicación. Ni que decir tiene que Björk ha de estar presente. Pero yo estaría muy agradecido si pudiese librarme de asistir.

Ante la sorpresa general, fue Rydberg quien se ofreció para hablar con los periodistas, pese a que, por lo general, era tan reacio como Wallander a participar en las conferencias de prensa.

Acabada la reunión, todos se despidieron y Nyberg regresó al lugar del siniestro, en tanto que Wallander y Rydberg se quedaron unos minutos en la sala.

—A mi parecer, hemos de poner nuestras esperanzas en los testigos y en la gente en general —advirtió Rydberg—. Más, si cabe, que en otros casos. Es evidente que tiene que haber existido un móvil para el asesinato de las dos hermanas. Y a mí no se me ocurre otro mejor que el dinero.

—Bueno, no sería la primera vez que nos enfrentamos a un caso similar de gente sin blanca que resulta víctima de ataques de diversa índole por el simple hecho de que corre el rumor de que poseen una fortuna.

—Sí, claro. En fin, yo tengo algunos conocidos que podrían ayudarnos —aseguró Rydberg—. Veré qué puedo averiguar de forma más extraoficial.

Ya fuera de la sala de reuniones, Wallander preguntó:

—¿Por qué te ofreciste como portavoz en la rueda de prensa?

—Para que, por una vez, no tuvieses que asistir tú —declaró antes de marcharse a su despacho.

Wallander consiguió por fin localizar a Björk, que estaba en casa aquejado de una fuerte migraña.

—Verás, habíamos pensado celebrar la rueda de prensa esta tarde, a las cinco —explicó el inspector—. Creo que habría estado bien que hubieses podido asistir.

—Tranquilo, allí estaré —aseguró Björk—. Con o sin migraña.

El engranaje de la investigación rodaba tan lento como metódico. Wallander visitó una vez más el lugar del incendio para hablar con Nyberg, al que halló arrodillado entre los escombros. Después, regresó a la comisaría, pero, cuando comenzó la rueda de prensa, se mantuvo al margen de todo y, a eso de las seis, ya estaba en casa. Llamó de nuevo a su padre, que, en esta ocasión, respondió de inmediato.

—Ya tengo hecha la maleta —anunció el padre.

—Eso espero —replicó Wallander—. Iré a buscarte a las seis y media. No olvides el pasaporte ni los billetes.

Wallander dedicó el resto de la tarde a recopilar cuantos datos habían recabado hasta entonces acerca de lo acontecido durante la noche. Además, llamó a Nyberg para preguntarle cómo había ido el trabajo.

Nyberg le hizo saber que avanzaban con lentitud y que continuarían al día siguiente, apenas hubiese amanecido. Después, el inspector llamó a la comisaría para preguntarle al agente de guardia si había llamado algún ciudadano para ofrecerles información sobre el suceso, a lo que el compañero respondió que nada que él hubiese juzgado interesante.

Hacia medianoche se fue a la cama. Con el fin de asegurarse de que estaría en pie a tiempo, solicitó el servicio telefónico de despertador.

Le costó conciliar el sueño, pese a que se sentía agotado.

La idea de que las dos hermanas hubiesen muerto víctimas de una especie de ejecución lo inquietaba.

Antes de que, finalmente, conciliase el sueño, había caído presa de una gran excitación ante la certeza de que aquélla resultaría, sin lugar a dudas, una investigación larga y difícil. A menos que tuviesen la suerte de tropezarse con la solución desde el principio.

A las cinco de la mañana del día siguiente, ya estaba en pie. Y a las seis y media en punto detenía el coche en el jardín de la casa de Löderup.
Su padre lo esperaba fuera, sentado sobre su maleta.

5

Viajaron a Malmö en la oscuridad. El intenso tráfico desde el resto de Escania hacia la capital, a la que muchos viajaban a diario para volver al final de la jornada, aún no había comenzado. Su padre vestía un traje y llevaba un curioso sombrero tropical. Wallander no lo había visto nunca y sospechó que el hombre lo habría adquirido en algún mercado o en un ropavejero, pero no hizo comentario alguno. Ni siquiera le preguntó si se había acordado del pasaporte y los billetes.

—Bueno, pues llegó la hora de tu viaje —observó sin más.

—Sí, por fin —repuso el padre.

Wallander notó que el hombre no parecía muy animado a hablar, lo que le permitió concentrarse en la conducción y en sus propios pensamientos. Le preocupaba lo que había sucedido en Ystad. Wallander se esforzaba por comprender: ¿por qué se habría molestado alguien, con premeditación, en dispararles en la nuca a dos ancianas? No se les ofrecía ningún contexto, ninguna explicación, más allá de aquella ejecución incomprensible.

Cuando giraron para entrar en el pequeño aparcamiento de la terminal de transbordadores, Linda ya estaba allí esperándolos. Wallander se incomodó ligeramente por el hecho de que la joven comenzase por saludar a su abuelo en lugar de él. La muchacha hizo algún comentario sobre el sombrero tropical y resolvió que le sentaba muy bien.

—¡Vaya! ¡A mí también me habría gustado tener algo tan bonito que ponerme en la cabeza esta mañana! —exclamó Wallander mientras la abrazaba.

Con gran alivio, el inspector comprobó que su hija, para variar, iba vestida con inusitada discreción. En efecto, la joven solía lucir una indumentaria algo estrafalaria que a él no terminaba de gustarle. De repente, se le ocurrió pensar que tal inclinación bien podía ser heredada o, al menos, inspirada por la persona de su abuelo.

Acompañaron al anciano hasta el edificio de la terminal. Wallander pagó su billete. Cuando el hombre subió a bordo, ellos se quedaron aguardando en la oscuridad observando cómo el barco desaparecía desde el puerto hacia mar abierto.

—Cuando sea mayor, espero ser como él —declaró Linda.

Wallander no replicó palabra pues él, por su parte, nada temía más que llegar a ser como su padre.

Desayunaron juntos en el restaurante de la estación central. Como de costumbre, Wallander no tenía ganas de comer tan temprano. Sin embargo, y con el fin de que Linda no comenzase a protestar por cómo descuidaba su salud, llenó un plato de embutido y tomó unas rebanadas de pan tostado.

Observaba a su hija, que hablaba casi sin cesar. No podía afirmarse que fuese hermosa en el vacuo sentido tradicional, pero no cabía duda de que tenía plasmado en su rostro un sello de independiente decisión que emanaba de su personalidad. Ella no pertenecía, sin duda, a la clase de jóvenes que se esforzaban con denuedo en la tarea de agradar, a cualquier precio, a todos los hombres que se cruzaban en su camino. En cambio, se le ocultaba por completo de quién habría heredado su locuacidad. Tanto él como Mona eran, por definición, más bien taciturnos. Pero a él le gustaba escuchar a la joven, pues su charla siempre lo ponía de buen humor. Ella seguía empeñada en dedicarse al tapizado de muebles y le expuso las diversas alternativas que existían para ello y cuáles eran los inconvenientes, indignada por el hecho de que el sistema de aprendices hubiese desaparecido casi por completo, y lo sorprendió esbozando la idea de, en un futuro, montar su propio taller en Ystad.

—Es una pena que ni tú ni mamá tengáis dinero —se lamentó—. De lo contrario, podría haber ido a estudiar a Francia.

Wallander intuía que la joven en modo alguno lo recriminaba por no ser adinerado, pero, aun así, interpretó su comentario en ese sentido.

—Si quieres, puedo pedir un préstamo —se ofreció—. Me imagino que un simple policía tendrá, al menos, la credibilidad suficiente como para que se lo concedan.

—Sí, pero los créditos hay que amortizarlos —se opuso ella—. Y, además, tú eres inspector, no un simple policía.

Después, comenzaron a hablar de Mona. Wallander escuchaba, no sin cierta satisfacción, sus quejas contra ella por controlar el menor de sus movimientos.

—Además, no me gusta nada ese Johan —concluyó.

Wallander la miró inquisitivo.

—¿Quién es ése?

—Su nuevo novio.

—Pues yo creía que se llamaba Sören.

—Sí, pero aquello se acabó. El de ahora se llama Johan y es propietario de dos excavadoras.

—Ya. Y a ti no te gusta.

La joven se encogió de hombros.

—Es tan ruidoso... Además, no creo que haya leído un solo libro en toda su vida. Los sábados, cuando llega a casa, siempre trae un nuevo ejemplar de *Fantomas*. ¿Te lo imaginas? ¡Un hombre hecho y derecho!

Wallander se sintió aliviado porque él jamás compraba tebeos. Aunque sí sabía que Svedberg, por ejemplo, leía los de Superman de vez en cuando. Y en alguna que otra ocasión él los había ojeado, en un intento de recuperar la sensación de la niñez, que, no obstante, jamás logró invocar.

—Vaya, vaya. Eso no tiene buena pinta —sentenció—. Me refiero al hecho de que Johan y tú no os llevéis bien.

—Bueno, no es ésa la cuestión —precisó ella—. La cuestión es que no comprendo qué habrá visto mamá en ese hombre.

—Pues vente a vivir conmigo —la invitó Wallander en un impulso—. Ya sabes que sigues teniendo tu habitación en la calle de Mariagatan.

—Créeme que lo he pensado, pero sospecho que no funcionaría.

—Y ¿por qué no?

—Ystad es una ciudad demasiado pequeña. Si viviese allí, acabaría volviéndome loca. Más adelante, quizá. Sencillamente, hay ciudades en las que resulta imposible vivir cuando se es joven.

Wallander comprendía a qué se refería, pues también para hombres separados en la cuarentena, una ciudad como Ystad podía resultar demasiado agobiante.

—Y tú, ¿qué? —inquirió la muchacha.

—¿A qué te refieres?

—¿A ti qué te parece? A las mujeres, claro.

Wallander hizo una mueca, consciente de que no tenía ganas de hablar siquiera acerca de Emma Lundin.

—Deberías poner un anuncio —propuso ella—. «Hombre en su mejor momento busca mujer.» Yo creo que te lloverían las respuestas.

—¡Seguro! —ironizó Wallander—. Y después no nos llevaría ni cinco minutos comprender, mientras nos mirábamos fijamente, con ojos vidriosos, que no teníamos nada que decirnos.

Pero Linda lo sorprendió de nuevo.

—Tienes que buscarte a alguien con quien acostarte, papá. No es sano que andes por ahí aguantándote las ganas.

Wallander dio un respingo, pues era la primera vez que ella hacía algún comentario sobre aquel particular.

—Ya tengo lo que necesito —respondió evasivo.

—¿Y por qué no me lo cuentas?

—No hay mucho que contar. Es enfermera. Muy buena persona. El único problema es que ella me aprecia a mí mucho más que yo a ella.

Linda no insistió con más preguntas. Wallander, por su parte, se sorprendió preguntándose por la vida sexual de su hija, pero la sola idea lo embargó de tal cantidad de sensaciones contradictorias que decidió no indagar sobre ello.

Permanecieron en el restaurante hasta pasadas las diez. Él quiso llevarla a casa, pero Linda tenía que hacer algunos recados en la ciudad, de modo que se despidieron en el aparcamiento. Antes de marcharse, Wallander le dio trescientas coronas.

—No tienes que darme nada —le advirtió ella.

—Ya lo sé, pero tómalo.

Después, la vio desaparecer en dirección al centro mientras pensaba que aquélla era su familia: una hija que buscaba su camino y un padre que, en aquellos momentos, ocupaba el asiento de un avión que lo llevaría al cálido Egipto. La relación que mantenía con cada uno de ellos era compleja, pues no era sólo su padre quien podía ponerse difícil; también Linda lo era en ocasiones.

A las once y media ya estaba de vuelta en Ystad. Durante el viaje de regreso, le costó menos concentrarse en el caso que lo aguardaba. En efecto, el encuentro con Linda había renovado sus energías. «Con la mayor amplitud de miras», se dijo resuelto. «Así hemos de proceder.» Se detuvo a la entrada de la ciudad para tomarse una hamburguesa al tiempo que se prometía a sí mismo que aquélla sería la última del año. Cuando entró en la recepción de la comisaría, Ebba lo llamó. La mujer parecía algo tensa.

—Björk quiere hablar contigo —le comunicó.

Wallander dejó la cazadora en su despacho y se dirigió al de Björk, que le dio paso enseguida. El comisario jefe se puso en pie tras el escritorio.

—Me veo en la obligación de manifestar mi más absoluto descontento —declaró.

—¿Con qué?

—Con el hecho de que viajes a Malmö por un asunto privado cuando nos encontramos en mitad de una compleja investigación de asesinato. En especial tú que, se supone, eres el responsable.

Wallander no daba crédito a lo que acababa de oír. En efecto, Björk estaba echándole una reprimenda. Y aquello no había sucedido jamás, por más que hubiese tenido motivos de mayor peso que en aquella ocasión. El inspector pensó en todos los momentos en que había actuado de forma demasiado independiente sin advertir de ello a los demás.

—Ha sido bastante desafortunado —concluyó Björk—. Comprenderás que no tomaré ninguna medida oficial pero, lo reitero, me ha parecido poco juicioso por tu parte.

Wallander clavó una intensa mirada en Björk, antes de darse la vuelta y marcharse sin mediar palabra. Sin embargo, a medio camino, se volvió de nuevo, abrió de un golpe la puerta del despacho de Björk y declaró impertérrito:

—No estoy dispuesto a aceptar monsergas. Date por enterado. Si lo deseas, puedes presentar una queja formal, pero no me vengas con monsergas. Porque no pienso aguantarlo.

Dicho esto, se marchó. De nuevo en el pasillo, notó que había empezado a transpirar, pero no lamentaba su reacción, que consideraba necesaria. Por otro lado, no temía la menor represalia, consciente como era de la solidez de su posición en la comisaría.

Fue al comedor por un café y se sentó después tras el escritorio. Sabía que Björk había asistido en Estocolmo a algún curso para mandos policiales. «Lo más probable es que le hayan enseñado que es conveniente reprender a los colegas de forma periódica con objeto de favorecer el clima de trabajo», concluyó Wallander. «Pero, en tal caso, no ha sido un acierto empezar conmigo.»

Acto seguido, se preguntó quién le habría ido a Björk con el cuento de que él pensaba llevar a su padre a Malmö aquella mañana.

Existían varias posibilidades. Wallander no recordaba exactamente a quiénes les había hablado acerca del viaje de su padre a Egipto.

De lo que sí estaba convencido era de la inocencia de Rydberg, que veía en Björk un mal administrativo necesario, pero poco más. Además, el colega siempre mostraba su lealtad a aquellos con quienes trabajaba codo con codo sin, al mismo tiempo, dejarse corromper: jamás se le ocurriría encubrir a ninguno de sus compañeros si éste incurriese en alguna falta grave. En tal caso, Rydberg sería el primero en reaccionar.

El inspector vio interrumpido el hilo de su discurrir cuando Martinson apareció en la puerta de su despacho.

—¿Tienes un momento?

Wallander le señaló la silla que había al otro lado del escritorio.

Comenzaron hablando del incendio y del asesinato de las dos hermanas Eberhardsson. Pero Wallander notó enseguida que el motivo por el que Martinson había ido a visitarlo era bien distinto.

—Verás, quería hablarte del aeroplano —comenzó—. Los colegas de Sjöbo han trabajado con rapidez. Han localizado una zona justo al suroeste de la localidad donde se supone que divisaron luces aquella noche. Por lo que he podido comprender, se trata de una zona en la que no hay viviendas. Lo que puede apuntar a que, en efecto, dejaron caer algo.

—¿Quieres decir que se trataba de luces guía?

—Es una posibilidad. Además, aquella zona está cruzada por un sinfín de senderos y de vías de servicio: es tan fácil acceder allí como desaparecer.

—Bien, eso refuerza nuestra hipótesis —apuntó Wallander.

—Sí, pero aún hay más —prosiguió Martinson—. Los compañeros de Sjöbo han sido de lo más diligentes. Han estado controlando quiénes viven en los alrededores. La mayoría de los vecinos son, claro está, granjeros y agricultores. Pero hallaron una excepción.

Wallander lo escuchó con mayor interés.

—Hay una finca llamada Långelunda donde se han refugiado durante años personas de diverso pelaje que, de vez en cuando, le han causado problemas a la policía de Sjöbo. La gente ha llegado y se ha marchado de allí, las condiciones de propiedad no han estado nunca muy claras y han aparecido alijos de droga en alguna ocasión. Cierto que no se trataba de grandes cantidades, pero aun así...

Martinson se rascó la frente.

—El caso es que el colega con el que estuve hablando, Göran Brunberg, mencionó algunos nombres. Yo no presté demasiada atención, pero, una vez que hube colgado el auricular, me puse a recapacitar, pues había algo en uno de los nombres que me resultaba familiar. De algún caso reciente, ya sabes.

Wallander se estiró en la silla muy excitado.

—¿No querrás decir que Yngve Leonard Holm se aloja allí de vez en cuando? ¿Que tiene ahí un escondite?

Martinson asintió.

—Exacto. Me llevó unos minutos caer en la cuenta.

«¡Joder!», exclamó para sí Wallander. «Sabía que ocultaba algo. Incluso pensé en lo del avión. Pero no tuvimos más remedio que soltarlo, claro.»

—¡Vamos a citarlo! —resolvió Wallander al tiempo que subrayaba su exhortación con un puñetazo sobre el escritorio.

—Sí, eso fue precisamente lo que les dije a los colegas de Sjöbo cuando vi la conexión —convino Martinson—. Pero, cuando llegaron a Långelunda, Holm ya había desaparecido.

—¿Qué quieres decir con eso?

—Que había desaparecido, se había largado, ni rastro de él. Por lo visto, había estado viviendo allí durante los últimos años, pese a estar censado aquí en Ystad y haberse hecho construir aquí ese gran chalet. Los compañeros estuvieron hablando con algunos de los demás inquilinos del inmueble, gente de malas pulgas, me dieron a entender. Según averiguaron, Holm estuvo viviendo allí hasta hace unos días. Pero se marchó y nadie lo ha visto desde entonces. He estado inspeccionando la casa que tiene aquí, pero está cerrada a cal y canto.

Wallander reflexionó un instante.

—En otras palabras, que nadie se esperaba que Holm desapareciese, ¿no es así?

—Al menos los habitantes de la granja parecían inquietos.

—Es decir, que podría haber una conexión —concluyó Wallander.

—A mí se me ocurrió que tal vez Holm fuese uno de los pasajeros del avión. Que lo dejaron en algún lugar y luego se estrellaron.

—Lo dudo —negó Wallander—. En ese caso, el aparato habría contado con un lugar para aterrizar y recogerlo. Y la policía de Sjöbo no habrá encontrado ningún lugar así, ¿no?, alguna pista de aterrizaje improvisada o algo parecido. Además, no cuadran los horarios.

—Una avioneta pilotada por un experto tal vez no necesite más que una pequeña porción de terreno para aterrizar y despegar, ¿no te parece?

A Wallander le costaba dar la hipótesis por buena. Martinson podía tener razón, por más que a él le pareciese difícil. Por otro lado, le parecía muy probable que Holm hubiese estado implicado en el tráfico de narcóticos a mayor escala que la que ellos habían sospechado hasta el momento.

—Bien, en cualquier caso, seguiremos trabajando con este asunto —resolvió al cabo—. Por desgracia, tendrás que hacerlo solo. Los demás hemos de dedicarnos al asesinato de las hermanas.

—¿Habéis encontrado el posible móvil?

—No, sólo tenemos una ejecución inexplicable y un incendio provocado por una explosión —repuso Wallander—. Pero, si hay algo en los restos del incendio, Nyberg dará con ello.

Martinson se marchó. Los pensamientos de Wallander iban y venían del avión al incendio. Cuando dieron las dos, pensó que su padre debería haber llegado ya a El Cairo, si el avión había partido desde el aeropuerto de Kastrup a la hora prevista. Entonces recordó el extraño comportamiento de Björk. La sola idea volvió a llenarlo de indignación y, al mismo tiempo, de satisfacción por haberle contestado al jefe como correspondía.

Puesto que le costaba concentrarse en los papeles que tenía delante, tomó el coche y se dirigió de nuevo al lugar del incendio. Halló a Nyberg arrodillado entre los escombros junto con otros técnicos. El olor a quemado persistía con intensidad. Al ver a Wallander, el técnico se acercó hasta la calle.

—La gente de Edler dice que esto se ha quemado a muchísimos grados —explicó—. Todo parece derretido. Lo que, claro está, confirma la teoría de que fue provocado y comenzó en varios lugares al mismo tiempo, tal vez con gasolina.

—Tenemos que atrapar a quien lo hizo —exhortó Wallander.

—Sí. Parece que un loco anda suelto.

—Ya, o todo lo contrario —precisó Wallander—. Alguien que sabía bien lo que quería.

—¿En una mercería y en casa de dos abuelas solteronas?

Nyberg negó incrédulo con un gesto y regresó al lugar del siniestro. Wallander dio un paseo hasta el puerto. Necesitaba respirar aire fresco. Estaban a unos grados bajo cero y apenas si soplaba el viento. Al llegar a la entrada del teatro

Riksteatern, se detuvo para ver qué había en cartel: *La representación de un sueño,* de Strindberg. «Si hubiese sido una ópera», se dijo. «Entonces sí que habría asistido.» En cambio, los parlamentos dramáticos lo hacían vacilar.

Salió al muelle del puerto deportivo. Un transbordador entraba en aquel momento, desde la gran terminal. Algo ausente, se preguntó cuántos coches de contrabando saldrían de Suecia a aquella misma hora.

A las tres y media de la tarde regresó a la comisaría. Se preguntaba si su padre se encontraría bien en el hotel, y si él recibiría otra reprimenda de Björk por ausentarse sin permiso. A las cuatro, tenía ya reunidos a sus colegas en una de las salas. Revisaron cuanto había sucedido durante el día, pero el material seguía siendo escaso.

—Sorprendentemente escaso —puntualizó Rydberg—. Resulta que una casa desaparece pasto de las llamas en medio de Ystad y da la casualidad de que nadie ha reparado en ningún detalle anormal.

Svedberg y Hanson informaron de lo que habían conseguido. Ninguna de las hermanas había estado casada jamás. Tenían unos cuantos parientes lejanos, algunos primos y primos segundos, pero ninguno de ellos vivía en Ystad. Las declaraciones de ingresos de la mercería eran de lo más normales y tampoco habían descubierto ninguna cuenta corriente con grandes cantidades. Hanson había dado con una caja fuerte que tenían en el banco Handelsbanken. Pero, puesto que no disponían de las llaves, el fiscal Per Åkeson tuvo que extender una orden para que la abrieran. Hanson contaba con que pudiesen hacerlo a lo largo del día siguiente.

Después de las aportaciones de ambos colegas, un pesado silencio inundó la sala.

—Tiene que haber un móvil —se empecinó Wallander—. Tarde o temprano lo encontraremos. Con paciencia, claro está.

—¿Quiénes conocían a las hermanas? —inquirió Rydberg—. Supongo que tendrían amigos y sus ratos de esparcimiento cuando no estaban en la tienda. Tal vez participasen en las actividades de alguna asociación, no sé. ¿Sabemos si tenían algún chalet para el verano o si salían de viaje durante las vacaciones? A mí sigue dándome la impresión de que no hacemos más que rozar la superficie.

Wallander percibió cierta irritación en el tono de voz de Rydberg. «Seguro que está sufriendo fuertes dolores», adivinó. «Me pregunto qué es lo que tiene, en realidad. Si es que no es simple reuma.»

Nadie tenía nada que objetar a los comentarios de Rydberg: debían seguir trabajando y profundizando en la investigación.

Wallander permaneció en su despacho hasta casi las ocho. Elaboró un esquema de todos los datos de que disponían acerca de las dos hermanas Eberhardsson. Cuando leyó lo que había escrito, tomó conciencia de lo flojo que era el material. En efecto, no contaban con la menor pista que seguir.

Antes de salir de la comisaría, llamó a casa de Martinson, que le comunicó que Holm seguía sin aparecer.

Se marchó, pues, a casa. Pero le costó un buen rato poner en marcha el motor. Enfurecido, decidió que pediría un préstamo en el banco para comprarse otro coche en cuanto tuviese tiempo para ello.

Una vez en su apartamento anotó su nombre en el horario de la lavandería de la comunidad y abrió una lata de salchichas danesas. Acababa de sentarse ante el televisor con el plato sobre las rodillas cuando sonó el teléfono. Era Emma, que preguntaba si podía pasarse por allí.

—Esta noche no —respondió Wallander—. Me figuro que has leído acerca del incendio y la muerte de las dos hermanas. Por ahora, trabajamos las veinticuatro horas.

La mujer lo comprendió. Cuando hubo colgado el auricular, se preguntó por qué no le habría dicho la verdad, que no quería verla más. Sin embargo, convino consigo mismo que habría sido imperdonable hacerlo por teléfono. Tendría que tomarse la molestia, al menos, de ir a su casa una noche. Y se prometió a sí mismo que así lo haría, en cuanto tuviese tiempo.

Comenzó a tomarse la cena, ya fría cuando habían dado las nueve de la noche.

De nuevo sonó el teléfono. Enojado, dejó a un lado el plato para responder.

Era Nyberg, que seguía en el lugar del incendio y llamaba desde un coche de policía.

—Bueno, por fin. Creo que hemos encontrado algo. Una caja fuerte de tan buena calidad que ha sido capaz de resistir el calor.

—Y ¿cómo es que no la habéis encontrado antes?

—Buena pregunta —convino Nyberg sin molestarse—. Pero resulta que estaba enterrada en los cimientos de la casa. Bajo los escombros, hallamos una zona con aislamiento térmico. Cuando logramos despejarla, descubrimos una cámara. Y allí estaba la caja.

—¿La habéis abierto?

—¿Con qué? No tenemos ni una sola llave. Y te aseguro que no resultará fácil perforar esta caja fuerte.

Wallander miró el reloj. Eran las nueve y diez minutos.

—Voy ahora mismo —aseguró—. Me pregunto si no habrás encontrado la pista que buscábamos.

Una vez en la calle, le resultó imposible poner en marcha el motor de su coche. Al cabo de varios intentos, se rindió y bajó a pie hasta la calle de Hamngatan.

A las diez menos veinte estaba, junto con Nyberg, observando la caja fuerte que relucía a la luz de un foco solitario.

Aproximadamente al mismo tiempo, la temperatura comenzó a descender y un viento racheado avanzaba amenazante desde el este.

6

Poco después de la medianoche del 14 al 15 de diciembre, Nyberg y sus hombres lograron extraer la caja fuerte con ayuda de una grúa. La colocaron sobre la plataforma de un camión y la llevaron a la comisaría sin más dilación. Sin embargo, antes de que Nyberg y Wallander abandonasen el lugar, el técnico inspeccionó el hoyo practicado en los cimientos.

—Lo excavaron después de la construcción de la casa —aseguró—. Lo único que se me ocurre es que lo hicieran precisamente para esa caja fuerte.

Wallander asintió sin responder. Estaba pensando en las hermanas Eberhardsson. La policía buscaba un móvil. Y tal vez lo hubiesen encontrado, pese a que aún ignoraban qué había en la caja fuerte.

«Pero puede que haya alguien que sí lo sepa», adivinó. «Alguien que conozca tanto la existencia de la caja como lo que contiene.»

Nyberg y Wallander dejaron tras de sí el lugar del incendio y salieron a la calle.

—¿Crees que será posible cortar la caja? —inquirió Wallander.

—¡Pues claro que sí! Pero necesitaremos un soplete especial. No creo que pudiera abrirla ni un dinamitero —sostuvo Nyberg.

—Pues tenemos que abrirla lo antes posible.

Nyberg miró a Wallander incrédulo mientras se quitaba el mono.

—No querrás decir que hay que abrirla esta noche, ¿verdad?

—Preferentemente —afirmó Wallander—. No olvides que se trata de un doble asesinato.

—Ya, bueno, pero eso no es posible —opuso Nyberg—. No podré localizar a la gente que tiene esos sopletes hasta mañana.

—¿Son de Ystad?

Nyberg reflexionó un instante.

—Aquí hay una empresa que trabaja como proveedora subsidiaria del Ministerio de Defensa —recordó—. Ellos seguro que tienen buenos sopletes. Fabricius, creo que se llaman. Están en la calle de Industrigatan.

Wallander advirtió que Nyberg estaba agotado y se dijo que sería un despropósito forzarlo a seguir en aquellos momentos. Ni siquiera él mismo debería continuar hasta el amanecer.

—De acuerdo, mañana a las siete —se rindió.

Nyberg asintió.

Wallander miró a su alrededor en busca de su coche, hasta que cayó en la cuenta de que no había podido ponerlo en marcha. Nyberg se ofreció a llevarlo a casa, pero él le aseguró que prefería ir caminando. Soplaba un viento helado. En el exterior de un escaparate de la calle de Stora Östergatan había un termómetro: seis grados bajo cero. «El viento se acerca sigiloso», se dijo. «Pronto lo tendremos aquí.»

El 15 de diciembre, a las siete de la mañana menos un minuto, Nyberg entraba en el despacho de Wallander, que estaba sentado ante su escritorio con la guía de teléfonos abierta. El inspector ya había estado echándole un vistazo a la caja fuerte que guardaban en una dependencia, vacía a la sazón, y contigua a la recepción. Uno de los agentes que había salido aquella mañana del servicio nocturno le había contado que tuvieron que recurrir a una carretilla elevadora para conducirla hasta el interior. Wallander asintió, pues había reparado en las huellas que conducían hasta las puertas de la comisaría, una de cuyas bisagras estaba doblada. «A Björk no le gustará», presagió para sí. «Pero, por desgracia, no le quedará otro remedio que aguantarse.» Intentó desplazar la caja fuerte, pero no logró moverla ni un milímetro. De nuevo se preguntó qué habría dentro, y si estaría vacía.

Nyberg llamó a la empresa de la calle de Industrigatan. Wallander fue a buscar un par de cafés cuando apareció Rydberg. El inspector lo puso al corriente del hallazgo de la caja fuerte.

—Tal y como yo sospechaba —aseguró Rydberg—. Sabemos muy poco sobre las dos hermanas.

—Estamos buscando a un soldador que pueda con la caja —lo informó Wallander.

—Espero que me avises antes de que abran la caja de las maravillas —le advirtió Rydberg—. Va a ser una experiencia interesante.

Wallander regresó a su despacho con la sensación de que los dolores de Rydberg habían cedido algo aquella mañana.

Cuando Wallander llegó con las tazas de café, Nyberg estaba a punto de finalizar su conversación.

—Acabo de hablar con Ruben Fabricius —anunció—. Dice que cree que puede abrirla. Estarán aquí dentro de media hora.

—Bien. Avísame cuando lleguen —ordenó Wallander.

Nyberg salió del despacho. Wallander pensó en su padre, que estaría allá en El Cairo. Esperaba que el anciano viese colmadas sus expectativas con respecto a aquel lugar. Contempló la nota con el número de teléfono del hotel Mena House y sopesó la idea de llamar, pero, de repente, cayó en la cuenta de que desconocía la diferencia horaria que habría, si es que existía alguna. Olvidó el asunto y llamó a la recepción para preguntarle a Ebba quiénes habían llegado ya a la comisaría.

—Martinson llamó para avisar de que iba camino de Sjö-bo —explicó la recepcionista—. Svedberg aún no ha llegado y Hanson está duchándose, pues parece que tiene una fuga de agua en su casa...

—Bien, dentro de un momento vamos a abrir una caja fuerte. Me temo que se armará algo de jaleo —advirtió Wa-llander.

—¡Ah, sí! Yo he ido a verla. La verdad, creía que las cajas fuertes eran más grandes.

—Ya, bueno, pero ésta tiene capacidad suficiente para guardar bastantes cosas.

—¡Uf! Seguro que sí —repuso Ebba.

Wallander se preguntó qué habría querido decir la mujer con su último comentario. Tal vez temiese que encontraran el cadáver de un niño allí dentro. O una cabeza seccionada.

Hanson apareció en el umbral, aún con el pelo mojado.

—Acabo de hablar con Björk —anunció ufano—. Se quejó de que las puertas de la comisaría hayan resultado daña-das durante la noche.

Hanson no sabía aún nada sobre la caja fuerte, de modo que Wallander lo informó.

—Eso quizá nos dé un móvil —aventuró Hanson.

—Sí, en el mejor de los casos... —vaciló Wallander—. En el peor, estará vacía y, entonces, comprenderemos aún menos cosas de todo este asunto.

—Podrían haberla vaciado los asesinos de las hermanas, ¿no crees? —objetó Hanson—. Tal vez matase a una de ellas y obligase a la otra a abrir la caja antes de acabar también con ella.

A Wallander se le había ocurrido la idea, pero, pese a no estar seguro del porqué, algo le decía que no había ocurrido así.

A las ocho en punto, dos soldadores comenzaron, bajo las directrices de Ruben Fabricius, a cortar la caja fuerte. Tal y como Nyberg había presagiado, no fue tarea fácil.

—Es de un acero especial —confirmó Fabricius—. Un dinamitero de los de toda la vida necesitaría invertir mucho tiempo para abrirla.

—Pero ¿podría volarse con dinamita? —inquirió Wallander.

—Sí, pero se habría corrido el riesgo de que la casa volase por los aires al mismo tiempo —observó Fabricius—. En tal caso, deberían haber sacado la caja a campo abierto en primer lugar. Pero también puede ocurrir que se precise tal cantidad de explosivo, que la propia caja salte en mil pedazos, de modo que el contenido arda pasto de las llamas o vuele también por los aires, pulverizado.

Fabricius era un hombre corpulento y de complexión fuerte que coronaba cada una de sus réplicas con una breve risotada.

—Una caja como ésta debe de costar unas cien mil coronas —comentó, volviendo a reír.

Wallander lo miró perplejo.

—¿Tanto?

—Tanto.

«Bueno, al menos está claro que las hermanas Eberhardsson tenían bastante más dinero del que habían declarado a la autoridad tributaria», concluyó recordando el informe de la situación económica de las víctimas al que habían tenido acceso el día anterior. «Habrán tenido ingresos que no declararon jamás. Pero ¿qué podían vender en su mercería que fuese tan valioso? ¿Hilos de oro? ¿Botones con diamantes engarzados?»

A las nueve y cuarto apagaron las soldadoras y Fabricius le hizo a Wallander una señal, que acompañó de una de sus risas.

—¡Listo! —exclamó.

Rydberg, Hanson y Svedberg habían llegado y Nyberg había seguido el trabajo de los soldadores en todo momento. Con ayuda de una palanca, retiraron la pared trasera de la caja, que habían soltado con las soldadoras. Todos los allí presentes se inclinaron hacia delante. En el interior, según pudo ver Wallander, había una serie de paquetes envueltos en plástico. Nyberg tomó el primero de ellos y vieron que el plástico era de color blanco y que estaba sellado con cinta adhesiva. Nyberg colocó el paquete sobre una silla y cortó la cinta. En el interior del paquete había un grueso fajo de billetes: dólares americanos en billetes de cien. Había diez fajos, con diez mil dólares cada uno.

—Eso es mucho dinero —observó Wallander.

Con sumo cuidado, extrajo uno de los billetes y lo sostuvo al trasluz. Parecía auténtico.

Nyberg sacó los demás paquetes, uno tras otro, y fue abriéndolos. Fabricius se mantenía apartado tras ellos, riendo cada vez que descubrían el contenido de otro paquete.

—Llevaremos el resto a alguna de las salas de reuniones —propuso Wallander.

Después se volvió para darle las gracias a Fabricius.

—Enviadnos la factura —le dijo—. Sin vosotros, no habríamos logrado abrirla.

—No, si no vamos a cobraros nada —declaró Fabricius—. Ha sido toda una experiencia para un trabajador como yo. Y muy formativa.

—Ya, bueno... Quiero que sepas que no hay motivo alguno para comentar por ahí qué contenía la caja —aseguró intentando adoptar un tono terminante.

Fabricius lanzó una risotada y le dedicó un saludo militar. Wallander comprendió que no era irónico.

Una vez que todos los paquetes estuvieron abiertos y que hubieron contado los billetes, Wallander hizo un balance rápido: la mayor parte de los billetes eran dólares americanos. Pero había también libras esterlinas y francos suizos.

—Yo calculo que hay unos cinco millones de coronas suecas —dijo—. Que no es poco.

—Bueno, tampoco habría cabido mucho más en esa caja —señaló Rydberg—. Lo que significa en resumidas cuentas que, si este dinero fue el móvil, la persona o personas que asesinaron a las hermanas no consiguieron lo que buscaban.

—Ya, bueno, pero al menos tenemos una especie de móvil del crimen —puntualizó Wallander—. Esta caja estaba escondida. Según Nyberg, parece haber estado oculta en el agujero durante varios años. De lo que se deduce que, en un momento dado, las dos hermanas consideraron necesario hacerse con ella para guardar y esconder grandes cantidades de dinero. La mayoría son billetes nuevos o poco usados, de modo que no debe de resultar difícil seguirles la pista. Tendremos que averiguar si entraron en Suecia por la vía legal o no. Por otro lado, tendremos que apresurarnos a obtener respuesta a algunas de las preguntas que nos planteábamos ayer: ¿con quién se relacionaban las hermanas?, ¿qué hábitos tenían?

—Y qué vicios —intervino Rydberg—. Eso no es menos importante.

Al final de la reunión Björk entró en la sala. Al ver tanto dinero amontonado sobre la mesa, lanzó un silbido.

—Esto hay que registrarlo de forma exhaustiva —resolvió cuando Wallander, algo tenso, le explicó la procedencia del dinero—. Como es natural, no puede desaparecer ni un solo billete. A propósito, estaba preguntándome qué ha sucedido con la puerta de la comisaría.

—Un accidente laboral que se produjo cuando la carretilla elevó la caja fuerte para trasladarla al interior —aclaró Wallander.

El inspector pronunció estas palabras con tal énfasis que a Björk no se le ocurrió oponer la menor objeción.

Disuelta la reunión, Wallander se apresuró a salir para evitar quedarse a solas con el comisario jefe. Él debía encargarse de ponerse en contacto con una asociación protectora de animales de la que al menos una de las hermanas, Emilia, había sido miembro activo, a decir de una vecina cuyo nombre, según había sabido Svedberg, era Tyra Olofsson. Al oír el nombre de la calle donde vivía, Wallander se echó a reír: Käringgatan* 11, para preguntarse enseguida si habría otra ciudad sueca que diese a sus calles nombres tan raros como la ciudad de Ystad.

Antes de abandonar la comisaría llamó a Arne Hurtig, el vendedor de coches al que solía acudir cuando quería cambiar de vehículo. Le explicó cuál era el estado de su Peugeot, y Hurtig le presentó algunas propuestas, que a Wallander le parecieron demasiado caras. Sin embargo, cuando le prometió que le ofrecería un buen precio por su antiguo coche, Wallander decidió que lo cambiaría, eso sí, por otro Peugeot. Colgó el auricular y llamó al banco. Tras varios minutos, pudo hablar con la persona que solía atenderlo. Wallander le explicó que necesitaba un préstamo de veinte mil coronas y el empleado aseguró que no habría el menor inconveniente en que se lo concediesen, de modo que podría ir al día siguiente para firmar los documentos y retirar el dinero.

La sola idea de cambiar de coche lo puso de buen humor; aunque no sabía por qué siempre acababa decidiéndose por un Peugeot. «Se ve que soy más animal de costumbres de lo que yo mismo pensaba», consideró mientras salía de la comisaría. En la puerta, se detuvo a contemplar un instante el marco abollado y, puesto que no había nadie por allí, aprovechó para propinarle una patada que lo abolló aún más. Salió a toda prisa, encogiéndose para protegerse del gélido viento racheado. Claro que debería haber llamado a casa de Tyra Olofsson para asegurarse de que la mujer estaba en casa, pero, puesto que estaba jubilada, decidió probar suerte.

Una vez allí, llamó a la puerta, que se abrió casi de inmediato. Tyra Olofsson, que era mujer de baja estatura, llevaba unas gafas, claro indicio de su alto grado de miopía. Wallan-

---

* El vocablo sueco *käring* significa «vieja», aunque se usa normalmente en tono despectivo con el sentido de bruja, arpía. La calle en cuestión podría ser, pues, calle de las Viejas. *(N. de la T.)*

402

der le explicó quién era y le mostró su placa, que ella sostuvo a escasos centímetros de las lentes para estudiarla con gran interés.

—La policía —declaró la mujer—. O sea, que algo tiene que ver con la pobre Emilia.

—Así es —convino Wallander—. Espero no molestar.

La señora lo invitó a pasar y el inspector percibió un intenso olor a perro en el vestíbulo. Ella lo guió hasta la cocina, sobre cuyo pavimento Wallander pudo contar hasta catorce cuencos de comida para animales. «Esto es peor aún que lo de Haverberg», concluyó.

—Los tengo fuera de la casa —advirtió Tyra Olofsson adivinando su pensamiento.

Wallander se preguntaba si estaría permitido tener tantos perros en el centro de la ciudad. La anciana le preguntó si quería café, pero él lo rechazó. En realidad, tenía hambre. Y pensaba ir a comer tan pronto como hubiese concluido su entrevista con ella. Se sentó a la mesa y se puso a buscar, en vano, algo con lo que escribir. Para variar, se había acordado de meterse en el bolsillo un bloc de notas. Pero ahora resultaba que le faltaba el bolígrafo, de modo que echó mano de un trozo de lápiz que había sobre el alféizar de la ventana.

—Tiene usted razón, señora Olofsson —comenzó—. He venido para hablar de Emilia Eberhardsson, que ha fallecido de forma tan trágica. Por una de sus vecinas supimos que era miembro activo de una asociación local dedicada a la defensa de los animales. Y que usted la conocía bien.

—Llámame Tyra —pidió la mujer—. Y te aseguro que no creo poder decir que la conociese bien. En realidad, tampoco creo que nadie lo hiciese.

—Su hermana Anna, ¿no participó nunca de esa actividad?

—No.

—¿Y no es un tanto extraño? Quiero decir que, puesto que eran hermanas, ambas solteras y vivían juntas... No sé, a

403

mí se me antoja que lo normal sería que tuviesen aficiones comunes.

—¡Bah! Eso es un prejuicio —replicó Tyra Olofsson terminante—. Además, lo más probable es que Anna y Emilia fuesen dos personas muy distintas. Yo fui maestra toda mi vida. Es una profesión en la que una llega a aprender a distinguir a las personas. Las diferencias se atisban desde la infancia.

—¿Cómo describirías a Emilia?

La respuesta sorprendió a Wallander.

—Una engreída. Siempre creía saberlo todo mejor que nadie. Podía llegar a ser muy desagradable, pero, puesto que era ella quien donaba el dinero a nuestra sociedad, no podíamos prescindir de ella, por más que quisiéramos.

Tyra Olofsson le habló de la asociación en defensa de los animales, que ella misma fundó, junto con otras personas que compartían su inclinación, durante la década de los sesenta. Siempre habían trabajado a escala local y el origen de la asociación no fue otro que el creciente problema de los gatos abandonados durante los veranos. La asociación fue siempre un proyecto modesto; los miembros, poco numerosos. Un día, a principios de los años setenta, Emilia Eberhardsson leyó una noticia en un ejemplar de *Ystads Allehanda* sobre la actividad que desarrollaban y se puso en contacto con ellas. A partir de entonces, contribuyó con una suma de dinero mensual y participó en todas las reuniones y actividades.

—Pero, en el fondo, yo no creo que le gustasen demasiado los animales —reveló Tyra Olofsson de forma inesperada—. Sospecho que lo hacía sólo para que la gente pensase que era una buena persona.

—¡Vaya! No es ésa una descripción que pudiéramos llamar benévola.

La mujer lo miró con malicia, antes de replicar:

—Yo pensaba que la policía quería saber la verdad. ¿Acaso estoy equivocada?

Wallander cambió de tema y le preguntó por la donación mensual.

—Aportaba mil coronas al mes. Una suma importante para nosotras.

—¿Daba la impresión de ser rica?

—Bueno, no vestía prendas especialmente costosas, pero dinero no le faltaba, desde luego.

—Imagino que te preguntaste de dónde sacaba el dinero, pues una mercería no es el tipo de negocio que uno asocia con una fortuna.

—Ni tampoco lo son mil coronas al mes —atajó ella—. Yo no soy una persona curiosa. Tal vez sea por tener tan mala vista. El caso es que no sé nada de la procedencia del dinero ni de cómo iba su mercería.

Wallander vaciló un instante antes de atreverse a decirle la verdad:

—Todos pudimos leer en los periódicos que las dos hermanas murieron carbonizadas en su casa. Sin embargo, nada se decía sobre el hecho de que también presentaban sendos disparos en la nuca. Es decir, que ya estaban muertas cuando el incendio comenzó.

La anciana se estiró en la silla.

—Y ¿quién iba a querer matar a dos ancianas? Eso resulta tan verosímil como decir que alguien quisiese matarme a mí.

—Sí, claro. Y eso es precisamente lo que intentamos comprender —subrayó Wallander—. Y es también la razón de mi presencia aquí. ¿Emilia no te contó jamás si tenía enemigos? ¿O no dio nunca la impresión de estar asustada?

Tyra Olofsson no tuvo que pensárselo dos veces antes de responder:

—Siempre estaba segura de sí misma. Y jamás dijo una palabra sobre su vida o la de su hermana. Cuando se iban de viaje, ni siquiera enviaba una postal. Ni una sola vez. ¡Con tantas postales bonitas de animales como hay por todas partes!

Wallander alzó las cejas.

—¿Quieres decir que salían de viaje a menudo?

—Dos meses al año. Noviembre y marzo. Y a veces también en verano.

—¿Sabes adónde iban?

—Se rumoreaba que a España.

—¿Y quién se hacía cargo del negocio mientras tanto?

—Siempre se turnaban. Tal vez necesitasen descansar la una de la otra de vez en cuando.

—De modo que España. ¿Qué más dice el rumor? Y ¿de dónde procede?

—Pues eso no lo recuerdo. En realidad, yo no suelo prestar atención a las habladurías. Tal vez fuesen a Marbella, pero no estoy segura.

Wallander se preguntaba si Tyra Olofsson estaría en verdad tan poco interesada en las habladurías y los rumores como pretendía hacerle creer. Pronto no le quedó más que una pregunta por hacer.

—¿Cuál es la persona que, en tu opinión, mejor conocía a Emilia?

—Supongo que su hermana.

Wallander le dio las gracias y se puso en marcha hacia la comisaría. El viento había arreciado. Sin dejar de pensar en las palabras de Tyra Olofsson, resolvió que su tono de voz no desvelaba indicio alguno de maldad por su parte. La mujer fue objetiva, fiel a la realidad. Pero su descripción de Emilia Eberhardsson había sido despiadada.

Cuando llegó a la comisaría, Ebba le comunicó que Rydberg había estado buscándolo. Wallander se encaminó directamente al despacho del colega.

—La cosa empieza a aclararse —anunció Rydberg—. Creo que lo mejor será que convoquemos a los demás a una pequeña reunión. Sé que todos están en la comisaría.

—Pero ¿qué ha pasado?

Rydberg blandió un puñado de papeles.

—VPC* —declaró triunfante—. Una lectura muy interesante, te lo aseguro.

A Wallander le llevó un instante caer en la cuenta de que las siglas VPC significaban Värdepapperscentralen, donde, entre otros asuntos, se registraba la propiedad de acciones.

—Yo, por mi parte, he podido averiguar que por lo menos una de las hermanas era una persona extremadamente desagradable —informó Wallander.

—No me sorprende lo más mínimo —sostuvo Rydberg con una risa entrecortada—. Los ricos suelen serlo.

—¿Qué quieres decir? —inquirió Wallander.

Pero Rydberg no respondió hasta que todos estuvieron en la sala. Entonces se explicó con más claridad.

—Según datos de Värdepapperscentralen, las hermanas Eberhardsson poseían acciones y obligaciones por valor de casi diez millones de coronas. Cómo se las arreglaron para librarse del impuesto sobre el patrimonio es un misterio. Por otro lado, tampoco parece que hayan pagado impuestos por los dividendos de las acciones. Pero ya he avisado a las autoridades tributarias. Al parecer, Anna Eberhardsson estaba registrada como residente en España. Aunque aún no dispongo de todos los datos. En cualquier caso, poseían gran cantidad de acciones, tanto en Suecia como en el extranjero. Las posibilidades de Värdepapperscentralen de controlar la propiedad de acciones en el extranjero son mínimas, como podéis imaginar. Y tampoco es ésa su misión. Pero las hermanas invirtieron con mucha diligencia tanto en armamento como en la industria aeronáutica británica. Y parecen haber dado muestras tanto de audacia como de habilidad.

Rydberg dejó a un lado los documentos.

* Central de valores sueca, sujeta a inspección del Ministerio de Economía y que, en forma de sociedad anónima, es propiedad del Estado en un cincuenta por ciento y de los administradores de los fondos en el cincuenta por ciento restante. *(N. de la T.)*

—Es decir, que no debemos despreciar la posibilidad de que esto que aquí vemos no sea más que la famosa punta del no menos famoso iceberg. Cinco millones en una caja fuerte y otros diez en fondos y acciones. Hemos tenido acceso a toda esa información en pocas horas. ¿Qué no descubriremos cuando llevemos una semana? ¿Aumentará la suma a cien millones?

Entonces Wallander les refirió su encuentro con Tyra Olofsson.

—Pues de la otra hermana, Anna, tampoco parece guardar nadie un recuerdo muy amable —intervino Svedberg una vez que Wallander hubo concluido—. Estuve hablando con el hombre que, hace unos cinco años, les vendió la casa a las hermanas, cuando el mercado inmobiliario empezó a tambalearse. Al parecer, fue Anna la que se encargó de las negociaciones. Emilia ni apareció. Y el vendedor me aseguró que fue la cliente más desagradable que tuvo jamás. Además, había logrado enterarse de que la agencia inmobiliaria estaba en crisis, tanto en lo relativo a la solvencia como a la liquidez de sus propietarios. Según sus palabras, la señora mostró una frialdad sin límites y prácticamente lo chantajeó.

Svedberg exhibió un gesto de pesadumbre.

—No es ésta precisamente la idea que uno tiene de dos ancianas que venden botones —añadió para concluir, dando paso a un profundo silencio que vino a interrumpir Wallander.

—Bien, comoquiera que sea, esto es un avance —los animó—. Seguimos careciendo de pistas sobre la identidad del asesino. Pero ya poseemos un posible móvil, que ha resultado ser el más habitual de todos los móviles: el dinero. Por otro lado, sabemos que las dos mujeres eran culpables de fraude a la hacienda pública y que ocultaron grandes sumas de dinero a la inspección de la autoridad tributaria. Sabemos, en fin, que eran ricas. A mí no me extrañaría nada que apareciese una casa en España y quizá también otras posesiones en otros lugares del mundo.

Wallander se sirvió un vaso de agua con gas antes de proseguir:

—Toda la información que hemos recabado hasta el momento puede resumirse en dos puntos, dos cuestiones: ¿de dónde sacaron el dinero?, ¿quiénes estaban al corriente de su fortuna?

A punto estaba de llevarse el vaso a los labios cuando vio que Rydberg se estremecía como si le hubiese sobrevenido una descarga eléctrica.

Después el cuerpo del colega cayó pesadamente sobre la mesa.

Como si estuviese muerto.

7

Con posterioridad al suceso, Wallander recordaría que, durante unos segundos, estuvo convencido de que Rydberg había fallecido de verdad. En realidad, cuantos estaban en la sala en el momento del desvanecimiento de Rydberg pensaron, como él, que el corazón del colega había dejado de latir de repente. El primero en reaccionar fue Svedberg, que estaba sentado a su lado y notó que aún respiraba. Echó mano del auricular y llamó a una ambulancia. Entretanto, Wallander y Hanson levantaron a Rydberg para tenderlo en el suelo y le desabrocharon la camisa. Wallander aplicó el oído a su corazón y se percató de que latía aceleradamente. Cuando llegó la ambulancia, Wallander los acompañó durante el corto trayecto hasta el hospital. Rydberg fue atendido de inmediato y el inspector no tardó ni media hora en saber que no había sido un infarto, sino que el desvanecimiento del colega se había debido a causas aún desconocidas. Rydberg estaba ya despierto, pero negó pertinaz con la cabeza cuando Wallander intentó hablar con él. El colega permanecería en el hospital bajo observación y, puesto que su estado se consideraba estable, no había razón alguna para que Wallander se quedase más tiempo. Uno de los coches de la policía fue a recogerlo para llevarlo de vuelta a la comisaría. Entretanto, los colegas habían estado aguardando en la sala de reuniones, adonde también había acudido Björk. Wallander los tranquilizó explicándoles que la situación estaba bajo control.

—Trabajamos demasiado —recriminó con la vista clavada

en Björk—. Cada vez tenemos más asuntos que resolver, pero el personal no aumenta. Tarde o temprano, nos irá ocurriendo a todos lo mismo que a Rydberg.

—Sí, ya sé que la situación es insostenible —admitió Björk—. Pero no disponemos de más recursos.

Durante la media hora siguiente la investigación del caso quedó en segundo plano, pues todos estaban impresionados con lo sucedido y no cesaban de hablar de las condiciones laborales en las que trabajaban. Una vez que Björk hubo abandonado la sala, los términos se acerraron y la crítica se endureció. En efecto, se habló entonces de lo absurdo de la planificación, de lo extraño de las prioridades y de la constante falta de información.

Hacia las dos de la tarde Wallander consideró que era hora de retomar el caso. De hecho, creía necesitarlo por su propio bien pues, al ver lo que le había sucedido a Rydberg, pensó en lo que podría sucederle a él mismo. ¿Durante cuánto tiempo se mantendría su corazón incólume ante las presiones? Y todas aquellas comidas desordenadas y poco recomendables, y los recurrentes periodos de insomnio... Y, ¡cómo no!, el dolor tras la separación...

—A ver, a ver. A Rydberg no le gustaría lo más mínimo vernos perder el tiempo lamentándonos de la situación —les advirtió—. Eso podemos dejarlo para otro momento. Lo que tenemos que hacer ahora es dedicarnos a atrapar al asesino de las dos víctimas lo antes posible.

Disolvieron la reunión y, ya en su despacho, Wallander llamó enseguida al hospital. Rydberg dormía, según le hicieron saber, pero aún era demasiado pronto para dar una explicación a lo ocurrido.

Apenas había colgado el auricular cuando apareció Martinson.

—¿Qué ha pasado? —inquirió el colega—. Estaba en Sjöbo y, al volver, me he encontrado a Ebba totalmente conmocionada en recepción.

Wallander le refirió lo sucedido y Martinson, abatido, se dejó caer en la silla de las visitas.

—Aquí nos matamos a trabajar y ¿quién nos lo agradece?

Wallander notó que se impacientaba: no soportaba pensar ni un minuto más en lo sucedido a Rydberg. Al menos, no en aquel momento.

—¿Qué me traes de Sjöbo? —atajó sin preámbulo.

—He estado en varias fincas —aclaró Martinson—. Y hemos podido localizar las luces con bastante exactitud. Aunque no hay el menor rastro de focos ni de ningún avión que haya aterrizado y despegado por allí. Sin embargo, sí que hemos sabido algún que otro detalle que, a mi entender, explica por qué no hemos podido identificar el avión.

—¡Ajá! ¿Y qué es?

—Pues, simplemente, que ese avión no existe.

—A ver, explícate.

Martinson hojeó un instante unos papeles que acababa de sacar del maletín antes de añadir:

—Según los registros de la fábrica Piper, ese aparato se estrelló en Vientiane en 1986. El propietario era, a la sazón, un consorcio nacional con sede en Laos que lo utilizaba para transportar a sus jefes a distintas instalaciones agrícolas del país. Según la versión oficial, el avión se estrelló por falta de combustible. Todos resultaron ilesos y nadie falleció en el accidente. Pero el avión se declaró siniestro total y quedó excluido de todos los registros vigentes, incluido el de la compañía de seguros, que, al parecer, era una especie de filial de Lloyds. El número del motor nos permitió averiguar cuanto acabo de contarte.

—Ya, bueno, pero resulta que no es así, ¿no?

—La fábrica Piper está muy interesada en el suceso, como comprenderás. No puede ser muy positivo para su imagen que un avión que ha dejado de existir empiece a volar de repente. En otras palabras, podría tratarse de un fraude contra la compañía de seguros, entre otras argucias que ni imaginamos.

412

—¿Y los pasajeros?

—Aún no los han identificado. Yo tengo un par de contactos en la Interpol que me han prometido que le darán toda la prioridad posible.

—Pero ese avión tuvo que salir de algún lugar —observó Wallander.

—Exacto. Lo que nos plantea un problema añadido: si equipas un aparato con uno o varios depósitos adicionales, podrá cubrir largas distancias. Nyberg cree haber identificado restos de algo que podría ser un depósito suplementario, aunque aún no está seguro. En tal caso y en principio, el avión podría haber llegado de cualquier parte. Al menos de Inglaterra o de cualquier punto de Europa central.

—Ya, bueno, pero alguien tuvo que verlo. Imagino que no es posible sobrevolar las fronteras de un país como a uno le venga en gana.

—Claro, así opino yo también —convino Martinson—. De ahí que Alemania sea una alternativa verosímil. Desde allí se vuela sobre el mar abierto hasta que se alcanza la frontera sueca.

—Y ¿qué dicen las autoridades de las vías aéreas alemanas?

—Estoy en ello, pero lleva su tiempo.

Wallander reflexionó un instante.

—En realidad, te necesitamos aquí, para el caso del doble asesinato. ¿No podrías delegar parte de tu trabajo en otro colega? Al menos, mientras nos llega la información sobre la identidad de los pilotos y averiguamos si el avión venía de Alemania.

—Yo había pensado proponértelo —aseguró Martinson.

Wallander miró el reloj.

—Pídele a Hanson o a Svedberg que te pongan al corriente —sugirió mientras Martinson se ponía en pie.

—Por cierto, ¿sabes algo de cómo le va a tu padre en Egipto?

—No, él no es de los que llaman sin necesidad.

—El mío murió cuando tenía cincuenta y cinco —reveló Martinson de pronto—. Tenía una empresa propia de chapistería. Trabajaba sin descanso para que le salieran las cuentas y, justo cuando empezaba a irle bien, murió. Hoy no tendría más de sesenta y siete años.

Dicho esto, Martinson se marchó. Wallander intentó no pensar en lo que le había ocurrido a Rydberg, de modo que se entregó a la tarea de revisar de nuevo cuanto sabían acerca de las hermanas Eberhardsson. Disponían de un posible móvil, el dinero, pero ni la menor pista de quién podía haber cometido los asesinatos. Wallander anotó unas palabras sueltas en su bloc escolar.

¿La doble vida de las hermanas Eberhardsson?

Después, apartó el bloc. Ahora que Rydberg estaba ausente, carecían de su mejor instrumento. «Si comparamos el grupo de investigación con una orquesta, puede decirse que hemos perdido al primer violín», se dijo. «Y entonces la orquesta no suena nada bien.»

En aquel preciso momento, tomó la determinación de hablar él mismo con la vecina que les había proporcionado la información sobre Anna Eberhardsson. Svedberg podía ser muy impaciente cuando hablaba con los posibles testigos acerca de lo que habían podido ver u oír. «Se trata, además, de averiguar qué piensa la gente en realidad», añadió Wallander para sí. Buscó el nombre de la vecina, la señora Linnea Gunnér. «¡Vaya! En esta investigación no hay más que mujeres», se dijo. Marcó el teléfono y obtuvo una respuesta inmediata: Linnea Gunnér estaba en casa y lo recibiría encantada. La mujer le dio el código de acceso de la puerta, que él anotó antes de salir.

Abandonó la comisaría poco después de las tres, no sin antes propinar otra patada a la ya maltrecha puerta. La abolladura seguía creciendo. Cuando llegó a la zona incendiada, las excavadoras estaban ya en marcha. Un nutrido nú-

414

mero de curiosos contemplaba los restos de la casa carbonizada.

Linnea Gunnér vivía en la calle de Möllegatan. En el portal, Wallander tecleó el código de acceso y subió por la escalera hasta la segunda planta. El edificio había sido construido a finales del siglo XIX y los descansillos aparecían decorados con hermosos relieves. Fijado a la puerta del apartamento de Gunnér había un gran letrero en el que se anunciaba que no se admitía ningún tipo de publicidad. Wallander llamó al timbre. La mujer que le abrió era prácticamente en todo opuesta a Tyra Olofsson. En efecto, era alta, tenía la mirada despierta y la voz de una persona resuelta.

Lo invitó a pasar a un apartamento lleno de objetos de toda clase y de variada y remota procedencia. En la sala de estar había incluso un mascarón de proa que Wallander observó con sumo interés.

—Perteneció a la embarcación *Felicia,* que volcó y se hundió en el mar de Irlanda —aclaró Linnea Gunnér—. Y yo tuve ocasión de comprarlo por una suma irrisoria en Middlesborough.

—¿No querrás decir que has trabajado en alta mar? —preguntó el inspector.

—Toda mi vida. Primero como cocinera, después como camarera.

La mujer no tenía acento de Escania y a Wallander le dio la impresión de que más bien sonaba como el de Småland o de Östergötland.

—¿De dónde eres? —inquirió.

—De Östergötland. De Skänninge, para ser exactos. Es decir, lo más lejos del mar como se pueda estar en este país.

La mujer había servido unos cafés. Wallander pensó que aquello no era precisamente lo que necesitaba su estómago; aun así, lo aceptó. Linnea Gunnér le había inspirado confianza desde el primer momento. Por los informes de Svedberg, sabía que la mujer tenía sesenta y seis años, pero parecía mucho más joven.

—Mi colega Svedberg estuvo aquí —comenzó Wallander.

La mujer soltó una carcajada.

—Sí. Y te aseguro que jamás he visto a nadie rascarse la frente tanto como él.

Wallander asintió.

—Ya, bueno. Todos tenemos nuestras peculiaridades. Yo, por ejemplo, siempre sospecho que hay más preguntas que formular de las que uno cree en un principio.

—Yo no le hablé más que de la impresión que me causaba Anna.

—¿Y Emilia?

—Eran muy distintas. Anna hablaba de forma rápida y terminante, mientras Emilia era más taciturna. Sin embargo, tan antipática era la una como la otra. Y ambas eran muy reservadas.

—¿De qué las conocías?

—Yo no las conocía. A veces, si nos veíamos por la calle, nos saludábamos. Pero jamás intercambiamos una palabra superflua. A mí me gusta bordar, de modo que acudía a su mercería con bastante frecuencia. Y siempre tenían lo que necesitaba. Si tenían que pedir algo, no tardaban mucho en traerlo, pero amables, lo que se dice amables, no lo eran en absoluto.

—A veces, necesitamos tiempo para que la memoria recupere detalles que uno mismo cree olvidados —apuntó Wallander.

—No se me ocurre qué.

—No, ni a mí tampoco. Pero, ya sabes, algún suceso inesperado, algo que alterase las costumbres de las dos hermanas.

La mujer se esforzaba en recordar mientras Wallander contemplaba una hermosa brújula de bronce que adornaba el escritorio.

—Verás, yo nunca he tenido muy buena memoria —admitió la mujer por fin—. Pero ahora que lo comentas... Es cierto, recuerdo algo que sucedió el año pasado, creo que en primavera. Aunque no sé hasta qué punto puede ser importante.

—Cualquier cosa puede ser importante —subrayó Wallander.

—Pues sucedió una tarde. Yo necesitaba un ovillo de hilo azul, así que bajé a la mercería. Aquel día estaban las dos tras el mostrador. Y, cuando estaba a punto de pagar el ovillo, entró un hombre. Recuerdo que quedó muy sorprendido, como si no esperase que hubiese ningún cliente en la tienda. Y Anna se enfadó. Le lanzó a Emilia una de esas miradas que matan. Entonces el hombre se marchó con su maletín. Yo pagué el hilo y me fui.

—¿Podrías describir al hombre?

—Por su aspecto no parecía sueco. Era moreno, de muy baja estatura y llevaba un bigote negro.

—¿Cómo iba vestido?

—Llevaba un traje, creo que de buena calidad.

—¿Y el maletín?

—Normal, de color negro.

—¿Algo más?

Ella reflexionó de nuevo antes de responder:

—No, nada que yo recuerde.

—¿Sólo lo viste en aquella ocasión?

—Sí.

Wallander sabía que lo que acababa de oír era importante, por más que aún no pudiese determinar lo que significaba. Sin embargo, lo reafirmó en su sospecha de que las dos hermanas habían llevado una doble vida. Poco a poco, iba perforando la superficie.

El inspector le dio las gracias por el café.

—¿Qué es lo que ha sucedido, en realidad? —preguntó la mujer ya en el vestíbulo—. Yo me desperté porque parecía que mi habitación estaba ardiendo; es decir, la luz de las llamas era tan intensa, que creía que era mi casa la que se había incendiado.

—Anna y Emilia fueron asesinadas —reveló Wallander—. Cuando se originó el incendio, ellas ya estaban muertas.

—Pero ¿quién pudo hacer algo así?

—Te lo aseguro, si lo supiera, no estaría aquí —confesó Wallander antes de despedirse.

Una vez en la calle, se detuvo un instante ante el lugar del siniestro y observó ausente cómo la excavadora llenaba la plataforma de carga de un camión. Intentó imaginarse el curso de los acontecimientos, tal y como Rydberg le había enseñado: entrar en un espacio donde la muerte hubiese arrasado y tratar de escribir el drama hacia atrás. «Pero aquí no tenemos ni siquiera una habitación», se lamentó el inspector. «Aquí no hay nada.»

Comenzó a retroceder hacia la calle de Hamngatan. En la casa contigua a la de Linnea Gunnér había una agencia de viajes y, al ver que, en el escaparate, tenían una imagen de El Cairo y las pirámides, se detuvo. Su padre estaría de vuelta dentro de cuatro días. Se le ocurrió que había sido injusto con él. ¿Por qué habría de oponerse a la posibilidad de que hiciese realidad uno de sus sueños? Wallander miró los demás anuncios del escaparate: Mallorca, Creta, España...

De repente se le ocurrió una idea. Abrió la puerta y entró en el establecimiento. Los dos dependientes estaban ocupados, de modo que se sentó dispuesto a esperar. Cuando uno de los dos, una chica joven, de poco más de veinte años, quedó libre, el inspector fue a sentarse junto a su mesa. Tuvo que esperar unos minutos más, mientras la muchacha atendía una llamada telefónica. En una placa que había sobre el escritorio pudo leer que se llamaba Anette Bengtsson. La joven colgó el auricular y le dedicó una amplia sonrisa, antes de preguntar:

—¿Quieres irte de viaje? Para Navidad y Año Nuevo no quedan más que vuelos sueltos.

—Bueno, verás, el motivo de mi presencia aquí es algo distinto —aclaró Wallander al tiempo que le mostraba su placa—. Como es lógico, sabrás que dos ancianas murieron carbonizadas al otro lado de la calle.

—Sí, algo horrible.

—¿Las conocías?

Wallander recibió la respuesta que esperaba.

—Claro, nosotros les gestionábamos sus viajes. Es terrible que hayan muerto. Emilia se marchaba en enero. Y Anna en abril.

Wallander asintió despacio.

—¿Adónde pensaban viajar? —inquirió el inspector.

—Adonde siempre, a España.

—¿Concretamente?

—A Marbella. Tenían una casa allí.

La continuación dejó a Wallander estupefacto.

—Yo he visto esa casa. El año pasado, cuando estuve en Marbella haciendo un curso. La competencia entre las agencias de viajes es muy dura en los tiempos que corren. Un día, en un rato libre, fui a ver su casa. Como conocía la dirección...

—¿Y era grande?

—¡Un palacio! Con un terreno enorme, altos muros y guardas de seguridad.

—No sabes cuánto te agradecería que me anotases la dirección —declaró Wallander sin poder ocultar su excitación.

La joven rebuscó entre sus archivadores hasta que encontró la dirección, que escribió en un papel.

—¿Y dices que Emilia tenía pensado salir de viaje en enero?

La muchacha miró la pantalla de su ordenador antes de responder:

—El 7 de enero; salida del aeropuerto de Kastrup a las nueve y cinco, destino Málaga vía Madrid.

Wallander tomó un bolígrafo de los que había en la mesa y anotó.

—Es decir, que no era un vuelo chárter, ¿no?

—Ninguna de las dos viajaba en vuelos chárter. Siempre primera clase.

«Claro, cómo no. Estas dos señoras gozaban de una buena situación económica», constató Wallander.

La chica le dio también el nombre de la compañía con la que volaba, Iberia, que Wallander se apresuró a añadir a sus notas.

—Me pregunto qué pasará ahora... El billete está pagado.

—Todo se arreglará, ya verás —afirmó Wallander—. Por cierto, ¿cómo pagaban los billetes?

—Siempre al contado y con billetes de mil.

Wallander se guardó las notas en el bolsillo y se puso en pie.

—Has sido de gran ayuda —aseguró agradecido—. La próxima vez que desee salir de viaje, te compraré el billete a ti. Pero, en mi caso, tendrá que ser un vuelo chárter.

Eran cerca de las cuatro de la tarde. Wallander pasó por el banco en que, al día siguiente, tendría que recoger los documentos de su préstamo y el dinero para la compra del coche. Al cruzar la plaza, se encogió para protegerse del fuerte viento. A las cuatro y veinte, ya estaba de vuelta en la comisaría. De nuevo castigó la abolladura de la puerta con su ya ritual patada. Ebba lo informó de que tanto Hanson como Svedberg estaban fuera y de que, y esto era lo más importante, había llamado al hospital para hablar con Rydberg. El colega le dijo que se encontraba bien pero que permanecería ingresado aquella noche.

—Bien, iré a verlo.

—Ya, bueno, eso fue lo último que dijo: que bajo ninguna circunstancia quería recibir visitas ni llamadas telefónicas y, menos aún, flores.

—No me extraña, sabiendo cómo es... —comentó Wallander.

—En mi opinión, todos trabajáis demasiado, coméis demasiado mal y hacéis muy poco ejercicio.

Wallander se inclinó hacia la recepcionista.

—Igual que tú —sentenció—. Tú también has engordado de un tiempo a esta parte.

Ebba rompió a reír mientras Wallander se dirigía al comedor, donde encontró media barra de pan que alguien había dejado sobre la mesa. Se preparó con ella unos bocadillos y se los llevó a su despacho. Después redactó un resumen de la información recabada de Linnea Gunnér y de Annete Bengtsson. Cuando terminó, a las cinco y cuarto, lo leyó mientras pensaba por dónde continuar. «Todo ese dinero viene de alguna parte», concluyó. «Un hombre que entra en la mercería y, al ver a una cliente, se da media vuelta. Es decir, que tenían una especie de código para entenderse.

»La cuestión es qué se ocultará detrás de toda esta historia. Y por qué estas mujeres resultan asesinadas de repente. Algún mecanismo del sistema ha dejado de funcionar.»

A las seis de la tarde hizo un nuevo intento de localizar a sus colegas, pero el único que andaba por allí era Martinson, con el que resolvió convocar una reunión para las ocho de la mañana siguiente. Wallander apoyó los pies sobre el escritorio sin dejar de pensar en el doble asesinato. Pero, puesto que su discurrir no parecía conducirlo a ningún resultado, decidió que tanto daba si continuaba reflexionando en casa. Además, cayó en la cuenta de que debía limpiar el coche, del que se desharía al día siguiente.

Estaba poniéndose la cazadora cuando Martinson entró en el despacho.

—Será mejor que te sientes —le recomendó el colega.

—Estoy bien de pie —replicó Wallander irritado—. ¿Puede saberse qué ha ocurrido?

Martinson, que sostenía un télex en la mano, parecía preocupado.

Le tendió el documento a Wallander, que lo leyó sin comprender nada. Entonces se sentó sobre el borde del escritorio y volvió a leerlo despacio, palabra por palabra.

Finalmente, comenzó a entender el contenido del mensaje. Y, aun así, se negaba a creer que fuese verdad.

—A ver..., aquí dice que la policía de El Cairo ha detenido a mi padre. Y que lo llevarán a juicio a menos que abone una cantidad equivalente a diez mil coronas suecas; que está acusado de «intromisión indebida y escalada prohibida». ¿Qué coño significará eso?

—Sí, a mí también me resultó un tanto extraño, así que llamé al Ministerio de Asuntos Exteriores —explicó Martinson—. Al parecer, tu padre ha intentado escalar la pirámide de Keops, pese a que está prohibido.

Wallander clavó una mirada impotente en su colega.

—Me temo que tendrás que ir tú mismo a buscarlo —auguró Martinson—. Existe un límite para las posibilidades de actuación de la embajada sueca en aquel país.

Wallander movía la cabeza incrédulo.

Simplemente, se negaba a creer que fuese cierto.

Eran las seis de la tarde. Del 15 de diciembre de 1989.

8

A las 13.10 del día siguiente, Wallander se hundió en el asiento de un DC-9 llamado *Agne,* perteneciente a la compañía aérea SAS. Ocupaba el puesto número 19 C, plaza de pasillo, y confiaba en que, tras un par de transbordos en Frankfurt y Roma, aterrizaría en El Cairo. La llegada estaba prevista para las 20.15. Wallander seguía sin saber si había alguna diferencia horaria entre Suecia y Egipto. En realidad, lo ignoraba casi todo acerca de las circunstancias que lo habían arrancado de su vida en Ystad, de la investigación de un siniestro aéreo y de un doble asesinato brutal, para colocarlo en un avión dispuesto a partir del aeropuerto de Kastrup con destino al norte de África.

La noche anterior, cuando el contenido del télex enviado por el Ministerio de Asuntos Exteriores alcanzó finalmente su entendimiento, el inspector perdió el control por completo. Abandonó la comisaría sin pronunciar palabra y, pese a que Martinson lo siguió hasta el aparcamiento ofreciéndole su ayuda en lo que necesitase, él no se dignó contestar.

Una vez en el apartamento de la calle de Mariagatan, se tomó dos generosos vasos de whisky, uno tras otro, antes de volver a leer el arrugado teletexto varias veces más, con la esperanza de hallar un mensaje oculto que le indicase que no se trataba más que de una invención, una broma que alguien, tal vez incluso su propio padre, hubiese querido gastarle. Pero la conclusión tras la repetida lectura no fue otra que la de admitir que el ministerio hablaba muy en serio. De modo que no le quedaba más salida que aceptar el hecho: su insensato padre había emprendido la hazaña de escalar una pirámide, con lo que había sido arrestado y estaba ahora a disposición de la policía de El Cairo.

Poco después de las ocho llamó a Malmö y, por suerte, fue Linda quien respondió al teléfono. El inspector le contó la verdad y le pidió consejo sobre qué hacer. La respuesta de la joven fue directa y decidida: el único remedio posible era que él mismo viajase a Egipto al día siguiente e hiciese lo posible para que le levantasen el arresto a su abuelo. Wallander opuso una serie de objeciones, que ella rechazó con sólidos argumentos. Finalmente, no le quedó más salida que admitir que la joven tenía razón. Además, le prometió que se informaría de las combinaciones posibles de los vuelos que partían para El Cairo al día siguiente.

El inspector fue calmándose de forma paulatina. Al día siguiente iría al banco a recoger sus veinte mil coronas para comprarse un coche nuevo. Nadie le preguntaría en qué pensaba invertir el dinero, en realidad. De modo que podría comprar el billete y cambiar el resto del dinero en libras esterlinas o en dólares para poder pagar la multa que le habían impuesto a su padre. A las diez de la noche, Linda lo llamó para comunicarle que había un vuelo a las 13.10. El inspector decidió que acudiría a Anette Bengtsson para que le preparase los billetes. Cuando, aquella misma tarde, le prometió a la joven que recurriría a los servicios de su agencia de viajes, no se imaginó ni por un momento que su promesa se vería cumplida con tal prontitud.

Hacia medianoche intentó preparar el equipaje. Pero, en realidad, no sabía nada de El Cairo. Su padre había emprendido el viaje con un viejo sombrero tropical; pero, por otro lado, era evidente que el hombre no estaba en sus cabales, de modo que su actitud no podía servirle de ejemplo. Al cabo de no mucha reflexión, arrojó unas camisas y algo de ropa interior en una bolsa de viaje convencido de que aquello debía bastar. Después de todo, no pensaba estar fuera más de lo absolutamente necesario.

Hecho esto, se tomó otro par de whiskies, puso el despertador a las seis e intentó conciliar el sueño. Un inquieto duermevela lo arrastró con lentitud infinita hasta el amanecer.

Cuando, a la mañana siguiente, el banco abrió sus puertas, él fue el primer cliente en entrar. No tardó ni veinte minutos en firmar los documentos, recibir el dinero y cambiar la mitad en libras esterlinas, confiando en que nadie le preguntase por qué debía pagar la mitad del coche en esa moneda. Una vez que salió del banco, se encaminó directamente a la agencia de viajes. Anette Bengtsson se sorprendió al verlo entrar, pero enseguida se mostró dispuesta a atenderlo y a reservarle el billete. La fecha del viaje de regreso debía quedar abierta. Al oír el precio, el inspector quedó atónito, aunque, sin el menor comentario, fue amontonando los billetes de mil coronas hasta completar la suma, recogió sus billetes y se marchó a toda prisa.

Después tomó un taxi hasta Malmö.

Hasta aquel momento le había sucedido en varias ocasiones que, en estado de absoluta embriaguez, se había visto en la necesidad de tomar un taxi de Malmö a Ystad. Pero jamás en sentido contrario y en estado de sobriedad absoluta. Estaba claro que no podría permitirse cambiar de coche. Tal vez debiese considerar la alternativa de una motocicleta. O de una bicicleta.

Linda lo aguardaba junto a los transbordadores. No disponían más que de unos minutos, pero la muchacha lo convenció de que estaba haciendo lo correcto y le preguntó si había recordado llevar el pasaporte.

—También necesitas un visado —le advirtió ella—. Pero puedes comprarlo en el aeropuerto de El Cairo.

Allí se encontraba, pues, en el asiento 19 C, sintiendo ya cómo el avión cobraba velocidad y se elevaba hacia las nubes y hacia las invisibles vías aéreas en dirección al sur. Aún le parecía estar en su despacho de la comisaría viendo a Martinson con el télex en la mano y aquella mirada inocente.

El aeropuerto de Frankfurt quedó en su memoria como una serie interminable de galerías y escaleras. De nuevo en su asiento de pasillo, llegó a Roma, donde, tras cambiar de avión una vez más, se desprendió de su cazadora, pues hacía mucho calor. El avión aterrizó a trompicones en el aeropuerto de El Cairo con media hora de retraso. Para amortiguar su preocupación, su miedo a volar y su inquietud ante lo que se le avecinaba, Wallander había bebido demasiado durante el viaje y, aunque no estaba ebrio cuando salió a la asfixiante noche egipcia, tampoco podía decirse que estuviese sobrio. Llevaba la mayor parte del dinero en una bolsita de tela que le rozaba el pecho bajo la camisa. Un indolente empleado del control de pasaportes lo envió a una oficina bancaria en la que podía adquirir el visado de turista. Tras haber recibido un montón de sucios billetes pudo, de repente, pasar tanto el control de pasaportes como la aduana. Un nutrido número de taxistas se ofreció al unísono a llevarlo a cualquier parte del mundo, pero Wallander conservaba aún la presencia de ánimo suficiente como para buscar algún minibús cuyo destino fuese el complejo Mena Houses, que, según había podido comprender, era bastante grande. Hasta ahí llegaba el plan que tenía elaborado: partir del mismo hotel en el que se hospedaba su padre. Así, sentado en un pequeño autobús y aplastado entre un grupo de altaneras señoras americanas, atravesó la ciudad en dirección al hotel. Sintió contra su rostro el cálido aire nocturno; de pronto descubrió el caudal de un río, tal vez el Nilo, y poco después el autobús llegó a su destino.

Cuando salió del autobús, se había recobrado y se sentía sobrio de nuevo. A partir de aquel momento, no tenía la menor idea de qué hacer. «Un policía sueco en El Cairo puede sentirse bastante insignificante», constató apesadumbrado cuando accedió a la ampulosa entrada del hotel. Se acercó a la recepción, donde un joven empleado muy amable le preguntó, en un inglés impecable, si podía serle de ayuda. Wallander le explicó que no tenía reservada habitación, a lo que el solícito joven reaccionó con un gesto de preocupación que subrayó negando con la cabeza. No obstante, halló por fin una habitación libre.

—Creo que ya tienen un huésped con el nombre de Wallander.

El hombre miró en su ordenador portátil antes de asentir.

—Es mi padre —declaró el inspector al tiempo que rabiaba en su interior a causa de su lamentable pronunciación de la lengua inglesa.

—Lamento no poder asignarle una habitación contigua a la suya —se excusó el joven—. Las únicas habitaciones que nos quedan son las más sencillas, sin vistas a las pirámides.

—A mí me viene de maravilla —aseguró Wallander, que no deseaba recordar las pirámides más de lo necesario.

Firmó, tomó la llave y un pequeño plano y comenzó a buscar su habitación en el pequeño laberinto que constituían las instalaciones del complejo hotelero. Mientras estudiaba el plano, comprendió que el edificio había sufrido sucesivas y múltiples reformas en el transcurso de los años. Finalmente, localizó su habitación y se sentó en la cama. El aire acondicionado refrescaba el ambiente. Se quitó la camisa, que tenía empapada de sudor, y fue al cuarto de baño, donde se miró al espejo.

—Bien, aquí estoy —anunció en voz alta dirigiéndose a su propia imagen—. Es muy tarde y necesitaría comer algo y dormir. Sobre todo, dormir. Pero no puedo, porque el chiflado de mi padre está en alguna de las comisarías de policía de esta ciudad.

Se cambió de camisa, se cepilló los dientes y regresó a la recepción, donde, ante su sorpresa, no vio al joven que lo había atendido hacía unos minutos. O tal vez no lo reconoció. Se acercó, pues, a un recepcionista de más edad que, inmóvil, parecía vigilar cuanto sucedía en la recepción. El hombre recibió a Wallander con una sonrisa.

—Buenas noches. He venido hasta aquí porque mi padre está en un apuro —declaró sin ambages—. Se llama Wallander, un señor mayor que llegó hace unos días.

—¿Qué tipo de apuro? —quiso saber el hombre—. No estará enfermo, ¿verdad?

—No, al parecer, intentó escalar una de las pirámides —repuso Wallander—. Y, como lo conozco, me temo que eligió la más alta.

El recepcionista asintió despacio.

—Sí, algo he oído al respecto —admitió en tono grave—. Una idea muy desafortunada. El suceso disgustó tanto a la policía como al Ministerio de Turismo.

El hombre desapareció por una puerta y regresó enseguida con otro señor, también mayor que el primero. Ambos mantuvieron una corta y acelerada conversación, tras la cual se dirigieron a Wallander:

—¿Es usted el hijo del anciano? —inquirió uno de ellos.

Wallander asintió.

—Más aún, soy policía —aclaró Wallander.

Dicho esto, mostró su placa, donde, con toda claridad, podía leerse la palabra «policía».

Pero los empleados del hotel parecieron turbados.

—¿Quiere decir que no es usted su hijo, sino un agente de la policía sueca?

—Soy tanto lo uno como lo otro —insistió Wallander—. Soy *tan* hijo suyo *como* policía.

Los dos hombres reflexionaron un instante sobre lo que acababan de oír. Entretanto, otros empleados del hotel, que, por el momento, estaban ociosos, se habían unido a los dos primeros. El repiqueteo de la rauda charla incomprensible se reanudó mientras Wallander notaba que empezaba a transpirar de nuevo.

Tras unos minutos, le pidieron que aguardase, invitándolo a sentarse en un sofá que había en el vestíbulo. Wallander tomó asiento cuando una mujer con el rostro cubierto por un velo pasó por delante. «Ahí va Scherezade», se dijo. «Ella podría ayudarme. O tal vez Aladino. Necesitaría la ayuda de alguien de esa división.» Siguió esperando hasta que, transcurrida una hora, se levantó y se acercó de nuevo a la recepción. Pero, enseguida, alguien salió y le hizo señas de que volviese al sofá. De pronto, notó que estaba muy sediento. Era ya mucho más de medianoche.

Seguía habiendo mucha gente en la recepción. Las señoras americanas del avión se marcharon con un guía que, al parecer, las llevaría de paseo por la noche egipcia. Wallander cerró los ojos y, cuando alguien le rozó el hombro, se despertó sobresaltado. Allí estaba el recepcionista, junto con un buen número de policías enfundados en imponentes uniformes. Wallander se puso en pie. Según indicaba un reloj que colgaba de la pared, eran las dos y media de la madrugada. Uno de los policías, el que más galones lucía en su chaqueta, le hizo el saludo militar.

—Según he podido saber, está usted aquí en calidad de emisario de la policía sueca —comenzó el agente egipcio.

—No, señor —objetó Wallander—. Yo *soy* policía, pero, ante todo, soy el hijo del señor Wallander.

El policía que había saludado a Wallander estalló de forma momentánea en una inextricable cascada verbal contra los recepcionistas. Wallander pensó que lo mejor que podía hacer era volver a sentarse. Aproximadamente un cuarto de hora más tarde, el rostro del policía se iluminó de improviso.

—Mi nombre es Hassaneyh Radwan —se presentó el agente—. Ahora lo comprendo todo. Estoy encantado de conocer a un colega sueco. Sígame, por favor.

Dicho esto, salieron del hotel. Rodeado de tantos agentes armados, Wallander se sentía como un delincuente. Hacía una noche muy calurosa. Se sentó junto a Radwan, en el asiento trasero de un coche de policía que salió disparado con las sirenas a toda marcha. Tan pronto como dejaron atrás el hotel, Wallander divisó las pirámides iluminadas por potentes focos. Pasaron ante ellas a tal velocidad, que apenas pudo creer lo que veía, pero, en efecto, eran las pirámides, las mismas que tantas veces había admirado en fotografías. Enseguida lo asaltó la aterradora imagen de su padre intentando escalar una de ellas.

Iban en dirección este, por el mismo camino que lo había llevado al hotel desde el aeropuerto.

—¿Cómo está mi padre? —inquirió Wallander.

—Bueno, puede decirse que tiene un talante muy decidido, pero, por desgracia, su inglés resulta difícil de comprender.

«¡Pero si no lo habla en absoluto!», pensó Wallander presa de un repentino abatimiento.

Atravesaron la ciudad a una velocidad de vértigo. Durante el trayecto, Wallander entrevió unos camellos que, despaciosos y muy dignos, avanzaban transportando su pesada carga. La bolsa que llevaba colgada al pecho seguía molestándolo y las gotas de sudor discurrían por su rostro mientras cruzaban el río.

—¿El Nilo? —inquirió curioso.

Radwan asintió al tiempo que sacaba un paquete de cigarrillos y le ofrecía uno a Wallander, que lo rechazó con un gesto.

—Pues su padre sí que fuma —comentó Radwan.

«¡Qué va a fumar mi padre, hombre!», exclamó para sí. Presa de una alarma creciente, se preguntó si, en verdad, sería su padre la persona a la que iban a visitar, dado que su padre no había fumado en su vida. ¿Podía haber otro señor mayor que hubiese tenido la idea peregrina de subir a la cima de una pirámide?

El coche de policía frenó por fin. Wallander alcanzó a entender que la calle a la que se dirigían se llamaba Sadei Barrani. Se encontraban frente a una comisaría de policía de grandes dimensiones, ante cuyas elevadas puertas vigilaban agentes armados desde el interior de sendas garitas. Wallander siguió a Radwan, que lo condujo hasta una sala iluminada por la estridente luz de unos tubos fluorescentes fijados al techo. Radwan le señaló una silla, que Wallander ocupó mientras se preguntaba cuánto tiempo tendría que esperar en esta ocasión. Antes de que Radwan se marchase, Wallander le preguntó si había por allí algún lugar en el que comprar algún refresco. Radwan llamó entonces a un joven agente.

—Él te ayudará —aseguró antes de desaparecer.

Wallander, que se sentía en extremo inseguro sobre el valor de los billetes, le entregó al joven unos cuantos.

—Coca-Cola —casi deletreó.

El policía lo miró inquisitivo, pero, sin hacer preguntas, tomó el dinero y se marchó.

Poco después, apareció con una caja de botellas de Coca-Cola. Wallander contó hasta catorce. Abrió dos de ellas con su navaja y le dio el resto al policía, que las repartió con sus compañeros.

Dieron las cuatro y media. Wallander observaba la figura estática de una mosca que había ido a posarse sobre una de las botellas vacías. De algún lugar indeterminado surgía el sonido de una radio. De repente, cayó en la cuenta de que, en verdad, había una similitud entre aquella comisaría y la de Ystad: la misma quietud nocturna, la misma espera a que algo ocurriese. O no. Y el policía que estaba sumido en la lectura de un periódico bien podía haber sido Hanson entregado a sus programas de apuestas.

Radwan regresó por fin y le indicó a Wallander que lo siguiese. Tras atravesar un sinnúmero de sinuosos pasillos y subir y bajar varias escaleras, terminaron por detenerse ante una puerta vigilada por un agente de policía. A una señal de asentimiento de Radwan, la puerta se abrió. Después, le indicó a Wallander que entrase.

—Estaré de vuelta dentro de media hora —afirmó antes de marcharse.

Wallander entró a continuación en la sala que, iluminada por los omnipresentes fluorescentes, no contenía más que una mesa y dos sillas. En una de ellas estaba sentado su padre, que vestía camisa y pantalón pero que iba descalzo y con el cabello revuelto. De repente, a Wallander le inspiró un profundo sentimiento de compasión.

—¡Hola, papá! —lo saludó—. ¿Cómo estás?

El padre lo miró sin el menor atisbo de sorpresa.

—Pienso elevar una protesta —declaró el anciano.

—¿Una protesta? ¿Contra qué?

—Contra el hecho de que le impidan a la gente escalar las pirámides.

—Pues yo creo que dejaremos lo de la protesta para más tarde —recomendó Wallander—. Lo más importante en estos momentos es que logre sacarte de aquí.

—Pues yo no pienso pagar ninguna multa —replicó el padre iracundo—. Pienso cumplir mi pena aquí mismo. Me han dicho que dos años. Eso pasa volando.

Wallander sopesó fugazmente la posibilidad de enfadarse, pero concluyó que, con ello, no conseguiría más que encolerizar al padre aún más.

—No creo que las cárceles egipcias sean muy agradables —le advirtió en tono prudente—. En realidad, ninguna cárcel lo es. Además, dudo que te permitan pintar en tu celda.

El padre lo observó en silencio. Al parecer, él había pasado por alto la eventualidad de aquel riesgo.

De modo que, finalmente, asintió y se puso en pie.

—Bien, entonces, nos vamos —claudicó—. ¿Tienes dinero para pagar la multa?

—Siéntate —exhortó el inspector—. Me parece que no va a ser tan fácil; que, simplemente, te levantes de esa silla y te marches sin más.

—¿Y por qué no? Si yo no he hecho nada malo...

—Si no he comprendido mal, intentaste escalar la pirámide de Keops, ¿no es cierto?

—Pues claro. Ése fue el motivo de mi viaje. Los turistas normales pueden quedarse abajo entre los camellos y mirar hacia arriba. Pero yo quería ganar la cima.

—Ya, sólo que no está permitido. Además de que es peligrosísimo. ¿Tú crees que sería normal que la gente anduviese colgándose y trepando por las pirámides?

—Sí, bueno, pero yo no hablo de la gente. Yo hablo de mí.

Wallander comprendió lo infructuoso que sería intentar que su padre se aviniese a razones, pero, al mismo tiempo, no podía por menos de admirar su tozudez.

—En fin, el caso es que ya estoy aquí —lo tranquilizó Wallander—. E intentaré que te dejen salir mañana o tal vez incluso hoy mismo. Pagaré la multa y después se acabó. Saldremos de aquí y nos iremos al hotel a recoger tu maleta. Y luego emprenderemos el viaje de regreso a casa.

—Yo tengo la habitación pagada hasta el 21.

Wallander asintió paciente.

—Está bien, yo me marcharé a casa y tú te quedarás. Pero, si se te ocurre volver a trepar por una pirámide, tendrás que salir del embrollo tú solito.

—La verdad es que no llegué muy lejos. Era muy difícil. Y muy pendiente.

—Pero, de verdad, ¿por qué querías subir hasta la cima?

El padre vaciló un instante antes de responder.

—Es un sueño de toda la vida. Nada más. En mi opinión, uno debe ser fiel a sus sueños.

Con aquella respuesta, murió la conversación. Minutos más tarde, apareció Radwan, que invitó al padre de Wallander a un cigarrillo que él mismo le encendió.

—No habrás empezado a fumar también, ¿no?

—Sólo cuando estoy en la cárcel. De lo contrario, no lo pruebo.

Wallander se dirigió a Radwan.

—Me figuro que no hay la menor posibilidad de que me lleve a mi padre ahora mismo, ¿no es así?

—Está citado a juicio para las diez de esta mañana. Lo más probable es que el juez acepte el pago de la multa.

—¿Cómo que lo más probable?

—No hay nada seguro —sentenció Radwan—. Pero esperemos que así sea.

Wallander se despidió de su padre y Radwan lo acompañó hasta un coche de policía que lo llevaría de vuelta al hotel. Para entonces, ya habían dado las seis de la mañana.

—Enviaré un coche para que te recoja sobre las nueve —anunció Radwan a modo de despedida—. Uno debe ayudar siempre a un colega extranjero.

Wallander le dio las gracias antes de sentarse en el coche. De nuevo se vio impulsado hacia atrás por el violento arranque del vehículo. Las sirenas empezaron a lanzar sus alaridos.

Tras pedir que lo despertasen a las seis y media, el inspector se tumbó desnudo sobre la cama. «Tengo que sacarlo de ahí», se impuso a sí mismo. «Si lo meten en la cárcel, será su muerte.»

Wallander sucumbió enseguida a un inquieto duermevela, del que despertó cuando el sol se alzaba ya sobre el horizonte. Se dio una ducha y se vistió, advirtiendo que ya se veía obligado a utilizar su última camisa limpia.

Cuando salió a la calle, comprobó que la temperatura era algo más fresca por la mañana. De repente, se detuvo ante el espectáculo de las pirámides. Permaneció totalmente inmóvil. La sensación que provocaba su grandeza era sobrecogedora. Salió del recinto del hotel y subió la pendiente que conducía hasta el acceso a la explanada de Gizeh. Durante el trayecto hasta la entrada, le ofrecieron que subiese tanto en asno como en camello. Pero él prefirió ir caminando. En el fondo, comprendía a su padre. *Uno debe ser fiel a sus sueños.* ¿Hasta qué punto lo había sido él? Justo a la entrada, se detuvo una vez más a contemplar las pirámides. Y se imaginó a su padre trepando por la pronunciada pendiente de la pared.

Permaneció allí largo rato antes de regresar al hotel a desayunar. A las nueve en punto estaba listo, esperando ante la puerta del hotel. El coche de policía llegó pocos minutos después. El tráfico era muy denso y las sirenas aullaban, como

434

de costumbre. Por cuarta vez desde que llegó, Wallander tuvo la oportunidad de pasar junto al Nilo. Y entonces empezó a comprender que se hallaba en una ciudad gigantesca, inconmensurable, alarmante.

El juzgado estaba en una calle llamada Al Azhar. Cuando el coche giró para entrar en ella, vieron que Radwan esperaba fumando en la escalinata.

—Espero que hayas podido dormir unas horas —saludó solícito—. No es bueno para el cuerpo andar con falta de sueño.

Tras el saludo inicial, entraron en el edificio.

—Tu padre ya está aquí.

—¿Cuenta con la asistencia de algún abogado? —quiso saber Wallander.

—Bueno, se le ha asignado un asesor jurídico: éste es un juzgado para causas menores.

—¿Y, aun así, pueden condenarlo a dos años de cárcel?

—Es una gran diferencia la que separa la pena de muerte de la de dos años de cárcel —advirtió Radwan reflexivo.

Entraron en la sala, donde unos conserjes se dedicaban a limpiar el polvo de las mesas y sillas.

—El de tu padre es el primer juicio del día —lo informó Radwan.

Entonces hicieron entrar al anciano. Wallander vio con horror que iba esposado. De pronto, notó que se le llenaban los ojos de lágrimas. Radwan lo observó de reojo y le dio una palmada en el hombro.

Un juez entró solo en la sala y fue a ocupar su lugar. El fiscal, que apareció de la nada, chapurreó una larga retahíla que Wallander supuso constituía la acusación. Radwan se inclinó hacia Wallander.

—Esto tiene buen aspecto —le susurró al oído—. Sostiene que tu padre es un viejo desquiciado.

«Con tal de que nadie se lo traduzca a él...», deseó Wallander para sí. «Entonces sí que se pondría fuera de sí.»

El fiscal puso punto final a su intervención y tomó asiento. El asesor no se extendió demasiado.

—Está abogando por el pago de una multa —volvió a murmurar Radwan—. Yo ya los he informado de que estás aquí, de que eres su hijo y, además, policía.

Al final, también el asesor tomó asiento. Wallander vio que su padre deseaba intervenir, pero su defensor negó con un gesto.

El magistrado golpeó la mesa con el mazo y pronunció unas palabras, tras las cuales volvió a golpear con el mazo, se puso en pie y se marchó.

—Multa —anunció Radwan con otra palmadita en la espalda—. Puedes pagarla aquí mismo, en la sala. Y tu padre quedará libre.

Wallander izó la bolsa que llevaba bajo la camisa. Radwan lo condujo hasta una mesa en la que un hombre convirtió la cantidad de libras egipcias a la que equivalía la de dólares americanos que le entregó Wallander, que vio desaparecer casi todo su dinero. Le entregaron un justificante ilegible por la cantidad abonada y Radwan se encargó de que retirasen las esposas.

—Espero que puedas disfrutar del resto del viaje —deseó Radwan estrechándoles las manos a ambos—. Pero no creo que sea muy recomendable que tu padre intente encaramarse a una pirámide otra vez.

Radwan hizo que un coche de policía los condujese hasta el hotel. Wallander llevaba su dirección en el bolsillo. Era consciente de que, sin la ayuda del colega egipcio, aquello no habría sido tan fácil. Pensó que tenía que agradecérselo de alguna manera y que tal vez no hubiese otra mejor que enviarle uno de los cuadros de su padre; uno con urogallo.

El padre daba muestras de estar de un excelente humor y no cesaba de comentar cuanto veían por el camino. Wallander, por su parte, no sentía más que un profundo cansancio.

—Ahora voy a enseñarte las pirámides —se ofreció el padre ufano una vez que hubieron llegado al hotel.

—No, ahora no —rechazó Wallander—. Necesito dormir unas horas. Y tú deberías hacer otro tanto. Después, y cuando yo haya reservado mi vuelo de regreso, podremos ir a ver las pirámides.

El padre lo miró atento.

—He de reconocer que me has sorprendido. Jamás me habría esperado que te gastases todo ese dinero en venir hasta aquí y pagar la multa para que me dejasen libre.

Wallander no respondió.

—Anda, échate un rato y descansa —le aconsejó—. Nos vemos aquí a las dos.

Wallander no logró conciliar el sueño. Tras haber estado tumbado dando vueltas en la cama durante una hora, se dirigió a la recepción, donde pidió que le reservasen el vuelo de regreso. Pero el recepcionista le indicó que debía acudir a una agencia de viajes que se encontraba en otra parte del hotel. Una vez allí, fue atendido por una mujer increíblemente hermosa que, además, se expresaba en un inglés perfecto. La mujer le consiguió una plaza en el avión que salía de El Cairo al día siguiente, 18 de diciembre, a las nueve de la mañana. El inspector llegaría al aeropuerto de Kastrup a las dos de la tarde, puesto que sólo harían transbordo en Frankfurt. Una vez confirmada la reserva del vuelo, comprobó que no era más que la una de la tarde. Se sentó, pues, en una cafetería situada junto a la recepción, donde bebió agua y se tomó un café fortísimo y demasiado dulce. Y, a las dos en punto, su padre se presentó en la recepción, tocado con su sombrero tropical.

Juntos y bajo el calor asfixiante, atravesaron con no poco esfuerzo la explanada de Gizeh. Wallander creyó estar a punto de desmayarse en varias ocasiones. Su padre, por el contrario, parecía no verse afectado por el calor. Ya junto a la Esfinge, el inspector encontró un poco de sombra. El padre comenzó a explicarle cuanto veían y Wallander se dio cuenta de que el anciano poseía un conocimiento profundo sobre el antiguo Egipto y sobre la época en que se construyeron las pirámides y la extraordinaria estatua de la Esfinge.

Cerca de las seis de la tarde, estaban de vuelta en el hotel. Puesto que el inspector debía partir temprano a la mañana siguiente, resolvieron que lo mejor sería cenar en uno de los diversos restaurantes que albergaba el recinto del hotel. A instancias de su padre, reservaron mesa en uno hindú. Wallander pensó que nunca, o en contadísimas ocasiones, había degustado una cena tan exquisita. El padre hizo gala de un talante amable durante toda la cena y Wallander se quedó tranquilo al comprender que el hombre había abandonado ya toda intención de nuevas tentativas de escalada.

A eso de las once se dieron las buenas noches. Wallander abandonaría el hotel a las seis de la mañana.

—Desde luego, vendré a despedirte —prometió el padre.

—No lo hagas —rechazó Wallander—. Ni tú ni yo tenemos debilidad por las despedidas.

—Gracias por venir. Creo que tenías razón, que no habría sido fácil pasar dos años en la cárcel sin poder pintar —admitió el anciano.

—Bueno, bueno. Tú procura volver a casa el 21 y olvidaremos todo lo demás —repuso Wallander.

—La próxima vez, nos vamos a Italia —auguró el padre antes de partir camino de su habitación.

Aquella noche Wallander disfrutó de un sueño profundo y, a las seis de la mañana, ya estaba sentado en el taxi camino del aeropuerto. Pasó por delante del Nilo por sexta y, esperaba, última vez. El avión despegó a la hora prevista y aterrizó en el aeropuerto de Kastrup según el horario. Tomó un taxi que lo condujo hasta los transbordadores y, a las cuatro menos cuarto, ya estaba en Malmö. Con paso presuroso se dirigió a la estación, donde llegó justo a tiempo de tomar el tren a Ystad. Se encaminó a su apartamento de la calle de

Mariagatan, se cambió de ropa y cruzó las puertas de la comisaría a las seis y media. La puerta ya estaba reparada. «Björk sabe a qué dar prioridad», ironizó con amargura. Los despachos de Martinson y de Svedberg estaban vacíos, pero Hanson se encontraba en su puesto. Wallander le ofreció un resumen de su viaje pero, antes, preguntó por el estado de Rydberg.

—Pues parece que vendrá mañana —explicó Hanson—. Al menos, eso es lo que le dijeron a Martinson.

Wallander experimentó una inmediata sensación de alivio. No había sido, a todas luces, tan grave como temían.

—Y ¿por aquí, qué tal? ¿Y la investigación? —inquirió después.

—Pues se ha producido otro suceso significativo —reveló Hanson—. Aunque está más bien relacionado con el avión que se estrelló.

—¡Ajá! ¿Qué pasó?

—Encontramos a Yngve Leonard Holm asesinado en los bosques que se extienden a las afueras de Sjöbo.

Wallander tomó asiento.

—Pero eso no es todo —añadió Hanson—. No sólo fue asesinado. Sino que murió de un disparo en la nuca, exactamente igual que las hermanas Eberhardsson.

Decididamente, no se esperaba algo como aquello, que surgiese una conexión entre el avión siniestrado y las dos mujeres que hallaron asesinadas entre los restos de un incendio devastador.

Con la mirada clavada en Hanson, se preguntó: «¿Qué significa esto? ¿Cómo interpretar lo que Hanson acaba de revelarme?».

De repente, el viaje a El Cairo se le antojó muy lejano.

9

A las diez de la mañana del 19 de diciembre, Wallander llamó al banco para preguntar si sería posible ampliar el crédito en otras veinte mil coronas. Para justificar dicho incremento, urdió la mentira de que había entendido mal el precio del coche que tenía intención de comprar. El empleado del banco le aseguró que no habría inconveniente alguno. Wallander podía acudir a sus oficinas y firmar los nuevos documentos y recoger el dinero aquel mismo día. Una vez que hubo colgado el auricular, llamó a Arne, el encargado del negocio de coches usados que le vendería su nuevo coche, y acordaron que éste acudiría a la calle de Mariagatan a la una de la tarde con su nuevo Peugeot. Además, el mecánico intentaría infundir algo de vida en el viejo o llevarlo a su taller con ayuda de una grúa.

Wallander realizó estas dos llamadas inmediatamente después de concluir la reunión matinal, que se había prolongado durante dos horas, desde las ocho menos cuarto. Sin embargo, el inspector había llegado a la comisaría mucho antes, a las siete de la mañana. La noche anterior, cuando supo que Yngve Leonard Holm había sido hallado muerto y que cabía la posibilidad de establecer una conexión entre éste y las hermanas Eberhardsson o, al menos, el asesino de las dos ancianas, se puso en marcha enseguida y estuvo casi una hora con Hanson, hasta que se puso al corriente de los nuevos hechos y datos de que disponían. Después lo invadió un cansancio repentino, de modo que se marchó a casa y se tumbó en la cama para descansar un rato antes de desvestirse, pero el sueño lo venció enseguida y durmió toda la noche sin interrupción. Cuando se despertó a las cinco y media de la mañana, se sentía totalmente repuesto y descansado. Permaneció tumbado unos minutos, evocando el viaje a El Cairo, que no era ya más que un lejano recuerdo.

Al entrar en la comisaría, se encontró con que Rydberg ya había llegado. Se sentaron en el comedor, donde algunos de los agentes que salían de la guardia nocturna bostezaban agotados. Sentado frente a Wallander, Rydberg se tomó un té con tostadas.

—Creo que has estado en Egipto —comentó Rydberg—. ¿Cómo son las pirámides?

—Altas —repuso Wallander conciso—. Y extraordinarias.

—¿Y qué tal tu padre?

—Pues estuvo a punto de dar con sus huesos en la cárcel, pero logré salvarlo previo pago de una multa de casi diez mil coronas.

Rydberg soltó una carcajada.

—Mi padre era comerciante de caballos —explicó el colega—. ¿Te lo he contado ya?

—No, jamás me has contado nada de tus padres.

—Pues sí. Vendía caballos por las ferias, les miraba los dientes y, según dicen, era un demonio a la hora de inflar los precios. Además, ese dicho sobre la cartera de los comerciantes de caballos es totalmente cierto, ¿sabes? Mi padre la tenía siempre a reventar de billetes de mil. Lo que no sé es si tenía la más remota idea de que las pirámides estuviesen en Egipto. Y menos aún que supiese que la capital del país es El Cairo. Era totalmente inculto. Sólo sabía de una cosa: de caballos. Y tal vez también de mujeres. A mi madre la traía loca con sus aventuras.

—Bueno, uno tiene los padres que le tocan —sentenció Wallander—. ¿Cómo te encuentras?

—Algo no anda bien —declaró Rydberg con convicción—. Uno no se viene abajo así por un simple reuma. Algo no va bien, te lo digo yo. Aunque no sé qué será. Y justo ahora, cuando lo que más me interesa es el asunto de que hallasen a Holm con un tiro en la nuca...

—Sí, Hanson me lo contó ayer.

Rydberg apartó la taza vacía.

—Ni que decir tiene que sería absolutamente fascinante si resultase que las hermanas Eberhardsson estaban involucradas en negocios de narcotráfico. En ese caso, las mercerías suecas sufrirían un auténtico golpe mortal. ¡Fuera bordados, venga la heroína!

—Sí, claro, yo también lo he pensado —confesó Wallander al tiempo que se ponía en pie—. Nos vemos en un minuto.

Mientras se dirigía a su despacho, el inspector pensó que, de no estar convencido de que algo no marchaba bien, Rydberg jamás se habría pronunciado tan abiertamente sobre su estado de salud. La sola idea inquietaba a Wallander.

Hasta las ocho menos cuarto se dedicó a revisar una serie de informes que le habían dejado sobre el escritorio mientras estuvo fuera. A Linda la había llamado desde casa el día anterior, nada más dejar la maleta. La muchacha le prometió que iría al aeropuerto de Kastrup a recoger a su abuelo y que se encargaría de que llegase a Löderup sano y salvo. Wallander no se había atrevido a creer que le concederían la ampliación del préstamo, con lo que no osó comprometerse a ir a buscarlo él mismo a Malmö, pues no estaba seguro de disponer de un nuevo coche para entonces.

Entre todos los documentos, halló una nota en la que se le informaba de que Sten Widén lo había llamado, al igual que su hermana. Conservó esas dos notas y siguió revisando. Asimismo, lo había llamado desde Kristianstad su colega Göran Boman, un policía con el que se veía de vez en cuando y al que había conocido en alguno de los sempiternos y recurrentes seminarios de la Dirección Nacional de la policía. También guardó la nota correspondiente a aquella llamada, pero aplastó el resto de los avisos en la papelera.

La reunión se abrió con una breve relación ofrecida por Wallander de sus aventuras en El Cairo, en la que no dejó de mencionar al solícito colega llamado Radwan. Acto seguido, estalló una discusión acerca de cuándo se suprimió la pena de muerte en Suecia. A decir de Svedberg, había habido ejecuciones hasta los años treinta, lo que Martinson rechazó de plano arguyendo que no se había producido ninguna ejecución en el país desde que decapitaran a Anna Månsdotter* en la prisión de Kristianstad allá por 1890. La disputa terminó con una llamada de Hanson a un reportero criminalista de Estocolmo con el que compartía el interés por las apuestas en las carreras de caballos.

—1910 —declaró Hanson una vez hubo colgado el auricular—. En ese año se utilizó la guillotina por primera y última vez en Suecia, contra un hombre llamado Ander.

—Pero ¿no fue ése el que emprendió un viaje en globo al Polo Norte? —objetó Martinson.

—No, ése se llamaba Andrée** —intervino Wallander.

Con esto se acabó la discusión. Rydberg había permanecido en silencio todo el tiempo. Wallander tenía la impresión de que estaba como ausente.

Tras la digresión, pasaron a hablar de Holm, que constituía un caso límite desde el punto de vista administrativo.

---

* Última mujer ejecutada en Suecia. Para acallar los rumores de sus relaciones incestuosas con su hijo, Per Nilsson, Anna Månsdotter obligó al joven a contraer matrimonio con Hanna Johansdotter, de veintidós años, a la que, cegada por los celos, terminó ahorcando la noche del 27 de marzo de 1889. Inducido por su madre, Per Nilsson se declaró culpable en un primer momento, pero Anna Månsdotter reconoció ante el tribunal tanto su autoría del asesinato como el incesto continuado cometido con su hijo (que no cesó durante los cinco años de matrimonio de los jóvenes), crímenes por los que fue decapitada en 1890. (*N. de la T.*)

** Salomon Auguste Andrée (1854-1897). Explorador y pionero sueco que se convirtió en leyenda a raíz de su última expedición al Polo Norte, realizada a bordo de un globo aerostático en 1897, cuyo trágico final no se conoció hasta tres décadas más tarde. (*N. de la T.*)

En efecto, el cuerpo había sido hallado en el distrito policial de Sjöbo, pero tan sólo a unos cien metros de la zona de la vía de servicio donde comenzaba el distrito policial de Ystad.

—Los colegas de Sjöbo nos lo ceden encantados —aseguró Martinson—. Si hacemos un traslado simbólico del cadáver al otro lado de la vía de servicio, será nuestro. Sobre todo, si tenemos en cuenta que Holm ya tenía algo pendiente con nosotros.

Wallander pidió los datos horarios, información de la que disponía Martinson: Holm había desaparecido el mismo día en que se estrelló el avión, después del interrogatorio de la policía. Mientras Wallander estaba en El Cairo, un hombre que paseaba por el bosque se había topado con el cadáver, en el extremo de un sendero y rodeado de huellas de ruedas de vehículo. Sin embargo, Holm conservaba la cartera completa, de modo que no se trataba de un asalto por robo. La policía no tenía ninguna otra observación de interés que hacer. La zona estaba, por lo demás, desierta.

Martinson acababa de finalizar su relato cuando la puerta de la sala se abrió, dejando ver la cabeza de un agente que anunció que habían recibido un mensaje de la Interpol. Martinson salió para ir a buscarlo y, mientras tanto, Svedberg les describió la energía derrochada por Björk para hacer que reparasen la puerta de la comisaría.

Finalmente, regresó Martinson.

—Uno de los pilotos ha sido identificado —reveló—. Pedro Espinosa, de treinta y tres años. Nacido en Madrid. Huésped de las cárceles españolas por fraude y de las francesas por contrabando.

—El contrabando nos cuadra a la perfección —apuntó Wallander.

—Cierto, pero hay un detalle más que nos interesa —observó Martinson—. Su última residencia conocida está en Marbella, donde las hermanas Eberhardsson tenían su mansión.

Se hizo el silencio en la sala. Wallander no albergaba la menor duda de que podía tratarse de coincidencias fortuitas. Una casa en Marbella y un piloto cuyo avión se estrella y que, por casualidad, vivía también en aquella localidad española. Pero, en su fuero interno, sabía que estaban a punto de detectar una conexión apabullante. Ignoraba cuál sería su significado, pero, en cualquier caso, ya podían empezar a indagar en un sentido concreto.

—La identidad del otro tripulante sigue siendo desconocida —prosiguió Martinson—. Pero continúan investigando.

Wallander miró los rostros de sus colegas.

—Necesitamos la colaboración de la policía española —advirtió—. Si están tan dispuestos a cooperar como Radwan en El Cairo, no tardarán mucho en poder inspeccionar la casa de las hermanas Eberhardsson. Deberán buscar cajas fuertes, narcóticos... Y averiguar cuál era el círculo de amistades de las hermanas en la costa española. Es una información que necesitamos con la mayor brevedad posible.

—¿No crees que alguno de nosotros debería viajar hasta allí? —inquirió Hanson.

—Aún no. Para tomar el sol, te esperas al verano.

Revisaron una vez más todo el material y distribuyeron las diversas tareas pendientes. Ante todo, debían concentrarse en la persona de Yngve Leonard Holm. Wallander notó que el grupo de investigación empezaba a trabajar a un ritmo más acelerado. A las diez menos cuarto dieron por concluida la reunión. Hanson le recordó a Wallander que el día 21 de diciembre se celebraría la tradicional cena navideña de la policía en el hotel Continental. Wallander se esforzó por dar con una buena excusa para no asistir, pero sin éxito.

Una vez que hubo realizado las llamadas telefónicas que tenía pendientes, dejó descolgado el auricular y cerró la puerta del despacho. Muy despacio, comenzó a retomar punto por punto el material de que hasta entonces disponían tanto en torno al avión siniestrado como a Yngve Leonard

Holm y las dos hermanas Eberhardsson. Así, dibujó en su bloc escolar un triángulo, cada uno de cuyos ángulos representaba uno de los tres componentes del caso. «Cinco muertos», recapituló para sí. «Dos pilotos, uno de ellos de origen español, en un avión que podemos calificar literalmente como un "holandés errante", puesto que se supone que quedó declarado siniestro total y fue entregado a la chatarra tras un accidente acontecido en Laos. Un avión que, durante la noche y en secreto, sobrevuela la frontera sueca, gira al sur de Sjöbo y se estrella junto a Mossby Strand. Hay testigos oculares de la proyección de unos potentes focos sobre el terreno, lo que puede indicar que el avión dejó caer algún paquete.

»Ése es el primer ángulo.

»El segundo, dos hermanas que se dedican a su negocio de mercería en Ystad. Aparecen asesinadas de un tiro en la nuca y su casa se desvanece pasto de las llamas. Resulta que son dos señoras adineradas, que tienen una caja fuerte incrustada en los cimientos de la casa y una propiedad inmobiliaria en España. Es decir, que este ángulo lo constituyen dos hermanas que llevaban una doble vida.»

En este punto del razonamiento, Wallander trazó una línea entre Pedro Espinosa y las hermanas Eberhardsson, pues había entre ellos una conexión: Marbella.

En el tercer ángulo se hallaba Yngve Leonard Holm, que había sido ejecutado en un sendero del bosque a las afueras de Sjöbo. De él sabían que era un notorio traficante de drogas que había desarrollado hasta la perfección la capacidad de borrar sus huellas.

«Sin embargo, alguien le dio caza a las afueras de Sjöbo», precisó Wallander para sí.

Se levantó de la mesa y contempló su triángulo. ¿Qué podía revelarle aquel esquema? Reflexivo, dibujó un punto en el centro de la figura geométrica. «Un núcleo», se dijo. «La eterna pregunta de Hemberg y Rydberg: ¿dónde está el núcleo, el punto central?» Sin dejar de observar su dibujo, de pronto cayó en la cuenta de que aquello que acababa de plasmar sobre el papel bien podía parecer una pirámide. La base de las pirámides era un cuadrado, pero, en la distancia, podían confundirse con un triángulo.

Volvió a sentarse. *Cuanto tengo ante mis ojos no apunta, en realidad, más que a una sola idea: aquí ha sucedido algo que ha alterado un modelo. Lo más verosímil es que el avión que se estrelló constituya el punto de partida. Con ello, se provocó una reacción en cadena que desembocó en tres asesinatos, tres ejecuciones.*

Tras la síntesis, comenzó de nuevo desde el principio. La idea de la pirámide no le daba tregua a su mente. ¿No estarían ante un episodio de una curiosa lucha por el poder en la que las hermanas Eberhardsson, Yngve Leonard Holm y el avión simbolizaban los ángulos del triángulo, pero en la que debía existir un núcleo, para ellos desconocido?

De forma paulatina y metódica fue desbrozando cada uno de los datos con que contaban. De vez en cuando anotaba una pregunta, una sugerencia. Sin que él se percatase de ello, dieron las doce del mediodía. Dejó el bolígrafo, tomó la cazadora y bajó al banco. Estaban a pocos grados sobre cero y caía una fina llovizna. Ya en el banco, firmó el nuevo contrato y retiró otras veinte mil coronas. En aquel momento, no quería ni pensar en la importante suma de dinero que había gastado en Egipto. Lo de la multa era distinto. Pero lo que corroía y hería lo más recóndito de su tacaño ser era el precio del billete de avión. Por otro lado, no abrigaba la menor esperanza de que su hermana estuviese dispuesta a compartir el gasto.

A la una en punto llegó el vendedor de coches con su nuevo Peugeot. El viejo se negó a arrancar, pero Wallander no podía esperar a que llegase la grúa, así que se dio una vuelta en su nuevo vehículo, de color azul marino. El interior estaba desgastado y olía a tabaco, pero el motor emitía un sonido excelente. Y eso era lo más importante. Salió a la carretera en dirección a Hedeskoga y, a punto estaba ya de dar la vuelta, cuando decidió continuar. En efecto, iba camino de Sjöbo y, puesto que Martinson les había explicado con todo lujo de detalles el lugar exacto en que fue hallado el cuerpo de Holm, sintió deseos de verlo y, tal vez, de visitar la casa en la que había vivido la víctima.

El lugar donde había sido hallado el cadáver seguía acordonado, aunque ya habían retirado la vigilancia policial. Wallander salió del coche. Un inmenso silencio lo rodeó al punto. Pasó por encima del cordón policial y miró a su alrededor. Sin lugar a dudas, si uno tenía planes de matar a alguien, no podía elegir escenario más idóneo. Intentó imaginarse el curso de los acontecimientos. Holm habría llegado allí en compañía de alguien. Según Martinson, no había huellas más que de un coche.

«Un trato», imaginó Wallander. «Una entrega, un pago. Después, se presenta un imprevisto, algo sucede, Holm recibe un disparo en la nuca y, antes de tocar el suelo, ya está muerto. La persona que ha perpetrado el crimen desaparece sin dejar huella.»

«Es un hombre», prosiguió razonando. «O varios. El mismo o los mismos que, días antes, habían asesinado a las hermanas Eberhardsson.»

De repente lo embargó la sensación de que se había aproximado a algo crucial. Otra conexión se presentaba desdibujada, un punto de unión que él debería descubrir con sólo esforzarse un poco. Le parecía evidente que tras todo aquello se ocultaba un asunto de tráfico de drogas. Por más que, hasta el momento, le resultaba difícil digerir la idea de que dos hermanas ancianas, dueñas de una mercería, pudiesen estar involucradas en semejante negocio. Sin embargo, Rydberg tenía razón. Su primer comentario, sus alusiones a qué era lo que en realidad sabían de las dos hermanas, hallaba poco a poco su justificación.

Wallander salió del sendero del bosque y volvió al coche para continuar su marcha. Tenía el plano de Martinson grabado en la memoria. En la gran rotonda situada al sur de Sjöbo debía girar a la derecha. Después, tomaría la segunda salida a la izquierda, que desembocaba en una carretera de gravilla. La casa que buscaba era la última de la derecha, con un granero de color rojo junto al camino. Allí estaba, en efecto, el buzón azul desvencijado. Los coches para el chatarrero y el tractor oxidado en un cercado junto al granero. El perro ladrador, de raza indefinida, en un amplio jardín. No tuvo la menor dificultad en dar con la casa. Antes de abrir siquiera la puerta del coche, oyó los ladridos del perro. Salió del vehículo y entró en el jardín. La pintura de la vivienda había empezado a caerse y los canalones pendían del tejado en varios trozos. El perro ladraba desesperado sin dejar de arañar la verja. Wallander se preguntó inquieto qué sucedería si la portezuela cediese y el perro quedase libre. Se dirigió hasta la puerta y llamó al timbre, pero vio enseguida que los cables de la corriente estaban sueltos. Dio, pues, unos toquecitos y aguardó. Finalmente, aporreó la puerta con tanto ímpetu que ésta cedió. Preguntó a gritos si había alguien en casa, pero seguía sin obtener respuesta. «No debería entrar», se recriminó. «Si lo hago, estaré contraviniendo toda una serie de normas que no sólo afectan a los agentes de policía, sino a todos y cada uno de los ciudadanos civiles.» Concluida la exposición mental de su advertencia, empujó la puerta y entró en la vivienda. Los colores del papel de la pared estaban desvaídos, olía a cerrado y a sucio y reinaba el más absoluto desorden. Los sofás estaban rotos y los colchones por los suelos. En cambio, había un televisor de pantalla de gran formato y un vídeo último modelo, así como un reproductor de discos compactos con grandes altavoces. Volvió a gritar al aire su pregunta, pero nadie respondió. En la cocina, el caos era indescriptible. Una torre inestable de platos sucios se erguía desde el fondo del fregadero y, esparcidas por el suelo, se veían infinidad de bolsas de papel y de plástico y de cajas de pizza vacías, hacia las que se dirigían hileras de hormigas con puntos de partida muy diversos.

Un ratón pasó como un rayo hacia un rincón. El olor a humedad era insoportable. Wallander prosiguió su inspección, para detenerse ante una puerta donde, escrito con espray, se leía: «El templo de Yngve». Empujó la puerta y comprobó que había una cama en excelente estado con tan sólo la sábana bajera y un edredón. El resto del mobiliario de aquella dependencia lo constituían un escritorio y dos sillas. Sobre el alféizar de la ventana había un aparato de radio y, de la pared, colgaba un reloj cuyas agujas se habían detenido en las siete menos diez. Allí vivió, pues, Yngve Leonard Holm. A pesar de que, por otro lado, se había hecho construir una mansión en el centro de Ystad. En el suelo de la habitación estaba la parte superior del chándal que Holm llevaba cuando Wallander lo interrogó. El inspector se sentó con cautela en el borde de la cama, temeroso de que las patas cediesen bajo su peso, y echó una ojeada a su alrededor. «Aquí vivía una persona que se ganaba la vida abocando a otros seres humanos a distintas formas de infiernos relacionados con las drogas.» Movió la cabeza en gesto displicente y se agachó para mirar debajo de la cama, donde no halló más que gruesas bolas de pelusas, una zapatilla sin su pareja y unas revistas pornográficas. Se puso en pie y abrió los cajones del escritorio, llenos de más revistas ilustradas con fotografías de mujeres desnudas y despatarradas, algunas de ellas aterradoramente jóvenes. Ropa interior, comprimidos analgésicos, tiritas...

El cajón siguiente. Un viejo soplete, de esos que se utilizaban para poner en marcha el motor de las pequeñas embarcaciones pesqueras. En el último cajón, halló un montón de papeles formando un desordenado revoltijo, entre los que distinguió algunas calificaciones escolares. Wallander comprobó que Holm sólo había obtenido buenas notas en aquella asignatura que también era su favorita, la geografía. Por lo demás, había ido aprobando por los pelos. Algunas fotografías del propio Holm en un bar, con sendas cervezas en las manos y visiblemente borracho; los ojos enrojecidos. Otra de Holm desnudo en una playa mirando fijamente a la cámara con una amplia sonrisa bobalicona. Después, una fotografía antigua en blanco y negro, de un hombre y una mujer junto a un sendero. Wallander le dio la vuelta para ver el reverso, donde se distinguía la leyenda «Båstad, 1937». «Podrían ser los padres de Holm», aventuró.

Siguió rebuscando entre los papeles y se detuvo en un billete de avión usado que se llevó hasta la ventana. «Copenhague-Marbella, ida y vuelta, el 12 de agosto de 1989. Regreso el 17.» Cinco días en España, por tanto, y no en vuelo chárter, precisamente. Ignoraba si el código correspondía a clase económica o a primera clase. Se guardó el billete en el bolsillo y cerró el cajón tras varios minutos de búsqueda infructuosa. En el armario no halló nada que le llamase la atención, salvo el desorden inefable que allí reinaba. Wallander se sentó de nuevo sobre el borde de la cama mientras se preguntaba qué clase de personas serían los demás habitantes de la casa. Regresó a la sala de estar. Al ver el teléfono que había sobre la mesa, decidió utilizarlo para llamar a la comisaría, donde habló con Ebba.

—¿Dónde estás? —inquirió la recepcionista—. Aquí preguntan por ti.

—¿Y quién pregunta por mí?

—Bueno, ya sabes. Basta que no estés para que todos quieran hablar contigo.

—Está bien, ya voy —aseguró Wallander.

Antes de colgar, le pidió que le buscase el número de teléfono de la agencia de viajes en la que trabajaba Anette Bengtsson. Lo retuvo en su memoria, concluyó la conversación con Ebba y llamó a la agencia. Fue la otra chica quien atendió la llamada, de modo que le pidió que lo pasase con Anette. Transcurridos unos minutos, oyó la voz de la joven. Cuando Wallander se presentó, la joven preguntó enseguida:

—¡Ah! ¿Qué tal ha ido el viaje a El Cairo?

—Bien. Las pirámides eran muy altas y curiosas. Además, hacía calor.

—Deberías haberte quedado más tiempo.

—Bueno, otra vez será.

Tras la charla inicial, pasó a la cuestión que había motivado su llamada: el inspector quería saber si Anna o Emilia Eberhardsson habían estado en España entre el 12 y el 17 de agosto.

—Me llevará un rato averiguarlo —le advirtió ella.

—No importa, esperaré —afirmó Wallander.

La joven dejó el auricular dispuesta a buscar la información solicitada. Entretanto, Wallander volvió a divisar un ratón, aunque fue incapaz de determinar si se trataba del mismo roedor que la primera vez. «Se acerca el invierno», concluyó. «Y los ratones buscan el calor de los hogares.» Al cabo de unos minutos, Anette volvió al aparato.

—Veamos. Anna Eberhardsson viajó el 10 de agosto y no regresó hasta primeros de septiembre —aseguró.

—Gracias por tu colaboración —repuso Wallander—. Me gustaría que me facilitases una lista de los viajes realizados por las dos hermanas este último año.

—¿Y eso por qué?

—Para la investigación policial —replicó escueto—. Pasaré a recogerla mañana.

La joven prometió que la tendría a punto. Tras despedirse, Wallander colgó el auricular mientras pensaba que, de haber sido veinte años más joven, se habría enamorado de ella. Pero, a su edad, no tendría sentido. Ella reaccionaría con repulsión a cualquier tentativa de acercamiento por su parte. Salió de la casa mientras distribuía su capacidad de pensar entre Holm y Emma Lundin. Después, la figura de Anette Bengtsson volvió a su mente. En realidad, no podía afirmar de forma categórica que la joven se lo tomase a mal. Aunque lo más probable era que ella ya tuviese novio, claro. Sin embargo, no recordaba haber visto que llevase ningún anillo en la mano izquierda.

El perro ladraba como poseído. Wallander se acercó a la caseta y le lanzó un rugido tal que el animal enmudeció. Pero, tan pronto como se dio media vuelta y echó a andar, el perro empezó a ladrar de nuevo. «La verdad es que debería estar contento de que Linda no viva en una casa como ésta», se dijo. «¿Cuántos de los ingenuos ciudadanos de Suecia saben de la existencia de ambientes de esta índole, entre brumas, desgracias y miserias constantes? Se sentó en el coche y se marchó de allí, no sin antes abrir el buzón, donde halló una carta; la abrió y comprobó que era una reclamación de pago de una empresa de alquiler de coches. Wallander se la guardó en el bolsillo.

Cuando regresó a la comisaría, habían dado ya las cuatro de la tarde. Martinson le había dejado una nota sobre el escritorio. Wallander fue a su despacho y lo encontró ocupado al teléfono. Al ver al inspector en el umbral, dijo que volvería a llamar más tarde, de lo que Wallander dedujo que estaría hablando con su mujer. Martinson colgó el auricular y le explicó:

—La policía española está inspeccionando la casa de Marbella. He estado en contacto con un agente llamado Fernando López. Su inglés es excelente y me dio la impresión de que era un mando.

Wallander, por su parte, le refirió su excursión y la conversación mantenida con Anette Bengtsson. Al ver los billetes, Martinson exclamó:

—¡Hija de su madre! ¡Si viajaba en primera clase!

—Claro, y ahora tenemos otro punto de apoyo: nadie puede decir que esto sea una casualidad, ¿no crees?

El inspector expuso esta misma idea en la breve reunión que celebraron a las cinco de la tarde. Per Åkeson también asistió, si bien no se pronunció en ningún momento. «Es como si ya lo hubiese dejado», se dijo Wallander. «Está aquí, pero su mente ya ha empezado a disfrutar de su excedencia.»

Disuelta la reunión, volvieron a sus respectivos cometidos. Wallander llamó a Linda y le comunicó que ya tenía coche, de modo que podía recoger al abuelo en Malmö. Poco antes de las siete, se marchó a casa. Emma Lundin llamó por teléfono y, en esta ocasión, Wallander aceptó su visita. La mujer se quedó, como de costumbre, hasta poco después de medianoche. Wallander pensaba en Anette Bengtsson.

Al día siguiente, visitó de nuevo la agencia de viajes para recoger la información que había solicitado. El establecimiento estaba lleno de clientes deseosos de conseguir un billete de último minuto para las vacaciones de Navidad. De buena gana se habría quedado un rato más hablando con la joven, pero aquella mañana estaba muy ocupada. Cuando salió de la agencia, se detuvo un instante ante la vieja mercería. El lugar del siniestro aparecía limpio de escombros. Se encaminó, pues, en dirección al centro. De repente, cayó en la cuenta de que faltaba menos de una semana para la Navidad. Sería la primera que pasaría como hombre separado.

Aquel día no les trajo ningún acontecimiento que les permitiese avanzar en la investigación. Wallander cavilaba sobre su pirámide, a la que añadió una única aportación: una gruesa línea que unía a Anna Eberhardsson con Yngve Leonard Holm.

Al día siguiente, el 21 de diciembre, Wallander partió hacia Malmö para recoger a su padre. Cuando lo vio salir de la terminal de transbordadores, sintió un alivio inenarrable. Pusieron rumbo a Löderup mientras el anciano parloteaba sin cesar sobre lo bien que le había ido en su viaje. Sin embargo, no hizo alusión alguna a su estancia en la cárcel ni al hecho de que también Wallander hubiese estado en El Cairo.

Por la noche Wallander acudió a la cena de Navidad de la policía, si bien evitó sentarse a la misma mesa que Björk. No obstante, no pudo por menos de admitir que el discurso de su jefe había sido muy acertado. En efecto, el comisario jefe se había tomado la molestia de indagar en la historia de la policía de Ystad y animó la velada con una exposición tan divertida como interesante, que hizo reír a Wallander en varias ocasiones. Björk era, sin lugar a dudas, un conferenciante muy dotado.

Cuando llegó a casa, estaba borracho. Antes de caer vencido por el sueño, volvió a recrear la figura de Anette Bengtsson y, en ese mismo instante, decidió que dejaría de pensar en ella.

El 22 de diciembre revisaron una vez más el estado de la investigación. No se había producido ningún acontecimiento digno de interés. La policía española tampoco había hallado nada revelador en la mansión de las hermanas: ninguna caja fuerte secreta, nada de nada; y seguían esperando que el tripulante de más edad fuese identificado por los forenses.

Pasado el mediodía, Wallander fue a comprarse un regalo de Navidad: una radio para el coche que logró montar él mismo.

El 23 de diciembre elaboró una síntesis más exhaustiva del caso. Nyberg los informó de que Holm había sido asesinado con la misma arma que las hermanas Eberhardsson, aunque seguían sin tener rastro de ella. Wallander trazó nuevas líneas en su esquema: la red de relaciones crecía, pero en la cima aún reinaba el más absoluto vacío.

Habían decidido no detener la investigación durante los días de Navidad, aunque bien sabía Wallander que no trabajarían a pleno rendimiento, también por el hecho ineludible de que les costaría más trabajo localizar a la gente y realizar las entrevistas necesarias para obtener la información que buscaban.

La tarde de la Nochebuena se presentó lluviosa. Wallander fue a recoger a Linda a la estación y ambos partieron hacia Löderup. La muchacha le había comprado al abuelo una bufanda nueva, en tanto que Wallander lo obsequió con una botella de coñac. Linda y Wallander prepararon la cena de Nochebuena mientras el padre, sentado a la mesa, los ame-

455

nizaba hablándoles de las pirámides. La velada resultó un éxito, sobre todo gracias a la excelente relación de Linda con su abuelo. Wallander se sintió, a ratos, fuera de lugar, pero no lo lamentaba. De vez en cuando, le venía a la memoria el recuerdo de las hermanas muertas, de Holm y del avión que se había estrellado en la plantación.

De vuelta en Ystad y ya en el apartamento, Wallander y Linda estuvieron despiertos, charlando, hasta muy tarde. El inspector durmió hasta bien entrada la mañana. Siempre descansaba bien cuando Linda estaba en casa. El día de Navidad se presentó frío y muy claro. Dieron un largo paseo por Sandskogen y ella le contó sus planes. Wallander le prometió que, como regalo de Navidad, él pagaría parte de los gastos, en la medida de sus posibilidades, para que pudiese realizar sus prácticas en Francia. Por la noche, el inspector acompañó a su hija a la estación de ferrocarril. Se había ofrecido a llevarla hasta Malmö, pero ella aseguró que prefería tomar el tren. Wallander se sintió muy solo aquella noche. Vio una película antigua en la televisión y escuchó *Rigoletto*. Después pensó que debería haber llamado a Rydberg para desearle feliz Navidad, pero ya era demasiado tarde.

Cuando, a la mañana siguiente, poco después de las siete, Wallander se asomó a la ventana de la cocina, el aguanieve caía sobre Ystad. De repente, se le vino a la memoria el cálido aire nocturno de El Cairo y se dijo que no debía olvidarse de darle las gracias a Radwan por su ayuda, de modo que lo anotó en el bloc de notas que tenía sobre la mesa de la cocina. Aquella mañana se preparó, para variar, un auténtico desayuno.

Y no llegó a la comisaría hasta cerca de las nueve de la mañana. Estuvo charlando con algunos agentes que habían estado de guardia aquella noche: aquel año, la Navidad había discurrido en Ystad con una tranquilidad inusual. Cierto que la Nochebuena había traído consigo la habitual serie de disputas familiares, pero nada verdaderamente grave. Wallander cruzó el pasillo desierto hasta llegar a su despacho.

Iba dispuesto a retomar en serio la investigación de los asesinatos. Aún pensaba en ellos como en casos distintos, por más que estuviese convencido de que el asesino de las hermanas Eberhardsson y de Holm era la misma persona. No se trataba sólo de la misma arma y la misma mano, no. También el móvil era uno y común a las tres muertes. Fue al comedor por un café y se aplicó sobre sus notas. La pirámide sobre su base. En el centro del triángulo, plasmó un gran signo de interrogación que representaba la cima: el lugar hacia donde su padre se había esforzado por llegar; el mismo punto que él debía alcanzar ahora.

Tras más de dos horas de profundo cavilar, no le cabía ya la menor duda; debían dar con un eslabón perdido; un modelo, quizás una organización, se había desarticulado cuando se estrelló el avión. Con ello, una o varias personas cuya identidad aún desconocían habían salido de las sombras y habían empezado a actuar. Habían asesinado a tres personas.

«Silencio», concretó de pronto. «Tal vez sea ésa la causa de todo. Una información que ha de permanecer oculta. Los muertos no hablan.»

Sí, sin duda, podía ser aquélla la solución. Pero también podía ser otra muy distinta.

Se colocó junto a la ventana. La nieve caía ahora con más intensidad.

«Esto nos llevará mucho tiempo», resolvió.

«Será lo primero que diga en nuestra próxima reunión.

»Hemos de tenerlo claro: nos llevará mucho tiempo resolver este caso.»

10

La noche del 26 de diciembre Wallander tuvo una pesadilla. En efecto, se vio a sí mismo de vuelta en El Cairo, en la sala del tribunal. Radwan no estaba a su lado, pero, por razones que se le ocultaban, era capaz de comprender cuanto decían tanto el fiscal como el juez. Su padre estaba allí sentado y esposado y Wallander oyó con horror que lo condenaban a muerte, pero, cuando se levantó para protestar, comprobó que nadie lo oía. En aquel punto de la ensoñación, se sacudió en la cama y se obligó a sí mismo a salir del sueño hasta la superficie consciente y, cuando despertó, halló que estaba empapado en sudor. Permaneció así un rato, inmóvil y con la mirada fija en la oscuridad.

El sueño le había transmitido tal inquietud que se levantó y fue a la cocina. La nieve seguía cayendo sin cesar. La farola se mecía despacio al vaivén del viento. Eran las cuatro y media de la madrugada. Se tomó un vaso de agua y estuvo un rato tamborileando con los dedos contra una botella de whisky medio vacía que, no obstante, terminó por dejar a un lado. Pensaba en algo que Linda le había dicho en una ocasión: los sueños eran portadores de mensajes ocultos y, por más que a veces estuviesen protagonizados por otras personas, siempre iban dirigidos al que soñaba. Wallander abrigaba serias dudas acerca de que mereciese la pena intentar interpretar los sueños. En realidad, ¿qué podía significar para él el hecho de haber soñado que su padre era condenado a la pena de muerte? ¿Le habría transmitido aquella ensoñación una sentencia de muerte dirigida contra él mismo? Después, se le ocurrió pensar que aquel sueño bien podía interpretarse como síntoma de la preocupación que sentía por el estado de salud de Rydberg y, tras haberse tomado otro vaso de agua, regresó a la cama.

Sin embargo, no logró conciliar el sueño. Las ideas vagaban por su mente, de Mona a su padre, a Linda, a Rydberg..., para volver al eterno punto de partida: el trabajo; los asesinatos de las hermanas Eberhardsson y de Yngve Leonard Holm; los dos pilotos muertos, español el uno, el otro aún por identificar. Invocó la figura de su dibujo, el triángulo en cuyo centro él había plantado un signo de interrogación. Y pensó, en medio de la noche y la oscuridad, que un triángulo tiene, además, varias piedras angulares.

Así estuvo, pues, tumbado y dando vueltas en la cama hasta que dieron las seis. Entonces se levantó, se preparó un café y un baño. El periódico de la mañana ya había llegado, de modo que localizó las páginas de anuncios de ventas inmobiliarias; pero nada halló que despertase su interés. Después, se llevó el café al cuarto de baño y estuvo hundido en el vapor del agua caliente hasta las seis y media. La sola idea de las inclemencias del tiempo que sufrían lo puso de mal humor: ese eterno chapoteo en el aguanieve... Pero al menos ahora disponía de un vehículo que, esperaba, arrancaría a la primera.

A las siete menos cuarto encendió el contacto del coche. El motor respondió en el acto. Puso rumbo a la comisaría y aparcó tan cerca de la entrada como le fue posible. Después, cruzó a la carrera la nieve fangosa hasta alcanzar la escalera exterior, donde a punto estuvo de resbalar y caer boca arriba. Ya en la recepción, vio a Martinson, ocupado en hojear la revista de la policía. Al ver a Wallander, el colega le hizo una seña a modo de saludo.

—Aquí dice que vamos a mejorar en todo —aseguró en tono amargo—. En especial, hemos de intensificar nuestras relaciones con los ciudadanos.

—¡Vaya! Eso es estupendo, ¿no?

El inspector veía su memoria asaltada por la imagen recurrente de un suceso acontecido en Malmö hacía ya veinte años. En aquella ocasión, una joven lo reprobó públicamente en una cafetería acusándolo de haberla agredido con su porra durante una manifestación en contra de la guerra de Vietnam. Por alguna razón, jamás había podido deshacerse de aquel recuerdo. El hecho de que la muchacha hubiese sido parcialmente culpable de que, más tarde, estuviesen a punto de matarlo de una cuchillada no se le antojaba tan importante. La expresión de su rostro, sin embargo, el desprecio absoluto que reflejaba su mirada, permanecieron indelebles en su mente.

Martinson arrojó la revista sobre la mesa.

—¿Tú no piensas nunca en dejarlo y dedicarte a otra cosa? —quiso saber el colega.

—Todos los días —confesó Wallander—. Pero no sé qué podría hacer, la verdad.

—Tal vez fuese buena idea buscar trabajo en alguna empresa de seguridad privada, ¿no crees? —sugirió Martinson.

A Wallander lo sorprendió el comentario. Él tenía la idea de que Martinson acariciaba el sueño de convertirse algún día en comisario jefe.

Después, le refirió su visita a la casa en la que había vivido Holm. Martinson se quedó preocupado al oír que no había nadie en casa, más que el perro.

—Pues allí viven, como mínimo, dos personas más —sostuvo Martinson—. Una joven de unos veinticinco años a la que nunca vi y un hombre, un tal Rolf, Rolf Nyman, creo. El nombre de la chica no lo recuerdo.

—Pues allí sólo estaba el perro —reiteró Wallander—. Un chucho tan cobarde que empezó a arrastrarse cuando le grité.

Acordaron que no se verían en la sala de reuniones hasta las nueve. Martinson no estaba muy seguro de que Svedberg acudiera a la comisaría, pues había llamado la noche antes para avisar de que padecía un fuerte resfriado y que tenía mucha fiebre.

Wallander se encaminó a su despacho. Como siempre, contó veintitrés pasos desde el principio del pasillo. A veces deseaba que se hubiese producido algún cambio repentino y que el pasillo resultase más largo, o más corto. Pero todo seguía como de costumbre. Se quitó la cazadora y pasó la mano por el respaldo de la silla para retirar unos cabellos que habían quedado allí adheridos. Después se mesó la nuca y la coronilla. A medida que pasaban los años, crecía su preocupación por que llegase el día en que empezase a perder pelo. Entonces oyó el ruido de pasos que se acercaban acelerados por el pasillo. Era Martinson, que corría blandiendo en la mano un papel.

—¡Han identificado al otro piloto! —gritó—. Acaba de llegar de la Interpol.

Wallander dejó de pensar en su cuero cabelludo.

—Ayrton McKenna —leyó Martinson—. Nacido en Rodesia del Sur en 1945. Desde 1964 piloto de helicópteros del Ministerio de Defensa de su país. Condecorado en varias ocasiones durante la década de los sesenta, aunque cabe preguntarse por qué. Tal vez por haber bombardeado a miles de negros, quién sabe.

Wallander tenía una idea muy remota de los acontecimientos desarrollados en las antiguas colonias británicas en África.

—¿Cuál es el nombre actual de Rodesia del Sur..., Zambia?

—No, ése es el nombre de Rodesia del Norte. Rodesia del Sur se llama hoy Zimbabue.

—En fin, mis conocimientos sobre África no son todo lo amplios que debieran —admitió—. Pero ¿qué más dice el teletipo?

Martinson siguió leyendo.

—Después de 1980, Ayrton McKenna se trasladó a Inglaterra. Entre 1983 y 1985 cumplió prisión en Birmingham por tráfico de drogas. A partir de 1985 no hay dato alguno sobre su persona, hasta que, de repente, aparece en Hong Kong en 1987. Allí cae bajo sospecha de complicidad en delitos de tráfico de personas de la República Popular. Se fuga de una cárcel de Hong Kong después de haber asesinado a tiros a dos guardas de seguridad y, desde entonces, pesaba sobre él una orden de búsqueda y captura. Pero la identificación dio positivo: fue él quien se estrelló junto con Espinosa a las afueras de Mossby.

Wallander trató de reflexionar.

—Veamos, ¿qué tenemos? —inquirió como para sí—. A dos sujetos con antecedentes penales y buscados por la justicia, ambos por el delito de contrabando, entre otros. Hallados en un avión que no existe. Sin los debidos permisos, sobrevuelan la frontera sueca durante unos minutos. Y, con toda probabilidad, habían iniciado la salida del país cuando el avión se estrelló. Todo lo cual no nos conduce más que a dos opciones: o bien vinieron a dejar algo, o bien a recogerlo. Puesto que no hay el menor indicio de que el avión aterrizase en ningún lugar, debemos deducir que vinieron a dejar algo, pero ¿qué puede dejarse caer desde un avión? Aparte de una bomba, claro.

—Narcóticos.

Wallander asintió antes de inclinarse hacia delante sobre la mesa.

—¿Sabes si la comisión de siniestros ha iniciado su trabajo de investigación?

—La verdad es que todo va muy despacio, pero nada indica que el avión resultase atacado, si es eso lo que tienes en mente.

—No —desmintió Wallander—. Dos son las cuestiones que me preocupan: si el avión tenía algún depósito suplementario, es decir, qué distancia podría haber recorrido, y si el siniestro fue fruto de un accidente.

—Bueno, si le dispararon, hemos de admitir que fue un accidente.

—Ya, pero existe la posibilidad de que fuera víctima de un sabotaje, aunque admito que puede sonar algo rebuscado.

—Era un aparato viejo —señaló Martinson—. Eso es algo que no debemos olvidar. Lo más probable es que ya estuviese tocado en Vientiane. Y después lo sometieron a nuevas reparaciones. Vamos, que es más que probable que estuviese en pésimas condiciones.

—Y la comisión de siniestros, ¿cuándo piensa empezar a trabajar en serio en el asunto?

—El 28, o sea, mañana. El avión ha sido trasladado a un hangar del aeropuerto de Sturup.

—Pues yo creo que tú deberías estar allí —propuso Wallander—. Lo del depósito suplementario es importante.

—A ver, sería ir demasiado lejos pensar que ese aparato haya podido volar desde España sin paradas intermedias —opinó Martinson.

—Sí, claro. Yo tampoco lo creo. Lo que quiero es saber si pudo despegar desde el otro lado del mar, desde Alemania o de cualquiera de los países bálticos.

Martinson se marchó y Wallander añadió algunas notas en su bloc. Junto al nombre de Espinosa, anotó ahora el de McKenna, algo indeciso sobre la ortografía del apellido.

A las ocho y media, se reunió el grupo de investigación, ligeramente diezmado aquella mañana. En efecto, Svedberg sufría un fuerte resfriado. Nyberg había ido a Eksjö para visitar a su madre, que contaba noventa y seis años de edad. El técnico debería haber estado de vuelta temprano aquella mañana, pero el coche se le estropeó a medio camino, en algún lugar al sur de Växjö. Rydberg presentaba un aspecto estragado por el agotamiento. Y Wallander creyó percibir un ligero aroma a alcohol. Lo más probable era que Rydberg hubiese pasado los días de Navidad bebiendo solo. No habría bebido, desde luego, hasta embriagarse, lo que era bastante infrecuente, pero sí habría estado bebiendo sin cesar, sin prisa pero sin pausa. Hanson se quejó de que había comido demasiado durante las fiestas. En cuanto a Björk y a Per Åkeson, ninguno de los dos se presentó por allí. Wallander observó a los tres hombres que, dispersos en torno a la mesa, tenía sentados frente a sí. «Esta imagen no es, precisamente, la que suele aparecer en las series de televisión», observó en silencio. «En ellas sólo hay policías jóvenes y lozanos, siempre dispuestos a trabajar y en constante actividad. Tal vez Martinson habría encajado en semejante contexto. Por lo demás, este grupo de investigación no es nada modélico, que digamos.»

—Anoche hubo una pelea con navajas —informó Hanson—. Dos hermanos que se liaron con su padre. Todos borrachos, claro. Uno de los hermanos y el padre están en el hospital. Al parecer, se ensañaron los unos contra los otros con herramientas de todo tipo.

—¿Cómo que herramientas? —inquirió Wallander.

—Un martillo, una palanca. Destornilladores, tal vez. Por lo menos el padre tiene heridas de objetos punzantes.

—Ya, bueno. Ya nos ocuparemos de eso cuando tengamos tiempo —atajó Wallander—. Por ahora tenemos encima tres asesinatos. O dos, si simplificamos el de las hermanas.

—Pues yo no acabo de entender por qué Sjöbo no puede hacerse cargo de lo de Holm —observó Hanson enojado.

—Muy sencillo, porque Holm está relacionado con nuestro caso —explicó Wallander, tan enojado como el colega—. Si nos dedicamos a investigar cada uno por nuestro lado, jamás sacaremos nada en claro de este asunto.

Hanson, que estaba de muy mal humor aquella mañana, no parecía dispuesto a claudicar.

—¿Acaso sabemos con certeza que Holm tuviese algo que ver con Eberhardsson?

—No, pero sí conocemos la circunstancia de que fue la misma persona la que los asesinó a los tres. Y a mí me parece que ahí tenemos una conexión con peso suficiente como para unir las investigaciones y dirigirlas desde Ystad.

—¿Y Åkeson? ¿Se ha pronunciado al respecto?

—Sí —respondió Wallander.

Pero Wallander mentía. Per Åkeson no había dicho ni una palabra al respecto; pero el inspector sabía que el fiscal habría estado de acuerdo con él.

Como señal manifiesta de que daba por finalizada la conversación con Hanson, Wallander se dirigió a Rydberg.

—¿Tenemos alguna novedad del mercado de la droga? —inquirió—. ¿Ha habido movimiento en Malmö? ¿Se han alterado los precios, la cantidad de mercancía?

—He estado llamándolos, pero parece que allí no hay un solo agente que trabaje en Navidad —aseguró Rydberg.

—Bien, en ese caso, sigamos con Holm —resolvió Wallander—. Por desgracia, empiezo a sospechar que esta investigación será larga y compleja. Vamos, que tenemos que ahondar. ¿Quién era Holm? ¿Quiénes eran sus amigos? ¿Cuál era su posición, si es que la tenía, en la jerarquía del narcotráfico? ¿Y las hermanas? Es demasiado lo que ignoramos aún.

—Cierto —convino Rydberg—. Cuando profundizamos, avanzamos.

Wallander grabó en su memoria aquellas palabras de Rydberg.

«Cuando profundizamos, avanzamos.»

Disolvieron la reunión con el eco de la sentencia de Rydberg. Wallander se acercó en su coche hasta la agencia de viajes con la intención de hablar con Anette Bengtsson, que, para decepción suya, estaba de vacaciones durante el periodo navideño. No obstante, su colega tenía un sobre que la muchacha le había dejado para entregar a Wallander.

—¿Los habéis encontrado ya? —inquirió—. Quiero decir, a quienes asesinaron a las hermanas.

—No —confesó Wallander—. Pero estamos en ello.

En el trayecto de regreso a la comisaría, Wallander recordó que se había inscrito en el horario de la lavandería de la comunidad precisamente para aquella mañana, de modo que se detuvo un instante ante el apartamento de la calle de Mariagatan y bajó toda la ropa sucia que tenía amontonada en el armario. Cuando llegó a la lavandería, un letrero fijado a la lavadora lo informó de que estaba estropeada. Wallander se enojó tanto que, en lugar de subir con la ropa, se la llevó a la calle y la arrojó en el maletero del coche pensando que en la comisaría también había una lavadora. Cuando giró hacia la calle de Regementsgatan, estuvo a punto de colisionar con una motocicleta que avanzaba a gran velocidad. Para evitar el choque, se vio obligado a desviarse precipitadamente de modo que quedó en medio de la acera; apagó el motor y cerró los ojos. «Estoy estresado», sentenció para sí. «Si una lavadora estropeada puede conseguir que pierda el control, es que algo falla en mi vida.»

El inspector sabía qué era. En efecto, era la soledad. Y las horas, cada vez más insulsas, que pasaba por las noches con Emma Lundin.

En lugar de ir a la comisaría, decidió acercarse hasta Löderup a visitar a su padre. Sabía que, presentarse así, sin previo aviso, era una empresa arriesgada, pero Wallander sentía la necesidad de verse envuelto en el perfume de los óleos del taller. Por otro lado, el sueño de la noche anterior no le daba tregua y seguía rondándole la cabeza. Mientras conducía a través del triste paisaje, se preguntaba por dónde debía empezar para acometer los cambios que precisaba su existencia. Tal vez Martinson tuviese razón y, en el fondo, debería formularse en serio la pregunta de si deseaba ser policía toda su vida. Per Åkeson solía participarle sus sueños de una vida ajena a aquellos juicios y a todas las horas, tan duras como aburridas, que se veía obligado a soportar en salas de juicios y de interrogatorios. «Incluso mi padre cuenta con algo de lo que yo carezco», observó ya en el jardín de la casa. «Él tiene sueños a los que ha decidido mantenerse fiel. Aunque su realización le cueste a su único hijo una pequeña fortuna...»

Salió del coche y se fue derecho al taller. Un gato salió parsimonioso por la puerta entreabierta y lo observó con mirada recelosa. Cuando Wallander se acuclilló para acariciarlo, el animal se apartó. Wallander dio unos toquecitos en la puerta y entró. El padre estaba inclinado sobre su caballete.

—¿Tú por aquí? Vaya, no me lo esperaba.

—Bueno, me pillaba de camino —mintió Wallander—. ¿Vengo en mal momento?

El padre fingió no haber oído su pregunta y comenzó a hablar del viaje a Egipto, como si se tratase de un recuerdo vivo pero remoto. Wallander escuchaba sentado en un viejo taburete.

—Ahora ya sólo me queda Italia —concluyó su padre—. Después, podré morir en paz.

—Bueno, yo creo que podemos dejar ese viaje para más adelante —comentó Wallander—. Deberías esperar al menos unos meses.

El padre seguía pintando. Wallander guardaba silencio. De vez en cuando, intercambiaban unas frases que enseguida dejaban paso a un nuevo silencio. El inspector experimentó una sensación de reposo. Sentía su mente despejada. Transcurrida algo más de media hora, se levantó dispuesto a marcharse.

—Me acercaré por aquí en Nochevieja —anunció.

—Pues tráete una botella de coñac —repuso el padre.

Wallander regresó a la comisaría, que seguía causando la impresión de estar del todo abandonada. Sabía que todos se preparaban para la noche de fin de año, que, como de costumbre, les traería mucho trabajo.

El inspector se sentó en su despacho con la intención de revisar los viajes realizados por las hermanas Eberhardsson a lo largo del último año. Intentó detectar un modelo, sin estar muy seguro de qué buscaba en realidad. «No sé nada de Holm», se dijo. «Ni tampoco de los pilotos. De modo que no puedo estudiar los viajes a España a la luz de ninguna información relativa a las demás víctimas. No disponemos de ningún punto de apoyo para este particular, salvo el único viaje que Holm emprendió al mismo tiempo que Anna Eberhardsson.»

Devolvió los documentos al sobre de la agencia de viajes, que colocó en el archivador en el que tenía todo el material relacionado con las investigaciones de los asesinatos. Después anotó en un papel que no debía olvidar comprar una botella de coñac.

Eran ya más de las doce y se sentía hambriento, pero, para romper con su hábito de echarse al estómago un par de salchichas en el quiosco más cercano, fue caminando hasta el hospital y se tomó un bocadillo en la cafetería. Después hojeó una revista de noticias de sociedad, vieja y medio rasgada, que había sobre la mesa contigua. Una estrella de la música pop había estado a punto de morir de cáncer. Un actor de teatro había sufrido un desmayo durante una representación. Fotografías de las fiestas que celebraba la gente adinerada. Dejó a un lado la revista y regresó a la comisaría. Se sentía como un elefante que, a trote corto, estuviese recorriendo la pista que constituía la ciudad de Ystad. «Algo ha de ocurrir. Y pronto», se animó. «¿Quién ha ejecutado a estas tres personas? Y ¿por qué?»

Cuando entró en la comisaría, se encontró con que Rydberg estaba esperándolo en recepción. Wallander tomó asiento en el sofá que había junto al colega, que, como de costumbre, fue derecho al grano.

—Por las calles de Malmö anda fluyendo un caudal de heroína —lanzó sin preámbulo—. Y lo mismo sucede en Lund, Eslöv, Landskrona y Helsingborg. Estuve hablando con un colega de Malmö. Según me dijo, existen claros indicios de que acaba de entrar en el mercado una partida considerable. Lo que indica que la hipótesis de que dejaron caer un fardo de droga desde el avión podría ser correcta. Y, en ese caso, sólo nos queda una cuestión importante por resolver.

Wallander sabía perfectamente cuál.

—Sí, claro: ¿quién estaba esperando el paquete? —adivinó el inspector.

—Exacto. Y sobre ese particular, podemos barajar varias posibilidades —prosiguió Rydberg—. Yo creo que nadie había contado con que el avión se estrellase, aunque era una mierda de aparato asiático que debería haber estado en el desguace hace ya tiempo. Es decir, que algo sucedió en tierra. Que el paquete que llegó en el vuelo nocturno fuese recogido por la persona equivocada o que fueran varios los depredadores que rondaban la presa.

Wallander asintió, pues él había razonado en los mismos términos.

—Pero algo se tuerce —continuó Rydberg—. Lo que conduce a que las hermanas Eberhardsson, en primer lugar, y más tarde Holm, mueran ejecutados. Con la misma arma y por la misma mano. O las mismas manos.

—Sí, quizá. Pero la hipótesis flaquea —objetó Wallander—. A estas alturas, ya tenemos claro que Anna y Emilia no eran dos inofensivas y tiernas ancianitas. Pero, de ahí a pensar que estuviesen involucradas en transacciones de droga dura..., creo que hay un salto cualitativo considerable.

—Claro, en realidad yo soy de la misma opinión —admitió Rydberg—. Pero es que ya no me sorprendo de nada. Una vez que ha hecho presa en el ser humano, la avaricia no conoce límites. Quién sabe si la mercería no iba de mal en peor. Si estudiamos sus declaraciones, podremos hacernos una idea de la situación. Por otro lado, debería de ser fácil detectar cualquier cambio con una simple interpretación de las cifras y ver si, de repente, no parecen preocupadas por la buena marcha del negocio de mercería. Tal vez soñasen con un paraíso bajo el sol que jamás alcanzarían con los beneficios de las ventas de botones e hilos de seda. De repente, algún acontecimiento vino a cambiar sus vidas y se vieron atrapadas en la red.

—Ya, bueno, pero también podríamos darle la vuelta al supuesto —observó Wallander—. No creo que se encuentre tapadera mejor que dos ancianas dueñas de una mercería. Ellas personificaban la inocencia misma.

Rydberg asintió.

—Pero ¿quién recibió la entrega? —insistió—. Y, otra cuestión, ¿quién estaba detrás de todo el negocio? O, mejor dicho, ¿quién está detrás?

—Aún buscamos el núcleo —afirmó Wallander—. La cima de la pirámide.

Rydberg lanzó un bostezo y se levantó con no poco esfuerzo.

—Tarde o temprano daremos con la tecla —auguró.

—Por cierto, ¿sabes si ha vuelto ya Nyberg? —inquirió Wallander.

—Según Martinson, aún sigue atascado en Tingsryd.

Wallander regresó a su despacho. Todos parecían estar, como él, aguardando que sucediese algo. Nyberg llamó a las cuatro para comunicarles que su coche estaba, por fin, reparado. A las cinco, celebraron una reunión en la que, en realidad, nadie ofreció ninguna aportación novedosa.

Aquella noche, Wallander durmió un sueño largo y sin incidentes. El día siguiente se presentó soleado y con cinco grados de temperatura. Dejó el coche aparcado y comenzó a caminar hacia la comisaría. Sin embargo, a mitad de camino, mudó de parecer. En efecto, pensó en lo que Martinson le había revelado acerca de las otras dos personas que vivían en la misma casa en la que Holm tenía su habitación. Puesto que sólo eran las siete menos cuarto, calculó que le daría tiempo de acercarse hasta allí para comprobar si aquellas dos personas se encontraban en casa antes de acudir a la reunión en la comisaría.

A las ocho menos cuarto entró en el jardín. El perro ladraba en su caseta. Wallander echó una ojeada a su alrededor, pero la casa le pareció tan abandonada como el día anterior. Se acercó hasta la puerta y dio unos toquecitos, pero nadie acudió a abrirle. Manipuló el picaporte y comprobó que la puerta estaba cerrada con llave, de lo que dedujo que alguien había estado allí. Decidió rodear la casa cuando, de pronto, oyó que la puerta se abría a sus espaldas. Wallander dio un respingo involuntario al ver a un hombre que, en camisa de dormir y unos vaqueros que le colgaban muy por debajo de la cintura, lo miraba fijamente. El inspector se acercó al tiempo que se presentaba.

—Y tú eres Rolf Nyman, supongo —adivinó Wallander.

—Así es.

—Pues tengo que hablar contigo.

El hombre se mostró algo reacio.

—Esto está muy desordenado y la chica que vive aquí está acostada —adujo a modo de excusa.

—Bueno, mi casa tampoco está muy ordenada. En cuanto a la chica, no tenemos por qué sentarnos a hablar en el borde de su cama.

Nyman se hizo a un lado y condujo a Wallander hasta el abigarrado espectáculo de la cocina, donde tomaron asiento. El hombre no parecía tener la menor intención de invitar a Wallander a un café, pero parecía bien dispuesto y el inspector sospechó que se avergonzaba del aspecto desastroso de la cocina.

—La chica tiene graves problemas con la droga. Ahora está intentando dejarlo y yo le ayudo como puedo. Pero no es fácil.

—¿Y tú?

—Yo no he probado nada, jamás.

—Pero ¿no es un tanto curioso que hayáis decidido vivir con Holm? Quiero decir, si lo que quieres es que ella deje la droga.

La respuesta de Nyman fue instantánea y convincente.

—Yo no tenía ni idea de que estuviese metido en el mundo de la droga. Aquí no pagábamos mucho de alquiler. Y él era simpático. No sabíamos nada de lo que se traía entre manos. A mí me dijo que estudiaba astronomía. Por las noches, solíamos sentarnos ahí fuera, en el jardín, a contemplar las estrellas. Y él conocía el nombre de cada una de ellas.

—¿Tú a qué te dedicas?

—Mientras ella esté mal, no puedo aceptar ningún empleo fijo, de modo que trabajo de vez en cuando en las discotecas.

—¿En discotecas?

—Eso es. Poniendo discos.

—¡Ah! Como *discjockey,* ¿no?

—Sí.

Wallander pensó que aquel hombre causaba una buena impresión. Por otro lado, sólo parecía preocuparle que la chica que dormía en alguna de las habitaciones despertase en cualquier momento.

—¿Qué me dices de Holm? —preguntó Wallander—. ¿Dónde y cuándo lo conociste?

—Fue en una discoteca de Landskrona. Empezamos a charlar y me habló de esta casa y, un par de semanas más tarde, ya nos habíamos mudado aquí. Lo peor es que ya no tengo tiempo de limpiar. Antes solíamos hacerlo juntos, Holm y yo. Pero ahora me paso los días atendiendo a la chica...

—A ver, entonces, ¿tú nunca sospechaste a qué se dedicaba Holm en realidad?

—Pues no.

—¿Solía recibir visitas en casa?

—Nunca. Por lo general, pasaba los días fuera, pero siempre nos decía la hora a la que pensaba volver. Salvo la última vez. Entonces no vino a la hora prevista.

—¿Te pareció que estuviese preocupado aquel día? ¿Sucedió algo fuera de lo normal?

Rolf Nyman meditó un instante.

—No. Se comportó como de costumbre.

—¿Es decir?

—Pues, alegre. Aunque a veces se mostraba muy reservado.

Wallander reflexionó sobre cómo continuar.

—¿Te parecía que andaba bien de dinero?

—Bueno, no puede decirse que viviera como un marqués. Si quieres, puedo mostrarte su habitación.

—No, no es necesario. Y dices que nunca vino nadie a verlo a esta casa, ¿no es así?

—Nunca.

—Pero, al menos, lo llamarían por teléfono, ¿no? Nyman asintió.

—Y él siempre parecía saber cuándo lo llamarían. En cuanto se sentaba en la silla que hay junto al teléfono, éste empezaba a sonar. Y si no estaba en casa o por aquí cerca, jamás lo llamaban. Eso era muy raro, desde luego.

A Wallander no se le ocurrían más preguntas en aquel momento, de modo que se puso en pie.

—¿Qué pensáis hacer ahora? —se interesó el inspector.

—Pues, la verdad, no lo sé. Holm le alquilaba la casa a alguien de Örebro. Supongo que tendremos que mudarnos de aquí.

Rolf Nyman lo acompañó hasta la escalinata exterior.

—¿Recuerdas si Holm mencionó en alguna ocasión a dos hermanas llamadas Eberhardsson?

—¿Las que encontraron asesinadas? No, nunca.

De pronto, Wallander cayó en la cuenta de que le quedaba una última pregunta por formular.

—Me imagino que Holm tenía coche, pero ¿dónde está? Rolf Nyman negó con un gesto de la cabeza.

—No lo sé.

—Ya, pero ¿qué coche era?

—Un Golf negro.

Wallander le tendió la mano y se despidió del joven. El perro no profirió el menor gruñido mientras se encaminaba al coche.

«No cabe duda de que Holm ocultó su actividad de forma magistral», concluyó mientras volvía hacia Ystad. «Tanto como sabía ocultar su auténtica personalidad cuando yo lo sometía a interrogatorio.»

A las nueve menos cuarto, el inspector aparcaba el coche ante la comisaría. Ebba ya estaba en su puesto y lo informó de que Martinson lo esperaba en la sala de reuniones junto con el resto del grupo. Wallander apremió el paso. También Nyberg estaba presente.

—¿Qué ha sucedido? —quiso saber Wallander aun antes de haber ocupado su asiento.

—Una novedad importante —aclaró Martinson—. Los colegas de Malmö hicieron una redada rutinaria en la casa de un célebre traficante. Y fíjate que encontraron una pistola del calibre treinta y ocho.

Martinson dirigió la mirada a Nyberg.

—Bueno, los técnicos han sido muy diligentes —declaró—. Tanto las hermanas Eberhardsson como Holm fueron asesinados con un arma de ese calibre.

Wallander contuvo la respiración.

—¿Cómo se llama el traficante?

—Nilsmark. Pero todo el mundo lo conoce por «Hilton».

—¿Es nuestra arma?

—Aún es pronto para asegurarlo. Pero es posible.

Wallander asintió.

—Bien —celebró—. En ese caso, tal vez estemos en el buen camino. Y, en ese caso, tal vez podamos poner punto final a todo esto antes de Año Nuevo.

11

Trabajaron sin descanso durante tres días, hasta la noche de fin de año. Wallander y Nyberg fueron a Malmö el 28 por la mañana. Nyberg para hablar con los técnicos de la policía de la ciudad; Wallander para compartir la responsabilidad en el interrogatorio del traficante apodado Hilton, que resultó ser un hombre de unos cincuenta años de edad y con sobrepeso, aunque dotado, en apariencia, de una agilidad asombrosa. Cuando llegó el inspector, el sujeto aguardaba sentado, vestía traje y corbata y parecía hastiado. Antes de que comenzase el interrogatorio, el inspector Hyttner, al que conocía de otras ocasiones, había puesto a Wallander al corriente de su trayectoria.

Así, supo que Hilton había estado en prisión durante varios años, a comienzos de la década de los ochenta, por tráfico de drogas. Pero Hyttner estaba convencido de que, en aquella ocasión, tanto la policía como el fiscal no habían hecho más que raspar la corteza, sin lograr otra cosa que una condena por tan sólo parte de su actividad, sobre la que, según los indicios, había conseguido mantener el control desde la cárcel de Norrköping, donde había cumplido parte de la pena. Durante su ausencia, la policía de Malmö no había detectado ningún tipo de lucha por el poder entre los responsables de la distribución de la droga en el sur de Suecia.

Cuando Hilton salió de la cárcel, celebró la puesta en libertad divorciándose de inmediato para, con igual celeridad, contraer matrimonio con una hermosa joven boliviana. Acto seguido se trasladó a vivir a una inmensa finca situada al norte de Trelleborg. Por otro lado, sabían que había ampliado su coto de caza hasta abarcar también Ystad y Simrishamn y que, en aquellos momentos, intentaba establecerse en Kristianstad. El 28 de diciembre la policía creía estar en posesión de pruebas suficientes contra él como para que un fiscal aceptase una redada en la finca. Y entonces encontraron la pistola. Hilton confesó enseguida que no tenía licencia de armas y, a modo de excusa, explicó que se la había agenciado porque, al vivir en un lugar tan solitario y apartado, necesitaba algo con que defenderse. Sin embargo, negó rotundamente cualquier relación con los asesinatos de las hermanas Eberhardsson y de Yngve Leonard Holm.

Wallander estuvo presente durante el prolongado interrogatorio y, hacia el final, quiso formular sus propias preguntas. Entre otras cuestiones, quiso saber qué había estado haciendo Hilton en las fechas concretas de cada uno de los asesinatos. En el caso de las hermanas Eberhardsson había sido fácil ser exacto con los horarios, mientras que en el caso de Holm resultaba más ardua la tarea de establecer la hora precisa en que le habían disparado. Cuando las hermanas Eberhardsson murieron, Hilton estaba, según declaró, en Copenhague. Pero puesto que había viajado solo hasta la capital danesa, tardarían algún tiempo en comprobar la veracidad de su coartada. Por otro lado, durante el tiempo que Holm estuvo desaparecido y hasta que fue hallado muerto, Hilton se había dedicado a muy diversas actividades.

Wallander lamentó no haber llevado consigo a Rydberg. En condiciones normales, él no tenía dificultad en detectar casi de inmediato si la persona interrogada mentía o no. Sin embargo, en el caso de Hilton, resultaba más complicado y pensó que, de haber contado con la colaboración del colega, podrían haber contrastado sus impresiones. Una vez finalizado el interrogatorio, Wallander y Hyttner tomaron café juntos.

—Nunca hemos podido vincularlo a actos violentos, hasta el momento —explicó Hyttner—. Cuando lo ha necesitado, siempre ha sabido recurrir a otros. Además, nunca utilizaba al mismo matón. Por lo que sabemos, ha llegado incluso a buscar gente en el continente para quebrarle las piernas a algún mal pagador.

—Hay que seguirles la pista a todos —advirtió Wallander—. Si es que llegamos a demostrar que ésa es nuestra arma.

—A mí me cuesta creer que él sea el autor de los asesinatos —confesó Hyttner—. No es ese tipo de delincuente. Desde luego, no se lo piensa dos veces para venderles heroína a los colegiales, pero es de los que se desmayan cuando tiene que hacerse un análisis de sangre.

Wallander regresó a Ystad a mediodía mientras Nyberg se quedaba en Malmö. El inspector era consciente de que, si bien era cierto que deseaba haberse aproximado a la solución del caso, no tenía confianza alguna en que así fuese.

Al mismo tiempo, una idea hasta entonces postergada había empezado a rondarle la cabeza. Se trataba, en efecto, de una conclusión que él debía haber extraído; o de una suposición que obvió en su momento. Y por más que rebuscaba en su memoria, no conseguía identificarla.

En el trayecto de regreso a Ystad, tomó el desvío hacia Stjärnsund y se detuvo un instante en el picadero de Sten Widén, al que encontró en los establos junto con una señora de edad, propietaria, al parecer, de uno de los caballos que recibía entrenamiento en el picadero. La mujer estaba a punto de marcharse cuando llegó Wallander. Los dos amigos vieron partir el BMW.

—Es muy buena persona —declaró Widén—. Pero se deja convencer para comprar unos caballos incapaces de hacer feliz a nadie. Y mira que siempre le digo que me pida consejo antes de comprar, pero ella cree que sabe lo que hace. Ahora tiene uno llamado *Júpiter* que jamás ganará ni una sola carrera.

Widén abrió los brazos en gesto resignado.

—Pero me mantengo gracias a ella —terminó por admitir.

—Yo a quien quiero ver es a *Traviata* —aseguró Wallander.

Regresaron, pues, a los establos, donde se oía el patear de los caballos en los distintos compartimentos. Sten Widén se detuvo ante uno de ellos y comenzó a acariciar el morro del animal.

—*Traviata* —anunció presentando al equino—. Es bastante recatada, por así decirlo. Figúrate que se asusta de los sementales...

—¿Es buena?

—Puede llegar a serlo, pese a que sus patas traseras son muy delicadas. Ya veremos.

Salieron de nuevo al jardín. En los establos, Wallander notó que a su amigo le olía el aliento a alcohol. Widén le ofreció un café, que Wallander rechazó agradecido.

—Verás, tengo un triple asesinato que resolver —explicó—. Supongo que lo habrás leído en los periódicos.

—Bueno, yo sólo leo las páginas deportivas —advirtió Widén.

Wallander se marchó de Stjärnsund con la duda de si Sten y él serían todavía capaces de reavivar la mutua confianza que los había unido en otro tiempo.

Cuando llegó a la comisaría, se topó con Björk, que estaba en recepción.

—Ya he oído que habéis resuelto el caso de los asesinatos —comentó.

—En absoluto —rechazó Wallander en tono terminante—. No hemos resuelto nada.

—Bien, en ese caso, no perdamos la esperanza —repuso Björk.

El comisario jefe cruzó la puerta y desapareció en la calle. «Actúa como si no hubiésemos tenido ningún roce», consideró Wallander. «A menos que sea más reacio a los enfrentamientos que yo mismo. O menos rencoroso.»

Wallander convocó a los miembros del grupo y repasó con ellos la información recabada en Malmö.

—¿Crees que es nuestro hombre? —quiso saber Rydberg una vez que Wallander hubo concluido.

—No lo sé —confesó el inspector.

—En otras palabras, que no crees que sea él —aventuró el colega.

Wallander no respondió. Simplemente, se encogió de hombros con gesto resignado. Cuando dieron por terminada la reunión, Martinson le preguntó a Wallander si podría sustituirlo la noche de fin de año. Martinson tenía guardia, pero, naturalmente, prefería no trabajar esa noche. Wallander meditó un instante. En realidad, pensó que sería mucho más sensato quedarse trabajando y tener la mente ocupada en lugar de estar pensando en Mona toda la noche; sin embargo, le había prometido a su padre que iría a verlo a Löderup en fin de año. Y aquélla era una promesa insoslayable.

—Lo siento, le prometí a mi padre que pasaría Nochevieja con él —se excusó—. Tendrás que pedírselo a otro.

Una vez que Martinson se hubo marchado, Wallander permaneció un rato en la sala de reuniones, empecinado en dar con aquella idea tan difícil de concretar y que lo había asaltado durante el camino de regreso de Malmö. Se colocó junto a la ventana a contemplar abstraído el aparcamiento y, más allá, el depósito del agua. Muy despacio, revisó mentalmente todos los sucesos desde el principio, esforzándose por atrapar el dato escurridizo que creía haber pasado por alto, pero todo fue en vano.

El resto del día no les trajo ninguna novedad, lo que los obligó a una exasperante espera. Nyberg volvió por fin de Malmö. Los peritos de balística trabajaban intensamente con el arma. Martinson logró cambiar la guardia de fin de año con Näslund, que no se llevaba muy bien con su mujer y prefería no estar en casa. Wallander deambulaba por el pasillo sin dejar de perseguir aquella idea perdida que no dejaba de corroer su conciencia. Estaba persuadido, eso sí, de que no se trataba más que de un detalle, tal vez una palabra suelta, que debería haber retenido para estudiar con más detenimiento, pero que le había pasado inadvertida.

Dieron las seis y Rydberg se marchó sin despedirse. Wallander y Martinson revisaron juntos todo lo que conocían acerca de Yngve Leonard Holm. Nacido en Brösarp, jamás había tenido en su vida, a la luz de los datos que poseían, un solo trabajo decente. Una serie de hurtos de orden menor cometidos en la juventud lo abocaron con el tiempo a delitos más graves, pero ninguno violento, en lo que coincidía con Nilsmark.

Al cabo de un buen rato, Martinson se despidió y se marchó a casa. Hanson estaba inmerso en sus boletos de apuestas, que se apresuró a ocultar en un cajón tan pronto como Wallander apareció en su despacho. Después, en el comedor, el inspector intercambió unas frases con un par de agentes que se dedicarían a controlar el tráfico en Nochevieja. Pensaban concentrarse en las carreteras comarcales y locales, «carreteras de borrachos», que solían utilizar los conductores ebrios que conocían bien la zona y que, pese a haber consumido alcohol, pensaban tomar el coche para volver a casa. A las siete de la tarde, Wallander llamó a Malmö para hablar con Hyttner, pero tampoco ellos tenían novedades, aunque el colega lo informó de que el caudal de heroína había llegado ya hasta la ciudad de Valberg, donde el control sobre el tráfico de drogas se ejercía desde Gotemburgo.

También Wallander se marchó a casa. La lavadora de la comunidad seguía estropeada y su ropa sucia estaba aún en el maletero del coche. Enojadísimo, regresó a la comisaría y llenó la lavadora con una abundante carga de ropa sucia. Después, se sentó a garabatear muñequitos en su bloc escolar, mientras evocaba el recuerdo de Radwan y las imponentes pirámides. Cuando, por fin, terminó el centrifugado, habían dado ya las nueve de la noche. Fue a casa y abrió una lata de *pyttipanna,** que consumió ante el televisor mientras veía una película sueca. La recordaba vagamente de sus años de juventud, en que había ido a verla en compañía de una chica que no dejó que le pusiese la mano en el muslo...

Antes de irse a dormir, llamó a Linda. Pero fue Mona quien respondió. El inspector detectó enseguida, por su tono de voz, que la había importunado con su llamada. Linda había salido, así que Wallander le pidió que le dijese que la había llamado. La conversación terminó aun antes de empezar.

Y no había terminado de acurrucarse entre las sábanas, cuando llamó Emma Lundin. Wallander fingió haber estado durmiendo. Ella se disculpó por haberlo despertado y le preguntó qué planes tenía para fin de año. El inspector le respondió que pensaba pasarlo con su padre, de modo que quedaron para el día de Año Nuevo. Pero, antes incluso de haber colgado el auricular, Wallander ya se había arrepentido.

El día siguiente, el 29 de diciembre, no les reportó incidente alguno, excepción hecha del pequeño accidente de tráfico sufrido por Björk. Fue Martinson quien, sin ocultar su alegría ante la desgracia ajena, les comunicó la noticia. Björk se disponía a girar a la izquierda por una calle cuando, demasiado tarde, descubrió que había un coche ante él. Puesto que la calzada estaba helada y resbaladiza, varios coches colisionaron y sufrieron abolladuras de diverso grado.

Nyberg seguía a la espera de los informes de balística. Wallander invirtió el día en hacer disminuir su montaña de papeles. Por la tarde, recibió la visita de Per Åkeson, que le pidió un informe del desarrollo de los acontecimientos. Con total sinceridad, Wallander le hizo saber que ahora, por fin, confiaban haber dado con la vía de investigación adecuada,

---

*   Véase la nota de la página 190. *(N. del E.)*

pero que aún quedaba por hacer una parte importante del trabajo preliminar.

Aquel día sería el último de Per Åkeson como fiscal, antes de que comenzase su excedencia.

—Me sucederá una mujer, ya lo sabes, ¿no? —le recordó Per Åkeson—. Se llama Anette Brolin, de Estocolmo. ¡Alégrate, hombre, es mucho más guapa que yo!

—Ya veremos —repuso Wallander reticente—. Pero te aseguro que te echaremos de menos.

—Sí, quizá todos menos Hanson —puntualizó Per Åkeson—. A él nunca le he caído bien. Aunque no sé por qué. Y otro tanto puede decirse de Svedberg, por cierto.

—En fin, intentaré averiguar el motivo mientras estás fuera —prometió Wallander.

Dicho esto, se desearon feliz Año Nuevo y se comprometieron a mantenerse en contacto.

Ya por la noche, Wallander estuvo largo rato hablando con Linda. La joven le contó que pensaba celebrar el final del año en Lund, junto con unos amigos. Wallander quedó decepcionado al oírla, pues creía o más bien deseaba que los acompañase a él y a su padre en Löderup.

—¿Con dos vejetes? —preguntó la joven en tono cariñoso—. Se me ocurren un par de cosas más divertidas.

Tras la conversación, Wallander cayó en la cuenta de que había olvidado comprar la botella de coñac que le había pedido su padre. Escribió dos notas. Dejó una de ellas sobre la mesa de la cocina y la otra la metió en su zapato. Por la noche, se mantuvo despierto hasta tarde, escuchando una grabación de *Turandot,* con Maria Callas. Por alguna razón que se le ocultaba, le vinieron a la mente los caballos de los establos de Sten Widén. No lo venció el sueño hasta cerca de las tres de la madrugada.

La mañana del 30 de diciembre, una copiosa nevada caía sobre Ystad. Wallander pensó en los niveles de caos que podría desencadenar el tiempo aquel fin de año si no mejoraba.

Sin embargo, hacia las nueve de la mañana, el cielo empezó a clarear y la nieve a derretirse en las calles. Wallander se preguntó por qué los técnicos de balística tardaban tanto en pronunciarse acerca del arma. Nyberg protestó colérico gritando que los técnicos criminalistas no cobraban sus exiguos salarios a cambio de dedicarse a escurrir el bulto. Wallander capituló enseguida, los dos colegas volvieron a ser amigos y juntos departieron acerca de lo absurdamente bajos que eran los salarios de la policía: ni siquiera Björk estaba bien pagado.

Por la tarde, el grupo de investigación celebró una reunión que resultó bastante pesada, dado que no disponían de grandes novedades. La policía de Marbella había enviado un informe en el que, con extraordinario detalle y prolijidad, daba cuenta de la visita realizada a la mansión de las hermanas Eberhardsson. Incluso habían adjuntado una fotografía que fueron pasándose unos a otros. La casa era, en verdad, un palacete. Pese a todo, el informe no añadió ningún dato novedoso o significativo a la investigación. Ningún hallazgo decisivo; tan sólo aquel exasperante intervalo de espera.

En la mañana del 31 de diciembre se esfumó toda esperanza. Los expertos de balística les hicieron saber que el arma hallada en casa de Nilsmark no había sido la utilizada en los asesinatos de Holm y de las hermanas Eberhardsson. El grupo de investigación se desinfló por un instante. Tan sólo Rydberg y Wallander habían previsto que el resultado de los análisis sería, con toda probabilidad, negativo. Por si fuera poco, la policía de Malmö había logrado verificar el viaje de Nilsmark a Copenhague. Era imposible, pues, que hubiese estado en Ystad cuando las hermanas fueron asesinadas. Y, según temían, era más que probable que el traficante estuviese en condiciones de hacerse con una coartada para el periodo que abarcaba la desaparición y el asesinato de Holm.

—En otras palabras, que estamos de nuevo en la casilla número uno —se lamentó Wallander—. Después de Año Nuevo, tendremos que empezar desde el principio a toda máquina. Volver a revisar todo el material y desandar el camino recorrido.

Nadie hizo el menor comentario. Durante el día de Año Nuevo, la mayor parte del trabajo quedaría suspendido y, puesto que no contaban con ninguna pista inmediata que seguir, Wallander consideró que lo más sensato era que se concentrasen en descansar. Después, tras desearse felicidad para el nuevo año, se despidieron todos hasta que tan sólo Rydberg y Wallander quedaron en la sala.

—Esto ya lo sabíamos, ¿no? —inquirió Rydberg—. Tanto tú como yo sabíamos que lo de Nilsmark habría sido demasiado fácil. Y, además, ¿por qué coño iba a conservar el arma en casa? No era lógico, desde el principio.

—Ya, pero teníamos que comprobarlo.

—Sí, el trabajo policial suele consistir en tareas que sabemos infructuosas de antemano —se lamentó Rydberg—. Pero, tal y como acabas de decir, debíamos comprobarlo.

Entonces se pusieron a hablar sobre la Nochevieja.

—La verdad, no envidio a los compañeros de las grandes ciudades —confesó Rydberg.

—Bueno, aquí también podemos tener movimiento, ya sabes —advirtió Wallander.

Rydberg le preguntó a Wallander qué pensaba hacer.

—Me iré a Löderup, a casa de mi padre. Dijo que quería coñac, comeremos algo, jugaremos a las cartas, bostezaremos y brindaremos cuando den las doce. Después, me marcharé a casa.

—Yo procuro evitar estar despierto —aseguró Rydberg—. La noche de fin de año es fantasmal. De hecho, es una de las pocas veces al año en que me tomo una pastilla para dormir.

Wallander pensó que debería preguntarle a Rydberg cómo se encontraba, pero decidió no hacerlo.

Se estrecharon las manos, como para subrayar que aquél era un día especial. Después, Wallander se marchó a su despacho, puso sobre el escritorio un almanaque de 1990 y limpió los cajones. Era aquélla una costumbre que había adquirido hacía ya algunos años. El último día del año era el idóneo para limpiar los cajones y liberarse de viejos papeles.

El inspector quedó perplejo ante la cantidad de porquería que había acumulado. En uno de los cajones se había derramado un frasco de pegamento, de modo que fue al comedor en busca de un cuchillo con el que rasparlo. Desde el pasillo oyó a un borracho que, presa de la más absoluta indignación, informaba de que no tenía un minuto que perder con la policía, pues estaba invitado a una fiesta. «Ya empezamos», se lamentó Wallander mientras devolvía el cuchillo a su lugar y tiraba el bote de pegamento a la basura.

A las siete de la tarde se marchó a casa, se dio una ducha y se cambió de ropa. Poco después de las ocho llegaba a Löderup. Durante el trayecto no cesó de vagar por su conciencia en busca de aquella idea perdida que tanto lo inquietaba. Sin embargo, tampoco entonces logró localizarla. Su padre lo sorprendió con un plato exquisito de pescado gratinado que había preparado durante la tarde. Wallander había llegado a tiempo de comprar el coñac y el anciano asintió complacido al ver que era de la marca Hennessy. Metieron la botella de champán en el frigorífico y acompañaron la cena de unas cervezas bien frías. En honor a aquella noche, el padre vestía su viejo traje y, por si fuera poco, una corbata, anudada de un modo peculiar, jamás visto por Wallander.

Poco después de las diez se sentaron a jugar una partida de póquer. Wallander sacó escalera en dos ocasiones, pero apartó discretamente una de las cartas con el fin de dejar que el padre ganase. A eso de las once, el inspector salió a orinar al patio. La noche era clara y hacía más frío. Las estrellas centelleaban en el firmamento. Wallander pensó en las pirámides. El hecho de que hubiesen estado iluminadas por focos de gran potencia difuminaba el cielo egipcio hasta hacerlo casi desaparecer. Regresó al interior de la casa, donde su padre, que llevaba ya varias copas de coñac, empezaba a dar muestras de embriaguez. Wallander apenas dio unos sorbitos, pues tenía que conducir hasta su apartamento. Pese a que sabía dónde estarían apostados los controles policiales, no le parecía correcto conducir después de haber bebido alcohol. O, al menos, no en Nochevieja. De hecho, le había sucedido en alguna ocasión y cada vez se prometía a sí mismo que sería la última.

Linda llamó en torno a las once y media. Estuvieron hablando con ella. El volumen de la música de fondo que se oía en el lugar donde se encontraba la joven era tan alto que tuvieron que hablarse a gritos.

—Lo habrías pasado mucho mejor aquí —vociferó Wallander.

—¡Qué sabrás tú! —replicó ella sin sonar impertinente.

Antes de despedirse, se desearon feliz Año Nuevo. El padre de Wallander se tomó otro coñac. Al servirse, salpicó el suelo. Pero estaba de buen humor. Y eso era lo más importante para Wallander.

A las doce de la noche encendieron el televisor y escucharon a Jarl Kulle,* que leyó el mensaje de bienvenida al nuevo año. Durante la lectura, Wallander miró de reojo a su padre y, ante su asombro, comprobó que el anciano tenía lágrimas en los ojos. Él, por su parte, no se sentía conmovido en absoluto, sino más bien agotado. Además, pensaba con desgana en que, al día siguiente, vería a Emma Lundin. Ex-

---

* Jarl Kulle (Rebbelberga 1927-Estocolmo 1997), célebre y excelente actor sueco, teatral y cinematográfico. Entre las películas que protagonizó se encuentran títulos tan exitosos como *Fanny y Alexander* (1982), de Ingmar Bergman, *El telegrafista* (1993), dirigida por Erik Gustavson y basada en la obra del Nobel de literatura noruego Knut Hamsun, o *Miss y Mrs. Sweden* (1969), del director sueco Göran Gentele, con guión del novelista y dramaturgo Lars Forssell. *(N. de la T.)*

perimentaba la sensación de estar jugando con ella. De hecho, si hacía alguna promesa de fin de año, ésta debería ser la de sincerarse con ella y explicarle que no deseaba continuar con aquella relación.

Pero no se hizo ninguna promesa.

Poco antes de la una, se marchó a casa. Pero antes ayudó a su padre a meterse en la cama, le quitó los zapatos y lo cubrió con una manta.

—Pronto iremos a Italia —le recordó el padre.

Mientras Wallander terminaba de limpiar en la cocina, los ronquidos del padre inundaban ya toda la casa.

El día de Año Nuevo Wallander se despertó con dolor de garganta y de cabeza. Y eso fue lo que le dijo a Emma Lundin cuando se presentó en su apartamento hacia las doce del mediodía. Puesto que era enfermera y Wallander tenía fiebre y estaba muy pálido, ella no lo puso en duda. Además, le examinó la garganta antes de diagnosticar:

—El resfriado te durará tres días. Será mejor que te quedes en casa.

Dicho esto, preparó un té que se tomaron en la sala de estar. Wallander intentó varias veces armarse del valor necesario para decirle la verdad, pero, cuando la mujer se marchó poco antes de las tres, lo hizo con la promesa de que él la llamaría en cuanto se hubiese recuperado.

Wallander pasó el resto del día en la cama. Empezó a leer varios libros, sin conseguir concentrarse en ninguno. Ni siquiera *La isla misteriosa,* de Julio Verne, su favorito indiscutible, logró reclamar su interés. Aunque sí recordó que uno de los personajes de la novela se llamaba Ayrton, igual que el último de los pilotos identificados.

Permaneció así tendido y adormilado a ratos, con la estampa recurrente de las pirámides en sus sueños. Veía a su padre escalar y caer, cuando no se encontraba a sí mismo en lo más profundo de un angosto pasadizo flanqueado por la fría piedra de gigantescos sillares.

Ya por la noche, logró dar con un sobre de sopa en uno de los cajones de la cocina. La calentó para luego desecharla sin apenas probarla, pues había perdido el apetito.

Al día siguiente, aún no se encontraba bien. Llamó a Martinson y le comunicó que tenía intención de guardar cama. El colega lo informó de que los dos días de fiesta habían transcurrido con normalidad en Ystad, si bien en muchos otros puntos del país se había producido un número sorprendente de incidentes. Hacia las diez de la mañana salió a comprar algo de comida, pues tanto el frigorífico como la despensa estaban prácticamente limpios. Además fue a la farmacia y compró un frasco de analgésicos. El dolor de garganta había remitido un poco, pero ahora le goteaba la nariz. Cuando se disponía a pagar el frasco de pastillas, lanzó un tremendo estornudo que mereció una mirada displicente de la dependienta.

De nuevo en la cama, no tardó en dormirse otra vez.

De repente, se despertó sobresaltado. Una vez más había soñado con las pirámides. Pero lo que lo había arrancado del sueño había sido algo muy distinto: algo relacionado con la idea que se resistía a manifestársele.

«¿Qué será lo que no acabo de ver con claridad?», se preguntó. Estaba tumbado, totalmente inmóvil, con la mirada fija en la oscuridad. Lo cierto era que aquello tenía algo que ver con las pirámides y con la Nochevieja que pasó en Löderup con su padre. Cuando salió al fresco de la noche y miró al firmamento, distinguió las estrellas claramente, envuelto como estaba en la oscuridad más absoluta. Y las pirámides que había a las afueras de El Cairo se erguían hacia el cielo iluminadas por potentes focos que habían hecho palidecer la luz de las estrellas.

Y, por fin, logró atrapar la idea inasible que tan inquieto lo había tenido.

El avión que había entrado en Suecia deslizándose por la costa había lanzado algo a tierra. Y la gente había divisado luces en el bosque. Habían marcado una zona para que el avión localizase bien el lugar. De modo que debieron de montar los focos en el campo y retirarlos después.

Eran los focos lo que había atraído su atención. ¿Quién podía tener acceso a unas luces tan potentes?

Era una idea algo rebuscada, desde luego, pero él confió en su intuición. Sentado en la cama, reflexionó un instante, hasta que tomó una decisión. Se puso en pie, se colocó el viejo albornoz que usaba para estar en casa y marcó el número de la comisaría con la intención de hablar con Martinson. Transcurridos varios minutos, el colega acudió por fin al teléfono.

—Hazme un favor —pidió Wallander—. Llama a Rolf Nyman, el que compartía casa con Holm en las afueras de Sjöbo. Hazle creer que se trata de una llamada rutinaria, dile que nos faltan algunos datos personales para el informe. Verás, según él mismo me reveló, trabaja como *discjockey* en varias discotecas. Lo que quiero es que, como de pasada, le preguntes el nombre de esas discotecas.

—¿Y por qué es tan importante ese dato?

—No lo sé —mintió Wallander—. Pero hazme el favor, ¿de acuerdo?

Martinson le prometió que le devolvería la llamada en cuanto hubiese hablado con Nyman. Tan pronto como hubo colgado el auricular, Wallander empezó a perder la confianza en su intuición. La idea era, por descontado, demasiado rebuscada. Sin embargo, tal y como Rydberg había sentenciado: tenían que indagar cada posibilidad.

Pasaban las horas, dio la media tarde y Martinson no llamaba. La fiebre había remitido, pero seguía estornudando y con la nariz congestionada. A las cuatro y media, Martinson llamó por fin.

—Hasta ahora no había nadie en casa y no me contestaban —explicó—. Hice lo que me pediste. Yo creo que no ha sospechado nada. Aquí tengo una lista de cuatro discotecas, dos de Malmö, una de Lund y una cuarta de Råå, a las afueras de Helsingborg.

Wallander anotó los nombres.

—Estupendo —respondió agradecido.

—Comprenderás que tengo curiosidad por saber qué te traes entre manos, ¿no?

—No, es sólo una idea que se me ha ocurrido. Ya hablaremos de ello mañana.

Wallander concluyó la conversación y, sin pensárselo dos veces, se vistió, disolvió un par de analgésicos efervescentes en un vaso de agua, se tomó una taza de café y se echó al bolsillo un rollo de papel higiénico.

A las cinco y cuarto, se sentó en su coche y se puso en marcha.

La primera discoteca estaba en los locales de un viejo almacén situado en el puerto franco de Malmö. Wallander tuvo suerte pues, tan pronto como detuvo el vehículo, un hombre salió del interior de la discoteca, que estaba cerrada. Wallander se presentó. El hombre que tenía ante sí dijo que se llamaba Juhanen, era oriundo de Haparanda y, desde hacía unos años, propietario de la discoteca Exodus.

—¿Y cómo viene uno a parar a Malmö desde Haparanda? —inquirió Wallander curioso.

El hombre, que rondaba la cuarentena y cuya dentadura se encontraba en un estado lamentable, le dedicó una sonrisa.

—Conociendo a una chica, por ejemplo —confesó—. La mayoría de la gente que se muda lo hace por uno de estos dos motivos: el trabajo o el amor.

—En realidad, he venido para hacerte algunas preguntas sobre Rolf Nyman —reveló Wallander.

—¡Vaya! ¿Algún problema?

—No —lo tranquilizó Wallander—. Es un interrogatorio rutinario. Suele trabajar para ti, ¿no es cierto?

490

—Sí, es muy bueno. Tal vez un tanto conservador en sus gustos musicales, pero bueno, al fin y al cabo.

—Las discotecas se rigen por un alto grado de decibelios y espectaculares efectos luminosos, si no me equivoco —comenzó Wallander.

—Correcto —convino Juhanen—. Yo llevo siempre tapones en los oídos. De lo contrario, me habría quedado sordo hace ya tiempo.

—Y, por casualidad, ¿no te pidió prestado Rolf algún equipo de iluminación en alguna ocasión? —inquirió Wallander—. No sé, alguno de los focos o algo así.

—¿Y para qué iba a necesitar tal cosa?

—Bueno, es simple curiosidad.

Juhanen negó resueltamente.

—Yo controlo tanto al personal como los equipos —afirmó—. De aquí no desaparece nada nunca, ni tampoco presto nada.

—En ese caso, he terminado —declaró Wallander—. Sólo me queda añadir que, por el momento, te agradecería que no comentases nuestra charla con nadie.

Juhanen volvió a sonreír.

—O sea, que no quieres que se lo cuente a Rolf Nyman, ¿no es así?

—Exacto.

—¿Qué ha hecho?

—Nada. Pero a veces hemos de mantener nuestras indagaciones en secreto.

Juhanen se encogió de hombros.

—Bueno, yo no pienso decir nada.

Wallander prosiguió su camino. La segunda discoteca estaba en el centro de la ciudad y ya tenía sus puertas abiertas al público. Tan pronto como accedió al interior del local, el volumen de la música hirió su cabeza como si le hubiesen asestado un golpe con algún objeto contundente. La discoteca era propiedad de dos hombres, uno de los cuales estaba en el establecimiento. Wallander consiguió que el individuo saliese a la calle y, una vez allí, supo que tampoco ellos le habían prestado a Rolf Nyman ningún foco ni habían echado en falta ni parte ni la totalidad de ningún equipo.

De nuevo al volante, Wallander se sonó la nariz en una tira de papel higiénico. «Esto es absurdo», sentenció para sí. «Una pérdida de tiempo. Lo único que conseguiré será que empeore mi resfriado y tendré que quedarme en casa más tiempo.»

Aun así, continuó hacia Lund. Las oleadas de estornudos iban y venían y notó que transpiraba copiosamente, de lo que dedujo que la fiebre habría empezado a subir de nuevo. La discoteca de Lund se llamaba El Establo y estaba situada en el extremo este de la ciudad. Wallander se equivocó varias veces, hasta que logró dar con el sitio. El luminoso estaba apagado y las puertas cerradas. El Establo estaba en un local que en otro tiempo había sido una central lechera, según pudo leer en la fachada. Wallander se preguntaba por qué no le habrían puesto ese nombre a la discoteca, Central Lechera. Miró a su alrededor. En las inmediaciones del local había varias fábricas y, algo más allá, una casa con jardín. Wallander se dirigió hacia la vivienda, abrió la verja y llamó a la puerta. Salió a abrirle un hombre de su misma edad, aproximadamente. De fondo, se oían las notas de una ópera.

Wallander le mostró su placa y el hombre lo hizo pasar al vestíbulo.

—Puccini, si no me equivoco —adivinó Wallander.

El hombre lo observó inquisitivo.

—Así es. *Tosca*.

—Bueno, en realidad, he venido para hablar de un tipo de música muy distinto —señaló Wallander—. Y seré breve: lo que necesito saber es quién es el propietario de la discoteca que hay ahí al lado.

—¿Y qué le hace suponer que yo lo sé? Yo soy investigador en biología genética, no *discjockey*.

—Ya, pero, como son vecinos... —aventuró Wallander.

—¿Por qué no les preguntas a tus colegas? Suele haber jaleo por las noches ante la puerta del local, de modo que ellos deberían saberlo.

«Tienes toda la razón», admitió Wallander para sí.

El hombre le señaló un teléfono que había sobre la mesita del vestíbulo. Wallander conocía de memoria el número de la policía de Lund y, después de hablar con unos y con otros durante unos minutos, supo por fin que la propietaria de la discoteca era una mujer que se apellidaba Boman. Wallander anotó su dirección y su número de teléfono.

—Su casa no es difícil de encontrar —garantizó el colega—. Vive en el centro de la ciudad, justo enfrente de la estación.

Wallander colgó el auricular.

—Es una ópera muy hermosa —comentó Wallander—. Es decir, la música. Por desgracia, nunca la he visto representada en escena.

—Yo nunca voy a la ópera —repuso el otro—. La música es suficiente para mí.

Wallander se marchó, no sin antes darle las gracias por su ayuda. Se puso en marcha y estuvo dando vueltas por Lund hasta que logró encontrar la estación, pues el número de calles peatonales y de callejones sin salida era ilimitado. Finalmente, aparcó en un lugar donde estaba prohibido estacionar. Después, tras guardarse en el bolsillo unos cuantos metros de papel higiénico, cruzó la calle en dirección a la casa. Pulsó el botón donde se leía el nombre de Boman, la cerradura de la puerta emitió un zumbido y el inspector accedió al portal. En el buzón comprobó que el nombre de Boman correspondía al tercer piso. Miró a su alrededor en busca de un ascensor, pero no halló ninguno. Pese a que subió las escaleras despacio, llegó sin resuello. Una mujer muy joven, de apenas veinticinco años, lo aguardaba en el umbral de la puerta. Llevaba el pelo muy corto y una gran cantidad de pequeños aros en las orejas. Wallander se presentó y le mostró su placa. Sin siquiera dignarse mirarla, la joven le indicó que entrase. Wallander echó un vistazo a su alrededor. En aquel apartamento había poquísimos muebles, las paredes estaban desnudas y, pese a todo, parecía acogedor. Nada entorpecía el camino hacia las distintas dependencias y sólo se veía lo absolutamente imprescindible.

—¿Por qué quiere hablar conmigo la policía de Ystad? —inquirió la joven—. Ya tengo bastantes problemas con la de Lund.

Del tono de su voz se desprendía que los policías no despertaban en ella el menor entusiasmo. La muchacha se sentó en una silla; llevaba una falda mínima, de modo que Wallander se esforzó por hallar un punto de su rostro en el que fijar la vista.

—Veamos, seré breve —prometió Wallander—. Háblame de Rolf Nyman.

—¿Qué pasa con Nyman?

—Nada, pero creo que trabaja para ti, ¿no?

—Bueno, lo tengo como *discjockey* para las emergencias, por si alguno de los habituales se pone enfermo.

—Bien. Sé que mi pregunta puede resultar extraña, pero no tengo más remedio que formularla —advirtió Wallander.

—¿Puede saberse por qué no me miras a los ojos? —inquirió ella de repente.

—Pues yo creo que eso tiene que ver con lo corta que llevas la falda —repuso Wallander, sorprendido ante lo directo de su respuesta.

La joven rompió a reír, se estiró para alcanzar una manta del sofá y se cubrió las piernas con ella. Wallander observó la manta y después su rostro antes de proseguir:

—Bien, Rolf Nyman, decíamos. ¿Hubo alguna ocasión en la que te pidiese prestado algún equipo de iluminación de la discoteca?

—Nunca.

La muchacha empezó a morderse el labio y añadió:

—Pues sí que es una pregunta extraña. Pero lo cierto es que hace poco más de un año desaparecieron unos focos de la discoteca. Denunciamos el robo a la policía, pero jamás hallaron el menor rastro.

—Ya. Y eso, ¿cuándo fue? ¿Después de que Nyman hubiese empezado a trabajar contigo?

La mujer se esforzaba por recordar.

—A ver... Fue hace un año, exactamente. En enero. Y después de que Nyman empezase a trabajar para mí.

—¿No sospechaste nunca de ningún empleado?

—Pues la verdad es que no.

Acto seguido, se levantó decidida y desapareció hacia la habitación contigua. Mientras se alejaba, Wallander observó sus piernas. La joven regresó al momento con una agenda en la mano.

—Veamos, los focos desaparecieron entre el 9 y el 12 de enero. Y aquí veo que, en efecto, fue Rolf quien estuvo trabajando aquellos días.

—¿Qué clase de iluminación era? —quiso saber Wallander.

—Seis focos de gran potencia. En realidad, no eran muy adecuados para la discoteca, sino más bien para un teatro. Eran muy potentes, dos mil vatios cada uno. Además, desaparecieron bastantes cables.

Wallander asintió despacio.

—Pero ¿por qué me preguntas por eso ahora?

—Lo siento, pero no puedo responderte, por el momento —se excusó Wallander—. Pero tengo que pedirte un favor que bien puedes considerar como una orden: es imprescindible que no menciones una palabra sobre nuestra entrevista a Rolf Nyman.

—Claro, siempre que hables con tus colegas de Lund y les pidas que me dejen en paz.

—Veré qué puedo hacer.

La joven lo acompañó hasta el vestíbulo.

—Creo que sólo conozco tu apellido, pero no tu nombre de pila —comentó Wallander.

—Me llamo Linda.

—¡Vaya! Igual que mi hija. Vamos, que tienes un nombre muy bonito.

En ese momento, Wallander sufrió un ataque de estornudos que obligó a la joven a retroceder unos pasos.

—En fin, no te estrecharé la mano, pero has de saber que me has dado la respuesta que esperaba —advirtió Wallander con gratitud.

—Como comprenderás, me muero de curiosidad...

—Sí, ya lo sabrás, en su momento.

La muchacha estaba a punto de cerrar la puerta cuando Wallander cayó en la cuenta de que tenía otra pregunta que hacerle.

—Por cierto, ¿tú sabes algo de la vida privada de Rolf Nyman?

—Nada de nada.

—Es decir, que ignoras que tiene una novia con problemas de droga, ¿no es eso?

Linda Boman lo observó largo rato antes de responder:

—No tengo ni idea de si tiene o no una novia drogadicta. Lo que sí sé es que el propio Rolf tiene graves problemas con la heroína. Y me pregunto cuánto tiempo durará.

Wallander descendió las escaleras hasta salir a la calle. Habían dado las nueve de una noche muy fría.

«Ya lo tenemos», se felicitó.

«Rolf Nyman. Es él. Naturalmente.»

12

Wallander estaba a punto de entrar en Ystad cuando decidió que no iría derecho a casa. Así, a la altura de la segunda rotonda de acceso a la ciudad, giró en dirección norte. Eran las once menos diez y la nariz no cesaba de gotearle. Pero la curiosidad pudo con él. Pensó que, por enésima vez, estaba conduciéndose de un modo que contravenía todas y cada una de las normas más elementales de cualquier actuación policial. Y más en concreto la de no emprender en solitario ninguna acción que entrañase peligrosidad.

Si, como él creía, resultaba cierto que Rolf Nyman había asesinado tanto a Holm como a las hermanas Eberhardsson, no cabía la menor duda de que había que considerarlo un hombre peligroso. Además, había conseguido engañar a Wallander. Con premeditación y con no poca habilidad. Durante el viaje desde Malmö, el inspector había ido haciendo cábalas acerca del posible móvil de Nyman. ¿Qué parte del engranaje había dejado de funcionar? Y las respuestas a las que lo había conducido su razonar se ordenaban en dos direcciones posibles. En efecto, podía tratarse de una lucha por el poder o por la influencia sobre el mercado de la droga.

El aspecto que más preocupaba a Wallander de toda aquella situación era el indicado por Linda Boman cuando le reveló que el propio Nyman tenía problemas con los estupefacientes y que era heroinómano. De hecho, habían sido rarísimas, por no decir inexistentes, las ocasiones en que Wallander había tenido que enfrentarse a traficantes de drogas que se hallasen por encima del más bajo estadio y que no fuesen ellos mismos drogodependientes. La cuestión no daba tregua a su mente y acabó por resolver que, en todo aquello, había sin duda algo que no encajaba, como si le faltase una pieza del rompecabezas.

Giró para tomar la calle que conducía hasta la casa donde vivía Nyman, apagó el motor y las luces y sacó una linterna de la guantera. Después, abrió la puerta del coche con sumo cuidado, no sin tomar la precaución de apagar antes las luces interiores. Prestó atención por si se oía algún ruido en la oscuridad, salió del coche y cerró la puerta de forma tan silenciosa como pudo. Unos cien metros de distancia lo separaban del jardín. Con una mano sobre el haz de luz de la linterna, enfocó hacia el suelo para ver por dónde caminaba. Sintió que el viento soplaba helado y pensó que había llegado la hora de utilizar jerséis más gruesos. En cambio, la nariz había dejado de moquearle. Cuando alcanzó la linde del bosque, apagó la linterna. Había luz en una de las ventanas de la casa, de lo que dedujo que alguien habría en el interior. «Ahora se trata de que el perro no empiece a ladrar», se dijo. Volvió sobre sus pasos unos cincuenta metros, giró para adentrarse en el bosque y encendió de nuevo la linterna, decidido a aproximarse por la parte posterior de la vivienda. Según creía recordar, la habitación cuya ventana aparecía iluminada era una estancia de paso, con ventanas hacia la parte trasera y la fachada principal de la casa.

Avanzaba despacio intentando en todo momento no pisar ninguna rama. Cuando ganó la fachada posterior de la casa, estaba empapado en sudor. Al mismo tiempo, no cesaba de preguntarse qué estaba haciendo en realidad. En el peor de los casos, el perro empezaría a ladrar avisando a Rolf Nyman de que alguien lo estaba vigilando. Se detuvo, inmóvil, y aplicó el oído. Pero no percibió más que un susurro procedente del bosque. En la distancia, divisó un avión que hacía su entrada en el aeropuerto de Sturup. Wallander aguardó hasta que su respiración volvió a ser pausada y regular y avanzó con cautela hasta el muro posterior de la casa. Se acuclilló con la linterna encendida a pocos centímetros del suelo. Justo antes de entrar en el haz de luz de la ventana, apagó la linterna y se cobijó como pudo a la sombra del muro. El perro seguía en silencio. El inspector se acercó cuanto pudo al frío muro. No se oía el menor ruido, ni música ni voces. Después, se estiró con sigilo para mirar por la ventana.

Rolf Nyman estaba sentado a una mesa que había en el centro de la habitación. Estaba inclinado sobre algo que Wallander no pudo ver al principio. Pero después lo advirtió claramente: Rolf Nyman estaba haciendo solitarios. Muy despacio, el hombre volvía una carta tras otra. Wallander se preguntó nervioso qué había esperado encontrar; tal vez pensaba encontrarlo sentado pesando bolsitas de polvo blanco en una balanza..., o sorprenderlo sentado con una goma apretándole el brazo mientras se inyectaba una dosis.

«Menudo error el mío», se recriminó. «Ha sido un juicio equivocado, de principio a fin.»

Pese a todo, estaba persuadido. El hombre que, sentado a aquella mesa, hacía solitarios había asesinado, más aún, ejecutado de forma brutal a tres seres humanos.

A punto estaba de apartarse del muro, cuando el perro se puso a ladrar en la parte anterior de la casa. Rolf Nyman se sobresaltó y miró fijamente en la dirección del lugar en que se hallaba Wallander. Por un instante, el inspector temió que lo hubiese descubierto. El hombre se incorporó y se acercó con paso rápido a la puerta de la casa, mientras Wallander retrocedía en dirección al bosque. «Si suelta al perro, estoy perdido», admitió para sí. Avanzaba a trompicones, sin dejar de iluminar el suelo que pisaba. Tropezó y sintió que una rama le rasgaba la mejilla. Los ladridos del animal no cesaban.

De camino hacia el coche se le cayó la linterna, pero no se detuvo a recogerla. Giró la llave del contacto al tiempo que se preguntaba qué habría sucedido si hubiese tenido aún su viejo coche. Ahora ya podía meter la marcha atrás y largarse de allí sin problemas. Justo en el momento en que se sentaba ante el volante, había oído el estrépito de un gran camión que se acercaba por la carretera principal, y pensó que si lograba hacer coincidir el de su coche con el del vehículo pesado, evitaría que Rolf Nyman descubriese su presencia. Se detuvo y giró muy despacio mientras avanzaba en tercera, tan silencioso como le era posible. Ya en la carretera principal, vio las luces traseras del camión. Puesto que iban pendiente abajo, apagó el motor y fue dejándose caer. En el espejo retrovisor comprobó que, detrás de él, la carretera estaba vacía; nadie le iba a la zaga. Se pasó la mano por la mejilla, notó la sangre y se puso a buscar el papel higiénico. Durante aquellos escasos segundos de distracción, estuvo a punto de ir a parar a la cuneta, pero, en el último momento, logró controlar el volante y enderezar el vehículo.

Cuando llegó al apartamento de la calle de Mariagatan, era ya más de medianoche. La rama le había provocado un arañazo bastante profundo en la mejilla. Wallander sopesó durante un instante si no debería visitar el hospital, pero se dio por satisfecho con limpiar bien la herida y cubrirla con un apósito de los grandes. Después se preparó una buena taza de café y se sentó ante la mesa de la cocina con uno de sus blocs escolares medio gastados. Revisó de nuevo su pirámide triangular y sustituyó el signo de interrogación que había en el centro por el nombre de Rolf Nyman. Sabía desde el principio que el material con que contaba era más que exiguo. Lo único que tenía contra Nyman era la sospecha de que hubiese robado unos focos que, más tarde, se hubiesen empleado para marcar la zona en que el avión debía dejar caer su carga.

Pero ¿disponía de algún otro argumento de peso? Ninguno. ¿Qué tipo de relación había unido a Holm y a Nyman? ¿Cómo encajaban el avión y las hermanas Eberhardsson en aquel embrollo? Wallander apartó el bloc a un lado. Sería preciso emprender nuevas y más exhaustivas pesquisas para tener algo con lo que continuar avanzando. Por otro lado, se preguntaba cómo podría convencer a sus colegas de que, pese a todo lo que tenían en contra, él había localizado una vía en la que merecía la pena concentrarse. ¿Hasta qué punto podría remitirlos a su intuición una vez más? Rydberg lo comprendería; quizá también Martinson. Pero tanto Svedberg como Hanson rechazarían su hipótesis.

Cuando apagó la luz y se fue a la cama, habían dado las dos de la madrugada. Sentía un intenso dolor en la mejilla.

Al día siguiente, el 3 de enero, Escania despertó a un día frío y claro. Wallander se levantó temprano, se cambió el apósito de la mejilla y, antes de las siete de la mañana, ya estaba en la comisaría. Aquel día llegó incluso antes que Martinson. En la recepción, supo del accidente de tráfico acontecido hacía una hora justo a las afueras de Ystad, con un resultado de varios muertos, entre ellos un niño de corta edad, lo que siempre imbuía a los colegas de un estado de ánimo muy especial. Wallander fue a su despacho lleno de gratitud ante la idea de no tener que salir de servicio, desde hacía ya tiempo, cada vez que se producían accidentes de tráfico. Dejó su cazadora y fue a buscar un café antes de sentarse a reflexionar sobre lo sucedido la noche anterior.

La duda de entonces persistía. Rolf Nyman bien podía resultar ser una pista falsa, por más que hubiese motivos suficientes para investigarlo más a fondo. Además, decidió que sería conveniente mantener una discreta vigilancia en torno a la casa, entre otras razones para saber a qué horas solía estar fuera el inquilino. En realidad, aquella misión correspondía a la policía de Sjöbo. Sin embargo, Wallander ya había determinado que, si bien los mantendría informados en todo momento, sería la policía de Ystad la que realizaría el trabajo.

Necesitaban acceder al interior de la casa, aunque debían contar con otro problema: Rolf Nyman no vivía solo. Había con él una mujer a la que nadie había visto y que estaba durmiendo cuando Wallander fue a visitarlo.

Al inspector se le ocurrió de pronto que era muy posible que aquella mujer no existiese. De hecho, Nyman le había mentido en bastantes de sus afirmaciones. Miró el reloj y comprobó que no eran más que las siete y veinte, con total seguridad hora demasiado temprana para una mujer que dirigía una discoteca. Aun así, buscó el número de teléfono de Linda Boman y la llamó a Lund. La joven respondió casi en el acto y Wallander pudo oír por el tono de su voz que acababa de despertarse.

—Siento haberte despertado —se excusó.

—No, si ya estaba despierta.

«Vaya, es igual que yo: no le gusta admitir que la han despertado, aunque es una hora más que decente de estar en la cama», se dijo.

—Verás, tengo algunas preguntas más que hacerte y que, por desgracia, no admiten espera —explicó Wallander.

—Vuelve a llamar dentro de cinco minutos —recomendó la joven antes de colgar el auricular.

Wallander aguardó siete minutos antes de volver a marcar el número. Su voz sonaba más clara en esta segunda ocasión.

—Como habrás adivinado, se trata de Rolf Nyman —comenzó el inspector.

—¿Sigues sin querer decirme por qué os interesa tanto?

—En estos momentos me resulta imposible, pero te prometo que serás la primera en saberlo.

—Vaya, me siento muy honrada.

—Dijiste que tenía graves problemas con la heroína.

—Recuerdo perfectamente lo que dije.

—Mi pregunta es muy sencilla: ¿cómo lo sabes?

—Pues porque él me lo dijo. La verdad, me sorprendió. El que no intentase ocultarlo me impresionó.

—Así que él te lo dijo.

—Pues sí.

—¿Quieres decir que jamás notaste que tuviese ningún problema de drogas?

—Siempre hacía bien su trabajo.

—Es decir, que nunca estaba drogado, ¿no?

—Al menos, no se le notaba.

—¿Y tampoco estaba nervioso o inquieto?

—No más que la mayoría de la gente. Yo también puedo estar nerviosa o inquieta. En especial, cuando la policía de Lund viene a buscarme las cosquillas por el tema de la discoteca.

Wallander guardó silencio un instante mientras se planteaba si consultar a los colegas de Lund acerca de Linda Boman. Mientras tanto, la joven aguardaba.

—A ver si lo he comprendido bien —insistió Wallander—. Jamás lo viste drogado; simplemente, él te dijo que era heroinómano, ¿es correcto?

—Pues sí. Y me cuesta creer que alguien pueda mentir sobre algo así.

—Sí, claro, a mí también —admitió Wallander—. Pero quería asegurarme de que lo había comprendido bien.

—Ya, y por eso me llamas a las seis de la mañana, ¿no?

—Perdona, pero son las siete y media.

—Bueno, para mí es prácticamente lo mismo.

—Bien, verás. Tengo una pregunta más que hacerte —prosiguió Wallander—. Dijiste que no tenías noticia de que tuviese novia, ¿correcto?

—Correcto.

—¿Nunca llevó a nadie a la discoteca?

—Jamás.

—Supongamos que te hubiese dicho que tenía novia. En ese caso, tú no habrías tenido oportunidad de saber si era cierto o no, ¿me equivoco?

—Tus preguntas son cada vez más extrañas. ¿Por qué no iba a tener novia? No tiene peor pinta que la mayoría de los hombres.

—Bien, entonces, ya no tengo más preguntas —concluyó Wallander—. Y recuerda que mi prohibición de ayer sigue hoy más vigente que nunca.

—No pienso decir nada. Pero sí irme a dormir.

—Bien. Pero es posible que tenga que llamarte otra vez —advirtió el inspector—. Por cierto, ¿sabes si Rolf tiene algún amigo íntimo?

—No.

Ahí concluyó la conversación.

Wallander fue al despacho de Martinson, que, en aquel preciso momento, se peinaba sujetando en la mano un pequeño espejo de bolsillo.

—¿Crees que podrás reunir a la gente para las ocho y media? —quiso saber Wallander.

—Suena como si hubiese novedades.

—Tal vez —repuso Wallander misterioso.

Pasaron entonces a hablar del accidente de tráfico. Al parecer, un turismo se había salido de su carril, que estaba cubierto de hielo, y había ido a chocar de frente con un camión polaco.

A las ocho y media Wallander puso a sus colegas al corriente de lo sucedido en las últimas horas y de su conversación con Linda Boman sobre el asunto de los focos. En cambio, nada dijo acerca de su visita nocturna a la aislada finca en las afueras de Sjöbo. Tal y como esperaba, Rydberg consideró importante aquel descubrimiento, en tanto que Hanson y Svedberg opusieron un sinnúmero de objeciones. Martinson, por su parte, no se pronunció.

—Ya sé que es poco menos que nada —convino Wallander tras haber escuchado las diversas posturas—. Pero, en mi opinión, debemos concentrarnos en Nyman, aunque, eso sí, sin dejar de atender el trabajo en los demás frentes.

—¿Qué dice el fiscal al respecto? —intervino Martinson—. Y, por cierto, ¿quién es ahora el fiscal?

—Se llama Anette Brolin, de Estocolmo —informó Wallander—. Llegará la semana próxima. Pero yo había pensado hablar con Åkeson de todos modos, por más que él ya no sea responsable de las investigaciones previas.

Prosiguieron entonces escuchando los argumentos de Wallander. A su juicio, era preciso que entrasen en la casa de Sjöbo sin que Nyman lo supiese. Enseguida se alzó una oleada de renovadas protestas.

—Imposible —objetó Svedberg categórico—. Eso es allanamiento.

—Lo que tenemos entre manos es un triple asesinato —le recordó Wallander—. Si no me equivoco, Rolf Nyman es un hombre muy astuto. Y si queremos encontrar algo, debemos vigilarlo sin que él se dé cuenta. Debemos averiguar a qué horas suele salir de la casa, qué hace cuando sale y cuánto tiempo está fuera, por lo general. Pero, ante todo, hemos de averiguar si realmente existe esa novia de la que habló.

—Yo podría disfrazarme de deshollinador —propuso Martinson.

—Te descubriría enseguida —atajó Wallander, haciendo caso omiso del tono irónico del colega—. Yo había pensado actuar de un modo algo menos directo, por ejemplo, a través del cartero rural. Si averiguamos quién es el cartero que suele dejarle el correo a Nyman... No hay un solo cartero rural que no sepa lo que ocurre en cada finca. Aunque no hayan puesto un pie en el interior, suelen saber cuántas personas la habitan.

Svedberg no cedía un ápice.

—¿Y si la muchacha no recibe cartas?

—Ya, pero no es eso —repuso Wallander—. El cartero lo sabe. Siempre lo saben.

Rydberg asintió en señal de que compartía su opinión. Wallander agradeció su apoyo y continuó insistiendo. Hanson prometió que se pondría en contacto con el servicio de Correos. Martinson, por su parte, accedió con disgusto a organizar la vigilancia de la finca. Y Wallander hablaría con Åkeson.

—Averiguad cuanto podáis acerca de Nyman —los animó cuando la reunión tocaba a su fin—. Pero con discreción. Si Nyman es tan astuto como creo, no debemos alertarlo en su madriguera.

Wallander le hizo una seña a Rydberg, que entendió enseguida que el inspector deseaba hablar con él a solas en su despacho.

—¿Estás seguro de que es Nyman? —quiso saber Rydberg.

—Sí —sostuvo Wallander—. Aunque, al mismo tiempo, tengo muy claro que puedo estar equivocado, que es posible que esté orientando la investigación en un sentido completamente erróneo.

—Bueno, yo creo que el robo de los focos es un indicio de peso —lo animó Rydberg—. Ése es, a mi juicio, el punto definitivo. Por cierto, ¿cómo se te ocurrió semejante idea?

—Las pirámides —explicó Wallander—. Siempre están iluminadas por focos. Salvo un día al mes: cuando hay luna llena.

—Y tú ¿cómo lo sabes?

—Me lo contó mi padre.

Rydberg asintió reflexivo.

—Las entregas de fardos de droga no siguen el calendario lunar —advirtió—. Además, tal vez en Egipto no haya cielos tan nubosos como en Escania.

—En realidad, lo más interesante fue la Esfinge —observó Wallander—. Un ser mitad humano mitad animal que vigila para que el sol siga saliendo cada mañana por el horizonte.

—Sí, creo que hay una compañía de seguridad americana cuyo símbolo es una esfinge —comentó Rydberg.

—Bueno, es muy oportuno, ¿no crees? —repuso Wallander—. La Esfinge vigila. Y nosotros también. Ya seamos policías o guardas nocturnos.

Rydberg rompió en una sonora carcajada.

—Si les contaran estas cosas a los futuros policías, se reirían de nosotros en nuestras narices.

—Sí, ya lo sé —admitió Wallander—. Pero tal vez no fuese tan mala idea hacerlo.

Rydberg salió del despacho y Wallander llamó a casa de Per Åkeson, que le prometió que informaría a Anette Brolin.

—¿Cómo te sientes al verte libre de todos esos juicios? —quiso saber Wallander.

—Bien —declaró Per Åkeson—. Mucho mejor de lo que nunca imaginé.

Aquel día el grupo de investigación se reunió otras dos veces. Martinson dejó arreglado el asunto de la vigilancia y Hanson desapareció para entrevistarse con el cartero. Mientras tanto, continuaron aunando sus esfuerzos para averiguar todo lo que pudiesen sobre la vida de Rolf Nyman. El sujeto no había tenido problemas con la policía, lo que dificultaba el trabajo. Nacido en Tranås en 1957, se trasladó a Escania con sus padres a mediados de los sesenta, primero a Höör, después a Trelleborg. El padre había sido empleado de una compañía de suministro energético y trabajó en el tendido eléctrico; la madre era ama de casa, y Rolf, hijo único. El padre falleció en 1986, con lo que la madre volvió a Tranås, donde también ella murió al año siguiente. Wallander tenía la creciente sensación de que Rolf Nyman había llevado una existencia invisible. Como si hubiese borrado, a conciencia, todo rastro de sí mismo. Gracias a la colaboración de los colegas de Malmö, supieron que su nombre nunca se había mencionado en los círculos que se dedicaban al narcotráfico. «Es demasiado invisible», se repetía Wallander según llegaba la información a lo largo de la tarde. «Todo el mundo deja un rastro. Todos menos Rolf Nyman.»

Hanson regresó de su entrevista con la cartera, que se llamaba Elfrida Wirmark y que estaba totalmente segura de que en aquella casa no vivían más que dos personas, Holm y Nyman. Lo que implicaba que, en aquellos momentos, la finca no tenía más que un habitante, puesto que Holm yacía en el depósito de cadáveres a la espera de recibir sepultura.

A las siete de la tarde, celebraron una nueva reunión. Según la información recibida por Martinson, Nyman no había abandonado la casa durante el día más que para darle de comer al perro. Tampoco nadie había visitado la finca. Wallander preguntó si quienes lo mantenían bajo vigilancia habían observado que estuviese alerta, pero los colegas no habían hecho ningún comentario al respecto. Después discutieron largo rato acerca de los datos que había aportado la cartera. Por último, lograron alcanzar cierta unanimidad en lo relativo a la invención por parte de Nyman de la existencia de una novia.

Wallander les ofreció la última síntesis del día:

—Nada apunta a la veracidad de su supuesta drogodependencia —comenzó—. Y ésa es su primera mentira. La segunda es la concerniente al asunto de su novia, de modo que hemos de concluir que está solo en casa. Y si queremos entrar, disponemos de dos posibilidades. O esperamos hasta que salga, cosa que hará tarde o temprano, como mínimo para comprar comida, a menos que tenga una enorme despensa llena de provisiones, pero ¿por qué habría de tenerla? O nos inventamos una manera de hacer que salga.

Decidieron que esperarían unos días y, si nada ocurría, reconsiderarían la situación.

Así dejaron pasar el 4, y llegó el 5 de enero. Nyman salió dos veces, siempre para atender al perro. Y nada indicaba que estuviese más sobre aviso que antes. Mientras tanto, seguían empleando el tiempo en averiguar datos sobre su vida, que parecía haber transcurrido en el más absoluto y extraordinario vacío. Gracias a la Agencia Tributaria supieron que había tenido unos ingresos anuales muy bajos, fruto de su trabajo como *discjockey*. No había disfrutado de desgravaciones llamativas. Había solicitado el pasaporte en 1986 y tenía permiso de conducir desde 1976. Finalmente, no parecía haber tenido amigos jamás.

La mañana del 5 de enero Wallander se sentó en su despacho en compañía de Rydberg y cerró la puerta. Según el colega, deberían seguir esperando unos días más. Pero Wallander le expuso una idea que, en su opinión, haría salir a Nyman de la casa. Y juntos decidieron ponerla en práctica aquella misma tarde. Wallander llamó a Lund y habló con Linda Boman. La discoteca abriría la noche siguiente con un *discjockey* danés. Wallander le explicó su estratagema, pero Linda Boman preguntó quién pagaría los gastos extraordinarios, pues el *discjockey* de Copenhague tenía un contrato firmado con la discoteca. Wallander le aseguró que, de ser necesario, podría enviar la factura a la policía de Ystad. Después, le prometió que le avisaría transcurridas unas horas.

A las cuatro de la tarde del 5 de enero un viento gélido comenzó a soplar por toda Escania. Un frente de nevadas procedente del este amenazaba con alcanzar la costa sur de la región. A aquella misma hora Wallander congregó a sus colegas del grupo de investigación en la sala de reuniones. Con tanta brevedad como le fue posible, les refirió la estrategia que horas antes había discutido con Rydberg.

—Tenemos que sacar a Rolf Nyman de la casa —se empecinó—. Está claro que no se mueve sin necesidad y, al mismo tiempo, no parece que sospeche nada.

—Claro, tal vez porque todo esto es absurdo —interrumpió Hanson—. Tal vez porque él no tiene nada que ver con los asesinatos, ¿no te parece?

—Cierto. Existe esa posibilidad —admitió Wallander—. Pero, por ahora, la premisa de la que partimos es justamente la contraria. Lo que significa que hemos de entrar en esa casa sin que él se entere. Y lo primero que tenemos que conseguir es que salga de allí, y con un motivo que no lo ponga sobre aviso.

Acto seguido, les expuso su idea con detalle. Linda Boman llamaría a Nyman para decirle que el *discjockey* de turno no podía acudir aquella noche y preguntarle si él podía sustituirlo. Si aceptaba, la casa estaría vacía toda la noche. Además, dispondrían de un vigilante en la discoteca que estaría en contacto constante con los agentes que estuviesen inspeccionando la casa. Cuando Rolf Nyman volviese a Sjöbo hacia el amanecer, la casa estaría vacía, y nadie, salvo el perro, habría notado la visita.

—¿Y qué ocurre si llama a su colega de Dinamarca? —inquirió Svedberg.

—Sí, ya hemos pensado en ello. Linda Boman le dará instrucciones de no contestar ninguna llamada telefónica. La policía tendrá que pagarle la noche, pero nos haremos cargo de ese gasto.

Wallander esperaba un sinfín de objeciones, pero no fue así. En realidad, comprendía que la causa no era sino el alto grado de impaciencia del grupo de investigación. No avanzaban lo más mínimo y todos deseaban que sucediese algo.

El inspector echó un vistazo a su alrededor, pero nadie tenía nada que añadir.

—Entonces, ¿estamos de acuerdo? El plan es actuar mañana mismo.

Wallander echó mano del teléfono que había sobre la mesa y llamó a Linda Boman.

—Adelante. Llámalo dentro de una hora —ordenó.

Tras colgar el auricular, miró su reloj de pulsera y se dirigió a Martinson.

—¿Quién está ahora en la casa haciendo la guardia?

—Näslund y Peters.

—Pues llámalos y adviérteles que afinen al máximo después de las cinco y veinte, que es cuando Linda Boman lo llamará por teléfono.

—Pero ¿qué crees tú que puede ocurrir?

—No lo sé. Lo único que pretendo es que extremen las precauciones.

Después, repasaron con detalle todo el plan. Linda Boman le pediría a Nyman que se presentase en Lund a las ocho de la tarde para que viese unos discos nuevos. Lo que significaba que debería partir de Sjöbo hacia las siete. La discoteca estaría abierta hasta las tres de la madrugada. Tan pronto como los que vigilaban la discoteca diesen la señal de que Nyman había llegado, ellos entrarían en la casa. Wallander le había pedido a Rydberg que lo acompañase, pero éste propuso que fuese Martinson, y así lo acordaron.

—Está bien, Martinson y yo entramos en la casa. Svedberg nos acompañará para quedarse fuera vigilando. Hanson se encargará de vigilar la discoteca. El resto se quedará aquí en la comisaría, por si ocurre algo.

—¿Y qué se supone que vamos a buscar? —inquirió Martinson.

Wallander estaba a punto de contestar cuando Rydberg alzó la mano.

—Eso es algo que ignoramos por completo —sentenció—. Encontraremos lo que no sabemos que estábamos buscando. Pero, a la larga, hallaremos un sí o un no. ¿Fue Nyman el asesino de Holm y de las dos hermanas?

—Drogas, ¿es eso? —insistió Martinson.

—Armas, dinero, cualquier cosa, quién sabe. Bobinas de hilo de la mercería de las hermanas Eberhardsson. Copias de billetes de avión. No lo sabemos.

Siguieron concretando los detalles unos minutos más. Martinson salió para avisar a Näslund y a Peters. Al cabo de un instante regresó, asintió, en señal de que estaban informados, y volvió a sentarse.

A las cinco y veinte minutos Wallander estaba sentado con el reloj en la mano.

Después, llamó a Linda Boman, pero el teléfono de la joven estaba ocupado.

Aguardaron hasta que, nueve minutos más tarde, sonó el teléfono. Wallander se lanzó sobre el auricular. Escuchó y colgó antes de anunciar:

—Nyman ha aceptado. El plan está en marcha. Ya veremos después si nos conduce por el camino acertado o no.

Cuando dieron por concluida la reunión, Wallander retuvo a Martinson.

—Será mejor que vayamos armados —recomendó.

Martinson lo miró inquisitivo.

—Pero si Nyman estará en Lund, ¿no?

—Por si acaso —insistió Wallander—. Por pura precaución, nada más.

La nieve no llegó a azotar Escania. Al día siguiente, el 6 de enero, el cielo apareció cubierto de nubes. El viento soplaba a escasa velocidad, el aire olía a lluvia y estaban a cuatro grados. Wallander anduvo largo rato escogiendo entre sus jerséis, hasta que logró decidirse por uno. A las seis de la tarde se vieron en la sala de reuniones. Hanson iba ya camino de Lund. Svedberg se encontraba apostado en la linde del bosque desde la que veía la fachada principal de la casa de Sjöbo. Rydberg, por su parte, hacía crucigramas en el comedor. Con una clara sensación de desagrado, Wallander había sacado su arma y se había ajustado la pistolera, que nunca lograba fijar correctamente. Martinson llevaba la suya en el bolsillo de la cazadora.

A las siete y nueve minutos les llegó el mensaje de radio de Svedberg. «El pájaro ha abandonado el nido.» En efecto, Wallander no había querido correr ningún riesgo innecesario, pues sabía que la radio de la policía siempre estaba sometida a escuchas ilegales. De modo que Rolf Nyman había pasado a llamarse «el pájaro», simplemente.

Continuaron a la espera. A las ocho menos seis minutos Hanson dejó oír su voz por radio. «El pájaro ha aterrizado en su destino.» Rolf Nyman había conducido despacio, según dedujeron de la hora de llegada a Lund.

Martinson y Wallander se pusieron en pie. Rydberg alzó la vista del crucigrama y asintió.

A las ocho y media llegaron a la finca. Svedberg los recibió. El perro no cesaba de ladrar, pero todas las luces estaban apagadas.

—He estado inspeccionando la cerradura —explicó Svedberg—. Una simple ganzúa será suficiente.

Wallander y Svedberg enfocaron las linternas, mientras Martinson forzaba la cerradura. Una vez abierta la puerta, Svedberg regresó al coche para seguir vigilando.

Entonces entraron en la casa. Wallander encendió todas las luces y Martinson lo miró con gesto interrogante.

—Bien, Nyman está poniendo discos en una discoteca de Lund —declaró—. De modo que manos a la obra.

Revisaron toda la casa despacio y de forma programada. Wallander constató enseguida que no había el menor rastro de la existencia de una mujer allí dentro. Salvo la cama en la que había dormido Holm, tan sólo había otra, la de Nyman.

—Tendríamos que haber traído un perro de la brigada de estupefacientes —observó Martinson.

—Dudo mucho que tenga material en casa —replicó Wallander.

Durante tres horas rebuscaron por toda la casa. Poco antes de las doce, Martinson llamó a Hanson por radio.

—Aquí hay mucha gente —explicó Hanson—. Y la música retumba demasiado. Así que yo me quedo fuera, pero hace mucho frío.

Retomaron la búsqueda. Wallander había empezado a ponerse nervioso: ni rastro de narcóticos, ni rastro de armas. Nada que indicase que Nyman estuviese involucrado. Martinson había revisado el sótano y la caseta exterior muy a fondo y tampoco halló los focos. Nada. Tan sólo el perro, que ladraba como un condenado. Wallander sintió deseos de pegarle un tiro en varias ocasiones. Pero, en el fondo, él amaba a los perros. Incluso a los que ladraban.

A la una y media Martinson volvió a ponerse en contacto con Hanson, que seguía sin novedad.

—¿Qué dice Hanson? —quiso saber Wallander.

—Que hay una multitud agolpada en la entrada.

A las dos ya no les quedaba nada por examinar. Wallander había empezado a comprender que se había equivocado. No había ningún indicio de que Nyman fuese otra cosa que un simple *discjockey*. El engaño sobre la novia no podía considerarse un delito, desde luego. Y tampoco hallaron ninguna prueba de que fuese drogadicto.

—Yo creo que podemos dejarlo —opinó Martinson—. Aquí no encontraremos nada.

Wallander asintió.

—Bien, yo me quedaré un rato más —repuso sin embargo el inspector—. Pero tú puedes marcharte a casa con Svedberg. Eso sí, déjame una radio.

Martinson dejó la radio encendida sobre la mesa.

—Cancela toda la operación —le ordenó Wallander—. Hanson debe quedarse hasta que yo le dé la señal. Pero los compañeros que esperan en comisaría pueden marcharse a casa.

—¿Qué crees que vas a encontrar cuando te quedes solo?

Wallander percibió la ironía en el tono de voz de Martinson.

—Nada, pero tal vez necesite estar solo para comprender que me he dejado llevar y os he llevado a vosotros por el camino equivocado.

—Ya empezaremos mañana de nuevo —lo animó Martinson—. Las cosas son como son.

Martinson desapareció y Wallander se sentó en una silla y miró a su alrededor. El perro ladraba incansable. Wallander maldijo en su interior. Estaba convencido de que tenía razón, de que era Rolf Nyman quien había asesinado a las dos hermanas y a Holm. Pero no tenía ni una sola prueba, nada. Permaneció sentado unos minutos más, hasta que decidió recorrer la casa e ir apagando luces.

Entonces el perro dejó de ladrar.

Wallander se detuvo en seco. Prestó la mayor atención. El perro no se oía ya. Y presintió el peligro. No sabría decir de dónde procedía. La discoteca estaría abierta hasta las tres de la mañana y Hanson no había llamado.

El propio Wallander ignoraba qué lo movió a reaccionar, pero, de repente, cayó en la cuenta de que se encontraba ante una ventana claramente iluminada. Se arrojó a un lado y, al mismo tiempo, los cristales saltaron en pedazos. El inspector quedó inmóvil en el suelo. Alguien había efectuado un disparo. Las ideas cruzaban torpes y aceleradas por su mente. No podía ser Nyman. En ese caso, Hanson lo habría llamado. Wallander se apretó contra el suelo al tiempo que intentaba sacar su arma. Por otro lado, se esforzaba por arrastrarse al interior de la parte que quedaba en sombra, pero notó que en realidad volvía a avanzar hacia la luz. Quien había disparado podía estar ya junto a la ventana. Lo que más lo preocupaba era la intensa luz que despedía la lámpara del techo. Había logrado sacar el arma y apuntó contra la bombilla, pero la mano le temblaba de tal modo cuando disparó que erró el tiro. Apuntó de nuevo, sosteniendo el arma con las dos manos esta vez. El proyectil hizo estallar la bombilla y la habitación entera quedó a oscuras. Permaneció sentado estático, atento, con el corazón latiéndole a toda máquina en el pecho. Necesitaba la radio, pero ésta estaba a varios metros de distancia, sobre la mesa que, además, estaba iluminada.

El perro seguía callado. Él aguardaba expectante. De repente, creyó oír ruido en el vestíbulo. Unos pasos apenas perceptibles. Dirigió el arma contra la rendija de la puerta, las manos en constante temblor. Pero nadie aparecía. Ignoraba cuánto tiempo había estado esperando. Entretanto, intentaba febrilmente comprender lo que había sucedido. Entonces, de pronto, descubrió que la mesa estaba sobre una alfombra, y poco a poco, muy despacio y sin soltar el arma, comenzó a tirar de ella atrayendo la mesa hacia sí. Era un mueble muy pesado, pero se movía. Con extrema cautela, la vio acercarse y, justo cuando ya tenía la radio a mano, oyó otro disparo que fue a dar en el aparato, destrozándolo. Wallander se acurrucó en el rincón. El disparo procedía de la parte anterior. Wallander comprendió que no podría seguir ocultándose si la persona que había disparado se dirigía hacia la parte posterior de la casa. «Tengo que salir», se conminó angustiado. «Si me quedo, soy hombre muerto.» Intentó pergeñar un plan a la desesperada. Le resultaría imposible acceder a la iluminación exterior. La persona que estaba fuera tendría tiempo de dispararle antes de que lograse apagarla. Y, por el momento, había demostrado que sabía disparar.

Wallander comprendió cuál era su única posibilidad; la sola idea le repugnaba más que ninguna otra salida, pero no tenía elección. Respiró hondo, se levantó y se precipitó hacia el vestíbulo. De una patada, abrió la puerta, se echó a un lado y disparó contra el perro tres veces. Un aullido lastimero fue la prueba de que había acertado el tiro. Wallander esperaba que muriese a cada segundo, pero la duración de los aullidos le proporcionó el tiempo necesario para alcanzar las sombras. Entonces, descubrió la figura de Rolf Nyman. Estaba en medio del jardín, desconcertado de forma momentánea por los disparos lanzados contra el animal. Después, divisó a Wallander.

El inspector cerró los ojos antes de lanzar dos disparos. Cuando volvió a abrirlos, vio que Nyman había caído al suelo. Muy despacio, Wallander se acercó a él.

Estaba vivo. Uno de los disparos le había alcanzado el costado. Wallander le quitó el arma y fue hasta la caseta del perro. El animal había muerto.

En la distancia, oyó las sirenas que se aproximaban a toda velocidad.

Tembloroso, se sentó a esperar en un peldaño de la escalera.

En ese preciso momento, notó que empezaba a llover.

Epílogo

A las cuatro y cuarto de la mañana Wallander se tomaba un café en el comedor de la comisaría. Seguían temblándole las manos. Tras la primera hora de puro caos, durante la cual nadie supo, en realidad, explicar lo acontecido, la escena terminó al fin por aclararse. Al mismo tiempo que Martinson y Svedberg abandonaban la finca a las afueras de Sjöbo y se ponían en contacto con Hanson, la policía de Lund acudía a la discoteca de Linda Boman, pues sospechaba que había demasiadas personas para el aforo del local. En el absoluto desbarajuste que se produjo, Hanson malinterpretó las palabras de Martinson y creyó que todos habían abandonado la casa de Nyman. Después, aunque demasiado tarde, comprendió que Rolf Nyman había desaparecido a través de una puerta trasera que él había cometido la negligencia de no descubrir cuando llegó a la discoteca. Le preguntó a un mando policial dónde estaban los empleados y supo entonces que los habían trasladado a la comisaría de Lund para interrogarlos. De modo que supuso que Nyman se encontraría entre ellos. Asimismo, dio por sentado que no tenía sentido que permaneciese en Lund por más tiempo. De modo que emprendió el camino de regreso a Ystad con el convencimiento de que la casa de Sjöbo estaba vacía desde hacía más de una hora.

Pero, mientras tanto, Wallander yacía en el suelo disparando contra las lámparas, dando carreras por el jardín y matando al pobre perro, hasta conseguir herir a Rolf Nyman con un tiro en el costado.

Ya en Ystad, Wallander pensó en varias ocasiones que, en realidad, debería haber montado en cólera. Pero, en el fondo, no supo convenir consigo mismo a quién debía culpar. Todo había sido una desafortunada sucesión de malentendidos que podía haber terminado muy mal, con algo más que un perro muerto. No había sido así, pero poco había faltado.

«*Hay un tiempo para vivir y otro tiempo para morir*», recordó para sí. Aquella sentencia lo había acompañado desde que lo acuchillaran en Malmö, hacía ya muchos años. En esta ocasión y una vez más, había estado cerca.

Rydberg entró en el comedor.

—Rolf Nyman sobrevivirá —anunció—. Le diste en un sitio ideal. No le quedará la menor secuela. Según los médicos, podrás hablar con él mañana mismo.

—¿Sabes?, podría haber fallado igual que acerté. O haberle dado en mitad de la frente. Soy un pésimo tirador —se lamentó Wallander.

—Como la mayoría de los policías —sentenció Rydberg.

Wallander dio un sorbo al café hirviendo.

—Estuve hablando con Nyberg —prosiguió Rydberg—. Según él, el arma puede coincidir con la utilizada en los asesinatos de las hermanas Eberhardsson y de Holm. Por cierto, han encontrado el coche de Holm. Estaba estacionado en una calle del centro de Sjöbo. Lo más probable es que el propio Nyman lo dejase allí.

—En fin, hemos resuelto una parte —atajó Wallander—. Pero aún no tenemos ni idea de lo que se oculta tras todo este asunto.

Rydberg no tenía, desde luego, ninguna respuesta que ofrecer.

Aún tardarían varias semanas en comprender la totalidad del misterio. Sin embargo, cuando Nyman empezó a hablar, la policía descubrió una organización bien articulada que se dedicaba a introducir en Suecia grandes cantidades de estupefacientes. Las hermanas Eberhardsson habían sido un excelente camuflaje para Nyman. Ellas se encargaban de preparar la vía de receptores en España, donde la droga, originaria de Centroamérica y Asia, entraba oculta en embarcaciones pesqueras. Holm era el camello de Nyman. En algún momento que nunca llegaron a determinar, Holm y las hermanas Eberhardsson decidieron unirse en su codicia y retar a Nyman. En cuanto éste comprendió lo que sucedía, se vengó. Al mismo tiempo, se produjo el accidente del avión. La droga se había transportado hasta el norte de Alemania desde Marbella. Después, los vuelos nocturnos comenzaron a partir de una pista de aterrizaje privada situada en Kiel. Allí volvía siempre la aeronave, salvo en aquella última ocasión, en que se estrelló. La comisión que investigaba el siniestro no logró establecer con exactitud la causa real del accidente. Pero había múltiples indicios de que el mal estado del aparato había hecho intervenir varios factores a un tiempo.

Wallander dirigió personalmente el primer interrogatorio de Nyman, pero se vio obligado a dejarlo cuando dos nuevos asesinatos lo reclamaron en su puesto de investigador. Pese a todo, él había comprendido desde el principio que Nyman no era, en modo alguno, la cima de la pirámide que él había plasmado en su bloc. También Nyman tenía jefes, patrocinadores, hombres invisibles que, tras la fachada de ciudadanos intachables, trabajaban para que el flujo de narcóticos que entraba en Suecia no se viese interrumpido.

Wallander pensaba a menudo en las pirámides. Y en la cima a la que su padre había intentado trepar. Y creía que aquel afán por alcanzar la cima también podía ser un símbolo de su trabajo. Nunca lograba llegar. Siempre había gente que se encontraba tan por encima, tan inaccesible, que jamás le daban alcance.

Pero aquella mañana, la del 7 de enero, Wallander no sentía más que un profundo agotamiento.

A las cinco y media de la madrugada no pudo más y, sin despedirse más que de Rydberg, se marchó al apartamento de la calle de Mariagatan. Se dio una ducha y se metió en la cama, aunque no pudo conciliar el sueño hasta después de haberse tomado un somnífero que halló en un viejo frasco guardado en el armario del baño. Pero entonces no despertó hasta las dos de la tarde.

El resto del día lo pasó en la comisaría y en el hospital. Björk apareció y felicitó a Wallander por su intervención, pero el inspector no respondió. A su juicio, la mayor parte de lo que había hecho estaba mal. Había sido su suerte y no su habilidad lo que, en última instancia, les había permitido atrapar a Rolf Nyman.

Después, celebró su primera entrevista con Nyman en el hospital. El herido estaba pálido, pero conservaba la entereza. Wallander esperaba que se negase a hablar, sin embargo, respondió a buena parte de las preguntas que le hizo.

—¿Y las hermanas Eberhardsson? —preguntó antes de concluir el interrogatorio.

Rolf Nyman sonrió.

—Dos viejas avariciosas —definió Nyman—. Atraídas por la circunstancia de que, un día, alguien entró cabalgando en sus insulsas vidas y las perfumó de aventura.

—Eso no parece muy probable —objetó Wallander—. Es un paso demasiado grande.

—Bueno, Anna Eberhardsson había llevado una vida bastante disoluta en su juventud. Emilia era la que la mantenía a raya. Pero tal vez ella, en el fondo, habría querido hacer lo mismo. ¿Qué sabemos de las personas, en realidad? Salvo que tienen puntos débiles, que son los que debemos localizar.

—Y ¿cómo las conociste?

La respuesta sorprendió al inspector.

—Un día que fui a comprar una cremallera. Fue una época de mi vida en la que me arreglaba la ropa yo mismo.

Al verlas, tuve aquella idea descabellada: ellas podrían serme útiles, como un escudo.

—¿Y después?

—Empecé a acudir a la mercería a comprar bobinas y les hablaba de mis viajes por todo el mundo. Y de lo fácil que podía ser ganar dinero. Y de lo corta que era la vida... Pero que nunca era demasiado tarde, claro. Y noté que me prestaban atención.

—¿Y qué más?

Rolf Nyman se encogió de hombros.

—Un buen día, les hice una propuesta, como suele decirse, irresistible.

Wallander deseaba seguir preguntando, pero, de pronto, Nyman ya no estaba tan dispuesto a contestar.

El inspector cambió de tema.

—¿Y Holm?

—Tan codicioso como ellas. Y débil. Demasiado necio para comprender que jamás lograría engañarme.

—¿Cómo supiste que planeaban hacerlo?

Rolf Nyman negó con vehemencia.

—Eso no pienso contártelo —sentenció terminante.

Wallander volvió paseando a la comisaría, donde se celebraba una rueda de prensa en la que, con gran alivio por su parte, no tuvo que participar. Cuando entró en su despacho, halló un paquete sobre la mesa. Alguien había dejado sobre él una nota en la que explicaba que llevaba varios días en recepción, por error.

Wallander vio que procedía de Sofia, capital de Bulgaria, y supo enseguida qué guardaba en su interior. Hacía ya varios meses había participado en un congreso de la policía en Copenhague en el que trabó amistad con un colega búlgaro que compartía su interés por la ópera. Wallander abrió el paquete, que contenía un disco: *La Traviata,* con Maria Callas.

Tras redactar un borrador de su primera entrevista con Rolf Nyman, se marchó a casa. Preparó algo de comer y se echó a dormir unas horas. Pensó que debería llamar a Linda, pero no lo hizo.

Por la noche, escuchó el disco que le había llegado desde Bulgaria, mientras pensaba que lo que más necesitaba en aquellos momentos era unos días de descanso.

Hacia las dos de la mañana, se fue a la cama y se durmió.

La llamada se registró en la comisaría de Ystad a las cinco y trece minutos del 8 de enero. La atendió un agente exhausto que había estado de guardia casi sin descanso desde la noche de fin de año. El agente escuchó la voz balbuciente mientras pensaba que se trataría sin duda de un anciano perturbado. Pero algo llamó, pese a todo, su atención y empezó a hacer preguntas. Una vez concluida la conversación, no se lo pensó demasiado antes de marcar un número que conocía de memoria.

Cuando el teléfono arrancó a Wallander de su sueño, éste se encontraba disfrutando de una ensoñación erótica.

Miró el reloj al tiempo que descolgaba el auricular. «Un accidente de coche», pensó. «El coche patinó y alguien conducía demasiado deprisa. Algunos muertos. O bien alguna bronca con los inmigrantes que entran en el transbordador matutino de Polonia.»

Finalmente, tuvo que incorporarse para poder responder. Al pegar el auricular contra la mejilla, sintió la barba como alfileres.

—¡Wallander! —respondió.

—Espero no haberte despertado.

—No, estaba despierto.

«¿Por qué mentimos?», se preguntó. «¿Por qué no le habré dicho la verdad? ¿Que lo que más deseo en estos momentos es volver al sueño para dar alcance a la imagen huidiza de una mujer desnuda?»

—Verás, pensé que debía llamarte. Un agricultor llamado Nyström, de Lenarp, acaba de llamar. Según me dijo, ha encontrado a una mujer amarrada y tendida en el suelo, y también había un cadáver.

Wallander intentó recordar dónde estaba Lenarp: no muy lejos de Marsvinsholm, en una zona demasiado abrupta para el paisaje habitual en Escania.

—Parecía serio. Y pensé que sería mejor llamarte.

—¿Quién está disponible en estos momentos?

—Peters y Norén están buscando a un sujeto que ha roto una de las cristaleras del hotel Continental. ¿Quieres que los llame?

—Diles que se dirijan al cruce situado entre Kadesjö y Katslösa y que me esperen allí. Dales la dirección a ellos. ¿Cuándo recibiste la llamada?

—Hace escasos minutos.

—¿Y estás seguro de que no era un borracho?

—No me lo pareció.

Wallander se levantó y se vistió. El reposo que tanto necesitaba parecía no concedérsele, por ahora.

Ya en su vehículo, pasó por delante del nuevo hipermercado de muebles que se alzaba junto a uno de los accesos a la ciudad y adivinó la negrura del mar al otro lado. El cielo aparecía cargado de nubes.

«Pronto vendrán las tormentas de nieve», auguró.

«Tarde o temprano, se nos vendrán encima.»

Después intentó concentrarse en el espectáculo que lo aguardaba.

El coche de policía lo esperaba junto al desvío hacia Kadesjö.

Aún no había amanecido.